安徽省首届长篇小说
精品创作工程

安徽省首届长篇小说
精品创作工程

安徽省首届长篇小说
精品创作工程

命脉

Mingmai

杨继光◎著

APSTIME 时代出版
时代出版传媒股份有限公司
安徽文艺出版社

图书在版编目(CIP)数据

命脉/杨继光著.—合肥:安徽文艺出版社,2014.9
(安徽省首届长篇小说精品创作工程)
ISBN 978-7-5396-5130-9

Ⅰ.①命… Ⅱ.①杨… Ⅲ.①长篇小说-中国-当代
Ⅳ.①I247.5

中国版本图书馆CIP数据核字(2014)第217177号

出 版 人:朱寒冬　　出版统筹:朱寒冬　何　健
责任编辑:欧子布　　装帧设计:许含章

出版发行:时代出版传媒股份有限公司　www.press-mart.com
安徽文艺出版社　www.awpub.com
地　　址:合肥市翡翠路1118号　邮政编码:230071
营 销 部:(0551)63533889
印　　制:合肥星光印务有限责任公司　(0551)64235059

开本:700×1000　1/16　印张:25.25　字数:380千字
版次:2014年9月第1版　2014年9月第1次印刷
定价:50.00元

第一章

太阳在头顶上烈烈地照着……

戴顶破草帽，打着赤脚，唐丰收顺着狗肠子般弯曲的小道疾步往前赶着。他肩上担的担子一头是被褥卷，一头是两只箩箕，身上斜挎着打了两个补丁的书包，里面装的不是课本，而是两件换洗衣服与几块锅巴。唐丰收这次不是去学校上学，而是到距他家四十里开外的水库工地上去做工的。走进一片小树林，微风悠悠，树荫浓浓，一只白头翁在树枝上欢快地鸣叫着，清亮悦耳的声音仿佛是在呼唤“回头见，回头见”。要是去上学，唐丰收准会对白头翁笑一笑，可此刻他没有顾及微风的凉爽与鸟语的撩人，仍继续走着，因为他感到胸中憋着股怒气。

半个月前的星期三下午，唐丰收正在教室里写作业，同学汪进步跑来喊他，说门口有人找。他捏着笔来到学校大门口一看，是堂弟套毛跑来了。套毛才六七岁，在家是放牛娃。唐丰收就读的杨林中学距他家少说有三十华里。放寒假时，他有一次到学校来拿东西，曾带套毛来过一回。瞧小套毛走得满头大汗，唐丰收惊讶地问，你怎么来了？套毛用小手抓住他的衣服，哇的一声哭道：二伯死了。论辈分，套毛叫唐丰收的父亲唐本初作二伯。听说父亲死了，唐丰收犹如晴空霹雳，大吃一惊，焦急地问，到底咋了？套毛结结巴巴地回答，我……我也说不清，你妈叫我来喊你快回去。唐丰收忙向班主任老师请了假，将桌上的课本一股脑往书包中一塞，拔腿往家里奔去……

赶到家，气喘吁吁的唐丰收见家中设着灵堂，母亲披着孝，跪在一口棺材前边烧纸边哭泣。白发苍苍的奶奶忙将他牵到一旁轻声告诉他，他父亲昨天在同刘家屋抢水的械斗中被打死了。闻言，唐丰收朝棺材前扑通一跪，撕心裂肺般喊道：爸爸，爸爸。边磕头边号啕大哭……

唐家屋坐落在山岗子这边，刘家屋蜷缩在山岗子那边，岗子下有口犁弯塘，塘的面积有几间屋子大小，因形状酷似犁弯而得名。犁弯塘奇深无比，听老人们口传，即使三年不下雨，塘里的水也不会干涸。当年，一连好几个月没下雨，许多塘堰干得底朝天，泥皮子翻卷，可犁弯塘中仍有一潭清汪汪的碧水，于是两个屋场的人纷纷抢用塘里的水。起初，两个屋场各守一方，相安无事。随着旱情持续加重，日头火辣辣地烤着大地，大地上虚晃晃地升腾着暖烘烘的暑气，田地里的庄稼枯得点把火就能燃着。一时水贵如油，为了抢水，两个屋场的人发生了多次争吵。唐丰收从学校回来的前天夜里，双方又抢水，人人争先恐后，抢个不停，没水吃就得干死，谁不想活命呢？抢到黎明时分，双方在塘周围聚集了许多拿着扁担、铁叉和棍棒的人。唐本初在人群中与刘家屋的大胡子发生了激烈争吵。大胡子嚷嚷犁弯塘清朝时就属于他们屋场，唐家凭什么来抢水？轰撵唐家的人滚开。唐本初粗着脖子据理力争：这塘元朝就是我们队的，根本就不是你们刘家的！大胡子吵得恼火，上去给了唐本初一拳。唐本初眼疾手快地闪开，顺手回击了大胡子一拳。大胡子躲闪不及被击中，往后一倒，跌了个屁股开花。大胡子身边的一位小伙子见状，举起手中的扁担朝唐本初的上身就砍。唐本初旁边的一位年轻人上去用扁担一挡，于是，唐刘两家的人一哄而上，棍棒交加，击打声、吼叫声震天，一场抢水的械斗发生了。双方打得天昏地暗，难分难解。混战中两败俱伤，唐家有六人因伤住进了医院，刘家也有八人住了院。身负重伤的唐本初送到医院没多久就断气死了。尽管出了人命，可两个屋场的人仍在抢水，男女老少都准备拼死一战。大队与公社干部闻讯后火速赶来，平息事端，将两个屋场抓走了许多人。可为了活命，两个屋场仍继续抢水，直到将塘里的水抢光，连潮湿的淤泥也挑走了才罢休……

唐丰收父亲一死，家里一下子失去了靠山，母亲随后也在悲愤交加中病倒，唐丰收只好辍学了。

县里在修一座水库，唐家屋分了一个去工地的增补名额。生产队长唐和宝是唐丰收房下的叔叔，在公社开会时拿到这名额，回来后也没声张。他体恤唐本初才去世，唐丰收这个学生娃在集体食堂吃不饱饭，干活又不行，就找到他，关爱地对他说，丰收啊，你去水库工地吧，那儿有口饭吃，比在家挨饿强。当日中午就叫他带着行李去了。

顶着烈日，经过大半天艰难跋涉，唐丰收终于来到了水库工地。

唐丰收虽年幼，作为民工，也要跟壮劳力一样干活。这天上午，夹在人群中挑土的唐丰收见一位戴眼镜的人扛着一根测量用的尺子打他身边路过，因小道太窄，忙给那人让路。那人在主动给他让道时身子一歪，眼看要跌倒了，唐丰收伸手一把揪住他。

戴眼镜的人站稳后，打量了一下唐丰收。唐丰收对他笑笑。戴眼镜的人等唐丰收将挑的土倒了，对他招招手，让他过去，又叫他将粪箕放在一旁，将拿在手中的尺子递给唐丰收，要他扛着跟他来。唐丰收忙说，我还要挑土呢，完不成任务，不能收工，吃不到饭。戴眼镜的人没说什么，将他拉到一位公社干部身边，对那干部说，给我扛尺子的人没来，让这孩子跟我去一下。戴眼镜的人是工地上的工程师，人们都亲热地喊他老秦。这位公社干部认识老秦，当即对唐丰收挥挥手，叫他快去。

唐丰收扛着尺子跟老秦走了。老秦边走边问他读了多少书，因为老秦看他是一副学生模样。唐丰收说读初二，前不久辍学了。老秦问是何原因，唐丰收回答：家里穷，读不起。没将屋场抢水打架的事说出来，因为出门前奶奶叮嘱过他，在外面与人打交道要多长个心眼，不能随便说家里的事。老秦又问唐丰收你家谁去世了，因为他发现唐丰收穿的布鞋上搭着白布。唐丰收轻声说：我父亲。来到一个土堆旁，老秦停住脚步没再问了，指着唐丰收手里的尺子问他会认吗，唐丰收摇摇头表示不认识，想想，就对老秦说，你教一下，我就会认了。

老秦觉得这孩子回答得在理，将尺子上的刻度对他说了，问记住了吗，唐丰收笑着说记住了，随后将老秦教的话重复了一遍，问对吗，老秦笑着摸摸他的头，指着一个地方对他说，一会儿，你站在那儿，将尺子倒着立好。唐丰收问，倒着立干吗？老秦将仪器架好，才对他说，尺子在那边倒着，我在镜子里看就是正的。

唐丰收将眼睛眨巴了一下，说，明白了，这是相似三角形原理。

老秦高兴地一笑，伸出大拇指，夸他真灵泛。

唐丰收赶紧问老秦，老师，您贵姓？

老秦回答姓秦。

唐丰收问,是秦始皇的秦吗?

老秦幽默地反问,百家姓里还有其他的秦吗?

唐丰收笑着说,百家姓里只有一个秦,可秦与金声音难分清,你说得太快,我怕误喊成金老师了。老秦耸耸眉毛,笑道,人不大,你还会咬文嚼字啊。唐丰收说,你教我认尺子,你就是老师,以后我喊你秦老师。老秦推推眼镜笑了,摆手叫他快过去,别耽误时间了。

在一起测量,老秦客气地喊唐丰收作小唐。

两人测到傍晚收工回来,唐丰收执意要将尺子替老秦扛回住处。老秦说,我住的地方,距你们民工的住处还有好远一程路呢。唐丰收说,我要是不送,你扛,你累。老秦逗他说,你就不怕累?唐丰收乐颠颠地答道,我是小伢,怕啥累。唐丰收虽十五六岁了,因营养不良,骨架子还没抽条,瘦精精、矮矮的,一脸娃娃相。扛着尺子将老秦送到住处,分手时,老秦给了唐丰收一粒水果糖。唐丰收乐得嘻嘻直笑。

唐丰收没想到,第二天老秦又来找他了。唐丰收笑着问,原来给你扛尺子的人没来吗?老秦不耐烦地对他说,刚才我对你们公社带队的人说了,叫你去,你就跟我来,哪有许多废话。

说句心里话,唐丰收情愿跟老秦扛尺子,因为扛尺子测量比挑土轻松自在,就笑眯眯地去了。过了两天,原来的助手小马有事不能来工地了,为了方便工作,老秦找到相关领导协商,要唐丰收临时给他当助手,并从民工住的大工棚中搬出来跟他住在一起。见不用再压肩膀挑土了,搬过来与老秦一起住,唐丰收感到遇见了贵人,心中甭说有多高兴了。

老秦叫秦九盘,是龙山县水电局的工程师,这次是被水库工程指挥部临时抽调来支援的。他个子不高,猴瘦猴瘦的,戴副近视眼镜,一脸褶子痕,三十岁边上人,乍一看如四五十岁的老头子。他虽是位身子骨文弱的人,说话不紧不慢的,可骨子里则有股暴躁的脾气。那天意外地遇见唐丰收,他一眼就看出这小家伙聪明伶俐,活泼可爱,便对他有了几分好感。老秦是位办事极其认真的人,唐丰收跟他扛尺子后,老秦见这小家伙聪明好学,肯吃苦,有文化,手脚勤快,就打心眼里喜欢上了,整天让他尾巴般地跟在身后。

唐丰收是个爱学习的孩子。读高小时，家里太穷中断了学业，可他仍坚持在家自学，比别的同学多上了一个六年级，才如愿考取了初中。失学后，他痛苦万分，强烈的求知欲使他渴望能再读书，这次在工地上有缘认识了老秦这位老师，他打心眼里高兴。他对测量很感兴趣，空闲之际就向老秦问这问那，还将测量仪器看来看去，让老秦教他，说原理给他听。老秦特别喜欢他身上这股好学的劲儿，就边工作边教他测量技术，晚上闲暇之际，又教他与测量相关的计算知识，教他如何用计算尺。

不知不觉中，唐丰收跟老秦干了一个多月。有一天傍晚收工时，测完一个测点，老秦在下一个陡坡时，不慎将脚脖子崴了，疼得嘴直咧。唐丰收赶紧过去将他搀起来。老秦站了好一会儿，见脚仍不能行走，直叹气。唐丰收蹲下来说背他回去，老秦摇摇头说你背不动。天渐渐黑了，周围没人，唐丰收对老秦说，让我背背看，实在背不动，再说。老秦还是没让唐丰收背，仍一瘸一跳地走。唐丰收见他每走一步都疼得皱一下眉头，就从老秦身上接过仪器背着，搀着他，给他当拐杖，两人一点一点往回走，直到深夜，才回到住处。第二天，老秦受伤的脚脖子肿得如馒头，疼得不能走了。见不能去工地奔波，老秦焦急地直念叨这怎么办怎么办。因为不将地形测量好，会影响水库工程的施工进度。想了想，老秦对唐丰收说：你去测吧。

唐丰收一愣，疑惑地问：我行吗？

老秦说，测量技术，我基本上都教给你了，你去干一回试试。

在老秦的鼓励下，唐丰收点点头说好，其实，他早想单独测一回了，因为在老秦身边经过耳濡目染，他感到自己已掌握了测量技术，有一次还偷偷背着老秦试过一次。毕竟是第一次放手让一个孩子去单飞，临走前，老秦又向唐丰收交代了一番，说晚上收工回来，他要查数据，千万不能弄错了，还替唐丰收找了个帮手。

唐丰收背着仪器高高兴兴地去了工地。他晓得老秦这次让他单飞，是对他的信任，更是对他的考验，所以到工地后，测得格外认真，生怕有一丝闪失。工地上挑土干活的民工，见他这么个娃娃在用仪器测量，都觉得很奇怪，有人拿他穷开心，讪笑他看仪器的样子像牛犊子在母牛肚下吃奶，可他置之不理，埋头注视着镜子中那个崭新的世界。使老秦高兴的是，当晚唐丰收回来将测量的情况对他一说，他将测的数据一看，一个没错，夸唐丰收干得好，并搅了杯白糖水犒劳他。夜里，老秦又教唐丰收如何整理测量数据和绘制简单的草图。在学校读书时，唐丰收就对几何感兴趣，经老秦一点拨，马上就明白是咋回事了，将草图画得有模有样。

水库测量任务完成了。

老秦回局里那天，执意要唐丰收背着行李送他。

来到龙山县县城，两人走在街上，唐丰收一双眼四处张望着。老秦问他以前可到县城来过，唐丰收摇摇头说没来过。老秦风趣地说，那你是大姑娘上轿——头一回，多看看吧。来到街上路边一个炸油条的铺子前，老秦让唐丰收放下行李，要了两碗豆浆、六根油条，与唐丰收一起吃了起来。唐丰收嚼着油条直说，好吃，真好吃，我还没吃过呢。

县水电局机关办公地点在城内一条不起眼的胡同里，那儿是座古色古香的四合院，院子不大，有棵高高的香椿树。老秦领着唐丰收进了院子，院子里静悄悄的，香椿树上有几只麻雀在喳喳叫着。老秦问一位在晾晒衣服的女人，人都到哪儿去了？这女人是一位技术员的老婆，她回答说人都下乡了，去了哪儿，她也不晓得，都是不到天黑不回来。

来到一排房子顶头的那间房，老秦从裤腰带上拿起钥匙链子，用钥匙将门打开了。房间不大，中间有张挂着蚊帐的床，靠窗户摆着张两边都带抽屉的办公桌，桌旁有把靠背椅。

唐丰收问老秦，你住在这儿？

老秦嗯了一下，伸手推开窗户，用鸡毛掸子将桌上的灰掸了掸。随后在那把靠背椅上坐下来，摸出烟盒点了支烟，指着桌旁的热水瓶，叫唐丰收去食堂打两瓶开水来。

唐丰收放下行李，拎着两只空热水瓶来到院子一角的厨房内。有位系着围裙的老头正在用刀噔噔噔地切冬瓜，听说他要打开水，问他是哪来的。唐丰收顺嘴答道我是老秦的亲戚。老头自语了一句，你是老秦的亲戚？扭头看看他，让他去把老秦喊来，不然不给打。唐丰收只得跑去将老秦喊来了。老秦指着唐丰收，告诉那老头说，这孩子是我老家的一个侄子，那老头这才给唐丰收打了开水。

老秦倒了杯白开水，还没来得及喝，外面传来一阵自行车铃铛声。不一会儿，进来一位身材高大的人。来人是水电局的李局长。一进门，李局长就快言快语地说：老秦啊，再不回来，我可要派人到工地上去拽你了。老秦忙问，这么猴急，有啥事？李局长说：有座小水电站秋天要上马，你赶紧带人去测一下。

接受了新任务，老秦瞧李局长在瞅着唐丰收，就指着唐丰收介绍说，他是小唐，叫唐丰收，是我在工地上带的帮手。

听说是老秦带的帮手，李局长亮着眼对唐丰收上下打量了几下，笑着说：唐丰收这名字好听啊。

老秦乘机对李局长说：小马一时半会不能回来，我带小唐去测，省得再找人了。

李局长爽快地答道，这事，你安排，我只要你早点完成任务。说罢，走了。

唐丰收低着头对老秦说：我还要回家呢？

老秦大声对他说：你现在跟着我，哪也不准去，抽空我对水库那边说一声。也不等唐丰收回话，指着仪器要他背着，端起桌子上那杯白开水一饮而尽，关上门锁好，在食堂里拿了几个馒头和几个咸菜疙瘩，要唐丰收快跟他走……

第二章

来到水电站工地，测量休息时，在一棵大枫树的浓荫下，老秦坐在凸出的树根上，将唐丰收喊到自己身旁，用商量的口吻对他说，他原来请的帮手小马不能来了，自己需要个帮手，问他愿不愿意跟自己继续吃苦受罪，并告诉他说，当帮手，公家管吃管喝，局里还补点钱。听说补助点钱，唐丰收心中一喜，转念一想，人家管饭吃就不错了，哪会给钱呢，准是老秦在与自己开玩笑。就俏皮地答道，我不要钱，你干脆收我做徒弟，让我长期给你扛尺子。

听唐丰收说要当自己的徒弟，老秦一怔，推推眼镜，若有所思地对他说，想拜我为师傅，可以啊。我要你干三件事，干得满意，我收；不满意，这次测完了，你就回家。

唐丰收追问：哪三件事？

老秦从当天测出的数据表中抽出一页，交给唐丰收说，第一件是三天后，你将这些数据背给我听，最多只能错三个，超过了就算输。

背书是唐丰收的拿手好戏，又笑着问：第二件呢？

老秦说：你现在就将鞋脱了，除了上床睡觉，三天之内不得穿鞋，屁股不准坐任何东西。

闻言，唐丰收心里咯噔了一下，不穿鞋打赤脚可以办到，可屁股不坐东西，这可是麻烦事，但他还是回答：好，我答应。

老秦看着他说：这第三件嘛，我身上有个疮，三天后，你告诉我疮在哪儿，要是这三件事你都做到了，你就是我的徒弟。

唐丰收当即将鞋脱掉并装进挎包，站起来，问老秦，你说话可算数？

老秦将手中的烟头一丢，拍拍屁股下的枫树根，道：一言为定。

唐丰收接受挑战后，开始落实了。背数据很容易，他用测量的间隙，从头往后一个数据一个数据地背着。在默记中，他很快发现了这些数据的内在规律，第二天就将那页表上的数据背得滚瓜烂熟。测量的地方杂草丛生，坑坑洼洼，光着脚跑上跑下，爬来爬去，他脚上磨起了泡，有的地方还被划破了，可他一声不吭。相比起来，屁股不落座，看起来容易，可一整天不坐，真让人十分难受。第一天还好，第二天他就感到两条腿累得直发酸、发麻，遇见树，他就靠着树干休息一下，来到有房子的地方，他就靠着墙壁歇歇，但使他感到最困难的是寻找老秦身上的疮。老秦虽是个马虎人，对衣着穿戴很随便，可他很少打赤膊，夜里睡觉也要穿件背心。尽管唐丰收时刻留着心，可观察了一整天，仍没发现老秦身上哪儿有疮。第二天傍晚回来，他打了一盆热水给老秦洗澡，趁老秦洗澡时，他藏猫般躲在窗后，通过窗户的缝隙朝里面偷看，可等老秦将澡洗好，他的眼都盯酸了，也没见老秦身上哪儿有疮。眼看三天时间到了，前两件事，唐丰收都做到了，唯独这第三件还没着落呢，他焦急万分，心想，老秦身上能看的地方都看了啊，到底哪儿有疮呢？下午，老秦说要去解大便，找唐丰收要纸。唐丰收从挎包里撕了半张旧报纸递给他。老秦没要，而是叫他拿包里的草纸。唐丰收将两张草纸递给老秦后，琢磨开了，老秦干吗要用草纸而不用旧报纸呢？等老秦解了大便，他拿着那半张破报纸说自己要解手，来到老秦刚才解手的地方。一看老秦用过的草纸，一下子找到了答案。

收工回去前，来到一条小河旁，老秦坐在一块大石头上，对唐丰收说：

时间到了，你背数据吧。

唐丰收见老秦验收了，就站在他面前流利地将那页表上的数据背了出来。

等他背完，老秦也没看表就对他说，第十六个数据错了，应该是3559，而不是3556。唐丰收拿出那页表将数据一对，傻了，老秦说得对啊，自己真记错了。老秦笑着对他说，错了一个，不容易啊，这一关，过了。

第二件事没法评判。老秦对他说，这三天，你没破坏规矩，算及格了，现在说说第三件吧。

唐丰收假装直挠头，好半天没说话。瞧他一副为难的样子，老秦皱着眉头正要说什么，唐丰收陡然对他说，没猜错的话，你有痔疮。

老秦猛地将大腿一拍,哈哈大笑地问:快说说,你小子咋发现的?

唐丰收说,刚才我去解手,见你用过的草纸上有血迹,估猜你有痔疮。

老秦听后,瞪着眼将唐丰收打量了一下,也没表态。

唐丰收忙朝他扑通一跪,连连磕头。

老秦将他拉起来,拍拍他的肩说,算我俩有缘,你往后就跟着我吧。

此前,老秦虽带过两个帮手,可从来没有收他们做徒弟的想法。他之所以要出这三道题来刁难唐丰收,一来唐丰收要是不能做到,这次完成了任务,就顺理成章地送他回去;二来他觉得唐丰收头脑灵泛,比他以前带的两个年轻人都好,如果他真做到了,自己就长期将他带在身边培养他。之所以要这么做,因为背数据是测试记忆力的,搞测量的人记忆力一定要好,要善于记数字;第二件是考查体能的,搞测量是野外作业,没有好体能不行,站功与走路都是基本功;让唐丰收寻自己身上的疮,则是考察他的观察能力,当好一个测量技术员,必须得具备很强的观察能力,而这三件事唐丰收都做得令他满意。

当晚回来,老秦写了张条子,拿去让李局长批了,从局财务科出纳那儿领出三元钱,交给唐丰收,说是他这段日子的补助费。

捏着三张一元的票子,唐丰收惊讶地问老秦:真给钱啊?又将钱还给老秦,说自己不要。老秦将钱往他口袋里一塞,说,给你,你就收着,留做零用。说完,他拿着笔记本到办公室去开会了。

唐丰收将自己关在屋内,掏出那三张钱,反复抚摸着,观看着,这是他第一次拿到自己的钱啊,心里别说多激动了。买东西?不,妈在家等着用钱治病呢,得将这钱送回去。一时冲动,也顾不得多想,他急匆匆往家里跑去……

在干部会上,老秦当作笑话说出了自己要唐丰收拜师的事。大家听后都笑了。李局长说,既然你收了这小家伙做徒弟,就好好培养他吧,局里正缺技术人才呢。

散会后,老秦回到寝室,见唐丰收没像平时那样在房里看书,喊了几声,也不见他答应,当他到外面去玩了,自己埋头整理资料。整到深夜,还不见唐丰收回来,老秦将门一掩,往床上一倒,睡了。一觉醒来,老秦看看手表,凌晨3点多了,唐丰收竟还没回来,着急了,心想这小子跑哪去了呢?去找?这小子精得很,丢不了,倒头又睡,迷迷糊糊没睡着,没一会儿发现唐丰收蹑手蹑脚进来了。老秦问他这么晚才回来，到哪去了？唐丰收擦了把头上的汗，支支吾吾地说，我去看电影了。

老秦一骨碌坐起来，指着他问，你敢对我撒谎啊，看什么电影这么晚才散场？

唐丰收还没见过老秦发这么大脾气，低着头哆嗦着说：我……我回家了。

回家干什么？

我……我把钱送回去了……

老秦看看唐丰收，说，我就猜到你小子回家去了，那么远，跑来跑去，真亏了你，记住，往后到哪去，得跟我说一声，来不及说，留个便条。

唐丰收连连点头说好。

老秦指着桌上的那只碗，说里面有半个馒头，你用开水泡着吃了，再睡会儿，一早，我俩还要去工地呢。

老秦是单身汉。读大学时，他喜欢上了一位女同学，相互爱得很深。毕业后有了工作，两人正准备结婚，可那位女同学却生急病死了。见心爱的人离开了这个世界，老秦就固守着那份挚爱，一直单身，别人劝他再找一个，他始终不答应。现在有缘结识了唐丰收，通过这些日子的交往，他越发喜欢上了这孩子，特别是收唐丰收做徒弟后，想到水电局缺乏技术人才，在朝夕相处中，就有意培养他，要他自学高中与大学课程，时常抽空教他一些水利工程方面的知识，点拨他如何使用。在生活上，老秦则将唐丰收视为儿子，与他睡在一张床上，在一个碗里吃菜。

拜师后，唐丰收更将老秦当成父亲来敬重。他晓得老秦身体不好，就像儿子孝敬父亲般竭力照顾老秦，同时抓住机会如饥似渴地学习着……

第三章

那个水电站测量的任务告一段落后，这天傍晚，老秦带着唐丰收回到县水电局。唐丰收赶紧打热水给老秦洗澡。老秦在房里洗，他光着膀子穿个裤头从井里打盆水往身上冲洗着。李局长过来问他，你师傅呢？

唐丰收指指关着的门，回答说师傅在屋里洗澡。李局长隔着门对里面的老秦说，洗了澡，你快去岔路镇，参加县里在那儿举办的社队基层干部培训班。老秦在里面问，社队干部培训班，我去干什么？李局长说，这次是培训干部技术知识方面的，张县长让我们局派个人去讲课，只有你去。言毕，李局长说自己要开会，走了。

老秦洗完澡打开门，唐丰收赶紧进屋将洗澡水端出来倒了。既然领导将任务交给他了，老秦二话没说，从书橱中找了两本水利方面的书，对唐丰收说你跟着一起去听听。唐丰收巴不得去呢，赶紧替老秦将包背着，跟在他身后走了。

岔路镇是一个小镇，距县城三里来路，这点路对老秦与唐丰收来说不算远。虽是傍晚，可因为持续无有效降雨，吹来的风暖烘烘的，让人感觉燥热。因为走得急，唐丰收穿的小褂子后背一片汗漉漉的。

两人来到镇上，在一家祠堂里找到了办干部培训班的地方。这儿聚集着从全县各公社、大队抽来的干部，县政府办公室的小刘告诉老秦，他的任务是对干部们说说水利兴修方面的知识，因为县里正急着搞抗旱，干部们不懂这方面知识。老秦不耐烦地说，临时抱佛脚说说，有啥用？小刘说，领导叫你讲，你就讲，学一下，总比不学强。小刘叫刘团结，才满十八岁，长得毛嫩嫩的，可他毕竟是这儿的负责人。老秦觉得他这话说得也对。

一盏汽灯悬挂在讲台的上方，干部们纷纷来到祠堂的大厅中，台下坐的黑压压一片。老秦也没拿书，站在台上，边摇着黑折扇扇风，边扯开嗓门对大家哇啦哇啦地说着。他没说什么高深的理论，而是简单明了地介绍水利方面的基本常识，比如挖沟要注意什么，修桥要注意什么，等等。他正说得带劲，张应喜县长忽然进来了。

张应喜长得长脸大嘴，身材高大，两条腿比一般人略长，走路极快，因而在部队时他就有个外号叫张铁腿。因为他生活简朴，为人随和，没有县长架子，人们都喜欢称呼他张铁腿，他更是乐滋滋地答应，久而久之，张铁腿成了他的外号。张应喜直接来到讲台上，对老秦耳语了一下。老秦随即将手中的折扇一收，从台上下来了。

台下顿时鸦雀无声，人们都将目光注视着张县长。

张应喜是个说话办事雷厉风行的人，不喜欢婆婆妈妈地啰唆。他开门见山地对大家说，江亭区的王区长和大桥区的赵区长找到我，嗷嗷叫说肠子都旱断了。同志们呀，这两个区的塘堰底朝天啦，特大旱灾啊，田地里庄稼枯得能放火了，人畜连喝的尿都没有。刚才县政府开了紧急会议，决定挖抗旱沟，架抽水机抽龙潭河的水支援这两个区抗旱，所有的人这就去挖沟，我带队！他用力一拍讲台，举着手朝外面一指，咋呼道：走，现在就走！说罢，他风风火火地支派培训班的干部们分头去找工具，不一会儿就将人马全拉了出去。

大家排着队踩着月光来到挖沟的地方，张应喜指挥大家按部队的班、排建制开始挖沟。人们将带来的火把在地上插好，借着光亮迅速排成一字长龙的队形，挥舞着锄头挖起来。有人问张应喜，不事先测量一下，这样挖行吗？张应喜不以为然地回答道：挖条沟放水，又不是绣花，先挖个大概再说。

老秦举着锄头挖了一会儿就体力不支了。唐丰收见大家在一起挖沟挺好玩的，越挖越带劲。开挖前，刘团结交代沟要挖一米深，两米宽，用锄头柄给每人量了一锄头柄长的任务，说挖完了才准回去，不挖完，死也死在这儿。见老秦用锄头支撑着下巴喘气，唐丰收让他钻进一旁的树荫中去躲躲，说他替他挖。老秦没睬他，在这种场合，擅自离开，万一被捉住了，要被拔白旗，唐丰收不清楚这事的厉害性，可老秦晓得。老秦朝手中吐口唾沫，又挥起锄头接着挖。工地上响着一片锄头挖地的声响，张应喜还觉得气氛不浓烈，指挥刘团结带头打喔呵呵。刘团结大着嗓门一打，其他人马上喔呵呵地响应着。

那悦耳响亮的喔呵呵声直冲夜空，惊得树林里的鸟儿扑棱棱直飞……

老秦挖累了坐在地上抽烟，他身旁的一位干部对他说，这样乱挖，深的深，浅的浅，咋过水？老秦当然晓得这样挖不行，可又不敢随便乱说，就答道，你刚才没听张县长说嘛，先挖个大概，有了毛坯，通水时再修一下，也凑合。

两人正在说话，张应喜打着手电筒来找老秦。老秦赶紧起身举起锄头挖土，张应喜对老秦说：你跟我来一下。

老秦停住手，将锄头丢在一旁跟他去了。两人来到一个岗子的凹地，借着月光，张应喜指着对面的岗子说，这沟要挖到江亭那边去，得打这儿经过，你是工程师，你说该咋办？

老秦见两边都是岗子，中间是一片凹地，就说：有两种办法可以解决，一是绕道过去，一是修渡槽。

张应喜说，刚才我看了地形，绕道不行。

老秦说，那只有用渡槽了。

张应喜说：这样吧，明天一清早，你来这儿测一下，将建渡槽的问题向我汇报。

老秦说好。

挖到月亮偏西，唐丰收终于将自己与老秦的任务都挖出来了。验收后散队了，两人回到镇里的临时住处。一屁股坐在席子上，眼皮就打架了。老秦从包里掏出日记本，因为他有记日记的习惯，工作再忙，临睡前，他也要简单地记一下当日发生的要事。翻到新的一页，他在日期栏里填了 1959 年 8 月 23 日后，边写边对唐丰收说：你现在回局里去将仪器拿来，明天一早测量用。可他却听见唐丰收在打呼噜，偏头一看，眨眼工夫这小家伙竟靠着墙，倒头睡着了，心想这小家伙忙累了，让他睡吧，明天清早再拿也来得及，就将当晚开挖抗旱沟的事记了下来，还没记完，眼一闭，也抱着日记本进入了梦乡……

老秦还在香甜的睡梦中，陡然被人摇醒，见是刘团结，忙揉着眼问干什么。刘团结说张县长叫你快去山坳那儿测量。老秦忙爬起来，推醒唐丰收，将房门钥匙交给他，催他快回局里将仪器拿来。

唐丰收不敢怠慢，飞速跑回去背着仪器，扛着尺子赶来了。两人揣两个馒头急急忙忙赶往工地时，老秦在乱草丛中不慎被树根绊倒了，人没事，眼镜跌坏了。赶到那个山坳时，张县长已带着两个干部在等他俩。张应喜一眼就发现老秦脸上没戴眼镜，忙问老秦眼镜呢。

老秦说刚才跌了一跤，眼镜跌坏了。

张应喜担忧地问：不戴眼镜行吗？

老秦一把将唐丰收推到张县长面前，说：我不戴眼镜不行，小唐行。

张应喜见面前站着个乳臭未干的毛孩子，怀疑地问老秦，他真行？

老秦自豪地说，小唐是我的徒弟，当然行。

张应喜道，你说行，听你的。将手伸过来与唐丰收握了握。

见县长与自己握手了，唐丰收激动不已。

老秦对唐丰收交代了一下，喊了个人来给唐丰收扶尺子，自己火速回县城配眼镜去了。唐丰收对那人说了说，架起仪器开始测量了。

挖沟的干部们纷纷到了工地。大家在张县长的率领下，抗旱沟被挖得速度很快，挖到山坳那儿，听说这儿要建渡槽，人们纷纷到对面山岗接着往前挖。人们路过这儿时，见唐丰收这毛孩子时而埋头看仪器，时而挥手指示那边人换位置，觉得好奇。有几位干部围过来看稀奇，见镜头被遮挡了，唐丰收就喊他们让开，那些干部拿他穷开心，故意不让。焦急中，唐丰收气恼地大喊，再捣乱，我喊张县长来剥你们的皮。听这毛孩子口气挺大的，人们才哄笑着走开了。

老秦戴着新眼镜火急火燎地赶到，连水都没来得及喝一口，张应喜就找来了。挖抗旱沟，渡槽这儿是关键，作为工地指挥长，他当然要紧盯着。张应喜见老秦一头汗，便递了一支烟给他。老秦找唐丰收要了测出来的数据，蹲在地上，在小书夹子上对着地形很快绘了张渡槽的草图，随后向张县长汇报说，初步估算，这渡槽得建103米长，顺手将草图递给张县长。张应喜对着草图扫了几眼，问老秦，按你的想法，建渡槽最快要多长时间？

建一座103米长的渡槽，不是件容易的事，要预支渡槽槽身，要用混凝土建支架，如果钢筋和水泥供应及时，老秦估计工期最快也得一个月。

张应喜虎着脸说，不行不行，别说一个月，半个月也不行，两个区田里旱得在冒烟了，等水救火呢。张应喜催老秦再动动脑筋想办法，跟上大跃进速度。老秦猛抽了几口烟，说，既然这样，那就只有用木头做个渡槽，凑合着用，以后再建渡槽吧。

张应喜乐得将烟头一丢，往老秦肩上一拍，夸道：不愧是知识分子，点子多，好，听你的，用木渡槽。他转身向身边的几位干部下命令般要他们快去组织木匠打制木渡槽，限令三天内必须打好木渡槽架上，保证按期通水。为了加快挖沟进度，他又叫大桥与江亭两个区火速组织人来挖，人越多越好。等那几位干部离开，张应喜对老秦说，建木渡槽的事，你负责，一定要给我限期完成，到时候不能放水，我拔你白旗。既然县长将话说得如此严重，老秦当然不敢松懈，就让唐丰收在这儿继续测量，自己跑去找江亭区领导。因为木渡槽打多大，打多长，他必须亲自把握，不然，没个标准，木渡槽做出来也不能用。

江亭区领导火速将几个公社的木匠从大炼钢铁的工地上召到一起，布置任务后，就组织人员找木料，因找得火急，最后将社员家的棺材板都抬来了。几十个木匠聚集在区委大门口前，在老秦的指挥下，锯的锯，砍的砍，推刨子的推刨子，赶制木渡槽，那热闹的场面，前所未有。

老秦在这儿忙，唐丰收在洼地那儿更忙，一整天，他忙得连放屁的工夫都没有，吃饭也是站在仪器前啃馒头。吃晚饭时，因夜里要加班赶制木渡槽，老秦让唐丰收与他临时住在区政府里。挖抗旱沟的大队人马上去后，因为有张县长亲自督战，进度飞快。晚上，张应喜到江亭区政府来检查木渡槽的情况，顺便问了一下测量的事。他对木渡槽的打制很满意，要求争取提前完成任务，听说测量要第二天才能继续，就急着问唐丰收，夜里能不能测？

唐丰收为难地说，夜里漆黑的，怎么测？

老秦也在一旁回答，夜里测，我也没试过。

张应喜将脚一跺，对他俩说，长个头脑是干啥用的？就不能想想办法？

见张县长发脾气了，老秦考虑了一下，说，那就打手电筒试试吧？

张应喜果敢地说，对，打手电筒试试，奇迹都是人创造的，抗旱沟夜里抓紧挖，与老天爷打仗，兵贵神速，一点时间都不能耽搁。

见他俩没有手电筒，张应喜让区干部找来几把加长的手电筒给了老秦。老秦带着唐丰收和那位扛尺子的干部来到工地。老秦眼神本来就不好，夜里更不行，他让唐丰收看仪器，自己用手电筒照亮，那位干部举尺子。一试，效果虽不如白天那么好，进度缓慢，勉强也行。测到大半夜，老秦用手电筒一照，发现举尺子的那位干部不见了，就喊他，却听不见回答，跑过去一看，那位干部竟倒在地沟里了。老秦将他拉起来问怎么啦。那位干部说眼皮打架，实在不行了。老秦让他去给唐丰收照亮，自己举尺子。测了一会儿，就听老秦大叫一声，不好，唐丰收赶紧与那位干部跑过去，原来老秦在移测点时，摔倒在沟里了。唐丰收将他搀起来，老秦疼得直咧嘴，说脚又崴了。唐丰收背起老秦说，算了，今晚测到这儿，明天再来。背着老秦披着星星回来了。

连续奋战了两天一夜，木渡槽终于打好了。渡槽十来米长一节，一共十节，还有对应支撑的架子，木匠们抬的抬，扛的扛，运到现场。张应喜赶来催促木匠们快点架。架木渡槽看起来是件容易的事，其实不然，要保持渡槽每节都在一个水平线上。老秦采用了先架设，保持基本平衡，后校核再架设的办法。几十个木匠在他的指挥下，搬的搬，抬的抬，忙了起来。

木渡槽前后几节架好了，就剩下中间两节没架。中午时分，火辣辣太阳威风地当空照着，地上弥漫着一股蒸人的暑气，天热得厉害。老秦虽咳咳咔咔的，依然带病坚持在一旁指挥。按他的要求，唐丰收与木匠们一起校着最后两节木渡槽间的对接口，可对来对去就是对接不上，气得老秦骂道，我就不信，架这么个鬼东西就这样难！他过来，仔细一查看，发现有个榫眼打得不对，就叫大家将木渡槽放下来重新打眼。打好榫眼再次架设时，老秦见在下面扛木渡槽的一位木匠双腿颤抖，快支撑不住了，赶紧上来帮忙。眼看对接要成功了，扛木渡槽的唐丰收陡然双腿一软倒下去了。旁边的老秦赶紧将他搀起来拉到树荫下，连连喊小唐小唐。老秦见他双目紧闭，就叫一个木匠快去工棚里，将他的糖瓶子拿来，搅了半碗白糖水，扳开唐丰收的嘴，将白糖水往他嘴里一点点灌。灌了好几口，唐丰收才醒了。原来他是疲劳过度中暑了。将白糖水喝了，唐丰收甩甩胳膊站起来。老秦关心地要他歇会儿，可他说没事，又来到木渡槽旁忙着架设。

木渡槽终于对接好了。老秦到区里去向张县长汇报时，却遇见张应喜正在同县委副书记刘民权在会议室里大吵。刘民权说这样挖抗旱沟根本就没用！张应喜争执道，现在要抗旱，不挖，田地里的庄稼干死了，没饭吃谁负责？刘民权说，这么挖就算挖成了，抽水机也无法将水抽过来抗旱！张应喜争辩道:还没抽水,你咋知道不能抗旱?刘民权指责他这是蛮干,张应喜反驳他是破坏抗旱。两人意见无法统一,最后,决定打电话向专区行署上报。专区行署的副专员李民昌接到电话,支持了张应喜的意见,说积极组织抗旱是当务之急,又严厉地批评刘民权是保守主义,要他好好反省。

见老秦来了,张应喜撇开刘民权,问木渡槽架好了没有。老秦将情况向他做了汇报,他连草帽也没戴,拔腿跟老秦赶去了。

唐丰收与木匠们精疲力竭地在树林中休息。唐丰收老家隔壁的一位邻居跑来找到唐丰收,说他妈病倒了,情况危急,催他快回去。老秦见唐丰收急得直哭,心想既然他老家的人找来了,肯定是母亲病重了,掏出皮夹子将身上带的十来块钱给了他,将剩下的那半瓶子白糖也让他带上,催他快去快回。

唐丰收急匆匆往家里赶去。尽管老家距工地有好几十里,焦急的心情使他恨不能一步就跨到家,早点见到朝思暮想的母亲……

第四章

没想到，当唐丰收再回到开挖抗旱沟的工地时，刘团结见面就跳起来质问他为何擅自逃离工地，要拔他白旗。拔白旗是当众批斗，是一种严厉的惩罚。唐丰收胆战心惊地说我妈病了。刘团结黑着脸说，抗旱重要还是你妈的病重要？他正在训斥唐丰收，老秦回工棚来拿东西，见唐丰收低着头在遭训斥，过来对刘团结解释说，小唐母亲病重，是我让他回去的，不能怪他，有啥事，我负责。说罢，拉唐丰收跟他去了木渡槽那儿。老秦问唐丰收，你妈病得咋样？唐丰收说是热得中暑了，不要紧。渡槽因质量问题还没有对接好，可张县长下了死命令，说第二天黎明一定要拿下来，保证按时通水。老秦不敢违抗命令，就带着木匠们抓紧时间克服架设上的困难，忙到傍晚才架好。

从大桥区那边挖的抗旱沟与江亭区这边挖的沟快接上头了。张应喜根据李副专员的意见，又组织一批民工上来奋力抢挖，同时将几台大功率抽水机调到龙山宫下的河边，连夜快速安装好，等抗旱沟贯通后开机抽水。

抗旱沟贯通了。

张应喜如打仗指挥攻占山头般下令开机抽水。工人师傅发动了柴油机，伴着机器隆隆的轰鸣声，几根洗脸盆般粗的管子中涌出了清亮亮的水。水被抽进了抗旱沟，顺着沟往前流淌。张应喜晓得沟是抢挖的，事先组织了抢险队，水流到那里，遇见不能过去的地方，抢险队的人就跳下去疏通。这办法虽好，可前面一段沟是乱挖的，高程悬殊太大，水过得缓慢，好在抢险队的人站在水里疏通，借着水的冲力，疏通得较快。不一会儿，水流到木渡槽那儿了。木渡槽对整个抗旱沟来说是个咽喉，张应喜赶来督战。老秦、唐丰收和十几位木匠都守在现场，一有问题，马上排除。水进了木渡槽，一开始流得很顺畅，流到对面后，因对面挖的沟太高，水淤塞了。张应喜马上指挥抢险队排除，抢险队的人正挥舞着锄头在抢着疏通，木渡槽漏水了。由于水越积越深，漏水越来越严重。老秦将情况向张县长作了报告，张应喜看后，无奈地说："漏就漏吧，只要不倒，就没关系。"

水，流到江亭区了。等水的群众见水来了，一片欢腾。

夜幕降临了，陡然刮来一阵凉爽的风，接着远处又出现了闪电，大家心里一阵愉快。有人说下雨就好了，张应喜听后马上批评说："我们不能靠天吃饭，抢险队按计划执行，一定要打胜抗旱这场攻坚战。"

见水在不停地往前流着，木匠们嚷嚷着要回去，老秦劝他们再等等。谁料木渡槽里装满水后，开始朝外溢了。去检查的唐丰收发现后，焦急地跑来问老秦要不要报告。老秦来到木渡槽下用手电筒照照，对唐丰收说，坚持一会儿再说。抽支烟的工夫，木渡槽的溢水越来越厉害了。老秦看后，大叫一声"不好"，让唐丰收快喊木匠们来抢险。唐丰收正拔腿要走，就听轰隆一声巨响，木渡槽从中间断了，大水随即哗啦哗啦四处流淌，唐丰收一把拉着老秦往高处跑。

张应喜闻讯火速赶来，见了老秦就是一顿臭骂，问他怎么搞的，竟让木渡槽断了?！老秦解释说木渡槽载水的承载力有限，前面没疏通，水流不过去，我也没办法，甘愿接受处罚。张应喜一边对身边江亭区的王区长说，你快去组织劳力来抢修木渡槽，叫抽水机停下来，一边指挥抢险队的人继续修抗旱沟，争取夜里将水送到大桥区。

就在大家分头抓紧大干时，风越刮越大，电闪雷鸣越来越近了。老秦带着前来支援的社员在抢修木渡槽，有些社员在泥水中站着不愿意干，说下雨了，不用再抗旱了。老秦害怕挨张县长批评，仍要大家继续干。鸡叫时分，狂风大作，蚕豆般大小的雨点噼噼啪啪砸了下来，一场大暴雨下来了。

工地上的人一片欢腾，随后惊鸟般四散了。

老秦与唐丰收冒着大雨拼命往工棚跑。他俩才钻进工棚，张应喜如只狮子般从大雨中一头扎进工棚。老秦端个凳子让他坐，张应喜上气不接下气地说，太好了，这暴雨下的是粮食啊。老秦见他身上的衣服被大雨淋透了，忙将自己的一件褂子脱下来让他穿上。唐丰收赶紧用茶缸子倒点开水递给他。张应喜接过茶缸，对老秦说，你这小徒弟，这几天表现不错，以后开抗旱总结大会，我要表扬他。

老秦乘机问，抗旱沟还搞吗？

张应喜坚定地回答，搞，一定要建设好，解决今后这两个区的抗旱问题，还要靠这抗旱沟，并指示继续将木渡槽修好。

这场雨一连下了好几天，抗旱问题彻底解决了。临时组织的抗旱队解散了，抗旱沟的事也被丢开了，因为张应喜接到指示又去抓大办钢铁的事了。

老秦与唐丰收回到了县水电局。

许多年以后，龙潭灌区管理局编纂《灌区志书》时，说到灌区建设的起源，头发斑白的唐丰收说，挖抗旱沟就是灌区建设的开始，带着杨主编等人找到当年挖抗旱沟的地方。抗旱沟挖后除了那次通水，以后再也没建设了。那条沟基本上消失了，但有的地方仍残留着当年开挖的痕迹。木渡槽早没有了，可唐丰收当年与木匠们打的那个木桩还有一截子残留那儿，架设木渡槽那边挖的豁口仍在，这些遗迹仿佛是在述说着当年的故事。

第五章

说到龙潭灌区，自然得说龙潭水库，用唐丰收的话说，没有水库哪有灌区呢？

在唐丰收他们挖抗旱沟前，龙潭水库的建设就动工了。

抢挖抗旱沟时，有一天深夜，老秦在工棚里不顾天气闷热，摇着蒲扇，在灯下埋头绘制抗旱沟的草图，一位身材不高，戴着眼镜，身子羸弱的人推门进来了。唐丰收拦住那人问找谁，那人轻声问：秦九盘在吗？事先，老秦对唐丰收有交代，晚上他办公时，除了领导，一般人不准进来。唐丰收见这人额头开阔，身上有股与老秦那样咄咄逼人的气质，感觉来历不凡，就说在，将他领了进来。老秦见了那人，一下子站了起来，伸出手兴奋地喊道：武老大，你怎么来了？随后叫唐丰收快泡茶。

这位被老秦称为武老大的人，叫武尧舜。武尧舜与老秦是读大学时住一个寝室里的同学，毕业后武尧舜考取了研究生，老秦没考取。他俩亲热得如兄弟，坐下来后，老秦掏钱让唐丰收快去买包好烟来。老秦烟瘾特别大，一天两天可以不吃饭，但半天不抽烟，就会要他的命，特别搞工程时，有时一天两包都不够。武尧舜对唐丰收挥挥手让他别去了，从包里拿出一条烟往桌上一搁。老秦见是一条大前门烟，欣喜得手直搓，连连说太好了太好了，拿出一包烟，打开抽出一支递给武尧舜。武尧舜掏出一只磨得发亮的深褐色烟斗，说自己用这个，啪的一声打着打火机替老秦将烟点燃了。武尧舜烟瘾更大，嘴边总叼个烟斗，不停地吧嗒着，只有说话时才会拿下来。不说话，那烟斗犹如他嘴上长出一只角一般，挂在嘴边。

老秦问他怎么到这儿来了。

武尧舜说，自己是来参加龙潭水库建设的，到工地有段日子了，一直想来看他,可惜忙得连放屁的工夫都没有,今天到县里开会,散会后才找个岔来了。老秦晓得此前武尧舜在大头岭水库工地任副总工程师。龙潭水库开工建设的情况,老秦当然清楚,并到水库工地去过多次,对那儿的情况很熟悉。听武尧舜说他是调到龙潭水库工地来任副总工程师的,老秦感慨地说龙潭水库建设的炮一响,我就估计你会来,没想到你真来了。武尧舜摸了摸下巴,感叹地说:我天生是拉犁的命,哪儿水库工程有问题,我就得去哪儿。两人说了一会儿水库建设的事,武总问他在忙什么,老秦说在绘制抗旱沟的草图。武总拿过草图扫了几眼,提醒说:你们这样挖怎么行?老秦说是县领导叫挖的,只有挖,挖好后用抽水机抽水,应急抗旱罢了。武总说:水库建设有个总体规划,规划书我给你带来了。说罢,他从包里拿出一部线装的规划书递给老秦。老秦接过规划书,翻着看了看,欣喜地说:这本给我吧,水库建设到一定规模后,肯定要配套建灌区,我留着好用。武总取下烟斗嗯了一声,接着说:上面派来的苏联专家最近要到水库工地来,那小子我在大头岭水库就与他打过几次交道,是头蛮驴子,这次他来了,肯定又要操蛋。老秦叹息说,现在有些领导就是迷信老大哥,老大哥的人放个屁都是香的。武总笑了一下,幽默地说,人家是吃土豆烧牛肉的,当然比我们这些吃白菜帮子的人有本事,你是测量高手,到时候,可要出马拉老兄一把啊。

老秦笑着说:有事,你当老大的尽管吩咐,不蒸包子,还争(蒸)口气呢。

两人谈了一会,见夜深了,武总说自己得赶回水库去做准备工作,离开了。

老秦将唐丰收喊了过来,要他将武总送给的那本规划书收好,又接着画草图,因为草图第二天等着用呢。

唐丰收躺在床上将这部规划书打了开来。跟了老秦后,在老秦的要求下,他逐渐养成了看书的习惯,只要是工程方面的书,拿到手,捧着就看,看不懂的地方就问老秦,所以,老秦房间里的书几乎被他看遍了。书看多了,他对水利方面的知识也有了突飞猛进地长进。看了这部规划书,唐丰收顿时就被深深地吸引住了,越看越感到心胸开阔,因为这本规划书对水库建设与综合开发利用有全面的规划与设计。此前,唐丰收随老秦到龙潭水库去过几次,每次去都被水库工地热火的建设场景所吸引,感到国家建这么大的水库,以后他们家乡的抗旱问题准能得到解决，像唐家与刘家那种为了抢水的械斗，就不会再发生了。但他心里总琢磨不透，水库建成后，怎样才能将水放到他们家乡去呢？他多次想将这问题问问老秦，又总觉得不好开口。看了这部规划书，他心里释然了，因为规划书对整个皖西南的水利状况做了综合布置，规划龙潭水库建成后，将要建一个中小型灌区，用建渠道工程的方式放水浇灌农田。唐丰收对这部规划书产生了一种特殊的敬畏。后来这部规划书被老秦使用过多次，每次用完，他总是精心收藏好。老秦去世后，他把规划书当成宝贝般保存着，直到他退休，局里建了档案室，他才将这本书交给档案室保管。在写这部小说时，作者打开档案柜见到了它。这部规划书厚厚的一大本，是用粗糙、颜色灰暗的马粪纸印的，字迹不太清楚，书的封面破损严重，有一块被黏糊过，可见它被翻阅的程度是何等频繁。唐丰收曾多次对他的同行们说过，这部规划书是龙潭灌区的老家底，后来的规划设计书都是在这部母本的基础上构建的。至于这个规划文本到底是怎么来的，唐丰收曾问过武尧舜，武尧舜回答说是华东局的水利专家们编的，具体情况他也不清楚。

老秦与唐丰收回到县水电局后，雨，一直下个不停。

这天上午，老秦关心地对唐丰收说：下雨了，一时没啥事，你乘机回去看看你母亲的病好了没有。唐丰收快乐地答应了。他收拾了一下东西，穿上老秦的雨衣正要走，李局长从走廊那边过来对老秦说，龙潭水库工程指挥部的武总打电话来了，叫你带着仪器赶紧去支援。老秦估计武总可能要与苏联专家较量了，带仪器去肯定有任务，于是他喊住唐丰收，说：你改日再回去吧，我俩快到水库去。唐丰收放下行李，背起仪器扛着尺子与老秦一起冒雨往水库工地赶去了。

龙潭水库大坝建在两座大山的咽喉之处。这儿地处大常山余脉，周围山峦起伏，地势险要，没建大坝前，坝基处是条河流，河床不那么开阔，两岸皆是岩壁陡耸的高山，选在这儿建坝，就地质、地形来说非常理想。大坝工地上竖立着“一定要把淮河修好”的巨幅标语牌，插着各式各样的彩旗。天虽在淅淅沥沥地下雨，可在雨中几辆履带式推土机仍在轰鸣着，将一堆堆土往前推移，几辆有着巨大轮胎的拖拉机挂着拖斗在运土石料。蚁群般密密麻麻干活的人，冒雨挑的挑，扛的扛，推的推，拉的拉，人来人往，一派繁忙、嘈杂、热闹的景象。

唐丰收边走边朝大坝工地眺望。看着工地上火热朝天，令人眼花缭乱的场景，心想，前段日子来，大坝中间还有老长一段距离没填，现在大坝两头就要合拢了，不免感慨工程进度真是一日千里。

水库大坝的建设由省水电厅直接主管，承建单位是省劳改大队的几个支队。武总到这儿来时，水库大坝工程的建设进入到了关键性阶段。老秦带着唐丰收来到水库工程指挥部，武总正在办公室里等他。见面后，武总拿出一张图纸，开门见山地要老秦用最快的速度将图上的关键数据替他再测一次，晚上开会等着急用。老秦看了图纸后，指着窗外为难地说，天在下雨，这么多数据一天测完，我是神仙啊？武总在他耳边轻声说，晚上开会，我要用你的数据来制服那头犟驴子，就是累死了，你也得死，明白吗？听说测量的数据是用来对付苏联专家的，老秦顿时感到了这事的重要性，点点头，茶也没顾得喝，立刻带着图纸与唐丰收赶往大坝工地，投入了紧张的测量。

通过图纸，老秦明白这次测的是水库泄洪洞高程的关键数据，就亲自操刀看仪器，让唐丰收举尺子。为了保护仪器，他将身上的雨衣脱下来，披盖在仪器上遮挡雨水。唐丰收见老秦身上没东西遮雨，担忧身子骨单薄的师傅淋雨后生病，将身上的雨衣脱下来给他穿，说自己让雨淋了没事。唐丰收索性将外套脱了，光着膀子举着尺子站在雨中。老秦见他在雨中淋着如落汤鸡，虽心疼，可事到如今，他只能面对恶劣的天气了。工地上的人在忙着施工，他俩犹如两条鱼一般在人群中不停穿梭着，竭力摆脱各种干扰。测一个重要的测点时，必须下水，唐丰收穿着湿淋淋的裤子下到水中，因为水流湍急，好几次差点被激流冲倒，可他还是顽强地站在激流中宛如举一杆大旗般将尺子稳稳举着。测到下午，大雨滂沱，下得让人睁不开眼，工地上施工的人们纷纷跑去躲雨了，可老秦仍带着唐丰收按武总的要求，冒着大雨在测。更换一个测点时，唐丰收对老秦说，雨下得太大，你不好记数据，也看不清尺子上的刻度，我们去那边工棚中躲一会儿，等雨小了再来。老秦一抹脸上的雨水对他呵斥道，叫你测，你就测，屁话啰唆个啥！唐丰收见老秦发脾气了，来到新的测点将尺子举起来，心想，下这么大雨，怎么记数据啊？老秦采用了近距离一个测点接一个测点连续快速测量的办法，没记数据。测了一个点，老秦手一挥，唐丰收赶紧移到下一个点。老秦将仪器不停地移动着，两人如蛙跳般快速将这一块的测点测完了，老秦才招手让唐丰收过来，自己脱下雨衣，叫唐丰收撑开在头顶上替他遮雨，自己拿支铅笔在数据记录簿上飞快地填写着刚才测的数据。见他一口气将几十个数据眨眼工夫填好了，唐丰收对老秦的记忆力钦佩得五体投地，这才明白当初让他拜师时，为何要自己背数据了。

天黑前，武总站在指挥部门口焦急地徘徊着。他在等老秦的数据，因为数据是说话的关键证据。老秦和唐丰收满身泥水烂浆，如两只泥猴子般疲惫不堪一晃一晃地过来了。武总冒雨跑过去接住老秦，将手伸向他。老秦二话没说，将数据记录簿塞给了他。武总拿着记录簿飞快地跑回指挥部，砰的一声将房门关上了。

老秦与唐丰收进了指挥部，另一个房间里出来一位身材高大的中年人。老秦一抹脸上的雨水，赶紧迎上去喊了声王厅长。王厅长叫王有贵，时任省水电厅副厅长兼任龙潭水库工程的总工程师。王副厅长一把握住老秦的手说辛苦了，辛苦了，叫人快让食堂的师傅送饭来给他俩吃，因为他晓得老秦师徒俩忙了一天，不但啥也没吃，连水都没喝一口。老秦与唐丰收赶紧脱去湿衣服，换了别人送来的工作服。饭菜端来了，王副厅长陪他俩吃饭时，不停地用筷子夹着米粉肉往唐丰收碗里按，要他多吃点，说下午在工地上看见了他光着膀子站在雨中举尺子的情景，夸他干得好。唐丰收还没吃过这么好吃的米粉肉呢，顾不得回答领导的话，埋头一个劲地将米粉肉往嘴里塞。这时，一位黄头发、蓝眼睛、大腹便便、水牛一般壮实的老外进来了。王副厅长赶紧放下碗筷，起身过去陪那老外进了一个房间。唐丰收问老秦，那人是苏联专家吗？老秦放下碗，点支烟说，对，这家伙就是苏联来的专家皮卡流夫。

夜幕降临了，王副厅长、武总和皮卡流夫等十几个人关着门在会议室内开会。老秦因为没有得到武总的指示，也没回去，就在会议室隔壁办公室里边抽烟边翻看报纸，唐丰收见办公桌上有本书，就拿起来看，可没看一会儿就疲惫地趴在桌子上睡着了。

老秦的目光虽落在报纸上，可心思却在会议室里。他晓得这次会议关系到水库大坝建设的核心问题。会议室那边一开始很平静，可过了一会儿，老秦就听见武总与皮卡流夫唇枪舌剑地争执起来。他俩说的都是俄语，老秦虽学过俄语,看俄文资料可以,但听话因隔着墙双方说得很快,有的能听懂,有的听不明白,但通过断断续续的争吵,凭着对水库工程的了解,他晓得武总与皮卡流夫争执的焦点集中在对水库大坝泄洪洞的位置上。皮卡流夫的意见是:图纸是他们苏联专家设计的,不能随便修改,坚持按图纸施工。而武总的意见是:图纸设计不符合龙潭水库的地质条件与具体环境,按图纸施工不但投资大、工期长而且会给大坝今后造成隐患,并提出了新的修正方案。皮卡流夫固执地拍着桌子叫嚷,图纸是我们苏联水利权威设计的,绝不能更改。武总愤慨地指责他是教条主义,皮卡流夫顿时回击武总是小农意识,没有干大事业的胸怀。武总反击道,我们应该实事求是!皮卡流夫站起来竟猛地将桌子一拍,咆哮道:权威意见就是权威意见!绝不能动!!

皮卡流夫拍桌子的响声将睡梦中的唐丰收惊醒了,他忙问老秦隔壁开会怎么吵架了?老秦端坐在那儿摇摇手,叫他别吱声,竖着耳朵继续聆听。这时就听武总在隔壁用俄语流利地说:权威意见也不能违背客观规律,根据我们最新测量的数据,泄洪洞的设计方案,我提议应该这样更正,皮卡流夫同志,请你看我最新绘制的草图。接着,老秦就没听见他的话音了,估计武总是在拿草图给皮卡流夫看了,可片刻工夫,就见皮卡流夫如一头困兽般拉开门怒气冲冲地喊叫着跑出来了。王副厅长和几位领导随即追出来喊他,可这头犟驴子推开众人,钻进为他配备的专用吉普车跑了。

武总从会议室出来,见老秦和唐丰收还在等他,取下叼在嘴里的烟斗对老秦说,夜深了,你们回去休息吧,如果需要你们,我再通知你。老秦问他到底发生了什么事,武总咳了几声回答,以后有空,再与你详谈,这头犟驴子,不给他点颜色看看,他就不把我们中国技术人员当回事。

后来,老秦才晓得,对龙潭水库泄洪洞的建设当时工地指挥部高层领导有两种意见:一是按苏方既定的方案;一是采用武总修正后的新方案。双方争执了很久,由于苏联方面相关的设计专家打电话给省里的高层领导,要求坚决执行他们的设计方案,在政治大背景下的压力下,龙潭水库指挥部的高层人员经过多次反复研究,采用了折中方案,虽局部使用了武总的修正方案,但总体还是执行了苏联专家的意见。武总虽气得浑身发抖,但也没办法。

中苏友好关系破裂后,人们才晓得,那位号称是苏联水利专家的皮卡流夫，就学历而言，不过是个中专生，在苏联也仅参加过两座中型水库的工程建设，还是给一位工程师当助手的。来华前仅是个一般水平的技术员，就是这样的一个人，却被国内一些领导当成技术权威来使用，而我们当时参加水库建设的许多技术人员都是素质过硬的本科生，武总更是我国著名水利专家培养出来的研究生。因为苏联专家的设计方案确实存在问题，龙潭水库建成后，水库大坝一直是一座病坝，主要原因就是当年执行了苏联专家的设计方案留下的后遗症。

第六章

当晚，老秦和唐丰收回到局里，因遭了雨淋，两人第二天都病倒了。相比之下，唐丰收高烧达42度，病得更厉害，可他依然不顾高烧，竭力照顾躺在床上的老秦。打针吃药后，两人的病才逐渐好了。唐丰收将自己的被褥捆好，找到老秦，说，最近没什么事，想回家去看看母亲，顺便将被褥带回去让家里人洗一洗。老秦体恤唐丰收这孩子孝心可嘉，同意了，要他快去快回来，唐丰收点点头，背着行李走了。

一场持续的大雨后，旱情消失了，挖抗旱沟的事也被丢在了一旁。有一天，大桥区委书记赵一帆到县里来找张应喜，向他反映大桥区长期面临干旱的困扰，既然挖了抗旱沟，就应该在这个基础上将沟挖出来，建好，彻底解决往后的干旱问题，确保粮食生产安全。张应喜到地委行署去开会了，不在家。赵一帆没找到张县长，却遇见了刘民权。刘民权将他拉进办公室问他来干什么。赵一帆晓得为了挖抗旱沟的事，刘民权在开会时曾经同张县长拍桌子打板凳争吵过，不想让这位副书记晓得他这次来的目的，赶紧改口说是来汇报炼钢铁的事。大炼钢铁这项工作由刘民权挂帅主管。听了他的汇报，刘民权抱怨他们区这一阶段进度太慢，跟不上大跃进速度。赵一帆说劳力都去挖抗旱沟了。刘民权严厉地对他说，你看看，下雨后，你们挖的抗旱沟一点用也没有，分明是在瞎干、蛮干，抗旱嘛，只要将水源充分利用起来就行了，实在不行，就打井嘛，地下水取之不尽，何必劳民伤财挖沟抗旱呢？

赵一帆顺着他的话连连说，对，对。

刘民权开导赵一帆说，地委最近号召全民大炼钢铁，你是我们县的五虎上将之一，你可要给我们带头啊。

赵一帆回答：我听你的。

刘民权立即对他说，你这话说得有问题，怎么是听我的呢？应该是听党的嘛。

赵一帆急忙纠正说：对，听党的。

赵一帆这次没有找到张县长，可张应喜回来后却去大桥区找到赵一帆。张应喜原来是四野的一个副团长，在一次战斗中负伤后，留在龙山县养伤，伤好了，组织上就让他在龙山县当了县长这个父母官。他找到赵一帆后，一针见血地说，你抽调一部分劳力，在原来的基础上继续挖抗旱渠道，为明年的抗旱做准备。见张县长的想法与自己的想法不谋而合，赵一帆这才说出了刘副书记布置的工作。张应喜脸一落，问：你听张县长的，还是听我的？执意要他组织人去挖渠道。赵一帆是张应喜一手提拔起来的，打心眼里觉得张县长的举措是对的，因为当下解决老百姓吃饭是大问题，大炼钢铁，没饭吃，当然不行，决定听他的。他晓得刘民权和张县长在件这事上意见不一致，也不想得罪刘副书记，采取了两边倒的对策，两边都派了劳力，挖渠道的挖渠道，炼钢铁的炼钢铁。但纸包不住火，因为他们区炼钢铁的任务与其他区比起来产量没上去，刘民权找到赵一帆质问这是怎么搞的。赵一帆这时又将矛盾引到张县长身上。张应喜和刘民权心里都有数，只是在一起共事，不宜撕破脸，相互故意装糊涂罢了，现在问题出来了，人员是大问题。必须有个了断，不然他俩各自的政绩都要受影响，特别是刘民权，钢铁产量是他在地委领导那儿拍了胸脯保证的。

李局长和老秦接到通知，火速到县政府来参加县政府召开的紧急办公会议。会一开，就充满着火药味。事情明摆着，继续开挖抗旱沟，大炼钢铁的任务就会受影响。张应喜执意主张挖抗旱沟，刘民权竭力要大炼钢铁，说着说着，两人争起来，一个说挖抗旱沟是解决老百姓的吃饭问题，民以食为天！一个说大炼钢铁是中央布置的任务，落实不落实是党性问题！张应喜问刘民权是吃饭重要还是钢铁重要，刘民权振振有词地回答大炼钢铁是政治任务，政治工作是第一位的，所有工作都得让道。张应喜马上打断他的话问道：你不吃饭行吗？刘民权质问他，你听不听党的指示？大炼钢铁中央有文件，挖抗旱沟上级有文件吗？

张应喜是个脾气暴躁的人，不善言辞，刘民权是教员出身，能说会道。张应喜见自己讲理讲不过对方，恼火地将桌子上的茶杯抓起来砰的一下摔在地上，刘民权毫不相让，抓起茶杯接连摔了两个。张应喜恼羞成怒地一卷袖子挥拳上去要打，要不是被在场的人拦住，这场知识分子与工农干部的口角较量准会演变成了一场体力角斗，结果会议闹个不欢而散。

两人赌气地将情况先后告到地委行署李副专员那儿。李民昌亲自下来调查情况，协调矛盾。刘民权事先做了布置，让一个区的区长向地委行署来的领导汇报了他们大炼钢铁取得的成绩。张应喜没搞小动作，可赵一帆得知消息后，心想一旦上级领导决定集中力量大炼钢铁，修渠道的事就泡汤了，于是在暗中组织了几百人来到县政府大门口请愿。本来张应喜处在下风位置，地委领导在听取那个区炼钢铁的工作汇报时，他缩着头没吭声。得知群众自发地来请愿，张应喜的腰杆子陡然硬起来了，对李副专员说，你听听老百姓的呼声，老百姓的实际问题，才是我们最关心的问题。李副专员见外面有群众来请愿，马上停止了开会，亲自接待前来请愿的老百姓并了解详情。听老百姓纷纷反映干旱问题，要求挖抗旱渠道。李副专员诚恳地回答大家说，地区行署会考虑这事的，好言好语将请愿的群众劝走了。张应喜见挖渠道的意见得到了李副专员的支持，高兴得哈哈大笑。事后，张应喜才得知这是赵一帆搞的鬼，严厉地批评他不该搞小动作。赵一帆说，挨批评就挨批评，只要能将渠道挖出来，老百姓不受干旱之苦，就是枪毙我，我也心甘情愿。张应喜反而被他说笑了。

编纂《灌区志》时，唐丰收介绍说，当年要是没有那场县领导的争吵，龙潭灌区的建设肯定要推迟很久，钦佩地夸赞张应喜是龙潭灌区工程的第一开创人。灌区建成初期规模后，张应喜当了渠道管理所所长，这是后话。

参加那次会议回来，老秦估计挖抗旱沟的事可能是竹篮打水——空忙了一场，因为全国上下都在大炼钢铁，搞水利与其比起来，势必要让道。一个阳光灿烂的上午，张应喜带着两个人到县水电局来了。李局长是张县长的老部下，见他来了，赶紧接待，笑着说是哪阵风将县太爷吹到我这来了。张应喜挥挥手一连说了几个去，说自己是来办事的，要他将班子的人叫来开会。张应喜在县水电局这次领导班子的小会上介绍说，上次群众请愿后，李副专员非常重视老百姓的吃饭问题，在地委行署班子会上，提出要将抗旱沟改成灌溉渠道，建议联合四县的劳力打突击战，在今年冬季掀起一个兴修水利的高潮，由他亲自挂帅。介绍到这儿，张应喜笑眯眯地说，昨天我从地委行署开会回来，连夜主持召开了专题会议，重点研究了渠道的开挖工作，这次修渠道是在原来抗旱沟的基础上扩展延伸。说到这，张应喜指着李局长，一脸严肃地说：接受上次鲁莽开挖的教训，我们事先得做好测量工作，你们是搞水利的，得靠你们，我看得组建一个规划测量小组。

李局长随即将组建规划测量小组的任务交给了老秦。老秦说自己人手不够，张应喜接过他的话，爽快地说，我给你们局分三名中专生，该可以了吧？老秦顿时表示欢迎。张应喜指着老秦说，这次测量规划，你要多动脑子，尽量绕开建渡槽的地方，上次要不是那个鬼木渡槽断了，再过一个月不下雨，大桥与江亭这两个区照样有水浇地。

将工作布置好了，说笑中，张应喜问老秦，你带的那个徒弟小唐呢？老秦回答他前两天回家了。张应喜说，那小家伙聪明伶俐，能吃苦，是个好苗子，你去将他叫回来，就留在你们局里。转过头，他又对李局长说，你将小唐的事安排一下。

李局长陡然问，如果刘副书记知道了这事怎么办？

张应喜喝着茶得意洋洋地说：有李副专员给我们撑腰，在乎他个狗屁，你们只管放开手脚给我干。

三名中专生说来就来了，两位女的，一位男的。老秦将规划测量小组组建好了，可唐丰收一等不来二等仍没来，老秦担忧他家里会不会出啥事了，便借一辆自行车焦急地去了唐丰收家。

唐丰收家住的那两间土坯屋还是土改时分的，因年久失修，已破烂不堪了，大门下面破了个洞，用唐丰收奶奶的话说洞是留着让鸡进屋生蛋的。来到唐丰收家，老秦通过那破门的洞感到了他家的贫穷，后悔没带点东西来。进屋后，他见唐丰收的母亲虽病恹恹地躺在床上，可也没啥大问题，忙从裤子口袋掏出皮夹子，拿出十块钱放在唐丰收母亲床边的破桌上。唐丰收母亲连连推让不要，老秦笑了一下，离开了房间。唐丰收奶奶告诉老秦，丰收下地去干活了，陪同而来的生产队长唐和宝抽身去将唐丰收喊了回来。见面，老秦问唐丰收，你怎么不到我那儿去了？唐丰收低着头，好一会儿才答道，我……

想在家孝敬我妈。

听他说这话，老秦一把将他拉到他母亲面前，对他母亲说，老嫂子，这次县里要挖渠道，张县长点名要他参加测量，你说他该不该去？唐丰收妈坐在床上，指着唐丰收道，昨天，我就催你去，你还赖在家里干啥？见唐丰收支支吾吾不知道该说什么好，老秦大着嗓门对他说：你怕吃苦，不想跟我干了可是？还没等唐丰收回答，他毫不客气地又对唐丰收数落道：我是你师傅，上了我的贼船，你就别想下来！一旁的唐和宝也连连劝唐丰收说：孩子，去吧，挖渠道是大事，家里的事，有我和大家呢。催唐丰收快跟老秦回去。

唐丰收跟老秦回到局里后，老秦去办公室拿了张表要唐丰收填一下。唐丰收问填表有何用？老秦对他说张县长和李局长听说你在水库工地赤身冒雨测量的事，都很感动，决定让你留在我们局里了。唐丰收不懂得行政上的事，仍傻乎乎地问，那以后我还能回去吗？老秦脸一拉，说：你小子人不大，屁事不少，对你说，跟着我，以后哪也别想去了。催他快将表填好。

唐丰收将表填好，老秦拿去送给办公室的人，叮嘱赶快办，不得拖延。

这次规划测量，张应喜有指示，尽量避免建木渡槽那种复杂的地段，老秦想到水库修好后要配套建设灌区，可建灌区到底是国家投资兴建还是地方自己搞，他也拿不准。所以，他没急着马上投入测量，而是找来十万分之一的军用地图，带着他的弟子们用几天时间，来了个漫山遍野的大野游，然后才根据掌握的地形、地貌，结合武总送来的那本规划书，仔细研究后，对要挖的渠道进行了具体的规划设计，并绘制出一张工程草图。

局里给小组添了两架新仪器，老秦用一台，唐丰收用一台。前期准备工作做好后，老秦带着四位年轻人，用两架仪器投入了实测。分来的三个中专生，男生叫郝仁俊，两位女生一位叫苏敏，一位叫张慧娟。老秦带两个女生，唐丰收带郝仁俊。由于这次测量时间紧，任务重，小组测到哪儿就在哪儿歇窝。苏敏问老秦，歇窝是啥意思？老秦嘣着烟回答：歇窝就是走到哪儿就在哪儿吃住，没条件可讲。农村吃大食堂，走到哪个小队，事先打个招呼，就在哪个小队食堂吃饭，有时距食堂太远，老秦事先打个招呼让食堂的人将饭菜送到工地，夜里他们就在附近农村老乡家借宿。

郝仁俊梳着小分头，穿着有一寸高小站领的学生装，鼻梁高高的，眼睛也亮亮的,可是右眼角有个绿豆大小的肉瘤,八字脚,走路朝外撇。工作展开后,郝仁俊就不服唐丰收的支派,说自己好歹是中专毕业的,唐丰收连初中都没读完,再说自己年龄比他大,不愿跑腿扛尺子当店小二,要看仪器当掌柜的。他闹别扭,不能很好地开展工作,唐丰收将情况向老秦汇报了。老秦批评了郝仁俊,说唐丰收年龄小,没学历,可他技术好,有实测经验,再次将工作进行了明确分工,要郝仁俊听唐丰收的。郝仁俊表面上没说什么,可骨子里仍瞧不起唐丰收,测量中他继续捣蛋,有时故意将尺子弄歪斜,或将尺子的刻度用泥巴弄模糊。唐丰收明白他心里是怎么想的,也没多说什么,因为尺子的刻度早镌刻在他心中了,只要一看位置,就晓得是多少。有天傍晚快收工了,郝仁俊有意将测点的桩没钉在既定位置上,事情被唐丰收发现了,恼得他说了郝仁俊几句,郝仁俊却狡辩说是他弄错了,由此两人发生了口角。吵厉害了,郝仁俊仗着身高体壮,挥拳要打唐丰收。唐丰收虽不怕他,可心想自己比他来得早,应该做出榜样,谦让了,也没将这事向老秦汇报。谁料第二天,郝仁俊借着拉屎为理由,蹲在那儿半天都不起来。唐丰收担心当日的任务不能完成,就喊他。郝仁俊根本不将唐丰收的喊叫当回事,混了好久才将尺子倒着举起来。唐丰收打手势要他纠正,他又磨磨蹭蹭拖延时间。换测点时,唐丰收按住性子对他说,你对我有意见,可以,但工作不能打马虎眼。郝仁俊鄙夷地回答说:你不是会告状嘛,有本事去告啊。唐丰收晓得他是想看仪器,心想他要看就让他看,要是他比自己强,自己情愿为他举尺子。下午,他让郝仁俊看仪器,自己举尺子。郝仁俊高兴了,可真测起来,尽管他实习时看过几次仪器,毕竟不熟练,才晓得看仪器不是件容易的事。见一个测点磨蹭了好半天都没测好,唐丰收急了,过来损他说,你打算在这儿过年啊?要他去举尺子,自己来看仪器,可郝仁俊依然固执地说,仪器又不是你的,非要测,看你能将我咋样?唐丰收心里有气,却拿他没办法。

夜里碰头时,老秦见唐丰收当日的任务没完成,就追问原因,唐丰收只有如实相告了。老秦狠狠将郝仁俊臭骂了一顿,将人员进行了调换,让郝仁俊跟自己,叫苏敏和张慧娟跟唐丰收。

翌日,唐丰收、苏敏和张慧娟三人来到工地,唐丰收问她俩谁举尺子?苏敏看了张慧娟一眼,张慧娟说用剪刀石头布来决定,唐丰收也不好点名,就随她俩了。两人将手背到了后面,嘴里同时念叨:猜包子,猜!张慧娟是个左撇子,用左手出了个布。苏敏用右手出了锤子。苏敏输了,张慧娟得意地一笑。苏敏拿过尺子对她说,我上午,你下午。噘着嘴过去了。唐丰收以前很少与女生打交道,见此情景忍不住一笑,瞧面前的张慧娟在用明亮的大眼睛看他,心里一慌,筛出个惊颤来,赶紧将脸偏向一旁……

张慧娟是个白胖子,大头、大脸、大眼睛、大嘴、大鼻子,但鼻梁塌塌的。郝仁俊在背后评价她说,要是用水泥将鼻梁浇高点,她就像电影明星秦怡了。苏敏是鸭蛋形脸,丹凤眼,樱桃小嘴,鼻梁高挺,下巴曲线秀美,但肌肤黝黑黝黑的。郝仁俊讥笑她说,脸上要是用两斤石灰粉刷粉刷,林黛玉也不如她。伴着张慧娟和苏敏这两位大姑娘在一起测量,唐丰收打心里还有点怯乎,可怯乎啥,他也说不清,反正他感到与她俩在一起挺别扭,挺拘谨,特别是与张慧娟在一起,见她胖胖的,手膀子比他的腿还粗,身子比他高大许多,生怕自己做得不好,她会打他。才开始接触时,有一次测量,他猫着声音对张慧娟说,你把笔给我。张慧娟没听清他说的是什么,用大眼睛盯他,唐丰收吓得连忙低着头从包里将笔拿了过来。张慧娟见他说的是这意思,就大声对他道,以后说话,大声点,别像蚊子嗡嗡似的。瞧唐丰收一脸尴尬,她从口袋里摸出一粒水果糖塞给他。唐丰收不接,她剥开糖纸将糖果对他嘴里一塞,大笑着说,有啥好害羞的,我又不是老虎,会吃你啊?将唐丰收说笑了。

与张慧娟和苏敏在一起待久了,唐丰收才逐渐感到无所谓了,因为他想自己与她俩是在一起工作,就当她俩是男的好了。他自在了,张慧娟与苏敏对他就更随便了。三人在一起时,她俩总是与他说笑话,拿他穷开心,张慧娟还给他起了个“溏鸡屎”的外号。有一次测到一片空旷地带,周围连一蓬杂草都没有。休息时,张慧娟对苏敏使个眼色,对唐丰收说,我会玩魔术,可想看?两人用手帕将他的眼睛蒙住了,又说,我不替你解,你不准解开,不然就看不见了。唐丰收真傻乎乎地等着,等张慧娟替他将蒙眼的手帕解开,见苏敏在扣腰间的裤子扣子,地上有两片尿迹,才明白她俩是用这法子来解小便。苏敏与张慧娟同时嘻嘻直笑,唐丰收也红着脸笑了。

渐渐地,唐丰收感到相比之下,他更喜欢单独与苏敏在一起。因为苏敏身材苗条,那张俊俏的脸上总挂着迷人的微笑,两只小辫子也扎得喜俏,不像张慧娟一天到晚总是个椰子壳般的运动发，看了就让他感到像个大姐似的。再则，苏敏爱说爱笑，说笑完了，就烟消云散啥事也没有了，不像张慧娟有话也不喜欢说，总爱用大眼睛盯他，让他弄不明白是啥意思。唐丰收还很喜欢苏敏一点，就是苏敏听他的话，他叫她干啥，她立马就如一只欢快的小鸟去干，而张慧娟爱在他面前拿强，有时还指手画脚地支派他。唐丰收喜欢苏敏还有另一层原因，有一次在工地上吃饭，苏敏将唐丰收拉到一边，从大缸子中将饭拨了一半给他，说自己饭量小，吃不了这么多。工地上吃饭有时一个月交两块钱，有时不要钱，可打饭时不管男女，饭与菜都是一勺，从不多给，因而正在长身子的唐丰收时常吃不饱。此后，苏敏就经常在暗中赶饭给他吃，这事只有他俩知道。张慧娟饭量大，自己的饭有时还不够吃呢。他对苏敏喜欢归喜欢，可在一起工作，他对她俩也没啥区别。有一次测量休息，苏敏去解手了，张慧娟乘机问唐丰收多大了？唐丰收让她猜，张慧娟见他一天到晚穿件单位发的大工作服，啷里个啷的样子，猜他顶多十三岁。唐丰收笑而不答，直到张慧娟瞪着眼逼他说，他才说了实际年龄。张慧娟伸手抓住他耳朵一拧，笑着说你也有十七岁，咋才这么猫大点？唐丰收挣脱开，笑着问她多大了。张慧娟也让他猜。唐丰收看看她那丰满的胸脯与粗壮的脖子，伸出两根手指头晃晃，说，二十。张慧娟张嘴咯咯一笑，说你把我说小了，我二十三啦。说完就叫他喊姐姐。唐丰收晓得她是在开玩笑，就嬉皮笑脸地说，有那么大，该喊大妈了。张慧娟笑得眼泪都出来了。苏敏过来问他俩笑什么，张慧娟用眼神示意唐丰收别说。当晚吃饭时，苏敏对他使个眼色，唐丰收心领神会地来到食堂的屋角。苏敏又将饭拨一半给他，他才边吃边问张慧娟多大了？苏敏回答，她十七，比我大月份。唐丰收问苏敏，你哪天过生日？苏敏答道，农历九月初三，张慧娟是农历四月的。苏敏又问他多大，唐丰收回答我与你俩同岁。苏敏看了看他，也没抱怨他长得太小，将茶缸里的一只咸辣椒对他茶缸里一丢，说，给你，我怕辣。论岁数，唐丰收得叫她俩做姐姐，可张慧娟与苏敏在工作中将他这个小弟弟当成大哥哥，有事总爱问他，由他说了算，仿佛他是她俩的师傅。时间久了，唐丰收察觉张慧娟与苏敏都在想着法子与他亲近。他看仪器时，张慧娟本来该在一旁记录，可她也要凑过来看，将头挨近他的头，有时将头发都弄到他的脸上，让他感到很不好意思，生怕站在远处让举尺子的苏敏看见了会说闲话。轮到苏敏记录时，她不但也这样对待他，而且有时还趁他埋头看仪器，将手搭在他的肩膀上。他拿掉了，不一会儿她又搭上了，好像是故意给远处的张慧娟看似的。后来他担心这样会影响工作，有一次休息，就一本正经地对她俩说，工作时，保持一尺距离，不许挨近我。张慧娟将他一把按在地上，一边在他身上哈痒痒，一边说，你个溏鸡屎，还不要我们挨呀，看你身上有啥宝贝！苏敏更是嬉笑着朝他身上一匍，压住他说，还怕挨呢，压你又怎么样？三人顿时都大笑了。笑后，唐丰收还是主动疏远了她俩。他之所以不愿意与她俩过于接近，因为奶奶告诫过他，男女在一起是非多。老秦也不喜欢与女人接触，他同样不许唐丰收与张慧娟、苏敏在一起嘻嘻哈哈，偶尔遇见了，就用眼神瞪他。

有一天中午，三人要过一条小河到对面去测量。唐丰收脱掉鞋子下水过了河，见张慧娟与苏敏在那边不下水，便将背着的仪器与尺子放在岸上后，对她俩喊道，河中间的水还不到膝盖，不深，你俩快过来啊。张慧娟对他招招手，叫他快过来。唐丰收当有啥事呢，从水中过去了。张慧娟对他说，你将苏敏先背过去，再来背我。唐丰收不高兴地看了看张慧娟，说，卷起裤腿过去就是喽，干吗要我背。张慧娟说，叫你背，你就背，哪来那么多屁话。唐丰收哼哼唧唧地说，我背不动。苏敏笑着对他说，这次你背我，下次我背你。张慧娟见唐丰收在犹豫，将眼朝他一瞪。唐丰收最怕张慧娟瞪眼，就将苏敏背了过去。再过来背张慧娟时，张慧娟身子沉，唐丰收将她背到河中间，身子一歪，张慧娟本来双手搭在他肩膀上，乘势抱住他脖子，对他喝叫道，走稳点，要是把我弄掉水里了，看我不剥了你的皮。唐丰收只有小心翼翼地将她背了过来。将张慧娟放在地上，唐丰收气喘吁吁地嘟哝道，真是个死猪，快把我压趴了。张慧娟笑着说，谁叫你这么屁大点。

测量时，苏敏在远处举着尺子，唐丰收不解地问张慧娟，你俩为何要我背着过河呢？张慧娟回答，你真不知道，还是装样？唐丰收答道，真不知道。张慧娟轻声说，我俩的"大姨妈"都来了。唐丰收奇怪地问，大姨妈是谁？张慧娟咧嘴一笑，说，"大姨妈"就是月经，这回晓得了吧。唐丰收更迷惘了，问，月经是啥东西？张慧娟见他真不懂，就对他做了解释。听说女人身上会按月出血，唐丰收惊讶地问，男人可有月经？张慧娟哈哈大笑，讥笑他说，真是个黄嘴八哥，啥也不懂……

第七章

秋天到了，天转冷了。

地区行署的李副专员将龙山、清河、槐树和老鸭四县的主要负责人召集到龙山县招待所来开会，研究部署开挖抗旱渠道的工作。张应喜乐得嘴都笑歪了，可其他三个县领导却是一副不冷不热的态度，因为挖渠道只是龙山县大桥与江亭两个区受益，与他们没有直接关系。李副专员晓得他们的心思，在会上开导他们说，这次兴修抗旱渠道只是个开始，先突击用一个冬天挖一条，争取明年通水。等龙潭水库建好了，我们再扩大规模，一步步将渠道挖到你们三个县境内。现在是为了将来打基础，没基础，以后无法往各县延伸，你们要胸怀大局，放眼未来，团结协作，体现社会主义的优越性嘛。

清河，槐树和老鸭三县的领导人依然不吭声。

会议结束后，张应喜趁着这股东风，火速按李副专员的指示布置工作，将临时指挥部设在渠道工程中间部位的杨泗庙，把赵一帆和王区长招来，风风火火地要他们即日就组织人马开赴工地，争取早日开工，打响战斗。

渠道在龙山县境内开挖，自然以龙山县为主，张应喜将工程技术问题交给了县水电局，李局长挂帅任技术组组长，老秦任副组长，测量队的人全部参加。挖渠道，早期主要是测量。老秦给唐丰收他们四人具体分配任务时，指明两人一组，张慧娟马上说她要跟唐丰收在一组，苏敏立即说她也要跟唐丰收在一起。她俩之所以要争着跟唐丰收一组，因为在一起测量的这段时间，她俩都觉得唐丰收脾气好，人老实，技术过硬，而郝仁俊办事不踏实，爱偷懒。还有个问题她俩不好说，可心中有数，就是郝仁俊喜欢在女生身上动手动脚，摸来捏去的。

老秦晓得她俩的心事，就对她俩说，你俩抽一个先跟唐丰收干三天，然后再调换，反正大家在一起，分工不分家。张慧娟和苏敏又要出手用石头剪子布来决定。老秦对她俩挥挥手说，又不是小孩子，搞哪些小把戏干什么。他拉着张慧娟往唐丰收跟前一推，点名让她跟唐丰收去。张慧娟乐得对苏敏摆摆手，牵牵唐丰收的衣裳催他快走。苏敏气得脚一跺，转过身子，对老秦直翻眼。

大桥区的大队人马很快就呼呼啦啦到工地了。空旷的田野上顿时热闹起来了。人来了是干活的，挖渠道首先得放样，样放好了，民工们才能开挖。唐丰收带着张慧娟赶去打石灰放样。张慧娟做事比苏敏踏实，两人干得很起劲。来的民工黑压压一大片，少说也有上千人。原先的放样不能满足需要，面对民工吵吵嚷嚷，唐丰收当然不希望他们耽误时间，忽然想到了虚线定位法，心一亮，忙叫张慧娟与他将绳子在两个桩点间拉直，不再顺着线撒石灰了，改为每隔两米用线沾上石灰点一下。张慧娟一试，这办法果然来得快，直佩服唐丰收鬼点子多。两人飞快将样放好了，可郝仁俊却与江亭区来挖渠道的民工闹了起来，因为民工们责怪郝仁俊放样放得太慢，纷纷催他快点。他被催急了，就责备苏敏，苏敏也不听他的，依然不紧不慢地顺着绳子撒石灰。民工们不愿意干等着，几位急性子民工没等放完样就挥着锄头挖起来。郝仁俊急忙过去阻止，可没人听他的，气得他脚直跺，跑去找王区长。王区长当然不希望民工乱挖，但也不想让民工窝工，就指责郝仁俊到现在还没放好样，早干什么去了？郝仁俊不服王区长的指责，嚷嚷着昨天忙了一天，鬼叫你们一下子来这么多人。王区长不想与他这个毛头小伙子磨牙，叽叽咕咕过来找到老秦。老秦见唐丰收与张慧娟过来了，得知他俩已将样放好了，挥手对远处一指，让他俩快去支援郝仁俊。唐丰收二话没说带张慧娟去了。他俩又用打点定位法，不一会儿就将郝仁俊这边放样的问题解决了。

晚上开会，老秦表扬了唐丰收。唐丰收却说虚线定位法这点子是张慧娟想的，是她干得好，该表扬她。张慧娟听后先是一愣，见老秦真表扬自己了，还在本子上记下了，乐得用大眼睛直瞅唐丰收。唐丰收被她瞅得满脸通红，一双手不晓得往哪儿搁才好。第二天前往工地时，张慧娟悄悄问唐丰收，这么冷，你穿个空心棉袄，怎么连件毛衣也没有？唐丰收没吭声，因为他家穷，别说毛线衣，连件绒衣也没有。张慧娟见他只顾走路没回答，心中有数了，忙说等自己去县城了，买毛线给他织一件。唐丰收直说不用不用，他不怕冷。走得更快了。测量休息了，张慧娟忽然问唐丰收，昨晚，你为何对老秦说是我出的点子？唐丰收说，我俩帮了郝仁俊，他本来就不服我，再说是我的点子，他更会对我有意见，说是你，他只有脸红。张慧娟对着唐丰收的腮边一拧，说道：想不到，你这个溏鸡屎，肚子里还有这么多鬼道道。唐丰收捂着被拧的地方，站起身说，不说了，不说了，测量，快测量。

轮到苏敏与唐丰收在一起了。两人休息时，苏敏从口袋里掏出一截红头绳，要与唐丰收一起玩翻花，说谁输了刮谁鼻子。唐丰收儿时在家玩过这种翻花。第一次，唐丰收输了，苏敏笑眯眯地将食指勾着伸到他鼻梁前，念叨着，刮天刮地刮个鼻子有福气，刮了一下。第二次，唐丰收又输了，苏敏这次将食指与中指弯曲着张开，一下子夹住唐丰收的鼻子，一拉，念叨说，刮鼻子有好运，下次你赢。第三次，苏敏故意输了。她闭着眼等唐丰收刮，可等了好一会儿，仍不见唐丰收下手，睁开眼，就见唐丰收弯曲的食指对着她的鼻子直发抖，忍不住扑哧一笑说，刮啊，抖个啥？谁料唐丰收却将手收了回去，说，不刮了，测量吧。苏敏一把抓住他的手说，不行，这次你非得刮，不刮，我就不去。唐丰收不想为此影响工作，见苏敏闭着眼将鼻子送过来了，就快速刮了一下，说，好了吧。苏敏却犟道，不行，这是扫地，不是刮。唐丰收笑着说，那要怎么刮才算啊。苏敏指着仪器旁的记录本说，你要像记数据那样，认真地从上往下慢慢刮。无奈，唐丰收就按她说的，从上往下一点点刮下来。苏敏被刮后，摸摸鼻子满意地说，这还差不多。见唐丰收将红头绳还给她了，就说，你把头勾着。唐丰收不晓得她要干什么，就将脖子勾着。苏敏将那根红头绳套在他脖子上。唐丰收问这是干啥？苏敏说你收着，下次有空再玩，不许取下来，更不能将它弄掉了。唐丰收连连回答好。

又该张慧娟与唐丰收一起了。她一眼就看见唐丰收脖子上套了一根红头绳，问他怎么将这东西套在脖子上？唐丰收不想让她知道自己与苏敏之间的小秘密，装聋没听见。张慧娟拎着他的耳朵大声问，是不是苏敏替你套的？唐丰收回答，我套着玩的。张慧娟又拧他的腮，呵责道，你哪来这种红头绳？再撒谎，看我不撕你的嘴。唐丰收只得取下红头绳，将自己与苏敏在一起玩的事说了出来。说完，随手将红头绳丢在地上。张慧娟俯身从地上捡起红头绳，对唐丰收说，不能随便丢人家东西，你将红头绳还给苏敏。唐丰收觉得张慧娟说得对，接过红头绳塞进了裤子口袋。

当晚吃饭时，苏敏在墙角赶饭给唐丰收时，发现他脖子上的红头绳不见了，就问哪去了。唐丰收从裤子口袋里掏出红头绳还给她。苏敏得知是张慧娟要他这么做的，顿时拉着脸说，我俩玩，碍她什么事了？仍要唐丰收套上。唐丰收忙说不能套，不能套，要是被老秦晓得了，准骂我。苏敏想了想，将端在手中的大茶缸放在窗台上，撩起唐丰收的棉袄，将那根红头绳绕在他的裤腰穿皮带的款子上，绕系好，对他说，红头绳藏在这，要是弄丢了，以后我俩在一起就没东西玩了。唐丰收笑着回答，放心，不会丢的。

其他三个县的民工陆陆续续到工地来了。

开挖渠道的大会战正式打响后，工地上有时一天要上近万人。

面对如此众多人参战，技术人员紧缺了，再用老办法不行了，在无兵可调的情况下，老秦只有打破原来的格局，让唐丰收他们四人每人负责一个县。唐丰收负责龙山县，因为龙山县任务最重，张慧娟负责清河县，苏敏负责槐树县，郝仁俊负责老鸭县。郝仁俊的任务最轻，因为该县上的民工最少。

工地上的技术员主要是负责把握渠道底部的宽度与坡度，并验收合格不合格。由于战线拉得很长，所以，唐丰收整天像只鸟在稠密的人群中飞来飞去。起初，龙山县的工地负责人和那些民工都不将唐丰收这个愣头青当回事，为了抢进度，挖得马虎了事。有一次唐丰收发现有个公社的民工将渠道斜坡挖得太陡，随即指出这样挖不行，要他们修整，可那些民工根本不听他的，有个社员还开玩笑地捉弄他说，再说不合格，我把你裤子脱下来，看看小麻雀长毛没有？唐丰收没有同这些民工说笑，板着脸问，你们修不修？这时，那个公社带队的书记来了。唐丰收当即对他说，你们这儿挖的不合格，必须修整。那位公社书记黑着脸问他算老几？没想到小小的唐丰收居然回答，这儿，我算老大，我说不行就不行！那公社书记与他争吵，唐丰收就与他据理力争，毫不相让。正好张应喜过来了，唐丰收马上将情况向他做了汇报。张应喜指着唐丰收对那位公社书记说，不错，小唐在这儿算老大，他说不行，不但你要听他的，我也得听他的。在场的人都不吭声了，直盯着唐丰收傻看，唐丰收忽然大声对那些民工喊道，有啥好看的，还不快修整好，不然，不验收。那些民工赶紧动手修整。这事在工地上传开后，民工们见唐丰收来了，纷纷戏谑地喊他唐老大，也有喊他唐技术员的。唐丰收是个半大的孩子，可工作起来，他却是一副老大人的模样。

这天下午快收工了，苏敏急匆匆跑来找唐丰收，气直喘地说遇见难题了，要他快去。唐丰收过去一看，是一段渠道底宽挖得不合格，马上向带队的公社副书记指了出来，那位副书记也不把这毛孩子放在眼里，狡辩道，挖窄一点有啥关系，能放水就行，又说民工们急着收工，不愿修整。唐丰收厉声对那位副书记说，你叫什么名字，不修整，我找你们县长！那位副书记将脚一跺赌气地走了。唐丰收气得跑到工地指挥部，将正在开会的槐树县带队的副县长叫了出来，硬拉着他找到那位公社副书记讲理，直到那位副书记挨了批评，答应修整，才罢休。在回来的途中，苏敏钦佩唐丰收真厉害，唐丰收笑着说，有啥好怕的，还怕不给饭吃啊，现在不负责，渠道将来出问题了，后悔就晚了。

有一天，张慧娟到局里去办事，回来见到了唐丰收，对他说，毛线，我买回来了。说罢，从挎包里拿出几卷米灰色的毛线，问唐丰收喜欢这种颜色吗？那天听张慧娟说给他打毛线衣，他压根儿就没将她的话放在心里，见她真将毛线买来了，就问多少钱一斤？张慧娟回答，六块。唐丰收吃惊地说，这么贵的东西，我穿不起。张慧娟用眼看着他说，不穿，你不怕冷啊？唐丰收落着脸说，再冷，也冻不死，转身离开了。因为他每月工资仅六块钱，这六块钱，得留两块交伙食费，剩下四块，要送回家给他妈。张慧娟与苏敏每月工资也才九块半。张慧娟见他这态度，不再与他说了。夜里，张慧娟将毛线框在板凳腿上在绕线团。苏敏与她住在一起，看见后问她，你会打毛衣啊？张慧娟回答，在学校学的，还没打过整件的呢。苏敏又问，你给谁打的？张慧娟边用手快速绕毛线团，边答道，还能给谁打，给我哥打的。苏敏说我还不会打呢，有空教我可好？张慧娟将一个毛线团绕好，又接着再绕，也没回答她。

民工们将渠道挖了大半个月，天寒冷了。工地上民工吃的粮食由各县解决，三个县的粮食逐渐都供应不上了，民工的伙食由一日三餐改为一日两餐，并且是喝稀饭，惹得民工们怨声载道，干活时站在那儿用锄头柄撑下巴混时光，一点积极性也没有。工地指挥部的领导开会动员鼓劲也没用。几天后，老鸭县与清河县的粮食告罄了，带队的领导找张应喜要求支援。张应喜嘴上答应,可龙山县也调不出粮食,因为都在闹饥荒,许多公社的食堂都断粮了。清河县开始将部分民工撤了回去,地委行署的李副专员知道了这事,在电话中气得骂娘。骂娘也没用,没吃的,鬼也不去干活。

有一天晚上,吃饭时,槐树县有个公社的十几位民工回来晚了,见饭被吃光了,谭狗伢恼怒得带头闹事,与几个民工将食堂做饭的人打伤了。该县带队干部追查责任,将凶手谭狗伢抓起来拔白旗,顿时引起在场民工们的愤慨。大家犹如火山爆发般叫骂起来,说干活没饭吃,还拔白旗,要不要人活了!几位年轻的民工一气之下将被子一卷,用绳子捆好,气呼呼地说,老子不干了。扛着被子跑了。当晚消息传开,其他县的民工乘机一哄而散,纷纷逃之夭夭。

三个县的工地负责人来找张应喜商议怎么办,张应喜见民工粮食问题无法解决,也没有办法,只有打电话向李副专员请示。李副专员连夜坐车赶来,可三个县的民工已经跑得所剩无几了。见粮食问题无法解决,思考良久,李副专员才回答说,既然条件不具备,无法再挖下去,那就暂告一段落,以后再说。

民工跑光了,唐丰收问老秦,我们怎么办?

老秦冷静地回答,我们要听上级安排,没得到指示,不能像民工那样逃离。

翌日,老秦领着唐丰收与郝仁俊将这次大会战挖的渠道从头到尾看了一遍,渠道挖了一半,大部分都没挖到位。老秦看后将挖的情况在图上做了记号。检查回来的当晚,老秦接到李局长打来的撤退电话。听说明天就回去,不在这儿受罪了,苏敏兴奋地又唱又跳,开心极了。张慧娟则坐在床上用被子围住腰,埋头一针针慢慢打着那件毛衣。

老秦将唐丰收他们带回来了。

一行人刚进县城,遇见了武总。武总是从省水电厅坐客车才回到龙山县县城的。多日不见,老秦与武总格外亲热。老秦让郝仁俊、张慧娟、苏敏先回局里,自己带着唐丰收陪武总来到一家小饭馆。

老秦点了几个菜,要了瓶大曲酒,因为在工地上很难吃到一顿荤菜,更见不到酒。喝酒时,武总听老秦说了开挖渠道的事,不但没指责这是蛮干,反而笑着说地方上主动挖渠道的积极性值得肯定。老秦不解地问为什么?武总端起酒盅嗞地一口将酒喝了，点着烟斗后解释说，依我看，龙潭水库建得差不多了，才能轮到建灌区，地方上先搞起来，等于打了基础。灌区建设，光凭地方上肯定不行，可地方上没有主动性，事情更难办，既然你们跑到前面了，接下来，后面的戏就好唱了。老秦点点头，觉得他说得对，同时又担忧地问，民工跑散了，地委与各县肯定会放弃的。武总喷了一口烟，说：不会的，绝对不会，张县长那人我晓得，端起酒盅不喝醉，他不会罢休。不信，你看，要不了多久，他准要出来折腾这事。武总忽然对唐丰收说，干吗老看我？吃菜啊，你吃菜。用筷子夹了几块肉放进唐丰收碗里。唐丰收在工地上连饭都吃不饱，很久没沾荤腥了，这时将肉美美地吃着。武总拿过一个酒盅，放在唐丰收面前，将酒筛满了，要他也喝点。唐丰收笑着说不会喝，武总有意怂恿说，搞水利的，哪有不会喝酒的。来，给我喝。既然武总下命令了，唐丰收端起酒盅将酒一口喝了。老秦见他喝了没事，又与他喝了一盅，唐丰收仍如喝白开水一般。老秦要武总再喝，武总说自己身体不好，不宜多喝，让他师徒俩接着喝。老秦很久没沾酒了，就与唐丰收一来一往地喝着。一瓶酒喝下去了，老秦喝得醉醺醺的，唐丰收脸都没红，惹得武总笑老秦不如徒弟，又要了一瓶大曲酒，让唐丰收喝。唐丰收看看老秦，老秦说，叫你喝，你就放开肚子喝，我不能陪了。就与武总边抽烟边说话，结果一瓶酒被唐丰收独自喝了，仍一点儿事没有。老秦指着唐丰收笑着说：看不出，你小子还是个酒桶。其实，唐丰收也不晓得自己能喝酒，以前在家，只有过年时父母才让他喝点酒，平时根本就没酒喝。

第八章

果然如武总预料的那样，张应喜县长真的抓住挖渠道的事不放，不甘心这事就这么熄火了。开春后，他找李局长商议这事，李局长将老秦喊了来，搞工程还得靠老秦。三个人聚在一起，老秦将这次渠道开挖的情况做了详细汇报。张应喜说其他县不搞，我们自己接着挖。李局长建议让大桥和江亭两个区组织人施工，因为渠道修好了，他们受益。张应喜觉得这意见对，转过脸问老秦再挖，最困难的地方是哪儿？老秦在领着他的弟子“大旅游”时，起初草图上画的渠道没经过杨泗庙，因为那儿是石头岗，得打隧洞才行，工程艰巨，就将渠道从农田中穿过，用填方的办法来建渠道，避免开山凿隧洞。张应喜看了图纸后，摇头说不能这样，农田是老百姓的命根子，不同意挖压几十亩良田，让其开隧洞。老秦说开凿隧洞，造价高，代价大，工期长。张应喜说，开凿隧洞代价大，是一次性的，挖压了良田，一年少收几千斤粮食，十年呢，百年呢？见张县长在这事上持反对意见，老秦只有修改了设计，决定在杨泗庙这儿开凿隧洞，不然，渠道就无法挖下去。听张县长这么问，老秦坦率地回答：最困难地方是杨泗庙隧洞。张应喜说杨泗庙那儿我看过，打个隧洞也没多长，应该不难。老秦说那儿都是石头，石质坚硬，是块很难啃的硬骨头。张应喜抓抓头，说，再挖，搞大呼隆不行，问老秦有没有好办法？老秦说，不搞大呼隆，可以组建个专业队，长期建设，一年不行就两年，肯定能成功，粮食问题也容易解决。张应喜觉得这办法好。

掌握了情况，张应喜召开了县委办公会，提出挖渠道的事不能停下来。刘民权仍持反对意见，还讽刺说，你们哪是挖渠道，分明是挖战壕，留着打第三次世界大战好用。张应喜气得眼都圆了，可这次没摔杯子，而是将刘民权撇在一边，对身边的赵一帆和王区长这两位大将说，你们两个区是产粮区，渠道不修好，没水灌溉，粮食就不能丰收，挖渠道由你们两个区负责。你们区从各公社抽劳力，各组织一个三十来人的专业队，县里适当补点粮食。张应喜学乖了，刘民权也保持沉默，心想随他折腾，等出问题了，再出来收拾他不迟。

散会后，赵一帆按张县长指示，往各公社按田亩摊派劳力，组织了一个专业队。将三十多人召集在一起后，赵一帆派黄花庙公社的团委副书记胡家斌任队长。王区长也同样组织一个专业队，负责他们区那边的施工。县水电局仍派老秦当技术负责人，这次老秦没要郝仁俊参加，而是将他安排去干别的工作了。工地指挥部仍设在杨泗庙。

杨泗庙并非是寺院，仅是一座小庙。据说明朝末期有位叫杨泗的将军打仗时负伤后逃到这儿，清军追了来，他带着残兵与清军打了一场殊死的奋战，最后英勇捐躯了。庙内有棵老槐树，据说杨泗将军就战死在这树下。后来人们为了纪念这位英雄，在这儿建了座庙。解放战争时，解放军与国民党的部队在这儿打了一仗，庙在炮火中被毁了，仅存下庙址。上次开挖渠道之所以将指挥部设在这儿，因为这儿山岗子有一大片平坦的荒岭，是搭建工棚的好地方。四县民工大逃亡后，指挥部解散了，搭建的工棚被大炼钢铁的人住着。这次指挥部又设立在这儿，胡家斌带着专业队的人将工棚整修一番，驻扎下来，因为开凿隧洞的位置在杨泗庙附近，这儿又地处整个渠道的中心地段。

作为指挥部的技术人员，老秦他们来了后，他与唐丰收住一间房，苏敏和张慧娟住在他们隔壁，胡家斌住的是大工棚。胡家斌是队长，他住在大工棚顶头的那个单间，距苏敏和张慧娟的住处仅有十几步路。

人员到位了，在研究工程施工时，老秦晓得其他地方的土方容易完成，关键是杨泗庙隧洞这个咽喉，隧洞不修通，下游几十里长的渠道等于白挖了，整个渠道将是半拉子工程。老秦将想法告诉了赵一帆区长，建议胡家斌从专业队中抽十几个健壮的年轻人，开凿隧洞，争取缩短工期。赵一帆采纳了这个建议。

老秦在进行内部人员分工时，让苏敏和张慧娟负责大桥区工地，唐丰收负责江亭区工地。因为是专业队施工，动工后，后勤供应及时，每天一顿干的两顿稀的有保障，伙食比原来好多了，因而民工情绪高涨，施工进行得顺利。只是辛苦了唐丰收，大桥区工地距杨泗庙大本营没多少路，江亭区工地距杨泗庙有十几里。所以他每天吃过早饭，就得赶往那边工地，中午在那边工地吃饭，夜里赶回来吃。有时回来晚了，食堂烧饭的人将他的饭留着。苏敏笑他每天要比别人多跑二十多里。老秦说，年轻人多跑点路怕什么，铁脚板是练出来的。

大家住在一起，又同在一个食堂吃饭，胡家斌与唐丰收他们很快就熟悉了，张慧娟还给胡家斌起了个外号叫胡团副，胡家斌也乐意接受。胡家斌二十刚出头，正为婚事犯愁呢。家里原本给他说了个裁缝的女儿当媳妇，他初中毕业，嫌那姑娘没文化，一直没同意，一心想找个有工作的。可公社机关里那几个猫人，除了妇联主任是母的，其余都是爷们。来到工地，见身边陡然出现张慧娟、苏敏两位如花似玉在县水电局工作的姑娘，他当然兴奋不已。挖渠道是专业队民工干的事，他这个队长只要将任务分下去就没事了，所以，他天天陪苏敏和张慧娟跑工地，在工地上也蝴蝶般围着这两朵花儿转悠。胡家斌自幼爱听老人们说三国故事，读初中时就迷上了三十六计，遇事，两只绿豆般的小眼总喜欢眨巴着，想眨巴出个妙计来。他当然比唐丰收有心计。一开始与苏敏和张慧娟接触，他对她俩一样对待，丝毫不露山水，可内心却在侦察，想看看她俩谁更合适自己，然后再设法下手摘桃子。他觉得要想得到她俩中的一位，首先得将外围关系处理好，所以他将老秦视为领导，对其格外尊敬。他特别留心唐丰收，一来到这儿，他就发现这两位姑娘都喜欢唐丰收，因而，他要摸清唐丰收是对她俩都好，还是看中了一位，所以他对唐丰收亲如兄弟，关心备至。有天，他见从江亭区工地赶回来的唐丰收拎着一双破鞋打着赤脚，忙将一双半新的球鞋送给他，博取他的好感。观察了一段日子，他发现唐丰收这个老实头对张慧娟与苏敏都没有那种意思。又通过从唐丰收那儿套话，晓得她俩都还没谈男友。将基本情况弄清了，他由平等对待转为重点进攻，将注意力放到了张慧娟身上。因为张慧娟身材丰满，肌肤白嫩，寡言少语，有旺夫相，合适做老婆，而苏敏脸蛋虽漂亮，可皮肤黑黑的，身子也瘦精精的，一张水嘴叽叽喳喳说个不停，不稳重。选定了目标，他就按计谋时常设法单独与张慧娟接近，逐渐对苏敏冷淡了。

有天夜里，胡家斌来到张慧娟寝室，问苏敏到哪去了？张慧娟回答说老秦叫她去有事了，说完埋头接着打毛衣。张慧娟此前也没打过整件毛衣，打打拆拆，拆拆打打，几个月过去了，才打了几寸长。胡家斌机灵地将话题落在毛衣上，问她给谁打的？张慧娟也没吭声，只顾打自己的，等胡家斌再问，她才大声说，给我哥打的。叫他别打岔，不然又打错了。胡家斌仍想与她说话，可她只顾埋头一针接一针打，不理他。

过了几天，张慧娟到局里去拿东西了，回来后，将唐丰收喊到房间。唐丰收见她要自己比画那件毛衣的长短，不耐烦地说，我说穿不起这么贵的毛衣，你干吗非要打？张慧娟回答说，我打给我哥穿，你想要我还不给呢。言毕，将打好的部分在唐丰收身上比画着，其实唐丰收根本就不知道，张慧娟这次找由头到局里去，是为了找李局长老婆，问打到这儿该怎么分针，好接着往下打。比了后，她见唐丰收要离开，就从包里拿出几卷毛线，要他帮着绕一下。唐丰收不好拒绝，就坐在苏敏的床上与张慧娟面对面绕毛线。这时，唐丰收已长成大小伙子了，张慧娟见上次买的毛线不够，这次她又买了几卷，想将毛衣打大点。他俩正在绕毛线，胡家斌来了。见他来了，唐丰收对张慧娟说，你让胡团副给你绷，我要去看书，不然，老秦晓得了又要刮胡子。胡家斌接过话说，好啊。过来接了唐丰收手中绷着的毛线。张慧娟对唐丰收一瞪眼，厉声说，不把这框线绕好，哪也不准去！唐丰收听她这么说，只好坐下来。绕好一卷，张慧娟又拿出一卷要唐丰收绷着接着绕，这次她没说话而是用眼神示意的。瞧她俩配合得默契，一旁的胡家斌感觉他俩关系非同一般，便悄悄离开了。

通过仔细观察，胡家斌敏感地发现张慧娟的心思在唐丰收身上。因为她看唐丰收的眼神与看别人不一样，对唐丰收说话大都是用眼神表达的，而唐丰收一看就明白。

既然张慧娟不睬自己，心中有人了，胡家斌索性将目标转移到苏敏身上了。苏敏虽不如张慧娟那么理想，可也难得。于是，他又设法与苏敏亲近。苏敏的性格比张慧娟开朗，嘻嘻哈哈的，为人随和。有一次在苏敏房里，胡家斌发现她喜欢看小说。想到家里有本《啼笑姻缘》，就抽空回去拿来给苏敏看，还给苏敏带来了她喜欢吃的辣椒酱。几个小恩小惠一用，苏敏果然对他有好感了。有次在工地上，胡家斌瞧苏敏皱着眉头坐在那儿身子半天都不动,估计她来了月经,忙说自己要回公社办事,跑十几里路赶到公社供销社将草纸买来了。他将草纸送到苏敏手中,苏敏一惊,抓着草纸就往厕所跑。回来后,她居然大大咧咧地问胡家斌,你怎么晓得我要用草纸?胡家斌笑而不答。晚上一起吃饭,苏敏当着大伙儿的面将几毛钱给他,他推说算了,苏敏还是将钱塞进他口袋。吃饭时,唐丰收还没回来,胡家斌见苏敏将半个馍藏了起来,当她留着夜里吃呢,谁料唐丰收回来吃饭时,他过来对老秦说工地上的事,却发现苏敏将藏的那半个馍悄悄给了唐丰收。胡家斌这才意识到苏敏暗中也对唐丰收好。于是,他在心里嘀咕了,唐丰收这个小子艳福不浅,两位姑娘都喜欢他呢。再次留心观察,胡家斌觉得唐丰收对她俩看不出有啥亲密的地方。等他从苏敏嘴里弄清了唐丰收的背景,明白了,唐丰收比她俩小,是将她俩当姐姐的。悟到这层,胡家斌又看到了希望,一番苦思冥索,还是决定将重点放在苏敏身上,因为苏敏性格比张慧娟好,张慧娟骨子里好强,喜欢与人争吵,不好缠。

有一天夜里,唐丰收对老秦说有两个涵洞要测一下,想派个人与他一起去。老秦说那就派张慧娟吧。唐丰收过来通知张慧娟,走到她俩的房间门口遇见了苏敏,唐丰收怕苏敏晓得了也吵着要去,就哄她说刚才胡团副找你呢。苏敏信以为真,去工棚那边找胡家斌了。唐丰收进去后,见张慧娟菩萨般坐在床上埋头打毛衣,将事情告诉了她。张慧娟听后咧嘴一笑,答应了。

第二天清早离开指挥部,唐丰收与张慧娟如两只欢快的小鸟般有说有笑地走了。苏敏去仓库领东西,才晓得了这事,心里直骂唐丰收不带她去,太偏心了。胡家斌与苏敏一起去工地时,从中挑拨说,唐丰收是有意在疏远你。苏敏只顾低头走路,也不睬他。那天工地上也没什么事,胡家斌讨好苏敏说,我到镇里去联系粮食的事,你跟我到镇里去玩吧?苏敏说我不能随便离开工地。胡家斌开导她说张慧娟又不在,你就是到天上去玩,也没谁知道。就算老秦晓得了,你说跟我去联系工作的,谅他也不会批评你。苏敏想了想觉得他说得对,心想来杨泗庙这么长时间了,还没到镇里去过呢,就跟胡家斌去了。

唐丰收与张慧娟忙了一上午,将一个涵洞测完了。吃了中饭,两人坐在树下休息,张慧娟打了一会儿毛衣,要唐丰收过来。唐丰收在埋头核对数据,听见叫声来到她身边，她要他将双臂举起来，将打好的部分穿上试试。毛衣有一只袖子没打好，唐丰收按张慧娟的要求，将毛衣套在身上了。张慧娟站在唐丰收面前，将毛衣这儿拽拽那儿牵牵，说，你又长高了，下面又短了，我还得再加长。唐丰收脱下毛衣问她，你不是说打给你哥的吗？张慧娟没回答他，而是瞅了他一眼，自语道，就差一只袖子了，国庆节前争取打好。唐丰收问她，行了吧？脱下没打好的毛衣递给她，顺手从树上折了一截枝条，做了树皮响响，坐到她身边，呜里哇啦吹着。张慧娟一下一下地打着毛衣，陡然对唐丰收说，今天我不在，胡团副肯定高兴死了。唐丰收不解地问他高兴什么？张慧娟白了他一眼说：你没看出来啊？

唐丰收问看出什么了？

张慧娟骂他真是呆头鹅，说胡团副对苏敏有意思了。

唐丰收傻乎乎地问什么意思？

张慧娟掩嘴一笑。冲他道：想找苏敏做老婆呗，明白了吧。

唐丰收一愣，说：不会吧？

张慧娟放下毛衣，从包里拿出几张草纸在手中折叠着说：太不开窍了，对你说了也没用。说完便去了远处的草丛中。

唐丰收眨眼想想，胡家斌想找苏敏做老婆，这怎么可能呢？也难怪唐丰收不相信，因为在他看来，他们之间在一起是工作需要，相互之间的关心是姊妹之情，压根儿就没朝那方面想，也不敢朝那方面想。经张慧娟这一提醒，他马上对胡家斌有了看法，心想，你要找苏敏做老婆，这不是在欺负我们水电局的人嘛。因为他晓得郝仁俊早对苏敏有那种意思了，只是还没有公开追求罢了。他愤愤地想道，不能让胡家斌的阴谋得逞了。见时候不早了，等张慧娟过来了，唐丰收就对她说，测量吧。张慧娟一屁股坐下来，用大眼睛瞅了他一下，说，急什么，今天就测一个，另外一个留着明天测。便又拿起毛衣打起来。唐丰收往草地上一躺，心想明天测就明天测，反正也不耽误施工。

张慧娟与唐丰收从工地上回来了，苏敏正伏在床上呜呜地哭。他俩问她怎么啦？苏敏抬头就骂唐丰收，说他带张慧娟去，不带她去，让她倒霉了。瞧她哭着不说原因，唐丰收过来问老秦。原来苏敏跟胡家斌到了镇上，两人这个商店逛逛那个商店逛逛，苏敏逛得连家婆姓什么都不知道了。逛到一家清真饭店门口，胡家斌说这儿的牛肉面好吃，非拉她进去尝尝。吃牛肉面时，胡家斌夸她长得比戏中的刘巧儿还漂亮。苏敏反感地说，你瞎扯个什么啊，我哪能跟刘巧儿比。胡家斌见她不爱听奉承，就改口问苏敏入团没有？苏敏说在学校入了。胡家斌又建议她应该要求政治上的进步，争取入党。说他现在是入党对象了，还吹嘘自己喜欢写诗，并将一首才写的诗背给她听。苏敏在镇上玩时，张县长下来察看渠道。老秦陪着他来到大桥区工地，问小组长，胡队长呢？小组长说他到镇里联系粮食去了。老秦问小苏呢？小组长回答苏技术员陪胡队长一起去了。张应喜板着脸不满地说技术员怎么能随便离开工地呢。老秦气得推推眼镜。检查结束，张应喜去了镇里，老秦在工地上守着。他指挥民工处理了一下边坡问题。等到傍晚快收工了，苏敏才回到工地。一见面，老秦对她就是一顿臭骂，要不是胡家斌在一旁解释，老秦的怪脾气发作了，说不定会抽苏敏的耳光。晓得了缘由，唐丰收过来问苏敏到镇上去干吗？苏敏已经不哭了，但仍不睬他。等他走后，胡家斌来了，张慧娟找个由头离开了。苏敏挨了批评是坏事，可胡家斌却感到这事可以充分利用，因为他觉得像苏敏这样的人应该先智取，然后再强攻。胡家斌再三向苏敏赔礼道歉，说都是他的错，恳求她原谅。苏敏坐在那儿一言不发，胡家斌掏出一只麻饼放在她手上，关心地说，你还没吃晚饭呢，别饿坏了身子。说完出去了。

第二天，老秦让唐丰收带苏敏去测量。走在路上，唐丰收又抱怨苏敏昨天不该离开工地，挨批评太不值了。苏敏回答，我也不想去，是胡团副拉我去的。因为他俩无话不谈，唐丰收想到昨天张慧娟说的话，就问苏敏你觉得胡团副这人怎么样？苏敏说这家伙不是什么好东西。唐丰收问她怎么晓得的？苏敏说，明摆着嘛，胡团副那双小眼睛如同蛇眼似的，看着就让人恶心。唐丰收这才将张慧娟的话说了出来。听后，苏敏掩着嘴哈哈大笑起来，说，要我嫁给他？做梦差不多，我最低也得嫁个大学生啊，他算哪根葱？唐丰收连连说对。

苏敏是个爽快人，与唐丰收在一起后，很快就将挨批评的不愉快抛到九霄云外了。测量中间休息时，她从衣袋中掏出那个麻饼，在唐丰收眼前晃晃。唐丰收问哪弄的？苏敏笑着说，别管是哪弄的，给你吃，你就吃。唐丰收一把夺过麻饼，张嘴咬了一大口，苏敏一把又夺过去，在他咬过地方，也咬了一大口，还用手接着掉下来的麻饼碎屑，往嘴里一丢。两人你一口我一口将麻饼吃了，苏敏要唐丰收拿出红头绳来玩翻花，唐丰收从裤带纽子上将红头绳解了下来。一玩，唐丰收输了，苏敏刮他鼻子时，忽然停住手了。唐丰收催道，快刮啊，看啥看？苏敏将勾着的食指伸直了，在唐丰收的嘴唇边左右一捋，扑哧一笑，说，你都长小胡子了。唐丰收催她快刮。苏敏没刮，而是用手从他脸上太阳穴的地方往下摸着。唐丰收被她摸得身上起了鸡皮疙瘩，慌忙推开她的手，将红头绳往地上一丢，说，不玩了。苏敏嬉笑着从地上捡起红头绳，撒娇般对唐丰收说，你太小气了，摸摸脸有啥大不了的，要他将红头绳在原来的地方系好，不然就不去扶尺子。唐丰收只有随她了。

胡家斌按自己的想法，一步步地向苏敏靠近了。苏敏见胡家斌一个劲儿巴结自己，有时也任性地与他说笑。她的不在意，使胡家斌越发想入非非了，于是他抓住时机，苦熬了一个夜，给苏敏写了封试探性的信，他晓得苏敏爱看小说，找一位老师借了本《金瓶梅》，将信夹在里面，夜里找个机会送给了苏敏。拿着书回到寝室，苏敏翻开小说就看，等她发现书中有封信，既好奇又害怕，好奇的是胡家斌给自己写信干什么？害怕让张慧娟晓得了要看怎么办。她瞄了张慧娟一眼，见张慧娟坐在那儿专注地打毛衣呢，没察觉，便忙将信塞在枕头下，接着看小说。她早想看《金瓶梅》了，可一个字也看不下去，心神都跑到枕头下那封信上了，因为她毕竟是第一次收到男人写给她的信。将书胡乱翻了几页，见张慧娟打毛衣打得如老僧入定般啥也不知道了，就怀着强烈的好奇心，将手偷偷伸进枕头下，摸到那封信捏在手中，随后拿些草纸，打着手电筒去了厕所。厕所内一片狼藉，臭烘烘的，苏敏顾不了那么多，解开裤子蹲下来，打开信，用手电筒照着看。一看信开头是"亲爱的"三个字，苏敏像被扇了一耳光般，脸唰地一下红了。再往下看，她顿时被胡团副写得什么爱你啊，想你啊，吓得身上起了一层鸡皮疙瘩。苏敏不想再往下看了，几下子将信撕了，丢进粪坑。从厕所回来，苏敏拉开被子睡了，可躺在被窝里，她脑海中仍在想那封信，越想越觉得不是滋味。她感到与胡团副交往，不过是同志式的关系，真没往恋爱方面去想，因为她感觉自己打心眼里不喜欢胡团副。她不想让这事张扬出去，让胡团副难堪，怕影响以后在一起工作，采取了沉默态度。

胡家斌没接到苏敏的回信，可从苏敏沉默的态度里，揣摸到了她的矛盾心态。既然她没反对，说明她在思考，过了段时间，他又给苏敏写了封信。这封信，苏敏背着人看了，可她还是没有理睬。苏敏是个心中存不住事的人，虽发誓不对任何人说，有次在同唐丰收一起测量休息时，她还是将这事告诉了他，在她心目中唐丰收是她最值得信赖的人。唐丰收对这种事还没有完全开窍，听苏敏说胡团副给她写信了，当苏敏是说着玩的，直摇头不相信。等苏敏将信拿给他看了，他才吃惊地说，那家伙真写了啊?！苏敏说这是第二封，第一封被我撕了。唐丰收早就打心眼里对胡团副有气了，将那信呼啦啦地撕了，气恼地对苏敏说，他再写，你就向老秦汇报，让老秦骂他。苏敏低着头嗯一声。唐丰收从裤款子上解下红头绳要苏敏同他玩翻花，苏敏推开他的手说，这有啥好玩的，我俩说说话吧。唐丰收边往裤款子上绕红头绳边问她，我俩整天在一起，有啥好说的？苏敏坐在他对面亮着眼神看他，唐丰收陡然觉得她的眼神与平常不一样，慌忙将脸偏向一旁。苏敏忽然抓住了他的手，唐丰收也没当回事，因为平时他俩在一起，苏敏常与他手拉手。那次过河，他背了她，有次过河，他有意要苏敏背，苏敏真背了。见苏敏在抚摸自己的手，唐丰收讨厌地说，手有啥好摸的。把手缩了回去。苏敏急忙说，你手指甲那么长，来，我替你剪剪。说罢，掏出钥匙链上的指甲钳。唐丰收见是这事，就将手伸过去让苏敏剪。苏敏小心翼翼地替他将两只手的指甲都剪了，又叫唐丰收将鞋脱了，说替他剪脚指甲。唐丰收从她手中拿过指甲钳说，我的脚臭，我自己剪。苏敏说，臭就臭，臭，我也替你剪。要唐丰收将鞋脱了。唐丰收见她真要剪，就将鞋脱了，跑到小河中将脚洗了洗，坐在那儿让她剪了。苏敏替他将脚指甲剪好，脱掉自己的鞋袜，将脚伸向唐丰收，看着他。唐丰收一笑，说，哦，你是想叫我替你剪啊。苏敏笑着哎了一声，说，你说对了。唐丰收顿时说，我剪不好，你自己剪吧。苏敏将两只脚在草地上不停地上下打着，嘴里说，偏不，偏不，我非要你替我剪。唐丰收心想她替自己剪了，自己应该替她剪才对，就一只手拿起指甲钳，一只手将苏敏的右脚捉在手中。苏敏的脚肌肤白嫩，拿在手中，软软的，光滑滑的。苏敏问他，我的脚长得好看吧？唐丰收哪会欣赏这个啊，随口说道，再好看，也是只臭脚。苏敏猛地将脚一抬，伸到唐丰收鼻子下，说，你闻闻臭不臭。唐丰收一把抓住她的脚，笑着回答，香，香，行了吧。言毕，动手替她剪脚指甲。见苏敏的脚指甲没啥好剪的，就说，你自己早剪好了，叫我剪什么？苏敏忽然改口说，我的脚背疼，你替我揉揉吧。唐丰收这才晓得苏敏是拿自己穷开心，随手将她的脚往草地上一放，说，天不早了，不玩了，干活吧。苏敏又逗他替自己穿鞋，唐丰收起身拍拍屁股上的草屑，对苏敏说，你看镜子，我去扶尺子。拔腿跑了。苏敏爬起来轻轻叹了口气，来到仪器旁。

苏敏没料到几天后，胡家斌又给她写了封信，这次不是夹在小说中，而是夹在一条五寸来长用红纸包的方片糕中，因为他晓得苏敏爱吃零食。苏敏还是没将这事向老秦汇报。当晚在水塘边洗衣服时，见四周没人，她将方片糕拿出来掰一半给唐丰收，叫他吃，将那信看也没看，当着唐丰收的面撕了。唐丰收晓得方片糕是胡团副给她的，黑着脸说，以后他再给你东西吃，你别要了，我不愿意吃。苏敏捏着方片糕边吃边不以为然地说，他给，我就吃，怕什么，仍叫唐丰收吃，说这么好吃的糕，不吃太可惜了。唐丰收心想，苏敏说得也对，不吃白不吃。

张慧娟又叫唐丰收去试毛衣了。唐丰收试了后，轻声将苏敏的事告诉了她，还笑说胡团副真大方，光送东西给苏敏吃。张慧娟想了想，提醒唐丰收说，郝仁俊不是对苏敏有好感吗？你将这事告诉他，随他们去搞，你只管看热闹，千万别搅和进去了。经张慧娟这一点拨，唐丰收来了主意。

两天后，老秦派唐丰收到局里送材料，唐丰收在局里找到郝仁俊。郝仁俊正在协助一位技术员搞一个项目的工程图纸。得到消息，肺都气炸了。他原以为苏敏与他在一个局里，虽不是一个学校的同学，毕竟是一起分来的，他早对她有好感，一直没向她表白，因为他不想操之过急。唐丰收走后，有个星期天，郝仁俊借着局里给指挥部送东西的机会，来到杨泗庙。此前，他到杨泗庙来过两次，因时间太短，苏敏在工地上，没见到她。在他看来苏敏早晚是他老婆，因为在县水电局里二十多个职工中，他是唯一没找对象的男中专生，只要他追求她，苏敏肯定答应。现在胡家斌这狗东西插进来了，再不采取行动，后悔就来不及了。那天老秦到局里去开会了，唐丰收见郝仁俊来了，预感事情不好，与他打了个招呼，借着还附近屋场的木料，躲了。

傍晚，苏敏、张慧娟和胡家斌一起从工地上回来了。

张慧娟见郝仁俊来了,就怂恿苏敏接待,自己将头缩了。他们一起在食堂吃饭时,胡家斌当郝仁俊是来的客人,也没将他放在眼里,仍巴结着苏敏,与她说笑,往她碗里夹菜。苏敏本来是用大茶缸吃饭的,见郝仁俊来了,就陪他用碗吃了。郝仁俊见状,就用筷子挡胡家斌夹菜的筷子。挡了两次,胡家斌恼火地问他干什么?郝仁俊阴着脸回答,你干什么?!将菜夹着要往苏敏碗里按。胡家斌当然不愿当着苏敏的面退缩,用手臂将郝仁俊的手臂一推。郝仁俊将筷子啪地往桌子上一拍,厉声道,你小子猖狂个鸟!胡家斌唰地站起来,针尖对麦芒地大声道,我夹菜关你屁事!郝仁俊指着他道,要你逞什么能!两人你一句我一句吵起来,吵火了,郝仁俊伸手扇了胡家斌两耳光,然后指着苏敏说,你再惹她,老子剥你的皮!胡家斌被扇了耳光,挥起拳头朝郝仁俊胸脯就是一拳。苏敏见他俩打架了,吓得碗一搁,便逃之夭夭了。在另一张桌上吃饭的张慧娟也没站出来拉架,想让郝仁俊将胡家斌教训一顿。他俩正扭打在一起,外面来了几个民工。见队长被打了,这几个民工也不问情由,上去揪住郝仁俊就打。张慧娟见郝仁俊寡不敌众,这才在一边大声喝叫道:你们打什么架!再打,我向领导汇报了!她一把抓住胡家斌说,你是队长,快放手。胡家斌怕打伤了人,就喝叫民工停手。张慧娟趁机将郝仁俊推走了。

老秦回来后得知了此事,让局里将郝仁俊批评了一顿。他联想到上次苏敏擅自离开岗位,跑到镇里去玩,这次又惹出打架的事来,担忧工地上有苏敏与张慧娟这两个大姑娘,不利于工作,便将她俩退回了局里。工地的土方任务基本上完成,接下来是开凿杨泗庙隧洞了。

苏敏与张慧娟离开杨泗庙时,唐丰收挑着她俩的行李送她俩。

第九章

因财力问题，大桥专业队裁减了一部分人，剩下的人留下来专门啃杨泗庙隧洞这块硬骨头。专业队仍由胡家斌负责，因为赵一帆区长是胡家斌的表大爷，他想继续让胡家斌负责专业队的工作，一来这儿吃的比机关食堂好，二来让他干出成绩来，以后好提拔。

胡家斌与郝仁俊打架了，他也不觉得吃亏，相反他却看出了苏敏与郝仁俊并没有谈朋友，闹事只是郝仁俊一厢情感，如果苏敏真是郝仁俊的女友，她肯定会出来替郝仁俊说话的，可苏敏没有。他不甘心就此败下阵来，仍给苏敏写了一封信，直接从邮局寄给苏敏。一连寄了两次不见回音，他想到了唐丰收，想借唐丰收的手来传递。那晚打架，唐丰收不在，胡家斌由此对他颇有好感，并相信唐丰收会当邮递员，更自信苏敏最终会给他一个答复。

唐丰收本来想胡家斌吃亏后，会放弃对苏敏的追求，没想到他竟要自己给苏敏带信。他不想与胡家斌将关系搞僵了，因为他要与胡在一起共事，想到胡家斌初来时对自己还不错，就暗中帮了忙。送了两次，唐丰收见苏敏鼓着嘴骂自己两次，觉得这事很无聊，就将心思转到学爆破技术上了。等胡家斌再让他送，他就将信收藏起来，没送。

隧洞的测量任务完成后，老秦指挥专业队将引槽挖了出来，隧洞也凿了个口子，紧接着就是打隧洞了。

专业队里有个民工叫覃海明，外号覃大头，个子不高，身体结实。在专业队中一开始也没谁将他当头蒜。隧洞开凿到岩石层后要实施爆破，胡家斌开会时问谁会放炮，有个民工说他会，可当天放炮，炮虽放响了，可没炸多少石头。覃大头说这是炮眼打得有问题。那人不服气地说你来试试。覃大头站起来说试试就试试，一副胸有成竹的样子。第二天胡团副派覃大头负责打炮眼放炮，结果这一炮炸得好极了。胡家斌一问，这才晓得覃大头是退役军人，在部队开凿山洞时当过爆破手。

老秦因事暂时回局里了，唐丰收心想，现在不用测量了，何不跟覃大头学放炮技术呢？拿定主意，他主动拜覃大头为师。覃大头看看他，没搭理，因为他晓得放炮是危险的活儿，不想让唐丰收学会了去冒风险。他越不教，唐丰收就越想学。除了放炮打炮眼，覃大头平时要运石块。工地人手少，干活有具体分工，人不能闲着。见用嘴求教没用，唐丰收就主动帮覃大头抬石头。有次抬石头，唐丰收的脚被石头碰破了，直流血，他也不在乎。这事让覃大头很感动。覃大头喜欢抽烟，唐丰收手头有活钱，就让胡家斌回镇时给他带两包。胡家斌问他买烟干什么？他说留给老秦回来抽的。当他将两包烟给了覃大头，覃大头瞧他真想学放炮，才正儿八经地对他说，放炮可不是好玩的，要承担风险，说自己有次差点被哑炮炸死了。唐丰收拍着胸脯说自己不怕。覃大头接过烟回答，那以后我们打炮眼，你来看看吧。

唐丰收明白看打炮眼是学放炮的开始，只要有空，就钻进隧洞看他们抡锤子打炮眼，有时还动手帮忙抡大锤，因为他晓得不动手，肯定学不到放炮技术。

老秦回来后得知这事，劝他别学了，唐丰收却说搞工程常遇见放炮，学会了，以后肯定有用。老秦感觉也是，心想既然他要学，就让他学吧，叮嘱留心点，别弄伤了。得到了老秦的支持，唐丰收就在隧洞里跟覃大头抡大锤学打炮眼了。

这天，张慧娟到工地来给老秦送资料，到处找唐丰收。在隧洞里，她见唐丰收光着膀子像民工那样在抡大锤，将他喊了出来，惊讶地问，你抡大锤干什么？你又不是民工？唐丰收擦着脸上的汗说是抡着玩的。

张慧娟瞪了他一眼，指责他真不晓得爱惜身体，然后将打好的毛衣送给他。见张慧娟辛辛苦苦打的那件毛衣是给自己的，唐丰收不但没感激，反而问她，不是说打给你哥的吗？张慧娟说，给我哥的以后再打，这件给你吧。唐丰收说，我说过我穿不起这么贵的毛衣。摇头说不要。张慧娟也没生气，而是笑着劝他说，天气说冷就冷了，反正打好了，穿着暖和些。说罢，要唐丰收将衣服脱了试试，唐丰收心想既然她打好送来了，那就试试吧，便将外套与小褂子脱了，光着上身将毛衣往身上一套。刚穿进去，他忙脱了下来，说毛线太窝人了，我不穿。张慧娟一笑，指点他说，你把小褂子穿在里面，再穿毛衣，谁叫你打赤膊穿的。唐丰收将小褂子穿好，将毛衣套上，仍皱着眉头说，绑得太紧了，穿着难受，又要脱下来。张慧娟对他说，毛衣开始穿有点紧，穿穿就松了。唐丰收还是将毛衣脱了下来，说那就等天冷了再穿吧，问张慧娟多少钱？张慧娟冲他说，我找你要钱了？唐丰收说我怎么好意思叫你花钱，说发了工资给她。

来到住处，老秦不在，张慧娟悄悄对唐丰收说，苏敏与郝仁俊闹翻了，相互不说话了。这时唐丰收才想起胡家斌托他送的信，拿出来让她带去给苏敏。张慧娟推开说我才不带呢，并诡秘地告诉唐丰收局里要成立技术科了，她可能要到技术科去上班。唐丰收羡慕地说好啊，在技术科能学到更多技术。送她走时，张慧娟告诫他以后少与民工掺和，有空多跟老秦多学技术，到了局里，一定去找她，还许愿陪他看电影。唐丰收笑着答应了。

学了段日子，打炮眼的技术基本上让唐丰收掌握了，覃大头开始教他放炮了。覃大头说放炮是个细致的技术活，来不得半点马虎，拿出个巴掌大的小册子，给了唐丰收，说是他在部队时用的，让他看看。唐丰收将那本小册子看了后，对爆破技术越发感兴趣了，就跟他学了起来。隧洞一般傍晚放炮，第二天抬石头。填炮眼的炸药是放炮的一个技术难点，唐丰收就跟覃大头一起进隧洞去灌药。唐丰收在这方面非常机灵，覃大头一指点，他马上就学会了。教会了灌药技术，覃大头又将爆破的技术传给了唐丰收，什么夜间放炮、雨中放炮、水中放炮等等。尽管学这项技术很危险，可唐丰收一点儿也不怕，很快就能独自操作了。因为有两人放炮，隧洞开凿的进度随之加快了。

覃大头犯错误了。

胡家斌发现替民工烧饭的那位老头有肺病，就将其辞退了，在附近生产队请队长的媳妇翠兰来帮忙。翠兰只负责做饭，不住在工棚中。替专业队做饭是好差事，那生产队长当然乐意。男人中多了个女人，自然有了趣味。覃大头三十多岁了，老婆死后没有再找，也没有儿女。大家吃饭时总拿翠兰说说笑笑，覃大头也跟着起哄。覃大头因为是爆破手要灌药，干活比一般人少。有一天，要测量一个地方，唐丰收回来拿仪器时看见覃大头在厨房里与翠兰在嘀嘀咕咕说话。见了他，两人赶紧分开了。

老秦到局里去了，将被子带走了，唐丰收一直与老秦在一个被窝里捣腿，没被子盖，他就来与覃大头捣腿。覃大头住在一间披屋里，披屋里放着炸药、雷管等重要物资。有一天夜里，两人加夜班吃了夜餐，翠兰走了。睡觉时，覃大头说他去拉屎，大半夜才精疲力竭地回来，往床上一躺。唐丰收很奇怪，多了个心眼。两天后又加夜班。他见覃大头又去拉屎了，觉得肯定有事，就找胡家斌一起偷偷尾随着。跟了一会儿，到大下坡这儿了，下坡处有个破窑，唐丰收去小便，来到旁边发现有动静，当是野兽呢，用手电筒一照，竟是覃大头与翠兰赤裸着下身搅在一起。翠兰呼噜一下拎着裤子跑了。胡家斌指着覃大头说了声好啊！覃大头吓得扑通朝他一跪，胡家斌伸手打了他一耳光，破口大骂说真不要脸。唐丰收赶紧将胡家斌拉到一边提醒说，这事不能张扬，说出去了，那个生产队长肯定要来打覃大头，他这带队的准要跟着倒霉。胡家斌正是入党培养对象，听了唐丰收的话，觉得他说得对。他将覃大头骂了几句，告诫不准再干这种事了。覃大头跪着指天发誓，再干，我遭雷劈！

胡家斌找个理由将翠兰撵走了，请了一个小伙子来烧饭。覃大头惧怕被辞退了，干活更加卖力了。没过多久，唐丰收又发现他夜里不见了，问他是不是又去找翠兰了？他说翠兰对他是真好。原来翠兰与那位生产队长结婚多年，发现他不能生育，偷人生了个女儿，还想偷人再生个儿子。唐丰收将这事告诉了胡家斌。胡家斌对覃大头说媳妇堆里出人命，不能再干了，劝他以后找个女人好好过日子。覃大头却愁眉苦脸地说，我家里穷做糠壳子气，鬼要我。听唐丰收又责骂他太没骨气，他嘴上说不干了，心中依然牵挂着翠兰。

有一天夜里，覃大头又偷着去与翠兰约会了，被事先埋伏在破窑里的队长抓住，打了个半死。事发后，胡家斌愤恨地将覃大头撵出了专业队。

覃大头临走时，唐丰收躲着胡家斌来送他。

覃大头气鼓鼓地说，挨打算什么，辞退了也不怕，翠兰早晚是我的人。

唐丰收要到局里去领器材，胡家斌又要他带信给苏敏，唐丰收将信往口袋中一装。见那信厚厚的，估计有好几页，感到挺奇怪，心想有什么话好写的，一写就写这么多。

苏敏回到局里后，不睬胡家斌了，信，一封也没看。这次唐丰收将信交到她手中，苏敏责备道，你少当跑腿的好不好？唐丰收说，他叫我带，我不带，他骂我。你不喜欢他，干脆回封信让他死了这份心，不就行了。苏敏觉得也对，就在胡家斌的信封背面写了几句绝情的话，让唐丰收还给胡家斌。唐丰收回来将信交给胡家斌，胡家斌看后却说，她越拒绝，我越写。唐丰收说，她不喜欢你，何苦再写呢。胡家斌翻了他一眼，说，你还没到时候，到了，自然就晓得了。

暑去寒来，隧洞开凿了一年多，终于贯通了，但离初步设计要求还相差甚远。

这期间，唐丰收在局里与张慧娟、苏敏也见过几次面，都是急匆匆打个招呼，连说话的机会都没有。

工地上不但领不到炸药与钢筋、水泥等物资，连粮食也无法供应了。胡家斌多次跑去找赵一帆，赵一帆也没办法，因为各公社都在闹饥荒。有的地方还饿死了人。

现在人们说到这段历史都说是自然灾害，唐丰收说那两年就自然气候来说，风调雨顺，根本就没有什么灾害，之所以出现粮荒，主要还是政治气候导致的。他说1960年、1961年水稻长得也不错，可上面要放高产卫星，下面的人只有将几块田的稻谷挖起来并到一块田里，结果破坏了粮食收成；山芋长得也很好，可惜没人去挖，许多该收的粮食烂在地里没收回来。

胡家斌从区里回来后，没带回粮食。见中午不能开饭了，民工们聚在一起问胡家斌怎么办？胡家斌骂骂咧咧地说现在大家都在为吃饭发愁，赵区长说了，渠道暂时不修了，你们现在可以回家了。分手时，胡家斌留给大家一句话，渠道以后还要修，都在家里等通知吧。

他话是这么说的，可大家心里都清楚，这意味着专业队解散了。工具和剩余的东西，胡家斌让大家送到区政府去。唐丰收是县水电局的人，他没跟民工们到区里去送东西，而是直接步行回了县城。与胡家斌告别时，胡家斌仍像以往那样交给唐丰收一封信，要他带给苏敏，并要他转告苏敏，过些日子，他要去地委党校学习，学习结束了，就去看她。

唐丰收回到县水电局，将情况向老秦做了汇报。老秦说知道了，说唐丰收在工地辛苦了，让他休息几天。唐丰收见张慧娟过来了，高兴地迎了过去。

张慧娟问他是来拿东西的吗?

唐丰收笑着说,那儿揭不开锅,大家又散伙了。

张慧娟笑着说:散伙了好啊,那鬼地方真不是人待的,你总算熬出头了。

唐丰收忽然想起了毛衣的钱,掏出皮夹子,边拿钱给张慧娟,边问多少钱。张慧娟晓得唐丰收的性格,不要钱,他准会将毛衣还给她,就回答说,毛线一共五块钱。唐丰收见皮夹子里只有三块多钱,都给了张慧娟,羞涩地说,剩下的钱,先欠着,发了工资,我再给。想想,他又对张慧娟说,要不,我打欠条给你。张慧娟大眼睛一亮,说,打你个头,不就是几块钱的事嘛。顺手将钱还给了他。唐丰收不解地望着她,张慧娟说,把钱都给我了,你拿什么买菜饭票,想饿死啊?说要欠一块儿欠着,啥时有就啥时给。唐丰收觉得也对,将钱装好,说:你不是说我回来了,请我看电影吗?

张慧娟一愣,赶紧回答说,好啊,晚上我在电影院门口等你。

唐丰收问,苏敏呢,怎么没看见她?

张慧娟说,苏敏被派到一个水库工地上去了。

唐丰收叹息了一下,心想,一时见不到她了。

张慧娟问他叹啥气,拉他去房间。

唐丰收正准备跟张慧娟走,就听老秦喊他了,他对张慧娟挥挥手,跑到了老秦跟前。

老秦将他带到局长办公室,将工地散伙的事告诉了李局长。李局长对唐丰收说,你干得不错,值得表扬,你暂时跟着老秦,算是工程组的人,忙完了这阵子,局里再安排你进科室。离开李局长办公室后,唐丰收迷惑地问老秦:我跟你干不就行了,干吗要安排到科室里?老秦说:跟我干虽好,可没有岗位不行,你暂时不懂,以后慢慢就清楚了。

想到晚上张慧娟请自己看电影,唐丰收乐得哼着歌,步子轻快了许多。

第十章

傍晚，唐丰收正准备去电影院，老秦来喊他，叫他陪自己一起到武总那儿去。唐丰收不敢说去看电影的事，只好跟他走了。

老秦是来与武总商谈开挖渠道这事的，那次在小酒馆喝酒听了武总的一番话，当时老秦虽觉得有道理，见现在正如武总预料的那样停工了，想再与武总谈谈，看他是怎么想的。两人见面后，武总就夸唐丰收长成大人了。唐丰收咧嘴笑笑，恭恭敬敬地站在一旁。武总明白了老秦的来意后，坐在一把扶手用绳子捆扎的旧藤椅上吧嗒着烟斗。吧嗒了好一会儿，才将烟斗从嘴唇上拿开，用极快的语速对老秦说：水库大坝建设马上告一段落了，水电站建设是下一步的事。也就是说我们紧接着该建设灌区了，可灌区到底应该怎么建，建多大规模，值得研究。

老秦打断了他的话问：依你看，配套建灌区，该建多大规模？

武总将烟斗吧嗒了几口，答道：到底建多大，很难说。

老秦试探着问，你预计一下？

武总说，既然灌区工程地方上无力承建，那么只有靠立项由国家来投资建设了。如果灌区工程与水库配套建设规模太小，国家不会考虑；规模太大，也不会批准，因为水利建设要靠财力做后盾。这两年我国正在搞“大跃进”，各方面的建设可谓一日千里，可目前国家的财力不容乐观，所以嘛，从宏观上判断，我觉得从眼前发展的形势来看，建中小型灌区比较适宜。

老秦觉得他分析得对，抽了几口烟，忽然问：依你这么说，要是国家投资兴建，我们挖的渠道是不是要报废？

武总没有正面回答这问题，而是问他：这几天你有空吗？

老秦说有空啊。

武总用拿着烟斗的手指着他问:你们挖的渠道有多长?

老秦回答:主干渠大概二十三公里。

武总进一步问:贯通没有?

老秦说:没有。

武总低声说:这样吧,我俩带着小唐,明天用一天时间,将你们挖的渠道从头到尾看一下,算踏一回青。看完回来,我俩再商议,你说怎么样?

老秦爽快地回答:好。

两人谈到深夜,老秦才与唐丰收回来。洗脚后,老秦从床底下将一双球鞋拿出来丢给唐丰收,要他明天穿。唐丰收问你将鞋给了我,明天你穿什么?老秦没理他,而是坐下来从抽屉中拿出日记本,用钢笔写起日记。

第二天出发前,老秦从一个纸盒子里拿出两双破烂的球鞋,一双穿在脚上,一双放在挎包里让唐丰收背着。在食堂吃早饭时,他又叫唐丰收拿了几个大馍与几个咸萝卜,将水壶灌满水。

他俩来到昨晚说好的预定地点,武总也是脚穿球鞋,一身轻装,一副雄赳赳的样子。见面,二话没说,他对老秦和唐丰收做了个挥手走的动作,迈开脚步就朝渠道的首段走去了。渠道首段在原来挖抗旱沟架设抽水机的地方,因为张应喜主张接着挖渠道时仍用抽水机来抽水灌溉。来到这儿,安装几台抽水机时搭建的简易工棚仍在,只是门被锁住了。老秦说要不要进去看看,武总摇摇头说不用了。

爬上附近的一个小山头,武总双手叉着腰站在一块大石头上对左右的环境环顾了一番,叼着烟斗吧嗒了起来,仿佛是陷入了沉思。唐丰收站在他身边,心想武总肯定是在思考问题,也朝远处眺望着。这儿是长河的河道,水库大坝建设后,长河被截流了,但其他支流的水汇集在这儿后,河道中依然有水在流淌。河道在不远处拐了个弯,然后如条巨龙般朝下游蜿蜒而去。山头对面是老河岸,大坝截流后,水势比原来枯萎了许多,河道显得很开阔。吧嗒了好一会,见烟斗里的烟火熄灭了,武总叹息了一声,将烟斗在鞋帮子上磕磕,才对老秦说走。

时至初春,柳枝泛青,桃花点点。

沿着渠道往前步行,唐丰收边走边看沿渠的风景,觉得心情很是愉悦。

没走多远，他的愉快心情就消失了，因为渠道坝上坑坑洼洼的，有的地方还开着打算放水的缺口，让人走在上面很艰难。渠道内没有积水，空空的，长长的。一开始，武总与老秦还边走边交谈着，走了一段，来到丘陵地带，见这儿冈峦起伏，沟壑纵横，渠段挖得弯来扭去，宛如麻花，他俩都不吭声了。渠道是抢着挖的，有的地方挖得深，有的地方挖得浅，填方段也没有夯实。乍一看真像是打仗临时挖的战壕。来到一个大拐弯处，武总见这儿是用水塘充当渠段的，在塘坝上来来回回看了好几次。老秦忙对他解释说用水塘当渠道可以少挖一段，武总也没说什么。刚出发时，唐丰收还担忧武总跑渠道不行，没想到，武总竟走得和老秦一样脚下生风，相比起来，他这个大伙子倒气喘吁吁了。武总见他落在了后面，回过头关心地问他行吗？要不要歇歇？唐丰收红着脸回答，你行，我当然行。武总一笑，说，行就好。

沿着渠道走了很久，到了中午。见武总走得大汗淋漓，老秦指着渠道旁那棵大枫树，说在那儿歇会儿吧。武总问这儿距杨泗庙还有多远？老秦说还有三公里，武总说干脆到杨泗庙休息。唐丰收拿起水壶问武总与老秦喝不喝水，他俩都摇头说暂时不喝。他俩不喝，唐丰收尽管口渴了，也只有忍着不喝。

杨泗庙终于到了。一到这儿，唐丰收顿时感觉像是回家了，因为这儿的一切对他来说是太熟悉了。离开这儿才短短几天，原来热火朝天的地方，此刻人去楼空，一片凄凉。工棚因为交给附近生产队的人照看着，依然保管得较好。负责看管的人不晓得到哪去了，老秦让唐丰收到生产队去找。武总摆摆手说算了，不惊动他们了，就在原来老秦的办公室门前的那块大石头上坐了下来。

老秦对唐丰收使了眼色，唐丰收忙拿出水壶、大馍和咸萝卜让他俩吃喝。武总敞开衣襟用打火机点着烟斗吧嗒了起来，老秦抓起个大馍，就着块咸萝卜吃起来，唐丰收这才打开水壶喝水。吃喝完毕，又休息了两支烟工夫，武总起身说要到隧洞去看看，三人一起去了。

隧洞里有很多积水，武总与老秦竟不顾水的寒冷，脱掉鞋下去了，唐丰收对洞内的情况了如指掌，见两位领导进去了，也打着赤脚跟在他俩身后。隧洞内有的地方有一人多高，有的地方人要低头勾着腰才能走，洞中间许多地方用木桩撑着。进了一截,老秦说前面木桩太多,洞也小,不好走,要武总出来算了。武总将隧洞仔细看了看,转身出来了,然后又到那边的出口去望了望,再次深深地喘了口气。

下午,几个人走了一段时间,老秦的破鞋炸开了。他让唐丰收将包里另外一双拿出来换上,唐丰收当他会把炸开口的鞋丢掉呢,谁料老秦却将穿破的鞋用草绳扎好仍要他装在包里……

夜里回来,在水库指挥部食堂吃了饭,武总与老秦在一起头碰头地交谈起来。唐丰收实在熬不过,困乏地伏在桌旁睡着了。等他一觉醒来,发现他俩仍谈得津津有味,不由得在心里感叹他俩真是铁打的,竟不晓得累,赶紧拎着水瓶给他俩的茶杯里添水……

半夜回到局里,老秦叮嘱唐丰收明天将那双破鞋拿到街上去补一下,才疲惫不堪地倒在床上睡觉了。

第二天上午,唐丰收去街上补好鞋回来了,在水井边给老秦洗袜子。张慧娟过来气鼓鼓地对他说,前天夜里你死哪去了?害得我在电影院门口等了大半天。唐丰收连忙赔罪说自己与老秦到水库去了,说今晚他请她看。张慧娟翻了他一眼,说,今晚没工夫陪你。唐丰收仍说我将电影票买好,在电影院门口等你。

晚上,他真在电影院门口等张慧娟,并相信她准会来,因为他还是第一次请她看电影呢。等到人都进去了仍不见张慧娟的影子,他才失望地进去了。电影放完走出电影院时,他却在人群中看见了张慧娟,发现她身边还有个男的。那男人是谁,他不认识,这让他感到很奇怪。为了不让张慧娟看见自己,他从边门溜出来了。

回到局里,唐丰收想到张慧娟没陪他看电影,而去陪了别人,感到她太瞧不起他了,便想起了苏敏。局里的电话可以与苏敏所在的水库工地联系,他来到一个办公室,给苏敏打了电话。苏敏接了电话,得知唐丰收回到局里了,悄悄地对他说,明天我到局里去见你,你要是躲着不见,看我不捶扁你。唐丰收答应说好。

第二天上午,唐丰收正在老秦房里聚精会神地查资料、计算数据,双眼忽然被一双手蒙住了,透过身后传来的气息,和那手蒙他眼睛是罩着的,他料定来人是苏敏,忙叫了一声。苏敏松开手本想等唐丰收转过身看她时刮他个鼻子,可等唐丰收转身来看她时,她一怔,眼瞪大了,脸也红了,因为这段日子没见,唐丰收那张娃娃脸变得英俊之气咄咄逼人了。她羞涩得不好意思再像原来那般与他放肆地开玩笑了,可唐丰收站起来却伸手将她的小辫子一拎,说我都长这么高了,你咋不长?苏敏穿了件崭新的双排扣的女式列宁装,小辫子梳得光溜溜的,辫子梢上还扎着两个蝴蝶结,唐丰收夸她变漂亮了。苏敏瞧他还是孩子样,这才笑嘻嘻地对着他肩膀一捶,问,老秦呢?唐丰收说老秦去开会了,问她在工地怎么样?苏敏一屁股坐在椅子上,将二郎腿一架,说,一天到晚除了工作还是工作,连个说笑话的人都没有,都烦死我了,真想到你那儿去。唐丰收替她泡了杯茶,说,别烦,要不了多久建灌区工程,我们又会在一起。苏敏一笑问,真的?唐丰收说当然是真的,不信,以后你瞧。苏敏忽然起身在唐丰收的耳边咕哝了一句,唐丰收一下子勾住她的小指头,晃了晃。

在食堂吃了中饭,唐丰收与苏敏去电影院看午场电影。看了一会,苏敏就将一条腿压在唐丰收腿上,脖子软软的,头耷在唐丰收肩上睡了。唐丰收随她睡,因为他与苏敏在一起随便惯了,用苏敏的话说,他俩没啥男女界限好分的。电影放完,唐丰收摇醒苏敏,苏敏揉揉眼说,这一觉,睡得真舒服。从电影院出来,苏敏说她只有一天假,要回工地了,见唐丰收的眼神中有话对她说,就催道,说啊,我俩谁对谁?

唐丰收说,借点钱给我吧。

苏敏马上掏出皮夹子,大方地拿出十块钱递给他,问,可够?

第十一章

一件大号酱黄色牛皮纸信封的挂号专函放在了章副省长的办公桌上。

分管农业的章副省长将信函拆开来一看，信函是武尧舜专门向他反映龙潭水库灌区建设情况的，内容是根据渠道工程开挖的现状，结合灌区建设的前景，建议灌区工程应该与水库建设配套进行。地方上无财力继续修建，丢弃了非常可惜，要求将灌区工程纳入国家投资计划，由龙潭水库工程指挥部接管，在原有基础上对工程进行规划建设，争取使龙潭水库早日发挥效益。

章副省长对这封信函高度重视，因为他在负责大头岭水库建设时，结识了武尧舜，对这位在全省威望颇高的水利专家的才气与能力很欣赏。省政府仔细研究了龙潭水库的建设情况后，同意了武尧舜的要求，由章副省长直接对信函批示。

这天，张应喜与武总正为协调一件民事纠纷在商谈处理意见，王副厅长犹如从天而降出现在水库工程指挥部。见他带来了章副省长的批示，灌区工程被省里纳入国家投资计划，张应喜顿时高兴地如孩子般手舞足蹈，因为渠道工程被迫停工，这事一直在他心里是个疙瘩，时常纠结着他，他曾多次想提出来继续搞下去，让大桥与江亭两个区的老百姓不再饱受干旱之苦，可县财政实在挤不出银子来，使他无法实现这愿望。他拉着王副厅长大声对身边的人说:走，都到县招待所去，好好庆贺一下。武总感慨地说，就在我们食堂里搞几个菜，我还有瓶好酒，热闹热闹算了。张应喜兴奋地说，这么大的喜讯，我们来，我们来。执意盛情地要水库指挥部的人都到县招待所去庆贺庆贺，去时，武总让开车的司机路过县水电局将李局长和老秦也带上。上车时，老秦要唐丰收在家看书学习，别再去看电影了。

龙潭水库工程指挥部的头头脑脑与县里的主要领导人都聚集在县招待

所的食堂里，共同庆贺这件大喜事。就餐前，张应喜特意让人放了长长的鞭炮。欢笑声中，武总却保持着沉默，王副厅长问他在想什么？武总叼着烟斗说：我在想下一步该怎么走？王副厅长钦佩地说，你啊，脑子里总是装着工程。下一步怎么走，我们要召开专题会议研究。

张应喜过来对他俩说，这个烂摊子我交给你们了，到时候只要你们开口，能办到的，我张铁腿当了裤子也要替你们办到。老秦坐在一边默默地抽烟，给章副省长发信函是那天夜里他与武总共同商量灌区工程建设时酝酿的。一开始，两人商议由武总写份调查报告，上报水电厅，由厅里按程序往省里报，武总说按部就班地来，起码要好几个月，说不定还报不上去，不如干脆一刀杀过去，将情况直接反映给章副省长，引起省政府的关注。老秦顾虑地说这样越级写信合适吗？武总思考了一下答道，不破不立，章副省长认识他，将情况捅到他手中，不管问题能不能解决，杀一刀算一刀，用不着婆婆妈妈地弯来绕去。老秦觉得也对，同意了，忙与他就信函的内容进行了磋商，最后两人决定直接用武总的名义写，用挂号专函的方式发出去。本来老秦还估计这事难办，没想到章副省长这么快就做了批示。欣喜中，他感觉龙潭灌区工程的建设高潮到来了。

会餐散后，老秦半夜才醉醺醺地回到局里。唐丰收已睡了，见老秦回来了，赶紧披着衣服起来给他倒洗脚水，老秦对他挥挥手说你不用起来，我自己来。看老秦一脸的喜悦，唐丰收缩在被窝里问他，县里开会说什么了？

老秦边洗脚边对他说，你明天回家一趟。

唐丰收一骨碌坐起来问道：是不是要撵我走？因为最近他听局里人说，县里财政困难，要让一批临时工回家。

老秦说，你想哪去了，我让你回去当然有事。

唐丰收问，什么事？

老秦对他交代说，回去后，你将你们生产队有多少田地，水田每亩打多少斤稻谷，旱地每亩收多少斤小麦，收多少斤棉花，都给我问清楚了，数字一定要准确。

唐丰收回答，好。

答应后，躺在被窝里，唐丰收想，老秦要自己回去问这些情况显然是在做调查,可做这方面的调查有何用呢？想来想去,他还是想不明白,可想到明天回家能见到妈妈和奶奶了,他又高兴起来,激动地在床上翻来翻去睡不着。

洗了脚,老秦并没有睡,而是在灯下埋头写着什么……

第十二章

龙山县开挖的渠道工程被龙潭水库工程指挥部接收后，面临的头一件大事就是对工程进行规划设计，有了规划设计然后才能谈到施工建设。要进行规划设计，必须要进行测量与地质勘探。在商讨建设灌区工程的专题会上，工程指挥部的人研究了许多问题，并进行了具体的分工：由武总带着一拨人配合省规划设计院搞规划设计的前期准备工作；由王副厅长带着一拨人搞测量与地质勘探。按道理规划设计应该走在前面，然后才是施工建设，因为此前开挖的渠道没有形成具体书面规划，所以，工程只有打破常规，边建设边规划设计。

作为工程总指挥灌区规划设计的主要负责人，武尧舜将老秦找来了，哥俩在一起筹划着灌区工程的问题。武总虽心里有了本账，可他还是觉得有必要与老同学谈谈，听听他的意见。武总晓得老秦对灌区的规模很关心，就问他，你说建多大规模比较适宜？老秦回答：光浇灌大桥与江亭两个区，也就几千亩，规模太小了。

武总问：你说规模该多大？

老秦张了大口，说：起码万亩以上。

武总笑着说：你啊，太小家子气了。

老秦敏感地察觉武总对这问题早已心中有谱了，忙问道：你说该多大？

武总伸出三个指头对他晃了晃。

老秦猜三万亩？

武总拿下烟斗，肯定地说：不，是三十万亩！

三十万亩！老秦身子一抖，顿时问他：吹什么牛？灌溉三十万亩，那得要多少台抽水机抽水？

见话题牵扯出了灌溉方式，武总说现在的渠道是按提灌模式挖的，要想建低成本高效益的灌区，必须采取自流灌溉为主、提灌辅助才行。老秦称赞这个设计理念好，以前县里挖渠道仅仅是为了解决抗旱问题，所以工作是围绕着提灌来转圈子的。武总吧嗒了几下烟斗，问老秦：既然是建以自流为主的灌区，你说说，现在挖的渠道怎么办？

这问题来得突然，老秦没思考过。抽烟想了想，他笑着幽默地说：要想遮住肚脐眼，只有将裤腰加长才行，现在挖的渠道要派上用场，就得在进水口附近做一道拦水坝，将水拦进渠道里，达到了自流高程，水就流进渠道了，超过高程，水就自动从坝上滚过去了。武总咧嘴一笑，接着他的话说，要想用现在的渠道，达到自流灌溉，确实要在进水口附近建一道滚水坝，渠首的建筑物必须得有滚水坝、进水闸和一座冲砂闸，那天跑渠道前，我观察了一下那儿的地形。说到这，武总拿过纸与铅笔，在纸上快速画了一张草图。

老秦看了草图后说，要自流灌溉，渠道高程非常重要。

武总答道，对，你说得很对，渠道高程定好了，照高程逐渐降低挖，自流的目的就实现了。所以我们抓住这次机会，建中小型灌区，高程的问题嘛，我俩得仔细研究一下。

两人一研究，就研究了三日三夜，直到老秦与武总都疲惫得连眼皮子都睁不开了，才倒头睡觉。

这次交谈回来，眼见一个中型灌区的雏形形成了，老秦别说有多高兴了。他焦急地等待着唐丰收归来，因为离开武总时，武总对他做了交代，要他积极做好纂写规划设计书的准备，到时候让他参加编纂。这事老秦事先预料到了，搞规划设计，农村现状资料必不可少，所以他才让唐丰收回去收集资料的。

唐丰收所在的公社早先是归龙山县管辖，后来划给清河县了。唐丰收很久没回家了。回到家后，他就到父亲的坟上去祭拜了。母亲和奶奶见他回来了，高兴得喜笑颜开，屋场的人更是接连不断地来看他，这让唐丰收没想到。回来时，他带了一条烟，认为足够了，可将烟散完了，仍有许多人往他家里涌，他只有喊套毛快到公社供销社去买，找苏敏借的那十块钱正好派上了用场。

唐和宝在大队开会，回来晚了，见到唐丰收，一把抓住他的手，要他这次在家多住些日子。唐丰收笑着说，这回我不但要多住几天，还得求你给我帮忙呢。唐和宝嘴里叼着唐丰收敬的纸烟，拍着唐丰收的肩膀说，有事你尽管说，家屋的茄子、瓠子、辣椒，你要哪样，给哪样。

晚上，来人渐渐少了，唐丰收才对唐和宝说出了这次回来的用意。唐和宝马上将小队会计唐金平喊了来。对着队里的账本，唐金平像对领导汇报工作般对唐丰收说，我们队一共有八十三亩水田，七十七亩旱地。去年水稻单产三千公斤，棉花亩产九百公斤。

唐丰收听后笑着说：牛皮咋这么吹呢？

唐和宝说：现在大家都是这么往上面报数字，不吹就是落后分子，不行啊。

唐丰收对唐和宝说，我要实际产量。

唐和宝犹豫了一下，警惕地问：你要干啥用？

唐丰收说：是我们水电局领导要。

唐和宝抽了几口烟说：你是自家人，那我就实话实说，照我估嘛，年成好，我们队水稻每亩最多打五个毛叶挑子。要是遇见干旱，只能收八成。毛叶挑子是指从禾兜里起上来的稻谷，一担不到一百斤。唐丰收在心里估算了一下，照他这么说，水稻亩产最多也就四五百斤。他又问，棉花呢？唐和宝说棉花去年没干旱，也就百十来斤吧。唐丰收明白他说的百十来斤也就一百斤左右。当他再问绿豆、芝麻、山芋这些五谷杂粮的产量时，唐和宝尴尬地笑着说，这些杂粮靠天收，风调雨顺，多收，年成不好，少收，毛估吗，亩产也就几十斤吧。

唐丰收将这些数据在小本子上记下了。

第二天，唐丰收又要唐和宝陪他将队里的农田、耕地和水塘看了看，并将地形绘制了一张草图。家屋的山山水水，唐丰收太有感情了，这儿的每一寸土地几乎都留下了他儿时的脚印，可真正了解了这片土地，他才感到这片土地是多么的荒凉与贫瘠，心里不由得对这片养育了他的土地滋生出了悲哀的感觉。他清楚家乡贫困的主要原因是缺水。为了能掌握更多资料，将本队的情况了解后，他仍要唐和宝带他再去了解一个生产队。在唐和宝家吃饭时，唐和宝的老婆笑嘻嘻地对唐丰收说，丰伢都长成大小伙子了，小声在唐和宝耳边说了几句话，唐和宝听后，一笑，连连点头说好，好，好。

下午，唐和宝将唐丰收带到他老婆的娘家刘家新屋。

对刘家新屋的情况做了番调查，唐丰收发现该队的粮食生产情况还不如他们队，主要问题是该队旱地多，水田少。水田少的原因是该队连口当家塘都没有。在唐和宝岳母家吃晚饭时，有位姑娘总在唐丰收的面前晃来晃去，甜甜地叫他丰收哥。唐丰收认识她，晓得她叫杏枝，因为早年在油坊小学读书，他俩在三年级还同过一段时间的学，后来杏枝不晓得啥原因辍学了。杏枝出落成一株春兰般香艳的大姑娘了，当晚，唐和宝没让唐丰收回去，有意让杏枝陪着唐丰收说话。唐丰收也没有考虑许多，就与杏枝说在外面搞测量的事，杏枝坐在灯下边打鞋底边静静听着，不时还发出轻声的微笑。

唐丰收又到大队部附近的那个生产队去了，找到一位叫张恭喜的同学，向他了解他们生产队的情况。做了两天社会调查，夜里他正在家里的煤油灯下整理资料，唐和宝与婶娘来了。他俩没有对唐丰收说什么，而是在房间里与唐丰收的母亲与奶奶嘀嘀咕咕，连唐丰收的妹妹也被撵出来，不许她听。

唐和宝与婶娘离开后，夜深了，唐丰收收拾收拾桌上的东西，准备脱衣服上床睡觉，母亲和奶奶过来了。母亲对他低声说，妈想与你商量个事。唐丰收看着母亲，请她们有话就说。母亲这才说道，杏枝，你也看见了，是位好姑娘，春天她还到我家来过一次，和宝叔和你婶娘想把她说给你当媳妇……

唐丰收听说是这事，急忙摇手说，快别说这事，我没心思听这个。

母亲对他说，伢，小伙子总要娶亲找堂客，现在人家送上门，我家情况不好，人家不嫌弃，这种好事，打着灯笼难找呢。唐丰收不吭声了，等母亲与奶奶走了，上床拉过被子盖住脸。素来头一挨枕头就能睡着的他，这回一闭眼，杏枝、张慧娟、苏敏这三位姑娘的脸就在他脑海中轮番闪现着，使他越想越清醒，一点睡意也没有了。说心里话，他对婚姻这事压根儿就没想过，张慧娟给他织了毛衣，钱还没给她呢，她对自己好，可这好到底是什么，他也说不清，再说那天发现张慧娟陪另外一个男的看电影了，这虽没什么，可他感到她对自己好也对别人好，他打骨子里怕她这个胖子。至于苏敏对他好，好得如一个人似的，可自己对她没有这方面的感觉，再说胡团副在追她，郝仁俊也想她，她说过要嫁个大学生，自己配不上她。他虽与杏枝只是随便接触了一下，可他不得不承认杏枝在农村是位很难得的好姑娘，要是自己不在外面工作，完全可以答应这事。想到工作，他想到了老秦。老秦没有老婆，一心扑在工作上，自己是他的徒弟，应该向他学习，要是这事让老秦晓得了，他准会骂自己，不能谈，现在不能谈这事……

见调查任务完成了，清早起来，唐丰收就对母亲和奶奶说，我要回局里了。母亲说再住两天吧？唐丰收回答，不行，回去还要工作呢。母亲说你到和宝叔家去说一声，给他们个话。唐丰收晓得他妈指的是自己与杏枝的事，心想和宝叔和婶娘是一片好心，就过去了。

听说他要急着回单位，婶娘果然问起他与杏枝的事，说只要他点个头，就行了。

唐丰收红着脸说，我与杏枝现在年纪都还小，以后再说吧。

第十三章

龙潭水库大坝工程告一段落后，工程指挥部将工作重心转移到建设灌区工程上了。武总腾出手来，组织技术力量编水库灌区工程的规划设计书。老秦被武总借调走了，唐丰收回到老秦身边，将调查的情况向他做了汇报，老秦说他干得好，收集的资料很有价值。

武总将参加编规划设计的十几个人集中住在一个大工棚里。因为在忙着测量渠首枢纽工程，唐丰收与老秦住在一间破房子里。这条件算是最好的照顾了。唐丰收被临时安排在王副厅长手下搞测量。他忙着看仪器，老秦忙着编纂规划设计，两人往往只有夜里睡觉时才在一起。考虑到老秦身体有病，唐丰收夜里总是设法照顾他。

武总将龙潭灌区的规模确定了，规划设计的事不知道怎么传了出去，听说国家要投资兴建灌区，有一天，龙山县周边的槐树、老鸭、乌山三县的县长，邀到一起来到水库指挥部找到武总，协商能不能将他们县的地域纳入灌区范围。尽管武总耐心对他们解释这次建灌区的范围主要在龙山与清河两县的理由，可槐树县的县长仍对武总哀求道，我只想开一条支渠，就一条，不过分吧？老鸭县的县长也央求道：我只要求你们在龙山县挖的渠道，弯一点，距我们县近一点，逢到抗旱让我们能在渠道里抽水，哪怕能浇灌一个公社也行。武总取下烟斗对他们苦笑笑，说：灌区工程是按总体规划设计的，随便改动，乱挖支渠，会导致水流分散，影响工程的整体效益。槐树、老鸭、乌山的县长见好说没用，就采取围攻战术，与武总争吵起来。武总见这三位县长吵得炸响，就打电话将情况向地区行署做了反映。李副专员对龙潭灌区的建设一直在密切关注，因为龙潭灌区在本地区是最大的水利工程，接到电话，火速赶了来。

在召开的紧急会议上，武总将灌区建设的总体方案向大家做了汇报。王副厅长就灌区建设问题做了讲话，要大家克服本位主义，顾全大局。但三个县的县长，依然吵闹，嚷嚷着要扩大建设规模，结果第一次会议就在大吵大闹中没有结果。李副专员发脾气了，发脾气三位县长也不听。问题总不能这样僵持着，李副专员和武总先后向章副省长做了请示。章副省长闻讯赶来了。会议上，章副省长听取了武总的汇报后，从财政、物资等方面，指明按20个流量的规划设计不动摇，工程暂时只按灌溉两个县来设计，其他县下一步灌区扩建时，再统筹考虑，谁从本位主义出发，按纪律严肃处理。

三个县要求扩大规模的争吵平息了。

为了设计滚水坝，武总与老秦却发生了一场口角。

渠首枢纽最重要的工程是滚水坝，作为灌区工程规划设计的两位顶尖技术掌门人，武总与老秦都晓得定滚水坝中轴线是建坝的关键。根据地形与地质情况，定轴线位置时，规划设计中有三个方案供选择，第一方案位于山束的狭处；第二方案位于狭窄出下游约150米处；第三方案位于下游300米处。老秦的意见是用第三方案，可等他将情况反映给武总时，本想武总会同意自己的想法，没料到武总却说用第一方案。那天是老秦去找武总，一开始两人和言细语地商谈，武总还将自己在省城A市带来的苹果拿出来给老秦吃。等老秦说了想法，武总思考了一下，摇头否定了。尽管他俩是同学，关系亲如兄弟，可在这问题上，老秦却坚持观点，毫不相让。两人你一句我一句，发生了争执。随着他俩争执的声音越来越大，指挥部的领导纷纷赶了来。武总见自己不能说服老秦，当即建议开会来研究确定。王副厅长还没走，主持了会议。会是在一个小草棚里开的。王副厅长宣布开会后，武总与老秦就唇枪舌剑地较量起来。老秦的意见是，轴线选用第三方案，偏左有利于设计配套建进水闸与冲沙闸，能缩短工期与节约建设成本。武总的意见是选用第一方案，轴线偏右，有利于将来建东灌区，因为目前建设的西灌区，符合总体规划。

老秦说西灌区的八字还没有一撇，现在就谈建东灌区规划，为时尚早，不切合实际。

武总说工程规划设计是一盘棋，应该全面考虑。

老秦责备武总的意见是理想主义。

武总回击老秦是鼠目寸光。

平时他俩都是沉默寡言的人，可这时，两人都展示出了特殊的口才，你一句过来，我一句过去，别人根本无法插话，连张应喜也看得目瞪口呆。

王副厅长多次挥手示意他俩好好谈，可他俩如水牛打角，互不相让。老秦见武总叼着烟斗，自己的烟盒空了，唐丰收又不在身边，伸手将武总叼着的烟斗拿过来，吧嗒几口。武总趁机对他大声嚷嚷，那样选将来会造成二次浪费，说罢伸手将老秦叼的烟斗拿过来吧嗒着。一个烟斗，被他俩你拿过来抽几口，他夺过去抽几口，轮回了几次，等武总抓过烟斗叼在嘴里，老秦伸手再次来拿时，他将烟斗往桌子上一丢，说，没烟了，抽个鬼！老秦这才一屁股坐下来，武总也忘形地将一条腿搭在凳子上。老秦忽然起身一把抓住武总的衣服领子，众人当他俩要打架呢，忙上去劝说。老秦对大家说，我俩没事，然后对武总一笑，说，走，去实地观察。武总回答，去就去。两人丢下众人不管，去了外面的山间，在山上指指点点一番，最后还是老秦说服了武总，因为建东灌区的可行性以后谁也说不定。

后来灌区建设的事实证明，老秦的选择是对的，当然武总选择的也有道理。两人一个考虑的是现实，一个考虑的是长远。会后，张应喜感慨地对王副厅长说，知识分子就是知识分子，在技术问题上都固执己见，顶死牛，担忧两人会闹矛盾。王副厅长诙谐地说，你放心，他俩就是打得头破血流，也没事。王副厅长说得不错，争吵过后，老秦与武总仍是好朋友，并没有因此而有啥隔阂。

渠首滚水坝的中轴线确定了，渠首枢纽其他各建筑物的位置也随之定了。省水电厅随即组织测量队，由王副厅长亲自挂帅任总指挥。考虑是在地方上工作，组建测量专业队时，王副厅长在武总的推荐下，将龙山水电局与清河县水电局的测量人员一并招来参加会战。人马在龙山县水电局集中后，王副厅长在动员大会上做了专题报告，要求大家集中力量尽快将渠首枢纽工程建筑物的测量任务拿下来，以便负责施工的劳改支队投入建设，然后用三个月时间，完成整个渠道工程的测量任务。

将测量工作安排好，王副厅长为了防止地方上再出现干扰，果断地让武总将老秦那班规划设计人马拉出去。这些人到底在哪儿编规划设计书，属一级保密。唐丰收参加了渠首枢纽的测量,每天用电话向上面报告数据,具体报到哪儿,他也不晓得。后来唐丰收通过老秦才知道,规划设计书是在大头岭水库一个大工棚内编成的。

第十四章

将渠首枢纽的建筑物测量任务完成后，王副厅长根据事先安排，将测量队人员分成两个队，第一队驻扎在龙潭水库附近的藕塘村，负责测量渠首枢纽以下的地域；第二队驻扎在杨泗庙，负责测量杨泗庙以下的部分，包括规划建支渠的地域。

唐丰收被分在第二队，因为他对杨泗庙那一带地形熟悉。第二队二十八人，队长又将队分成四人一组。队长见唐丰收测量经验丰富，王副厅长对他也很器重，就让他当第一小组组长。第一小组的成员有唐丰收、苏敏、周杰和朱萍。周杰与朱萍都是从清河县水电局抽调来的。小组落实后，唐丰收又根据仪器，将四个人分为两班，他与苏敏用一台仪器，周杰与朱萍用另外一台。

接到通知，苏敏火速赶了来。她见自己与唐丰收又在一起形影不离地工作了，高兴得心花怒放。专业队解散时，离开杨泗庙，胡家斌托唐丰收给苏敏带过一封信，那天苏敏来局里看唐丰收，随后两人又去看了一场电影，唐丰收在高兴中将这事忘了。有一次，张慧娟替老秦和他洗被子，无意间发现了那封信，那封信胡家斌写好了也没落姓名，张慧娟误认为是唐丰收写给苏敏的，看了之后，气得手直抖。等唐丰收与老秦从外面回来，张慧娟就用刻薄的话损唐丰收，说他比陈世美还歹毒，一副冷漠的样子。唐丰收云里雾里不晓得咋回事，就问张慧娟怎么了？张慧娟阴着脸说，别装蒜了！将信掏出来往唐丰收身上一甩，挖苦地说，有勇气写，怎么没勇气给人家？唐丰收见是这事，赶紧解释。张慧娟见信上的字确实不是唐丰收的笔迹，才松了口气。唐丰收说自己到处跑，很难见到苏敏，托张慧娟给她。张慧娟说我才不管这些屁事呢，走了。后来唐丰收托与苏敏在一起工作的人带给了她。

唐丰收与苏敏是老搭档，测量起来得心应手，进度很快。有一天下午，两人来到了一个新测点，唐丰收问到胡家斌的那封信，苏敏在他的腮帮子上拧了一下，说接到信，她看也没看就撕了，骂胡团副真是个死皮赖脸的家伙。唐丰收将张慧娟的误会说给苏敏听，苏敏马上诡秘地对他说，张现在转起来了，李局长想将侄子介绍给她，这次她该来的，李局长出面找了队长，才没来。

唐丰收不晓得这事，问真的吗？

苏敏说，张胖子鬼得很，一般人根本缠不直她。

唐丰收听后抓抓头皮，没吱声。

苏敏没想到与唐丰收在测量一个地段时，有一天在附近生产队食堂吃午饭，竟遇见了胡家斌。原来胡家斌去党校学习回来后，提拔当了公社副书记。那天他是来该队处理一件民事纠纷的。偶然相遇，苏敏和胡家斌都感到意外。吃饭时，胡家斌与唐丰收说话，可眼神却在苏敏脸上转悠。唐丰收吃完饭，借上厕所的机会溜了。片刻工夫，苏敏就到处喊他。下午测量，唐丰收问她怎么不与胡团副多说几句话？苏敏鄙夷地说我与他那种人没啥好说的。唐丰收在用火柴棒掏耳朵，苏敏拿出钥匙链子上那只小挖耳勺替他掏了。掏出一大坨耳屎，她笑着将唐丰收的耳朵眼吹吹，问舒服吧？又要他转过头来掏另外一只。掏时，她的脸挨着唐丰收的脸，身子贴在他身上。唐丰收觉得自己被苏敏身上的气息包裹着，心里有股说不出的喜悦。收工回来时，要跨一个缺口，唐丰收将手伸向她，苏敏抓住了他的手，他一拽将她拉了过来，苏敏借势一下子扑进他怀里，抱住了他。唐丰收想推开她，苏敏却抱着他说，让我抱抱还不行啊。唐丰收挣脱了她的手，不耐烦地回答，我俩有啥好抱的？苏敏却说，我就要抱你，抱得舒服。唐丰收只有随她抱了，苏敏又说，光我抱你，你就不晓得抱抱我啊。唐丰收对她说，你叫胡团副抱你吧。苏敏在他怀里将身子一犟，说，屁话，除了你，谁都抱不到我。唐丰收笑道，我抱香些可是？苏敏撒娇地说，就香些，就喜欢你抱我。唐丰收不想与她闹着玩了，松开她，从地上捡起仪器背在身上。苏敏皱皱鼻子，做了个鬼脸，扛着尺子跟他走了。

有一天夜里，胡家斌找到杨泗庙来了，见了唐丰收，问苏敏呢？唐丰收去喊了。苏敏听说他来了，缩在房间里直摇手。唐丰收正要过去告诉胡家斌，胡家斌却直接进来了。唐丰收这次没离开，苏敏坐在床边低着头，胡家斌高兴地对她说了许多话，苏敏总是静静地听着，有时也微笑着答一句。这次见面他俩虽没谈什么，可唐丰收却发现胡家斌对苏敏确实有感情。

在测一个陡峭的岗子时，扛尺子的苏敏，不慎扭伤了腰。见她伤得不轻，唐丰收说我搀你回去吧？苏敏勾着身子没走两步，就撇着嘴叫唤腰疼，要唐丰收背她。唐丰收蹲了下来背起她。苏敏伏在唐丰收背上，贴着唐丰收的耳朵轻声逗他说，猪八戒背媳妇。唐丰收扑哧一笑，有意将背颠了几下。苏敏又笑道：猪八戒颠老婆，将唐丰收又逗笑了。快到驻地了，苏敏见没人，说自己下来走，唐丰收停了脚步。下来前，苏敏用嘴猛地在唐丰收的脸上亲了一下，说谢谢啊。唐丰收也不晓得这是啥意思，擦了擦脸上的汗，说声不用谢。将苏敏搀回办公室，因为唐丰收还要接着测量，队长就让食堂做饭的人用板车将苏敏送到区医院去治疗。正巧那天胡家斌在区医院里探视一位病人，听说苏敏的腰扭伤了，忙来看望。苏敏住院治疗了，唐丰收因为要忙工作也没空去看她。

朱萍是年轻人，周杰也是年轻人，他俩虽在一个局里，可周杰在基层的点里工作，虽与朱萍认识，但没啥交往。他俩在一起后，很快就黏住了。这天，周杰扛着尺子背着仪器与朱萍走了，两人很晚才回来，见当日的任务没完成，唐丰收问什么原因，周杰说地形太复杂，难测。唐丰收又问朱萍，朱萍好半天都不说话。第二天出发前，唐丰收叮嘱他俩一定要完成所有的测点，包括昨天的，周杰爽快地答应了。这次测量是按地图进行的，地图一直放在唐丰收的挎包里。那天见周杰说要用，唐丰收才给他。周杰与朱萍当日提前完成了任务，回来后周杰还将数据整理了出来。唐丰收问周杰地图呢？周杰望着朱萍，朱萍说你拿的啊，周杰这才记起来了，他的包休息时挂在那棵小树上忘拿了，忙跑回去找，找了大半夜也没找到。原来周杰与朱萍搭档后悄悄谈起了恋爱，那天见提前完成了任务，两人坐在草地上谈恋爱谈昏了头，走时将包忘了。唐丰收马上向队长做了汇报，队长严厉地批评了唐丰收，又向指挥部做了汇报，因为他们用的是万分之一军用地图，是保密的。武总打电话来狠狠批评了唐丰收，要他一定要将地图找回来。放下电话，唐丰收带个馒头来到地图丢失的地方，心想，既然小周在这儿没找到，此地是荒岭，平时不会有人来，估计是附近农村放牛的孩子捡去了，就去了附近那个生产队。他找队长询问,队长说他儿子昨天晚在山上放牛回来时捡了个包,他见有测量队的字样,包里有地图,估猜是重要东西,打算晚上送到他们那儿去呢,你找来了正好,将包拿出来还给了他。回来后,唐丰收恼火地对周杰说,你俩谈恋爱,要我受批评,跟着倒霉。

这事虽对工作没造成什么影响,可名声传出去了。工地上很忙,年轻人在一起不准谈恋爱,队里虽没做出规定,但这是一条潜规则,大家心里都有数。

队长将朱萍与周杰调开了。两人虽然不在一个组了,可他们仍在暗中来往,搞起了地下工作。苏敏的腰伤治愈后,胡家斌骑着自行车送她回来了。一看那架势,唐丰收估猜他俩又好了。与苏敏一起测量时,唐丰收对苏敏说了周杰将地图弄丢了的事,苏敏伸了下舌头说,放心,我才没有个人问题呢。休息时,苏敏要唐丰收拿出红头绳玩翻花。唐丰收说有一次跑工地球鞋带子断了,红头绳被他当鞋带用了。他问她住院的事,苏敏起身到远处去解小便,回避了没说。

张慧娟到杨泗庙来,是来送资料的,也是借机会来看唐丰收的。见面,唐丰收想起了苏敏的话,在她面前显得很拘谨。张慧娟依然大大咧咧地待他,将两包烟塞给了唐丰收,唐丰收说自己不会抽,张慧娟说,不会学嘛,哪有男人不抽烟的。唐丰收听她这么说,收下了。送她走时,他只送她到大下坡就没再往前送了。

苏敏出院回来,胡家斌三天两头晚上骑着自行车往苏敏这儿跑。苏敏很反感,一时也没有好办法拒绝。这天,苏敏与唐丰收为了一件小事,大吵起来。唐丰收气得向队长提出来将苏敏调走,别影响工作。队长采纳了唐丰收的意见,将苏敏调到第一队去了,换个小伙子来了。苏敏走的那天,唐丰收送她,来到没有人的地方,苏敏高兴地说,总算摆脱纠缠了。唐丰收也咧嘴笑,因为这次吵架,是他俩商议出来对付胡家斌的计谋。苏敏叹息道,我真不想离开你,都是那鬼家伙给搅了。唐丰收说,你自己被他三句好话一说,心就软了,怪谁。苏敏说,我对他说,我与你谈了,可他说打死他,他都不相信。唐丰收劝她说,分开就分开,过几天,我俩又会在一起。苏敏嗯了一声,张开手臂要唐丰收抱抱她,唐丰收这次不但抱了,还将她抱起来转了一圈,乐得苏敏咯咯笑，说转得真好玩。

苏敏调走的那日傍晚，胡家斌又来了。唐丰收用他骑来的自行车学着骑。只骑了几下，自行车就被摔坏了。胡家斌得知苏敏调走了，大度地对唐丰收说，没事，没事，推着自行车回去了。

也就是那天夜里，王副厅长亲自带着一群技术员呼呼啦啦来到了杨泗庙，说要加快测量进度，争取早日完成任务。当晚分配任务，听说有个叫野鸡窝的地方，地势复杂，测量困难。王副厅长说这山头我来攻吧，用手将唐丰收招到身边，说，明天，你与我搭档。厅长亲自披挂上阵了，大家顿时情绪高涨了起来。

野鸡窝是个乱坟岗子，中间一个大洼凼，难就难在要过一道深深的沟壑。照规划设计，这儿要建一座长长的倒虹吸。唐丰收陪王副厅长来后，一看地形，唐丰收犯难了，因为王副厅长毕竟是厅里的大领导，总不能让他举尺子，可自己举尺子，王副厅长会看仪器吗？他正在犹豫，王副厅长紧紧裤带，开口说话了：你将仪器架好，我扛尺子过去。然后，他指着杂草丛生的山岗吩咐道，今天，我俩将沟壑这边的点测完，明天测那边的。唐丰收说好，就动手架仪器。王副厅长指着一个地方说，你将仪器架在那儿比较合适。唐丰收听后，心里一惊，敏感地觉得王副厅长对测量是内行，就按吩咐将仪器架好了，说，王厅长，你来测，我扛尺子。王副厅长说，你眼神好，你测。说完拿着尺子踩着杂草往测点走去。唐丰收与王副厅长虽是第一次搭档，可两人配合得却十分娴熟。冬天日子短，加上那天阴沉沉的，可天黑前，沟壑这边的测点就已经被他俩测完了。

当晚，北风呼啸，天气寒冷异常。测量队的人集中住在大工棚中，半夜，唐丰收起来解手，脚伸进鞋里，感到鞋里有个毛茸茸的东西，吓得哎呀一叫。因为一下子来了这么多人，唐丰收也睡工棚的大通铺了，床铺让给了王副厅长，他摸出手电筒一照，原来有只兔子不晓得怎么跑进屋里，钻进他鞋中了。同伴们被惊醒后，纷纷爬起来捉兔子，将兔子捉住吊在钩子上悬挂起来，唐丰收开门解手，可门却打不开。他骂了句出鬼了，在墙角将尿撒了，上铺钻进被窝又接着睡。

天大亮后，唐丰收想过去给王副厅长打洗脸水，穿好衣服起来，去了厅长那儿，可他推了好几下都没将门推开。这时又起来了两个同伴，三人齐心协力一推，门被推开了，原来门被冻住了。唐丰收出去迈开步一走，脚下一滑，差点儿跌倒，再看工棚，工棚屋檐下悬着许多一尺多长利剑般的冰凌。他一滑一哧地来到王副厅长住的房间，王副厅长已起来了。唐丰收问王副厅长，地上冻得打滑，还去测量吗？王副厅长没回答他，而是披着大衣出去了。不一会儿，哨子响了，大家赶紧跑到食堂前那片空地上紧急集合。

王副厅长对大家说：老天爷在考验我们，这样死冷死冷的天，大家说去不去测量啊？人群顿时一阵骚动，有的说去，有的说地冻得打滑，不好测。等大家议论了一下，王副厅长才将手往下压压，示意停下来，然后高声说：这种鬼天气，测量确实困难，但困难难不倒我们，我们一定要战胜严寒，完成今天的任务，大家有没有信心啊。

有！一阵响亮的回答响彻天空。

王副厅长对身边的队长交代了一番，说吃了饭照样开工，叮嘱大家测量时，注意安全，别出事，让大家回去准备。

针对路冻得打滑，人们出发时都在鞋上扎了草绳。来到野鸡窝工地，唐丰收考虑到那道沟壑难过，就对王副厅长说，我先下去，再拉你。王副厅长冷静地看看周围的地形，指着不远的一个洼处，说，我俩从那儿下。唐丰收背着仪器过去了，正要下，王副厅长说我先下，下去后，再接你。唐丰收想到下去打滑，担心王副厅长会摔倒，就说还是我先下，可王副厅长要他听指挥，顺着洼坡朝下一滑。滑到坡底，王副厅长跌倒了。站起来后，他让唐丰收将仪器绑在尺子上放下来，人再下来。唐丰收照办了。下到沟底，踩着厚厚的冰，两人来到沟壑那边。这儿是陡壁，连草都没有，无法上去。唐丰收让王副厅长踩着他的肩膀先上。王副厅长却说，我个子比你高，你踩我的肩膀先上去，然后再将我拉上去。说罢，他扶着岩壁蹲了下来。唐丰收见自己要踩着领导的肩膀，实在过意不去，王副厅长催他道，愣着干啥，赶快上啊。唐丰收想将鞋脱了，王副厅长让他别脱了，就这么踩着上。唐丰收踩住王副厅长的肩膀，王副厅长在下面慢慢站起来了。唐丰收见手边附近有棵小树，抓住后一用力，攀爬了上去。将仪器弄上来后，他再拉王副厅长。费了好大劲，唐丰收终于将王副厅长拉了上来，这时他才觉得王副厅长的决定是对的，如果王副厅长拉他，困难更大。

依然是王副厅长举尺子，唐丰收测量。因为石头打滑，王副厅长每换一个测点就格外小心，可他不顾危险，积极克服困难。测好一个，他就笑一下。唐丰收被这位大领导的工作精神感动了。在更换一个新测点时，王副厅长刚站稳，陡然一阵强烈的寒风吹来，就见他脚下一滑，身子一歪，跌倒了。

唐丰收赶紧过去将他搀扶起来。王副厅长疼得直皱眉头，好半天没站稳，唐丰收估计他的腿摔伤了，心疼地说，我背你回去，到医院去看看吧。王副厅长坐下来要唐丰收给他点支烟。抽了几口，他指着附近那棵枯死的小树说，你去将那根死树枝给我折来。唐丰收过去将死树枝折断拿来了。王副厅长支撑着树棍子艰难地站起来，对唐丰收说，现在轮到你举尺子了，我来测。唐丰收关心地说，你的腿跌伤了，我俩还是回去吧。王副厅长笑了笑，温和地对唐丰收说，我没有那么娇贵，这点小伤不算什么，听我的。

将仪器架好，唐丰收扛着尺子过去了。王副厅长支撑着树棍子在熟练看着仪器，每移动一个测点，他都要忍着疼痛。

好！王副厅长娴熟地打了个手势，对唐丰收喊道。

中午吃饭的时间到了，唐丰收指着下面的村子说：你腿有伤，我到村里给你弄点吃的来。王副厅长说不打扰老乡了，要他弄堆干柴来。唐丰收捡来几根干柴，将火烧了起来，然后将带来的馒头用树枝插着，放在火上烤着吃，见水壶里的水冷了，王副厅长就将水壶放在火上烤着。吃着烤馒头，喝着水壶里的热水，他对唐丰收说，以前在部队打仗，条件比这艰苦多了。说到测量，他说自己转业到水利部门，测量的活儿是他在一个水库工地上学的，建设大头岭水库时，他任副指挥长，遇到工地上技术员太忙，有时也出手帮个忙，他还告诫唐丰收道，搞水利的人，一是能吃苦，二是善于学技术。光能吃苦没技术不行，有技术不能吃苦更不行。唐丰收钦佩他说得对。两人将当日的任务测完，王副厅长才与唐丰收往回走。见他腿疼得拄着棍子不能走，唐丰收执意将他背着。王副厅长怜惜地说，你要背我，还要背仪器，真苦了你了。唐丰收回答，您今天给我上了一课，我这辈子都忘不了。

唐丰收背着王副厅长一滑一滑艰难地朝前走去……

王副厅长因腿伤得很厉害，被送到医院去了。吃饭时，唐丰收将王副厅长受伤后仍坚持测量的事说给大伙儿听。有位常给报纸写新闻稿子的技术员很感动,将这事发生的经过又仔细问了一下,晚上写了篇新闻稿。当他将稿子写好与唐丰收核对时,王副厅长坐车来了,得知此事,他将那位写报道的技术员指责了一顿,说当领导的身先士卒是工作行为,不值得张扬,再说他是不留神跌倒的,说出去丢丑,谈不上是啥高尚的奉献精神,要他宣传就宣传测量队,大家才是真正的英雄!

两天后,王副厅长因为水库工程指挥部要开会,离开了杨泗庙,来接王副厅长的武总见他的腿打着绷带,问怎么啦?他说是跌的,没啥大事,还拍拍唐丰收的肩,直谢他。

王副厅长离开了工地,新闻报道也没寄出去,可他带回来的那根树棍子一直放在工地指挥部里。几天后,水库指挥部给工地上送来一批解放鞋,送鞋的人说这是王副厅长批准的,每人一双。大家都感叹这真是雪中送炭。有个技术员来找队长请假,队长指着靠在墙边那根棍子,对那位技术员说,你的困难大,还是王副厅长的困难大?王副厅长负伤后拄着棍子带伤工作,你还好意思请假?将那位技术员说得脸通红。

经过大家齐心努力,唐丰收他们在杨泗庙工地苦战了一冬,提前完成了测量任务。

第十五章

春节前夕，唐丰收回到了滚水坝工地。不久，老秦也回来了。一见面，唐丰收就见老秦比原来更瘦弱了，仿佛一阵风就能将他吹很远。唐丰收体恤地问老秦是不是病了？老秦什么话也没说，只是接连轻声咳着。夜里两人在一个被窝睡觉，以前是老秦将被褥占了一大半，唐丰收蜷缩成一团，现在唐丰收占了一大半，轮到老秦蜷缩成一团了。唐丰收感觉到老秦的双脚冰凉，就将其抱在胸口替他暖着。腊月二十五这天，老秦催他回家去过年，唐丰收说我不回去了，留下来照顾你。老秦答道，我又不是纸糊的，倒不了，叫他放心回去。

唐丰收这次回家过年，却与家里闹了场别扭。

那天，他风尘仆仆赶到家，屁股还没在板凳上坐热，他妈就与他说杏枝的事，告诉他上次走后，杏枝到唐和宝家来了好几次，每次都找借口来替她做事。她非常喜欢杏枝这丫头，要他这次回来与杏枝将婚订了，以便杏枝好照风俗与他家来往，替她帮忙。唐丰收也说不清对这事是啥感受，他虽感到杏枝是一位好姑娘，可自己一直在工地上忙碌，也与她没啥接触，毫无情感，就这么草率地与她订婚，是不是太仓促了。因此，他没表态。第二天杏枝却到唐和宝家来了。婶娘将唐丰收喊了过去，让他俩在一起。如果心里都不晓得这事，唐丰收与杏枝还有话说，心里明白了，唐丰收感到格外羞涩与尴尬。他难为情，杏枝更害羞。唐丰收坐在那儿一口接一口抽烟，杏枝则埋头用手摆弄着辫子梢。见两人哑巴了，婶娘急得过来，开门见山地问唐丰收：丰收啊，长话短说，你认为杏枝咋样？唐丰收见婶娘催他表态，鼓足勇气地说，叫我怎么说呢，我在外面忙工作，没考虑过这事呢。婶娘说：现在不忙了，你说啊？唐丰收不想尴尬下去，说了句，我没啥好说的，以后再谈吧，说完，起身要离开。婶娘伸手拦住他说，你不说，我替你说，你俩将婚订了，啥时结婚，随便你，你说呢？唐丰收不耐烦地答道，这事，我不管，你们爱咋搞，是你们的事，说完抽身离开了。回到家，他妈与奶奶又来对他施加压力，要他答应订婚，可唐丰收不想答应，因为他又想到了张慧娟和苏敏，尽管她俩与他没谈及过这方面的事，可他感到一说到这事，她俩就会出现在自己脑海中，好像是有意夹在中间阻拦一般。唐丰收不想因这事惹身体有病的母亲受气，大年初三清早，他从鸡笼中捉了只鸡，其他啥也没带，急匆匆从家里出来了，打算一走了之。走到黑松林，一直守在这儿的杏枝忽然跑出来将他拦住了。他惊讶地问她怎么在这儿？杏枝哭着对他说，我们村里人都晓得这事了，你不答应和我订婚，叫我咋有脸见人。昨日，我来给和宝舅舅拜年，猜你一清早会走，我就在这儿等你了。唐丰收看看她，说，那是你的事，与我没关系。没想到，杏枝朝他扑通一跪，抹着眼泪，用哀求的语气说，丰收哥，我求你了。唐丰收这才感到事情麻烦了，赶紧将她搀起来，对她说，你嫁给我有啥好？我常年在外不能回来，不是让你在家守空房吗，你还是趁早再找个婆家算了。杏枝却执拗地回答，偏不找，你不要我，我就在家等你一辈子。唐丰收急着赶路呢，赌气地回答，那你就在家等吧，十年后我再回来，看你守得住守不住？反正我与你没订婚。杏枝却一口答道：十年就十年，我守。唐丰收不想与她纠缠，拔腿走了。他走了很远很远，杏枝依然站在那儿望着他。

这事，唐丰收对谁也没说，包括老秦。

回到工地住处，老秦问他怎么不在家多住几天？唐丰收说，让你独自在这儿，我不放心，所以跑回来了。说罢，就杀鸡给老秦滋补身子。老秦笑笑，也没说什么。

过了元宵节，正月十六的中午，唐丰收拿着饭盒从食堂回来，望见对面龙山宫的路上黑压压来了许多人，龙山宫附近的山上也到处是人，感到很吃惊，心想哪来这么多人？这些人到这儿来干啥？

急匆匆跑回住处，将饭盒子交给老秦，他对老秦说出了自己看见的情景。老秦咳了几声，从床上坐起来，要唐丰收给他的茶缸子里倒点开水，才回答他说，是劳改犯来了。

唐丰收忙问，是来挖渠道的吗？

老秦喝了口开水,点点头,又点支烟默默抽着。

几天前,水库工程指挥部召开紧急会议,随着测量与勘探任务的结束,为了加快龙潭灌区建设的步伐,在省水电厅的要求下,省政府将在南边开挖一条河道的两个劳改支队,调到龙潭水库来了,集中力量对灌区工程进行突击建设。王副厅长在会上宣布了省政府的指示后,就劳改支队两万多人的到来,进行了具体安排研究。武总根据才编好的规划设计文本,将劳改支队的人马分为三个工作区安置。一处安在龙山宫山间,主要负责灌区的渠首枢纽工程建设;一处安在江亭区渠道18号桩附近,主要开挖主干渠渠道前二十公里;最后一处安在杨泗庙工地,负责开挖余下的渠道,同时开凿杨泗庙隧洞与建设两条支渠的进水闸。老秦参加了会议。

得知劳改犯这么快就来了,老秦将烟熄灭,拿过饭盒吃饭去了。

见他吃饭了,唐丰收心里一阵高兴。

勉强吃了几口,老秦支撑着身子起来了,要唐丰收陪他去一趟医院,说劳改犯来了,我俩又要忙了,身体不治好不行。唐丰收答应了。

医院的医生替老秦开了药要他按时服用,还给他开了许多针剂要他来医院打,老秦说他们那儿有打针的诊所,将吊针带回来打了。医生开的针剂还没打完,老秦就接到李局长的通知,说他继续在水库工程指挥部工作,派他到杨泗庙去。接到通知,老秦要唐丰收将铺盖一卷,催他走,唐丰收说等你下午将针打了再走不迟。老秦活动活动身子,说,我的病好了,针不打了。言毕,他让唐丰收将东西放在一辆牛车上,叫一位同事照看着,水库指挥部考虑到老秦他们几个到杨泗庙去的技术人员有行李,特意派了辆牛车来送他们。老秦拉着唐丰收走了,说自己走比牛车快。

他俩走得确实比牛车快。

杨泗庙工地住着整整一个支队的劳改犯。他俩到了,发现原来荒凉的岗子上一下子搭建了一大片工棚。先期到达的犯人已在挖渠道了。来时,他俩就看见沿渠有许多犯人挥着铁镐在挖渠道了。老秦说他就喜欢热闹的工地,问唐丰收喜欢不喜欢?唐丰收笑着说,你喜欢我当然喜欢。

两人来到指挥部,武总正在指挥部里等他俩呢。他一把拉住老秦的手,夸说曹操曹操就到,你来得正是时候。老秦说,有什么事你只管吩咐,周瑜打黄盖,你愿打我愿挨。武总说龙山宫那一坨我来啃,这儿一坨归你了,现在趁大队人马还没到齐,夜里我将劳改支队的领导叫来,大家开个会,将具体工作安排一下,抓紧时间早点将战斗全面打响。

老秦问,我住哪?武总指着隔壁说,那儿是你老窝了,你还是带着小唐住那儿。武总转过身对唐丰收说,阵阵少不了穆桂英,老秦身体不好,你要将他照顾好了。唐丰收憨厚地笑着说,放心,我不会让师傅累着。

唐丰收去隔壁收拾房间了。

武总将门关上,对值班的人交代几句,然后拉着老秦陪他到外面去遛遛,看看隧洞的情况。

他俩上次虽看过了隧洞,规划设计时,武总与老秦对这儿进行了重点研究,因为隧洞是工程的咽喉要道之一,问题不处理好,整个灌区就无法实现三十万亩的设计规模。在具体研究规划设计时,工程技术人员曾动议索性将隧洞打开,开成明槽渠道。老秦说杨泗庙这一带地质结构特殊,开明槽石方量巨大,需要大投资,不可取,建议还是充分利用已开凿的隧洞,将其适当扩大到满足渠首进水闸20个流量的供水即可。经反复商榷,指挥部采纳了老秦的意见。施工图纸还没出来,所以武总想带老秦来实地观察观察,再与他研究一下施工上的技术问题,以便能尽快啃下这块硬骨头。

他俩再次钻进隧洞,正往里面走,洞那边迎面过来一位劳改犯,吓了他俩一跳。

武总机警地问那人,你进来干什么?

这人六十多岁,个头不高,光头,黑胖黑胖的宛如一个葫芦。他平静地回答:我来看看。

武总打量了一下这人,没吱声。老秦却对这人说,有啥好看的,这儿危险,没事别进来。这人咧嘴嘿嘿一笑,说:现在是没啥好看的,到时候就有好看的了。武总听他这么说,掏出烟斗点着吧嗒了起来,老秦也掏出烟点了一支。这人竟对老秦说,你该给我一支才对。老秦顿时觉得这位劳改犯挺奇怪的,竟敢找他要烟,因为这人身上穿着黑色有号码的号服。他正犹豫给还是不给,武总对他使了个眼色,示意给一支。老秦将烟给了这人,这人竟要老秦替他点着,老秦又耐心地替他点了。

这人美美地抽了几口，才说，你俩别往里面进了，我从那边看过来的。

武总听他话里有音，就问，说说你看出了什么？

这人看了武总一眼，问道，看来你就是龙潭水库工程指挥部那位叫武尧舜的武总了？

武总吧嗒着烟斗没吭声。

这人又对老秦说，如果没猜错，你就是那个叫老秦的。

老秦说：别管我们是谁，说说你看见什么了。

这人扫了他俩一眼，才快言快语地说道：隧洞，我从那边一直看过来的，洞的现状，我觉得可划分为四段：第一段隧洞口至第一个竖井前 15 米处，长 70 来米，这一段地质情况尚可，洞中用木支架支撑的；第二段自第一个竖井前 15 米处至第二个井前 30 米处，长 123 米多一点，地质情况较差，隧洞中用密集的木支架支撑的；第三段自第二个井前 30 米处至竖井后 45 米处，长 75 米，该段地质较好，木支架稀少；第四段自竖井后 45 米处至出口，长 54 米，这段地质最好，没木支架支撑，不相信，你俩进隧洞去核实。

武总从嘴唇上拿下烟斗惊讶地问，你是谁？因为他知道，不是高级工程技术人员从隧洞那边这么看一下，绝对不会对隧洞情况有这么准确地判断。

这人没回答，丢了烟蒂，对老秦说：再给我一支。

老秦将烟盒拿了出来。这人没等他掏烟，一把将烟盒接过去，自己掏了支，又让老秦给他点着，然后将烟盒对老秦亮亮，装进自己的口袋，老滋老味地问武总：你是哪个学校毕业的？

武总说出了校名。

这人喷口烟说，你们学校有个叫王大魁的吧？

武总和老秦同时点头。武总回答，王大魁是我的导师。

这人笑着说，原来你俩是王驼子的学生啊。王驼子现在还好吧？

武总与老秦愣了，王驼子的外号是什么人都可以喊的吗？顿觉此人来历不凡。

武总问道，你与王教授是什么关系？

这人一笑，说：敝人是他的同学。王大魁这个王驼子的外号就是敝人给他起的。

武总不吭声了,想好一会儿才问道,你是李一准?

这人哈哈一笑,说:不错,这世界上总算还有人记得我。

武总一把握住他的手,笑着说,幸会幸会。

李一准原名叫李天威,与王大魁一起在国外留过学。他曾是国民党部队中高级工程技术人员,抗战时期,重庆修建大型防空洞时,他是技术老总,多次受到蒋介石接见,李一准这外号就是蒋介石给他起的,后来成了他的名字。解放战争时,江阴要塞那坚固的江防工事也是他的杰作。蒋介石逃往台湾时,因为他贪睡,到机场去晚了,错过了机会。结果在机场被解放军逮捕,被判刑坐了牢。王大魁非常钦佩他的才华,时常在弟子面前提到他,所以武总想起了他。

唐丰收跑来喊老秦和武总回去吃饭,李一准转身要走,武总拉他一块儿去吃。李一准说我去合适吗?武总说您是我们的老前辈,有什么不合适的。吃饭前,武总叫做饭的师傅加了个西红柿炒鸡蛋。武总特意将劳改大队的主要领导皮大队长和李一准那个队的王队长也叫来了。因为武总觉得他们现在正缺工程技术人员,像李一准这样有特殊技术的人,在不违反大原则的情况下,完全可以使用,之所以要叫他俩,就是想与他俩商量在需要的时候启用李一准。皮大队长晓得李一准是个难得的技术人才,劳改队也常用他,发挥他的技术特长。吃饭时,皮大队长指着李一准说,当年他要是听了固守北京傅作义将军的话,留在北京,没去投奔汤恩伯,现在最低也是个高级工程师。李一准笑眯眯地说,要是我那天没睡懒觉,上了飞机,到了台湾,现在起码也是个中将。老秦问李一准判了多少年?李一准嘿嘿一笑,答道:无期。他身旁的唐丰收吓了一跳,问他:你要坐一辈子牢啊?李一准抚摸着他的头说:坐牢怕啥,要不是我有这身技术,早毙了。皮大队长说,早年傅作义部长还托人来找过他,他不去。武总问他为啥不去?李一准一笑,说,傅总是个好人,当年汤恩伯那家伙给了我二十两黄金,我他妈的贪财,背叛了傅总,没脸见他。皮大队长笑着说,他还扇过苏联专家的耳刮子。唐丰收惊讶地问,真的啊?李一准摸摸光头,笑着回答,搞三门峡水库时,遇见了难题,钱大姐派人来将我叫去,我要这样搞,苏联那家伙要那样搞,吵火了,别人怕他,我怕他个鸟,他敢拿我们国家重要的水利工程当儿戏,扇一耳光算便宜他了,依老子当年的性格，准掏枪毙了他，反正老子是坐牢的，扇了那家伙后，我跑回来了。老秦不想扯得太远，将话题引回到隧洞上。李一准不以为然地说，一个耳朵眼子般的小洞，算个鸟？老秦要他具体谈谈，李一准夹起一块炒鸡蛋往嘴里一丢，说，没啥好说的，到时候干就是喽。皮大队长说：说实话，搞工程，少不了这样的专家，我看你们干脆将他弄到你们工程指挥部去，免得与我们说来说去的，麻烦。武总说，我们请你来就是这意思。既然皮大队长说出来了，武总又问王队长，你有啥意见？王队长干脆地答道，皮大队长都发话了，我能说啥呢，逗乐般对李一准说：只要他不跑到台湾去，给他自由。

事情就这么说妥了，武总将李一准要到工程指挥部来了。因为工程的概预算仅仅是一堆资料，一时找不到人来总纂，他就将这项艰难的工作交给了李一准，同时让他兼任技术顾问。

第十六章

王副厅长打电话将武总喊到水库工程指挥部去,商议成立灌区工程基建办事处的事,因为灌区工程毕竟与水库建设是两个摊子,再说灌区的规划设计批下后,工程要独立核算。武总说,好吧,那就搞个专门负责基建的机构吧。王副厅长对他说,你当基建办事处主任,将张应喜也拉进来,让他挂个副主任,用他时,不怕他不来帮忙,下面设工程科、后勤科和一个办公室就行了,人员嘛,你们指挥部内部协调。武总问老秦呢?王副厅长说,他就当工程科科长吧,对了,老秦的徒弟小唐是棵好的苗子,让他进来。武总回答好的。

基建办事处说成立就成立起来了,牌子挂在杨泗庙工地工程指挥部办公室那儿,下面工地上设有江亭区与龙山宫两个点。有了这个办事机构,灌区工程建设就有了独立性。测量队解散时,考虑到水库工程指挥部技术力量不足,有一部分人留了下来。郝仁俊、周杰、朱萍、苏敏等等一批年轻人都分到基建办事处,不久,张慧娟也从县水电局调来了。

苏敏来的当晚就找到唐丰收,将他拉到墙角的黑暗处,说她想死他了,要他抱抱她。唐丰收谨慎地说这儿人多眼杂,不能那么玩。这时李一准来墙角撒尿,唐丰收赶紧将苏敏拉走了。走远了,苏敏问唐丰收,这光头没见过,哪来的?唐丰收回答,他叫李一准,是个有大本事的人。

劳改支队的人陆陆续续到齐了,灌区工程大规模建设轰轰烈烈地铺开了。

渠道开挖工地数几十公里长的战线上到处是人。劳改犯们挑的挑,抬的抬,也有用独轮车推的,用板车拉的。哎哟呵耶、哎哟呵哟的劳动号子声响成一片,到处一派火热的场景。

老秦主要负责杨泗庙隧洞和隧洞以下主干渠渠段的开挖。因为工作涉及面广，任务重，他重点主管隧洞建设，将挖主干渠渠段的任务交给了唐丰收负责。唐丰收接受任务后，担心干不好，老秦鼓励他说，你干不好，有我呢，怕个啥，有问题解决不了，随时问我。李一准住在唐丰收房间隔壁的一间仓库里，唐丰收对他格外敬佩与尊重，李一准晓得这事后，笑着对唐丰收说，鼓捣个猪肠子，有啥难的，我给你当参谋，鼓励他放开胆子好好干。

有一天傍晚，一处挖方段任务完成了，唐丰收要进行初步验收。他背着仪器，喊张慧娟给他帮忙。张慧娟虽是仓库的器材保管员，可事先安排工作时，老秦说好了，唐丰收要测量，她给他当助手。见唐丰收喊自己，张慧娟放下手头的事，乐颠颠地扛着尺子跟在他后面来了。

来到工地，在下渠道坡时，张慧娟脚踩滑了，不慎从渠道坝上跌了下来，已下到渠底的唐丰收马上张开手臂抱住她。见张慧娟被实实在在抱在了怀里，唐丰收赶紧松开，问她没事吧？张慧娟站稳后，牵牵衣服说没事。张慧娟的脸距唐丰收的脸不足一尺远，唐丰收注视着张慧娟那张白胖白胖的脸，见自己的头影在那双大眼睛的瞳孔中，唐丰收的脸猛地一红，慌乱地朝后退了退。张慧娟问他怎么啦？唐丰收羞涩地低着头说没什么。张慧娟比苏敏晚来几天，两人有段日子没见面了。那天，张慧娟到了，望见唐丰收拎着热水瓶从食堂出来，笑嘻嘻地过去与他打招呼，唐丰收只是礼貌地对她点点头，就匆匆离开了。这次是近距离相处，张慧娟那充满着青春气息的身影总在眼前晃悠，使唐丰收忍不住在心里将她与杏枝比了起来，张慧娟脸比杏枝的脸白皙，头发比杏枝黑，胸脯更比杏枝丰满，特别是张慧娟身上那股学生气是杏枝所没有的，他感到她在紧紧吸引着他，使他乐意与她在一起。张慧娟对他笑了，那笑容犹如一朵牡丹花般让他陶醉。忽然，他耳边想起了那天苏敏对他说的话，张慧娟与那个男人从电影院里出来的一幕又在他的脑海中闪现了出来，使他马上对张慧娟滋生出了一股莫名的反感，愉悦的心情随即消失。由于他俩配合得好，该测的地方不一会儿就测好了。唐丰收收拾好仪器急着要回去，张慧娟坐在地上，脱下鞋，倒倒鞋里的土，又将鞋在地上磕磕，用眼神让唐丰收等她一下。唐丰收却背着仪器要走。张慧娟伸手要唐丰收拉她一把，唐丰收没拉，转身走了。张慧娟爬起来，快步追上他，毫不客气地问他，你怎么啦，这次我到杨泗庙来了，你不冷不热的，我哪儿得罪你了？唐丰收仍埋头走自己的，也不吱声。张慧娟一把拽住他，大声说：溏鸡屎，你今天得说清楚，干吗这样对我？唐丰收将脸偏向了一边，仍没好脸色。张慧娟问她是不是上次你邀我看电影，我没去，你对我有意见？唐丰收这才回了句，我哪敢对你有意见啊。张慧娟解释说，那次我表哥来了，我陪他去看电影了，我失约了，向你赔礼还不行吗？听她这样说，唐丰收答道，我怕那人比表哥还好吧。张慧娟透过他的话，想到苏敏曾在背后造过她的谣，说她与李局长的侄子在谈恋爱，于是她就说对唐丰收说，准是苏敏在你面前说我的坏话了，我张慧娟是不是那种人，以后你就晓得了。说罢，扛着尺子快步走到唐丰收前面，甩开大步走了。唐丰收也没喊她，而是望着她的背影，又想起了杏枝……

老秦从指挥部开会回来，在房间里对李一准说了会议内容。老秦说：指挥部调整了下一步工作的重心，集中力量建设大型建筑物，任务分三大块，一块是渠首枢纽工程，那儿要建设滚水坝、冲沙闸、进水闸和引水渠，由武总负责舞龙头；第二块是建设 18 号桩的渡槽，由张健负责建那个喉咙；第三块是杨泗庙隧洞这个胃门，由他负责。讲完，他递给李一准一支烟，说：我俩研究一下隧洞施工的事。听老秦叹息施工图纸还没出来，李一准说，小菜一碟，不要图纸，照样施工，建议将前段 140 米包括地质条件最差的地段做明渠开挖，后面地质条件较好的地方将洞扩大。老秦问他扩大到何种程度为好呢？李一准摸了摸光头，拿过纸与笔，边画图边说：隧洞外的明渠按水深 3 米，底宽 8 米设计，进口段长 10 米，出口段长 15 米；隧洞设计流量定为每秒 17.5 立方，洞内嘛，宽 3.5 米，高 4.5 米，洞长嘛，183 米。洞顶嘛，建成半径为 1.9 米，中心角为 135 度的圆弧形，用水泥沙浆高压喷灌，钢筋加强混凝土衬砌，使洞连成整体。老秦同意了他的这个初步意见，向指挥部做了汇报，指挥部认为此方案切实可行，批准施工了。

落实施工任务时，老秦又采纳了李一准的建议，与王队长协商，抽出三十几位有水泥预制经验的犯人组成专业队施工。本来技术问题由李一准负责，因编制概预算的事急着要办，只手难舞双刀，想了想，李一准说让唐丰收负责好了，他当技术指导，因为他觉得这小家伙办事认真负责，工作责任心强。老秦说好，将唐丰收喊来，向他交代了任务，临时将周杰调过来接唐丰收管的那一摊子。

见自己与朱萍在一起工作,周杰格外高兴。朱萍在当统计,每天将各工段的进度汇总向水库工程指挥部上报,同时下达第二天的任务。这是项很重要的工作,因为她与周杰在谈恋爱,有一天夜里,王队长来向她反映情况,要第二天的任务,却找不到她了,急得王队长骂骂咧咧地找到老秦。老秦见朱萍不在办公室,就让唐丰收去找。结果在一个水塘边,唐丰收才找到了她。原来她与周杰在这儿谈恋爱谈昏了头,想晚上再将任务下达,离开了办公室。唐丰收将朱萍叫到老秦那儿,老秦当时没说什么。等她将事情办好,老秦才将朱萍、苏敏、张慧娟、李小娥、杨惠等女同志喊到办公室,黑着脸对她们说:你们是工地上的女同志,我有言在先,年轻人谈恋爱,我不反对,但不能影响工作,朱萍今天擅自离开岗位,要批评,你给我写份检查,保证下不为例,以后谁要谈恋爱,出了纰漏,到那时,可别怪我事先没向你们打招呼。张慧娟当即回答,我没谈,我保证不会出问题。朱萍说你能做到,我也能。苏敏笑着说,你俩能做到,我更能做到。李小娥、杨惠等其他两位才来不久,相互笑了笑,没吭声。

唐丰收在门外听见后,掩着嘴直笑。

离开了老秦的办公室,朱萍嘟哝道,连私事都干涉,也管得太宽了,我才不写检查呢。

张慧娟劝她说老秦这人就这么个怪脾气,你还是将检查写了,不然他会盯着你不放,说不定哪天就将你撵走了。

朱萍不愿意离开这儿,只好写了份检查,可她依然与周杰沉浸在热恋中。有天晚上张慧娟见她深夜才回来,提醒她注意点,她却无所谓地说,我又没干坏事,怕什么。

唐丰收负责隧洞建设后,水泥预制这活儿对他来说是新鲜事,既然老秦将重担交给了他,当外行可不行,他就向施工人员学这方面的技术,时常亲自动手干。因为要领钢筋、水泥等材料,他少不了要与张慧娟接触。尽管张慧娟对他做了解释,他也没看到这段时间她与外界有啥接触,可还是冷静地与她保持着距离。

有一天,唐丰收带着几个人去拉水泥。那些人将水泥拉走,张慧娟见水泥包被拉乱了,要唐丰收帮她整理好。唐丰收瞧她搬不动,动手帮了忙。整理好了，看他外套被弄脏了，张慧娟对他说，脱下来，我给你洗洗。唐丰收将外套脱下来丢给她，仅穿着毛衣。张慧娟看毛线衣的袖口漏线了，一截线拖着，说晚上你将毛衣送来，我替你将漏线的地方打一下。唐丰收将毛衣漏线的那只袖子卷了卷，去了隧洞。

夜里，张慧娟将洗好的衣服送给唐丰收，同时拿了几根打毛线衣用的篾针来，替唐丰收将那只漏线的袖口补好了。补时，张慧娟悄悄将朱萍与周杰谈恋爱谈到深夜才回来的事对唐丰收说了，担心他俩会偷吃禁果。唐丰收说老秦交代过了，他俩又不是小孩，估计不会那么傻。闲谈几句，唐丰收想到隧洞里有人还在加班呢，要她回去睡觉，说自己到隧洞去看看，走了。

晚上，劳改犯在工棚里集中学习，然后吹哨子睡觉。

为了加快隧洞建设，专业队实行三班倒。唐丰收来到隧洞旁，听哨子响了，心想换班的人该来了，可交班时，他发现那个外号叫老党员的劳改犯与另外两个犯人不见了，问小组长，小组长说他们刚才还在这儿啊，不晓得哪去了。唐丰收喊了几声，也没人答应，找也没找到。有犯人不见了，这不是闹着玩的，唐丰收马上向王队长做了报告。

王队长火速派人寻找。老党员是东北人，姓董，因为他平时总说自己是老党员，所以，身边的犯人都喊他老党员，很少叫他的名字。他原是四野部队中的一个副团长，新中国成立后，他临时在一个县里任副县长，三十五岁还打光棍的他看中了一位年轻姑娘，执意要娶那姑娘做老婆，那姑娘不同意，盛怒之下，他拔出手枪对那姑娘就是一枪。本来他的罪行该枪毙的，可他毕竟战功累累，被判了个无期。他在劳改队里表现一直很好，像他这样的人，能跑到哪去呢？李一准得知此事后，断定老党员他们肯定没跑远，对着地图一看，指着一个地方问这儿是不是有个塘？小组长回答那儿是个大藕塘。李一准将烟头一丢，对王队长说你到那儿去找，八成能找到。

王队长与唐丰收带人去了那个藕塘。

微弱的月光下，他们发现老党员和另外两个犯人果然在塘里挖东西。过去一看，他们在挖藕。王队长喝叫着要捆老党员回去。老党员说，王队长，这儿有藕，我们是来挖藕的。说罢，将手中拿的那节藕在水中洗洗，递给王队长，说，王队长，你也吃一截，这藕可甜了，等我们将这儿的藕挖了，你再带我们回去不迟，说罢，依然接着挖。王队长不容分说让随同而来的犯人将他们三个绑好，带了回来。

不按时作息，擅自挖藕当然是犯错误，王队长按规矩连夜开会批斗。批斗时，老党员承认有罪，甘愿加刑受惩罚，仍嗷嗷叫说塘里有藕，当地老百姓没人挖，我们可以挖，挖藕填肚子不好吗？

出了这种事，皮大队长闻讯赶来。得知那儿确实有藕，他叫王队长给老党员等人松了绑，与王队长一起带着老党员和十几个犯人，举着火把来到塘边，组织挖藕。挖到天亮，居然挖了一大堆。

因为粮食特别紧张，劳改犯一天吃两顿，吃的是山芋干子稀饭和黑乎乎的山芋面做的馒头。稀饭，一人一勺，馒头一人一个，劳改犯吃的菜是在附近人家买的，大都是咸菜，新鲜蔬菜是从他们原来的基地调运来的。劳改犯挖渠道劳动强度大，这么点粮食，根本吃不饱。尽管这样，因为供应劳改犯的物资有保障，相比起来，他们比当地社员吃食堂要好。

想到附近生产队常有饿死人的情况，皮大队长派人将挖的藕送给了附近生产队的食堂。生产队队长高兴地连连感谢。皮大队长说，这些藕本来就是你们的，我们不过是替你们挖了出来，不用谢。回来时，有人发牢骚说，白忙活了。老党员说，送给当地的群众吃，比烂在泥巴里好，我们是在替老百姓做好事呢。

事后，皮大队将老党员批评一顿也就算了，因为老党员干活很卖力，还是小组长。虽然没处理老党员，可皮大队长在开会时，提出要加强对专业队施工人员的管理，进出要汇报。

有一次唐丰收发现隧洞浇筑的混凝土撤下模板后，有的地方出现了马蜂窝，不晓得是咋回事，跑来问李一准。李一准来看后，马上指挥施工人员采用喷浆技术补救，再次强调了工程质量，并将浇筑钢筋混凝土的技术要领对唐丰收做了说明，教他如何检查把关。唐丰收掌握了技术后，逢到浇筑钢筋混凝土，他就坚守在现场，寸步不离，监视混凝土的震动情况。后来，隧洞施工，混凝土浇筑再也没有出现马蜂窝了。

这天，老秦陡然接到武总打来的电话，带着唐丰收火速去了渠首枢纽工地。

第十七章

渠首枢纽工地正在抓紧时间抢建滚水坝，武总因担子太重，病得在床上爬不起来，所以，他将老秦叫来接替他指挥。一到滚水坝施工现场，唐丰收顿时被工地上的机械化气息所感染。施工人员戴着柳藤安全帽，一个个像煤矿工人似的，为了便于运输土石方等材料，临时铺设了钢轨，干活的人们用小翻斗车作业，呼啦呼啦，一会儿就一趟，速度快极了，卡车、四轮拖拉机更是来来往往，响声一片。他从来没见过这种机械化作业的大场面，心情格外振奋。

见到老秦与唐丰收，武总抱病要从床上爬起来。老秦关心地让他在床上躺着，说，有啥事，你只管吩咐，我干就可以了，劝他别起来。武总没听老秦的劝说，起身坐在那儿。唐丰收赶紧给他泡了杯茶，又将烟斗装好烟递到他手中。喝了茶，叼着烟斗抽了一会儿，武总来了精神，从床上下来，穿好鞋，带着他俩来到工地。武总用右手指着右岸对老秦说，那边在建冲沙闸，施工期间河水不能截流，等闸基建到规定的高程，你就突击将闸建起来，随后将手平移到这边，指着在建的滚水坝工地，说，这儿正在清基、备料，清基时要注意淤泥……

将工程情况交代了一下，他们回到工棚，王副厅长带着一群指挥部的干部来了。当晚，武总抱病和老秦等工地领导聚集在工棚会议室里开会。老秦事先要唐丰收到城里去买了鞭炮。唐丰收预感肯定有什么重大喜庆，不然买鞭炮干什么？会议开了一会儿，老秦就喊守在门口的唐丰收快燃放鞭炮。唐丰收弯下腰用烟头将鞭炮点燃，清脆的噼噼啪啪声响了，一片硝烟腾升而起。唐丰收见老秦出来了，问是啥大事？老秦乐呵呵地说，灌区的规划设计被水电部批了，总投资 1800 多万呢！

乖乖，批了那么多钱！听到消息，唐丰收高兴地跳了起来。因为他晓得迎来了国家投资，龙潭灌区工程就意味着纳入国家基建项目了，灌区就不愁建不成了。会议室照明用的电是工地上用柴油机做动力发的。会议开到深夜才散，唐丰收从食堂给老秦和武总端来夜宵，夜宵是一碗鸡蛋面条，武总叫唐丰收找个碗，倒了点面汤喝了，剩下的给唐丰收吃。老秦端着碗赶了一半面条给唐丰收，说他肠胃不好，吃不了那么多。两人正在吃，武总忽然埋头急剧咳起来，随即就大口大口吐了很多血。老秦与唐丰收见状赶紧叫车将武总送到县医院。武总吐血是肺结核发作了，由于吐血太多，不得不住院治疗。

将武总在医院安顿好，两人回来，已大半夜了。老秦带着唐丰收来到滚水坝工地，工地是三班倒，灯火一片。见备料的车辆不停地来往着，唐丰收问老秦滚水坝的坝体何时开始建设？老秦欣喜地说，以前资金没到位，我们不敢大干，现在部里批钱了，枯水期一到，就开始抢筑圩堰，我俩以后有猴子玩了。

唐丰收说，你来就行了，喊我来有啥用？

老秦笑着回答，到时候你就晓得了，反正没你好果子吃。

说罢，老秦打了哈欠说，睡觉，回去不睡，再过几天就更没工夫睡了。

老秦说得没有错，攻坚滚水坝圩堰的战斗打响了，参加施工的上千人顿时密集地在一起展开了战斗。冬季虽寒冷，可施工人员在刺骨的冰水与泥泞中，像燕子衔泥筑巢似的，艰难地将圩堰一点点围筑了起来。按第一期工程计划，圩堰必须在十天内完成。唐丰收在那段奋战的日子里，忙得连吃饭的工夫都没有，每天只睡三四个小时。

圩堰建成后，随即投入排水与滚水坝坝体的施工。按设计要求，滚水坝坝身设计长240米，用沙石堆筑，外层填筑黏性土，坡面用块石护面，坝顶用浆砌块石护砌。整个坝体好像是多层煎饼，质量要求极高。由于坝体必须一次性完成，不能停歇，所以施工战斗打响后，施工人员与技术员都三班倒。老秦亲自在现场指挥，因天气寒冷，滴水成冰，持续的劳累使他的肝病与胃病经常发作，有时疼得他满头大汗，也顾不得休息。有一天深夜，老秦的胃疼又发作了，唐丰收见他蹲在那儿疼得身子直哆嗦，就将他搀回工棚，让他休息，自己又去忙碌了。老秦点支烟才抽了两口，技术员王长久跑来说工地上有辆卡车出了问题，堵在那儿，问怎么办？老秦将烟一丢，连大衣也没披，跟着王长久去了。在石头间深一脚,浅一脚行走,身子一趔趄,王长久拿的手电筒掉下来摔坏了。借着工地射来的微弱灯光,老秦与王长久慢慢摸索着前行。因眼睛近视,老秦脚下一滑,碰倒了一堆石头,就听哗啦一响,几块石头滚了下来。老秦哎呀一声惨叫,摔倒了,王长久搬开砸在老秦左腿上的那块石头,老秦捂着腿疼得直叫唤。王长久俯身一看,老秦的腿被砸伤了。老秦忍着剧痛叫王长久快喊唐丰收来。唐丰收听到喊声过来了,见老秦的腿伤得严重,要送他去医院,可老秦对他说,你快去处理一下,哪儿也不准去!然后让王长久将他送往医院。县医院的医生检查后说他左腿下肢骨折,在医院治病的武总闻讯过来看老秦,老秦急得对武总说,越急越出纰漏,这怎么办,怎么办?武总劝他别着急,治腿要紧。黎明,唐丰收赶来看老秦,老秦对他挥挥手,说,我死不了,你快回工地,快回去!

老秦的左腿被打上了石膏,躺在病床上不能动弹。

工地上,唐丰收头戴安全帽,手臂上套着红色安全员字样的袖章,与几位技术员不停地吹哨子,指挥着施工人员与车辆往坝体上倾倒沙石。

坝体终于到了合龙的日子。

这天,雨雪潇潇,寒冷异常。

一辆黑色轿车开来了,章副省长到工地来了。

武总事先得知消息,不顾身体有病,一大清早赶到工地。章副省长在工棚内听取了汇报,随即穿着雨衣来到坝体合龙处,武总咳咳咔咔地陪伴着。工地上,施工人员不顾寒冷,冒雨雪你追我赶,争先恐后,干得热火朝天。有的人滚得像泥猴子,有的人赤脚上阵,有人跌倒在泥泞中,后面的人赶紧将他拉起来,又接着挑土。抢战到下午,两端的坝体终于合龙了。

章副省长从合龙的坝体上走了过去,连连对身边的武总说,大家太辛苦了,晚上给参加施工的人加餐,好好吃一顿。武总回答都安排好了,话刚落音,伴随着一阵咳嗽,他又蹲下来吐血了,章副省长见状,派人火速将他送往医院。

大坝合龙后,接下来要做冲水实验,

章副省长来到医院看望武总与老秦。指挥部的众领导见武总与老秦这两个技术核心人物都病倒在医院了,直担忧冲水试验怎么办?章副省长考虑是不是再派专家来支援，武总在病床上对章副省长说，现在各地水利工地上都缺人，我们这儿就有个高级专家，可以用。武总建议把李一准请来，将工地上的技术暂时委托他负责。章副省长问李一准是何许人也？武总将李一准的情况向他做了汇报，最后说，我省的水利专家比李一准强的寥寥无几，我也不如他。章副省长身旁的一位何副总指挥听了介绍，谨慎地说，这样的人能用吗？章副省长想了想，转身对王副厅长说，现在正是用人之际，既然武总推荐了，我们应该信赖人家，你派人去将李一准叫来，我见见他。

李一准被人用轿车从杨泗庙接来了。

见了章副省长，李一准马上将上身的劳改犯号服脱掉往地上一丢，光着膀子，啪地一个立正，举手敬了军礼，说，报告章省长，中华人民共和国公民李一准向您敬礼！

章副省长见到李一准，一愣，问道，你不是那位在上海机场被我们俘的少将高级工程师吗？李一准也认出了他，马上鞠躬回答，鄙人正是那位战俘。当年李一准在上海准备逃离到台湾时，因睡懒觉贻误了去台湾的飞机。在机场被俘后，他说自己是少将高级工程师，嚷嚷着要见解放军的最高长官。当时章副省长是抢占那个机场部队的师长，他见了李一准。

章副省长上去握住他的手说，又见面了，幸会，幸会。寒暄两句，他陡然问李一准他身子有多高？李一准开脸一笑，答道，你现在穿鞋量，1.82 米，脱了皮鞋打赤脚 1.79 米。章副省长哈哈一笑，说不愧是李一准啊，你说得准极了。

说到滚水坝工程冲水实验，李一准摸摸光头，冷静地回答，事关重大，要我出马，必须答应三个条件。

章副省长看着他道，你说。

李一准说："一，我必须是工地技术总指挥，你现在就授权给我。"

章副省长答道，好，滚水坝冲水实验期间你任工地技术总指挥。

李一准接着说："二，我必须有一间房，不经我同意，其他人不得进入。"

章副省长回答：好，答应你。

李一准又说："三，每天给我两包大前门香烟、十个鸡蛋、一瓶酒。"

章副省长一笑，幽默地说，幸亏你没找我要个女人，不然麻烦大了，好，给你。

一旁的王副厅长陡然反问李一准，你提的条件，我们答应你，完不成任务怎么办？

李一准将脖子一伸，干脆地回答，军中无戏言，完不成任务，将我的头砍了！

说罢，他再次给章副省长敬礼保证。

在场的人都面面相觑，哪有这样用人的啊？章副省长当即对众人解释说，特殊情况，特殊用人，这叫不拘一格。然后握住李一准的手，说，下面就看你的了。李一准啪地一个立正，响亮地答道，愿为政府效力！

章副省长回省城了。

当晚，在工棚里开技术骨干会。王副厅长带着李一准来到工棚会议室。事先，李一准找王副厅长借了一套毛哔叽中山装，穿得工工整整，连封领扣都扣得严严实实。他脸上的胡子刮得干干净净，光头也刮得铮亮。进了会议室，他指着散乱摆放的桌子说，不能这样摆，要求将桌子并拢，一字摆整齐。王副厅长笑着说，何必讲究形式呢。李一准说，我开会有我的风格，不然就不是我了。唐丰收过来将桌子按要求规规矩矩地摆好，开会的人陆陆续续到了。李一准要求大家按座位坐好，中间两把椅子，他让王副厅长做左边，自己坐右边，将唐丰收招到身边，起身对他说，从今天起，你就是我的副官，不，是助手，随时听候调遣，然后叫唐丰收用立正的姿势站在身后。开会的干部见这架势同电影中国民党高级将领开会似的，一个个都正儿八经地坐好了。开会后，王副厅长将李一准介绍给大家，然后就坝体的合龙情况做了一番介绍。轮到李一准讲了，就听他字句分明地说，在我没发言前，请在座的诸位，每人用五分钟时间通报姓名和所从事的工作，不得超时。然后指着桌旁第一位技术员，说，你现在开始。众人说话时，李一准不做笔记，而是用犀利的目光注视着对方。听罢汇报，李一准当即用简洁准确的语言，将冲水试验的前期准备对各位技术员一一做了具体安排，俨然一派大将风度。会开得中心突出，简明扼要。散会后，李一准也不同其他人啰唆，一头扎进房里，仔细研究着滚水坝的施工图纸，直到下半夜才熄灯睡觉。

翌日清早，李一准写了张领条，叫唐丰收去水库指挥部将自己的特殊物资领回来。唐丰收去了，见真领到香烟、鸡蛋和酒，高兴极了。李一准得意地拿过一包大前门香烟，撕开抽出烟，给了唐丰收一支，自己叼一支，将鸡蛋与酒收在一个大纸盒中。吃了早饭，他手中拿根细竹条子，带唐丰收去了工地，因为在开会时他有言在先，所有的技术人员必须按时到位，不得延误。王长久散漫惯了，对他的这一套不适应，来晚了。李一准当即用手中的竹条子，指着他，将他训斥了一顿，然后追问原因，王长久说昨晚下围棋多下了一盘，睡迟了，起不来。李一准看看他，按纪律规定，中午吃饭时，叫炊事员不给王长久打菜。王长久气得在背后咕咕哝哝骂他是军阀作风。第二天，所有的技术员都准时到工地了。

王副厅长在背后劝他别搞国民党那一套了，李一准笑着回答，啥国民党、共产党的，搞工程就是打仗，不用军阀作风不行。冲水试验的各项准备工作就绪了，试验即将开始。老秦的腿虽仍打着石膏，可他有一天竟拄着拐杖来到工地。李一准见到后，笑嘻嘻地对他说，我就晓得你对我不放心，说说，有啥事？老秦问他冲水怎么冲？李一准给了老秦一支烟，摸摸光头说，这是我的事，你操个蛋的心。老秦晓得他的性格，仍按自己的想法说，为了慎重起见，冲水流量还是逐步加大为好。谁料李一准朝他眼一瞪，厉声说，我说一次性按二十年一遇的流量冲，就按二十年一遇的流量冲，我是总指挥，我说了算。硬叫唐丰收将老秦送回医院。老秦过来与武总说这事，感到按李一准那样试验，会出纰漏。在床上打吊针时，武总想了想说，水逐步上来，压力太小，冲水实验效果不好，李一准用这种办法一锤子砸下去，更能见分晓，如果坝冲断了，说明坝体必须返工重建。见武总也这么说了，老秦才没吱声。

冲水试验的日子到了，那天冬日高照，天暖烘烘的。指挥部的人大都聚集在滚水坝工地了，武总与老秦也来了。随着李一准一声令下，水库泄洪洞打开了，水浪顿时涌向了滚水坝。坝体前快速蓄水后，等来水达到按二十年一遇的流量了，情况果然如李一准预料的那样，坝体的关键部位多处出现管涌，险象环生，特别是老河床的部位管涌特别严重。负责现场记录的唐丰收跑来跑去做着记录，李一准站在一块大石头上，捏着竹条子，居高临下地俯视着坝体两面的水情，如一尊雕像般脸色铁青。见滚水坝即将开始滚水了，李一准才从大石头上跳下来，通知水库关闭泄洪洞，派人将冲沙闸旁的坝子挖开放水。下午，滚水坝前的水浅了，李一准带着唐丰收来到坝上，脱掉鞋，卷起裤腿下到冰冷刺骨的水中。见唐丰收下水时慢慢腾腾的，他一把将他拉下来，骂道，娘的，还怕冷啊，冻死了，我负责。将坝体前面与后面检查完毕，唐丰收冷得周身直打抖，李一准喝叫他快跑，自己却站在那儿皱着眉头一口接一口地抽烟。

傍晚，李一准拿出了治理方案。为了慎重起见，他派唐丰收将方案拿去交给武总审核，武总坐在病床看后吧嗒的烟斗对老秦说，照他的方案办。

晚上开会，李一准将滚水坝的图纸挂在墙上，捏着那根竹条子，站在那儿像位将军解释作战意图般，先指出冲水出现的情况，然后分析原因，随后说出了治理方案。说完，他喊了一声王长久！王长久应声站了起来。他打开摆在桌上的文件夹，拿出一页纸，叫唐丰收递给王长久，然后对他说，你这就去杨泗庙，叫皮大队长将名单上的人集中在一起，明天上午十点，你准时将他们带到工地来见我。王长久拿着名单出去了。散会后，他叫唐丰收将纸盒中的鸡蛋拿到食堂去煮熟。

从劳改队中临时抽出来的二十八人，在王长久率领下，准时赶到了工地。李一准让他们排成四列，临时指定了小组长，然后站在他们面前说，弟兄们，我们都是有罪之人，现在报效祖国、立功的机会到了，你们就是敢死队，我将这七斤半压上了，你们总不能看着我李一准去死，大家给我拼死地干。说罢，他将积攒的大前门香烟、煮熟的鸡蛋和酒亲手交给小组长，让小组长发给弟兄们享受。随后，他派两个小组重点处理老河床淤泥造成的问题，另外两个小组处理其他管涌的地段，令唐丰收与王长久协助解决材料供应等其他事宜。

这四个抢险小组在他的亲自指挥下，仅用了一个星期时间，就将滚水坝管涌与渗漏的问题处理好了。再次做冲水实验时，李一准用五十年一遇的大流量冲击。将工作安排好，他将王长久叫到房间，问他，你不是会下围棋吗？王长久摸着后脑勺不好意思地回答，是有这嗜好。李一准叫他回去将围棋拿来，要与他下棋。王长久说，在做冲水试验呢，我怎么敢下棋。李一准说，我叫你下，你就陪我下，出了事，我负责。王长久去将围棋拿来了，李一准抓把棋子叫他猜。两人下棋下得入定，唐丰收来向李一准汇报说滚水坝滚水了。

李一准嗯了声，看也没看他一眼，接着落子下棋。冲水时间达到规定的时间了，李一准才将棋子一丢，与王长久一起来到滚水坝。唐丰收向他汇报说，坝体安然无恙，没出现管涌与渗漏等问题。见工程情况良好，赶来现场监督的王副厅长高兴地打电话向章副省长做了汇报。得知章副省长表扬了自己，李一准在王副厅长面前哈哈大笑说，我这头不砍了吧。

为了表示庆贺，章副省长带来省黄梅戏剧团到工地慰问。

唱戏那天，方圆几十里的老百姓都赶来了，可谓人山人海。唐丰收被安排参与保卫工作。他守在戏台附近。戏开演后，人们拼命往戏台前拥。差点儿将戏台挤倒了。指挥部的人赶紧调来几百个劳改犯，在戏台边围成一圈保护。唐丰收是头次看著名黄梅戏演员唱戏，可他站在岗位上，必须面对观众，无法看戏，但近距离的听严凤英和王少舫唱戏，他感到唱得好听极了。演出结束后，在后台，唐丰收利用保护演员的机会终于见到了严凤英与王少舫，并与这两位著名的黄梅戏演员握了手。握手时，他激动得心噗噗直跳，热泪盈眶。

散场后，唐丰收在帮着收拾戏台上的东西，张慧娟找到他。听说他与严凤英、王少舫握手了，羡慕得不得了，要他带她去找严凤英、王少舫签名留念，可演员们都上车去县招待所了。失望中，张慧娟问他何时回杨泗庙，唐丰收摇头说，老秦叫我何时回去就回去，因为滚水坝还有大量遗留问题要处理，冲沙闸与进水闸还在建。张慧娟正在神秘兮兮地对唐丰收说着周杰与朱萍的事，有人跑来对唐丰收说，李总指挥叫你快到他那儿去。唐丰收赶紧对张慧娟摆摆手，撒开腿往李一准的住处跑去……

第十八章

李一准带着唐丰收来到18号桩的黑猫湖渡槽工地。

黑猫湖这儿原来有条河，渠道直接用了一段河道，由于穿越之处牵涉到数千亩耕地的洪涝问题，设计时，进行过详细比较，采用了河渠分开的方案，在河渠交叉处建一座建筑物。决定何种建筑物时，武总与老秦又发生了争执，一个说建倒虹吸，一个说建渡槽。建渡槽的优点是施工方便，管理方便，缺点是地面和渠底高差较大，过水空间受到限制，要求渡槽有一定长度；建倒虹吸的优点是为不受地面高差限制，结构比较简单，缺点是施工困难，沙土地基开挖深度大，淤积问题难解决，管理与检修亦困难。指挥部经过多次研究，最后结合施工条件，选定建渡槽。进入施工后，发现这儿地质情况不好，为了解决地基问题。技术人员找到武总，武总见自己因病不能去处理，老秦的腿还没好利索，还要负责滚水坝工程，又将这块硬骨头交给了李一准。

到了工地，李一准将情况研究了一下，见此处疏松的沙基深达六七米，无法开挖至砾石层，决定采用沉井的办法来处理。他不愧是土木建筑专家，很快拿出了方案，将沉井采用长方形，中间两个，边上两个，分别承担渡槽的压力。他将绘制的草图对唐丰收做了技术解释后，陡然问他，你晓得我这次为何带你来吗？

唐丰收笑着回答，你要个副官帮忙吧。

李一准这次一改大将风度，对他噼噼啪啪嚷开了，满嘴都是脏话，你小子真是头驴，我他妈的又不是老秦那样的病秧子，要个蛋的副官，老子带你来，是要你小子开开眼界，跟老子学学，老子他妈的将这儿的事忙完了，又得五湖四海跑，你小子要在这儿干一辈子，将你教会了，老子他妈的就放心了。

脏话虽难听，可唐丰收却连连谢他。因为他心里清楚，武总和老秦，包括这位李一准喜欢将自己带在身边，一来是看自己年轻，二来是自己手脚勤快，办事认真负责，但真正的用意都是在给自己学习的机会，培养自己。因为搞水利工程，书本知识重要，实践经验更重要，所以唐丰收时时都用心学习着。透过接触，他觉得武总、老秦和李一准，三人都有个性与专长：武总对工程善于从宏观上总体把握，有统揽大局的气派；老秦思考问题比较细致缜密，对工程善于从实践入手，喜欢从具体情况来解决问题；而李一准，融合了他俩的长处，既有把控全局的能力，更有丰富的实践经验，处理问题总有自己的一套办法。

嚷嚷完了，李一准将草图交给唐丰收，要他负责施工，自己在工棚里闷头睡大觉，就是唐丰收遇见困难喊他，他也不睬，让他自己想办法解决。唐丰收毕竟不是正规水利学校毕业的，所以他常被一些技术难题折腾得晕头转向。

有一天，施工时，唐丰收发现沉井有点歪斜，一时想不出校正的办法，去喊李一准，想问问怎么处理，可他在床上睡得打呼噜，其他技术员都在别处，无奈，唐丰收只好找到郝仁俊，因为郝仁俊在这个工地负责工程技术。

郝仁俊这人有个特点，只要别人求他，他就认为是瞧得起他，尽量热心帮忙。郝仁俊一直打心眼里瞧不起唐丰收，认为他不是科班出身，没啥大门道。这次见唐丰收主动来求自己了，正好他也闲着没事，就来到施工现场替他指导了一番，帮着将问题解决了。唐丰收为了感激他，将接待领导时留的半包“牡丹牌”香烟给了他。

两人坐在渠坝上抽了一会儿烟，将话题说到了苏敏身上。唐丰收说，苏敏可能同胡家斌还有来往，郝仁俊说，我对苏敏不感兴趣了。唐丰收问为什么？他毫不掩饰地说，苏敏是水性杨花的东西，与她做朋友玩玩可以，娶她做老婆肯定不如张慧娟。

唐丰收问他怎么晓得苏敏是那种人？

郝仁俊笑着对他说，不信你可以去体会，她对你印象挺不错。

唐丰收笑了笑没再往下说了，可郝仁俊却问他与张慧娟关系怎么样了？

唐丰收一愣，说自己与张慧娟是同事，没关系啊。

郝仁俊看了他一眼，见有人喊，起身走开了。

黑猫湖渡槽槽身分三跨，中跨长 20 余米，钢筋混凝土结构，两头用渠道连接。将沉井的难题处理好了，建设顺利地往前推进着。随着天气转暖，武总的身体渐渐好了，老秦腿也一瘸一瘸地能走了。他俩回到了指挥部，李一准见自己这个总指挥当到了头，将借王副厅长的那套毛哔叽制服晒了晒，刷干净，用衣服撑子撑好，拜托武总还给了王副厅长。

将手头上工作移交给了武总，李一准回到了杨泗庙，依然接着编纂概预算。唐丰收也回到了老秦身边。国家对龙潭灌区的项目虽批准了，投资计划下达了，规划设计书也出来了，但概预算还在修正没有上报，因为这是一项极为浩瀚与繁琐的工作，既劳神又花工夫，用老秦的话说是幸亏有了李一准，不然，这摊烂狗屎，指挥部还真没有人能吃得下去。

这天，唐丰收正在滚水坝工地上查看冲沙闸新建的翼墙，周杰忽然来找他。唐丰收说你不在工地上忙，跑这儿来干啥？周杰与唐丰收关系不错，他凑近唐丰收说，有件事情想请你帮个忙。

唐丰收叫他说，周杰摸摸头，犹豫了好几次都没说出口。唐丰收感到他准是遇见困难了，就问是不是没钱用了？以前周杰找他借过钱。周杰摇头说不是。

唐丰收不耐烦地问，别同我打啥哑谜，到底啥事啊？

周杰说，你陪我到老秦那儿去一趟好吗？

唐丰收说，搞了半天，这事啊。他用手朝工棚那边一指，说，老秦在家，你去找他好了。

周杰说，你带我去吧。

唐丰收见他再三恳求，带他去了。老秦正斜靠在床上边打算盘边核实一份资料。唐丰收带周杰进去后，老秦停止拨算盘珠子的手，看着周杰。周杰忙掏烟递给老秦，红着脸说找他有事。老秦叫他说，他这才吞吞吐吐地说，我……我要与朱萍结婚，想开个证明。

老秦是办事处的领导，公章锁在他的抽屉里。

老秦估计他与朱萍出问题了，不然大热天的结什么婚？就盯着周杰一针见血地问，是不是朱萍怀孕了？

周杰吓得朝老秦扑通一跪，答道：是的。

老秦气得黑着脸直出粗气。

唐丰收也惊讶地望着周杰，心想原来是这事啊，难怪不好意思说呢。

周杰胆战心惊地说，都是我的错，我接受批评，求领导批准我俩结婚。

老秦没好声气地问：几个月了？

周杰说，快四个月了，再不结婚，小朱要现身子了。

老秦挖了周杰一眼，说，平时我多次教育你们男男女女在一起，要洁身自好，不要受小资产阶级思想影响。你俩就是当耳边风，现在好了吧，还没结婚肚子就大了，你说丢丑不丢丑？

周杰闷着头，不吭声。

老秦问，朱萍呢，开结婚证明，小朱要到场，她不来不行。

周杰跑去将随同而来躲在树荫下等消息的朱萍喊来了。

老秦瞅了瞅朱萍的小腹，见确实有点隆起了，就将证明开好，盖上公章给了他俩。

领了结婚证，因事情特殊，在他俩的要求下，老秦与唐丰收坐着给劳改犯送物资的牛车，来到杨泗庙，将朱萍住的那间工棚给他俩当新房，让张慧娟搬进仓库里去住，给他俩办了一个简朴的婚礼。婚礼也不热闹，只是工地上的人坐在一起喝茶，吃喜糖。吃喜糖时，有位叫汤天乐的小青年对唐丰收起哄道，下一个该你了。唐丰收红着脸羞涩地推开汤天乐，直说去去去。

老秦笑着对大家说，小唐还早。

李一准说，那也不一定。

老秦说，他是我徒弟，别说结婚，就是谈对象，也得我做主，然后问唐丰收，对不对？

唐丰收忙点头说对。当他抬起头时，却发现坐在旮旯里的张慧娟在用大眼睛注视他，忙偏着脸移开了目光。

婚后不久，朱萍生了个儿子。后来人们一算日期，才知道他俩结婚时，朱萍怀孕不止四个月了，只是他俩不敢说罢了。

第十九章

一辆吉普车开到龙潭水库指挥部门口停了下来。

王副厅长从车上下来后，来到指挥部召开紧急会议。武总主持会议，老秦在会上做了具体汇报。王副厅长在会上说，滚水坝与大型建筑物的建设大头基本上落地了，当务之急是向主干渠发起总攻。他指着挂在墙上的工程布置图，诙谐地说，这次摆弄猪肠子，是在主干渠原来开挖的23公里基础上，扩展延长到45公里，这猪肠子虽不好吃，可营养丰富啊，大家一定要吃下去，争取尽快完成任务。武总对总体任务进行了切块布置，明确指出：挖方段暂时按12个流量规模开挖，填方段按20个流量标准开挖，

散会后，武总来到杨泗庙，同李一准做了一次交谈，因为开挖主干渠主要依靠劳改支队的人进行，可谓大兵团作战，按常规战场得一字长蛇阵摆开，可摆一字长蛇阵，势必会造成窝工，所以武总想听听他的意见。李一准对劳改支队的情况了如指掌，笑眯眯地对武总支招说，这事容易啊，挖这种自流灌溉的渠道主要是高程，按高程用节节高的方式来施工，就行了。见武总一时没理解这是啥意思，他从烟盒中掏出三支烟，摆在桌上，解释说，这节节高的方式是将人员分成三股，在一条战线上，同时开挖，第一段施工的地段短点，进度快；第二段相对较长些，进度较慢；第三段嘛更长，进度更慢。第一段完成任务了，再到前面承担新的第三段任务，第二段干完了，依然干新的第二段，第三段最后接替新的第一段，如此一段段轮番推进，既顾及了挖渠道的高程问题，又保证了工期，更不会出现窝工。武总一拍他的肩说好，采纳了。武总与皮大队长商议后，将劳改支队主要负责人召在一起开会，会上分配了任务。

因工作需要，老秦住到了杨泗庙，郝仁俊、唐丰收、王长久三人给他当助手。老秦又将三人分了负责范围，王长久负责渠首到18号桩第一段，郝仁俊

负责18号桩到杨泗庙第二段，唐丰收负责杨泗庙以下的第三段。将这边工作安排好，老秦又回到滚水坝那边去完成建筑物的扫尾工程了。

劳改支队在发起总攻前已陆陆续续将主干渠挖了一部分，总攻开始后，三万多人马全部云集到主干渠上了，大军如长龙般摆开了，工地上又出现了热火朝天的景象。

修建渠道无非是挖方和填方两大块，从总攻主干渠的总体情况来看，全线挖方地段集中在十几处高切岭上，大型填方段有二十余处。在工地上混了多年，唐丰收晓得就工程质量来说，挖方只要将渠道断面坡度与底高程达到标准则可。可填方就比较难了，因为将土填了后，得按要求一层层夯实，严防渗漏。至于夯实到何种程度，有讲究。王长久主管的渠段既有填方也有挖方，郝仁俊主管的渠段处在丘陵地带，主要以挖方为主，而他主管的杨泗庙以下渠段以填方为主，所以他的任务与郝仁俊、王长久相比更艰巨。唐丰收整天拿着用木头自制的跨幅为一米五的土步弓尺，在工地上的填方坝上到处转悠。

填方坝的质量主要是夯实。犯人打得夯有两种，一种是用木头做的，呈四方形或圆形，四周有手柄，一般三四个人一起拎起来再放下打；另一种是用圆形石头做的，周围系着绳子，要四五个人齐心协力伴着号子举起来打。犯人们干活分成挑土小组与打夯小组。打夯小组七人一班。劳改犯干活比地方民工干活专业，可他们个个干活都是老油子，善于打马虎眼，唐丰收在跟前，他们大着嗓门喊号子将夯使劲打，一副卖力的样子，等唐丰收转身走了，他们就偷懒随便夯夯了事。带队干部也有本位主义思想，明明晓得劳改犯干的马虎了事，也睁一只眼，闭一只眼。有一次下雨后，唐丰收发现有处填方坝出现了塌陷，判断是没夯实造成的，渠道建设是百年大计，质量一定要把好，不然，投入使用后暴露了问题，再采取补救措施就麻烦了。他向带队干部反映了这事，要求返工。返工后，唐丰收向带队干部再三强调质量。劳改队的管教干部对此也有为难之处，对犯人要求太严了，完不成任务，他们也不好交代。既然唐丰收将质量问题提出来了，他们也要抓，不然无法通过验收。所以，干部抓得紧，唐丰收严格把关，可劳改犯们在施工中依然我行我素。

填方的质量问题使唐丰收很苦恼。有一次，干活休息时，老党员坐在他身旁，他烟抽时，给了老党员一支。老党员见唐丰收不歧视他，就对唐丰收说了心里话。他说每天分的任务太重，打夯是力气活，连肚子都填不饱，谁还有劲干活，所以不得不设着法子偷懒，还笑着说快速打三下，叫跑三跑；慢慢打十下，叫遛遛马。当着干部面前就跑三跑，干部不在场就遛遛马，约定都在号子声中，喊号子的人大声喊，就意味着使劲，空叫唤就是在磨洋工，提醒唐丰收小心点。

唐丰收晓得了劳改犯们打夯偷懒的窍门后，就琢磨着对付的法子，可想了一天，也没想出好点子。夜里，他来向李一准求教。李一准自身是劳改犯，当然晓得劳改犯干活的奥妙，一开始，他不愿给唐丰收支招，见唐丰收给了他一包烟，才骂骂咧咧地说，长个猪脑子，你就不能晓得用插红旗的法子来解决啊。唐丰收问插红旗咋插？李一准回答，夺了质量红旗的小组先吃饭，吃大馒头，没夺到红旗的吃小馒头，将馒头与质量挂钩，看谁还敢敷衍了事？他又叮嘱唐丰收与管教干部商量一下，将馒头做成大小两种，羊毛出在羊身上，谁偷懒没拿到红旗，自己那份口粮就等于被别人吃了，积极性肯定能调动起来。唐丰收觉得这主意好，就去找管教干部商议了。

管教干部采纳了唐丰收的意见，晚上学习时，对犯人宣布了这一措施，并表示严格执行。将争夺质量小红旗与吃饭挂钩的决定在劳改犯中推行后，尽管许多劳改犯在背后嘀咕，可干活时，情况果然有了转变。验收时，小红旗在唐丰收手中，拿到小红旗了，就意味着能吃大馍，能填饱肚子。一时间劳改犯们纷纷出现了争夺小红旗的态势，打夯质量也有了提高。

可不久，填方段质量验收的问题又摆在唐丰收面前了，他一个人就是周身长眼睛，也监视不了工地上同时施工的十来处填方段的质量。因而，有的地方，表层夯得结实，可里面却包着软馅子。为了解决这难题，唐丰收又向李一准求教。高级专家就是高级专家，李一准又给唐丰收支了一招。劳改队中有木匠、铁匠等匠人，他带着唐丰收来到大工棚旁的铁匠铺，让那个打铁的犯人打了把洛阳铲，又找木匠安了长长的木柄。傍晚收工后，他拿着洛阳铲与唐丰收悄悄来到一处填方坝上，教唐丰收如何用洛阳铲取土样，如何从土样来判断土层夯得是不是结实。唐丰收开始还对用洛阳铲这玩意儿有怀疑，李一准教他使用后，见用洛阳铲真能查出土层是否夯实了，高兴地连连夸赞这宝贝好。有了洛阳铲，唐丰收接连处理了两起包馅子的情况，吓得劳改犯再也不敢玩这类花招了。

这天，王队长气呼呼地找到唐丰收，说当地老百姓集在大拐弯那儿闹事，阻止施工。唐丰收忙问是不是为了挖压的事？王队长回答是。唐丰收让他去找办事处其他干部处理，王队长说办事处的干部都不晓得到哪去了，找不到人，请他快去。既然火烧眉毛了，拉着骡子当马骑，唐丰收陪王队长去了。

大拐弯这儿地势一边高一边低，要建渠道，必须得填一部分土地。他俩赶到时，几十个当地的老百姓拿着锄头，在与劳改犯的带队干部气势汹汹地吵嘴，一群劳改犯围在带队干部身边，双方一副要打架的样子。唐丰收没有处理过这种纠纷，想了想，让王队长将劳改犯叫到一旁去，然后才问那些哇哇叫的老百姓，你们谁是队长？有个光头的人站了出来，问唐丰收你是谁？王队长马上介绍说他是指挥部的技术员，专门来处理这事的。

光头队长听说唐丰收是来处理这事的，指着压了的田地，对他嚷道，谁叫你们在这儿挖的？唐丰收一听他说这话，就对他说，挖渠道是国家的事，压了你们的田地，我们负责赔偿。光头队长见他说话口气挺大，忙改变态度说，那好，你们赔，给多少钱？因为这儿的渠道是临时改线的，图纸上没标记出来，施工时也没对挖压问题做考虑，属于特殊情况。唐丰收也不晓得赔偿标准，就对光头队长说，我们量一下，赔偿标准国家有规定，量好了，按面积计算，该赔多少赔多少，到时候你到指挥部去拿钱。光头队长见这话说得实在，就说你量。唐丰收和蔼地对光头队长说，这事，你在场就可以，没必要来这么多人，你把其他人劝回去吧。光头队长眨巴眨巴眼，对身边的人说：二哥，你们先回去吧，有事，再来不迟，反正我们是坐山虎，不怕他们。

将众老百姓支派走了，唐丰收对王队长耳语了几句，王队长手一挥，叫犯人们继续干活。唐丰收与光头队长用皮尺量挖压的田地。量了一会儿，光头队长不满意地说，光算压的田不行，推土的地方也要算。唐丰收解释说，推土的地方是荒山，与良田不同。光头队长争执道，咋不一样，都是我们李家的田地，执意要按田亩一样算。

这样算，唐丰收当然不答应，就与光头队长争了起来。见光头队长耍无赖，不讲理，唐丰收气恼地要找公社领导。光头队长说，你去找，我也不怕，该赔就得赔。唐丰收见工地上较忙，到公社去找领导也麻烦，假装妥协了，心中却想了一招，量时，他有意克扣了尺寸，算面积时又扣了一部分，因为他估计光头队长不会计算。光头队长果然中了他的套，量好算罢，他要唐丰收给他个字据，好去拿钱。唐丰收给他写了张条子。捏着条子，见钱要到手了，光头队长咧着嘴呵呵直笑，赶紧给唐丰收装烟。

唐丰收回来将情况向办事处的领导做了汇报，领导认为他处理得恰当，表扬了他。没想到，第二天那光头队长又带人将劳改犯们拦着不许干活。王队长将唐丰收又找去了。光头队长指着条子说算得不对，是有意欺负他们，要重新量。唐丰收据理力争说，昨天你亲自量的，怎么量得不准呢？现在已挖压了，弄得面目全非，咋重新量？说光头队长是在故意刁难。光头队长蛮不讲理，对着唐丰收嚷道，田地是咱老百姓的命根子，不能随便让你们毁了，说着，动手要打唐丰收。

唐丰收见与光头队长无法讲理，气鼓鼓地去找他们公社的领导。使他高兴的是公社书记居然是胡家斌。两人见面别说有多高兴了，相互寒暄几句，得知唐丰收是为了挖压的事来的，就与他一起去了大拐弯。光头队长见公社书记亲自来了，不猖狂了。胡家斌让劳改犯们接着干活，自己与唐丰收一起带着光头队长去了办事处。他让光头队长就按条子上算的面积结账，光头队长虽嘟嘟囔囔的不高兴，可将钱拿到手，顿时一脸笑容地离开了。

办事处的领导招待胡家斌吃饭，唐丰收问他与苏敏的事，胡家斌笑着说，他同公社新来一位女干部打算国庆节结婚，与苏敏早断了关系，不过，他承认以前自己确实很喜欢苏敏。他问了隧洞建设的情况，唐丰收领着他到隧洞里去看了看。胡家斌看后感叹地说干得好，隧洞只有这样建才能建起来，说他们当年那么干，简直是在开玩笑。吃完饭离开时，他一再告诉唐丰收往后这一片有事，直接找他，还让唐丰收给苏敏带个口信，问她好，说大家是以后还是好朋友。

办事处的领导觉得唐丰收将这事协调得好，老秦知道后也夸他学会办事了，再遇见挖压与拆迁的难题，就派他去处理。因为有胡家斌给唐丰收撑腰，挖这段渠道时，挖压与拆迁工作被唐丰收开展得很顺利。后来大规模扩建灌区工程时，唐丰收又被抽调出来专门负责这项工作，这是后话。

因为朱萍要带孩子不方便工作，老秦临时将苏敏调来接替她。有一天夜里，张慧娟有事到局里去了，夜里不能回来，苏敏说自己拉肚子，要唐丰收陪她到黄铁林那儿去拿点药。

劳改犯们集中住在他们搭建的大工棚里，只有带队的管教干部与后勤的人住在附近住民房中。劳改大队的劳改犯分两种人，一种是服刑人员，一种是刑满不能遣送回去的。后一种人在劳改犯中被称为就业人员。就业人员同劳改犯一样管理使用，但他们相对来说自由一点，可以在规定的时间内请假。黄铁林是劳改队中的队医，是就业人员。

拿了药，两人回来时来到水塘边，苏敏说时间还早，不想回去睡觉，让唐丰收在水塘边的那棵大树下陪她坐一会儿。唐丰收见自己一天到晚忙，难得晚上有这点空闲，就答应了。

坐在树荫下，唐丰收将胡家斌要结婚的事告诉了她，苏敏听后说，我与胡家斌不过是闹着玩的，根本没动感情。

唐丰收又没有话找话地说，小朱以前晚上常与小周在这儿偷着见面。

苏敏马上接过他的话说小朱真有福气，不像她到现在还是孤零零的。

唐丰收故意说，你不是同郝仁俊很好吗？

苏敏马上反感地说：别提他了，一提他，我就有气，将话题转移到唐丰收和张慧娟的身上，钦佩唐丰收运气真好。

唐丰收当即回答：你瞎说个啥，我与张慧娟根本就没有那种关系。

苏敏一把握着他的手，说：你对着月亮发誓，你与她真没有。

唐丰收坦诚地说，发誓就发誓，我与张慧娟真没有关系。

苏敏说：你哄谁，你们没有关系，你对她咋那么好？

唐丰收说，在一起工作，相互是同志情义，我对你不也好。

苏敏逗他说，有一次我看见你抱她了。

唐丰收笑着说，我俩抱无数次了，那次她跌倒了，我才那样对她的，你嫉妒个啥。苏敏撒娇地说，那你现在抱抱我。唐丰收伸手将她抱住了。苏敏倒在他的怀里对他说，其实，只有我真对你好，我真的很喜欢你。言毕，苏敏竟搂住他，主动将嘴对着他的嘴。唐丰收不晓得她要干什么，问了出来。苏敏一笑说，你是真糊涂还是假糊涂，接吻也不晓得？唐丰收木讷地表示真不晓得。苏敏说，你不晓得，我也不晓得，我俩试试，尝尝接吻到底是啥滋味。上去将自己的嘴唇按在他的嘴唇上，唐丰收忙松开她，说嘴唇挨嘴唇有啥意思。苏敏想了想，再次将嘴唇对嘴唇后，将嘴巴张开了，用舌头抵开唐丰收的嘴唇，伸进唐丰收嘴里。唐丰收觉得苏敏的舌头滑溜溜的，感到怪好玩的，嘣了嘣。苏敏忽然将舌头缩进嘴里，嗯了一下。唐丰收明白她的意思了，也将自己的舌头伸进她的嘴里。苏敏嘣得更厉害，唐丰收直感到头皮发麻。吻了一会儿，两人分开了嘴。唐丰收擦着嘴唇上的口水问，你这么会吻，肯定与别人吻过了。苏敏笑着说，你瞎说什么啊，我跟谁吻？我是看小说中这么写的，就试了试。唐丰收说，我不信。苏敏拧着他的耳朵发誓说，我要与别人吻过，立马去死，行了吧。

月光融融，水塘上泛着一片碎银子般光泽，夜色美极了。

深夜，回到住处躺在床上，唐丰收仍在回味与苏敏接吻的情景，心中甜丝丝的，可张慧娟的身影却在他的脑海中闪了出来。他觉得苏敏在这方面比张慧娟胆大，当他想到了郝仁俊的那天对他说的话，马上对苏敏有了看法，心想她说是看小说看的，准是撒谎，以前她肯定与郝仁俊吻过，说不定与胡家斌也吻了，要不然她对这事咋这么随便呢？当他想到苏敏接吻后有意将他的手按在她胸脯上，示意摸她的乳房，他难为情地回避了，又估计郝仁俊和胡家斌肯定摸了她，不由得在心中叹息道，看来苏敏真是个水性杨花的家伙，再次想到了张慧娟，想着想着，杏枝那张玉兰花般纯洁的笑脸竟出现了……

老秦回到杨泗庙了。

他回来的当天，半夜，忽然狂风大作，暴雨倾盆。他们住的工棚被龙卷风吹坏了。冒着大雨，唐丰收他们只有临时将东西搬进劳改犯住的一个大工棚里。搬东西时，苏敏喊唐丰收帮忙，张慧娟也喊他帮忙。唐丰收还先给张慧娟搬了，之后才来替苏敏帮忙，气得苏敏嘴巴鼓鼓的，抱怨说对他再好也没用，唐丰收只有解释说先搬后搬还不都一样。

天晴后，指挥部重新建工棚。临时搬进大工棚后，男男女女都住在一起，中间用块塑料布隔开，男人住一边，女人住一边。

有一天夜里，唐丰收在灯下整理资料，苏敏撩起塑料布钻过来了，要唐丰收陪她去塘坝上的大树下去，也不等唐丰收答应，将他拉走了。两人来到大树下，唐丰收站在那儿问苏敏有什么事？苏敏这次竟直截了当地问他，你爱不爱我？唐丰收哑然了。说心里话，自己是不是爱苏敏，他也说不准，说不爱，他心中又装着苏敏，有时巴不得与她在一起，特别是与她接吻后，他总感到自己与苏敏关系已超越同志间的界限了，因为苏敏毕竟是他吻过的第一个姑娘。在他看来，男人与女人接吻了，两人的心就在一起了，可自己到底是不是爱她，到底爱她什么，他也说不出个所以然来，因为他也弄不清，男人与女人爱与不爱到底用啥标准来衡量。如果说这爱是结婚，他又感到自己确实没有将结婚与苏敏联系起来想过，也就是说，他在苏敏身上一点儿也找不到她是他老婆的那种感觉。

苏敏竟再次火辣辣地逼问他，爱不爱我？快回答。

唐丰收无法回避，就含糊地说，爱又咋样，不爱又咋样？

苏敏答道，爱我，你就娶我。

唐丰收说，你不是说要嫁个大学生嘛？

苏敏一把抱住唐丰收说，我说着玩的，你当真啦？

唐丰收愧疚地说，你是中专生，我配不上你。

苏敏直截了当对他说，我非要你。也不想与他绕弯子，抱住他就吻。吻得兴起，苏敏用滚烫滚烫的脸贴着唐丰收的脸说，爱我，今晚我俩就在一起……说罢，她身子软了下来，用手解衣服扣子。

唐丰收见苏敏解开褂子的扣子，又解裤子的皮带，感觉不对劲，想到她可能要与自己做那事，怕了。因为他一直不想娶苏敏当老婆，忙对苏敏说，不行不行，老秦找我还有事，一会儿他要叫我，推开苏敏拔腿跑了。苏敏在后面一连喊了他好几声，他也没睬，气得苏敏直跺脚。苏敏之所以要急迫地与唐丰收做这事，因为她晓得张慧娟也喜欢唐丰收，想来个先下手为强，生米做成熟饭，将他夺到手。她早就晓得郝仁俊在暗恋自己，她不想与他接近，因为她总感到他好像是同学，两人在一起总要听他的，不自在，有浓烈的拘谨感，再说她始终感到他身上有股阴毒气。至于对胡家斌，她始终是抱着玩玩的态度，心里瞧不起他，压根儿就没当真。与唐丰收在一起后，起初她根本就没拿他当异性看待，直到唐丰收长成大小伙子了，她才感到两人在一块那种两小无猜、质朴纯真的感情已深深铭刻在心灵中，与他在一起就自由自在，就愉快无比,所以她愿意与他拥抱,与他接吻,是玩,更是她性格的彰显。她真没有与其他男的这样做过,因为除了唐丰收,在其他男人面前,在心灵上总有一种畏惧感。郝仁俊与胡家斌都对她在这方面有过要求,都被她拒绝了。因为,她就是喜欢唐丰收身上那股气味。至于是不是想嫁给唐丰收,她也没有做过多地考虑,因为在她看来,那是以后的事,好像还很远,很远,因为她还没有给当别人老婆的思想准备呢。她始终认为唐丰收是自己的,跑不掉。这次苏敏之所要与张慧娟抢唐丰收,也是一时冲动,连她自己也感到很突然,因为张慧娟与她是一起来的,她相信自己比张慧娟这个胖子长得漂亮,不甘心在这事上败给张慧娟。

唐丰收一口气跑回大工棚,在门口遇见了张慧娟。张慧娟见他一副惊慌失措的样子,就问怎么啦?唐丰收撒谎说刚才自己去隧洞,遇见了狼。张慧娟说这儿哪有狼呢?他马上说可能是狗吧,反正我分不清。两人正在说话,苏敏来了。见唐丰收在与张慧娟说话,两人挨得很近,苏敏朝唐丰收喊道,你给我过来。唐丰收大声回答道:什么事啊,仍站在那儿没动。苏敏过去一把拉着唐丰收就往工棚里拖,唐丰收甩开她的手,说,有话就讲嘛,拉我干啥?苏敏指着远处说,走,跟我到小店去,买一刀草纸。她的话刚落音,张慧娟就用鄙视的口吻说,买草纸也要人陪,太不自觉了吧。苏敏马上抵冲张慧娟说,关你屁事!张慧娟顿时回击道:少在我面前说这种屁话,一把抓住唐丰收的手,叫他跟自己进工棚。唐丰收也甩开了她的手,正不晓得该听谁的,老秦腋下夹着几本资料来了。他看了看他们三人,将唐丰收喊走了。

第二十章

张慧娟和苏敏在工地上虽是两员女将,可在处理个人感情上,她俩则各不相让,较上了劲。第二天上午,张慧娟和苏敏为唐丰收争风吃醋打了起来。张慧娟指责苏敏不要脸当第三者,苏敏说自己和唐丰收早谈了,都发生关系了。见两人揪着头发在拉扯,办公室的人赶紧跑去将老秦喊了来。老秦得知这两朵金花打架的原因后,将她俩狠狠熊了一顿,随即派人到工地将唐丰收喊了回来。

唐丰收大汗淋漓地进了房间,取下毛巾擦汗。老秦进来不问三七二十一,上去对他就是一个耳光,随后坐在那儿黑着脸喘气。自从跟了老秦,唐丰收还是第一次挨老秦的打,不晓得老秦为何会生这么大的气,就捂着脸看着老秦,等他训斥。老秦也不说话,只是脸色乌黑乌黑的一个劲抽烟。唐丰收只有小心翼翼地问:师傅,你?

老秦将桌子一拍,指着他咆哮道:没想到,你小子资产阶级思想这么严重!

唐丰收赶紧问:我一天到晚在工地上,没干坏事啊?

老秦嘿嘿一个冷笑,说,是不算坏事啊,两个姑娘抢着要你,你他妈的真吃香!

唐丰收听了这话,估计老秦可能是为了张慧娟和苏敏的事打自己,就对老秦说:我和她俩是同志关系。

老秦质问他道:苏敏说她与你发生关系了,有没有这回事?

唐丰收顿时红着脸回答,她瞎说,我与她没发生关系。

老秦说,有就有,别瞒我,敢作敢为才算男人。

唐丰收站在那儿像学生给老师背书般,将自己同苏敏之间的事交代了。

老秦逼着问,你俩亲嘴时,说了什么话?

唐丰收答道,她说亲着玩的,我才亲了,没说话。

老秦问,是不是像鸟喂食那样亲的?

唐丰收一愣,忙回答,不是,像握手那样嘴对嘴挨了下。

老秦大声问,摸了没有?

唐丰收赶紧说,没有。

老秦又问,你与张慧娟呢?

唐丰收回答,我与她一点事也没有。

老秦眼一瞪,没有,她怎么说与你在谈恋爱?

唐丰收硬着脖子回答,鬼和她谈了。

老秦晓得唐丰收对他不敢说假话,火气小了点,这时外面忽然传来朱萍家孩子的哭声,他起身一看,是朱萍在打孩子,将烟蒂一丢,告诫唐丰收说,你现在正年轻,要好好工作,谁叫你谈爱恋了?

唐丰收用保证的语气说:我以后不睬她俩了。

老秦没吭声,可脸色依旧严厉。

唐丰收为了表示决心,马上说,我写检查。

老秦将手对他挥了挥,说:叫你少同她俩啰唆,你就是不听,刚才苏敏和张慧娟为了你,打架了,你要谈就谈一个,何必脚踏两只船?

唐丰收说,这事,我一点也不晓得。

老秦架起二郎腿说:按理说这是你的私事,我当师傅的也没权过问,不该打你,你真对她俩中的一个有意思,就说清楚。

唐丰收说,我太大意了,该打,仍说自己与她俩真没有那种关系,连意思都没有。

将情况问清了,老秦对他说,既然你对她俩都没有那意思,抽空,你对她俩说明白,免得人家误会。见时间还早,叫唐丰收回工地了。

张慧娟和苏敏为自己打起来了,这是唐丰收没料到的,心想,以后再不能与她俩过于亲近了。

傍晚,唐丰收从工地上回来了,苏敏却在他必须经过的塘坝上拦住他,说自己与张慧娟今天打架了,要他将手臂挽住她的手臂一起回去,让张慧娟看看。唐丰收甩开她的手臂，拔腿跑了。苏敏在后面追了过来，唐丰收没有直接跑回去，而是拐了弯，跑到隧洞里去了。施工的人员见了他问道，唐技术员，咋不去吃饭？唐丰收说要来检查一下，见苏敏没追到这儿来，才松了口气。

挨到天黑，他也不想吃饭了，溜回房间，可张慧娟却在房里等他。他对张慧娟说，你回去吧，别再给我惹麻烦了。张慧娟说：既然事情出来了，你得给我一个交代。唐丰收说：我交代什么，以前我俩怎么样，以后就怎么样。张慧娟见他一副冷若冰霜的样子，一下子站起来对他说：既然你这么说，那我等着，看你到底玩什么鬼花招。

张慧娟离开后，唐丰收倒了点开水坐在那儿发呆。有人喊他了，出去一看，竟是他妈带着杏枝找来了。

杏枝见面就热情地叫了声丰收哥。他妈说这儿真难找，她俩问了好多人才找到，要不是走错了地方，早到了。唐丰收赶紧倒水给母亲和杏枝喝，这时，老秦回来了，见了唐丰收的妈，高兴得不得了，得知她俩还没吃饭，赶紧与唐丰收一起带她俩去食堂吃饭。他们在去食堂时，张慧娟和苏敏都看见了。

唐丰收妈给老秦介绍说，杏枝是丰收在家订了婚的对象。唐丰收忙阻拦：妈，你别乱说，我与杏枝根本就没订婚。他妈笑着对老秦说，我带杏枝来，就是来给他俩订婚的。

老秦盯着唐丰收看了看，又打量了一下杏枝，笑起来，连连说：好，好，是该给这小子订婚了。

晚上，老秦叫李一准到工棚去找地方睡，自己与唐丰收在李一准床上捣腿，将他房里的床让给唐丰收妈与杏枝。睡觉时，老秦笑着对唐丰收说，你小子真他妈的艳福不浅，这儿有两个姑娘为你打架，家里又来了一位，问他打算到底怎么办？唐丰收说这些事他都蒙在鼓里，也不晓得该咋办。见老秦在抽烟，他就对他说：你是我师傅，你说咋办，我就咋办。

老秦沉思了好一会儿，才对他点拨道：我看杏枝姑娘不错，你选她吧。见唐丰收没点头，老秦开导他说：你在张慧娟与苏敏中选一个，也好，可你往后要跟着我长期搞工程，与同事谈爱恋结婚，你看见了，朱萍和周杰在一起，有啥好？一天到晚围着孩子转，三天两头吵嘴打架，影响工作，要是与杏枝结婚了，她可以在家照顾你妈，以后有了孩子，将孩子往她那儿一丢，你照样洒脱地工作，实在想老婆了，回去过几天，家里老婆见了你，就像接待客人似的，多好。

唐丰收心想，老秦说得对啊，因为透过朱萍和周杰，他也觉得夫妻俩在一起工作，成天厮守着，矛盾多，带孩子也是问题。

老秦在他的肩上拍了一下，问道：我说得对不对啊？

唐丰收抬起头答道：对，我听你的。

老秦得意洋洋地说：哎，这就对了，明天我给你几天假，你回去订婚。

唐丰收说：我还要……

老秦对他挥挥手，说：其他事丢开，订婚是人生大事，等你结婚了，我邀武总一起到你家去喝喜酒。

唐丰收见老秦一锤子将自己的婚事定了，不好再说什么了。

第二天，唐丰收陪着母亲和杏枝一起回家了。

等唐丰收定亲回来，给李一准散喜烟，李一准就问他选农村老婆是不是老秦给你出的主意？

唐丰收点点头回答，师傅的话不能不听。

李一准嘿嘿一笑，说：他一辈子没结过婚，晓得个卵，他是在害你。

唐丰收一惊，望着李一准。

李一准吐出一口烟，说：这是我说的，将来有你小子后悔的，不信，你到时候瞧。

老秦从外面陪着几个人来了，见唐丰收回来，张口就他，问，婚订好啦？

李一准趁势出去了。

唐丰收嗯了一下，对老秦说，这次回去，家里的老乡要我帮他们指点挖放水沟，说等我们的渠道挖过去了，好将水引到塘里，留着浇田地。

老秦望着他说：地方上老百姓主动挖沟，这是好事啊。

唐丰收说，他回家主要就是替老家周边的几个队忙碌挖沟的事，订婚用一上午就办妥了。

老秦笑着夸他做得对。

唐丰收去给张慧娟和苏敏散喜糖，张慧娟躲了，苏敏接过糖果，当他的面丢了，不睬他。唐丰收对此也无所谓，心想，她俩不理自己，还落个清净，就去了工地。可能是回家吃了不干净的东西，唐丰收拉肚子了。晚上，他到黄铁林那儿去拿药，有位老汉急匆匆跑来，进门就嚷着喊医生救命，一副焦急万分的样子。

队医黄铁林，五十来岁，高高的个子，有点驼背。他家是祖传世医，他早年在国民党军队里当医生，后来被解放军俘虏收编了。新中国刚成立时，因为给一位团长的老婆治病，出了医疗事故，被判刑坐了牢。他刑满好几年了，因老家在天津，不能回去，属于就业人员。平时，他扛着一杆印有红十字的小白旗在工地上到处晃悠，遇见有人哪儿磕碰了什么的，就治疗。

老汉边喊救命边朝他扑通一跪，磕头哀求救救他女儿。黄铁林赶紧将老汉搀起来问什么事？老汉说他女儿白妹陡然犯病口吐白沫，人事不知。黄铁林带他找到王队长，因为他擅自行医是要挨批评的，出诊要经过队长同意。现在救人要紧，王队长让他快去快回来。

老汉姓周，住在附近黄花庙生产队，距劳改犯的大工棚不太远。到了周老汉家，黄铁林放下药箱来到床边看病人。白妹二十来岁，正躺在床上。黄铁林看了她一眼，就哎呀一叫，要周老汉赶紧送区医院去抢救。周老汉说刚才抬去了，区医院的医生说，没救了，催着快抬回来，听说您医术高明，特来找您求救，您死马当活马医，救活了，感激您的大恩大德；救不活，我们认命了。

黄铁林回答，既然这样，那我治。将奄奄一息的白妹仔细看了一番，他赶紧从小药箱里拿出一粒黑色药丸，嚼碎，用嘴一点一点往白妹嘴里喂。喂完，他又打开白妹的衣服，用拔火罐在她身上熏拔了一气，随后就在白妹身上扎针灸。周老汉在一旁焦急地问有救吗？黄铁林也不吭声。用针灸扎了很久，他又拿出一粒红色药丸，用同样的方法给白妹喂了下去。让周老汉高兴的是，白妹喘气了。黄铁林这才说，我用的是祖传秘方，人虽有幸活过来了，可要治好，并非是一朝一夕的事。周老汉问白妹患的是啥怪病？黄铁林也没对他说，瞧夜深了，说自己得回去，明天晚上再来替白妹扎针。

黄铁林在劳改队里很有威信，除了王队长，就算他说话灵，再调皮的犯人也怕他，一来他会看病，二来他可以开病假条，有了病假条，可以休息半天，并有特殊的病号饭。王队长不懂医道，由他说了算，所以劳改犯没有不听他的。

与其他后勤人员一样，他也分有挑土任务，没病人时，他也挑土，可他的土方总被别人挑了，有时他也感到不好意思，就主动挑一会儿。

一连给白妹扎了好几天针，白妹的病才有了好转，可还不能说话。黄铁林只有再给她扎。时间一长，随着来往，周老汉视黄铁林为家中的贵人，白妹长得不漂亮，可以下地活动后，右腿有点瘸。周老汉得知黄铁林没有家眷，见女儿长期要脱光衣服地扎针，不扎随时都会痼疾重犯，索性要将白妹嫁给他。一开始，黄铁林说啥也不同意，有一天，白妹跪在他的面前恳求他好人做到底，不然她早晚还是个死时，黄铁林才松口说，这事要队里领导同意了才行。周老汉和白妹跑到劳改大队，找到皮大队长，执意要招黄铁林做女婿。像黄铁林这种就业人员，劳改支队允许他们主动寻找地方落户，只要当地接受，就办理离队手续。皮大队长虽没有意见，可王队长则对黄铁林说，我们工地上现在需要你，你不能离开。经反复商谈，王队长才同意在他们劳改支队撤离这儿时，黄铁林再留下来与白妹结婚，现在仍是队里的队医，按犯人管理。黄铁林与白妹家里的人都同意了。

腊月到了。

接近年关时，老天纷纷扬扬下起大雪。

苏敏提前请假回家去过年了。张慧娟那天回家时，唐丰收正好到水库指挥部去提物资，就喊张慧娟坐牛车一起到县城去。张慧娟没拒绝他，上了牛车，唐丰收与她挤在一起，因为风雪很大，两人一路上相互也没说话。张慧娟家在贵池，到了县城的岔路口，分道时，唐丰收见她独自去长途汽车站去乘车，还要拎东西，就主动送她。张惠娟推辞说不用不用，唐丰收仍拎着她的东西坚持送。到了车站，张慧娟说你可以走了。唐丰收替她拍拍身上的雪，想到她一路上也没吃东西，跑到附近商店买来一盒饼干。张慧娟不要，可他还是给了她。客车来了，因为是过路车，唐丰收不顾人多，挤上去替她抢了个座位，然后让她上车。车开动了，张慧娟将一份折叠成正三角形的信丢给唐丰收，感激地对他直招手。

车开得没影了，唐丰收才打开那封信，不看则已，一看，他的心几乎都跳出喉咙了，因为张慧娟在信中向他倾吐了对他的爱情与情感。他一看日期，是张慧娟早就写了的，估计没勇气给他。在信的最后，张慧娟另外写了几句话,看字迹是最近补写的,说他虽订婚了,她依然爱他,因为对她来说这种刻骨铭心的爱情只有一次,梁山伯与祝英台虽没有成眷属,可她俩的爱情故事千古流芳。

将物资运回来的那天夜里,大雪下得好几尺深,可工地上仍坚持干活。唐丰收因为要在工地上值班,老秦没让他回家过年。

化雪的夜晚特别寒冷。半夜,劳改犯们在冰窟般的工棚里烧火取暖,有位犯人将鞋放在炉子上烘烤,不慎将火引着了,导致了一场大火。王队长指挥人救火,可因天气寒冷,水都结冰了,破冰弄来的水无济于事,只有眼睁睁看着大火燃烧。李一准住处的隔壁是工棚,就见他穿着裤头,裹着被子站在那儿大喊快抢救他的资料,因为编纂概预算的资料都在他房中,一旦被火烧了,损失不可估量!王队长赶紧指挥人往里面冲,可火太大了,冲的人几次都被大火逼了回来。这时老党员跑来了,大叫关键时刻看共产党员的!喊罢,他将李一准身上裹的被子夺过来往身上一披,钻进熊熊的大火。当他跑出来时,被子着火了。他将抢出来的材料往李一准面前一丢,李一准看后说还有资料在他的床头边。老党员二话没说,再次披着被子冲进大火,可他朝外跑时,工棚上燃烧的房梁忽然掉下来击中了他的头部。老党员随即倒下了,他的两个好哥们奋不顾身冲进去,连人带被子拖了出来。

人们打开被子,就见老党员怀里抱着资料,头部在流血。

伴随人们的大声呼叫,老党员睁开了眼,用微弱的声音对李一准说,资料都抢救出……话还没说完,头一歪,不动了。

黄铁林赶来抢救,用听诊器在老党员心口一听,叹息着说他走了。

李一准当即抱着抢救出来的资料,朝老党员扑通一跪,哭喊着:老党员,你不愧是共产党的好党员啊!

在场的人都流泪了。

老党员死后就埋在杨泗庙的山上,因为没有棺材,尸体是用几张芦席裹着的。他坟头插了块木头牌子,上面写着老党员的名字。下葬后,李一准与许多犯人默默在他坟头站了很久很久,都不忍心离去。

大火过后,上面紧急调运物资来搭建工棚。隧洞工程进入到紧张的扫尾阶段了,天寒地冻不能浇筑水泥,就扎钢筋做准备工作。年三十那天,唐丰收让小周与小朱在家团聚,自己坚守在工地上。

除夕夜,劳改犯们聚在一起搞晚会。有位犯人以前是魔术师,在晚会上给犯人们玩魔术时,他变出了花啊刀啊什么的,大家都不觉得新奇,当他从魔桶里变出了一碗红烧肉,顿时赢得满堂喝彩。他端着肉碗用手指夹了一块尝尝,食堂烧饭的大师傅忙跑上台,夺过他手中的那碗红烧肉对他说,你真吃啊?将大家都说笑了。大师傅将红烧肉端给王队长,王队长又给了身边的李一准。李一准站起来对大家说:这碗肉,该我吃吗?该我吃,因为我辛苦了,也该大家吃,大家也辛苦了,可我们再苦再累,我们都活在这儿,老党员呢?老党员为了抢救资料,不在这个世界上了,我们不能忘记他,我要用这碗肉去祭奠他。说罢,他将肉端到了老党员坟前,对着坟墓说:老伙计,过年啦,也没什么好吃的,这碗肉归你了。

祭拜了老党员,李一准喊唐丰收一起去了隧洞。

隧洞内,那一拨人仍在加班,李一准看了扎好的钢筋,对一个地方很不满意,要求加固,因为这儿是过水冲击的地方,钢筋强度要比别的地方强。小组长马上带着人来纠正,他在一旁指挥,寸步不离,直到扎好,他才从隧洞里出来。

这时,远处传来鞭炮声,李一准默默地对着北方鞠了躬。唐丰收问他老家是怎么过除夕的?李一准说他老家这时也放鞭炮迎新年。唐丰收问他的家人呢?李一准坐在一块石头上抽烟,缄默不语。

工地上不准放鞭炮,可工棚里里外外有许多犯人都在乒乒乓乓敲洗脸盆与木头,用各种各样的响声迎接新年的到来。

这是唐丰收第一次在工地上过除夕,在以后搞水利的岁月里,用他的话说,他也不晓得在工地上过了多少个除夕,可这第一次令他终生难忘。

第二十一章

唐丰收回家订婚时，那天才到家，唐和宝就笑嘻嘻地来了，与他谈了订婚的事，又悄悄地问渠道修的咋样了？说到修渠道，唐丰收来劲了，笑着说工程进展很快，估计明年春天主干渠就能开通。

唐和宝眯缝着眼，若有所思地问，我们岗子上测量的渠道是不是也要挖？

唐丰收回答岗子上要挖一条干渠，有了主干渠，不挖干渠，怎么放水灌农田？挖渠道又不是好看的。

唐和宝将大腿一拍，说：好，现在农闲，你订婚的事，让你婶子和你妈她们去办，不用你忙，我这就组织社员去挖放水沟。

唐丰收见他这么焦急，就说，下面挖支渠，要等干渠挖好了，由上面统一规划后才行，现在着啥急呢。

唐和宝诡秘地回答：我们这儿是出了名的旱岗子，你爹当年就是为挣水被打死的，所以，我们得抢先做准备，提前将放水沟挖好备着，一旦干渠开挖了，我们马上就接通，先下手为强，不能临时上轿临时撒尿。

想到家乡的干旱情况，唐丰收觉得唐和宝有远见，答应了。唐和宝是个爽快人，说干就火急地将队里的劳动力召集到一起，让唐丰收带大家去挖沟。唐丰收与唐和宝、小队会计一起看了地形，没有仪器测量，毛估后，他让套毛帮忙用石灰放线，支派社员开挖。

第二天上午他到杏枝家里去送礼，屋场的队长也请他放线挖沟。看在杏枝的份上，他这个未来的女婿只有照办，将该队要挖的放水沟定好了。

回到工地，唐丰收将这事告诉了老秦，老秦欣喜地夸他做得对。没想到，这事却引发了一场风波。

随着主干渠工程的有序地推进，武总将老秦和唐丰收叫到滚水坝工地去了，因为进水闸建好了，配套的引水渠正在开挖，而他的身体仍时好时歹。李一准也顺便去向他汇报概预算的编撰情况。

有一天夜里，老秦到水库指挥部开会去了，唐丰收正在灯下看材料，家乡的唐和宝居然找来了。见面他就将唐丰收拉到县城的一个旅社里，到了之后，不但公社马书记在，连刘民权县长也来了。刘民权原在龙山县当副书记，因为与张应喜搞不好关系，被调到清河县去当县长了。见到县里与公社的领导，唐丰收倍感吃惊，心想领导们来找我干什么？刘民权认识唐丰收，见面就热情地拍拍他的肩膀说我们是老熟人。

唐丰收问，你是我的老领导，现在又是我们家乡的父母官，找我有何指示？

刘民权顺着他的话说，不谈指示，我这次是来求你的。

听他这么说，唐丰收一怔，我有什么好求的？马上回答：有啥事情，县长尽管吩咐，能帮忙，我一定尽力。

刘民权问你们挖的主干渠挖到哪儿为止？

唐丰收回答，现在是挖主干渠，支渠开挖可能由地方统一安排，指挥部暂时好像还没开会研究。

刘民权说，我问你挖到哪儿为止，不然，找你干什么。

唐丰收见县长是来打听这事的，嗯了嗯，因为老秦交代过，这事不能对外透露，说是机密。想了想，唐丰收回答，具体挖到哪儿，我也不清楚。

刘民权见他答得谨慎，就问他，你手边有龙潭灌区的工程布置图吗？

作为工程技术人员，当着县长和公社书记的面，唐丰收也不能说没有，就点点头说有。刘民权叫他快去拿来，让他看一下。唐丰收晓得工程图纸对外是保密的，站在那儿没动。刘民权瞧他犹豫，鼓动他说家乡的事嘛，保密个啥呢，塞给他一包大前门香烟，催他快去。唐丰收回去偷着将图纸拿来了。刘民权不会看图纸，唐丰收就指着图纸告诉他主干渠挖到哪儿了，怎么挖支渠，要开会研究，动员各县统一开挖。刘民权毕竟是有工作经验的领导，他问唐丰收：我们县支渠分配的流量是多少？唐丰收记得这数字，因为规划设计时他听老秦与武总商议过，就说了出来，又告诫他们说：你们心里有数就可以了，千万不能张扬出去。刘民权又问：渠道挖多深、多宽？因为这些数据更是保密的，只有武总和老秦等几个主要领导知道，可唐丰收凭着图纸上的数据估计了一下，说了大概的数字，摇头说详情他真不晓得。

刘民权获得这些信息后，没再多问，谢了唐丰收就离开了。唐丰收也没将这事向老秦汇报。

刘民权回去后，立即动员距离主干渠附近几个公社的劳力挖渠道。他们干得热火朝天，马上引起了其他县的注意，因为上次挖支渠发生争吵时说好由地区行署统一安排，不得擅自行动。所以，槐树县派人到清河县开挖渠道的工地来侦探，侦探的人回去说他们挖的渠道有规模，有架势，是在提前作准备。得此消息，槐树县的杨县长找到龙潭水库指挥部来闹事，问你们凭什么在背后做小动作，让清河县率先挖支渠，这样下去，他们县也要动手挖。

规划设计的流量是统一规定的，乱挖支渠，当然不行。武总对杨县长回答说，根本就没有这事。杨县长说清河县的人都在挖了，不信，你们去看。当日，老秦带着两人骑着自行车赶去一瞧，清河县几个公社的民工真在挖了，并且挖的有规模，大为惊讶，赶紧让他们停下来。回到指挥部，老秦向武总做了汇报，武总追问清河县的人怎么连图纸上的规划都晓得了，敏感地估计准是老秦身边的人透露出去的，要求追查是谁泄的密。老秦首先怀疑的人就是唐丰收。一开始唐丰收还不说，老秦恼火地打了他一耳光，说，这图纸只有你能看到，不是你，是鬼啊？唐丰收这才老老实实地招供了。

老秦问唐丰收是怎么晓得渠道的底高程与具体数据的，因为这是核心机密，由他掌握着。唐丰收说他没偷看资料，是他根据图纸上的数据猜的。

老秦气得拍桌子打板凳要他滚回去。

唐丰收哭了，连连承认自己错了，愿意接受批评，别撵他走。

老秦黑着脸不吭声。

一旁的李一准开口说话了，说唐丰收能判断出数据来，说明他技术上长进了，劝老秦说，这事依我看是好事，工程投入使用后，流量完全可以满足两个县灌溉的需要，现在他们主动挖支渠，办事处可以向水库指挥部提出申请，向地委行署领导反映，提前将规划设计告知，让地方趁机挖，让地方上早点行动，对灌区建设有利。

老秦说，锅盖掀早了，后患无穷。

李一准回答,后患在所难免,渠道放水后,没受益的地方照样会挖,不信,到时候你瞧。

老秦非常信赖李一准,闷头抽了一会儿烟,没再多说什么。

唐丰收泄密的事,老秦没有上报武总,因为一上报,唐丰收准得被开除。作为唐丰收的师傅,他当然不愿意唐丰收出事离开他,为了培养唐丰收,他可谓用心良苦。指挥部的领导追问这事,老秦掩饰说,问题不出在我们这儿,可能是刘民权在规划设计院那边获得的信息,将这事遮盖了过去。

有了这次教训,老秦对唐丰收和郝仁俊管教得更严了,未经过允许,不许他俩再看资料了。

事情平息了下来,老秦、李一准、唐丰收回到了杨泗庙。有一天,胡家斌来找到老秦,与他协商能不能将渠道弯一下,这样他们公社有一片岗子就可以灌溉了。老秦回答挖渠道按规划执行,有意见请到水库指挥部去讲。胡家斌说不就是弯一下吗,何必惊动指挥部呢,算我求你了。老秦说求也不行,我没权更改。胡家斌居然嚷道:我这是为了老百姓着想,你们挖渠道难道不是为老百姓造福吗?他气得跑去找到张应喜,张应喜又找到武总。武总耐心地向他解释说这是统一规划的,不能随便改动,没同意。

胡家斌闹了情绪,在挖压拆迁问题上设法刁难办事处。有一次,唐丰收去协调一处青苗赔偿的事,当地群众狮子大开口,漫天要价,还蛮横地打了唐丰收两拳。唐丰收气得找到胡家斌,这次他一改支持的态度,摆出公社书记的架子,点名要老秦去求他。老秦晓得事出有因,直接找张应喜协商处理这事。张应喜将胡家斌喊了去,要打人的社员向唐丰收赔礼道歉,将他狠狠批评了一顿,并在全县下了死命令,社队干部与群众不得干预与妨碍渠道施工,谁不执行命令,严加处理。命令下达后,乘机闹纠纷的事没有了,老秦欣喜地夸赞张应喜说话真管用。

武总根据李一准加快地方配套建设的建议,向地委行署做了汇报,要求抓住冬闲的时节,开挖农用支渠,以便使工程能尽快投入使用,发挥效益。地委行署在龙山县召开了由龙山、清河两县负责人会议。根据会议精神,龙潭水库工程指挥部将劳改支队的一部分人调到南、北干渠的出水口建进水闸,以便两县好开挖支渠,配套建设。

龙山和望河两县的领导随即组织大批社员开挖支渠。

这天,唐丰收正在工地上忙碌,他家隔壁的套毛跑来告诉说他妈在家生急病了,叫他赶紧请假回去。唐丰收只有请假回去了。到家一看,他妈好好的,公社马书记却在他家等他。原来他们是用这办法将唐丰收骗回来帮他们挖支渠的,因为挖支渠要技术人员,而他们一时又找不到,就出了这么个笨主意。

唐丰收气呼呼地对马书记说,我忙得恨不能将头放下来当脚用,你们咋能这样呢?

马书记劝他说:你家在我们公社,修渠道,关系到全公社的粮食生产,你胳膊得往里面拐,为家乡建设出力啊。

想到是帮家乡办事,唐丰收的气才消了,就来到工地,将在工地负责的一位姓田的年轻干部带在身边,帮他将线放好,要小田在施工时重点把握好渠道底高程,还将开挖支渠的常识告诉了他。

忙到夜深,唐丰收才拖着疲惫的身子从工地上回来。一进家门,杏枝就将洗脸的热水端到他手里,随后又将热腾腾的饭菜端来给他吃,这让唐丰收感到了一股温馨。唐丰收问杏枝何时来的?杏枝回答,你前脚被他们叫走,我后脚就到了。唐丰收谢谢杏枝对他家里的照顾与帮助。杏枝将嘴一噘,说,谁要你客气了,这儿不就是我家吗?

唐丰收这才感到自己说漏了嘴,笑了。吃了饭收拾好碗筷,杏枝坐在灯下埋着头,呆坐着。唐丰收晓得她是要自己陪她说话。他俩的婚虽订了,可因为忙着修渠道,唐丰收与她还没有在一起说过悄悄话呢。寂静下来了,唐丰收又感到与杏枝在一起也没啥话好说的。见冷了场,唐丰收就找了句话说:你咋不打鞋底了?

杏枝抬头望着他说,我给你做了十几双布鞋,都在箱子里装着呢,走时你带去,保证够你穿几年的。

唐丰收感到这话问得太生分了,想了想又问,你父母还好吧?

杏枝将小辫子往后一甩,说:你明天去看看不就晓得了。

唐丰收回答好,明天我俩一起去。当他问杏枝他们队里的放水沟挖好了吗?

杏枝翻了他一眼说:今晚,你就不能不说这些事?

唐丰收说,不说这些事,说啥呢?

杏枝不吭声了,是的,不说这些事,自己该与他说啥呢?杏枝关心地对他说,那你睡吧,明天肯定还得忙呢。

唐丰收在家帮公社忙了好几天,才回到了工地。老秦问他母亲的病好了吗,他要是再不回来,就要派人去探望了。他说好了,从带来的杏枝为他做得十几双布鞋中拿一双给了老秦。老秦高兴地一穿,正合脚,欣喜地说,怎么样?你选杏枝没选错吧,要不,哪有这么好的鞋穿。当唐丰收又拿了一双交给老秦,要他抽空带给武总,老秦答应了。等唐丰收拿一双给李一准,李一准却对他嘿嘿地笑了笑。

唐丰收问他笑啥?

李一准感叹地说:鞋穿得舒服,毕竟没爱在根子上啊。

唐丰收听出了他这话的弦外之音,红着脸出来,忍不住朝张慧娟住的房间望了一眼。那次送张慧娟回老家过年,看了张慧娟给他的信,他心里顿时掀起了波澜,感动得热泪盈眶,将她与杏枝反复对比着,他感到自己真正喜欢的人还是张慧娟,至于到底喜欢她什么,他虽说不出来,可他总觉得自己的心一直与她牵连着。整整一个春节,他都在想着她,多次偷偷看那封充满着火热激情的信,觉得那信不是一张薄薄的纸,而是张慧娟那一颗滚烫的心。对于苏敏,唐丰收有时也想,想的是与她接吻时那种激动与甜蜜的感觉。等日思夜盼的张慧娟回到了工地,面对活脱脱的她,他又有一种莫名的恐惧,不晓得凝聚在心中的千言万语该怎么样对她诉说。他也想用写信的方式来倾诉,可多次提笔后,又觉得不妥,因为自己毕竟与杏枝订了婚,订了婚就意味着婚姻被锁定,自己就不能再喜欢另外的姑娘了。他承认杏枝是位挺不错的姑娘,可总感到与她缺乏情感,缺乏一种强烈的吸引力,有时在忙碌工作中,他几乎将她忘了。他越想见张慧娟,见到她之后,就越觉得愧对她,因而他只能采用躲避的办法来对待,尽量不与她正面接触,将对她的那份情感压抑在心灵深处。好在张慧娟非常理解他,从老家回来后,她外表上一直对他很冷静,并没有因为向他倾诉了衷肠而有什么异样。可当他俩的目光情不自禁地碰在一起,首先回避的总是唐丰收,她随后才自觉地离开了,因为她不愿意让唐丰收有丝毫的难堪。唐丰收从家里回来的当天晚上吃饭时，在拐弯的地方意外地与张慧娟撞了个满怀。站稳后，唐丰收问她还没吃啊。张慧娟却问他母亲的病好了没有。唐丰收说好了。张慧娟看见了他脚上的新鞋，顿时说，你脚上穿的新布鞋做得真好。唐丰收的脸唰地红了。朱萍抱着孩子过来了，张慧娟趁机与她说话撇开了唐丰收。

苏敏过年从老家回来后，给唐丰收带了一双新袜子，因为她早发现唐丰收只有一双破袜子，时常打赤脚穿鞋。将袜子交给唐丰收时，她要他抱抱她。见唐丰收不动手，她就主动抱住了他，当她将嘴迎了过去，唐丰收晓得她是要亲嘴，一把推开她，走了。苏敏对他咕哝了一句，订了婚，就变得这么小气，太不够朋友了。想想又跑过去追上唐丰收赌气地说：溏鸡屎，对你说，就算你结婚了，我苏敏也不放过你，等着瞧吧。

唐丰收听了她的话，心中一颤，仍疾步走了。

第二十二章

大桥区委书记赵一帆和江亭区的王区长几乎是不约而同地找到张应喜，嚷嚷着春季干旱的厉害，秧无法插下去，问怎么办。张应喜也晓得天气由于出现了空梅，农田在饱受干旱之苦，身为一县之长，也正在考虑如何抗旱搞春耕。瞧张应喜直挠头皮，赵一帆凑到他耳边低声对他说：我与王区长事先悄悄地到渠道上去看了，就现在修的工程，可以放水给我们两个区抗旱。他的这想法与张应喜的不谋而合。在屋里徘徊了几步，将挂在墙上的草帽一拿，张应喜对他俩说，走，我们去渠道上看看。

他们三个从渠首枢纽起，顺着渠道一直往下走，边看边议论。下午来到大桥区委会，张应喜心里有了底，他们如果直接到龙潭水库指挥部去要求放水抗旱，指挥部肯定不会同意，因为渠道工程毕竟正在建设中。于是他决定向地委行署求援，请行署李副专员这位大菩萨过来与工程指挥部的人洽谈。张应喜给李副专员打了电话，要求放水。李副专员接到他的电话，觉得这是解救燃眉之急的好办法，亲自过来了。

在李副专员的带领下，张应喜一行人来到龙潭水库指挥部。见到武总，李副专员就求饶般说大桥与江亭两个区旱得插不下田了，恳求支援。鉴于工程正在施工，武总听后当即摇头表示爱莫能助，这时张应喜站出来劝武总说，工程上的情况，不瞒你说，我们去看了，主干渠基本上开通了，只要将下面支渠的口子堵住，就能放水。武总何尝不晓得这情况，可他依然没松口，因为工程还没有到冲水实验的时候，万一出现险情，麻烦就大了。张应喜一把握住武总的手，苦苦恳求道：武总，你就大胆试试吧，就放两天，只要两天，我代表两个区几万老百姓求你了。

话说到这个份上，武总也动了心，就与李副专员商议紧急召开会议来研究这事。会上，有一大半人不愿冒这个风险，张应喜因为是列席会议，不便发言，李副专员虽提出了要求，可也得听技术人员的意见。见老秦还没开口，张应喜就用眼神不停地挖他，又打手势催他出来帮忙说说。老秦埋头想了好半天，才站起来对大家说，我觉得可以放水试试，一来乘机检查已建工程的质量，二来支援抗旱，抗旱如救火，错过春插季节，农民一年就没粮食吃了，总不能看着农民兄弟去逃荒要饭吧，再说，主要工程建筑物都建好了，就算工程出了问题，只要准备充分，到时候及时关进水闸，就能化险为夷。他的话一落音，张应喜马上拍着桌子叫好。可皮大队长抵老秦说：要是出现溃堤，岂不是要返工重建？老秦当即驳斥道，要是暂短的放水就溃堤了，说明工程是豆腐渣做的，更该重建。

李副专员站起来说话了：如果这次放水出现了溃坝或破堤，张应喜他们负责抢修，修好了再还给你们。

如此超前将工程投入使用，武总也底气不足，可面对地方上的强烈要求，他觉得老秦的意见有道理，就尊重了大家的意见，将问题火速向王副厅长做了汇报。让李副专员和张应喜高兴的是，王副厅长同意了武总的意见，答应先放三个流量，支援春耕抗旱，一旦出现问题就关闸停水。

事关重大，武总将放水抢险的事对劳改支队做了紧急安排，又与李副专员和张应喜他们就放水灌溉的事做了部署。为了严防出现抢水，会议决定夜间开闸，连续供水三天后，就关闸停水。

劳改支队组织人在主干渠关键部位打了坝子，以保证其他地方继续施工。

老秦指挥人将冲沙闸关了。随着水库将泄洪洞打开了，滚水坝蓄水了，水位达到了要求，见各种准备工作都就绪了，武总说可以开闸了。一直守在进水闸机房里的唐丰收接到了开闸指令，激动地拿起摇把。这毕竟是灌区工程第一次开闸放水，武总与老秦等人高度重视，特意将唐丰收调来负责开进水闸。唐丰收在杨泗庙接到通知，吃了中饭就赶来，一直守在进水闸的机房里待命。

摇把被唐丰收和另外几位小伙子摇动了。

伴随一阵唧唧哑哑的响声，闸门缓缓地被提了起来。

水流欢腾地涌入了渠道，一股杂质漂浮了起来……

闸门开启后，唐丰收和办事处的周杰和郝仁俊带着抢险小分队的人，打着手电筒随着水流一起往前走，因为他们要观察水情，一旦出现险情，随时报告，以便关闸。因为流量较小，水流顺着渠道往前流淌着。水流进到江亭区地界了，顿时有人在建设好的涵洞旁打开涵洞放水。尽管是在夜间，尽管这事对老百姓是保密的，但涵洞口旁还是聚集了许多人，群众见水放进开挖的支渠了，高兴地又蹦又跳。

老秦事先叮嘱唐丰收要特别留意黑猫湖渡槽，一旦发现问题，立即停水，可水安然地通过了渡槽。跟着水流，唐丰收来到大桥公社地界，胡家斌正在闸口等着呢，见水到了，他一把抱住唐丰收，感激地说终于将救命水盼来了，仿佛唐丰收是水神般。他亲自将引水的闸门摇开了。见水流过去了，守候在一旁的社员火速将水往塘里引……

天亮后，武总与老秦见放了水的地方，老百姓开始在田里插秧，愉悦异常。两人回来，武总欢快地将供水的情况向王副厅长做了汇报。省水电厅的领导闻讯，当即开会决定加大灌区工程建设的力度，争取使工程早日投入使用。

水，一直输送得很平缓，可第二天事情来了。距渠道不远处的槐树县老百姓见渠道放水，饱受干旱困扰的人们顿时在渠道里架起抽水机，将渠道里的水往临时抢挖的沟里抽。胡家斌知道后马上带人赶来阻止，要将对方的抽水机扣了。对方的人不愿意，双方发生了争吵，对方公社的林志强书记赶来，恳求胡家斌高抬贵手让他们抽。可胡家斌说死也不同意，因为他们公社在下游，一旦上游抽水，他们那边的水量就会受到严重影响。双方大吵起来，要不是张应喜及时赶到，双方一准动手打起来了。槐树县的杨县长也急匆匆赶到水库指挥部，与老秦拍桌子打板凳地要水。经过武总劝说协调，答应给他们抽半天，才将矛盾平息下来。见流量太小，武总决定将原定的三个流量加大到五个。

流量增加后，主干渠有几处填方坝出现了渗漏。

槐树县另一处渠道附近的社员因急着用水，竟私自在渠道填方坝处打坝将水拦住，架起水车车水，唐丰收他们赶去劝说也没用，见填方坝下管涌不断加大，渗水严重，渠道面临着破坝的危险，唐丰收指挥人强行将拦水坝拆了。谁料对方晚上又将坝子打了起来，气得张应喜作为事故前去调查，隔着县将几个带头闹事的社员捆了起来。他将人一捆，这个公社的干部与群众不愿意了。在公社书记的率领下，顿时黑压压来了一大群人，围住张应喜，又是骂，又是闹，强行将坝子又打上了。杨县长趁机缩了头，随社员闹事。最后因为那处填方坝溃了一个口子，水库指挥部原定放水三天，结果放了两天半，就在争吵中被迫停水了。

但这短短两天半的放水，江亭与大桥两个区以及槐树县的两个公社的水稻都及时插了下去。张应喜虽在围攻中受了一场气，可仍高兴地说搞了这么多年渠道建设，这回总算尝到用水的甜头了。本来他拍着胸脯保证溃破的渠道由他们负责维修，可事后他却推诿说溃坝不是他们搞的，原因在槐树县，应该找杨县长。老秦去找槐树县的杨县长。杨县长回答，他们要抗旱，我们也要抗旱，坝是加大流量溃破的，与我们无关。见两位县长推来推去，最后老秦还是让劳改支队修补了。地方上高兴了，可老秦高兴不起来了，因为透过这次放水让他发现了一个新问题，这就是渠道建成后放水的管理问题。

发现这问题的还有李一准。

当唐丰收完成放水任务回来将情况对李一准一说，他敏感地说，渠道工程将来投入使用了，问题会更大，矛盾会更多，管理必须要跟上，不然，这渠道说不定就是祸根。唐丰收问他怎么办？他笑着说，再过几个月，渠道工程建好了，我们这些犯人就离开了，怎么管理，要老秦他们去操心，我想操心也操不到了。

唐丰收问他怎么晓得再过几个月他们要离开。

李一准将光头拍了拍答道，事情明摆着，我们是来支援建设的，现在供水灌溉了，任务等于完成了。不信，你看，三个月内，工程验收后交给了地方，我们就得滚蛋。

李一准预计得也对也不对。不对的是他自己没走掉，不但没有走掉而且永远留在杨泗庙那个荒岗子上了。

放水后，隧洞进入到了最后扫尾阶段，李一准的概预算工作也基本上结束了。这天，天气很热，李一准在隧洞里指挥拆除水泥预制的模板时，身上弄得脏兮兮的。他平时在家里打热水洗澡，很少用冷水洗，可那天看身上脏得太厉害，就去水塘边站在石头上洗。张慧娟在塘这边洗衣服。李一准与张慧娟说了几句话。洗着洗着，张慧娟忽然听见扑通一声，抬头朝水塘对面望去，见李一准滑倒在了水中，张慧娟当是他下塘游泳呢，还笑了一下，可好一会儿不见他冒头，才感到事情严重了，丢下衣服，大声呼喊，救人啊！快救人啊！

唐丰收正好从工地上回来了，跑过来问张慧娟怎么啦？

张慧娟吓得说，李一准掉进塘里了，快去救他。

唐丰收闻言，飞快跑到水塘边，一跃，跳进水中，随着张慧娟的呼喊，顿时来了许多人，人们下饺子般纷纷往水塘里跳，救李一准。

李一准被捞了上来，黄铁林抢救了大半天，最后不得不摇头说不行了。

得知李一准掉进塘中淹死了，老秦震惊地来了，武总也专程赶来。

劳改支队没给李一准开追悼会，只是第二天举办了一个遗体告别仪式。皮大队亲自主持仪式，工地上所有的人都参加了。唐丰收向李一准遗体告别时，想到自己与他在一起的日日夜夜，哭得悲痛欲绝。老秦流泪了，武总也流泪了，参加仪式的人都流泪了。

李一准被葬在老党员的墓旁。坟前伫立的那块木头牌子写着一行字：土木工程专家李一准之墓。这几个字是武总、老秦、皮大队长与王队长他们经过商议后，才决定这么写的，这行刚劲有力的字是武总亲手用毛笔写的。三天后，武总离开杨泗庙前，与老秦和唐丰收再次去李一准的墓地告别。

武总站在那座坟前叼着烟斗吧嗒了好一会儿，才说道：李一准，安息吧，你为龙潭灌区建设立下的功劳，我们永远铭记。

老秦没说什么，对坟鞠了三个躬。

唐丰收也要鞠躬，老秦对他的屁股踢了下，说，他是你的老师，你该给他磕头。

唐丰收连忙扑通一跪，对李一准的坟磕了三个头。

李一准说对了，他死后两个多月，劳改支队接到了调离通知。

第二十三章

将手中捏的菜刀用干净抹布擦了擦，唐丰收对着一个圆滚滚的西瓜切去，砰的一响，两半红沙瓤的西瓜顿时展现在人们面前。唐丰收将西瓜一片片切好，端给正在开会的各位领导。

这次开的是龙潭灌区工程验收会，省水电厅、地委专属水电局、水库工程指挥部、龙山县、清河县、基建办事处以及劳改支队的领导等单位的负责人都来了。王副厅长在会上宣布，验收工作由武总主持，公布了验收领导小组名单后，为了抢时间，将工作划分为两大块进行：一块啃骨头，验收工程建筑物；一块查肠子，验收渠道工程。吃完西瓜，将西瓜皮往桌子上一丢，武总掏出手绢擦擦嘴，要求验收工作最好用十二天时间完成。

会后，武总领着一班人马啃骨头，老秦带着一班人马查肠子。唐丰收作为记录人员跟着老秦。因为配套的大部分支渠仍在建或等待开挖，所以这次查肠子主要是验收挖好的 43 公里的主干渠。

骄阳似火，暑气逼人。

老秦戴着那顶写有“一定要把淮河修好”字样的草帽，领着大家从渠首进水闸步行往前进发。见了一个涵洞，老秦就要查看一番，惹得皮大队长笑老秦说，别看他是老童子，可对水帘洞却非常感兴趣。大家笑了，老秦也跟着笑，诙谐幽默地说：好不好，要看腰；通不通，要看洞。皮大队长夸他真在行。老秦查洞确实用心，验收一处，就要唐丰收将情况记下来。连续看了十几处，老秦的衣服汗湿了，背上一片湿漉漉的。到了一个涵洞，唐丰收见他又要下去，体恤师傅爬上爬下太辛苦，将记录簿交给他，说自己去。老秦斜了他一眼说你看什么，没让他去。张应喜逗乐子地对唐丰收说，你是个仔鸡公，看啥，姜还是老的辣。唐丰收跟着笑，心想验收是大事，还是由老秦把关吧。渠道工程主要是皮大队长他们支队建设的，所以他始终跟着老秦，皮大队长对老秦很尊重，平时两人关系不错，常在一起说说笑笑，可这回老秦只要查出问题，就毫不客气地指出。遇见有争议的地方，皮大队长更是黑着脸与他争执，毫不相让，其他人当然都重视老秦的意见，因为一旦工程验收了，就意味着移交，再发生问题就由验收方负责，特别是张应喜县长，工程上的事他知道得不多，只要老秦一说出意见他立马就支持，叮嘱唐丰收写上，生怕漏掉了。皮大队长虽坚持己见，可他一个人也难对付这一群狼，一口气验收了十几公里，皮大队长被折磨得嘴干舌燥，采取了消极态度，说随你们这群狼咬吧，大不了将我吃了，不再吭声了。遇见老秦说边坡有问题，他就嗯一声，不与老秦磨嘴皮子了。中午，天气热得更厉害。老秦因为要看涵洞，上上下下地跑，体力消耗太大，再加上他本来就体弱多病，在验收一段填方坝时，他的身子晃了几晃，昏倒了。唐丰收赶紧过去将他背到附近的树荫下，揽在怀里，取下背在身上的包，往他嘴里倒了点十滴水，塞了几粒仁丹。见老秦中暑了，大家都来到大树下浓荫中休息。老秦醒过来后，对唐丰收说，下面的渠道，你替我验收，千万不能打马虎眼。唐丰收回答好。

皮大队长常与唐丰收打交道，晓得这小家伙干工作与老秦一个德性，有时比老秦还难缠，给了唐丰收一支烟，对他笑笑。张应喜摘下嘴唇上的烟递给唐丰收让他点着后，对唐丰收说，小唐是我看着长大的，当年挖抗旱沟，他才这么点高，说罢就用手比画着。唐丰收当然明白张县长说这话的用意，调皮地回了他一个笑。代替老秦，就意味唐丰收是验收的技术权威，他说了算。唐丰收深知责任重大，容不得半点马虎，当然认真负责，严格把关。验收了一段，恼得皮大队长对唐丰收直翻白眼。唐丰收指着一段挖方坝说坡度没达到标准。皮大队长问他怎么没达到标准？唐丰收就向他解释了边坡的质量要求，说得皮大队长直发愣，张应喜则在一边咧着嘴笑，皮大队长不给唐丰收烟抽，张应喜就接二连三地递。

当日验收回来，晚上闷热异常，老秦穿着裤头与背心在灯下汇总材料，唐丰收不想打扰他，到外面乘凉去了。周杰在用扇子替睡在竹凉床上的儿子扇扇子，唐丰收过去摇着蒲扇问他骨头啃得咋样了。周杰在武总那个组，他说总体情况还好，但也存在不少问题，特别是18号桩渡槽，东头有个地方凹陷了，武总当即说不合格。唐丰收说那儿是郝仁俊负责施工的，周杰说郝仁俊做了解释，可武总坚持要采取补救措施，不同意合格。两人正说着，朱萍与苏敏从屋里出来了。苏敏见了唐丰收，一把夺过他手中的蒲扇，边扇边说，你怎么出来放风了？自从那次挨了老秦的耳光，特别是苏敏春节回来送袜子给他后，他就对苏敏疏远了，就算偶尔在一起工作，也保持着距离，很少与她搭腔。唐丰收不想与她多说，点支烟，朝食堂那边走去。张慧娟与杨惠几个女生在一起嘻嘻哈哈地说笑。唐丰收不想让张慧娟看见，撇身来到附近的一棵树下，坐在一块石头上望着远方，不由得想起了李一准，因为以前夏天夜里乘凉，老秦夜里再热都要工作，极少出来乘凉，他总是与李一准一起乘凉，听他说往事。正想得入神，他的头被蒲扇打了一下，回头一看是苏敏站在身后。苏敏也没说什么，将蒲扇还给了他，给了他一个黄金瓜，离开时还在他腮边拧了一把，骂了句小气鬼。

十二天的验收终于结束了。老秦带的那一拨人都晒得又黑又瘦，结束那天，皮大队长直说自己晒成了干鱼，张应喜脱下一只跑破了的鞋，拎着抖抖，说，这才是干鱼呢。在这一拨人中唐丰收最年轻，可他也感到累得疲惫不堪。

武总那边的骨头也啃结束了。

武总与老秦两人碰头了。因为武总身体有病，老秦身体稍微好点，他就将验收报告委托老秦起草。验收报告是验收的最后结果，老秦将所有的验收资料汇集在一起后，就着手写稿子。因为天太热，老秦就白天睡觉，夜里写稿。夜里蚊虫多得成把抓，又买不到蚊烟，唐丰收不忍心老秦在腿上抓来抓去的，想了个办法，打了半桶凉水，让老秦将腿放在桶里。老秦也觉得是个好办法，可连用了两夜晚，感觉不行，因为脚与腿在水中时间浸泡长了，被浸得发白，伤害身体，就改为穿长裤子将裤腿扎住来对付。老秦在写报告，唐丰收闲了下来，可他又不能离开老秦，因为老秦说不定何时就会找他。没事，他乘机向发电机的胡师傅学发电，有时还帮胡师傅摆弄拆开的柴油机与发电机。

有天夜里，唐丰收正在看书，陡然听见老秦在愉快地哼歌了，晓得老秦准是将验收报告写好了，就过去给他的茶缸中添开水。老秦伸了个懒腰，端起茶缸喝了几口茶。唐丰收向办公桌上望望，厚厚的一叠报告果然摆在桌上了，欣喜地对老秦说，师傅，这回你可以在帐子里好好睡觉了。老秦抽着烟没睬他，仿佛又陷入了沉思，忽然像想起来什么似的，抓起钢笔，在厚厚的稿子中找出一页纸，凝眉思考了一下，又埋头修改起来。睡觉时，唐丰收见老秦将灯吹熄钻进了蚊帐，很高兴，心想师傅不用再熬夜了，可一觉醒来，老秦仍在灯下边抽烟边写着……

验收报告杀青了，老秦将唐丰收喊到身边，瞧他满手油污，责问道，你去摆弄柴油机干什么？快把手洗干净了，看报告。唐丰收晓得这是老秦在给他学习的机会，赶紧将手洗干净，拿着报告认真拜读起来。见报告写得太好了，唐丰收提出要抄一份留着，老秦反感地回答，抄什么抄，看后刻在脑子里就行了。

开验收总结会了。对于工程上存在的六十多处各种问题，王副厅长要求迅速整改，以便放水试验。这次放水主要是配合工程验收的，不同于上次放水灌溉，老秦在报告中提出放水试验分三次加大流量进行。讨论时，有人说小流量放水上次试过了，提出从中间开刀，直接引十个流量，然后加大到十五个，商量了好一会儿，从时间上考虑，最后武总采纳了分两次加大流量的意见。会后，大家纷纷去做准备了。

开闸放水试验那天，工程技术人员都参加了。

按人员分配，唐丰收负责杨泗庙下游这一段。张慧娟与他分在一个小组。因为最近一段时间他俩不在一起，所以见面后，两人都感到很亲切。张慧娟看他又黑又瘦，关心地说，这段日子你太辛苦。唐丰收将工程验收的事对她说了。自从与杏枝订了婚，他在与张慧娟接触时十分注意分寸，不谈私事，要说就说工作。

张慧娟担忧地问这次冲水不会出大事吧？

唐丰收回答从工程验收的情况来看，有危险也在后面大流量供水上，第一次估计没问题。

唐丰收说得不错，放十个流量运行，工程安然无恙，可加大到十五个流量，唐丰收这儿，他原来负责施工的那一段没啥事。他离开后郝仁俊负责施工的地方，有一段填方坝多处出现管涌，渗水严重。唐丰收愤愤地问王队长，郝仁俊在这儿是怎么搞的？王队长说，他不像你那么认真，每天在工地上转一下，就溜了。他向唐丰收透露了一个秘密，说郝仁俊与附近那所小学的一位年轻女教师关系不错，常去她那儿玩。唐丰收问那位教师姓什么。王队长说好像姓丘，人长得很漂亮，会唱歌。

唐丰收见管涌越来越严重了，就让张慧娟赶紧向指挥部打电话报告。

张慧娟去了。

有人跑来喊唐丰收，说野鸡窝倒虹吸漏水了。唐丰收派一个人在填方坝这儿密切关注管涌，火速与王队长赶去了。野鸡窝这儿是当年王副厅长与他测量的，倒虹吸一共有三十六节，管口直径为六十公分，远远看去宛如一条地龙。他来到倒虹吸一看，发现一个涵管接口的连接处有渗漏，再仔细一查，吓出一身冷汗，因为管道往下有一处已裂损，水直往下喷射，如不及时采取措施，涵管随时会爆裂炸开。唐丰收让王队长在这儿守着，拔腿往指挥部跑去。

途中，他在下一个陡坎子时为了缩短距离，纵身往下一跳，不慎将脚脖子崴了。他仍跌跌撞撞地往前奔去，不一会儿遇见了张慧娟，张慧娟见他脚脖子崴得不轻，架着他往指挥部赶去。两人来到指挥部，唐丰收打电话给老秦，张慧娟去找黄铁林了。

老秦接到电话，命令唐丰收将倒虹吸进水口堵死。唐丰收说堵死了会抬高水位，给上游带来压力。老秦说现在是试验，目的是检验工程质量。唐丰收问出现破坝怎么办？老秦答复说，已放到最大流量了，再过两小时进水闸就关闸。说罢，电话那边没有了声音。

唐丰收将老秦的话一琢磨，既然放到了最大流量，那就意味着要做泡水试验了。泡水试验最危险，因为这时渠道如灌满的香肠般装着满满的水，隐患往往就在这时发作。他急着要去通知王队长，可只要一走动，脚脖子就疼得揪心。见身边没人，正焦急，张慧娟气喘吁吁将黄铁林叫来了。唐丰收叫张慧娟快喊人去告诉王队长将倒虹吸进水口堵死，张慧娟跑去喊人了。黄铁林看看唐丰收的脚，替他推拿了一会儿，贴了一张膏药，说没大事，过两天就好。这时守候在那个填方坝看管涌的那人跑来说，管涌越来越厉害了，怎么办？张慧娟回到唐丰收身边，听了这话提醒说向老秦报告吧？唐丰收给老秦打电话，可电话那边还是没人接。

张慧娟焦急地说：倒虹吸一堵死，填方坝破了咋办？

唐丰收冷静地想了一下说：要是这儿破了，说明肠子有问题，问题出来了,也不是坏事。

张慧娟问,到时候领导追究你的责任,咋办?

唐丰收说,我直接将情况向领导汇报,追究就追究。

张慧娟要他再给老秦打电话,唐丰收说,不用打,这儿坝一破,水位急速下降,就是无声地通知。他要张慧娟陪他去那段填方坝。走在渠道坝上,见水位在逐渐升高,唐丰收对张慧娟说肯定是王队长将倒虹吸堵死了。来到填方坝一看,下面几个大管涌像泉眼般朝外涌水。这段填方坝下面是一片农田,再下面就是条沟壑。如果溃堤了,这一大片农田要遭受损失。唐丰收估算了一下,这片农田有好几十亩水稻,就叫张慧娟去通知附近的社队,做好破堤的准备。不一会儿,附近社队的老百姓赶来,见到这情况,嚷嚷着要唐丰收赶紧采取措施。唐丰收晓得此时采取措施也无济于事,但见老百姓群情激昂,就安抚说,我们正在想办法处理,万一渠道破了,国家补偿。他一边稳定局势,一边派人去喊王队长。

王队长带人过来了。

唐丰收问了倒虹吸的情况,让他带几个人下到渗漏的地方,用抛石头的办法临时将管涌处理一下。这种处理显然是徒劳的,唐丰收预计溃坝的事准要发生,但也无奈。到了傍晚,渠道的水下降了。张慧娟问,这是怎么回事?唐丰收没吭声,见水位落得很快,才对张慧娟说,准是上游有地方溃坝了。他大声将王队长他们喊了上来。回来吃晚饭时,张慧娟见唐丰收的脚疼得厉害,就拿着他的大茶缸将他的饭打来,与他一起吃。

晚上,因为人都去参加放水试验了,不能回来,办事处与指挥部没几个人。唐丰收要值班,张慧娟说,我夜里没什么事,陪你,你脚崴了,遇见情况要喊人,我好给你跑腿。唐丰收点点头同意了。

通过电话联系,唐丰收才晓得之所以会出现快速降水,是上游两处填方坝破了。张慧娟说,这说明质量有问题。唐丰收说对。办公室里只有他俩,这一段时间,她俩很少夜里这样待在一起,唐丰收对张慧娟说,夜深了,你去睡吧,有事我喊你。张慧娟不满地说,撵我走可是?唐丰收说他没那意思,见没啥话好说的,唐丰收就将王队长告诉他的事告诉了张慧娟,说郝仁俊在附近那所学校里与一位姓丘的教师有来往。张慧娟说她晓得这事,说郝仁俊与丘老师一起到镇里去了好几次。

唐丰收说，他俩该不会在谈恋爱吧。

张慧娟回答，管那些屁事，说罢，喘了口气。

唐丰收晓得她想到自己的事，想趁机与她谈谈，劝劝她，又怕伤到了她，也哑巴了。

张慧娟忽然对他说，我晓得你对我说这事的用意了，我才二十出头，还怕找不到对象啊，实在不行，我就像老秦那样独身革命到底。

唐丰收叹息了一下，埋下头，不敢面对张慧娟了。

张慧娟在桌子下有意将一只脚踩在他的那只脚上，唐丰收没将脚拿开，而是随她踩着。

放水试验结束了。

渠道工程该暴露的问题也暴露出来了。老秦将具体问题一一记录在案，开会时争辩了一会儿，双方终于达成了一致意见，渠道工程总体上基本合格，扣了一笔工程款，留作接收方用来对险工险段修复的费用。

移交手续在县招待所会议室里举行，王副厅长、李副专员等许多人都参加了。皮大队长与武总在工程移交书上签了字。签字结束，皮大队长长松了口气说，这一坨屎总算被我们吃下去了。老秦在一边不满地说，这个工程只能打六十五分。皮大队长握着老秦的手笑着说，打六十五分就不错了，我生怕不及格呢，不说再见，往后怕再也没有合作机会了，工程做的不理想，请各位海涵啊。老秦笑着回答：不说再见也罢，无论如何，龙潭灌区的建设史上留下了你们的功绩，我代表灌区人民感谢你们。

一旁的张应喜笑着对皮大队长说，今晚我俩喝个一醉方休。

皮大队长哈哈一笑说，好！

第二十四章

劳改支队按上级命令，赶赴另外一座大型水库去参加建设了。

撤离前，黄铁林办了离队手续。按事先安排，劳改支队临走前一天夜里，黄铁林与白妹举行了婚礼。婚礼是在大工棚里举行的，分别在即，黄铁林那个队的犯人们都参加了。简朴的婚礼由王队长支持，老秦因为在武总那儿商量事情没回来，办事处派唐丰收参加了。

穿戴一新的黄铁林格外高兴，当他与新娘子白妹向在场的人鞠躬致意时，台下顿时响起热烈鼓掌。黄铁林对台下众人感慨地说，分别后，大家如果有空回来看看我，我表示热烈欢迎。他说他并非独自在这儿，山坡上还有老党员和李一准，请大家放心，他会像对待亲人那样给他们扫墓祭奠，祝大家好好改造，争取早日重新做人。

他的话音一落，台下有个人跑上来，对他扑通一跪，向他磕了三个响头，接着又上来一个，也是朝他扑通一跪，向他磕头。见一连上来十几个人都如此，唐丰收悄悄问身边的王队长，这是为何？王队长轻声对他说，这些人都被黄铁林救过命，现在要分别了，当然感激他。这时，黄铁林来到王队长跟前，朝他扑通一跪，感慨万千地说：自从我跟着队长，在你的教育下，我从一个罪人逐步改造成新人，你是我的救命恩人，今后我一定牢牢记住你的教导，一心一意为人民服务。王队长赶紧将他搀起来，站着对他说，在队里，你是犯人，可这么多年来，你救死扶伤，也是有功之人，我不会忘记你，队里所有的人都不会忘记你，现在你走向社会了，希望你为人民做出更大的贡献，我祝你们夫妻俩新婚愉快，生活幸福。

感动中，黄铁林夫妻俩抓着喜糖大把大把地往台下撒去。

婚礼结束，向队里移交保管的物品时，黄铁林将那面一天到晚扛着到处跑、代表队医身份的小旗取了下来，向王队长说，这小旗我留着做个纪念，就不交了。王队长一把握住他的手，黄铁林握住后，又赶紧将手松开了。王队长笑着对他说，现在我俩可以握手了，黄铁林这才紧紧握住王队长的手。王队长答应了这个请求，感慨地说，是啊，大家在一起这么多年，刻骨铭心啊。黄铁林抹着眼泪直说是。

从工棚回来，唐丰收看见床头上那本电工手册，赶紧拿去还给那位电工。那位电工正在捆扎东西，笑着对他说，这书你喜欢，送给你吧，想想，从屁股后电工钳套中抽出把老虎钳给了唐丰收，说留个纪念吧。唐丰收问道：给了我，你以后要用怎么办？那电工说，我以后干电工，还怕没老虎钳用吗？

因为晚上喝了喜酒，唐丰收睡得很沉。等他醒来时，已是半晌午了，出去一看，四周静悄悄的，没有了以前那种人来人往的嘈杂场面，再跑到大工棚一看，里面空空如也，人全走了。不由得叹息了一声，自语道：王队长也真是的，怎么连个招呼也不打，说走就走了。

办公室的电话响了。唐丰收过去一接，是老秦打来找他的，要他赶紧到水库指挥部来。

劳改支队将工程移交了，这移交意味着今后工程虽属国家水利投资项目，但不再归省水电厅直接管了。接管工程后，地委专署决定成立一个机构来管理工程。事先，李副专员征求张应喜意见，张应喜说就叫龙潭灌区管理所，李副专员觉得这名字不错，指着他说，灌区工程主要在你们县，你亲自出马兼任所长吧，要他写个报告上报专署。他握着张应喜的手说，我把灌区这个大摊子交给你，你可要替我管好啊。张应喜回答，放心，我一定管好，绝不让你失望。

专署的批文很快下来了。管理所基本上是办事处的原班人马，老秦任管理所副所长，下面设工程组、后勤组、财务组，唐丰收当然也在其中，不过工程组组长不是他，而是郝仁俊，在定这个组长时，武总与张应喜建议让唐丰收担任，老秦说小唐要跟他搞业务，郝仁俊是学校毕业的，更懂得管理，让他锻炼锻炼吧。

支援的劳改支队开拔了，工程出现的问题由承建水库工程的劳改支队负责完成。劳改支队留下的大工棚空着，仍需要使用，水库劳改支队正忙于工程建设，抽不出人手，武总与老秦商议，由管理所的人代管一下。老秦就将管理所的人员派了下去，唐丰收来到18号桩渡槽，负责看管附近的那排大工棚。

有天夜里，唐丰收正在灯下里看那本电工手册，忽然听见外面有动静，跑出去一看，几个黑影窜跑了，断定有人来偷东西。劳改犯们撤离时，东西带走了，但工棚里依然留有部分建材，那些用芦席搭建的工棚也容易被拆除。他刚回到屋里，看了几页书，外面又有了动静，考虑自己一个人看管不过来，灵机一动，来到附近的村子找到生产队长。队长郝家根认识唐丰收，明白唐的来意后，答应派人帮忙看管，说他们队想建个水泥稻场，问能不能给几袋水泥。唐丰收晓得留下的物资没有清点，就答应了。想了想，他就对郝家根说，我三天给你一包，三天给你一包，要是东西丢了，说明你们没看管好，就不给。郝家根乐颠颠地说好，两人谈妥，郝家根派社员去帮忙看工棚了。将物资集中堆放在一起，唐丰收住在仓库里，白天，他到队里去吃饭，夜里值班。与郝家根建立了关系，他可以放心大胆睡觉了。

有一天晚上，他吃了饭才回来，听见有人敲门，开门一瞧，张慧娟来了。

张慧娟也留在了管理所，这次派下来看工棚的都是男职工，女的留在管理所，管理所设在滚水坝附近老秦他们原来住的那个工棚。

唐丰收惊讶地问张慧娟，这么晚了，你跑来干什么？

张慧娟说，来看看你不行啊。

唐丰收赶紧请她坐。心想这时候来看我，肯定有事，给她泡了茶，等她开口。

沉默了好一会儿，张慧娟终于鼓足勇气说，你在老家订婚了，我问你，你到底愿不愿意同那位姑娘结婚？

唐丰收见她说这事，明白了她的来意，不想绕圈子，坦诚地对她说，当初订婚是老秦决定的，我是他徒弟，不能不听他的。

张慧娟单刀直入地问，你现在必须回答我，愿意与那位姑娘结婚吗？

唐丰收见她逼问这事，心里打小鼓了，从内心而言，他不想与杏枝结婚，可这事由不得他自作主张。他晓得张慧娟一直在默默地爱着自己，自己也爱她，既然她现在要自己摊牌，说明她肯定遇见新情况了，必须要做个了断，他没有正面回答她，而是问道：你是不是……？

张慧娟再次说，现在是我问你？

唐丰收说，你不将事情告诉我，让我怎么回答？

张慧娟这才说，我姑妈给我介绍了一位军人，她要我回去相亲。

唐丰收马上问，你以前认识那位军人吗？

张慧娟摇摇头，说，不认识，又从口袋里掏出一张照片给唐丰收看，说就是他。

唐丰收见照片上那位军人长得英姿勃勃，将照片还给了她，答复说，既然是这样，你回去相亲吧。

张慧娟一下子站起来，问道：你真愿意我嫁给他吗？

唐丰收像被击中要害似的，哼哼唧唧地道：我不愿意，我有什么办法！

张慧娟气得扇了他一个响亮耳光，说：本来我是打算来与你共度良宵的，没想到你真是一坨溏鸡屎！说罢，她拉开门跑进了夜幕。

张慧娟！唐丰收急忙追了出去……

唐丰收在渠道旁追上了张慧娟。张慧娟不愿意再回去了，就与他在堤坝上坐了下来。两人说了一夜的话。天亮了，张慧娟才走。唐丰收回来后才发现出去时门没关，里面的水泥与芦席被偷了。尽管这事鬼都不晓得，他还是向老秦汇报了，承认了错误，主动写了份检查，不过在交代原因时，他说自己在附近生产队里吃饭，门锁被撬开被盗的，没提到张慧娟。

老秦批评他几句也就算了。

第二十五章

胡家斌从自行车上下来，就大喊办公室主任快去将各大队的干部叫来开会。办公室主任瞧他一副风风火火的样子，晓得是要干大事了，二话没说骑上自行车去了。十六个大队的主要干部到齐了，胡家斌从办公室里出来，手里拿着一卷图纸，走到台前，一改以往滔滔不绝讲话的习惯，开门见山地对大家说，走，跟我到工地上去，给大家分配任务。

大桥公社是主干渠灌溉的主要受益区。上次放水抗旱，虽只有短短的两天半，但秧及时插了下去，灌满了水的塘保证了当年粮食的大丰收，解决了全公社老百姓当年吃饭的问题。前两天，他接到县里通知，要他去开会。赵一帆被提拔为了县委副书记，见面就对他说好事好事。他问是啥好事，赵一帆对他说，一会儿，地委专署的李副专员就来，三县主要干部都要到，开建设灌区的会议，你是作为受益区公社的代表参加会议，开会时，你向各位领导汇报，赶紧回去准备一下，明天上午开会。

工程移交后，建设停了下来，李副专员得知水库指挥部的人马要过了春季才能投入部分人力来施工，就主动同其他负责人协商，抓住冬闲时节，不等不靠，组织社员将灌区建设开展起来，争取使工程在明年春季投入使用，早日获得效益。

在这次由地区专署主持召开的会议上，胡家斌做了重点讲话，他的讲话受到了李副专员的好评，老秦在会上将工程的情况做了说明后，将主干渠遗留工程的任务划分了出来。龙山、清河是受益县，承担大头，槐树县部分受益，由两个公社派民工支援，另外龙山和清河两县，同时进行支渠配套建设。要求三县领导回去抓紧落实，争取三天内将战斗打响！胡家斌借着在会议上受到表扬的高兴劲，回来后，按会议分配的任务，将大队主要干部招来分任务，打算抢个头功。

胡家斌对着图纸上分配给自己公社的主干渠地段，不容分说地将任务交给了两个大队书记，说，你们那儿是湖区，没有支渠配套建设，主干渠任务交给你俩，明天就派人来，到时候我在工地上等你们，如有半点怠慢，看我怎么收拾你俩。这两位大队书记爽快地答应了。随后，他又对其他大队的干部说，你们的任务是组织劳力挖支渠，你们都看见了，要想粮食获得大丰收，只有将渠道建好了才行。这次挖支渠是你们给自己打造金饭碗，情况以前安排了，明天就上人，上得越多越好。各位大队干部纷纷表示照办。

回来后，胡家斌打电话告诉老秦，说他们公社明天就上人，要他赶紧派技术员前往工地负责技术指导。唐丰收前几天回家了，要过几天才回来，老秦就将工作交给了郝仁俊。郝仁俊听说是给胡家斌那个公社当技术员，嘀嘀咕咕地不高兴。老秦晓得当年他与胡家斌打过架，就对他说，有啥好嘀咕的，大家都是为了工作，你不尽职，我对你不客气！

这次地委专署开会，是临时决定的，唐丰收一点儿也不晓得。到家后，他本想多与杏枝在一起培养培养感情。杏枝闻讯赶来了，吃了晚饭，她说附近有个村死了人，拉唐丰收去看道士做法事。来到那儿，见几个道士在吹吹打打唱着鬼也听不懂的经文，唐丰收很讨厌，杏枝却看得津津有味。他闪到一旁抽烟，随她看。有位中年汉子看看他，陡然拉住他说，你不是唐技术员吗？唐丰收说是啊，一瞧，原来是覃大头，高兴地问，你怎么到这来了。

覃大头说是他的一个亲戚去世了，他来帮忙的，请唐丰收进屋坐。

唐丰收跟他进了屋。听说他是灌区工程指挥部的技术员，屋里的人都对唐丰收很尊敬，让他坐上席的椅子，泡茶给他喝，又拿芝麻糖给他吃。覃大头说，我们队今天社员都到渠道上去了，胡家斌也在工地上，他是收工后赶来的。闻言，唐丰收吃了一惊，渠道整修的情况他清楚，是由水库劳改支队春季搞，没说地方要上民工建设啊。他问覃大头具体情况，覃大头回答，情况他也不清楚，反正他干了一天活，明天还得继续干。唐丰收问工地上还有谁？覃大头说郝技术员也在。听说郝仁俊在，唐丰收感到情况起了变化。就问覃大头，你成家了没有？覃大头笑着说成个鬼，还是光棍一人。唐丰收悄悄地问他和那个女的还来往吗？覃大头笑着说早断绝关系了。说着说着，杏枝找来了，抱怨唐丰收怎么不说一声跑到这儿来了。覃大头问唐丰收这是谁？唐丰收笑笑，正要回答，杏枝拉着他的手，要他回去。唐丰收对覃大头笑了笑，离开了。

杏枝说我们抄小道走吧，小路近。

唐丰收同意了。

走在路上，见有个缺口，唐丰收跨过去后，转身接杏枝，杏枝跳过来后，身子一歪，唐丰收乘机抱住她。杏枝也没有动，随他抱着。刹那间，唐丰收想到与苏敏拥抱的情景，想乘机吻吻杏枝。等他将嘴凑了上去，杏枝惊讶地问，这是干啥？这一问，问得唐丰收心里一凉，兴趣顿时消失了，忙说没什么，没什么。

到家上床睡觉后，唐丰收想起覃大头说的话，心想，既然工地上又搞建设了，自己得尽快回去，不然老秦找不到自己，肯定着急。没想到半夜杏枝却摸进了房，掀开被子钻进了他的被窝。他一人睡在外间，杏枝是与他妹妹睡在里面的那张大床上。杏枝穿着单衣，进了被窝，唐丰收就将她抱在怀里。杏枝将他抱得更紧，并在他耳边问他，他在路上将嘴对着她的嘴是啥意思。唐丰收说是想亲亲她。她又问亲嘴干什么？唐丰收这才晓得她不懂这个，就在她身上摸起来。杏枝也不动，随他摸。摸得性起，唐丰收就动手脱她的衣服。杏枝却紧紧地抓住裤带说，我妈说了，没进洞房，不能破瓜，破了要遭报应。唐丰收失望地叹了口气。杏枝见他这样，就要解裤带，说，真想破，随你吧。唐丰收按住她的手，阻止说，还是等到结婚进洞房时再破吧，忍着强烈的欲望，望着屋顶的明瓦又想起了苏敏与张慧娟……

胡家斌在工地上与郝仁俊吵了起来。争吵的直接原因是在对大拐弯渠段施工时，郝仁俊要胡家斌他们将这段填方坝全部毁掉，重新填土夯实。胡家斌晓得这样返工工程量大，会造成挖压损失，现在是自己公社在施工，挖压了也没有补偿，就与他商议，能不能将渗漏的地方处理一下算了。郝仁俊端出技术人员的架子，连连说不行。想到当年打架的情景，他越说不行，胡家斌越不买他的账，支派社员按自己的想法施工。郝仁俊冲他嚷嚷。胡家斌的嚷嚷声更大，身边都是他们公社的人，要是姓郝的再敢怎么样，他只要嘴唇动一下，准要他好看。郝仁俊也晓得此时自己的处境，没有硬来，而是将这事向老秦做了汇报，又捅到张应喜那儿，说大桥公社的胡书记不按要求施工，故意给工程留下隐患。

张应喜清楚工程质量的重要，接到报告，打电话给胡家斌，要他听技术员的，不能蛮干。胡家斌马上向张应喜解释说，自己是根据实际情况处理的，没有蛮干。郝仁俊将情况在背后向县长告状了，胡家斌气愤异常，因为他正想通过这次修渠道，干出业绩来，提升为副区长呢。他不想将关系搞僵了，因为在接下来的施工中，自己还得依靠郝仁俊支持。所以，他来到工地，想找到郝仁俊再次协商协商，缓和一下两人之间的矛盾，可在工地等了一天，都不见郝仁俊的影子，气恼的他想去找张县长，定神一想，这么点事去找张县长，张县长肯定责怪他当公社书记没有协调能力，就决定去找老秦。老秦是这次施工的技术老总，是郝仁俊的顶头上司，于是，特意带了几包好烟，跑去找老秦。

老秦正在为这事发愁，此时，唐丰收从天而降般出现在他面前了。见到他，老秦高兴地问了问他家的情况，就派他快去胡家斌所在的工地，处理那儿的填方坝。

唐丰收来了，胡家斌拉着他的手欣喜地说，这回好了，我俩又合作了。

唐丰收了解一下情况后，与胡家斌来到坝脚下。他对这儿熟悉，上次放水试验这儿差点溃破了。实地察看了一番后，他对胡家斌说：全部挖掉重来，土方量太大，对工程不利，但光将渗漏的地方填埋一下，是猫盖屎，治表不治根。说到这，他指着填方坝说，从中间一直到坝脚，开一道深槽，像电焊那样，用回填土一层层夯实加固，再贴一道新脊背。这种对填方坝渗漏处理的办法是李一准传给他的，这时派上了用场。胡家斌觉得这样处理挺合理，随即安排社员来施工。唐丰收将这儿安排好，去了野鸡窝倒虹吸，因为老秦向他交代了，倒虹吸的破损问题要及时修好，因为那儿毕竟是要道。

大拐弯这儿正在紧张地施工，郝仁俊来了。其实他每天都来，但在工地上泛个头影就跑去找丘老师了。以前他与丘老师接触了一段时间，丘老师也有这方面意思，可因为他调离到 18 号桩那边工地上去了，由于工作太忙，路途较远，与丘老师联系少了，这次见机会来了，他当然不想再放过。因为通过打听，得知丘老师的姑父在地委组织部工作，他想攀上这棵大树。

郝仁俊发现胡家斌在指挥民工施工，很吃惊。见胡家斌过来了，他板着脸问：谁让你这么干的？胡家斌笑了笑，轻蔑地回答，没有张屠夫照样不吃带毛的猪。郝仁俊冷笑了一声道：工程验收时，我不签字，叫你返工，你就得重来。胡家斌说，这要到时候看你有多大本事了。

两人正在对口舌，唐丰收来了，因为他将倒虹吸的情况仔细检查后，在心里酝酿了一个整修方案，想过来与胡家斌商量施工问题。见了唐丰收，郝仁俊一怔，随即明白是怎么回事了，就黑着脸问他来干什么。唐丰收笑着说，郝组长，你来得正好，老秦找你有事，要你到他那去一趟。

来到老秦这儿，老秦考虑到胡家斌与郝仁俊之间有矛盾，就让唐丰收与胡家斌合作，告诉郝仁俊到槐树县的工地上去，这边不用他负责了。见老秦是将他调离这儿，郝仁俊将烟蒂往地上一丢，转身走了。想到与丘老师谈恋爱不方便了，他在心里直骂老秦不是个东西。

三个县的大队人马云集到工地上了。龙山县与清河县的支渠开挖也掀起了高潮。灌区工地到处人山人海，红旗飘扬，出现了热火朝天的局面。

唐丰收在指挥民工对倒虹吸修补施工时，有人跑来喊他，说南干渠的分水口上游蛤蟆嘴地段，龙山县民工与清河县民工发生了争吵，要打架了。闻讯，唐丰收赶去了。

主干渠只挖到南干渠进水口。下面的支渠由清河县负责开挖，蛤蟆嘴地处龙山县与清河县交界，在南干渠进水口附近。规划设计中，这儿没有安排龙山县挖支渠，可龙山县这边公社的干部见只要挖一条支渠，就可以解决大半个公社的灌溉问题。于是，瞒着指挥部，擅自组织人员连夜将支渠挖了个雏形，打算用提灌方式灌溉，不将支渠与主干渠贯通，等支渠挖出来了，胡家斌指挥人索性挖通了。清河县这边在挖支渠的人意识到情况不好，因为那边的支渠一挖通，放水后势必会夺水，影响这边的灌溉流量。先是双方民工的争吵，后来就是双方的干部争吵。唐丰收赶到时，双方的人正吵得脸红脖子粗，打架到了一触即发的地步。

唐丰收见状，晓得是龙山县做得不对，耐心地向胡家斌解释，可胡家斌说你是清河县的人，在替清河说话，不买他的账。为了严防事态扩大，导致械斗，唐丰收要双方都停工，跑回去找到老秦汇报了情况。老秦闻讯，晓得自己去了也不能解决什么大问题，将情况向张应喜汇报了，同时打电话告知清河县那边负责工程建设的刘民权。张应喜清楚自己这边不占理,保持沉默了。刘民权见他缩了头,就向地委专署的李副专员做了汇报。李副专员一直在关注着龙潭灌区的建设,天天听工作汇报,见发生了这种事,坐着吉普车连夜赶来了,将刘民权与张应喜叫到一起协调。张应喜仍在无理中说着理由,嚷嚷道,挖渠道,建设灌区就是让更多的老百姓受益,你们清河县用水,我们龙山县也要用水。刘民权与张应喜是老对手了,晓得他的软处,等他嚷嚷完了,才慢条斯理地说,不错,你们龙山县要用水,但灌区建设有个全面规划,你们那边不准挖支渠,而你们却擅自行动,破坏大局,这显然是本位主义在作祟!这是什么性质的问题,你应该清楚。张应喜晓得自己打嘴官司打不过刘民权,又使出了工农干部的绝招,胡搅蛮缠道:你就是说得一万个有理,支渠被我们挖出来了,有种你填了?刘民权也晓得他会用这一招,毫不示弱地回答,胡搅蛮缠谁都会,你可以挖,我们就可以堵,不信,到时候你等着瞧。

刘民权的话显然是说给李副专员听的。

当领导的自然有当领导的高招,李副专员对他俩挥挥手,说你们回去休息吧,明天开会具体协商这个问题。

第二天在会上李副专员要老秦将整个灌区工程的情况向大家再次做了详细说明,谈到蛤蟆嘴地段问题时,他首先批评了张应喜没有顾全大局,本位主义思想严重,然后话锋一转,说既然将支渠开挖了,填起来也是假话,表示以后放水时,要顾及那儿的特殊情况,统筹安排。说完,他再次严厉申明,这是个特例,要是谁胆敢再不按规划设计办事,私自乱开挖,就执行纪律,绝不轻饶!要求将会议纪要用专署的文件下发到各县。

刘民权晓得李副专员是刀切豆腐两面光,可他见领导拍板了,也不好再说什么。张应喜在会后笑着对赵一帆说,你快去叫胡家斌,连夜将支渠挖好,免得夜长梦多,再出现新变化。

在18号桩地段也发生同样情况,槐树县八姑区与龙山县江亭区交界的地方,有个公社的人也挖了一条超规划外的支渠。两县在渠道工地的干群发生了争吵,民工们还发生了摩擦。得到汇报,李副专员拍桌子批评杨县长,让他写检查,杨县长也是头犟驴子,答道,别说批评,将我绑去坐牢,我也情愿!批评他时,外面聚集了许多槐树县从工地赶来的老百姓,都为杨县长请愿,说要坐牢由老百姓去坐，渠道是他们挖的。李副专员不想将事态扩大，又和稀泥来了个下不为例，对张应喜承诺放水后再协调，将事态平息了。

农村搞包干，土地承包到户了，公社、大队、生产队的体制虽没动，可社员为了要忙自家的生产，对集体的事开始出现了抵触情绪，民工们纷纷从工地跑回家了。在这种大背景下，三县参加主干渠修整的民工都撤退了下来。

张应喜在背后与老秦谈心时，叨叨道，这样分田搞单干，还叫社会主义吗？我看是兔子尾巴长不了。老秦想了想，低声说，这可能是过渡措施吧，中央早晚会制止的，我们干我们的。张应喜说好。

水库工程建设告一段落后，武总将工地上的人马调过来对主干渠有问题的工程建筑物进行修整。他们工程队机械化程度较高，所以施工进度较快。

没过多久，土地承包被取消了，社员们又像原来那样在队里干活了。龙山县与清河县根据社队灌溉受益范围，再次组织民工，将本县境内的支渠建设搞得轰轰烈烈。

第二十六章

这天傍晚,唐丰收在办公室门口用旧报纸给炭盆中的栗炭引火,因为老秦夜里要起草一份报告,又要熬通宵。当他拿把蒲扇对着炭盆扑哒扑哒地扇风时,从外面进来一辆自行车,那人下车后,就一拍唐丰收的肩膀。唐丰收当谁在与他开玩笑呢,也没答理,仍扇自己的,等那人喊他小唐,他才抬起头。见是老家公社马书记来了,格外惊喜,忙丢下手中的蒲扇,将他引进办公室。老秦在里屋睡觉呢,唐丰收给马书记泡了杯茶,递给他喝。

马书记问他,最近忙吗?

唐丰收轻声回答:主干渠工程告一段落了,才清闲下来。

马书记拉着他的手说,不忙就好,你向领导请几天假,这就跟我回去。

唐丰收怕惊醒了老秦,将马书记引到走廊上,问他可是公社要挖渠道,因为唐丰收晓得各县此时正在忙着挖配套的支渠。

马书记点点头说:我们公社打算开三条支渠,原来你带的小田调到码头公社去了,公社没有技术人员,想请你回去指导指导。

唐丰收顿时答应说,这事当然要支持,可我得向领导请假。

他俩正在说着,老秦过来揉揉眼对唐丰收说,既然家乡公社的书记亲自来请你了,那你回去吧。说罢,老秦伸手握住马书记的手,请他屋里坐。见老秦同意唐丰收回家了,马书记急切地对老秦说,秦工程师,公社的民工在工地上等着呢,我代表全公社的社员感谢你。讲完,拉着唐丰收要走,说骑自行车带他。老秦见马书记如此焦急,被感动了,指着墙角那辆配给他用的自行车,对唐丰收说,你骑着去吧,注意点,可别将车子弄坏了。唐丰收见老秦让他骑自行车回去,高兴得手舞足蹈。推出自行车,带上测量仪器,什么东西也没拿,急着跟马书记回去。老秦叮嘱他说,过几天要回来啊,这边还有事呢。唐丰收说声好,见他要架住车端火盆,老秦催他快走,自己将火盆端进去了。

听唐丰收说吃过晚饭了,马书记与他骑着自行车直接来到公社挖支渠的工地。天虽黑了,公社副书记与几位干部正打着火把带群众在挖呢。唐丰收被家乡人夜战的精神感动了。凭着对工程的全面了解,唐丰收知道主干渠好比一条主动脉,对清河县来说南、北干渠是两条大动脉。家乡公社的灌溉范围在北干渠内,唐丰收对北干渠的事格外留心,设计流量、渠道线路与建筑物,甚至连进水口的底高程等数据都记在心里。

唐丰收找马书记要了一把手电筒,带着几位公社干部,忙从挖的这条支渠进水口起,开始察看地形,根据地形、地貌指点支渠最好打哪儿挖,还巧妙地用一口水塘做过水道,避免了盲目开挖,节约了时间,减少了大量土方。等他将挖这条支渠的草图画好交给马书记,让他照着草图去挖,马书记连连叫好,说请了你这个技术员来,真抵得上好几百个劳力。

有人给马书记他们送茶水来了。马书记拿起热水瓶给唐丰收倒水让他先喝,休息了一会儿,有位干部说唐丰收家的大队夜里也在挖支渠,马书记对唐丰收说,走,去看看,你早去一步,他们可能会少走一大截子弯路呢。唐丰收也觉得马书记说得在理。

唐丰收老家大队的人果然在举着火把抢挖一条支渠。唐丰收本来当是大队以前挖的那条呢,过去一瞧,是新挖了一条,这让唐丰收很高兴,因为这条支渠一挖,他们队连岗子上的旱地都能灌溉了,通水后可以大面积搞“旱改水”,多打粮食。马书记将大队书记金甘棠喊来了,金甘棠见唐丰收回来了,忙将在挖渠的杏枝喊来了。杏枝见了唐丰收,激动得说不出话了,就晓得擦手。还是套毛替杏枝说了,杏枝是来替你妈干活的。唐丰收见杏枝是来代替母亲干分配的任务,赶紧谢她。杏枝这才低声说,都是家里人,谢啥呢。因为对这儿的地形地貌了如指掌,唐丰收让杏枝去干活了,然后对金甘棠说这条支渠该打哪儿挖,得从哪儿经过。在他的指点下,金甘棠赶紧调整开挖的方向。唐丰收将事情对金甘棠交代好,就对马书记说,走,到我家去坐坐。

马书记对金甘棠说,你让社员回家,明天再接着干,让你老婆下碗鸡蛋挂面招待唐技术员。想到经过唐丰收这一指点,起码要少干好几天呢,金甘棠连忙喊收工,让本队一位姑娘跑回去通知他老婆下挂面。杏枝过来问唐丰收，一会儿回家吗？唐丰收点点头。马书记与唐丰收在金甘棠家吃了鸡蛋挂面，才回了家，马书记留在金甘棠家没走。

第二天，刘家屋的队长刘来喜找到唐丰收，见面就朝他扑通一跪，连连磕头。唐丰收看见他，想起死去的父亲，一股恶气忍不住升腾了出来，昨晚他一到家，唐和宝就过来对他说，要他趁修渠道的机会报复刘家屋，唐丰收在指点金甘棠挖渠时，就考虑到这问题，巧妙地避开了刘家屋，就是刘家屋的人上告，也抓不住任何把柄，真可谓君子报仇，十年不晚！

瞧刘来喜跪着不起来，唐丰收黑着脸催他快走。唐丰收的妈看见后，不顾身体有病，过来指着刘来喜就说一顿臭骂。可任她如何骂，刘来喜就是跪着不起来，唐丰收问他到底想干什么。刘来喜说自己是来讨骂挨打的，唐丰收还是不理他，让杏枝撵他走。刘来喜跪着问唐丰收，你到底要咋样，才能饶恕我们队里当年犯下的错啊？

唐丰收阴着脸没吭声，他妈却在一边说，要想我们饶恕你们，除非当年你们队参加打架的人，都去给丰收他爸坟前磕头烧香，祭拜他的英灵。刘来喜听她这么说，从地上爬起来，说：好，明天一清早，我照你说得去做，带人去给唐伯伯烧香。说罢，走了。

唐丰收正在家里吃饭，马书记骑着自行车到他家来喊他。唐丰收跟他去了工地，将一处地段测量完，区长与刘民权来找到他，给了他一个任务，要他将南、北干渠周边的情况仔细研究一下，争取多挖几条支渠，扩大灌溉面积。

唐丰收问，县水电局的人呢？

刘民权说：县水电局的人都在工地上，他们对灌区的情况不太了解，还是你去吧。说罢，他对马书记眨了下眼。马书记心领神会地对唐丰收说，刘县长发话了，你无论如何得去。

唐丰收见这是大事，说自己是回来照看母亲的。得知他母亲病了，刘民权当即派区长带人将他妈送到区医院去治病。没钱，区里暂时垫付着。区长转身去了。

既然刘县长如此有诚意，唐丰收不好再推诿，骑着自行车跟刘县长走了。唐丰收知道南、北干渠流量的分配，没有特殊情况不会改变，要想获得更大效益，必须根据地形地貌合理地挖支渠。来到县临时成立的工程指挥部，刘民权将唐丰收介绍给了在场的人。

唐丰收问，这儿谁是技术员？顿时有几人举手说他们是。唐丰收问他们带地图没有。有个技术员说有，唐丰收让他拿来了。唐丰收晓得只有先将地形地貌弄清楚了，才有发言权。于是唐丰收就与几位技术员埋头研究地图。刘民权在一旁观看，忙了一上午，唐丰收与技术人员商议出了开挖几条支渠的初步意见。随后，唐丰收对技术员们说，光纸上谈兵还不行，挖渠道与打仗一样，要实地察看，一旦渠道挖出来，再更改就困难了。大家都称赞他说得对。

实地考察是件耗时又辛苦的事。唐丰收带着人，忙到天黑，才将南干渠周边的看完了，北干渠只有第二天再看。深夜到家，他累得四肢快散架了，母亲被区长接到区医院去看病，杏枝跟着去照顾了，倒在床上，他不一会儿就睡着了。

第二天一清早，唐丰收睡得正香却被唐和宝喊醒了，唐和宝告诉他刘来喜带人聚集在他父亲坟前，要替他父亲烧香，叫他快去看看。跟着唐和宝来到父亲坟墓前，唐丰收就见刘来喜与刘家屋十几位社员手臂上裹着黑纱，胸前佩戴着小白花，一激动，心想刘来喜真按他妈的话来办了。刘来喜见唐丰收来了，让队里的人跟他一起跪在唐丰收父亲墓前，燃放鞭炮，焚香烧纸，磕头祭拜，恳求唐本初的在天之灵饶恕他们犯下的过错，发誓与唐家重新和好，永不发生纠纷。既然刘家屋的人诚心实意赔礼道歉，忏悔过错，祭拜结束，唐丰收与唐和宝让刘家屋跪着的人起来。刘来喜从地上爬起来后，指着带来的两担稻谷与半片猪，派人送到唐丰收家，作为赔偿。唐丰收见刘家屋做到了仁至义尽，觉得乘机将两个屋场的恩怨消除，和睦相处，是好事，接受了赔偿，然后叫刘来喜到唐和宝家。唐丰收晓得刘家屋的人是为了修渠的事，才求自己的，就对刘来喜说，大队挖的支渠定下来了，不能再动。不过，你们队想接水灌溉，可以在何家塘下面的出水口，架一道木渡槽，来解决问题。刘来喜觉得这是个办法，激动地说，我们不晓得木渡槽怎么做，怎么架，恳求唐技术员帮助，说罢又要跪下来求唐丰收。唐丰收忙阻止说，为人民服务，我理应尽职。于是找张纸画了张木渡槽的草图，让刘来喜快回去找木匠打出来，趁他在家，指挥架设好。

刘来喜再次感谢唐丰收为刘家屋帮了大忙，拿着草图去办了。

唐丰收为了家乡的事，舍命忙了几天，终于忙妥了。

唐丰收的母亲与杏枝也回来了，因为母亲是老毛病，住院治疗后，病情稳定了，医生开了药让她回来服用。唐丰收想到老秦对他临走时的交代，赶回了指挥部。

来到办公室，杨惠告诉他说，昨天刘民权到老秦这儿来专门要你，说用个大学生来换，老秦回答就是用十个大学生来换，我也不给。

唐丰收笑着问，真有这事吗？

杨惠说，不信，你一会儿问老秦。

老秦回来了，唐丰收问可有这事。老秦乐颠颠地对他说，你小子现在比我还吃香，记住喽，越吃香越要好好干。

两人正在说话，胡家斌骑着自行车来了。见面，他就找老秦要唐丰收，说他们那儿挖支渠要请他去帮忙。老秦对唐丰收说，去吧，在工地上可别喝酒，注意形象啊。唐丰收伸了下舌头，应声说好。在刘县长那儿，唐丰收敞开胸怀喝了几次酒，每次都将一桌子人喝趴下了，他却照样骑自行车回家。刘民权来用大学生换唐丰收时，将喝酒的事当作笑话对老秦说了。

第二十七章

这天，唐丰收见邮递员来了，接过报纸边看边往报夹上夹。一张报纸的大幅标题引起了他的注意，见是报道龙潭灌区春耕期间放水灌溉的新闻，就盯住看了，那一大版报道中配了好几张照片，其中有一张是一位农民跪在地上接水的。他看照片上的人居然是家乡生产队的队长唐和宝，嬉笑着拿给老秦看。

经过紧张的建设，龙潭灌区的工程基本上完工，群众纷纷要求开闸放水，因为春耕将至，不放水，三县许多公社的春耕生产无法进行。李副专员在县招待所召开了放水会议，落实了放水灌溉的事散会后，老秦让郝仁俊带着几个人去将进水闸摇开了。因为是小流量供水，夜里开的闸，第二天清早沿渠的群众就发现渠道里有水了，纷纷打开涵洞放水。

给会议做报道的那位市报记者，为了将龙潭灌区第一次放水的场景记录下来，本打算在进水闸拍几张照片，因为他以前是刘民权的学生，见刘县长要他跟自己走，而张应喜县长对宣传不感兴趣，就连夜跟刘县长来到唐丰收家乡那个公社，住在马书记那里。翌日，这位记者随着刘县长一行人重点察看了北干渠的放水情况，来到一个支渠口，唐丰收家乡的生产队队长唐和宝欣喜地打开涵洞，见水放进支渠了，兴奋地又蹦又跳，脸上笑成了一朵花。刘民权让马书记喊来许多群众，摆出欢腾的场面，唐和宝为了表示喜悦的心情，急忙跪在地上磕头接水。记者抓拍到了这个珍贵镜头，采访时，记者问唐和宝为何要跪着磕头接水。唐和宝感慨地说，这水是救命水，丰收水，幸福水，我们老百姓当然要跪着接。记者在报道中将唐和宝的话作为一位农民的心声写了进去。

老秦看了报纸连连说应该报道，叫唐丰收快去工地。这时，张应喜来找老秦,说报纸他看了,刘民权这家伙真会投机取巧,在照片中一副神气的样子,奶奶的,我们辛辛苦苦干了这么多年,他却乘机风光了。

两人正在谈放水的事,有人气喘吁吁地跑来报告,说大拐弯那儿有人要打架,要求快去看看。张应喜本来打算叫唐丰收先去处理一下,实在不行,就让老秦去,要是还没用,他就出马。唐丰收到18号桩工地去了,老秦说干脆我去,说罢,推出自行车骑走了。

老秦赶到一看,争议出在龙山县在南干渠进水口挖的那条枫树支渠上,清河县这边人见枫树支渠放水,南干渠这边的水量小了,就将支渠的闸堵死了。尽管双方公社干部都来了,对峙依然很激烈。这种水事纠纷让老秦也不好处理,就想了个点子,对双方调解说,闸暂时别堵,可以开小点,相互都发扬点风格,我回去将你们两个县的县长召集到一起来商量这事,争取彻底解决问题。双方接受了他的意见,在他的辅导下,龙山县这边将闸开了三分之一。

老秦将这边的葫芦才按下去,又有人又跑来向他报告,槐树县的人在渠道中打了坝子,龙山县的人与他们要打架。要求前去调解。老秦只有骑着自行车赶去了。到了现场,唐丰收正在处理这事。唐丰收要求将渠道中的坝子撤了,槐树县的人将他围在中间推推搡搡。老秦怕唐丰收吃亏,上去拨开围观的人,叫唐丰收快去槐树县那边的公社,将公社领导喊来。唐丰收骑自行车去了。槐树县那边闹事的有人认识老秦,晓得他是说话算数的大领导,就向他求饶,说他们是要水要急了,迫不得已才这样做的。老秦说,要水可以反映嘛,私自在渠道中打坝子不行,要他们将坝子拆了,等你们公社领导来了,再商量办法。闹事的人见老秦话说得中肯,动手将坝子拆了。唐丰收将那边的公社杜和平书记喊来了,老秦又将龙山县这边的公社书记也叫来了,协商让槐树县架一台抽水机,暂时从渠道中抽水搞春耕,让这边公社派人监督,声明再在渠道中打坝子。就派公安局来抓人,绝不轻饶。双方都同意了。

一连处理了两起抢水事件,老秦心里不平静了,感到渠道管理的问题应该摆上议事日程了,就向张应喜做了汇报。张应喜也觉得这问题重要,向地区行署做了专题汇报。

李副专员又来龙山县召开受益县主要负责人会议,就灌区工程的灌溉管理进行初步研究,针对放水的实际情况,会上定了四不准:一,不准在渠坝上随意开口子放水;二,不准在渠道内随意打坝拦水、提水;三,不准个人或集体随意开关闸门,干扰管理人员正常工作;四,不准在渠堤、建筑物附近炸鱼药鱼。决定用行署公告的方式公布。

张贴《公告》时,老秦派郝仁俊、唐丰收这批年轻人一起下去对主干渠沿渠的群众做宣传。张慧娟分在唐丰收带队的那个小组。为了加快宣传进度,唐丰收将六人的小组分为两个班,他带张慧娟与杨惠,周杰带另外两个人。能与唐丰收一起工作,张慧娟求之不得。那次她与唐丰收谈心后,她给姑妈回信,说自己工作太忙,没时间回家去相亲,表示愿意与对方联系。她之所以故意拖延,因为她心想只要唐丰收一天不结婚,她就等一天,如果他真结婚了,她就死心了。这事她也没告诉唐丰收。

这天,杨惠生病了,唐丰收与张慧娟两人一起去贴《公告》做宣传。老秦的自行车别人不能碰,只有唐丰收能骑。唐丰收见老秦到县里去开会了,就骑自行车带张慧娟下去了。张慧娟坐在车后搂着他的腰,与他说说笑笑的很开心。自行车比步行快,唐丰收乘机多跑了两个生产队。他俩正好又遇见了胡家斌下来检查工作,一起在老乡家里吃了晚饭,天黑了,三人才分手,唐丰收骑自行车带张慧娟回来,途中,车胎破了,唐丰收推着自行车与张慧娟往回走。走了一会儿,唐丰收问张慧娟回去相亲没有?张慧娟回答说,你不结婚,我就不找人。

唐丰收有意问她可是真的。

张慧娟说,不信,你瞧。

唐丰收担心话说多了又会使张慧娟伤心,因为她的心思他清楚,就沉默了。

两人步行到深夜才回住处。自行车胎坏了,老秦无所谓,当他晓得唐丰收与张慧娟是步行回来的,就乌着脸对唐丰收嚷嚷:你小子别吃着碗里的,想着锅里的,以后少与张慧娟在一起。唐丰收说我和张慧娟没说什么。

老秦想了想,对他说,你年纪不小了,改日我到你家去一趟,与你家里商量个日子,你与杏枝结婚算了,免得你心神不定,影响工作。

唐丰收点头应允了。

老秦怕唐丰收出事,第二天以加强力量为借口,将张慧娟调到郝仁俊那个小组去了。

灌区工程的运行逐步正常了。

秋收季节,龙山县与清河县出了喜讯,凡是灌区的水灌到了的地方,粮食和棉花都喜获大丰收。胡家斌他们公社的水稻亩产超过了纲要,喜得张应喜在全县干部大会上将他们公社作为榜样挂在嘴上表扬。胡家斌为了张扬自己的政绩,首次向国家交了十万斤余粮。这回张应喜抓住机会,请来报社的记者,大张旗鼓地做宣传报道。看着自己的照片刊登在报纸上了,他心中如喝了蜜一般甜蜜蜜的。

这天,老秦找到唐丰收,说要到他家去看看。

两人骑着自行车来到唐丰收家,队长唐和宝就过来了。与老秦说起队里的情况,唐和宝兴致勃勃地说,我们队今年粮食大丰收,不但够吃了,还有结余,再也不用吃回销粮了。夸赞都是渠道挖得好,将水送到田头了,他还说,明年我们队打算将几十亩旱地改为水田,争取打更多的粮食。

得知灌区农村陡然间发生如此大的变化,老秦当然高兴。说着说着,他们说到了唐丰收的婚事。听唐丰收母亲叹息家里底子太薄了,想明年家里好点了,再办。老秦对她说:结婚与家底子好不好没啥关系,现在渠道修好了,日子会越来越好的,孩子早点结婚,你可以早点抱孙子,建议过年时将唐丰收的婚事办了。

唐丰收的母亲将老秦视为唐丰收的恩人,喜笑颜开地说,好,好,听领导的。

老秦对唐丰收说:听见没有,你妈答应了,到时候我来给你主持婚礼,请武总和张县长都来喝喜酒。

唐丰收笑着说好。杏枝也在一旁红着脸掩着嘴直笑。

回去后,唐丰收没对别人说这事,可老秦却帮他说开了,时常当着众人夸赞唐丰收的未婚妻杏枝如何漂亮、贤惠,说唐丰收过年时结婚办喜事。

这天,唐丰收在渠道边的水里洗鞋,张慧娟来看水位了。唐丰收埋头洗鞋故意装作没看见,张慧娟将一块石头朝他面前的水中一丢。唐丰收溅了一脸水。晓得是张慧娟搞的,他站了起来。

张慧娟过来蹲在他旁边洗手,边问,你过年期间真结婚啊?

唐丰收也不想隐瞒了，就将老秦到他家去的事说了出来。

张慧娟马上对他说，既然这样，春节期间，我回去相亲了。

这话虽说得轻飘，可像刚才那块石子击中了水般，唐丰收心里顿时掀起了波澜，但嘴上却说恭喜你了。

张慧娟伸手将水连连撩起来朝他身上戽，随后起身跑了。

唐丰收的婚没有结成。冬天，在各县强烈要求下，地委行署又一次掀起了建设灌区的新高潮，因为任务繁重，春节期间指挥部里没放假。老秦只有对唐丰收说，现在太忙，你的婚期改在明年中秋节吧。

张慧娟因为不是主要技术人员，春节期间，回家了。

等张慧娟从家里回来，给大家散喜糖说她结婚了，唐丰收倍感意外，因为她对自己说是回去相亲的，怎么陡然间就结婚了呢？得知唐丰收要等到明年中秋节才结婚，张慧娟躲在房里将大眼睛哭得像熟透了的桃子般。别人问她怎么啦，她撒谎说是上火害眼了。

在工地上忙了一段时间，唐丰收回去探亲了，他将老秦的意见告诉了家里。他妈说明年中秋节就明年中秋节，反正听领导的没错。当晚，唐丰收睡在床上，杏枝半夜又摸到了他床上。想到张慧娟已结婚了，他心里也不晓得哪来的气，抱住杏枝，也不管她推搡，将她压在身下。

杏枝犟了几下，就松软地随唐丰收发狂了……

第二十八章

街上出现戴红袖章的红卫兵了。

“文化大革命”开始了！

中秋节，唐丰收因杏枝怀孕了，不得不匆匆忙忙地将婚事简单地办了。老秦、武总和张应喜都没来参加婚礼，因为他们被关进了学习班。

苏敏一天到晚在甜甜地唱着：

毛主席语录发给咱啦哈啊
捧在手里心中甜哪啊
好像到了北京城
毛主席就在咱身边……

哼了两天，唐丰收也会唱这首歌了。

有人成立造反兵团了。一开始，唐丰收觉得这事很新奇，看人们扛着红旗上街游行，感到很热闹，让他没想到的是，灌区管理所的郝仁俊扯旗成立了一个红雄鹰战斗队。周杰也揭竿而起，成立了一个红色水利造反兵团。唐丰收见不到老秦了，瞧张慧娟参加了周杰的红色水利造反兵团，想到自己与郝仁俊关系一直不咋样。结果，在周杰的动员下，加入了他的兵团。红色水利造反兵团人多，唐丰收戴上红袖章，同兵团的人在周杰的带领下，举着红旗、敲锣打鼓上街游行了，热烈庆祝毛主席接见红卫兵。灌区管理所一下子冒出两个造反派组织，随着老秦与张应喜被送进了学习班，单位里一片混乱。大串联开始了，郝仁俊说他们也是从学校出来不久的年轻人，也应该出去串联，带着几位年轻人出去了。周杰的红色造反兵团当然紧跟形势，也组织年轻人去参加大串联。唐丰收觉得自己也是年轻人,大串联可以到处跑,是好事,报名参加了。十几个人在周杰的带领下,到了省城,可去北京时,因人多嘈杂,周杰他们没赶上火车,唐丰收跑得快赶上了。火车开动后,他为周杰等同伴没上来而着急,挤到厕所去解手,却意外地遇见了苏敏。苏敏是郝仁俊他们红雄鹰战斗队的。苏敏戴着军帽,穿一身黄军装,腰间扎条酱色皮带,如电影《英雄儿女》中的王芳般漂亮、洒脱。她高兴地将唐丰收拉到座位上,与他挤着坐在一起。唐丰收一问,才晓得苏敏也掉队了,打算跟这班火车到北京再找郝仁俊他们。

火车上被人挤得连下脚的地方都没有,唐丰收坐着座位,苏敏得意地坐在他大腿上,依偎着他。两人到了北京。面对花花世界,唐丰收不晓得该往哪儿去才好,苏敏是在城市里长大的,对他说,走,我们到水电部去。于是唐丰收跟她坐公交汽车来到水电部。找到水电部设的接待站,接待站的人见他俩是水利系统的,安排了住处。

他们这批红卫兵是来等待毛主席第三次接见的,接见的日子还有两天,苏敏说我俩乘机去看看长城吧。唐丰收说好啊。两人来到八达岭游览了一番,唐丰收早听说北京有个十三陵水库,建议去看看,正好接待站有一批红卫兵也去那儿,他俩跟着一起去了。来到十三陵水库,唐丰收直感叹这座水库建设得好。苏敏说这水库同我们龙潭水库差不多,没啥看头。唐丰收说,等接受了毛主席接见,我俩到四川都江堰去看看,怎么样?苏敏说好啊,我反正找不到郝仁俊他们了,放开胆子玩吧,到处都是接待站,吃饭睡觉又不花钱。

两人这么说定了。终于等到了毛主席接见的日子。他俩激动得一夜没睡好,一清早爬了起来,跟着接待站的车来到天安门广场。苏敏担心人多与唐丰收挤散了,一直拉着他的手。天安门广场人山人海,红旗飘扬。当毛主席那高大的身影出现在天安门城楼上时,唐丰收和苏敏都挥动着《毛主席语录》本,随着人群使劲高呼毛主席万岁!毛主席万岁!毛主席从天安门城楼上下来,到了红卫兵中间。大家争先恐后抢着目睹毛主席。毛主席来到的地方距唐丰收与苏敏不远,苏敏个子矮,看不见,唐丰收就将她抱起来,让她看。唐丰收抱累了要放下她,苏敏仍紧紧搂住唐丰收的脖子不松手。唐丰收只好将她继续抱着……

接见结束了,他俩回到接待站,苏敏在女生寝室住,晚上兴奋得睡不着,拉唐丰收出来逛马路。唐丰收还没逛过这么宽大的马路呢,就陪她边走边说话。苏敏说你与张慧娟都结婚了,郝仁俊与丘老师也结婚了,就算她倒霉,到现在还没个头绪。唐丰收安慰她说,婚姻是缘分,你的缘分可能还没到,到了自然水到渠成,像你这么漂亮的中专生,肯定能找个好男人。苏敏说我无所谓,撇开这话题对唐丰收说,你不是说要去看都江堰吗,我俩这就去看有没有去都江堰的火车,有,我们连夜赶去,可好?唐丰收说好啊。

他俩坐公共汽车来到北京火车站,一看列车表,夜里有一班去成都的火车。苏敏说到了成都再转到都江堰也行,说就乘坐这班火车走。两人火速回到接待站办了手续,又登上了去成都的火车。这班火车上的人大都是接受毛主席检阅后回成都的红卫兵,人多得水都泼不进。费了好大劲儿,他俩才爬上火车,没地方坐,就站在厕所旁边的过道上。火车走了,晃着晃着,苏敏蜷缩在唐丰收怀里迷迷糊糊打瞌睡,唐丰收紧紧抱着她,让她睡得安稳。

第二天到了成都,两人又乘车来到都江堰。好容易找到水利系统的接待站,可里面挤满了人,只有一个小阁楼还空着。苏敏说我俩就住在这吧。唐丰收说好。游览都江堰时,唐丰收对古老的水利工程发生了浓厚的兴趣,以前他就听老秦和武总常说都江堰的灌区,现在目睹了,才晓得是怎么回事了,心想古时候我们的祖先就建了灌区,打心眼里敬佩。夜里吃了晚饭,因头天夜里在火车上没睡好,再加上游览都江堰,他俩都累了。苏敏说想睡觉,不想出去玩了,唐丰收也很疲惫,答应了。回到那个小阁楼,唐丰收去要被子。接待站的人说只有一床,唐丰收就抱来了。苏敏连脚也没洗,倒在被子上就睡着了。阁楼里也没床,就睡在地板上。将门一关,唐丰收也倒在苏敏身边睡了。睡到半夜,苏敏将他推醒了,说要小便。唐丰收说要小便你下去解就是喽。苏敏说下面的梯子让人搬走了。唐丰收起来看看,梯子真没有了,喊了几声,也没人答应。唐丰收问她怎么办,苏敏见等不及了,摸过旮旯里的那个脸盆,将裤子往下一拉,解了起来。

解毕,苏敏躺下了。他俩本来各睡一头。苏敏睡下后说冷,过来要唐丰收抱着她睡。见唐丰收还不好意思,她在他耳边说在外面,我俩又不是外人,你有啥好难为情的。唐丰收心想也是,就让她睡里面,抱住了她。身子抱热乎了,两人却没有睡意了。唐丰收来了激情,就吻苏敏,苏敏的热吻让他感到了甜蜜,当唐丰收忍不住压到苏敏的身上时,苏敏勾着他的脖子说,你睡我,我不反对,有言在先,我还是处女,你结过婚了,要是我怀孕了,你可要对我负责。听她这么一说,唐丰收不得不压抑住勃起的性欲从她身上下来了。

唐丰收叹出口热气,苏敏偎在他怀里说,有啥好叹气的,当初你要是与我谈了,我俩准抱孩子了。埋怨就是张慧娟在里面搞的鬼,不然你早就是我的了。唐丰收搂着她笑着说,也不能怪她,与老秦也有关系,一句话,是我命中注定的。听他这么说,苏敏温柔地对他说,我还是第一次与男人睡觉呢,你得给我留个纪念。唐丰收将她往怀里抱得更紧了,说,留啥纪念?苏敏说,你将上身衣服脱了。唐丰收将衣服脱了丢在一旁,猫般柔顺的苏敏陡然如只豹子般对唐丰收的肩膀狠狠咬了一口,说,我要你记住我一辈子……

清早,两人睡得正香,忽然被一阵急剧的哨子声惊醒了。听下面有人喊,才晓得是开饭了。两人赶紧穿衣服去吃饭了。吃饭时,苏敏问唐丰收,我俩今天去哪?唐丰收说,到武汉去看看长江大桥,然后坐车到 C 市,再回去。苏敏说好。

两人来到成都,成都街上却在噼噼啪啪打枪搞武斗。吓得他俩赶紧坐车跑到重庆,重庆也在武斗,坐船到了武汉,武汉的武斗打得更厉害,到了 C 市里,市里也是一团糟。唐丰收感叹说天下大乱了,与苏敏分开,独自坐车回到了县城。

县城里虽没发生武斗,可掀起了批判走资派的高潮,天天开批斗会。张应喜成了走资派,被打倒了;武总成了反动学术权威,被打倒了;老秦成了黑专家也被打倒了。张应喜因为是县里头号走资派,今天被拉到街上戴着高帽子游街,明天又被戴着高帽子,嘴里衔着稻草在县体育场上接受万人大会的批斗。

赵一帆跳出来夺了权,成了龙山县造反司令部的总司令。批斗的风暴刮到了水库工程指挥部。武总与另外两位工程师脸上被涂着黑墨汁,站在台上的椅子上,脖子上挂着名字上打着红叉的牌子,接受批斗。随后,灌区管理所也里也掀起了批斗的浪潮。老秦成了批斗对象。在夺权时,郝仁俊乘机跳出来,占领了老秦的办公室,周杰说他也是兵团司令,也抢夺了一间办公室。郝仁俊声称他是水利战线的忠诚卫士，周杰说他是红色水利战线的革命代表，双方发生了革命大辩论。后来郝仁俊这边的人归顺屁派了，周杰那边的人投靠了好派。

有一天上午，郝仁俊为首的屁派开会批斗老秦，要老秦交代反革命罪行。老秦说自己是工程技术人员，没干过反革命的坏事。郝仁俊就高呼口号，打倒秦九盘，秦九盘不投降，就叫他灭亡！接着两个造反派上去对老秦就是一顿拳打脚踢。老秦被打倒在台上，好一会儿才爬了起来。下午，周杰为首的好派也将老秦拉了过去，组织人将老秦拉到街上去游行，以壮大好派的声势。郝仁俊见他们的行动没有周杰他们的强烈，夜里就组织人商量，第二天将老秦也拉到街上去游斗，让老秦挂一个更大的牌子，从灌区管理所一直游到县城再游回来。

唐丰收参加了周杰的造反兵团，可他见批斗的苗头不对，就尽量不参加批斗会。因为老秦被关押了，他独自住一间房里。有天夜里他正洗脚打算上床睡觉。有人在敲后窗户，他打开一看，是苏敏，他一愣，见苏敏对他招手，他出去了。苏敏悄悄将明天郝仁俊他们要疯狂批斗老秦的事告诉了他，提醒他注意。

唐丰收得知消息，想到老秦身体不好，最近天天遭批斗挨打，体恤地来到关押老秦的那个小房间旁。负责看管关押的是两个小青年，平时，唐丰收与他俩相处得不错。他过去同他俩说了一会儿话，给了他们每人一枚从北京带回来的纪念章，说自己找老秦商量个事。两个小青年见有了纪念章，很高兴，放他进去了。老秦见到唐丰收，身子一抖，问，你找我干什么？唐丰收将情况告诉了他。老秦轻声对他说，我没事，你千万不能搅和到里面来，你要保护好自己。

第二天，老秦果然被郝仁俊他们折腾得昏死了过去，可郝仁俊那一班人仍不放过他，夜里准备继续开批斗会，还将大幅标语张贴了出来，要将秦九盘打翻在地，再踏上一只脚，叫他永世不得翻身！晚上的批斗会都是屁派参加的，批斗的情况，唐丰收不清楚，可透过大会议室里老秦发出的惨烈号叫声，他心里直为老秦的身体焦虑。

晚上，苏敏再次来敲唐丰收的窗户了，告诉他说，老秦被打伤了，看样子伤得不轻,要他设法救老秦,不然老秦说不准没命了。听她这样说,唐丰收心里更不平静了,决定去救老秦。来到看押的地方,看押的人换了两个,他手头没有纪念章了。他正要想办法,却被那两人警惕地撵走了,就在他为不能接近看押老秦的地方而着急,苏敏到厕所来了。唐丰收忙拦住她,要她想想办法。苏敏点点头过去了。

苏敏同那两人说笑了一会儿,提出陪他俩打扑克,说自己输了,就让他俩刮鼻子。这两人平时对苏敏就有好感,见有这样亲近的机会了,都很高兴。苏敏使出手段将他俩迷住。唐丰收做贼般推开门进去了,见老秦倒在地上奄奄一息的样子,赶紧将他背了出来,可将老秦放到哪儿去才好呢?放在自己房间,不行,因为第二天屁派的人还要继续批斗,准会找,等于没救。见老秦伤得太重,需要及时治疗,他想到了黄铁林,于是,就背着老秦火速往杨泗庙奔去……

走了大半夜,他来到黄花庙找到黄铁林。黄铁林开了家小诊所,以替人看病谋生。他见老秦被打成这样子,就问怎么啦?老秦直摇头叹息,没多说什么。看样子是造反派打的,黄铁林赶紧替他治疗,又对老秦说你伤得太厉害,要治一段日子才能好。老秦对唐丰收说回去吧,要是他们将我斗死了,死了算了,反正我没有什么罪行。唐丰收劝老秦说,他们真将你整死了,你白死了,好汉不吃眼前亏,能躲就躲吧?黄铁林说,我这儿来看病的人多,躲不住。唐丰收陡然想到覃大头,对老秦说,你到躲到他那儿去,保证别人发现不了,覃大头家距这儿不远,要换药,让覃大头来拿。黄铁林也赞成,不等老秦同意,唐丰收背起老秦去了覃大头家。覃大头是个热心人,对老秦格外尊敬,答应让老秦住在他家,拍着胸脯让唐丰收放心,说我一个光棍,啥也不怕,发誓好好照顾老秦。

天亮时,唐丰收赶了回来。郝仁俊他们找不到老秦,认定是唐丰收将人藏起来了,就揪住他这个保皇狗,将他关起来,打算第二天拉到台上去批斗。周杰见自己的人被抓了,带人过来找郝仁俊要。一个要,一个不给,双方发生争吵,随后打了起来。周杰这边人多,打赢了。郝仁俊马上向县里的屁派求援,要求来对付好派。好派的人听说后,也赶来支援。两派各有上百人,在灌区管理所大门口相遇了,一场械斗随即发生了。趁着双方打得混乱,苏敏过来将关押唐丰收那间屋的后窗户打开了，让唐丰收逃了出来。唐丰收要谢她，苏敏说都啥时候了，快逃命吧。

唐丰收跑了，械斗停止了。屁派的人发现他不见了，到处找。大门被他们把守住了，唐丰收无法逃出去，危急中，忙躲到了张慧娟房里。张慧娟怀孕了，她是周杰一派的，考虑有孕在身，很少出头露面参加批斗活动。屁派的人找到张慧娟家，张慧娟说唐丰收没到她这儿来，屁派的人动手要搜。张慧娟连忙阻止，有位县里的女造反派横蛮地用力一推，将她推倒在地上，进了房间，唐丰收才在房间的天花板上藏好。见他们要上天花板去搜，张慧娟大声说，我丈夫是解放军，我是军嫂，你们再搜，我去找军代表！

那些人见她桌上摆着个有解放军照片的小相框，相互看了看，才离开没找了。

唐丰收逃出来，跑到郝家根家躲了起来。

好派与屁派又打了起来，这次打得更厉害，驻县的军代表赶来将两派劝开了，唐丰收暂时没事了，可张慧娟因为被那位女造反派推倒时动了胎气，流产了。得知消息，他躲着人去医院看她，说都是自己连累了她。张慧娟抹着眼泪说，流就流了，以后再怀一个就是，其实，我现在也不想要孩子，怀上了，没办法，只要你没挨打，我就高兴。几句话说得唐丰收泪水扑簌簌直掉……

第二十九章

造反归造反，田照样要种。春耕大忙季节了，要开闸放水，以前进水闸的钥匙归老秦保管，老秦被打倒后，钥匙交给了唐丰收。这天郝仁俊气势汹汹地找唐丰收要钥匙，周杰也来要，谁掌管了钥匙，谁就能开进水闸的门，摇闸放水，等于抢到了灌区管理所的实权。

见唐丰收不给郝仁俊，周杰就对他说，你是我们的人，应该给我。郝仁俊一把抓住唐丰收的手说，你这个保皇狗，要是不给我，我就对你不客气。

唐丰收撇开周杰，对郝仁俊没好脸色地说：你想将我怎样？

我叫你吃不了兜着走！

你敢！

见唐丰收这个性格懦弱的人发脾气了，郝仁俊以前领教过他发起脾气起来天不怕、地不怕的劲儿，晓得真动手与他打起来，唐丰收身材高大，体魄健壮、手脚灵活，自己不是他对手，就去喊人了。周杰见状忙对唐丰收说：你把钥匙给我，我来对付他。唐丰收眨巴了一下眼说，他去叫人，你也去叫。周杰觉得自己不能输给郝仁俊，跑去喊人了。双方带着十几个人来了。郝仁俊叫唐丰收将钥匙给他。唐丰收责问道，你说开闸，接到谁通知了？郝仁俊说是县里赵一帆打电话指示的，他要我们开闸，我们听他的。唐丰收说，张县长是管理所主任，以前是他下令开闸，没接到张县长的命令，这闸不开。

郝仁俊阴冷地一笑道：张应喜是走资派，早靠边站了，鬼听他的。

唐丰收据理力争道，开闸放水是大事，没接到他的命令，任何人来了都不开。

郝仁俊说了声，少废话，将手一挥，想指使他带来的人将唐丰收按倒，将钥匙抢到手。周杰他们的人急忙上去保护唐丰收，双方打了起来，唐丰收乘机跑了。当晚,赵一帆与军代表马连长一起来到灌区管理所,将唐丰收喊去了,要他交钥匙。唐丰收晓得军代表马连长说话管用,就在他决定将钥匙交给马连长时,老秦陡然从外面进来了,陪他一起进来的还有苏敏。

唐丰收见老秦回来了,忙过去对他说:秦所长,县里要开闸放水灌溉。

老秦向马连长鞠了个躬,对赵一帆点点头,然后对他们说:春耕大生产,我们开闸放水是应该的,我现在虽是走资派,可组织上并没有正式下文撤除我这个所长的职务。所以,我赶回来了,既然你们是代表县里老百姓来要求开闸放水的,我们办个手续吧。

马连长看看赵一帆,赵一帆说好吧,我代表县里来办。

办了手续,老秦才叫唐丰收开闸放水。将闸门打开后,郝仁俊仍找唐丰收要钥匙。老秦说,钥匙是我交给他保管的,在我没被撤职前,任何人不能掌管。

郝仁俊气得牙直痒痒,但也没办法。因为造反归造反,灌区管理所的权力仍在老秦手中,郝的骨子里还是怯乎老秦的。郝仁俊见军代表手中有权力,就设法巴结马连长,当他得知马连长二十五六岁了,还没有对象,暗中将苏敏介绍给了他。马连长叫马结林,老家在淮北农村。苏敏见马连长个子矮矮的,人长得也不错,在县城里是大红人,心想自己这么大年纪了,也该结婚了,就同意了。一开始马连长还犹豫,赵一帆也想与他拉关系,就积极从中撮合。马连长与苏敏接触了几次,见苏敏人长得漂亮,是中专生,又有工作,就答应了。

灌区管理所搞发电的师傅回水库工程指挥部去了,所里只有唐丰收会开柴油机发电,两派的人都同意他去发电,这才放了他这个保皇狗。

有天晚上,唐丰收在发电机房里发电,苏敏悄悄过去了。机房里声音大,说话听不清,苏敏将他拉到房里,将门关上,将窗帘也拉上了。唐丰收见她这副神秘兮兮的样子,问她要干什么。因为自从他俩大串联回来后,两人关系表面看没有什么,心里可好着呢。

苏敏陡然抱住唐丰收,要与他接吻。唐丰收推开她说,啥时候了,你还搞小资产阶级那一套。苏敏笑着说,无产阶级也要接吻啊,你不吻,以后再也吻不着了!

唐丰收听她这话不像是说着玩的，就问为什么。

苏敏说，吻了，我再告诉你。

唐丰收心想吻就吻吧，就与她紧紧拥抱在一起吻了，这次苏敏吻得格外投入，仿佛是要将他吃了似的。唐丰收见自己的舌头被她嘞疼了，松开她，说，到此为止，你说原因吧。

苏敏抹去嘴上的口水，说，我要成军嫂了。

唐丰收一笑，说，你要成了军嫂，我就是将军了。

苏敏说，真的，哄你是小狗。

唐丰收问，你什么时候谈的，怎么没听说。

苏敏得意洋洋地说：我的男友是马连长。

唐丰收笑着说，你说梦话吧，人家马连长要你？

苏敏说，哎，这就是缘分。然后将郝仁俊与赵一帆将她介绍给马连长的事说了出来。说自己就快要结婚了。见唐丰收阴着脸不吭声，苏敏对他说，我这辈子就喜欢你，结了婚，以后我俩还是好朋友。摇着唐丰收的手臂非要他答应，唐丰收点点头，鼓着嘴说，你和张慧娟都当军嫂了，真是家里的和尚不做家里的斋。苏敏抵冲道，叫你摘桃子，你不摘？现在说风凉话管屁用。

没过多久，苏敏去马连长老家结婚了。

造反派搞大联合了，灌区管理所的牌子换成了革命生产领导小组。郝仁俊感到机会来了，想抢占山头，通过老婆的关系找到市组织部，又走赵一帆这条线，在马连长的支持下，他终于如愿被结合到领导小组里当了副组长。老秦的身体经过黄铁林治疗，和在覃大头那儿的静养，比以前好多了。被解放后，当了副组长。组长由赵一帆担任，因为张应喜在批斗中被查出犯了错误，职务虽没有撤销，但手中的实权被赵一帆夺去了。

套毛来找到唐丰收，说杏枝这几天要生孩子，他妈叫他快回去。老秦得知这消息，高兴地说，你结婚我没喝到喜酒，这次你生儿子了喜蛋一定要带给我吃哦。唐丰收直说好。

杏枝生了大胖小子，唐丰收乐得给儿子取名叫渠生。

生了渠生，唐丰收当然高兴，就在家伺候杏枝坐月子。这天，唐和宝来找到他，将他拉到老油坊背后那片荒岗子上，说现在有水了，打算将这片荒岗子平整出来，改成水田，请他指点在哪儿开沟比较合适。唐丰收看了岗子，心想，这片荒芜的岗子改成水田了，等于给队里增加了好十几亩水田，队里的粮食就吃不完了，将地形看了看，建议将旁边草塘塘坝加高五十厘米，塘里的水位抬高后，直接开沟放水灌溉。唐和宝采纳了他的建议，当即组织社员挑土将草塘的塘坝加高了，又派劳力开挖荒岗子，平整土地，争取当年插一季晚稻。

队里搞旱地改水田的事，被大队书记金甘棠知道了，他感到这样做可以扩大水田面积，多打粮食，马上在全大队推广，专门请唐丰收辅导各队挖沟开渠。家乡的事嘛，当然支持，唐丰收想在家里陪杏枝抱儿子，也没空了。

日子过得飞快。

长江滚滚向东方，
葵花朵朵向太阳，
满怀豪情迎九大，迎九大。
我们放声来歌唱，
我们放声来歌唱……

九大召开后，随着国家形势逐渐稳定，灌区境内粮棉生产亩产纷纷超过了纲要，到处一派大丰收景象，昔日的荒滩因为水利条件的改善变成了米粮仓，而灌区周边没有受益的地区，粮食产量亩产连黄河也没过，许多社队仍要吃国家的回销粮，老百姓继续在贫困线上挣扎。有水灌溉的地区与无水灌溉的地区相比起来，真有天壤之别。没有受益地区的群众与领导纷纷写人民来信向地区革委会反映情况，嗷嗷叫要求扩大灌区规模，将水引到他们那儿。

割了晚稻，忙罢秋收，农活闲了。地区革委会在龙山县召开紧急会议，研究扩建灌区规模。新上任分管农业的陈琨副主任在会上做了动员，雄心勃勃地将灌区设计灌溉面积扩大到 200 万亩，渠首进水闸扩大到 100 个流量，争取将效益面积由龙山、清河两个县，扩增到龙山、清河、槐树、老鸭、乌龙五个县。

地区革委会组建灌区扩建工程指挥部时，领导层就人员问题发生了争执，一边认为要将老一批灌区工程技术人员请出来，由他们承担重任；另外一边则是认为不迷信专家、工程师，要相信工农兵，建议吐故纳新，使用新生力量。后来新派占了上风，陈琨副主任担任扩建指挥部指挥长，副指挥长由五个县的革委会主任兼任。武总、张应喜、老秦都没有进班子。扩建工程指挥部下设工程组、后勤组、财务器材组。郝仁俊任工程组组长，说到唐丰收，任副指挥长的赵一帆说这人可以用，可他政治立场不稳，不宜担任中层干部。

有一天，武总到县医院去看病，回来时遇见唐丰收。唐丰收骑着自行车将他带到老秦这儿来了。瞧武总一副棺材瓤子的模样，老秦自豪地说他身体现在比以前好多了。武总问他这些日子是怎么熬过来的，因为那次站在椅子上一起挨批斗后，两人就再也没见过面。老秦说这得感谢小唐，是他将我藏到农村去了。说着说着，他俩说起了这次扩建。武总叼着烟斗吧嗒了几口说，随他们折腾，我向你学习，乘机将身体养好了，现在我体会到了，别的都是假的，只有身体是自己的。老秦忙夸他这话说得经典。

唐丰收送走了武总，郝仁俊来找到他，叫他明天到指挥部去报到。唐丰收说这事你要对老秦说，我是管理所领导小组的职工，到哪儿去得由领导支派。

郝仁俊睨着白眼问他，我是组长，难道调不动你？

唐丰收回答道，那也得告诉老秦一声。

郝仁俊板着脸说：叫你明天去，你明天就得去，不去，不打考勤。言毕，气鼓鼓地走了。

不打考勤就意味着没上班，没上班就扣工资。唐丰收将这事告诉了老秦，老秦想了想，对他说，你明天去吧，别同郝仁俊顶牛。

唐丰收看着老秦。

老秦估计说，他们肯定是叫你去测量的，我料定规划设计最终还得由武总和我来搞，你先去，等于替我们打个前哨，到时候可以省很多事。并叮嘱他，该你做的，你做；不该你做的，你本分点，明白吗？

唐丰收明白老秦要自己去的用意，嗯了声，走了。

扩建工程指挥部仍设在杨泗庙那儿，用的还是原来的老工棚。不同的是工地上多了许多自行车，里面的人大多是新面孔。指挥部的技术员都配了自行车，唐丰收是迫不得已被起用的，因而他没有，赵一帆笑着对他说，你年轻，身体好，多走点路没关系，以后有指标了，再给你配。

唐丰收果然是被叫来负责测量的。

这次地区革委会加强了扩建指挥部的力量，一次分来八男两女十个省水校毕业的中专生。

因为扩建规模是以前的好几倍，郝仁俊身为工程组组长，当然要主持起草编制规划设计文本。尽管有地区水利支队的技术力量支持，有以前武总、老秦他们搞的规划设计老文本做参考，可他仅是个小小的中专生，陡然搞这么大的工程规划设计，真让他老虎吃天，无从下口。他抄来抄去，折腾了一段时间，草稿依然是一盘散沙，无法捏拢。无奈中，他找到地区水利支队的工程师马家志，恳求帮忙。马家志是老秦他们那所大学毕业的，比老秦晚两届，也被造反派打成黑专家，常遭批斗，好在他在支队不是唱主角的，因而解放得早。见老秦他们没出马，晓得这事肯定搞不成功，他打内心瞧不起郝仁俊这些造反派，可郝仁俊找到他了，开始，他躲，接着又推，等郝仁俊急得向他求饶，才给他拟了提纲，要他从灌区现状、扩建理由、扩建方案和其他几个具体问题来编《龙潭灌区扩建初步意见》的初稿。马家志预料郝仁俊能将这份意见编出来，更预料这份意见达不到规划设计文本的水准，上报到省水电厅，肯定会被打回来重编。这样，郝仁俊这帮人的意见等于被否定了，到时，规划设计搞不出来，工程无法立项，不立项，国家就不会投资，建设如此规模的大型灌区，国家不投资，单凭地方力量肯定不行，到时候势必要请武总、老秦等一批老同志出山，自己再与他们联手，灌区扩建工程的建设才能走上正道。

造反派有造反的能耐，搞工程技术的有搞工程技术的本事，马家志虽没与老秦和武总联系，可他们的心无形中是通的，这一点，郝仁俊是不能感悟到的。他拿到了马家志给他的提纲，欣喜异常，回来后赶紧埋头编写。灌区现状好写，扩建理由也容易找，可扩建的具体方案就难写了。见赵一帆多次催他要稿子，可他的草稿就是无法形成，焦急中，他到想到了唐丰收，因为唐丰收毕竟长期在老秦身边工作，得到了老秦的真传，估计老秦八成与唐丰收商议过扩建的事。有天夜里，他将唐丰收喊去了，给了他两包“牡丹牌”香烟，与他谈起这事。

经过长期同郝仁俊打交道，唐丰收清楚郝仁俊的为人，早将他的心事看透了，“牡丹牌”的好烟照收，交谈时，他晓得如果不说点技术上的事，郝仁俊会怀疑他的诚心，就捡几个边缘性问题与他说了说，最后谦虚地说自己也就晓得那么多，供他参考。

郝仁俊对整个扩建工程的脉络，从宏观上就把握不住，将唐丰收的意见考虑了一下，感到他提出的几个问题很重要，写了进去。将草稿弄了出来，他拿去征求马家志的意见，马家志看后在心里一笑，因为这草稿比他预想的更差，但还是将草稿中的几个数据改了改，夸赞说写得不错。听郝仁俊问可以上报吗，马家志用怂恿的口气对他说，搞工程就要有大无畏的革命精神，当然要上报。

得到了他的肯定，郝仁俊心里乐滋滋的，赶紧将稿子交给赵一帆审核。赵一帆不懂工程技术，翻了翻就连连说好，提交给陈副主任了。陈副主任说，水利支队的马工程师都审阅了，我们就上报吧。见自己编写的文本，地区革委会领导同意上报，郝仁俊高兴得脖子长了好几尺，赶紧打印出来，用文件的形式报了上去。上报后，他还假惺惺地要唐丰收送一份给老秦，让他看看。

老秦将这本二十多页的《扩建初步意见》翻开了，看了两页就气得往办公桌上一摔，喊唐丰收快到街上去给他买副眼镜来。

第三十章

本着不等、不靠的精神，龙潭灌区扩建工程指挥部召开了会议，会议就工程的土石方任务向五县做了分配，要求会后，各县积极做好开工准备。

散会后，赵一帆找到胡家斌，给了他三个最字：行动要最快，人数要上的最多，干劲要最大。胡家斌当上了大桥区革委会副主任。赵一帆的话对他就是真正的最高指示。当晚接到任务，他就将电话打个不停，要各公社组织万人大军，火速行动起来，上渠道展开大会战。

"文化大革命"开始不久，李副专员就住进医院养病了，对工作很少过问。地区成立革委会时，作为老、中、青中的老字辈代表，他依然是副主任。当他从报纸上看见龙山县大桥区在扩建渠道的工程工地上展开了万人大会战的报道，晓得龙潭灌区的扩建工程开始了，急忙办了出院手续，回到工作岗位上，与陈副主任碰头后，问清了情况，他当即向地委提出申请，要求负责龙潭灌区扩建工程。陈副主任本来是分管其他工作的，因为李副专员病了才临时代管农业的，既然李副专员主动请缨出山，他巴不得将这副重担甩给他呢，在班子会上率先表示支持。地委与地区革委会同意了李副主任的请求，让他归了位。

李副主任披挂上阵后，地区水利支队改成地区水电局了。他带着地区水电局的工程师马家志等人，来到龙潭灌区，召集龙潭扩建工程指挥部的人开会。他搞灌区建设经验丰富，第一刀就砍在规划设计上，听马家志说上报的文件被省水电厅枪毙了，向马家志要了本《扩建初步意见》，翻开看了一下，恼怒地将文本往桌子上一摔，说简直是瞎胡闹！这样的东西，怎么能上报省水电厅呢？责问马家志是怎么把关的?!

郝仁俊吓得坐在那儿缩着脖子不吭声。

马家志回答,这个文本是扩建工程指挥部工程组起草的,我们配合的。

李副主任问,秦九盘呢?

赵一帆回答,秦九盘在所里。

李副主任又问,武尧舜,武总呢?

赵一帆回答,他在水库工程指挥部。

李副主任当即对赵一帆说,灌区这么大的扩建工程,他们两位专家不来,还搞什么?快去将他俩给我叫来,用我小车现在就去接!想了想,他补充说,把张应喜也一起叫来。

赵一帆应声出去了。

武总、老秦和张应喜被接来了。李副主任赶紧到门口去迎接他们,进了会议室,他让他们坐在自己身边,见武总头上扎一条手绢,关心地问他身体怎么样了。得知他的老病最近又犯了,忙将身上穿的黄大衣脱下来,给他披上,随后在会上宣布,武尧舜为扩建工程的总工程师,秦九盘、马家志为副总工程师,他们三个全面负责龙潭灌区的扩建工程建设技术问题。然后对张应喜说,补任你为工程指挥部的副指挥长,不,是第一副指挥长!

张应喜和武总不约而同地说,我还没解放呢?

李副主任一笑,爽快地回答,你俩现在就解放了。他转过头,对随他而来的年轻秘书周谷仓说,你尽快起草一份报告,调整扩建工程指挥部人员名单,明天就向地委与地区革委会上报。随后他指着武总和老秦说,你俩尽快给我将规划设计文本搞出来,争取将工程项目报上去,要钱。

武总与老秦都点头说好。

李副主任又指着张应喜说,现在工地上已开工了,这一大摊子,你替我负责,有什么事情处理不了的,直接找我。我给你撑腰,你给我放开胆子干!

张应喜激动得一下站起来,向他敬了个军礼,响亮地回答:是!

打仗是兵马未动,粮草先行,搞水利工程建设则是兵马未动,规划设计在前。所以,会议后的第二天夜里,马家志被借调过来了,他来时将助手刘凯也带来了。武总急切地将老秦、马家志和张应喜请到他的简易办公室,一起研究龙潭灌区扩建工程的事。他们首先认为灌溉五个县的构想不切合实际,算来算去规划设计面积也只能涉及龙山、清河、槐树、老鸭四个县 110 万亩,根据渠首地段特殊的地形，新进水闸建80个流量最适宜。于是在这个大前提下，他们框定了规划设计的主要内容，一是将原来约50公里长的主干渠裁弯取直缩短为37公里；二是将原来的两条干渠新增加两条，构建成一总四干的大动脉；三是扩建渠首枢纽建筑物，因进水流量扩增至80个流量，滚水坝要加固改造；四是渠系上大型建筑物，根据地形，总干渠上建两座大渡槽，新建的第一干渠上建四座大型渡槽，第二干渠上建设二座，原来南干渠上的那个倒虹吸改建成渡槽；五是杨泗庙隧洞要达到扩建规模，必须掀开，建成明渠。根据框定的扩建工程总体规划，他们预计工程投资约需3000万元。

将扩建工程的总体框架定下来后，武总对老秦说，还是按我俩以前说的办，你拿出规划设计文本草稿，我们再详细研究一下，形成正规的规划设计文本，上报省水电厅，再报水电部批。老秦当即答应了，说自己已经提前做了案头准备。武总笑着说，看来，你这个阴谋家，是早有预谋啊。

张应喜提出应该将当前的工作布置一下。武总思考了一下，说，这样吧，老秦主管规划设计与杨泗庙明渠工程，老马负责测量、工程图纸绘制与两条新干渠的建筑物工程建设，张县长负责总干渠扩建工程，我这个刘备嘛，就全盘把握吧，渠首枢纽工程那儿的情况我熟悉，还是我来搞。渠首段开挖了，我们就不更改了，但下面的渠道，我们按80个流量的设计标准来挖。饭要一口口吃，可工程不能一步步建。张县长你先干起来，争取早日完成总干渠的土石方任务，其他工程能同步进行，争取同步；不能的，不勉强。最后，他要老秦将他们研究的情况，写一份工程技术会议纪要直接上报李副主任，提交地区革委会，批准落实。

夜深了，唐丰收给他们端来夜宵。武总看着唐丰收问他结婚了没有，唐丰收说他的儿子都出生了。武总笑着说你的喜酒我没喝到，喜蛋我也没吃到啊。唐丰收说等过年了，你们一起到我家去，我给你们补上。老秦笑着说，今年春节怕没时间了，等渠道通水了，我们再到你家去热闹一下。唐丰收说那就这么讲定了，到时候我一定请各位领导去。

武总陡然对老秦说，我看郝仁俊当工程组长不合适，干脆让小唐干吧。老秦马上摇手说，小唐是跟我学技术的，干部就不要他当了，我要他在技术上多发挥作用。武总说那也好，将郝仁俊的组长职务撤了，要老马派个人来担任。马家志推荐了刘凯。说他是前几年分配来的大学生，素质很好。武总说好。

郝仁俊闻讯，有天夜里带着托人买的一条“大前门”香烟，找到老秦，就当年他指使造反派殴打他的事，连连向他道歉，恳求老秦原谅。老秦坦诚地对他一笑，说，造反，挨你们整，差点要了我的命，你担心我会记仇报复可是？说心里话，当时我非常气愤，因为你们做得太过分了，可这些都过去了，我不与你计较，这次撤销你组长一职，是指挥部研究后做出的决定，是从工程技术上考虑的，你要理解组织上的意图，好好工作。说罢，他忙掏出钱给郝仁俊，郝仁俊说什么也不要，老秦诚恳地对他说，这“大前门”烟，不好弄，你弄来送给我，说明你有诚意。你的诚意，我收下，可我给钱更是诚意，你也得收下。郝仁俊听老秦这么说，只有将钱收了。

龙潭灌区扩建工程的战斗到这时才真正打响了。

全地区水利系统抽调来的科技人员，云集到工地上了，四个县的民工大军也朝总干渠的工地上蜂拥而至了。李副主任亲自坐镇杨泗庙，全面指挥战斗。工地上测量的测量，挖渠道的挖渠道，一时间总干渠工地上掀起了前所未有的建设热潮，成了全地区关注的焦点。

扩建工程的工作全面铺开后，民工挖的渠道事先得测量放样。老秦晓得唐丰收熟悉这工作，就派他负责。因为测量任务重，唐丰收带着几个精干的小组首先对裁弯取直的总干渠进行测量。张慧娟流产后身体恢复了健康，主动要求到一线测量，唐丰收让她带两个女助手去了。苏敏与马连长结婚后身体一直不太好，老秦就安排她在财务器材组工作。

因为时间太紧，唐丰收将测量与放样放在一起进行，测好了，赶紧用石灰放样，以便挖渠道的民工施工。

郝仁俊的组长职务被撤了，被当作一般工程技术人员来使用，也安排在主干渠上测量。他表面上服从了安排，心里气鼓鼓的，见唐丰收又成了工地上的红人，就采取以守为攻的策略，常以老婆怀孕需要照顾为理由请假，给唐丰收增加困难。唐丰收晓得他在耍花招，也不愿戳穿他，请假就随他请。

有一天，唐丰收正在打石灰放线，郝仁俊过来了，唐丰收当他又要请假回家。可这次郝仁俊却一本正经地说，指挥部党的核心小组要求大家去聆听毛主席最新指示,要唐丰收赶快停下手里的活回去。唐丰收晓得他在马连长的介绍下入了党,是工地上党的核心领导小组成员之一,就回答说,现在这么忙,晚上传达学习不行吗?

郝仁俊将脸一落,指责说,再忙也要听毛主席的最新指示!

唐丰收晓得他在用大话吓人,仍与他商量说,等我将这段的样放好就去,让他先走。

郝仁俊想乘机整治他一下,就说:这是政治任务,你要是不执行,我向党的核心领导小组汇报。听他这么说,唐丰收也不想将矛盾激化,跟他来了。

到了工棚,郝仁俊又支派唐丰收去喊老秦。老秦是夜猫子,此时正在床上睡觉,唐丰收见他房门关着,也没喊,过来对郝仁俊说,老秦有事去了。郝仁俊晓得老秦在睡觉,想到老秦重新当领导后,一直冷落自己,气愤地跑去将他的门打得咚咚响,将老秦喊了起来,要他去工棚听毛主席的最新指示。老秦揉揉眼,当他听说是政治学习,只得去了。

毛主席的最新指示传达后,郝仁俊说要组织分组讨论,学习心得要上工地黑板报,每个人都得写。

唐丰收对老秦说,工程任务太重太紧,这样学习,不是耽误时间吗?

老秦也意识到了这问题,没吭声。

郝仁俊驳斥道,工作再重要,也要政治挂帅!

唐丰收不想与他争执,离开了。

将所有学习心得收到后,郝仁俊仔细一看,唐丰收、老秦和张慧娟写的内容差不多,当即意识到他们是一个人写好了相互抄的,就拿着他们三个的学习心得向赵一帆做了汇报。赵一帆是工地上党的核心领导小组组长。接到这情况,他连夜召开全体工作人员会议,追查这事。唐丰收说学习心得是老秦写的,我抄他的,要处理处理我,张慧娟站起来说,这主意是她给唐丰收出的,错误在她身上,她情愿接受批评。老秦没吭声,因为他晓得学习心得是唐丰收写的,他抄了一份,张慧娟也是抄唐丰收的。

老秦是副总工程师,张慧娟是军嫂,他俩不能动,吃柿子拣软的捏,赵一帆将矛头对准了唐丰收,因为,自从张应喜当了第一副总指挥长,他这个党的核心领导小组组长等于是个摆设,他想乘机抓住这问题展示一下自己在扩建工程指挥部的重要地位，就厉声说这是政治态度问题，抓革命才能促生产。要唐丰收停止工作，写反省，在全体职工大会上做检讨。

这事让武总知道了，他在背后气得直说是乱弹琴，可当面也不敢吭声。李副主任得知后，因为毕竟是政治挂帅，思想第一，也没说什么。唐丰收写了检查，又在职工大会上做了检讨，本来他认为这事过去了，可赵一帆抓住这事不放，接着又举行了专家治水还是群众治水的大讨论，强调党指挥枪，要加强工地党的领导，组织学习，改造思想。以党的核心领导小组的名义制订了学习计划，白天工作，夜里不能少于一小时政治学习。学习情况写在黑板报上，公布于众。一时间，工地领导层出现了党、政两驾马车拉车的态势。

武总和老秦两人直摇头，可加强党的领导，作为党内技术干部，他们必须服从。审查规划设计文本草稿时，赵一帆说文本中缺乏政治思想内容，一定要加进去，不然，他就不同意。本来老秦对这方面很重视，在规划文本中写了不少套话，见赵一帆吹毛求疵，只好点头答应修改，连夜在文本的显要位置添加了大量毛主席语录与醒目的政治术语。

第三十一章

这天，唐丰收正要出去放样，张应喜来找到他，要他跟他去察看一处才完工的填方坝。唐丰收问要验收吗，张应喜说先查一下，摸摸底，以便对工程质量做到心中有数。见是暗访，唐丰收找出那把洛阳铲带着。张应喜说，带这玩意干啥，又不是去搞武斗。唐丰收笑着说这玩意可是长着眼睛的好东西，填方坝质量好不好，用它一查就晓得了。

四个县六七万人马云集在开挖总干渠的工地上。

两人来到工地上，就见工地上到处红旗飘扬，人来人往，一派敢教日月换新天的气概。

到了江亭区王区长的地盘，王区长见领导来了，迎了过去。这时民工们都在休息，他们区那边是槐树县的民工，这边休息了，那边也跟着休息。龙山县这边有个小伙子怂恿一位姑娘唱歌，这姑娘就站起来唱“我家的表叔数不清”。她的歌声一落，龙山县的民工都鼓掌。槐树县那边的民工中有位大嫂马上站在高处唱“垒砌七星灶，铜壶煮三江”，那边的人也鼓掌叫好。那位大嫂唱完，这边的有位小伙子站起来唱“临刑喝妈一碗酒，浑身是胆雄赳赳”；那边的人不服输，有一位小伙子站起来唱“要学那泰山顶上一青松”，见那个小伙子唱不上去了，这边的人跟着起哄，打喔呵呵。瞧张应喜县长他们来了，这边有位小伙子高喊一声，张县长唱一个。民工们顿时鼓掌。张应喜经过批斗的洗礼，学乖了，明知自己扯着个老喉咙，唱不好，可面对群众的鼓掌他也不愿意冷落这一片热情，就站在人群中间将烟蒂一丢，扯开公鸭般嗓子唱道：“革命不是请客吃饭，不是做文章……”等他唱完，大家又鼓掌要再来一个，张应喜对大家连连鞠躬说自己还有事，以后再唱。对王区长交代几句走了。

两人来到一处填方坝，表面看，这填方坝修建得光滑滑，迎水坡上还有一道道棍子捶打的痕迹，显得很结实。唐丰收看后问张县长这是哪个区干的，张应喜说是胡家斌他们区昨天完成的，向我做了汇报，这么长的填方坝这么快就鼓捣好了，我有点不放心，所以带你来看看。

唐丰收站在填方坝中间，用洛阳铲一下下往下捣去，等他在半米深处掏出土样时，表情严肃地对张应喜说，这坝下面没夯实。张应喜看看土样问他怎么晓得的，唐丰收就将掏出来的土样解释给他听，张应喜黑着脸要他再往深处捣，因为这填方坝有好几米高。如果质量有问题，将来势必会导致渠道渗漏，弄不好会溃破。

当唐丰收在填方坝不同部位捣了十几个洞，查看了土样后，吃惊地对张县长说，这填方坝有严重质量问题。张应喜叉着腰将脚一跺，气得骂道，奶奶的，竟敢同老子打马虎眼！嚷嚷着要开会，好好熊胡家斌这王八羔子！唐丰收晓得他脾气来了，开会肯定要骂人，仔细一想，胡家斌是赵一帆的亲戚，张县长骂了他，赵一帆肯定会出来保护。于是就对张县长建议道，我们先去将胡家斌找来，将情况对他说清楚，给他一次改正的机会，要是他执意不改，你再开会处理他不迟。说罢，掏支烟递给张应喜，擦火柴替他点上。张应喜抽了几口烟，拍拍唐丰收的肩说，小伙子，你变聪明了，晓得动脑子来对付人了。又说自己这急躁的老毛病就是改不掉，谢谢他的提醒。

胡家斌被找来了。张应喜带着洛阳铲单独将他带到填方坝上，唐丰收回避了。因为他怕胡家斌晓得这主意是他出的，对他有意见。来到坝上，胡家斌向张应喜吹嘘填方坝质量如何如何好，等张应喜将用洛阳铲鼓捣出土样，要他看时，他盯着这洛阳铲看了好半天，脸色煞白。

张应喜严厉地问他，工程质量，百年大计，你咋打马虎眼呢？

胡家斌晓得返工会影响全区施工进度，更影响他这个先进模范的荣誉。因为他是第一个带民工来工地，也是第一个完成第一批任务的，工地上那面先进红旗正在他们区工地上高高飘扬呢。他抽了几口烟，对张应喜说：光用这东西打几个眼，就说填方坝质量有问题，这也太离谱了吧。

张应喜将手中的洛阳铲举举，答道，这玩意可不是吃素的，你好好想想吧？

胡家斌将小眼睛眨巴了几下，说，那我找人来夯一下。

张应喜仍耐心劝他道:这不是表面再夯实的事。

听张应喜的意思是要返工,胡家斌不吭声了。

张应喜说,你要用沉默来表示拒绝,那我们夜里开会讨论这问题。

胡家斌心想,开会时自己再做解释,说不定获得大多数人支持,就不用返工了。就抱着侥幸的心态说,你开会吧。说罢,拂袖而去了。

张应喜瞧他是这态度,恼得将洛阳铲往坝上一插。

胡家斌忙找到赵一帆汇报这事,听说张应喜要开会叫胡家斌返工,赵一帆的眼大了,胡家斌这面工地红旗是他亲手树起来的,红旗出了问题,自然会影响他的威望,就在暗中找几位公社书记密谋了一番。

夜里,张应喜将本县在工地的干部招来了,算是开个小会。会上,张应喜首先表扬了胡家斌他们区的成绩,夸他们区上工早,进度快,讲到质量时,他才话锋一转,说到了那个填方坝。等他说填方坝是包子,外皮好看,里面包的是豆腐渣时,胡家斌马上站出来问他里面是豆腐渣,有何证据?张应喜说,你还好意思问我要证据,下午不是带你去查了吗?说罢,指着带来的洛阳铲,将打眼的事告诉了大家,说填方坝要返工重来。

胡家斌狡辩道,打眼只是局部检查,不能证明整个坝都有问题。

张应喜反驳他道,千里大堤,毁于蚁穴。局部有问题就影响到整个填方坝质量。

两人顶起牛了,赵一帆这才指着洛阳铲,对张应喜说,这玩意是以前用来掏古墓的,你现在用来检查填方坝,这是相信群众吗?

张应喜说,不错,这玩意是鼓捣古墓的,可用来检查填方坝,非常管用,怎么是不相信群众呢?

赵一帆是张应喜的老部下,晓得张应喜的弱点,随即驳斥道,既然相信群众,那就得尊重群众,怎么光凭打几个眼,就否定群众的劳动成果呢?言毕,他对着其他几位公社干部问道,大家说对不对啊?

大桥公社书记忙说对,我们公社好几千人干了好几天,没功劳还有苦劳,说返工就返工,到底是相信洛阳铲还是相信群众?

赵一帆再用目光看其他几位书记,其他几位书记都不吭声。

张应喜气呼呼地道,我相信群众,更相信科学!

赵一帆指着洛阳铲说，这是科学吗？我看不是科学，这是在用封建迷信那一套刁难群众。张应喜当即驳斥，双方发生了争吵。最后，张应喜说我用指挥部的名义决定填方坝返工重建，赵一帆寸步不让，说，我以党的核心领导小组的名义决定填方坝不返工。

张应喜见会开不下去了，宣布散会，出去了。

会散了，但问题依然存在。见自己的意见不能在会议上落实，张应喜找到老秦。老秦说，这事是大事，现在工地上有两个领导核心，赵一帆他们毕竟不懂工程建设，而他们却打着党指挥一切的幌子干预工程上的事。这样下去，势必会严重影响工地建设，后果不堪设想，建议就这事向李副主任汇报，争取将两个核心的问题处理好，保证政令的权威性。张应喜觉得老秦的话说到根子上了，打电话向李副主任做了汇报。

胡家斌心想张应喜这个大老粗压根儿不会想到用洛阳铲来检查填方坝质量，肯定有人在背后支持他这么干的，于是想到了唐丰收，因为他当年见过唐丰收用洛阳铲给劳改犯验收填方坝。他又将这情况对赵一帆反映了，赵一帆没表态，因为唐丰收不过是个小爪牙，他背后还有老秦和武总，决定暂时忍下这口气，等有机会了再拿唐丰收开刀，对付武总、老秦和张应喜他们。

几天后，李副主任来对填方坝的事做进一步调查。他问武总用洛阳铲检查填方坝到底科学不科学，武总晓得了这事，回答说，用洛阳铲检查填方坝，我们以前常用，有一定科学性。下午，李副主任与武总、老秦、马家志、赵一帆、胡家斌等人来到那个填方坝，叫几位民工将填方坝挖开一段，开膛破肚地检查，结果填方坝中真包着豆腐渣。

李副主任指着挖开的地方对众人说，事实胜于雄辩，这样的豆腐渣工程，一定要返工重来，绝不姑息迁就！张应喜黑着脸对胡家斌说，你现在就带人来返工，质量再达不到要求，绝不轻饶。点名要郝仁俊来监督。胡家斌推说民工缺乏夯具，老秦马上对他说，杨泗庙工棚里有，要他派人去取来。

这事解决后，作为高层领导，李副主任回去后，将工程指挥部内党、政双重领导的情况向地委与地区革委会做了汇报，建议将工程指挥部党的领导核心小组与龙潭水库指挥部党的核心领导小组合并，归地委直接领导。

张应喜在开会宣读这份文件时，咧着大嘴笑着说，现在不用两驾马车拉套了，我这工地第一指挥长说话就带劲了，强调要狠抓工程质量，挖方地段一定要挖到位，填方地段一定要夯实。散会后，他又派人在工地插上了“以阶级斗争为纲，抓革命促生产，保证工程质量，对工程负责”等大幅标语。

这天傍晚，唐丰收才从工地上回来，套毛跑来了。他问套毛是不是他家出事了，套毛说他是随和宝爷来送东西的。唐丰收知道家乡社队派人来参加总干渠大会战了，只是忙得没工夫去看望，借这机会，他跟套毛去了。

四个县的大批民工都住在沿渠社队老百姓家里。民工们来参加总干渠大会战，最远的有一百来里路，吃的粮食和烧的柴草以及其他用品都是自备的，用完了由生产队负责运送。两人走了好几个村子，民工们遇见唐丰收都热情与他打招呼，喊他唐技术员。来到家乡生产队住的那户人家，老家队里的人见他来了，围了过来。唐和宝乐颠颠地对他说，这次送来了好几百斤大米。唐丰收问队里的粮食够吃吗，老队长说今年大丰收，粮食有的是，就是柴草供应不上，家乡小树林的树木都砍掉拿来当柴烧了。

唐丰收觉得家乡的人支持太大了。说到他家，唐和宝说杏枝和孩子都好，来时杏枝在门口，他还抱了他的儿子呢。唐丰收又问他妈，唐和宝说你妈现在身体好多了，常在家里菜园忙碌，有时也在队里做点杂事。唐丰收赶紧将身上的几十块钱掏出来托唐和宝带回去。唐和宝问他，听说渠道这儿还要上人，是真的吗？唐丰收点点头说是真的，领导说了，为了不影响明年春天灌溉，这次扩建总干渠的战斗一定要在明年春耕放水前结束，所以还要加人。正说着话，马书记来了。全县的民工是按团来编制的，带队的县长是团长，下面的区是营，带队的公社书记都是副营长。

马书记问唐丰收在指挥部里具体负责啥工作，唐丰收说他在指挥部是打杂，哪儿需要，就去哪儿。再一问，唐丰收才晓得，马书记他们工地是一位新来的技术员负责。马书记说要是你负责就好了。唐丰收笑着说，要是我负责，你们一点便宜也占不到。

马书记被他说笑了。

独自回来，唐丰收遇见一个推独轮车的人，见对方在过着一个缺口，车子无法推过去，唐丰收借着月色替对方帮忙将装着满满一车大米的车子推了过去。对方感谢他，一说才晓得，小伙子是野鸭县的，叫汪黑毛，他哥汪进步是唐丰收在杨林中学读书时的同班同学。

走在路上，唐丰收直感叹，这次大会战真是一次人员的大移动，要不然这些人怎么会长途跋涉跑到这儿来呢。

有天夜里，唐丰收用热水泡了脚，在用剪刀剪脚后跟的老茧。门被推开了，老秦带着杏枝来了。杏枝怀里抱着渠生，唐丰收见了老婆、孩子格外高兴，一把将渠生抱过去亲着。老秦说刚才去办公室拿一份材料，正好遇见杏枝来找你，就带来了。杏枝说队里加入了施工队，她就与几位年轻媳妇来了，听说你在这儿，和宝非要我带着孩子来看你。唐丰收见胖乎乎的渠生在用小手抓他的头发，将孩子递给杏枝，泡茶给杏枝喝。老秦笑着说，你俩好好团聚吧，我到其他地方去捣腿，说完就出去了。

唐丰收问杏枝吃了没有，杏枝说刚才在那边吃了，见渠生哭闹着要睡觉，杏枝就将床铺好，与孩子上床了。唐丰收本来想去与张慧娟说一下明天要干的工作，见杏枝在用眼睛看自己，就将灯吹了，迫不及待地上床了，毕竟好久没与杏枝在一起了……

听说唐丰收的媳妇也在工地上，张慧娟来了兴趣，因为那次她虽远远望见了，可没看清脸面，就找个由头来到那个工地，想把她看个仔细。工地上人正在休息，当她看见有一群农村媳妇坐在那儿嘻嘻哈哈地说笑话，有一位文文静静的媳妇坐在那儿埋头打鞋底，断定她准是唐丰收的媳妇，因为她听唐丰收说过他老婆不爱说话。来到跟前，瞧清楚了，她心想唐丰收这家伙艳福真不浅，娶了个这么漂亮的媳妇。

张慧娟偷看了杏枝，苏敏得知后也跑来看。她去的那天下着大雪。民工们正在挑土，她一眼就从人群中认出来，脖子上围着大红围巾的就是杏枝。大串联时，唐丰收在北京火车站等火车时，说要给老婆买条围巾，是她替唐丰收选的。买了后，唐丰收让她围着，直到两人分手，她才还给了唐丰收。苏敏有意走到杏枝跟前对她笑笑，问她叫什么。杏枝当苏敏是哪个公社的干部呢，说自己叫杏枝，当她问她是唐丰收的爱人吗，杏枝问她是谁，苏敏咯咯一笑，说我是唐丰收的同事，以后叫我小苏好了。

张慧娟去偷看杏枝，她没告诉唐丰收，可苏敏偷看了，回来却找到唐丰收，将事情告诉了他，说难怪你小子不花心了，家里原来有那么个漂亮的媳妇啊。唐丰收红着脸问她与马连长的情况，因为这段时间他忙得很少与苏敏说话。

苏敏一皱眉头说，别说他了，一说我就有气，他转业回家了，在家乡公社当副书记，写的信错别字连天。直后悔当初鬼迷心窍，嫁了这么个土八路。

唐丰收劝她说只要人好就行。

苏敏瞅了唐丰收一眼，直叹气。

第三十二章

唐丰收家乡那个民工营分的地段是挖一个小山包。这山包从外表看是黄土岗，分到任务后，马书记指着岗子笑着对唐和宝说，这是个猪蹄髈，言下之意不是啥难啃的玩意儿。第一批民工上去后，揭表土层时，进展很顺利。第二批人也就是杏枝她们这些年轻的媳妇上来后，将黄土层揭开，唐和宝才发现里面是石头层。因为要下挖十来米才能达到要求，唐和宝焦急地找马书记反映石方量太大，这块硬骨头光凭他们队是啃不下来的，问咋办。马书记在分配任务时也没想到这猪蹄髈里是块硬骨头，也急得没办法。他找到唐丰收，请他想想办法。唐丰收晓得按规划设计，渠道本来是打算从这儿绕道的，可绕道要经过一片凹地，得架渡槽才行，出于资金考虑，老秦将红笔一挥，决定从这儿切岭直接通过。唐丰收坐在小山包上抽了好几支烟，也没吭声。

想到问题的严重性，唐丰收将情况向老秦与张应喜反映了。老秦对唐丰收说，现在任务分下去了，这样的深切岭除了硬碰硬，别无办法。张应喜对唐丰收说，你媳妇在这个工地上，你到那儿去负责吧，想办法将这块硬骨头啃掉，有困难，找我。

唐丰收来到工地，认真地将情况研究了一下，火速开了个现场诸葛亮会，与大家一起想办法，争取早日将这块硬骨头啃下来，好回家过春节，不然春节也得在工地上过了。经过商议，马书记从本营抽了一个大队的民工来支援。唐丰收建议将工地上的劳力分成三股，一股从东往西；一股从西往东；中间一股切开，再左右迎接，避免窝工。根据石头坚硬的状况，他决定用炸药爆破。马书记说好，就照你说的办。想了想，马书记说我们这儿没人会爆破啊。唐丰收说这事你别着急，别人不会，我会。马书记与唐丰收找到民工团长刘民权。刘民权对唐丰收说，好，有你给我们撑腰，这块硬骨头不愁啃不下来。当即问唐丰收要多少炸药。唐丰收根据掌握的情况，做了一个计划。让马书记写了个报告向工地指挥部申请炸药。

老秦听了唐丰收的汇报，称赞他的方案对。炸药是紧俏物资，张应喜开绿灯批给了他们。

炸药爆破是个危险的活儿，唐丰收晓得单凭一己之力肯定不行，就在民工中挑选了五位精干的小伙子给自己当助手。选人那天，套毛缠着唐丰收要参加，唐丰收没答应，套毛的父亲也找到他，说，让他参加吧，学会了，以后在家放炮炸石头也方便。唐丰收说这事危险，套毛说他会注意的。见他执意要参加，唐丰收答应了。

领到炸药，唐丰收带着五人打炮眼，他是技术人员，因为是替家乡办事，他就亲自动手干了。他们日里将炮眼打好，傍晚收工前才灌药放炮，第二天搬运石头。照他的方案开挖后，石头虽坚硬，但工程进度也不慢。

天，下大雪了。整个工地一派白雪皑皑。风雪再大，工地上的民工都坚持出工。

因工作需要，唐丰收过来与家乡的人住在了一起。那户人家的户主叫王财东，王财东格外照顾唐丰收，将自己的房间让给了他，唐丰收说自己不搞特殊化，可王财东说，你这么大的技术员住在我家，是瞧得起我们，我们住牛栏也高兴。王财东有位十六岁的女儿，叫金巧，长得不丑，平时大家都爱与她开玩笑，要把她说给套毛当媳妇，套毛更是喜滋滋的。工程进展到一大半时，这天，天没开阳，死冷死冷的，套毛说这天冷得快将人的下巴都要冻掉了。天黑得早，人们收工得也早。一开始灌炸药是唐丰收带他们灌，后来他们学会了，唐丰收这天不留神，脚在运石头时踩滑了，将腿弄瘸了。他就让一个助手代替自己，一再叮嘱大家要注意。

将炸药灌好，唐丰收拄着棍子去检查了一下，也没发现有什么问题，就让五个人同时去点炮。将炮点好，他们纷纷跑到掩体躲避。炮声响了，炸得地动山摇。唐丰收一数，还有一个没响，等了好一会儿见没响，他就问这是怎么回事。那助手说这眼炮是套毛点的，唐丰收问套毛没问题吧，套毛说是按他教的办法安雷管的，点得顺利。唐丰收让他做给他看，他又演绎了一遍。见套毛做得很熟练，唐丰收估计可能是引信太长了，让大家再等等。可等了很久仍不见炮响，套毛急着要去看看，唐丰收没同意，不巧，他的小便涨了，只得爬起来去解。这时，套毛从掩体里爬了出来，想去看看引信是不是熄了。唐丰收见他爬出掩体，尿也不解了，大叫别出来，套毛回头说没事。唐丰收预感情况不好，也不顾腿疼，冲过去一把将他按倒，压在身体下，见没事。套毛笑着说别吓人了，从他身下钻出来了，就在他爬起来的瞬间，炮响了。唐丰收伸手将他一推，套毛倒了下来。

炮响后，石块哗哗啦啦落了一地。唐丰收艰难地爬起来，上去搂着套毛的身子问没事吧。套毛疼得直咧嘴。因为他的右腿被一块飞过来的石头砸伤了。众人赶紧将套毛背了回来。

套毛负伤了，马书记和几位领导来了。见唐丰收的腿也扭伤了，马书记说送医院吧。唐丰收晓得黄铁林治疗这种外伤有一套办法，派老王去喊，金巧说她晓得去，跑去了。听说唐丰收那边出了事，黄铁林放下饭碗背着药箱跑来了。

黄铁林开了个小诊所，总干渠工程大会战后，他丢下生意不做，每天扛着那面原来在劳改队留下的小旗，巡回替大家治疗，仿佛自己还是个队医。治疗时，随便给点药费就行，遇见有困难的，不给药费，他笑笑也算了。黄铁林看了套毛的右腿后，说没关系，皮肉伤，没伤着骨头，用药给套毛包扎好了。见唐丰收的腿扭了，他一笑，拿出小酒瓶，对扭伤的地方喷点酒，替他推了几下，说明天就没事。瞧杏枝在一边照顾他，得知她是唐丰收的媳妇。他对唐丰收开玩笑说，你老婆一脸富贵相，将来会给你生一窝儿子。唐丰收笑了，送他走时，黄铁林给了他一个避孕套叮嘱说，在工地上干活，可不能让老婆怀孕了。唐丰收感激得直谢他。

套毛受伤了，这事传开后，郝仁俊抓住不放，向指挥部提出要注意安全，还在他主办的黑板报上将这事报道了出来。张应喜看了黑板报后，当即让郝仁俊快擦掉，郝仁俊虽擦了，可却在背后说张应喜袒护唐丰收，宣传安全教育是必要的。唐丰收主动写了份检查，苏敏对他说，写啥写，你不晓得这是郝仁俊在踢你啊。唐丰收说这次失误是教训，我要感谢他对我的警示。

套毛受伤后，一时不能干重活，唐和宝就让他帮着做饭，将做饭的那位媳妇换到工地上去了。到了开饭时间，再由这位媳妇来挑过去。

大冷天做饭淘米是受罪的事，金巧就主动替套毛淘米，还陪他去黄铁林那儿换药。有时两人深夜才回来。杏枝夜里睡觉时对唐丰收说，金巧与套毛八成好上了。唐丰收说他俩真好上了，套毛就走桃花运了。杏枝说这事可能才开始，要他以后多给套毛机会。唐丰收笑着说，那当然。

大切岭的石头与石头渣子就倾倒在附近，唐丰收发现这样顷倒以后会有遗留问题，因为以后下雨一冲，碎石头就滚入渠道中了。可要运远点，会增加劳动量，他是这儿的技术员，他不说也不会有人管。犹豫了很久，他还是将这事对马书记说了。马书记沉默片刻，答道，别的地段也这么倒的。望着民工往上挑运，想到在一本书上看见过，为防止渠道斜坡被冲刷，可以在渠道上部开道小沟。心里一亮，找把锄头，在已挖好的地段，挥锄挖了条小沟。马书记明白他的用意，夸他想得真长远，派两位民工来挖。唐丰收教会了那两位民工怎么挖后，将这做法对老秦说了。老秦说他做得对，告诉张应喜在施工中要把好倒土关，严防留下后遗症，以后出现肠梗死，建议推广挖小防塌沟。

大切岭在腊月二十四过小年这天终于通了，因任务完成得较好，受到了扩建工程指挥部表扬，奖励了七百元。捏着奖金，马书记握着唐丰收的手，说是他技术把关把得好，唐丰收笑着回答是他领导有方，群众干得好。夜里，老秦告诉唐丰收，他被工地党支部吸收为预备党员了，唐丰收高兴得一脸笑容。

民工撤退那天，金巧送套毛时，哭得一把鼻涕一把泪的，杏枝与队里人都笑着说，我们在这儿啃了几个月猪蹄髈，脖子都啃长了，套毛这小子却捡了个便宜。

那年春节，唐丰收又没回家，因为杏枝他们走后，回到工棚，他接到武总打来的电话，要他下午赶到滚水坝工地。他推着自行车出来，听见苏敏喊他，想坐他的自行车到县城，再搭客车到马连长家去过年，他答应了。将苏敏送上客车，唐丰收与她招手告别时，陡然想起那年送张慧娟的情景，心想这几天没看见张慧娟，估计她也回去过年了。

天，又下雪了，唐丰收将衣服领子竖了起来。

第三十三章

大年三十清早，唐丰收从井里打起一桶冒着雾气的水，准备刷牙洗脸，一辆吉普车开进了院子，唐丰收正在猜是哪位领导来了，武总从车里出来将他喊过去，要他跟自己到省城去。唐丰收说我还没洗脸呢？武总笑着说，没洗就不要洗了，快上来吧。唐丰收问要带什么东西吗？武总笑着说把嘴带上就行了。唐丰收喊食堂烧饭的师傅将他的东西收拾一下，钻进车里。

车来到省水电厅院子里，停住了。

武总下车后直接往办公楼上走，唐丰收拎着包跟在他身后。来到一个办公室门口，武总推门进去了。里面的王副厅长见了武总，赶紧站起来将手伸过去，与武总握了手，随后，又指着唐丰收说，小唐，你该多到我厅里来看我，我俩可是忘年交，这次我特意让武总把你带来的。

唐丰收感激地谢了王副厅长，说自己以后一定多来。

王副厅长已荣升为厅长了。他从抽屉里拿出来一份文件对武总笑着说：恭喜你们啊，部里批了龙潭灌区的项目，投资2400万，这回你们可以大干一场啦。

武总拿着文件看了看，见通航工程暂不考虑，与他的想法一致，欣喜地说：太好了，这回龙潭灌区的扩建工程有保障了。接着他将当前灌区工程的建设情况对王厅长作了汇报。

说着说着，到了中午。白秘书进来对王厅长轻声耳语几句。王厅长对武总和唐丰收说，走，我们到食堂去吃饭，下午我还要到一个工地上去慰问。

来到食堂餐厅，桌子上的菜已摆好了，还有两位陪同的人也站在一边。落座后，白秘书对唐丰收介绍那个胖子说，他是计划处的陈处长，又指着那位女同志说她是农水处的王处长。王厅长说今天是大年三十，你们灌区的项目批了下来,大喜事啊,武总身体不好,要唐丰收代表龙潭灌区的人民喝个痛快。唐丰收笑了。

因为王厅长要急着到基层去慰问,酒喝得速度很快,一杯接着一杯来,陈处长与王处长很快就不行了。一直滴酒未沾的白秘书上来了,几个轮回下来,白秘书也摇头了。武总对王厅长说算了,就喝到这儿吧。王厅长见唐丰收一点事儿也没有,就叫白秘书将食堂的司务长喊来陪他喝。司务长在水电厅喝酒是出了名的,一上来,他就提出与唐丰收用大杯子来,想尽快解决问题。喝快酒是唐丰收的拿手好戏,几大杯下去,司务长也叫饶了。王厅长笑着对自己的部下说:这回你们见识到厉害的了吧。又喊了位炊事员来陪。见那位炊事员也不行了,武总摆摆手说,算了算了。示意唐丰收别喝了。

分手时,王厅长让白秘书拿来几瓶酒让唐丰收拎着,将他俩送到大门口,对武总说,你可以乘机回家看看,又对唐丰收说,这次没喝好,下次再来。唐丰收笑着说:一定一定。

从水电厅里出来,唐丰收见武总让司机将车子往回开,就问道:你不回家看看?

武总不以为然地说:有啥好看的,快回工地,将部里的批文让大家看看,都高兴高兴。

当晚他们赶到驻地,武总拉老秦他们都去水库指挥部开会了,发电的师傅要回去吃年夜饭,老秦就派唐丰收替发电的师傅值班。

吃了年夜饭,唐丰收在机房里守着那台隆隆作响的柴油发电机。出去解小便时,他竟发现张慧娟的寝室亮着灯,心想:难道她没回去过年?来到窗户下,轻轻敲了敲窗户。张慧娟打开窗户见是他,将门窗关了,随后,到机房里来了。唐丰收赶紧拿出水果糖给她吃,边让她烤火,边问她回家的事。张慧娟一肚子牢骚地说,在工地上忙着结账,耽误了一天,上午她去车站搭车,因道路出现问题,没有通往她们县城的车了,所以没走掉,车站的人告诉她等到初七后才通车。她的年夜饭是在朱萍家吃的,没去食堂。

唐丰收劝她说,没回去就不回去,自己有好几个春节都是在工地上过的,并告诉她说这次武总到省城,拿到部里的批复,连家也没回,就回来了,人家当总工程师的都如此,我们与他比算什么呢?

张慧娟说她丈夫还在车站等着接她回家过年呢。

唐丰收说，他接他的，接不到自然会回去，你担忧什么？

张慧娟回答，他是专门请假回来过年的，平时他在信里总叨叨着找了我，过着牛郎织女般的日子，真倒霉，女儿婷婷还在老家盼着我回去呢。

唐丰收笑着劝她说：我不也与你一样，现在是非常时期，等工程建好了，就好了。

张慧娟哀叹道，谁晓得这鬼工程猴年马月才能建好。

两人正说着话，有人跑来问唐丰收工地上咋没电了？

扩建时，规划设计新进水闸建在与老进水闸隔着个山包的地方，本着边扩建，边供水灌溉的原则，新进水闸工地出口打了道拦水坝，水库指挥部的工程队正在进行混凝土浇筑，没电当然不行。唐丰收拿着手电筒出去了，张慧娟也跟他一起去了。唐丰收来到工地，估计是线路出了故障，就与张慧娟一起顺着线路寻查。当他发现电线被一棵树的树枝挂断了，叫张慧娟在下面打手电筒照着，自己爬上树将线路接好了。从树上下来，他说自己再到工地上去看看，说机房里有炭火，外面冷，叫张慧娟在机房里等他。张慧娟走了。工地上通电了，可一只振荡器又坏了，唐丰收就帮忙修理。折腾了好一会儿，才将振荡器修好了，在工地上转了一圈，见没其他事了，才回到机房。张慧娟坐在火盆旁头枕着手臂睡着了，见她睡得很香，唐丰收不忍心叫醒她，就坐在火盆前喝茶嗑瓜子。不一会儿，也靠着椅子迷迷糊糊睡着了。

一觉醒来，天已麻麻亮了。唐丰收心想等天亮了再叫张慧娟走，别人看见了不好说，就将她推醒，要她回去睡。张慧娟揉揉眼，伸个懒腰，头发蓬松着打开门出去了。唐丰收见外面很冷，帮她将围巾围好。张慧娟回了房间，唐丰收见路灯还亮着，就进屋将路灯拉灭了。

郝仁俊也留在工地上值班，老秦他们开会，他也去了。会议结束，老秦与武总他们仍在商量工程上的事，他跑回来睡觉了。因为开会喝多了茶，起来解小便，唐丰收送张慧娟的一幕，正好被他撞见了。以前他就晓得张慧娟与唐丰收关系不错，可一直没捉住两人的把柄，这回见张慧娟黎明时分从唐丰收所在的机房里出来，认定他俩准是在一起偷情，暗自一乐。郝仁俊一直打心眼里瞧不起唐丰收，认为他不是从学校毕业的，可见老秦与武总对唐丰收既信任又宠爱，唐丰收在技术上确实有一套。可唐丰收却不怎么听自己的使唤，特别是他居然将老秦藏到农村保护了起来，使他整治老秦的计划落空。之后对唐丰收的嫉妒逐渐上升到了嫉恨，多次想找碴儿收拾唐丰收，可惜没机会。回了房，钻进被窝躺下，他感到自己找到搞臭唐丰收的办法了。

按工程指挥部指示，正月初七，各县民工返回工地继续对总干渠施工了。

唐丰收回到工地，见到杏枝，杏枝悄悄对他说自己又怀孕了。唐丰收并不感到惊喜，而是嗯了声，问套毛来了没有？杏枝说来了，又告诉他套毛来后向金巧家提出婚事，可老王不同意，说他要用金巧与她弟弟换亲，金巧的弟弟金明才十二三岁。唐丰收啧了一声，感到这事麻烦大了。

第二天，指挥部派人来将唐丰收叫走了，因为工程指挥部决定将建设的重点转移到对滚水坝工程的扩建上了，为了充实技术力量，武总将他招了去。滚水坝工程设立了专门的指挥所，武总任所长，老秦兼任副所长。清河、龙山、槐树三县抽调精干劳力组成三个民工营，好几千人参加建设。

这次龙潭灌区工程大规模扩建，规划渠首枢纽工程布置（包括滚水坝、冲沙闸、进水闸）原状不动。水电部批复灌区扩建工程渠首设计流量为 80 立方米/秒，武总与老秦经反复考虑，将渠首水位定为 42.68 米，滚水坝顶高程升至 42.75 米，决定将坝体扩长到 300 米，在老坝原体上加厚混凝土护面，并建消力池、消力槛、防冲槽、上下游导墙、翼墙等项工程，按 50 年一遇频率设计，200 年一遇校核。

武总在工程专题会上指出，这次施工有两大难点：一是工地排水；一是混凝土浇筑。战场铺开后，郝仁俊带一班人马负责混凝土浇筑，唐丰收带一班人马负责排水。搞业务毕竟不是郝仁俊的强项，但蛇有蛇路，鳖有鳖道，为了提高混凝土浇筑工效，他召开诸葛亮会议，要大家献计献策。他晓得唐丰收搞工程有办法，打起了他的主意。他不愿意直接找唐丰收，就在张慧娟身上做文章，因为张慧娟分在他那小组。开诸葛亮会时，他让张慧娟负责技术工作，张慧娟担心自己干不好，他就劝她说，你是技术员，现在正是发挥才能的好机会，让她放开胆量地干。张慧娟不晓得这里面的奥妙，凭着一股热情答应了。唐丰收见张慧娟这次担起了重任，既替她高兴又替她担忧，因为负责这么大的工程，对她来说还是第一次。这天，在工地上他与张慧娟相遇了，见她愁眉苦脸的，就问怎么啦？张慧娟说施工进度太慢了，郝仁俊批评了她，她也不晓得该如何加快。听说郝仁俊批评了张慧娟，唐丰收打心里替她打抱不平，陪她在施工现场转了一圈，给张慧娟支招说，你让施工人员在坝顶平台装一个铁质滑槽，用翻斗车装混凝土砂浆，用滑槽直接运到浇筑部位，进度就快了。经他这一点拨，张慧娟茅塞顿开，回去将办法告诉了郝仁俊，郝仁俊一听，当即采用了这种技术，组织人安装铁质滑槽。见施工进度加快，目的达到了，郝仁俊又以照顾女同志为理由，让张慧娟负责工地上的统计工作，并将唐丰收出的主意写成报告，向工地指挥所做了汇报。武总与老秦见采用了新技术，混凝土浇筑进度加快了，很高兴，在会上表扬了郝仁俊，夸他勇于技术革新。唐丰收这才明白郝仁俊启用张慧娟的真正用意，后悔也来不及了。

滚水坝坝基因地质层中夹带着流沙，因而渗水量较大，工程铺开后，排水长度达 280 余平方米，最高地方的高程与最低的地方高程落差较大。为解决排水难题，唐丰收绞尽了脑汁，终于想出了办法。他在东侧用原冲砂闸出口处一天然深坑处直接用抽水机排水，在西侧防冲槽部位 30 米高程处挖一长 10 米、宽 6 米、深 3 米的排水坑及纵横排水沟，安装 3 台 60 匹马力的抽水机排水，并用竹制的沙耙人工掏取排水坑中的淤沙，有效解决了施工中的渗水难题。

因水泥、钢筋等材料紧缺，郝仁俊负责的混凝土浇筑施工到三分之二时，工程被迫停工待料了，随后，消力池、护坡浆砌石等附属工程也相继停工。热闹的工地一下子冷静了下来。李副书记到滚水坝，在工地上主持召开有省 105 工区、槐树县、清河县、地区农办、灌区扩建工程指挥部等单位负责人参加的会议。会上，他对建材问题做了安排，要求在建材未到前，抓紧石料运输，争取 3 月底完成抛石任务，一旦建材到了，立即继续施工。在总结经验时，他对采用的排水技术大加赞赏，点名表扬了唐丰收。

工地上又沸腾起来了。

武总、老秦和唐丰收都很高兴，郝仁俊像是被打了耳光般，脸直发烧，因为通过领导的表扬，他感到唐丰收在工地上的威信比他高。想到大年三十夜的事，感到可以用来对付唐丰收了，就用平时收信件时截获到的张慧娟丈夫的地址，往部队写了封匿名信，偷偷寄了过去。

这天，唐丰收正在工地上拎着油壶给抽水机加油，有人跑来喊他，说赵指挥长找他有事。唐丰收晓得赵一帆是指挥部的政委，心想准是党内的事，因为他已经入党了，就兴冲冲地去了。到办公室一看，赵一帆表情严肃地端坐在那儿，他身旁还有两位陌生人。看气氛不对劲，唐丰收小心翼翼地叫了声赵政委，发怵地站在那儿。赵一帆指着一个板凳叫他坐，然后指着那两人向唐丰收介绍说是县里的，也没具体说是哪个部门的。

那两人将本子与笔拿了出来，赵一帆与对他俩点下头，才对唐丰收说，找你来是调查一件事的，希望你如实回答问题。

唐丰收一听这话，紧张起来，不晓得出了什么问题，目光注视着赵一帆。

赵一帆直截了当地问，你知道张慧娟是军属吗？

唐丰收回答，知道啊。

赵一帆说，说说你与张慧娟之间的关系？

唐丰收回答，我们是多年的同事，没什么特殊关系。

赵一帆说，希望你将你俩最近的关系说具体点。

唐丰收想了想说：最近她找我问混凝土浇筑的事，我见她为工程进度着急，给她出了个主意……

他的话还没说完，赵一帆就摆手打断了，说：我指的不是工作上的事，是生活问题。

唐丰收回答，她生活她的，我生活我的，没什么瓜葛。

赵一帆说，组织上不会冤枉一个好人，希望你主动坦白。

听说了“坦白”这两个沉重的字，唐丰收更紧张了，问，我不晓得坦白什么？

赵一帆点了一下，说道，说说你俩的作风问题。

见上升到作风这个使人心怵的问题了，唐丰收心里颤抖了，莫非是自己早年与张慧娟恋爱的事，让组织上知道了？就交代说，以前张慧娟给我打过一件毛线衣，现在我还穿着，说罢，解开外套，将里面的毛衣亮了出来，说就这件。

赵一帆问，你俩谈过恋爱吗？

唐丰收说，她给我写过信，追求过我，我没同意，因为我在老家说了亲，这事你们可以去问秦所长，他清楚。

赵一帆说：你要交代最近的事，在春节期间……

说到春节期间，唐丰收马上想到大年三十夜里的事了，说，大年三十夜，我在机房值班发电，出去解小便，发现张慧娟没回家，就问她怎么没回去，她说没有客车，无法走。

赵一帆紧追问，后来呢？

唐丰收回答，后来她到机房里来烤火了。

再后来呢？

再后来工地上线路出了故障，我去修，张慧娟一起去了。修好，她回去睡觉了。唐丰收回忆着说。

再后来呢？

再后来，工地上的振荡器出了问题，我替他们修好了，随后我也回来了，不信，你们去问当时的施工人员。

你回去以后又干了什么？

回去后我在机房里烤火，睡着了。唐丰收这样说。

就这些？

就这些。

赵一帆将桌子一拍，厉声道，你少给我打马虎眼！

唐丰收没见过这场面，吓得身子直哆嗦，说，我……我……确实睡着了。

审问这方面的事，赵一帆经验丰富，他晓得只要再往关键地方一点，不怕唐丰收不招，就轻声问，张慧娟在机房里吗？

闻言，唐丰收夹烟的手一抖，心里打鼓了，如实将情况说出来吧，机房里只有他俩，事情无法解释清楚；不说实话吧，又担忧会欺骗组织，到时候他们去问张慧娟，张慧娟说出详情，没事也等于有事了。抽口烟，他还是决定如实将情况说出来，就说，回到机房，我当张慧娟回去了，可她在烤火没走。

赵一帆诱导着问，你俩上床没有？

没有！唐丰收脱口而出，继续说，她烤火睡着了，我在一旁烤火、嗑瓜子。

你对她动手动脚吗？

没有！唐丰收激动地站起来了，这时他才彻底明白赵一帆找自己的用意了。

她在你房间里待了多长时间？

见她睡得香甜，我就没打扰她，鸡叫时，我才喊她回去睡觉了，具体待了多长时间，我也没看钟，没计算，不信，你们去问张慧娟，唐丰收自信地说。

是她自己离开的，还是你送她的？

我将她送到门口，替她将围巾围好，她走了，我将路灯拉灭了。

赵一帆看了那两人一眼，又问道：你俩在房间里干了些什么，说了些什么？

唐丰收回答，刚才我不说了吗，她睡着了，我在烤火、嗑瓜子，什么话也没说。

两人中的一个人问道，你不是说张慧娟陪你修好线路就回去睡觉了吗？她为何没走？

唐丰收答道，我是叫她回去睡觉的，她为何要去机房，我真不知道。

赵一帆与那两人相互交换了一下眼色，另一个人对唐丰收说，你对你刚才说的话，句句要负责，有半句假话，破坏军婚可是重罪！

唐丰收理直气壮地回答，我说的话，我负责，如果有假，任随组织处罚。

赵一帆对唐丰收摆摆手，让他出去。唐丰收在开门时遇见了郝仁俊。郝仁俊对他笑笑进去喊赵政委他们吃饭。

回到工地，唐丰收惊魂未散，心想这事怎么让组织上知道了，将那晚的事前后仔细在脑海里过了一遍，没人发现啊？莫非张慧娟？这种事，张慧娟肯定不会随便说，他们说是破坏军婚，那两人是县里来的，将这些线索联系起来一想，唐丰收估计准是有人在背后陷害自己，可这人是谁呢？想来想去，他也想不出来。

晚上，老秦回来了，见面就将门砰的一关，将唐丰收喊到跟前，指着他黑着脸道，叫你别与她们几个女的搅和在一起，你就是不听，你小子怎么这么不长记性?!

唐丰收晓得老秦指的是什么事，辩解说，我与张慧娟真没有那种事。

老秦说，他们刚才找我了，我将你与张慧娟以前的事告诉了他们，这次有没有，我不能替你打保票，你就等着组织上调查处理吧。说完，他在屋里徘徊了几下，又对唐丰收说，明天你离开这里，到咽喉渡槽工地上去，没我的话，你哪也不准去，往后再给我添乱子，看我怎么抽你。

唐丰收嗯了一声。

唐丰收一清早去了咽喉渡槽工地。他负责的那一摊子，老秦交给郝仁俊负责了。

建材运来后，郝仁俊在工地上忙得浑身是劲。等工程完工，写工作总结时，他将处理工程两大难题的事，都写成是他负责施工的，将功劳全部占为己有了。老秦发现后，晓得郝仁俊是在贪功捞政绩，也不好多说什么，同意上报了。后来滚水坝工程获得了工程奖，郝仁俊理所当然地成了获奖者。郝仁俊还将这两项技术写成了论文。

第三十四章

咽喉渡槽位于总干渠原来18号桩附近,因渠道裁弯取直改道了,所以渠道跨低洼地势时,必须建设一座渡槽,这儿是总干渠的咽喉部位,故名:咽喉渡槽。

唐丰收虽在等组织上的调查结果,可工地上关于他乱搞男女关系的谣言却传开了,弄得他抬不起头来。他不愿多想,一头扎进工程中,想用干活来冲淡烦恼的心情,使生活充实起来。

这天傍晚,苏敏骑着自行车来了,找到唐丰收,说自己到滚水坝指挥部来了,老秦找他有事,快跟她去,唐丰收信以为真,骑车带她走了。来到渠道附近的小树林旁,苏敏跳下车指着一个僻静处,说去那儿坐坐,拉他过去了。在草地上坐下后,苏敏从包里拿出一只卤鸭和一瓶大曲酒,对唐丰收说,来,我俩享受一把。唐丰收担忧地问苏敏,老秦找他是什么事?苏敏嬉笑着在他的大腿上拧了下,说,真笨,有事,老秦会派我来喊你吗?别人说你偷张慧娟,随他们胡扯,我苏敏心里有数,你有啥好闹心的。说罢,按住卤鸭扯了个鸭腿,咬了一口,说味道还不错,递给唐丰收要他吃。她打开酒瓶的盖子,拿起酒瓶抿了一口,张开嘴,哈了一下,用手扇扇,说,这酒真厉害,塞进唐丰收手里。两人闲聊着,喝喝吃吃,将卤鸭与酒消灭了。苏敏起身拍拍屁股上的草屑,掏出钥匙链子,取下一把钥匙,对唐丰收说,我住在张慧娟那排房子最东头一间,这是房门钥匙,烦了,你就去找我,爱啥时去,啥时去。想想,笑着补了句,深夜去更好。见唐丰收不接,便往他口袋中一塞,叮嘱别弄丢了,然后抱了抱唐丰收,骑车走了。

唐丰收双手朝裤子口袋中一插,打了个饱嗝,朝工地走去。

渡槽工程归胡家斌所在的民工团承建,以前技术上是刘凯负责,刘凯被指挥部调去设计第一干渠的四座大型渡槽了，老秦乘机将唐丰收调来了，因为是中途插进来的，唐丰收将渡槽的工程资料研究了一番，很快熟悉了情况。他发现这个渡槽与其他渡槽不同的地方在于，它不用架设支架，只要将渡槽用土方填到一定高度即可，但中间那道几十米长的沟壑，必须建钢筋混凝土渡槽，工程难度不算太大。

他来到时，两头土渡槽基本上建好了，只剩中间部分了。渡槽是总干渠的咽喉，工程必须在明年春季放水之前完工并交付使用，所以时间急迫。

胡家斌找到唐丰收，因施工没有模板了，钢筋混凝土无法浇筑。胡家斌自从出了洛阳铲事件，一直与唐丰收有隔阂，这次见他来负责渡槽技术，很不高兴。不高兴归不高兴，但唐丰收毕竟是扩建指挥部派来的技术人员，工作上，他不得不听他的，于是将这个矛盾交给他，看他如何处理。

唐丰收去找老秦，老秦挠头说现在木料紧缺，正在想办法向国家要，一时解决不了，要唐丰收自己想想办法。唐丰收想到杨泗庙工地原来建隧洞时有一批废旧的模板，就让胡家斌派人去拉来了，可那批模板大都腐朽得不能用了。

工程暂时陷入了困境，胡家斌乘机将唐丰收的军，说民工团上千人，总不能待在这儿吃闲饭吧。唐丰收何尝不着急，但也没有好办法。有天夜里，有个瓦匠对胡家斌建议，没有模板能不能用砖头代替呢，解释用砖垫到位置，再在砖上浇筑钢筋混凝土，说以前他建房子时用过这土办法。胡家斌找到唐丰收。唐丰收又向这位瓦匠仔细询问了情况。这瓦匠说具体他也没干过，行不行，也没有把握。为了慎重起见，唐丰收打电话请示老秦，工程指挥部的人说老秦和武总都开会去了。他找马家志，马家志与刘凯在搞大型渡槽的施工图纸，在外面没回来。唐丰收对胡家斌说，没有得到领导肯定，不敢随便冒这个风险。胡家斌气得指责他太不相信群众，打电话找到郝仁俊。郝仁俊回答可以试试。胡家斌过来告诉唐丰收，唐丰收就打电话与郝仁俊联系。郝仁俊说这是好主意，要他相信群众的首创精神，唐丰收说以前没有这样施工过，他说正因为没有才值得大胆尝试，不能为此耽误工期。唐丰收仍不愿意接受他的意见。郝仁俊到工地来了，见面就指着唐丰收说，群众的这个建议可行，要求按这种方式施工。唐丰收据理力争说工程建设不是搞试验。郝仁俊武断地要胡家斌听他的。

胡家斌第二天就派民工去拉青砖了。唐丰收不想将关系搞僵，抱着试试看的心态默认了。因为是试试看，所以他格外慎重，胡家斌晓得技术上还得依靠唐丰收，见他态度变了，就对他说用青砖最好用新砖，新砖吸水性好，唐丰收没吭声。

派出去的民工从一家窑场拉来几板车青砖。

用青砖将底层铺设好，唐丰收派人去扎钢筋。浇筑开始后，他格外谨慎，等浇筑完毕，他一直忐忑不安，因为工程质量一旦有问题，他责任重大。可将青砖拆除后，检查质量时，胡家斌见青砖浇筑与用模板浇筑的没什么区别，就扬扬得意对唐丰收说，怎么样，我说可以吧。

唐丰收仍缄默无语。

青砖用完了，再去那家窑场拉，那家窑场的青砖卖光了。见一时买不到青砖，胡家斌在那个瓦匠的建议下又将青砖改为用土坯。唐丰收反对说不行。可胡家斌带着那个瓦匠一试，说可以。就不顾唐丰收嚷嚷，趁着热乎劲，再次来了个土法上马，抓紧时间将那边一段也搞起来了。唐丰收想阻止又怕承担伤害群众积极性的罪名，只有在能力所及范围内，在浇筑技术上进行严格把控。

渡槽浇筑完了。唐丰收在拆模时才发现青砖与土坯因吸潮太强，太快，一定程度上影响了钢筋混凝土的质量，可外表却看不出来。

胡家斌乘机将这事写了篇报道，报社的一位记者来看后，随即将这则新闻在报纸上刊登了。

得知老秦回来了，唐丰收赶紧向他做了汇报。老秦过来察看时，胡家斌在一旁说：这是土法上马，群众是真正的英雄。既然这事已见报了，老秦也不好再说什么，保持了沉默，但事后他对唐丰收说，这样做是在冒险，钢筋混凝土的吸潮性有严格规定，过分缺水，会给工程留下隐患。唐丰收说他也是这么考虑的，现在没出问题，不等于以后不出问题。老秦叮嘱他这是特殊情况，下不为例。唐丰收点点头。

从那以后，胡家斌就不将唐丰收放在眼里了。郝仁俊也很得意。

通过这事，唐丰收变得谨小慎微了，生怕再遇见这种事让他难堪。

渡槽建设告一段落，唐丰收见空闲了，抽空回了一趟家。一进门，杏枝见到他就哭哭啼啼骂他是陈世美。原来，她听说了唐丰收破坏军婚的事。唐丰收只有对她耐心解释没那回事，可杏枝就是不相信。唐丰收晓得她有孕在身，不想与她多说，就从家里跑了回来。

这事一直在唐丰收心中是个疙瘩，不解开，他也没心事工作。见组织上一直没动静，有一天他主动找到赵一帆，要求组织上给他一个结果。赵一帆答道，组织上是对你负责，才找你谈这事，有则改之，无则加勉，告诫他以后一定要注意作风问题。

这话说得既是批评又是教育，让唐丰收也没得到准确答案。他又向老秦诉苦，老秦这才告诉他说，有人向张慧娟丈夫所在的部队写了匿名信，所以组织上不得不调查，劝他说身子正就不怕影子斜，让他尽快从这事的阴霾中摆脱出来，别影响工作。

唐丰收依然咽不下这口气。有次在工地上遇见了张慧娟，向她问这事。张慧娟更气得要命，说赵一帆他们也找她谈话了。她当即说自己与你没有任何关系，他们要她拿出证据，她毫不回避地对他们说她那天正好是来月经的第二天，在厕所换纸时，朱萍看见了，还让朱萍来给她做证。因为有朱萍的作证，这事才平息了下去。她估计这事准是有人在陷害唐丰收。

唐丰收问她估计是谁？

张慧娟说，那天在工地就这些人，还能有谁！

唐丰收仔细一想，想到了郝仁俊，因为他在零点天放亮时出来放鞭炮，郝仁俊也出来了，再无别人。唐丰收问张慧娟可向她丈夫解释清楚了。张慧娟说这事组织给他答复了，我说破了嘴他也不相信，问唐丰收家里晓得这事吗？唐丰收摇摇头，说他家里不晓得，因为他不想让张慧娟晓得他与杏枝为此闹了矛盾。

唐丰收明白了事情真相，心想：郝仁俊为何老与自己过不去，居然用这事来陷害他，告诫自己以后少与郝仁俊来往，惹不起就躲。

树欲静而风不止。郝仁俊见唐丰收被整得见面就躲，心里甭说多高兴了，可他与唐丰收毕竟在一起工作，他感到让唐丰收怕自己只是一层，使唐丰收服服帖帖听自己的话，这才是目的，因为唐丰收毕竟在技术上有一套。所以，新一轮分工时，见唐丰收被分到了第一干渠工地上去，就主动提出来要与唐丰收在一起。

离开滚水坝工地的那天晚上，唐丰收晓得老秦夜里在第一干渠那边歇息，他深夜回来拿东西，见四周静悄悄的，一片漆黑，想到去了第一干渠那边，不晓得何时才能见到苏敏，摸出苏敏给他的钥匙，蹑手蹑脚来到苏敏房间门口，将钥匙插进了锁眼，一瞬间，马连长的身影忽然在他脑海中闪现了出来，赵一帆与老秦仿佛也在背后盯着他。打了寒战，他索性连钥匙也不拔，悄然离开了。

第三十五章

第一干渠是新建的，在龙潭灌区工程布置图上，它像一条玉带般横穿槐树县。按工程设计，干渠建成后，槐树县将有几十万亩耕地受益。

因为是新建的干渠，规划设计时，根据地形、地貌等因素，决定兴建四座大型渡槽。唐丰收他们没去前，马家志副总指挥长带着地区水电局设计队负责对四座大型渡槽进行了设计。马家志比老秦年轻，思想也开放些，设计时，从工程造价、施工难易程度和工程的使用期等因素综合考虑，大胆提出渡槽槽身采用钢筋混凝土简支板梁式结构，下部用拱排架支撑，每块排架在拱顶分成两片，再用浆砌块石墩支撑。

研究四座大型渡槽的设计会议是在扩建工程指挥部召开的，参会人员主要是武总、老秦和马家志等高层技术干部，唐丰收作为闲杂人员在一旁聆听。因为武总和老秦曾经在私下做了交谈，唐丰收已经具备有了一定的技术经验与能力，所有工程技术的会都尽量让他参加，不宜参加的，就破例让他到场聆听，以便使他对龙潭灌区的工程建设，有一个全方位的了解。这对唐丰收来说是莫大的荣幸。当马家志将设计构想对武总汇报后。武总对他的设计理念表示了肯定，却担忧这种结构形式多用于公路桥梁，在大型渡槽中很罕见，在全省渡槽工程中绝无仅有。老秦也说渡槽按这种模式来建，技术复杂，难度极大。马家志却说，使用公路桥梁的结构建渡槽，美观大方，将来灌区建设成后，这是一道靓丽的风景，装饰了灌区境内的人文景观，有一定的旅游观赏价值。听说有旅游观赏价值，唐丰收给他们送茶水时笑着说：等灌区建设好，工作清闲了，我们可以到渡槽来玩了。老秦对他挥挥手，说他们正在议论大事，让他少插嘴打岔。见老秦再次提出了技术问题，马家志说刘凯是学桥梁工程的，派他到外面去见识一下这种桥梁，将相关技术咨询一下，就可以解决设计中的技术难题了。

将渡槽建设的总体情况权衡再三，武总同意了马家志的设计，让马家志形成一份书面报告上报省水电厅。

刘凯被派到外面去取经了。

批复下来时，刘凯回来了。马家志随即带着刘凯等一群技术骨干投入了设计。工程技术人员克服重重困难，终于按时完成了设计任务。

总干渠大规模扩建告一段落后，第一干渠的建设摆到了工作日程上，扩建工程指挥部就抽调力量来会战。唐丰收、郝仁俊等一大批技术骨干来到了第一干渠。因为工程在槐树县境内，槐树县在筹建第一干渠时，成立了“龙潭灌区工程指挥所”，负责工程的前期工作。四座大型渡槽主要部位由水库工程大队承建，唐丰收他们负责技术，郝仁俊任工程组组长。

来到工地，唐丰收他们住在工程指挥所里。

郝仁俊是槐树县人，兼任工程指挥所所长的槐树县杨县长对他格外器重，给了他一间住房。郝仁俊主动将这间房让给了唐丰收，还当着杨县长的面夸唐丰收是技术能手，最好的待遇应该让他享受。唐丰收吃郝仁俊的亏吃怕了，担心他又在耍什么名堂，忙说自己是一般技术员，不能搞特殊，拿着行李要去住大工棚。郝仁俊热情地将他手中的行李夺下来，执意要他住那个单间，说自己与杨县长住在一起，要他服从安排，别摆技术能手的架子。

杨县长也劝唐丰收别固执了。

唐丰收见杨县长发话了，就服从了安排。

1号渡槽与2号渡槽的支架梁是同时预制施工的。工作铺开后，浇筑混凝土的问题随即出来了。按常规施工程序先得立木模，浇筑后要待混凝土凝固到一定强度再拆模，浇筑下一个时仍要再立模、拆模，循环往复。郝仁俊发现这样施工费时、费料，劳动强度大，就召开诸葛亮会，请各位技术员献计献策，想扭转这种被动局面。大家七嘴八舌说着，唐丰收一直坐在旮旯里，缩着脖子埋头抽烟，一言不发。透过滚水坝工程那两个技术难题的处理，他学乖了，心想将智慧献出来，最后成绩还是郝仁俊的，他吃力不讨好，说不定还会遭受打击。

唐丰收不开口，其他人说来说去也没说到点子上，令郝仁俊很不满意。

他晓得唐丰收之所以不说话，是对自己有芥蒂。到工地后，连续几次开会，唐丰收都是闷葫芦一个，看来要想将唐丰收的积极性调动起来，不用手段不行，可怎么样才能感动唐丰收，让他开口说话呢？郝仁俊在心里打起了小九九。

这天，郝仁俊见唐丰收在水塘边洗衣服，他心想，对啊，可以从唐丰收老婆身上下手啊。他晓得唐丰收很多日子没回家了，一定想老婆，这时将他老婆接来，让他们夫妻团聚，他肯定很感激，要是再在他老婆身上做点文章，不愁他不听老婆的。郝仁俊见过杏枝，他不能直接到唐丰收老家去，可套毛与金巧的事，他听说了，于是，他骑自行车来到金巧家，给了王财东十斤本省粮票，因为王财东曾找他用大米换过粮票，说是买糕用。得知缘由，王财东乐得让金巧去唐家屋接杏枝了。

金巧领着杏枝来到一个路口，郝仁俊在路口迎接她俩，然后将她俩带到了工地。杏枝忽然降临了，唐丰收很惊讶，喜欢得手直搓，笑着问你咋来了？在路上，郝仁俊对杏枝做了交代，要她说是到金巧家来替套毛说事，顺便来看看他的，杏枝觉得这样说合她的心意，就答应了。杏枝怀孕后，由于干活时过于劳累，不慎流产了，上次与唐丰收闹了别扭，一直没见到他。杏枝微笑着回答，想你了呗。

唐丰收放下手中的活儿，将她俩领到住处。

金巧吃了晚饭，回去了。

晚上上床后，杏枝对唐丰收说那次他走后，她流产了。听唐丰收叹息，就劝他说，流就流了，你让我再怀一个就是，没啥大不了的。一把抱住唐丰收。两人都干柴烈火，一夜翻江倒海，愉悦异常。

第二天，郝仁俊主动来找唐丰收，见杏枝在铺床，热情地喊了声：嫂子。与唐丰收一起到工地上去了。唐丰收中午回来，发现杏枝在食堂里给烧饭的师傅帮忙，将她喊回来了，问这是咋回事？杏枝说食堂里缺个帮手，何组长让食堂里的师傅喊她去帮忙。唐丰收正叨叨着让她住两天回去。郝仁俊来了，笑嘻嘻地对唐丰收说，嫂子来了，你让她多住几天，反正食堂缺个人，让她搭把手，做几个小工，不是两全其美吗？唐丰收见杏枝挺乐意的，也不好再说什么。

唐丰收晓得这是郝仁俊有意安排的，是在拉拢自己，希望自己出主意。

心想做人还是和为贵，其实，施工中出现的问题，唐丰收表面上无动于衷，心里一直在琢磨着解决的办法，只是还没有思考成熟。杏枝到身边来陪他，还在食堂里当了帮手，使他在生活上感到很温馨，人也精神多了。有天傍晚收工回来，他见到两个农村小孩在土堆上往下滑着玩，陡然来了灵感，蹲下身子，捡根树棍子，画了起来，画画想想，想想又画画，忙跑回去，连饭也顾不得吃，拿出老秦给他的一本新杂志，找到介绍滑模的内容看起来。杏枝替他用大茶缸子将饭端来了，他却兴奋地跑去找到郝仁俊，说终于找到了好办法。郝仁俊欣喜地要他说说看。唐丰收毫无顾忌地将想法说了出来。郝仁俊听后，心中虽大喜，却不外露，说要试试才行，要唐丰收与他去找人做模型。

唐丰收找来工匠，将绘制的草图对工匠做了介绍，与工匠一起制作，郝仁俊也在一旁帮忙，忙到深夜，用滑模技术做的器具终于制了出来，试验效果较好。这时，郝仁俊听说唐丰收还没吃饭呢。赶紧让食堂做夜宵，犒劳他。这一夜，唐丰收一直在想滑模的事，激动得没睡好。

第二天一清早，唐丰收来到工地，指挥别人铺设滑行轨道，将轨道铺设好，又将滑模安装好了。他设计的这种滑模，是做一个钢木结构车厢式的行动排架，上面立着钢模板，铺设滑行轨道，排架顺着轨道滑行，浇筑一跨混凝土，达到一定强度了，继续将钢模滑行至下一跨的浇筑部位，好比是流水线作业，打破了一跨一浇筑的传统模式。滑模投入使用后，不但加快了速度，而且节约了材料，效果好极了。

唐丰收欣喜，郝仁俊更欣喜。在郝仁俊看来，这项混凝土创新技术还有更大的价值，他上次写的论文投稿后，杂志编辑给他回信说，论文有实用价值，但创新意识不够，没发表。他晓得以后晋升工程师要论文，所以这回他将唐丰收想出来的滑模技术整理了一下，增添了一些创新方面的内容，又写了篇论文，寄给了那家杂志社。这事，唐丰收当然被蒙在鼓里。

为了感激唐丰收，郝仁俊给杏枝开小工时，有意多开了几天。唐丰收发现后，很不好意思，要杏枝将多开的钱退回去。杏枝乐颠颠地说，人家郝组长将钱都发到我手里了，退回去干啥？不愿退。唐丰收心想难得杏枝欢喜一次，没吭声了。

渡槽浇筑的速度加快了。武总和老秦来看了后，大加赞赏，表扬了唐丰收，也表扬了郝仁俊，因为工地毕竟是他负责的。老秦见杏枝在工地食堂里帮忙，皱了皱眉头，听郝仁俊说是照顾唐丰收的，请别人也是请，就默认了。但走前，他给唐丰收留下了一句话，杏枝临时在工地上帮忙可以，但长期这样下去不行，要他注意影响。唐丰收说他明白。

郝仁俊的论文很快在杂志上发表了。这事在扩建工程指挥部里引起不小振动，有人为他喝彩，但更多的人是为唐丰收鸣不平，人们都知道这项创新技术是唐丰收搞出来的，并非是他郝仁俊。唐丰收晓得后也没多说什么，在他看来这技术能在杂志登上出来推广使用，是件大好事，用谁的名字发表并不重要。

郝仁俊收到样刊那天，特意请唐丰收与几位领导喝酒，说他请客，还说等稿费来了，一定给杏枝嫂子拿去买件新衣服，弄得唐丰收反而有点不好意思。

马家志事后对唐丰收说，你啊你，真是傻瓜蛋，被人家卖了还替人家数钱呢，提醒他以后注意。唐丰收不晓得在杂志上发表论文有啥价值，没将这当一回事，反而感到马家志太计较个人名声了。

建渡槽桥墩的工作开始了。唐丰收见用传统方式浇筑，施工时要搭脚手架，浪费材料，施工不方便，又琢磨开了，想再来一次大胆的创新。吃一堑长一智，这回唐丰收琢磨好办法后，没告诉郝仁俊，趁郝仁俊外出开会的机会，悄悄对马家志说了，因为上次搞滑模创新，马家志不在工地上。马家志听了他的创新建议，连连叫好，就按他的创新方案用钢管制作了摇臂扒杆，用钢管摇臂扒杆吊运砂浆，取代了施工用的脚手架，节约了材料，大大减轻了施工难度。马家志将材料总结了一下很快将论文写了出来。他将唐丰收作为第一作者，唐丰收羞涩地说：论文是你写的，就别落我的名字了。马家志负责地对他说：创意是的你，具体办法也是你想出来的，你是主角，应该是第一作者，我不过用论文的方式写了出来。唐丰收问在论文上留个名字有啥用呢？马家志告诫他说，现在没用，以后说不定哪天对你就能派上大用。

马家志这么说了，唐丰收就听了他的。

郝仁俊回来晓得了这事，不但没与唐丰收计较，反而想着法子与唐丰收亲近。

第三十六章

郝仁俊听说第一干渠上布置的 3 号渡槽，因钢筋、水泥和板材严重缺乏不建了，这事本来与他没啥关系，可他却动了心念。如果情况真是这样，渠道改线从哪儿经过就值得关注了。他知道槐树县有个区，这次没有纳入受益区，要是改线绕道时，能将渠道往这个区弯一下，这个区几个公社的几万亩耕地就能获得灌溉了。设计第一干渠时，流量是按分配固定的，如果绕道弯向清河县，这边的流量势必会受影响。这事虽要经过地区革委会最后拍板决定，可绕线改道得由扩建工程指挥部事先提出方案，郝仁俊晓得一旦方案拿出来，等于内定了，一般情况不会做大改动。武总病倒在医院里，老秦在忙碌杨泗庙隧洞的明开工程，绕道改线领导小组成员是老秦与马总在武总病房里由他们三个定的，由马总负责，唐丰收、刘凯和他是小组成员，一起商讨起草绕道改线方案。郝仁俊晓得马总在骨子里瞧不起他，而刘凯是马总的人，这样，他如果不将唐丰收拉过来，光凭他一人，肯定不行，清河县一旦提出意见，说不定就会被采纳。一旦采纳了，槐树县就得吃亏。

趁方案还未商议，郝仁俊火速赶到槐树县城找到杨县长。

杨县长也在为这事着急呢，见他来了，就关起门与他商量对策。郝仁俊将领导小组的情况对杨县长分析后，慎重地对他说：要想获得通过，最关键人物是唐丰收，刘凯是搞设计的，对具体情况不那么熟悉，马总负责全面，估计具体方案是由唐丰收提出来，只要唐丰收帮他们说话，他再敲边鼓，问题就好办了。

杨县长问，马总听唐丰收的吗？

郝仁俊说，你别小看了唐丰收，他的意见不但马总会听，就连老秦乃至武总都会尊重，在扩建工程指挥部，谁不晓得唐丰收是他俩的心腹大将呢。

杨县长问他，你说怎样才能将唐丰收争取过来呢？

郝仁俊说，要想将他争取过来，我们得下大本钱。

杨县长将目光注视着他，回答他说，只要政策许可的，我办。

郝仁俊说：唐丰收老婆在农村，要想将他争取过来，最好从他老婆身上打开缺口，如果将他老婆搞个农转非指标，安排吃商品粮，临时放在工程指挥所里，许诺以后将唐丰收调到指挥所里来当副所长。这样做，唐丰收等于是我们槐树县的人了，不怕他不为我们县说话，再说，下一步我县要大规模挖第一干渠，进行支渠配套建设，像唐丰收这样的技术人员打着灯笼也难找。

杨县长听后，将大腿一拍说，好，就按你的意见办。

郝仁俊说，最近要开会研究绕道改线的事了，事不宜迟，这事得赶快办。

杨县长对郝仁俊说：你这就去替我将唐丰收找来，我与他谈。

郝仁俊回到工地，与唐丰收一起骑着自行车赶到槐树县杨县长的办公室。杨县长特意在县招待所食堂的小套间里，用接待上级领导的规模，为唐丰收安排了一桌酒席，盛情款待。

唐丰收当杨县长找自己是谈渡槽的事，也没多想，见杨县长如此接待，警觉了，因为他感到没有重要的事找自己，杨县长不会用这么高的规格来接待他。

酒喝到八分热，言归正传了，郝仁俊对唐丰收说出了这次杨县长请他的用意。见是这事，唐丰收深知其中利害，谨慎地答道，绕道改线，最终由马总决定，还有老秦与武总把关。我也帮不了什么大忙。

郝仁俊晓得他这是在退缩，笑着给他戴高帽子说：别人不晓得你，我还不晓得吗，只要你坚持说不往清河县那边拐弯，不愁马总不听你的。

唐丰收感到不宜过早表态，就说：绕道改线，事关重大，得全面权衡才行。

杨县长这时笑着发话了：往东是全面权衡，往西也是全面权衡，这还不是事在人为，关键就看你们这些搞技术的怎么说了。

唐丰收笑了笑回答，这得实事求是地把握。

本来他说这话是指工程上的情况，谁料，杨县长却当他是在提条件，也希望这事能尽快落实，从衣袋里掏出一张表，递给唐丰收，说：你将这表填一下，然后交到我们县粮食局与城关派出所，再回去将你老婆的手续办一下。

唐丰收接过表放在桌上，茫然了。

郝仁俊这才将杨县长的用意谈了。

听说槐树县要替他老婆孩子办商品粮户口，唐丰收一惊，因为他做梦也没想到会有这样的事，但这事是好是坏，他也吃不准。

瞧他犹豫，郝仁俊看了看杨县长。

杨县长笑着说：我们先把你老婆孩子的事解决了，下一步，设法将你调过来，安置在我们的管理所里当副所长，人才难得，我求贤若渴啊。

郝仁俊将那份表拿起来往唐丰收口袋一塞，对他说：杨县长都替你安排好了，还不快感谢。

唐丰收赶紧站起来向杨县长敬酒，表示感谢。

杨县长与他将酒一饮而尽，说：以后你就是我们县的人了，有事你只管找我。

郝仁俊趁机端起酒杯向唐丰收祝贺。

回到工地，郝仁俊对唐丰收说，趁这几天工地上没啥大事，你回去将嫂子与孩子的户口关系办了，要是遇见问题，找我。

见唐丰收急着要走，杏枝问他到哪儿去。他也没回答，骑着自行车上了路。

唐丰收直奔杨泗庙去了，可老秦到县医院去探望武总了，不在工地。唐丰收又马不停蹄地追到县医院，因为好久没有见到武总了，他特意买了几斤苹果带着。

老秦见他拎着苹果进来了，就问他不在工地上搞工程，跑到这儿来干什么？

唐丰收赶紧将杨县长找自己的事，向武总和老秦作了汇报，将那份办理农转非的表掏了出来。这么重大的事，他当然要向这两位恩师汇报，听取他俩的意见。

老秦一笑，将表拿在手中晃了晃，对唐丰收说：你小子现在不得了啦，居然连县长都拉拢你了。

唐丰收红着脸说，我不晓得这事，是他们找我的。

老秦将脸色一黑，说：他们巴结你，还不是看中了你说话有分量。你是工程技术人员，毛主席说要斗私批修，在这件事上，你不能有私心。

武总将烟斗吧嗒了一会儿对老秦说：将小唐家属户口乘机解决农转非问题，机会难得……

还没等他将话说完，老秦就厉声对唐丰收说：你这辈子都得跟着我搞工程，还是那句话，你老婆在农村给你带孩子养家，你更有精力搞工程，比你将老婆孩子带在身边好！他们想将你要到槐树县去，让他们做梦吧，对你说，没有我同意，你哪也别想去。将手里表往唐丰收身上一甩，要他拿去还给他们。

恩师发脾气了，唐丰收低头不吭声了。

武总从嘴唇上摘下烟斗，正要对唐丰收说什么。老秦一把拦住他的话，对武总说，别同他啰唆，这事我说不行就不行，然后指着唐丰收说，你小子要是敢在绕道改线这事上不公事公办，看我怎么收拾你。催唐丰收快回去。

杏枝从郝仁俊嘴里晓得了这事。夜里，唐丰收将老秦的意见告诉了她，她就同唐丰收吵，指责老秦凭什么干涉他家的事。唐丰收忙用手捂住杏枝的嘴，不让她说，可杏枝在他手上狠狠咬了口，仍大声嚷嚷，唐丰收恼火地给了她一巴掌。两人闹了一夜，第二天唐丰收就将杏枝从工地上撵回了老家，要她以后别再来了。杏枝气鼓鼓地回答，以后你抬轿子来接，我也不来。走了。

郝仁俊见状过来劝说，见唐丰收将表还给了他，说这事不办了。

郝仁俊料定是老秦从中作梗，耐心劝他说，错过机会，你要后悔一辈子，指责老秦太死心眼。

唐丰收还是摇头说这事不办了。

不久，在召开的绕道改线会议上，正如郝仁俊预料的那样。马总果然在关键时刻征求唐丰收的意见，唐丰收如果按郝仁俊的意见，提出改线不往清河县那边靠近，也在情理之中，可从清河县的情况与全灌区的总体效益来权衡，唐丰收还是秉公提出了意见。郝仁俊在他说话时，几次在桌下用脚踢他的腿，阻止他，他都没睬。

地区革委会在龙山县召开的灌区扩建工程会议上，决定不在第一干渠上建3号渡槽了，绕道开挖渠道。将具体方案一公布，清河县来参加会议的刘民权高兴得跳了起来。槐树县的杨县长嚷嚷着反对，但也无济于事。

第三十七章

因为渡槽是采用桥梁式结构，拱桁架是在地面上浇筑的，所以需要用起吊机械来吊装。施工队没有大型吊装机械，马家志打听到省水电厅下属有个建筑队有，见郝仁俊主动要去联系，答应了。郝仁俊之所以主动要去，是想乘机带着妻子到省城去玩玩。他与妻子在省城公园里玩得尽兴，可在联系机械时却遇到了麻烦。他找到那家单位，那家单位的负责人看了介绍信后，说这种大型机械的借调要经过厅领导批准。他来到省水电厅，因为是第一次来，从这个办公室跑到那个办公室，从一楼跑到二楼，又从二楼跑到五楼，找来找去腿都跑断了，还是没找到人，焦急之中，他打电话将情况向马家志汇报。马家志将事情对武总一说，武总说那叫唐丰收去吧。

因为时间紧，接到任务，当日下午唐丰收就乘车风尘仆仆赶到了省城。他也没有与郝仁俊联系，直接去厅长办公室找王厅长。王厅长出差不在家，在办公室门口他遇见了白秘书。白秘书见唐丰收来了，赶紧与他握手，亲热地问他何时到的？唐丰收说才到。电话响了，白秘书接听后拉着他说，走，陪我去战斗一下。唐丰收明白白秘书指的是喝酒，忙说我是来办事的。白秘书说，等你帮我战斗解决了，你就是要天上的星星，我也替你去摘。既然他说这话了，唐丰收陪他去了。

进了食堂小包间，唐丰收才晓得是水电部的领导来了。在介绍他时，白秘书有意抬高他的身份说唐丰收是龙潭灌区工程指挥部的工程师。酒席拉开了，唐丰收才清楚白秘书拉他来战斗，主要是对付水电部来的章副主任，因为这位山东籍的章副主任年龄不大，在水电部是出了名的酒桶，号称酒父。十几个回合过后，酒桌上就剩下章副主任与唐丰收了。章副主任见面前这位年轻人一点事也没有，暗暗吃了一惊，索性与他改用碗喝，想速战速决，取得最后胜利。唐丰收也没推辞,说领导叫咋办就咋办,端起碗来奉陪,一连喝了三大碗,众人都叫好,章副主任瞧唐丰收仍一副笑眯眯的样子,心想今天遇见高手了,要与唐丰收划拳。唐丰收不会这一套,建议老牛推磨。章副主任见多识广,说推磨就推磨,与他一对一用碗轮番海饮起来。相互喝了四碗,唐丰收说要去卫生间,这时,章副主任完全没有了领导的架子,拦住他说哪也不准去,让人拿来个痰盂子放在门旮旯,说这儿没娘们,要唐丰收解手。唐丰收解开裤子哗啦啦解了。接着再战时,一碗没喝完,章副主任哇地一叫,对着酒桌喷了个百花齐放,众人一阵哈哈大笑,白秘书见他确实不行了,就让人将他搀走了。唐丰收连连向章副主任赔不是。章副主任指着他摇摇晃晃地说,改……日……再战,我……,话没有说完,又哇地吐了一口。

章副主任被搀走后,白秘书和其他的人都对唐丰收伸大拇指,夸他将酒父放倒了,创下了历史纪录。唐丰收将白秘书拉到一旁,递给他一支烟,说出了来意。白秘书说这事好办,将他带到办公室,打了个电话。不一会儿,来了个人。白秘书带着那人和唐丰收一起坐车来到那家建筑公司。到了公司,唐丰收意外地遇见了当年在劳改队带队的王队长,因为这家公司就是由当年劳改队中的就业人员为骨干组建的,王队长是公司主要负责人。听说是龙潭灌区要用大型吊车,高兴地满口答应了,并亲自连夜带着技术人员将吊车开走了。与白秘书分手时,唐丰收谢他,白秘书却感谢他将章主任放倒了,为厅里争了光,要他以后常到厅里来走走。

坐在回去的车中,酒性发作,唐丰收晕乎乎睡着了。

天麻麻亮时,吊车开到了工地,值班的人将马家志喊醒了。马家志见来了两辆吊车,格外惊喜。唐丰收被叫醒了,听他说了斗酒的事,马家志开怀大笑地夸他真牛。

郝仁俊打电话来催问唐丰收去了没有?

马家志回答,人家都将吊车弄了回来,你干什么去了,要他快回来。

经过一番准备。两天后的上午,1 号渡槽的吊装开始了。

唐丰收正在往工地上走,听有人喊他,回头一看,是黄铁林来了。瞧他手中拎着两只活蹦乱跳的老母鸡,热情问他来干什么?黄铁林回答听说王队长来了,我来看看。

见他是来看王队长的,唐丰收忙将他带到王队长他们住的工棚。两人见面,都分外惊喜。王队长将手伸过去要与黄铁林握手,黄铁林却恭恭敬敬地弯腰给他敬了礼,问,王队长好吗?王队长说,我现在在建筑公司,一切都好,问他生活得怎么样?黄铁林说自己开了家小诊所,老婆在队里干活,生了个女儿,小日子过得还可以。王队长笑着说那就好,见他带鸡来了,执意要给他钱。黄铁林推让着,说什么也不收。听黄铁林问原来的劳改队在哪儿?王队长说劳改队的事,他也不清楚。王队长见有人喊他,将同来的几位原来的就业人员叫过来陪黄铁林说话,自己忙碌去了。这些老朋友见了黄铁林,真比他乡遇故知还亲热,与他又说又笑。

渡槽吊装的事传开后,在当地群众中引起了轰动,周边的老百姓纷纷跑过来观看,不一会儿,周围山岗子上到处都是人,少说也好几千。为了确保施工安全,工程扩建指挥部特意请地方政府组织持枪民兵来加强警戒。

地委的李副书记专程赶来,扩建工程指挥部的人几乎都到了,武总也抱病来了。吊装开始后,意外的事情发生了,因为60米高的桅杆式吊塔无法在空中将渡槽槽身对接。

吊装失败后,扩建工程指挥部的人火速将各方技术骨干召集在一起开诸葛亮会,寻找解决问题的办法。

作为工地总指挥,武总躺在担架上,边打吊针,边与技术人员一起商讨。工程队有位技术员提出将渡槽槽身在空中翻身后直接实施电焊对接,可这种技术谁也没搞过,也没有先例。讨论来讨论去,没有着落。唐丰收在一旁建议说,我们可以先做个模拟试验,行,就采用,不行再另想办法。武总支持了他的建议。在唐丰收的主持下,几位主要技术骨干当即做了模拟试验,试验结果让人高兴。找到了解决这道难题的办法,指挥部临时成立了指挥小组,由唐丰收任小组长。

第二天上午一切准备就绪,戴着安全帽站在渡槽槽身上的唐丰收将手中的小红旗轻轻一挥,吹响了哨子。两个吊车将槽身缓缓吊了起来,唐丰收的身子也随之冉冉而升。一个渡槽的槽身在空中翻身时,因为振动,站在高空渡槽上的唐丰收身子一歪,下面观看的群众顿时发出了惊叫。可唐丰收眼疾手快,一把抓住缆绳将身体稳住了。在下面观看的武总悬起来的心一激动,连续咳了几下,吐血了。李副主任赶紧让人将他搀扶到工棚里去休息,可他却对老秦说,要唐丰收注意安全。

李副主任亲自用话筒对唐丰收大喊几声:注意安全,注意安全。唐丰收在上面用旗语回答明白。随后,唐丰收又指挥吊车继续提升,将两端槽身对接好,唐丰收用一旁的软梯下来,负责电焊的几位师傅上去。伴随着电焊火花的飞溅,工作进行得很顺利。

唐丰收听说武总吐血了,赶紧过来看他。武总说自己没事,催他快去指挥。

焊接好后,唐丰收将哨子吹响了,不停地用小红旗打旗语,指挥放位。当他将哨子吹了个长长的声音,打着旗语示意对接成功时,聚集在现场的数千名群众一片沸腾,齐声欢呼毛主席万岁!乒乒乓乓的锣鼓声和噼噼啪啪的鞭炮声响彻云天……

经过一连数日紧张奋战,1 号渡槽槽身吊装的任务终于完成了,一道长495 米的巨大人工天桥,宛如一道彩虹般横空耸立在这片热土上了。

将 2 号与 4 号渡槽安装完毕,吊装机械离开前,黄铁林专门跑来将王队长他们一行人,接到他家去吃了顿饭。

工地上举行庆功表彰大会,会场就布置在才耸立起来的巍峨的一号渡槽那座天桥下。唐丰收因功劳卓越,被评为先进技术员。当他戴着大红花来到领奖台上时,台下顿时一片热烈掌声。李副书记临时要他说几句话。因为没准备,唐丰收红着脸对台下一连鞠了三个躬,对着麦克风大声说,功劳是大家的,荣誉是大家的,我们要发扬成绩,再接再厉,一定将灌区工程建设好,争取早日通水,发挥效益。听得李副书记带头为他鼓掌,张应喜过来逗他说,光说话不行,你还得给大家唱首歌,并向台下问大家,好不好?

工地的人都认识唐丰收,马上起哄说,好!

唐丰收晓得这回非唱不可了,就对着麦克风扯开嗓子唱道:

毛主席的战士最听党的话,
哪里需要哪里去,哪里需要哪安家;
祖国要我守边卡啊,

扛起枪杆我就走，
打起背包就出发……

会后，请来的县黄梅戏剧团演了场《沙家浜》。

唐丰收正在看戏，苏敏在人群中找到了他。他与苏敏好久没见面了，高兴地来到场外。苏敏笑着说，你这回算风光了。唐丰收说这次评先进，他说不要，可马总非将名额给了他，谦虚地说自己其实也没发挥多大作用。苏敏羡慕地说，你的论文在杂志上发表，我都拜读了，写得好极了。唐丰收也没注意这事，问她可是真的？因为他还没接到样刊呢。苏敏从包里掏出个大信封，递给他，说我拆开看了，你不介意吧？唐丰收在渡槽工地，马家志替他写的通讯地址是扩建工程指挥部，所以样刊寄到指挥部那边去了。苏敏看见后，替唐丰收收了起来，随后拆开来看了。唐丰收逗她说：你看我的信怕什么，对你，我没啥秘密。

苏敏说信封里有两本，你留一本，这本给我做纪念。

唐丰收给了她一本。

苏敏指着他手里拿的奖品，毫不客气地说，我原来的大茶缸不晓得谁拿去了，这个给我吧。

唐丰收这次的奖品是一条印有奖字的毛巾和一个大茶缸。见苏敏要，顺手给了她，然后问她与马连长的关系怎么样了。

苏敏回答：狗东西好几个月没来信了，鬼晓得他怎么样。

唐丰收说你该抽空主动去看看他。

苏敏不耐烦地回答，他不来看我，我还去看他，没门。说罢，抬起脸用目光盯着唐丰收，说，抽空我来看看你，也比看他强。抱怨上次他将钥匙插在锁眼里，为什么不进去，太小气了……

唐丰收见苏敏话又说得露骨了，将话岔开，说老秦昨天与他谈话了，等渡槽这儿的情况告一段落，就要他去杨泗庙。

苏敏说，要是我也能去就好了。

唐丰收问这话怎么说？

苏敏说，我俩就又在一起了啊。

唐丰收去了她一声。

苏敏像想起了什么,陡然对唐丰收说:胡家斌调到我们指挥部来了。

唐丰收吃惊地问他调来干什么?

苏敏回答:是调来当政工组组长的。

这时有人喊唐丰收,他对苏敏笑笑,离开了。

戏散场了,往工棚走时,唐丰收又遇见了张慧娟,因为人多,两人交换了一下眼神,也没说话。当他看见张慧娟去了厕所,故意在厕所旁等她。张慧娟出来后,他将手中的那条获奖的毛巾往她手里一塞,什么话也没说就跑了。因为他想好了,大茶缸给了苏敏,要是被张慧娟晓得了,肯定又说他偏心,他不想在这些小事让张慧娟说自己。

夜里,郝仁俊过来问唐丰收上次在省城是怎么找到门路的,唐丰收说自己是到厅里找领导办的,没告诉他喝酒的事。听他说认识厅里的领导,郝仁俊说你怎么不与我联系,让我也认识认识。唐丰收许诺下次有机会一定介绍他与领导认识。

见郝仁俊给自己装烟,唐丰收笑着对他说,这次吊装你可以写篇论文啊。郝仁俊摇摇头表示不好写,告诉他说,你还不晓得吧,这次吊装,报社来记者了,是他接待的,记者拍摄了他站在渡槽槽身上吹哨子指挥渡槽吊装的照片呢。

唐丰收惊喜地问真的吗?

郝仁俊说,不信,过几天你在报纸上就能看到。

事后,唐丰收将这事忙忘了,那张刊登着他巨幅照片的报纸他没有看见,可被苏敏看见了。看着唐丰收气宇轩昂的样子,她喜得将报纸拿回家,贴在床边的墙上。

槐树县的杨县长也看见了那张报纸。尽管改线绕道的事没办成功,想到县里下一步要对第一干渠进行大规模建设,县里缺乏唐丰收这样的专业技术人才,决定到工地上去与唐丰收谈谈,想将他拉过来,到时候好用。

杨县长过来后,问郝仁俊,唐丰收呢?

郝仁俊说他昨天下午被武总喊走了,去了哪儿我也不知道。

杨县长叹息来晚了一步。

第三十八章

上阵父子兵，打仗亲兄弟。扩建工程指挥部不乏技术人才，可老秦因武总病重承担起了杨泗庙隧洞工程明开的重任后，又将唐丰收调到自己身边了。在他看来，唐丰收年富力强，家庭稳定，技术过硬，正是干事业的大好时机。在他心目中，唐丰收就是他儿子，所以这些年来，他对唐丰收各方面的要求都极为严格。

这天中午，唐丰收从隧洞工地回来，老秦对他说，你收拾收拾东西，我俩出差。唐丰收在脸盆里边洗手边问，到哪去？老秦笑着说，省水电厅领导派我们去参观河南林县的红旗渠，我才接到武总的电话。听说参观红旗渠，唐丰收来劲了，问何时走？老秦回答我俩这就到县里去，明天赶到省水电厅去集中，你快到出纳那儿去借点钱。

在水电厅领导的率领下，老秦与唐丰收一行人风尘仆仆地赶到了河南林县。参观青年洞时，唐丰收看着这座穿山而过人工开凿的隧洞，不由得心潮起伏，感慨万千。他对老秦轻轻说，我们应该学习林县人民的精神，老秦点点头。走在石头垒砌的石头渠道堤坝上，唐丰收对身边马山灌区的胖子张大年工程师低声说，这渠是引漳河水灌溉的，以后要是漳河水位降了，没水了，这渠道不就没用了？马山灌区是提长江的水灌溉的，张大年笑着答道，漳河的水那么丰沛，咋会降落呢，说他过于担忧了。唐丰收仍固执地咕哝了一句，没有水库做保障，渠道建得再好也没用。老秦白了唐丰收一眼，阻止他别乱说。晚上在招待所睡觉时，老秦才对唐丰收说，修建红旗渠的精神值得我们学习，但林县的工程负责人在建设前期，缺乏科学论证。叮嘱唐丰收心中明白就行了，嘴上千万不能乱说。唐丰收嗯了一声。

老秦与唐丰收从红旗渠参观回来，随即投入了杨泗庙隧洞切岭工程的前期工作。

隧洞切岭工程全长1100米，一般切深在23米，最高垂直切深达28米。因为槐树县要开挖第一干渠，龙山县与老鸭县要开挖第二干渠，所以艰巨的施工任务交给清河县承担了。

入冬后，清河县的刘民权县长亲自任民工团团长，率领六千余民工进驻了工地。民工们的管理按部队班、排、连、营建制，有的住在临时搭建的工棚里，有的住在沿渠社员家中，以连为单位食宿，各级指挥员均吃住在工地。

隧洞采用爆破的方式炸开，因而需要一批爆破技术人员，唐丰收对老秦说去将覃大头请来发挥他的作用吧。老秦在覃大头家住了很长一段时间，晓得他是爆破高手。有天下午，他与唐丰收去了覃大头家。覃大头见老秦与唐丰收来了，赶紧迎接。老秦说现在是我们来迎接你的，当即将他带到工地，夜里要食堂多炒了几个菜，请覃大头喝酒。因为他是被请来专业爆破的，老秦安排他住在指挥部大仓库隔壁那半间披屋里。

战斗打响后，民工们开始挖掘岭上表皮的浮土了。唐丰收带着覃大头去找刘县长要人，想从民工中抽调一批人培训爆破手。刘民权爽快地说：所有的民工随你们挑，看中谁，你们就调去。

刘县长大力支持，唐丰收当然高兴，可当爆破手要承担一定风险，与干其他活不一样。经过慎重考虑，唐丰收派人在各民工营住处张贴了自愿报名的告示，将爆破手的条件、待遇和风险公布于众，以便民工们对这项工作有一个具体的认识与了解。覃大头担忧地说，你这样招人，说不定一个也招不来，唐丰收回答，先采取自愿报名试试，不行，指挥部再直接挑选指派。

告示贴出去后，使唐丰收高兴的是，可能是看在爆破手每天完成既定任务补助三毛钱的原因吧，在规定的两天内就有50多人报了名。套毛来找到唐丰收，说自己想参加，唐丰收毫不客气地说，不管谁，都得通过测试录取，要他去报名。

按预定计划，爆破手这次招10名。报名截止的当天夜里，唐丰收将报名的民工召集在一起举行二次选择，打算筛选出20人，然后再箩里选瓜，最后定人选。筛选时，唐丰收严格把关，退伍军人、武装基干民兵、党团员、年龄在三十岁以下、身体健壮、初中毕业的优先。经过这一筛，剩下20人了。爆破手毕竟干得是技术活，覃大头有丰富的爆破经验，建议对这20人测试，测试的项目有反应灵敏、胆大心细、快速跑步三项，采取打分制，从高分中选10人。

测试是在一个下午进行的。参加测试的人列队站好后，刘民权到场做了动员讲话，唐丰收作为负责人对测试的目的、意图做了进一步说明，然后覃大头将测试的具体内容告诉了大家。为了防止在谁先谁后上有意见，测试顺序采取抓阄，谁的号在前，谁先开始。杨林公社的戴结林抓的是1号。戴结林是位退伍军人，个子矮矮的，机敏灵活。唐丰收喊了声：戴结林。戴结林响亮地答应了一声，上去了。反应灵敏这个项目是让将测试者匍匐在地上，用烟头点燃一截导火索，导火索被点燃后，必须快速爬起来离开现场，要求越快越好。戴结林用香烟头将导火索点燃后，身子连续打了几个滚，滚离了现场。覃大头在一旁观看，唐丰收记录，随后两人给戴结林打分。因为要求测试人员点火时不准用打火机与火柴，一律用烟香。在接下的来测试中，洋相百出，有的人只顾点火，导火索还没点着就慌张地跑了；有的人点导火索时手直抖，点了半天也点不着；有的人点着了，但呆愣着不晓得跑，惹得在一旁观看的人看得哈哈大笑。第一项测试结束，接着进行第二项，测试胆大心细，这项目是将一个鞭炮让测试者捏在手中燃放，可以丢弃，但必须要在规定的时间内丢得恰到好处。戴结林又上去了，结果他出色地完成了测试。可接下来的人，出了许多洋相，有的人丢慢了，将手炸得漆黑；有的人才点就丢了，鞭炮没响；更多的人是点燃超时了。快速跑步选在一个坑坑洼洼的地形中进行的，要求测试的人勾着身子在规定时间内快跑50米。戴结林再次上去，他勾着身子跑了几步，跌倒了，虽然爬起来接着再跑，可超时了。这个项目比较简单，依然有人跑摔倒了，有人跑错了方向，有人没有达到既定时间。根据打分情况，20人中有12人勉勉强强过关，戴结林夺得第一名，套毛在第二轮就被淘汰了。套毛背后让大队书记金甘棠来找唐丰收说情，唐丰收一口否定说，其他事好说，这事说不行就不行。

最后确定10人组成了爆破队，另外2人作为备用人员也留下了，覃大头任组长，戴结林任副组长。随后在唐丰收的带领下，覃大头又对爆破手进行了严格的实战技术培训。唐丰收将落选的38人组成巡逻队、协运队，又选了一批有打炮眼经验的民工组成打眼队。

为期三天的强化培训结束，覃大头根据培训考核的情况，将队员两人一组，指定了主、副爆破手。

这天傍晚，第一次爆破开始。因为是第一次执行任务，唐丰收、覃大头与爆破队的 12 名成员都参加了，七个小组上去了，负责点燃二十八个炮眼。爆破手进入了实战，因为事先做了周密布置，工程指挥部的人与收工的民工都在注视着这次放炮的情况。

爆破队的人都安全撤到了掩体中，一切顺利。覃大头与戴结林负责数炮。

轰隆轰隆的爆炸声响了起来，顿时一阵地动山摇，震耳欲聋。

炮声中，碎石随即如下雨般在掩体周围砸得哗哗啦啦一片响。

强烈的爆炸声停止，工地上恢复了宁静。唐丰收带着覃大头与爆破队的成员来到爆破现场观看效果。见首次爆破获得了成功，效果极佳，爆破队的人将手中的安全帽抛向天空，兴奋地接连高呼：毛主席万岁！毛主席万万岁！

张应喜与老秦在食堂的饭桌上替唐丰收与爆破队的人接风，张应喜捏着一瓶山芋干子酒，笑呵呵地给每位队员敬了一杯，表示祝贺。当晚，工地上放了电影《地道战》，放前加放了新闻纪录片《红旗渠》。

出于安全考虑，工程指挥部规定，放炮爆破时间安排在收工后半小时进行。放炮前，由民工营长、连长及排长在交通要道口坚守，阻止来往的行人进入“火力圈”，引爆前由扩建指挥部成立的安全小组成员下达点火令，方可点炮。唐丰收与周杰是安全负责人，命令由他俩下达。他俩戴着写有安全员字样的红袖标，对爆破队进行安全监督。

放炮后的第二天，民工们进入工地搬运石头。他们抬的抬，搬的搬，一片繁忙。打眼队的人在石头间乒乒乓乓地打着炮眼。爆破队忙着在打好的炮眼中灌药、安置雷管，傍晚收工后，他们又在规定时间内放炮。工地再次炮声隆隆，硝烟四起，碎石乱飞。

连续爆破了数日，隧洞被炸开了，原来浇筑的钢筋混凝土被炸得一片狼藉。见炸开的混凝土中有钢筋外露，有些民工就用傍晚休息的时间去钢筋，因为钢筋是国家供应的紧缺物资，对老百姓来说是珍稀物品。没有切割工具，民工先将裸露的钢筋头后面裹的混凝土用石块敲掉，等钢筋露出一定长度，就双手捉住钢筋一端使劲摇，使劲摇，直到将钢筋被摇断为止。

苏敏本来在指挥部大本营负责滚水坝工程的统计工作，杨泗庙工地上那位仓库保管员，因老婆生孩子请假回去了，老秦将她调来管仓库。能与唐丰收在一起工作，苏敏格外欣喜。套毛是唐丰收的堂弟，夜里常到唐丰收这儿来玩，一来一往，套毛认识了苏敏，并晓得她与唐丰收关系不错。

瞧别人摇钢筋，套毛也去摇。他个头不高，摇得异常吃力。有天他去帮苏敏从仓库里往外抬东西，看见仓库里有钢锯条，就找苏敏要。这些钢锯条是劳改队撤退时遗留下来的，没有登记数量，苏敏随手拿几根给他。有了钢锯条，套毛又用木头做了个简易的钢锯弓。有了自制的钢锯弓，套毛收工后就在石头凼不停地锯废钢筋。有天傍晚他与杨林公社的一位民工为了抢一根长钢筋，相互打了起来。套毛被打得头破血流，吃了亏。套毛大队的民工气愤地纠集在一起要打那位民工，对方大队在场的民工毫不相让，双方在石头与混凝土堆中展开了一场混战。事情让清河县的民工团知道后，连夜召开紧急会议，调查处理这事。由于过错的起因在套毛，主要责任在他，马书记看他是唐丰收的堂弟，找到唐丰收。唐丰收闻讯过去将套毛狠狠骂了一顿，问他钢锯条从哪儿弄来的。一开始套毛还不说，后来在唐丰收的追问下，才做了交代。唐丰收见那人被打伤了，就带那人到黄铁林那儿给他治伤，自己掏钱替套毛付了。看在唐丰收的面子上，套毛向那人赔礼道歉了，这事也就算了。指挥部随即下了死命令，民工一律不准再摇钢筋，谁破坏规矩，民工团就要对其所在的民工连进行处罚，增加石方任务。石头是爆破出来的，大的大，小的小，小的用粪箕挑，大的由民工组织人梯来搬运，搬运起来格外的费力，每天分的任务很难完成，所以听说要增加石方量，民工们怕了，再不敢去摇钢筋了。唐丰收见废弃的钢筋不回收是一种浪费，就将爆破队的人组织起来回收，因为爆破队除了爆破，其他任务不重。

唐丰收晓得是苏敏将钢锯条给套毛的，批评她不该给套毛。苏敏表示下次不敢了。唐丰收见钢锯条数量不少，就让爆破队的人做了钢锯弓，回收废钢筋。这本来是件好事，可没有想到却埋下了祸根。

爆破队回收的钢筋放在覃大头住的披屋里面，不知不觉积攒了一大堆。

有天夜里覃大头到黄铁林那儿去拿药，无意间遇见了老相好翠兰。当年他因翠兰的事被开除回家后，两人就没再来往了。陡然再次遇见，想到自己吃的亏，覃大头望了她一眼，想与翠兰擦肩而过算了。他过去后，翠兰却长长地嗯了声，覃大头见她在用这种方式与自己打招呼，转过身来。

翠兰说，这么多年没见到你，你咋到这来了？

覃大头笑着回答自己是到工地来帮忙放炮的。

翠兰听后扑哧一笑，说，你就晓得放炮。

覃大头当然明白这话是在讥笑自己，问她现在过得咋样？

翠兰低着头细声说，我还能咋样，无非吃饭干活。

覃大头问她到这儿来干啥？

翠兰说是来找黄铁林拿药的，钱不够。问覃大头有没有，借五毛钱给她。

覃大头将身上一摸，只有三毛钱，给了她。听翠兰说不够，他对她说，你先欠着，明天在破窑哪儿等我，我送给你。翠兰说好。

工地上的补助费还没发，覃大头身上也没钱，就找唐丰收借一块钱说买烟，唐丰收没有零钱，给了他一张两块的票子。覃大头接到钱说发了补助费还他。

覃大头是请来的人，直接归扩建工程指挥部管，说是管，其实也没有谁问他的事，夜里他高兴到哪儿去就到哪儿去。有时他会对唐丰收说一声，有时回家拿东西，连个招呼也不打就走了，老秦对他极为信任，因为他毕竟对老秦有恩。

覃大头夜里来到当年与翠兰发生关系被胡家斌抓住的那个破窑旁，一切还是老样子。蹲在那儿抽了几支烟，见翠兰还没来，当翠兰是故意捉弄他，起身想离开，这时陡然听见那边嗯了一下，晓得是翠兰来了，赶紧迎了上去。覃大头问她怎么到现在才来？翠兰说她家那炮打的，在家里就是不出去，没机会来。原来，自从她与覃大头出了事，这些年她丈夫对她管得特别严，夜里不准她出去。翠兰问钱带来了吗？覃大头有意嗯嗯唧唧的，翠兰说，算我借你的，等我家猪卖了，保证还你。覃大头这才掏出来那张两块的票子，对她那鼓鼓的胸脯中一塞，挑逗地说，谁要你还了，巴不得你常来要呢。翠兰不但没躲闪，反而往他身上一靠，说这些年她一直想他。覃大头一把将翠兰搂在怀里说他更想她，说罢，手就在她身上乱摸。当他想将她扳倒在地上时，翠兰惊慌地说身子来红了，改日再来。

覃大头一摸翠兰下身，果然夹着个东西，忍不住呸了口，问她下次要到啥时候？

翠兰想了想，问他住哪儿？

覃大头将自己的住处告诉了她。

翠兰说，这样吧，抽空，夜里我到你那去。

覃大头一笑，说，别拿我开玩笑哦。

翠兰说保证去，随后说他家男人一会儿要回来，她得回去。

这次与翠兰虽没将事做成，毕竟重续旧缘了，覃大头心里甭说有多高兴了，打眼放炮也格外带劲，总是一副笑嘻嘻的样子。他隔三差五地问唐丰收何时发补助费。唐丰收告诉他说，最起码要一个月，问他借的钱是不是用完了，要用再借给他。覃大头晓得唐丰收工资不高，还得养老婆孩子，忙摇手说不用不用。

覃大头到工地后，夜里没事，喜欢到唐丰收那儿坐坐，与他说话，或去大工棚民工那儿打扑克，自从与翠兰有了约定，他就老母鸡孵蛋般守在披屋里，生怕离开了，翠兰来，找不到他，错过了机会。这天夜里，他偎在床上的被窝里看从民工那儿借来的连环画《智取威虎山》，正看得乏味，陡然听见破门被推了一下，当是翠兰来了，急忙过去打开，鬼影子也没有，原来是风刮的。他上床又接着看连环画，将连环画看了两遍，迷迷糊糊打了个哈欠，心想这夜又空等了，打开被子睡觉，噗地将灯吹灭了。他刚躺好，就听见外面嗯了一声，这声音很轻很轻，他宛如听见了冲锋号，一个驴打滚爬起来，也不顾寒冷，披着破棉袄出去了。果然是翠兰来了。翠兰进来后身上一身寒气。覃大头要点灯，翠兰忙摇手阻止，说自己一会儿就走。说罢，将裤子解开了。覃大头要她到床上去。翠兰急切地说脱了裤子冷，穿起来麻烦，将裤子褪到大腿下，狗一般转过身将屁股对着他。将她那肉滚滚的大屁股一摸，覃大头来了兴趣，解开裤子，迫不及待地进行了。见他眨眼工夫就完事了，翠兰不解地问，咋啦，这么快就没用了？

覃大头晓得自己这么多年没碰过女人，心太急了，借口说，老了，打鼓锤子不中用了。翠兰拉上裤子,也没系裤带。覃大头见好不容易盼到了一起,当然不甘心这么快就收兵了,要翠兰说一会儿话再走,翠兰就在床边坐下了,覃大头掏支烟用火柴点着抽了起来。翠兰乘机朝他屋里看了看。见覃大头将他拉在怀里用烟喷着她玩,翠兰说,我女儿的病还没好,这次我仍是来替她抓药的。你再借给我五块钱吧?

覃大头说他手边没钱,上次是借唐技术员的。

翠兰说,保证还你,别涩鳖了。

覃大头说,我真没钱,有,一定给。

翠兰陡然在他耳边说,你屋里不是有钢筋吗?可以拿去卖啊。

覃大头一想,对啊,这些钢筋是报废的,鬼晓得有没有用,放在这儿也没数,但嘴上却对翠兰说,这是公家的东西,不能动。

翠兰推了他一把,娇嗔地说,公家东西怕啥,给我几根,我去卖。见覃大头没答应,她就主动用手塞进他的裤裆摸捏着,覃大头的激情再次被激发,翠兰赶紧将裤子拉下来,转过身子,主动地配合着。覃大头嗨嗨嗨地疯狂了。

事毕,翠兰夸他说,这次才像爷们了。将裤子穿好。

覃大头高兴地笑了。

翠兰对他说,给我几根钢筋吧。

覃大头马上说好。将灯点亮,拿几根不太长的粗钢筋给了她。

翠兰说狗东西在家等我呢,拿着钢筋要走。

覃大头说你拿着钢筋,不能再从刚才进来的大门出去,万一被人发现了,那可不得了。

翠兰问打哪走?

覃大头说声你跟我来,将她带出来了。原来指挥部住的这个院子四周是用芦席与草饶子扎的围墙,披屋后面有道破门,当年是后门,后来为了防止有人进来偷东西,封了。覃大头住进来后,夜里见有风进来,便将它堵死了。他过去用根钢筋将那旧门撬开,要翠兰从这儿出去。借着朦胧的夜色,翠兰担忧地问,下去没事吧,覃大头说没事,提醒她注意点。翠兰下去后,覃大头将钢筋递给了她,翠兰立马跑得没了影子。覃大头将后门关好,躺在床上的被窝中回味着刚才与翠兰在一起的情景,激动得大半夜都没睡着。

覃大头认为这事干得神不知鬼不觉，暗暗得意。翠兰将钢筋在收破烂的手中卖了好价钱，想到覃大头那儿还一大堆，起了贪心。隔了几天，夜里她又直接去敲那后门。覃大头见她又主动送上门，自然愉悦，事毕后，又给了她一些钢筋。

翠兰来得次数多了，屋里的废钢筋越来越少，覃大头担忧会被唐丰收发现，就对回收钢筋的事格外感兴趣，除了打眼与放炮，他的心事都在钢筋上。

随着工程进展，杨泗庙隧洞明开后，在坚硬的石头中终于开凿出了渠道的雏形，渠道开凿得越深，越难开凿，因为这些碎的石头更难往上运送。民工们在石头窟凼中，要爬陡坡才能将石头运上去，特别是较大的石块，得靠人抬，有时遇见大石头，运送时还得破碎才行，费力又费工。民工干活没有手套戴，许多的人手都磨破了，可他们依然坚持着。有天唐丰收在石头窟凼中带人打炮眼，见七八个人围着块大石头，费了九牛二虎之力还是没将大石头弄到堤坝上去，就蹲在那儿边抽烟，边动脑筋琢磨能不能想个办法，解决从底下往上运送石头的问题。他想到了打井时用框子吊土的情景，心一亮，心想如果用钢筋焊几个巨型的筐子，架起扒杆用滑轮将筐子吊起来，再将筐子用滑槽平移，石头就可以往上运送了。拿定主意，夜里，他去找覃大头想对他说用钢筋焊筐子的事，当他问覃大头回收的钢筋时，覃大头一惊，说在里面，唐丰收进去见回收的钢筋就那么一点，感到不对劲，就问他怎么只有这么点了？覃大头红着脸回答只有这么多。唐丰收追问是不是被他偷去出卖了？覃大头一口咬定说没有。

唐丰收想到覃大头对老秦有恩，是自己请来的，便没再多问，派人将剩下的钢筋拿一部分去焊筐子。焊了只钢筋筐子，可扒杆与滑轮和滑槽一时找不到，见打眼放炮的任务很重，自己又不是负责石料运输的，暂时就将这事搁在了一边。

唐丰收虽没再追问钢筋的事，却在心里提防覃大头了，暗中对剩下的钢筋点了数。当晚，翠兰又偷偷摸摸来了。覃大头担忧地对她说，领导在追查这事了，不能再拿了，可翠兰笑眯眯地说，少拿点，总不能让我空手回去吧。覃大头就给了她几根短的，催她快走。

覃大头没料到他与翠兰的事，被一直躲在附近树影中的唐丰收发现了，因为唐丰收对这事怀疑后，来到后门，发现后门的陡坎子被磨得光滑滑的，估猜是有人偷了东西，从这儿滑下来走的。看见后，他也没去抓翠兰，而是看着她拿着钢筋消失在夜幕中。他晓得只要抓人，事情准会闹大，处理起来麻烦，覃大头毕竟是他要用的人，也是他请来的。所以，他当即来到覃大头那儿，问他刚才谁来了？

覃大头假装啥事也发生过，说没人来过啊。唐丰收对他说，你快说吧，我都看见了，问那女人是不是当年的翠兰。覃大头见他晓得了，赶紧朝他扑通一跪，说自己错了，承认那女人是翠兰。

唐丰收气愤地问道，你怎么又同那骚婆娘勾搭上了？

覃大头一五一十地将情况告诉了他。求他高抬贵手，发誓不再与翠兰交往。

唐丰收见他认错的态度很诚恳，原谅了他，并告诫他一定不能再这么干了。

翠兰不晓得发生了这事，利欲熏心的她，有天夜里又从后门爬进来找覃大头，被值班的人发现后抓住了。周杰在审问她时，翠兰哭着说自己发现那儿有道门就想进去看看，不是来偷东西的。周杰估计肯定有内应的，将桌子一拍，大声问是不是覃大头？翠兰毕竟是女人，经不住恐吓，说出了自己与覃大头的事。当晚，唐丰收到套毛那儿去拿家里带来的东西，等他回来晓得了这事，就对周杰说，这女人原来与覃大头是老相好，可能是来偷情的，将翠兰放了，又狠狠地将覃大头臭骂了一顿。

老秦回来后得知了这事，批评了覃大头，要他去住大工棚，并告诉唐丰收，让戴结林在暗中看着覃大头，有情况及时向他汇报。

覃大头见不能与翠兰幽会了，备受煎熬，整天一副失魂落魄的样子。这天傍晚到了放炮时间，他带着爆破队成员将一批炮眼的导火线点燃后，跑进掩体里闷头抽烟。等隆隆的炮声停歇了，他就要出去，戴结林拉住他说，不对，还有两个炮没响，要他再等等。覃大头等了片刻，将烟蒂一丢，心烦意躁地对戴结林嚷嚷，我的记性还不如你？他对戴结林监视自己很有意见，因为昨天拿到补助费了，又想去与翠兰约会，拔腿离开了掩体。见他出去了，爆破手与临时躲在掩体内的几位民工也出来了。按规定，他得先去察看放炮后爆破的情况，可没走几步，就听轰轰两声爆炸声。他大叫一声不好，机敏地滚进一个石头凼内，那几位爆破手应声趴倒了，可那几位没受过训练的民工抱头乱跑时，被飞起来的乱石击中。一人被乱石击中头部，当场就死了，另外两人被乱石砸伤了。

唐丰收是工地安全员，得知情况，赶紧从掩体中出来，跑过来见死者的样子惨不忍睹，找张芦席将尸体盖住，然后叫来几位民工帮忙，亲自将受伤的两位民工送往镇医院抢救。

这事在工地上迅速传开了。被砸死的民工所在的那个营的人纷纷拥来，见周杰赶到了事故现场，揪住他大声嚷嚷。周杰问戴结林是怎么回事？戴结林将情况对他汇报。周杰叫他快去找覃大头，覃大头吓得不晓得跑到哪去了，怎么找也找不到。周杰赶紧将噩耗打电话向张应喜与老秦汇报了。

张应喜与老秦火速从滚水坝那边赶了来。到了事故现场，见尸体用芦席盖着，张应喜伸手揭掉芦席，脱下身上穿的那件黄军大衣给死者盖上，对死者鞠了三个躬，对正在现场围观的黑压压一大群人说：请大家放心，指挥部一定会妥善处理的。

晚上，张应喜、老秦、刘民权等领导与死者所属大队、生产队的负责人在一起开会商讨处理善后事宜。唐丰收满头大汗地回来了，张应喜问伤员情况怎么样？唐丰收边擦汗边说，那位轻伤的没问题，重伤的经抢救苏醒了，医生说没有生命危险。老秦当即要周杰赶去安排民工去照顾伤员，指挥唐丰收连夜为死者搭建灵堂，以便死者家属来了好祭奠。

唐丰收饭也顾不得吃了，去找人了。

死者家属被接来了，但在赔偿问题上，死者家属提出要将死者在初中读书的儿子安排正式工作。其他问题，张应喜说可以考虑，唯独这要求超出了赔偿范围，当即被他一口否决了。指挥部的人一再苦口婆心地解释与劝说，可死者家属就是大吵大闹，非要答应他们这个条件。无奈中，张应喜只有请刘民权出面劝说，刘民权却缩头找不到了。刘民权素来与张应喜不和，开会时表面上说好，可却在背后煽动死者家属坚持到底，因为他是想抓住这次事故，将张应喜放在炉火上烤。他晓得最后还得请他出面来协调，张应喜越为难，他这位父母官的价值就越大。

一时找不到刘民权，这事卡壳了，死者家属在灵堂中又哭又闹，一片悲哀的气氛，使整个工地笼罩着一股哀伤的气氛。地委李副书记接到电话后到工地上来了，见指挥部的领导被这件事纠缠着，要求赶快处理好。刘民权这才出面做工作让死者家属放弃了安排工作的要求，叫指挥部加大了赔偿金，然后说服死者家属用棺材将尸体抬走了。

将这事平息后，李副书记告诉大家一个好消息，说再过几天，省革委会一位副主任要到工地上来视察，要大家赶紧做好准备工作。指挥部的人又接着忙碌迎接省革委会副主任。大家又是写标语牌，又是赶出黑板报，又是扎彩门，好像要过年似的。

唐丰收没有被抽出来做欢迎工作，而是继续负责放炮的安全。覃大头下落不明，他临时指定戴结林任组长，安排一位退伍军人任副组长。

几日后的一个傍晚，唐丰收一声令下，工地上响起了地动山摇的爆炸声，硝烟还没有散去，几辆轿车开进了指挥部的院子。李副书记下车就喊老秦。老秦见那位省革委会的副主任来了，赶紧带着指挥部的人出来迎接。不一会儿，其他几个工地的负责人也赶来，这位革委会副主任问老秦说，刚才哪儿放炮？老秦汇报说是工地上在炸石头，这位副主任马上叫身边的人将望远镜拿来，来到杨泗庙工地的最高点，拿起望远镜，四处望了一会儿，感叹地说，了不起啊，你们这儿简直是我省的红旗渠。见下雪了，寒风凛冽，李副书记对他说，到屋里去谈吧。他将望远镜交给身边一位年轻人，说了声回去。

在办公室里听取了武总、张应喜、老秦等人的汇报，这位副主任也没要讲话稿子，做了个简单的讲话，说龙潭灌区是全国的大型灌区，是我省的重点水利建设项目，一定要争取早日完成扩建任务，使工程发挥更大的效益，造福于人民。

随后，他到工棚去看望了民工。

民工们正在吃晚饭，见省里的大领导来了，纷纷放下碗站起来，鼓掌欢迎。

一个多小时后，这位省革委会副主任就带着一行人离开了工地。

送走这位大领导，唐丰收嘴上没说什么，却想起了当年滚水坝坝体合龙时章副省长到工地来的情景，不由得在心里感慨，真是一茬领导一茬风范啊，越发钦佩章副省长身上那股亲民的风范了。

唐丰收以为爆破事故了结了。这天胡家斌到工地上来，这次他是以扩建工程指挥部政工组组长的身份来调查这次安全事故的。来了后，胡家斌叫随同而来的小孙将在工地上指挥打炮眼的唐丰收喊来。

唐丰收见了胡家斌，就像以前那样与他热情寒暄，可胡家斌一副不冷不热的态度。说了几句闲话后，胡家斌对唐丰收说，从现在起，你待在房间里，哪也不准去，由小孙陪你。说罢就叫小孙将唐丰收带回房间了。唐丰收心里一惊，这不是在软禁嘛？既然胡家斌代表组织叫他这样做，软禁就软禁吧，他服从。

胡家斌他们先后找到戴结林与所有在事故现场的人做调查，随后又到了翠兰所在的那个生产队。这一带原来是胡家斌管辖的地盘，队长认识他，找到翠兰丈夫，才晓得翠兰与覃大头一起在事发的当晚逃之夭夭，下落不明。

将外围查了。胡家斌他们才找唐丰收谈话。胡家斌问唐丰收是谁去将覃大头请来的？唐丰收说自己去请的。胡家斌问，是指挥部的领导叫你去请的吗？唐丰收敏感地觉得这话有钩子，马上联想到赵一帆对老秦有意见，不想牵扯老秦，就回答说是我去请的，没有领导叫我去。

胡家斌又问，你为何不请别人，单单请覃大头？

唐丰收顺着他的话说，这你比我清楚，覃大头是爆破高手，他有这方面专长。

问到这儿，胡家斌推说吃中饭了，下午再谈。中午，胡家斌悄悄找到唐丰收对他说，这事八成是老秦叫你去的，不然你怎么会去找覃大头呢？唐丰收谨慎地回答说，我是工地爆破方面的负责人，请专业技术人员是我分内的事，用不着对谁说！事后，我向指挥部打了报告，领导同意了。

胡家斌问报告是谁批的？

唐丰收回忆说是张县长批的。

胡家斌提醒他说，你这样说，晓得自己的责任吗？

唐丰收回答，我愿意承担相关责任。

胡家斌在他肩上拍了拍，没再说什么了。胡家斌本来在区里当公社书记，可张应喜没将他提起来。随着批林批孔运动的深入，赵一帆又成了扩建工程指挥部的红人，趁组建扩建工程指挥部政工组的机会，他用分管党务工作的权力，设法将胡家斌调来了，增强了自己的势力。胡家斌之所以抓住这次事故不放，是赵一帆在幕后指使的。唐丰收是老秦的爪牙，用这事将唐丰收扳倒，老秦的势力等于削弱了一半，老秦的势力弱了，张应喜也就威风不起来了，他的重要性就显示出来。所以胡家斌尽量将事情往老秦身上引，以便达到自己的目的。唐丰收平时虽一心一意扑在工作上，可指挥部的人事纠葛他也清楚，所以就不顾一切地往自己身上揽，不愿牵扯出老秦。

胡家斌在调查这件事时，老秦在忙着对第二干渠的设计，武总去省城了，赵一帆通知开会时，他才知道了这事，心想大不了给唐丰收一个处分罢了。党组会上，胡家斌将唐丰收聘用覃大头导致重大人员伤亡的事故与批林批孔运动结合了起来。老秦见他将这事上纲上线，感到了问题的严重性，为了保护唐丰收，他站出来说是自己让唐丰收去请覃大头的。赵一帆说这事我们都查清了，你也不用包庇。在商讨对唐丰收处理时，胡家斌提出主导意见，要求开除唐丰收公职，同时给予党内警告处分。一直对这事保持沉默的张应喜发话了。他说唐丰收请人是他批的，属组织行为，再说这次事故主要原因在覃大头，不是唐丰收，事后，覃大头跑了，作为工地安全人员，唐丰收要负管理责任，也是工作失误，不能开除公职。赵一帆反驳道，这起事故看起来是偶然，但反映出唐丰收思想上有问题，他只顾抓爆破队的技术，不突出政治，不抓人的思想教育，促使覃大头乱搞男女关系，为发生事故埋下了严重隐患，是典型的反面教材，应该从严、从重处理。张应喜据理力争道，搞工程谁也不能保证不出事故，出了事故就是反面教材，就开除公职，以后谁还敢干事？因为意见不统一，只有等武总回来再作最后决定。几天后，武总回来了，复议时，武总也觉得这事很棘手，将烟斗吧嗒了大半天，才表态说，唐丰收对灌区工程建设做出了贡献，是难得的技术人才，我看给他个带薪留用一年，党内警告的处理。赵一帆这次打击唐丰收是醉翁之意不在酒，也不想将他置于死地，就同意了。

带薪留用，意味在这一年内，对唐丰收要监督考核，如果工作有进步，就恢复公职，否则就要让其回家，在期限内，他不能承担主要技术工作，不享受各种施工补助。唐丰收的月工资才三十二元七角，加上补助也就四十多元，将补助这一块砍掉了,他个人的损失可谓巨大。

处理决定形成后,唐丰收不宜在工地上工作,老秦说让他到滚水坝那边去开柴油发电机,说那儿要个人,想借此保护唐丰收。张应喜说,让小唐跟我吧,挖第二干渠正要人,我负责监督他。赵一帆说他不能再搞工程了,张应喜说,我让他搞挖压拆迁的后勤工作,该可以吧。赵一帆这才点头同意了。

处理决定下来了,唐丰收被解除了软禁。他虽窝着一肚子气,但见刘凯来接手,还是将刘凯带到工地上,将爆破队的情况一一做了交代,同时要求戴结林他们吸取教训,注意安全,听刘技术员的。

移交工作的当晚,郝仁俊来工地找到唐丰收,对他说,事情我都清楚,胡家斌那小子既然设着法子整你,此处不留爷,自有留爷处,你干脆离开这儿,到我们县去。杨县长说了,只要你去了,我们县给你重新安排工作,并解决老婆的商品粮户口问题,可好?

唐丰收埋头着抽烟,没吭声。

郝仁俊紧了一句,说,这样好的机会,犹豫个啥,要我,跑都来不及呢。

唐丰收弹弹烟灰说,我还是服从组织上的决定吧。

郝仁俊将脚一跺,说,你啊,就是吃了脾气的亏。

唐丰收苦笑着回答,人各有志,吃亏就吃亏,我情愿。

郝仁俊骂了他一句,真是头犟驴子。悻悻地走了。

刘民权也来找到他,说,指挥部真将你的公职开除了,他们不要,我要,我安排你到我们县水电局去工作。唐丰收谢了他的好意。

老秦与唐丰收分手时,对他说,家里有困难,告诉我一声,钱的事,我替你解决。

唐丰收点点头。

离开工地那天,下着鹅毛大雪,唐丰收没料到戴结林与爆破队的人都来送他,这让他很感激。在赶往第二干渠工程指挥部的途中,苏敏穿着花棉袄,围着条绿围巾,竟在一个路口等他。见到苏敏,唐丰收吃惊地说,你怎么在这?

苏敏说,我送送你不行吗?

唐丰收说,快回去,万一他们晓得了,你也要跟着倒霉。

苏敏说，我才不怕他们将我吃了呢。又替他抱不平地说，为什么吃亏倒霉的总是你。

唐丰收回答，别瞎说，这是组织在考验我，我这人就是这命，吃亏越多，越活得自在，你送我是多余的。

苏敏说，什么多余的，你没有我无关紧要，可我……

唐丰收见她眼圈红了，赶紧说，你看你，小资产阶级情调又来了吧。

苏敏任随眼泪往下流淌，说，我就喜欢这样，说罢将他拉到一棵大树下，紧紧抱住他，说这儿没人，你让我抱一小时，然后我走。唐丰收晓得她的性格，就与她在漫天大雪中抱着了。

苏敏抱着他抬起头说，我刚来时，你与我差不多高，现在你比我高一个头了。

唐丰收抚摸她的头发逗她说，谁叫你不长。

苏敏闭上了眼睛，让唐丰收也闭上，说，我俩别说话，就这么抱着。唐丰收将她紧紧搂着，嗯了一声。

苏敏一下子吻住唐丰收的嘴，就不放开……

雪，无声地越下越大。

两人在雪中站了一个多小时，都成了雪人。

忽然天空中炸了一声巨响。

苏敏吓得一惊，松开嘴说，工地上怎么现在就放炮了？

唐丰收说，不是放炮，这是冬雷。

第三十九章

第二干渠是新挖的，工程还没有开始，指挥所正在做筹备工作。因为渠道要穿越龙山县进入老鸭县境内，所以张应喜亲自在这儿坐镇指挥。接到唐丰收，他格外高兴。他晓得唐丰收是测量高手，就要他去测量。唐丰收说我现在是犯了错误的人，不能搞工程。张应喜笑了一下，吐出烟蒂说，去他的蛋，在这儿，我叫你干啥，你干啥，谁也管不着。让唐丰收与自己住在一个工棚里。唐丰收晓得张县长是个爽快人，听他的了。

一个星期后，这天上午，唐丰收正准备带着仪器出去测量，刘民权骑着自行车来了。见面，他对唐丰收打了个招呼，叫他先别急着走，找到张应喜，低声对他说着什么。张应喜看了看唐丰收大声说：那不行，小唐在我这儿是来监督改造的，哪也不能去。

唐丰收见他俩在说自己，就站在那儿耸耳静听。

刘民权说，不是调，是借，借几天，就还你。恳求他高抬贵手。

张应喜说，要借，也得赵一帆来借，我不能抬这个贵手。

刘民权说，赵一帆那边我说了。

张应喜问，他的意见呢？

刘民权说，他答应了。

张应喜说，他口头说说管屁用，叫他写个条子来。

刘民权说，我那边急等着唐丰收去呢，你先让他去，我明天将借调手续送来，可好？

刘民权将话说到了这份上，张应喜晓得杨泗庙工地上少不了唐丰收，作为扩建指挥部的第一指挥长，他就顾全大局，答应了这事。将唐丰收喊来，对他笑着说：小唐，刘县长来借你到那边去，你去吧。

唐丰收站在那儿没动。

张应喜乘机说，刘县长说好了，借用期内，施工补助他们给，然后将脸转向刘民权，问他可是？

刘民权笑着对唐丰收答道，指挥部一天补多少，我们补多少。

唐丰收也晓得那边工地需要自己，将东西收拾收拾，骑着张应喜的自行车，跟刘民权走了。

到了杨泗庙，刘民权马不停蹄地去找赵一帆，事先他与赵一帆说了这事，赵一帆的答复是你去找老张，他是第一指挥长，人在他那里，看他怎么说。见到赵一帆，刘民权说，唐丰收跟我来了，老张同意了。赵一帆问他打算借多长时间？刘民权说，这要看具体情况，可能几天，也可能几个月。赵一帆考虑了一下说，特殊情况特殊对待，人是你借来的，你管。刘民权笑着说好。将借调手续办了，派人火速送给了张应喜。

刘民权去找赵一帆时，唐丰收独自来到工地。站在高处，他放眼望去，一千多米长深深浅浅、乱七八糟的石头沟槽中，民工们如一群蚂蚁搬家，有的挑，有的抬，有的用手搬，有的背着石块，吃力地顺着开凿出来的石道，拉着绳索往上一步步艰难地往上攀爬，有几个人聚集在一起用撬棍在对付一块巨石。见远处还有民工在举着锤子打钢钎，他料定那是打眼组的人在打炮眼。这样的场景他极为熟悉，因而也没有什么感慨。看着看着，他皱起眉头，因为他离开这儿有几天了，可工地上的进度并没多大进展。途中骑在自行车上，他就猜到刘县长来借自己，目的是想让他设法解决石料搬运问题的，渠道越往下开凿，单凭人工肩挑手抬搬运石料，将越来越艰难。点支烟，他忽然望见有位民工用筲箕担着一担碎石拉着绳索在爬坡，摇摇晃晃挑到半中腰，脚下一滑，那民工身子晃了晃，后面一位挑担子的民工伸出一只手想扶他，可那位民工还是连人带担子摔到了沟底。瞧那位民工好一会儿没站起来，他的心紧紧地揪了起来，估计那民工八成摔伤了，在做紧急处理。他赶紧将烟蒂一丢，下去了，想去看看那民工摔成啥样了。他谨慎地踩着在从石头上凿出来的凸凹不平的石路，一级级下着。清河县在这儿干活的民工曾开玩笑地过说，可以不晓得省长是谁，但不能不晓得唐丰收。他还没下到底部，就有人朝他喊道，唐技术员，你来啦，唐丰收笑着嗯了声。来到石头凼中，民工们纷纷与他打招呼,他热情地频频回应着。深一脚浅一脚地在人群中穿梭了一根烟的工夫,他来到了那地方,那民工果然坐在石头上用一块破布在包扎手上与腿上的碰伤。唐丰收对他说,你摔得太厉害,我带你到黄铁林那儿去看看。那民工憨厚地笑着说,皮碰破了,没大事。旁边蹲在地上用一截草绳子扎鞋的民工发牢骚说,摔死就好了,摔断了胳膊和腿,鬼都不管你。这时,一位姓张的营长过来了,放下肩上的担子,握住唐丰收的手欢迎他来指导。唐丰收松开手,给了张营长一支烟,指着那位民工说,我不是来指导的,看他摔了下来,过来看看。张营长皱着眉头说,今天还好,跌倒的人不多,那天下大雪,我们营摔伤了十来个,边说边指着一位在搬石头的民工说,他的腰那天就摔伤了,不能挑了,就派他装石头。接着,他又抱怨说,这么个鬼石头窝,越往后,石头越难搬,简直比愚公移山还难。唐技术员,都说你本事大,能不能替我们想想办法啊?唐丰收没吱声,来到一块突兀而起的石头上,左右上下仔细瞧了瞧,忽然听见山顶上有人喊他,他对张营长点下头,离开了。

喊他的人是刘凯。见到唐丰收,刘凯高兴地说,你回来了,这几天我头都忙炸了,渠道的石方不能按时完成任务,爆破队那边也常出问题,唐丰收警惕地问,爆破队怎么啦?刘凯说前几天下大雪,炮眼里积满了雪水和泥浆,出现好几次哑炮,险些又出事故了,要唐丰收去看看。唐丰收笑了笑没吱声。

两人走了几步,有人将刘凯叫走了。唐丰收来到指挥部办公室,赵一帆坐在办公桌旁见他来了,对他点点头。唐丰收问老秦呢?赵一帆说刚才还在,要他等一会儿。唐丰收去了老秦的住处,心想老秦准在忙第二干渠的设计。苏敏在仓库里发器材时望见了他,忙跑到他身边问他何时来的,是不是来看她的?唐丰收笑着幽默地回答,春天还没到呢,花还没开,看你干啥,说自己是被刘县长借来的。催她快去仓库发货,有话等晚上吃饭时再说。

来到老秦的寝室,老秦果然在埋头折腾着第二干渠的设计,床上堆着大量资料,房间里烟雾腾腾的。唐丰收进去后,推开窗户,习惯地向老秦的茶缸里倒点水。老秦已晓得唐丰收被借调的事了,说你的被褥在那边,夜里与我捣腿吧。唐丰收说好。

老秦抬头看着他问,去工地看了?

唐丰收递给他一支烟说,看了。

老秦问，想出了办法没有？

唐丰收答道，办法，想了一个，不晓得行不行？

老秦将手中的钢笔一放，抬起头看着他。

唐丰收赶紧靠近老秦，拿起铅笔，抓过一张纸，边说边画草图，向老秦汇报说，我想采用机械吊运的办法来解决石料运输问题。用钢筋焊个大筐子，立起扒杆，在扒杆上用滑轮升降大筐子，再用滑槽将大筐子平移到把上，刚才我看了地形，前面挖得深的那段先架两台，等后面的渠道挖深了，再架设。

老秦叼着烟看了他画出来的草图，建议说，用人工拉滑轮与移动滑槽，太慢太沉重，可以用电动来解决。

唐丰收说，这事我也考虑了，可工地上没有电动机与滑轮。

老秦回答，电动机，滚水坝工地上有，可以借来用。

两人正在商议，刘民权来了。得知老秦与唐丰收正在研究机械运输石料的事，高兴得直笑，忙对唐丰收说，要人手与材料，就告诉我，我保证及时安排。老秦用笔写了个条子，交给刘民权，叫他派人快去滚水坝工地将电动机借来。唐丰收对他说，你给我找两位懂用电知识的民工，快到大工棚来见我。刘民权去了。

唐丰收来到工棚，找到上次用钢筋做得那只大筐子，然后又到苏敏的仓库中将电焊机推了出来，让苏敏给他打下手，将电焊机的线接好。工地上只有晚上才发电照明，那位负责发电的丘师傅，是唐丰收带的徒弟，见小丘去抬石头了，唐丰收自己将柴油机摇响发电了。这时，来了两位民工，唐丰收看了看他俩，问他俩姓啥？个子高点的说姓贺，叫贺正福；个子矮点的说他姓周，叫周宝山。唐丰收问他俩都是初中毕业吗？周宝山点了下头，贺正福说自己是高中毕业。唐丰收就动手带他俩焊另外一只大筐子。苏敏见唐丰收忙得一头汗，就用唐丰收送给她吃饭的获奖大茶缸泡了一茶缸茶端来他喝，站在旁边看他烧电焊，唐丰收对她摆摆手叫她快离开，别看红了眼，苏敏想到电焊弧光伤眼睛，就回了仓库。

傍晚，两只钢筋大筐子焊好了。唐丰收又打电话问滚水坝那边电动机与滑轮运来了没有，那边的人回答，几台电动机和滑轮等材料刚才被民工用板车拉走了，估计在路上。吃了晚饭，唐丰收就叫苏敏打开仓库说要找材料。

苏敏将仓库打开了，因为在发电，仓库的电灯亮着。唐丰收弯着腰在一个大工具箱中选螺丝帽等材料时，苏敏来了。她拍拍唐丰收的肩，示意他站起来，唐丰收手中拿着个大螺丝看着她，她说仓库门关了，就我俩。也不等唐丰收答应，一把抱住唐丰收要与他接吻，唐丰收说，吻啥吻，我手上有油污，弄脏了你的衣服。苏敏嬉笑着说，偏吻，你别动，我来，就主动吻唐丰收。瞧她吻住了就不放，唐丰收朝后退了一步，说算了吧，苏敏往前一步又吻上了。正吻得甜蜜，外面忽然有人喊，唐技术员，电动机运来了。唐丰收赶紧用袖子擦擦嘴，拿着找到的材料出来了。苏敏跟在他后面满意地笑着。

唐丰收连夜带人将电灯牵到工地，来到看好的地方，亲自上阵安装器械。他用工具扳扳拧拧、敲敲打打，折腾到鸡叫，终于将一台吊装设备安装好了。唐丰收将闸刀的电源线接好，叫大家让开，然后将闸刀一合，就听嗡地一响，电灯一暗，随即又正常了。见电动机运转正常，唐丰收再一按滑轮运转的按钮，滑轮转动了，大筐子被缓缓吊了起来，吊到位置。唐丰收再一按滑槽运行的按钮，大筐子又缓缓往一旁运行了。见到了地点，唐丰收按了停的按钮，大筐子不动了。瞧试验成功了，在场的人都直拍手欢呼。唐丰收将大筐子放了下来，叫人往筐子中装石头。自己则点燃一支烟，抽起来，因为他晓得刚才试验没有载重，大筐子装上石头了是不是行呢？将大筐子中的石头装到三分之二的位置，唐丰收不叫装了。负载后，大筐子的升降也没有缓慢，滑槽平移也成功了，可石头卸载时，唐丰收感到设计的筐子使用起来不方便，赶紧用钢锯锯掉原来的销子，重新换了个位置。再次负载试验，效果好极了。这时，天大亮，食堂做饭的师傅担着水桶出来挑水。唐丰收对贺正福说，你去向刘县长汇报，最好将他喊来。不一会儿，刘民权披着大衣边走边扎裤子皮带急匆匆地来了。唐丰收正在将一大筐石头往上运，刘民权见石头运上去后，哗啦一下自动卸载了，连连称赞。得知唐丰收忙了一夜，关心地说辛苦、辛苦，叫他快去食堂吃饭，然后睡觉。

唐丰收虽疲惫不堪，可抽着烟对刘民权说，这一台现在就投入使用，我得去将另外两台赶制出来。言毕，他对周宝山说，你在这儿操作这台机子，一定要注意安全，发现问题立即停机告诉我。然后又对刘民权说，刘县长，你派张营长选几位身体棒的人负责装石料。刘民权嗯了一声，拉他去食堂。唐丰收笑了一下，说自己暂时不想吃饭，喊贺正福跟他走。刘民权叫来张营长安排人员装石料。张营长见实现机械化了，嘴都笑歪了。

唐丰收带着贺正福在仓库门口的空地上用钢筋焊新的大筐子，苏敏吃了饭过来，见唐丰收忙得没吃饭，去食堂拿了两个馒头、打一缸子稀饭端来了。唐丰收叫贺正福先吃。贺正福饿极了，拿个馒头大口吃起来。苏敏对唐丰收说，再不吃一会儿稀饭冷了。唐丰收又焊了一会儿，才放下手中的灭弧罩，取下电焊手套，见手脏兮兮的，懒得去洗，张开嘴对苏敏说，你喂吧。苏敏一笑，忙用勺子喂他吃。吃了几口，唐丰收忽然伸手从她手中接过大茶缸，呼呼啦啦喝起来。苏敏回头一看，是老秦来了，吐了下舌头，转身去了仓库。老秦对唐丰收说，刚才我到工地去看了，那玩意管用。唐丰收几大口将茶缸中的稀饭喝了，将大茶缸往地上一放，用袖口一抹嘴唇，回答说，我得抢着将另外两个做好。老秦同时点了两支烟，递一支给唐丰收，自己叼一支，说，我琢磨着滚水坝工地，你原来搞的那个运输混凝土的家伙，改装一下，也可以用来运输石料。唐丰收眉毛一扬，正要回话，老秦急切地说，我这就去打电话叫他们送来。老秦走了。唐丰收戴上手套，拿起灭弧罩与焊枪，又噼噼啪啪焊了起来。

两人忙到中午，将两只大筐子焊好了。唐丰收叫贺正福去吃饭，自己往仓库的墙角一坐，靠着墙说，自己歇会儿，一会儿再去吃。苏敏吃了饭，去小卖部给唐丰收买了四包"玉猫牌"香烟，因为她晓得唐丰收的烟抽完了。回到仓库，她见唐丰收靠在墙角睡着了，当他已吃了中饭。想到他一夜没睡，不想惊扰，随他睡了。唐丰收正睡得香甜，滚水坝那边送东西的人到了，贺正福过来将唐丰收喊醒了。唐丰收揉揉眼，慌忙指挥人卸机械。贺正福在忙着烧电焊，苏敏见唐丰收围着那堆卸下来的器械转来转去，过去将烟送给了他。接过烟，唐丰收迫不及待地撕开拿出一支想抽，火柴盒空了，他对苏敏道，快去买几盒来啊。苏敏拔腿跑去买了。贺正福喊唐丰收，问他这儿怎么焊。他是才跟唐丰收学会烧电焊的，技术还不熟练。唐丰收蹲下来丢掉烟头，焊了起来。

大半个下午，设备都弄好了。唐丰收叫人将器械搬运到工地。那台机械投入使用后效果极佳，刘民权对唐丰收越发重视。各民工营的营长都聚来了，要唐丰收将器械安在他们营的地段。马书记一连给唐丰收装了好几支烟，小唐小唐叫得甜蜜。唐丰收决定将一台机械安装在马书记那个营的地段，另外几位营长见还有一台，相互争执了起来，都要安在自己的地段，嚷嚷着叫要刘民权拍板。身为团长，刘民权也不好怠慢哪一位，就将皮球踢给唐丰收，说唐技术员说了算。见唐丰收也为难，有位营长说抓阄，谁抓到谁走运。唐丰收说行。苏营长抓到了，乐得跳起来说自己手气好。唐丰收见杨林公社的胡营长等人都垂头丧气的，就说，后面还有运输机要安装，劝他们别着急。

马书记派人将器械抬走，拉着唐丰收去了他们的地段。唐丰收与刘民权将位置确定了后，就着手安装。一安装，唐丰收就如被磁铁吸住了般，啥都忘了。一夜忙到天亮，唐丰收摘下手套，接过马书记递来的烟，指着在升起来运石头的器械，对一直在身边帮忙的刘民权说，刘县长，器械弄好了，你回去睡觉吧。刘民权打了哈欠，叫马书记在这儿将工作安排一下，拉着唐丰收说，你忙得一夜没合眼，比我更累，走，去睡觉。

刘民权、唐丰收与贺正福三人拖着疲惫的身子走了。

刘民权去了住处，唐丰收对贺正福说，你回工棚去睡吧，醒了来找我，说罢朝仓库走去。来到那堆运输机械旁，唐丰收蹲下来望着机械不停地抽烟。胡营长正往食堂走，唐丰收将他喊了过来，要他带人来将这些机械抬到工地上去。运输机械是皮带传动的，只能安在较平缓的渠段。胡营长听说这玩意安在他的渠段，乐得跑去叫来十几个人。

机械被嗨啊嗨地抬到地方了，唐丰收又叫人去将周宝山喊来了。选了几位帮忙的民工，唐丰收带着周宝山从早晨忙到半下午才安装好了。唐丰收对周宝山点了下头，周宝山将闸刀一合，机械转动了，输送带往前旋转着。空载成功后，唐丰收叫民工往输送带上装石头。见负载运行正常后，他松了口气，掏出烟盒正要摸烟抽，突然眼前一黑，身子一晃，倒在正在往前运行输送带的石头上，一旁的胡营长大喊一声不好，扑过去拉唐丰收，可输送带运行得太快，没拉住，自己也跌倒了。周宝山在民工们的狂呼声中手忙脚乱地拉开闸刀，输送带停止了转动，倒在石头上的唐丰收一条手臂被滚动的石头压住了。胡营长爬起来抱住唐丰收连连喊唐技术员、唐技术员，唐丰收双目紧闭毫无反应。胡营长背着他就往指挥部跑去。老秦、赵一帆闻讯赶紧围了过来，唐丰收被放在一张长凳子上，老秦见苏敏跑来扑在唐丰收身上就哭，感到不对劲，一把拉起她，叫她快去将黄铁林叫来。苏敏冲了出去，刘民权穿着裤头与背心赶来，一下子跪在唐丰收面前，用耳朵贴着唐丰收的胸脯，听他是不是还有心跳。老秦对赵一帆说，快打电话给区医院，让他们派救护车来，赵一帆抓起电话正要打，这时唐丰收轻轻嗯了一声，动了动身子。瞧他没死，老秦朝他大声喊道，唐丰收，快给我起来！像战士听见了冲锋号，唐丰收一骨碌从长凳子上爬起来，见老秦与众人都站在自己面前，就问老秦，这是咋回事？胡营长让他坐着别动，赵一帆倒了杯开水递给他，老秦给他装了支烟。喝了几口开水，抽了口烟，唐丰收的脸色才逐渐回复了正常。他问胡营长器械运行正常吗？老秦拦住他的话，说，你给我好好休息，工地上的事暂时别问了。苏敏满头是汗地跑进来了，不一会儿，黄铁林紧跟着气喘吁吁地到了。放下药箱，黄铁林用听诊器在唐丰收的胸脯上听，说可能是疲劳过度造成的，现在没事了。替他将手臂上的外伤包扎了一下。得知唐丰收持续劳累了两天两夜，就喝了一茶缸子稀饭，刘民权心疼地说，你啊你啊，就是不晓得休息，这样苦干，就是铁人也受不了！赵一帆叫苏敏快去食堂给唐丰收做一碗鸡蛋面条，老秦阴着脸对唐丰收说，吃了饭，你在我房里睡觉，哪也不准去。

唐丰收一觉醒来，听见外面有唱歌声，由远而近，晓得是苏敏过来了，穿好衣服起来了，打开窗户一看，果然是苏敏。苏敏见了他说，你都把我吓死了。唐丰收逗她说，我死了又不要你守寡，你怕啥。苏敏微笑着回答，放心，有我保佑你，你死不了，说罢，从裤子口袋中掏出两包烟给了他。唐丰收见她另一只手里捏着封信，问马连长来信了？苏敏将信朝口袋中一装，拉着脸说，还不是说那个屁事。唐丰收问啥屁事？苏敏回答，他叫我不要工作了，到他那去，这不是说梦话吗，我不要工作去陪他，他算老几？唐丰收见她生气了，不想与她再说下去，低头紧了紧鞋带打算去工地。这时，刘凯带着爆破队的人来了，戴结林他们纷纷问他身体咋样了。唐丰收笑着回答，刚才睡了一觉，好了，谢谢他们的关心。刘凯拉他去爆破队看看。唐丰收机警地对他说，我是刘县长借来处理石头运输的，爆破队的事，你最好去找赵政委，他不发指示，我不敢去。说罢，去了工地。刘凯体谅他心有余悸，将情况向赵一帆汇报了。赵一帆给了刘凯一个大黑脸，厉声说，唐丰收不过是个技术员，你是学校毕业的,难道还求他?吃了个哑屁,刘凯低着头出来了。

唐丰收来到工地,见几台机械运行正常,脸上露出一丝微笑。这时套毛跑来,说那台机子不转了,马书记叫他快去。唐丰收赶去了,机械投入使用后,为了加快清理石料,赵民权要各营组织小组实行三班倒,看护这台设备的贺正福下班后回工棚去睡觉了。唐丰收动手检查,发现是闸刀上的一个保险丝断了,随手将其更换。由于自己出了事,唐丰收想到施工现场的用电安全问题,马上让马书记去将刘县长喊来。不一会儿,刘民权来了,唐丰收对他汇报了工地用电安全,要求加强电源管理。刘民权火速将在工地上带队的几位营长叫在一起开现场会。散会,各营按照要求,在机械旁竖立起注意安全禁止非操作人员靠近的大警示牌。唐丰收在现场对各营抽出来的懂得用电知识的民工,进行了简单的机械运行与养护的培训,还与电工小丘竖起电线杆,将牵到工地的电线做了布置。

几台机械设备投入使用后,石料运输的速度大大加快。开总结会时,刘民权对工程指挥部的各位领导伸出大拇指夸唐丰收立了大功,说他这个技术员赛过了一个营的民工,要求指挥部将唐丰收的处理决定撤销了。武总、老秦和张应喜等人看着赵一帆,赵一帆不紧不慢地表态道,唐丰收在运输石料这事上确实发挥了作用,一事一论,指挥部可以表扬他,但对他的处理决定,不能随便更改,这是维护党性的原则问题。会后,刘民权想到赵一帆曾是自己的部下,夜里又找到他,劝道,你何必在这事上固执呢?赵一帆取下挂在墙上两条血淋淋的狗腿,递一条给刘民权,用以前的口吻说,刘书记,这条送给你,我老婆就是爱吃这玩意,我要送回去。将拎的另一条狗腿挂在自行车龙头上。刘民权将赵给他的狗腿往自行车后架上一放,默然出去了。他找到唐丰收无奈地苦笑着,说,人情薄如水啊。唐丰收晓得他是在为自己的事烦恼,就说,我是借来办事的,民工们少搬石头了,我比什么都高兴。他又问自己何时回去。刘民权沉吟了片刻,答道,我不叫你离开,你哪也别去。

翌日上午,因为夜里下了小雨夹雪。天气格外寒冷,冰结得有好几寸厚。见头天打的炮眼,周围是积水与冰渣子,爆破队的人有的脱下棉衣来擦,有的要插根管子吸炮眼里的冰水。戴结林见处理起来很困难,急匆匆跑来。唐丰收带着贺正福来到运输机前正在检修机械,听戴结林说炮眼里的积水与淤泥掏不干净，咋办。唐丰收让他去找刘凯，戴结林不屑地说，找了，他也没法子。唐丰收说自己在忙着，让他等一下。戴结林就蹲在那儿埋头抽黄烟。唐丰收很快将故障排除了，见戴结林又恳求，唐丰收才厉声对他呵斥道，长脑子干啥用的？你抽黄烟晓得抽完了，将烟窝里按一眼烟；炮眼子打好了，就不晓得把炮眼塞住啊？经他这一骂，戴结林开了窍，笑着跑了。贺正福钦佩地对唐丰收说，师傅，你真行，骂人也是在出点子。唐丰收诙谐地回答，该骂时就得骂。

老秦晚上睡得很晚，有时要熬到天亮，唐丰收仍像以前那样给他烧一盆炭火让他取暖。有天夜里，鸡叫时分，唐丰收起来解小便，见老秦伏在桌上睡着了，又闻到一股焦煳味，仔细一看，是老秦放在炭盆旁的棉鞋烧着了，赶紧起来把火灭了。老秦醒后见棉鞋被烧了，叹息说，这棉鞋还是你家杏枝做的呢。唐丰收说改日回去让杏枝给你做双新的。老秦点支烟抽了起来，唐丰收问他还要搞啊？老秦揉揉眼，说，第二干渠甜水渡槽的泄洪问题怎么解决，一直在困扰我，建一个泄洪闸，建在哪儿又是问题。唐丰收对第二干渠的地形不太熟悉，过来对着地图看看，指着一个地方说，可以将泄洪闸设在这儿啊。老秦说他考虑了好久还没决定，因为在那儿建泄洪闸，地势太陡，落差较大，必须开一条长长的泄洪河才行，还得做几个大型跌水工程，投资太大，如果做在前面，泄洪时会冲击农田，伤及老百姓的利益。唐丰收凝眉考虑了一会儿说，还是建在这儿好，将来可用这条泄洪河的落差，建一个小型发电站呢。经唐丰收一说，老秦眼一亮，一屁股坐下来，对着地图看起来……

年关说到就到了，老秦对唐丰收说，现在工地上的任务松点了，今年肯定要留在工地上过年，你回家一趟吧，提前将年过了。说罢，掏出两百块钱给唐丰收，要他带回去。唐丰收不要，老秦对他说，你今年吃的亏不小，我要许多钱没用，要他拿着。又问打听到覃大头的下落没有？老秦对覃大头感情深厚，出了这种事，他也挺难受的。唐丰收说他打听了，暂时还没有下落。

腊月二十六这天，民工放假回家过年，唐丰收经过刘民权允许，与套毛一起回家了。他在工地上犯错误的事，杏枝早听人说了，本打算到工地上去看看的，可因为生病，才没去，见他回来了，带来了两百多块钱，抱怨几句也就算了。

渠生跑来了，要吃东西。唐丰收牵着儿子出去了，在村口遇见了唐和宝。

唐和宝热情地过来陪着他到田畈里走走。到了田畈一看，唐丰收很是惊讶，虽是冬天，塘里水满满的，田畈中长着红花草籽，许多田里还种着青乎乎的萝卜菜，这在以前是根本没有的。来到一个坡岗子上，唐丰收问这儿原来是坟地啊，怎么改成稻田了？唐和宝得意地说，早早改水了，光这一片，就改出了几十亩。唐丰收问队里的社员粮食是不是够吃了？唐和宝笑着说，队里现在插双季稻，亩产去年就超了纲要，今年队里向国家交了两万多斤余粮呢。唐丰收喜悦地夸家乡变化真大。唐和宝忽然对他说，上次听说你在工地上遇见事了，别人都替你着急，我可巴不得你回来呢！唐丰收笑着问，为啥？唐和宝说，我年纪大了，身体也越来越差，队里缺个人当队长的，你回来了，我立马举荐你。将唐丰收说笑了。

来到大队小卖部，正好遇见刘家屋队长刘来喜。见到唐丰收，刘来喜紧紧握住唐丰收的手，问他啥时回来的，瞧渠生嚷嚷要吃水果糖，赶紧掏钱买了一斤水果糖和一斤饼干给了渠生，还买了两包"东海"烟塞进唐丰收的口袋中。唐丰收给他钱，他说我们生产队这几年粮食年年大丰收，多亏了那座木渡槽放水灌溉，感谢你还来不及呢。

从小卖部出来，刘来喜硬拉着唐丰收去看木渡槽。盛情之下，唐丰收让唐和宝牵着渠生回去了。来到渡槽那儿，他发现木渡槽的支架因为使用多年，已经出现了裂缝，就对刘来喜说，木渡槽用久了会坏，你们队现在经济状况比原来好了，可以改建成水泥渡槽。刘来喜乐呵呵地说，我们打算明年改，到时候一定请您来帮忙。唐丰收说好。

回到屋场，唐丰收又到各家去看了看，家家都在熬米糖打豆腐，一派浓郁的过年气氛，心里别说有多高兴。他妈妈的身体好多了，被人家请去帮忙熬米糖了，因为他妈妈有熬糖的手艺。唐丰收见家里房子破破烂烂的，想在原来的基础上重新盖一下。就对材料初步做了估算，打算明年勒紧裤带攒钱盖起来，因为这儿毕竟是家啊。

第四十章

一男一女两个孩子在院子里欢快地追逐着一只蝴蝶。

大一点的男孩是唐丰收的儿子渠生，小一点儿的女孩是张慧娟的女儿陈婷婷。见他俩为那只花蝴蝶在争吵，张慧娟从工棚里出来了。婷婷说渠生哥不给她蝴蝶，是她先看见的，渠生说是我捉的，张慧娟将两个孩子哄好，又回到了屋里。

第二干渠要等冬季农闲了才开挖，因为渠道的线路事先定好了，所以没开挖前，必须要做好土地征用、拆迁与挖压赔偿等工作。这是后勤的事，唐丰收被刘民权送回来了，对他的处理决定仍保持着，所以，张应喜没让他从事工程上的事，而是将这任务交给了他。家里活儿忙不过来，杏枝将渠生送到唐丰收身边，让他带一段时间。唐丰收整天在工地上跑，当然不能带渠生，就将渠生交给张慧娟替他照看，张慧娟在第二干渠工程指挥部当仓库保管员，也不到哪儿去，渠生正好与她女儿婷婷做伴。

由于土地征用、拆迁与挖压赔偿涉及范围大，工作难做，拆迁小组分两班，一班人由后勤组长王长久带队，另外一班人由唐丰收带队。唐丰收本来是不能带队的，张应喜说后勤组就一个组长，人手不够，唐丰收是灌区工程指挥部的老资格，就让他带了。带队的人，遇见问题，赔多少，条子由他开，最后虽要到工程指挥部由张应喜批了才能拿到钱，但很少改变，所以带队的人手中有权。

唐丰收那个小组另外两人是马国俊与顾为国。他俩都是渠道管理所成立后招工进来的，扩建工程开始前，两人在管理段里看闸，扩建开始后，一直没用他俩，直到准备开挖第二干渠人手不够时，指挥部才将他俩调来。他俩都是小青年，都没有谈对象。

这天，唐丰收他们三人来到甜水生产队，找到该队的队长。没有想到队长是位二十来岁的女知青，姓郭，叫郭大霞。郭大霞个头不高，胖胖的，小眼睛大嘴，运动头，衣着朴实，没有城里姑娘那种时尚光鲜的样子，要不是说一口普通话，唐丰收还当是队里谁家的妹子呢。甜水河渡槽要建在这儿，郭队长早知道了，听说唐丰收他们是来征用土地的。她将他们领到会计家。会计是本地人，长得尖嘴猴腮，有一双灯笼眼，姓甘。一看长相，唐丰收就晓得这是个难缠的家伙，也晓得该队的实权在其手中，所以说明来意，唐丰收就掏出地图，指着地方对甘会计与郭队长说了这次征用土地的范围与大概面积。郭队长在地图上看懂了，可甘会计看得摸头不知脑，于是，他给唐丰收装了支烟，说到实地去瞧瞧。唐丰收预料他会这么说，因为征用土地在地图上说明了，到现场联系起来一对照，情况更清楚，再将两者结合起来谈赔偿的事，有利于磨嘴皮子，这叫一看二量三交易，是唐丰收搞这事后总结出来的经验。

到了田畈，郭队长带着唐丰收他们对着田地比画着，从那儿到那儿，再从那儿到那儿，说得哇啦哇啦的，甘会计在后面尾巴般不吭声。看了一处地方，唐丰收说，我们哑巴吃饺子一个个来吧，因为这次要征用三大块地方。一块在田畈中，一块是河滩，还有一块是那个小山岗。将田畈这一块看好了，唐丰收让马国俊与郭队长用皮尺丈量，甘会计记录，顾为国将丈量好的地方钉桩做标记，自己背着手在旁边看。马国俊拉着皮尺很快就与郭队长有说有笑地如老熟人了，丈量时见马国俊斤斤计较，郭队长就叨叨着与他争执，最后由唐丰收说了算，可唐丰收也寸土不让，因为农田赔偿价格标准高，郭队长清楚，唐丰收更明白。说不动唐丰收，郭队长就与马国俊打马虎眼，马国俊平时待在所里看水闸，很难接触到年轻姑娘，见郭队长对自己笑，有时也让她占点便宜。争争吵吵将农田丈量好，丈量河滩地时，唐丰收松了点，他俩向他报多少，他就默认多少，荒滩赔偿价格便宜。要过河了，河水不深，也不宽，马国俊脱了鞋打算过河。郭队长对河那边望望，犹豫地对甘会计说，我不过去了，你与他们去量吧。甘会计笑着说，你是队长，不去怎么行呢？见郭队长一副为难的样子，唐丰收估猜她有不能下水的苦衷，就对马国俊说，你背郭队长过去。马国俊求之不得地说，那我就牺牲一回吧，来到郭队长跟前。

郭队长说我干脆绕道从那边桥上过吧。

甘会计说，唐组长派人背你，是瞧得起你，嫌小马背不动，我背。

郭队长仍没松口。

甘会计就催她说，说起来还是知青，封建个啥呢？再磨叽到中午了。说着，一把将郭队长往马国俊身旁一推，郭队长这才让马国俊背了。来到河中央，水深了，唐丰收提醒马国俊注意一点，甘会计乘机拿马国俊与郭队长穷开心，逗趣地说王八驮鳖，能不用心吗，将马国俊和郭队长说得哈哈大笑。

小山岗在河那边，将河滩地量了，他们来到小岗子上。站在高处一望，远处是一条大河，河滩上长着杂草，极为开阔，有几只白鹭扇动翅膀在飞着。唐丰收想到老秦对他说过要在这儿建一座泄洪闸的事，就指着下面那一大片荒滩问甘会计，那一片河滩是你们队的吗？

甘会计点头说是的。

唐丰收问，这片荒滩你们咋不种东西？

因为这次征用土地，没牵涉到这儿，甘会计也没用心，随口说，那儿杂草丛生，一发洪水就淹的没影，啥东西也种不了。

唐丰收顺着他的话说，那是，荒滩确实没用。

中午在甘会计家吃饭，瞧马国俊与郭队长越说越热乎，甘会计就让他俩坐在一起。吃了饭，马国俊提出来要到郭队长的住处去看看。郭队长笑着答应了，让唐丰收他们一起去，唐丰收说要与甘会计将量好的数据核对一下，顾为国说自己喝得头发晕，让马国俊去了。马国俊与郭队长离开了。从事这项工作后，唐丰收悟出了经验，征用土地是长期的事，牵涉到赔偿，不宜速战速决，要善于拖延与扯皮，反正是社队找扩建指挥部要钱，拖得越久，有些问题就会从大拖到小，说不定最后就拖没了，反正干渠开挖要到深秋才开始，有时间磨洋工。当甘会计提出要将面积算出来时，唐丰收对他说，有账算不赊，要他陪自己到村里走走。

钱，在人家手里攥着，甘会计自然要恭敬对待，与唐丰收出来了。

甘会计心中没数，可唐丰收出来看看是有用意的，这儿要建渡槽，还有挖压与拆迁的事。从事这项工作后，他知道，对农民来说，拆迁最难办，征用土地是与生产队打交道，公事公办，事情好商量，也好处理。而拆迁牵扯到各家各户，涉及老百姓的切身利益，工作难做。渠道从哪儿经过，唐丰收心里有本账，他不想让精明的甘会计有所察觉，以便这人提前有准备，使以后的工作陷入被动，所以他想侦察一下。他有意在村里到处闲逛，当他来到一排房子前，见这房子是金包银的，感叹建得不错。甘会计说这是他堂弟家，随口喊了声，一位中年汉子出来了，听说渠道指挥部的人来了，甘家堂弟热情地请唐丰收进屋坐坐。唐丰收没有谦让，进去了。寒暄几句，甘家堂弟就打听说渠道从我们这儿经过，要建座渡槽，我这房子要拆迁，可是真的？唐丰收预料户主会这么问，推说自己是来征用土地的，拆迁的事，由另外一班人负责，将话说开了。他之所以进来坐坐，主要是察看这房子里的结构，因为民房结构不同，赔偿价格不一样。坐了一会儿，出来时，外面几间破草屋引起了他的注意，他进了厕所，从里面出来，对甘家堂弟说你家厕所真脏，甘家堂弟说这是队里积肥用的，不是他家的。

离开甘家堂弟家，走了不远，就听见一间屋里发出笑声，甘会计说郭队长在这儿住，这儿以前是队里的仓库，郭队长下来后，腾出来给她住了。唐丰收乘机问郭队长是哪年来的，怎么当队长了？甘会计说她是前年来的，去年挑总干渠时，当了铁姑娘班班长，公社的张书记发现她很能干，老队长病死了，就指名让她在队里当了队长。唐丰收问她谈对象没有？甘会计说她还是个姑娘，没谈。唐丰收嗯了一下，去了郭队长房间。

郭队长见他们来了，赶紧站起来请他们坐。唐丰收看了看屋里，指着墙上毛主席像旁边那幅农业学大寨的画，说这画真气派。郭队长一脸自豪地回答说这幅画是去年在县里开会时发的，先进分子才有，再次让他俩坐。唐丰收说小顾还在晕乎呢，要回甘会计家。郭队长说她一起过去，马国俊见她床上有本小说，拿在手中说借给他看看，郭队长说，小说是别人的，过几天一定要还她。

甘会计和郭队长都要唐丰收当面将面积算好，唐丰收说指挥部还有事，改日来算，带着马国俊与顾为国离开了。

唐丰收不急着去甜水生产队，马国俊却等急了，一再催问何时去。三天后，唐丰收从另外一个地方办完事，才对他说，明天，我与小顾在这边忙，你去一下，先与郭队长他们毛估一下，回来将情况告诉我。

这话正中了马国俊的下怀，因为他独自去，既能与郭队长接触，又可以乘机在郭队长面前做人。也不晓得为什么，他与郭队长认识的时间虽短，可他感到自己已经喜欢上了她。本来唐丰收交代谈好了就及时回来，可一直等到天黑，马国俊才回到指挥部。

唐丰收正在张慧娟房里逗两个孩子玩，马国俊找来了。唐丰收问他怎么一去就不晓得回来了？马国俊说郭队长盛情难却，非留他吃饭，他只有答应了，然后将那三块地皮的面积报给了唐丰收。其实，唐丰收早在心里算好了，听他报出来的数字与自己估算的出入较大，晓得马国俊从中做鬼了，也没吭声，牵着渠生对张慧娟打了个招呼，回了房间。

小顾悄悄告诉唐丰收，马国俊这几天夜里天天往甜水生产队跑，深更半夜才回来，说他准是迷上郭队长了，骂他真是个骚瘩子。唐丰收讥笑顾为国说，小马比你精，晓得见缝插针，你呢，菜摆在面前都不晓得下筷子。

又过了两天，唐丰收带他俩去了甜水生产队。唐丰收拿出油印好的合同，对郭队长与甘会计说，小马上次来与你们算了，面积嘛，就按你们算得办，但我有个条件。甘会计瞅着他，催他说。唐丰收一板一眼地说，岗子下面那片荒滩，你们荒着也是荒着，给我们算了。

郭队长爽快地答应说，行。

甘会计说那么大一片荒滩呢？

唐丰收晓得他想加筹码，就点头道，你们田亩的面积只有十九亩多一点，我们是按二十亩的面积算给你们的，那片荒滩再大，不值钱啊。

甘会计沉默不语了，因为他晓得唐丰收算得对。

唐丰收乘机跟了一句，说，别婆婆妈妈了，事情就这么定了。他提笔在岗子的面积后面打了个括号，在括号里写上包括那片荒滩几个字，让马国俊与顾为国在合同上先了签字，再递给郭队长。郭队长见马国俊在看她，接过笔签了，交给甘会计，既然成了事实，甘会计也签了。

唐丰收将签了名的合同拿过来，笑着对郭队长说，郭大霞这名字好记啊，将脸转向马国俊，说，小马，往后你可要与郭队长多联系啊，说笑中将自己的名字签了。合同一式两份，唐丰收交一份给崔队长，将自己这边的一份递给马国俊，对他俩说，你们去找王长久组长再签个意见，让张县长批一下。他将脸转向甘会计，对他说，手续办齐全了，你到指挥部财务组去领钱。

甘会计笑着连连说好。

马国俊问郭队长哪天去？郭队长白了他一眼说，急什么，还怕跑了啊。

夜里，唐丰收打电话向老秦汇报了这事，老秦赞许他有计策，同时对他说，甜水渡槽的建设可能要提前，要他尽快做好拆迁工作，扫清障碍，提醒他要心里有数。

这天，张应喜从县里回到指挥部后，召开了拆迁工作会议，要求加大力度，争取早日完成任务。会上，他宣读了地区革委会最新制定的赔偿标准，瓦房由以前一间赔 100 元提高到 150 元，草房由每间 65 元提高到 100 元，指明唐丰收近期内要做好拆迁工作，为甜水渡槽的开工做好准备。

唐丰收三人又到甜水生产队去了。在频繁的接触中，郭队长果然与马国俊建立了感情，唐丰收感到这对开展拆迁工作有利，就在暗中尽量提供机会让马国俊与郭队长在一起。他晓得甘会计是地头蛇，郭队长也听他的，想到甘堂弟的房子要拆迁，也不想将这个瘌痢头交给马国俊，因为事先有了侦察，这天他与顾为国一起，邀请甘会计去他堂弟家。甘家堂弟见唐丰收是来办这事的，愣了，上次他已对唐丰收说了实话。新的补偿标准才下达，所以做工作时，唐丰收叮嘱马国俊仍按原来标准与群众交谈。正如他预计的那样，一谈，甘家堂弟果然说那几间公家的粪池子是他家的，让唐丰收意外的是，上次来他家屋山头靠墙还没有披屋，这次两个山墙陡然多出了两间披屋。唐丰收先指着公家那几间粪池子，要甘会计确定到底是公家的还是私人的。甘会计回答说这是以前老队长手上的事，他不清楚。唐丰收见他在推诿，说，既然这样，明天我来召开队委会，明确了再决定，然后指出两头山墙的披屋是这两天临时才搭盖的，不算草房。甘家堂弟不愿意，硬着脖子说要是不算，他就不同意拆迁。唐丰收料定这主意是甘会计替他出的，就慢慢与他协商。甘家堂弟是个本分的农民，被唐丰收几句好话一说，就盯着甘会计，等他拿主意。甘会计乘机敲边鼓般对唐丰收说，你们公家办事，总不能让老百姓吃亏吧，不就是两间草房吗，值几个钱？您高抬贵手算了吧。

唐丰收是个认死理的人，回答说，正因为是公事公办，我才严格把关。

甘会计毕竟是精明人，晓得唐丰收他们这么快就来办拆迁的事，估计工程可能要开工了，就采取了软磨硬抗的办法，心想，只要我不答应，你就不好办，不怕你最后急了，不做让步，反正我们是坐山虎，不怕拖。

唐丰收与对方磨了一会儿，又使出一招，说，这样吧，我们都退一步，那两间披屋算一间，给别人每间65元，看在我与甘会计是好朋友的分上，这间按100元算。甘家堂弟正要发话，甘会计用眼神阻止了他，对唐丰收说，不就是30元的事吗，何必闹得你我不愉快呢？唐丰收见这样还没说下来，才使出来最后一招，说，按指挥部安排，主动配合拆迁的都有奖励。

甘会计马上问，怎么个奖励法？

唐丰收说，像这样的瓦房，每间可奖50元。

甘会计问，说话算数不？

唐丰收一笑，说，不算数，我说干什么？

一听这话，甘会计来了精神，马上对堂弟说，拆，明天就拆。

唐丰收掐着他的话，趁热打铁地说，你堂弟家问题解决了，你现在去将队委叫来，我们将粪池子的事说一下。甘会计将郭队长喊来，说他俩就可以代表队委会，见郭队长也这么说，唐丰收就按65元的标准将那几间粪池子谈妥了。

采用这种对策，唐丰收他们拆迁工作进行得很顺利，赢得了社员的欢喜。事后顾为国说他这么做是糊弄老百姓。唐丰收点拨说，拆迁工作难做，政策是死的，人是活的，灵活运用，是工作方法。

有天晚上，唐丰收从外面回来了，张慧娟抹着眼泪对他说，渠生带着她家婷婷在塘边玩水，两个孩子掉进水里，差点淹死。唐丰收闻言，着实吓了一大跳，将渠生带回了房间。值班的人喊他说电话里有人找他。电话是苏敏打来的，讲工地上的套毛对她说，唐丰收老婆叫他快回家。

杨泗庙工地那块硬骨头打了一个冬春的攻坚战，主体工程基本上完成了，还留有少量民工在做扫尾工作，套毛也在那儿。

放下电话，唐丰收晓得杏枝是催他回去盖房子的，心想趁机将渠生送回去，省得他在这儿拖累张慧娟，当晚向王长久请了假，因为甜水渡槽附近生产队的拆迁任务完成了。王长久批了假，唐丰收连夜背着渠生往回赶。张慧娟让他骑自行车回去，唐丰收说夜里不好骑，还是步行好。

得知他家盖房子要铁钉，因为当时购买铁钉要计划分配，马国俊念及唐丰收对自己的好处，就将奖励甜水生产队的铁钉截留了一部分，没给群众，送给了唐丰收。苏敏也在暗中从仓库留下的水泥中，以第二干渠管理所需要为理由，调出七八袋给马国俊，让他和顾为国一起用板车送给唐丰收。

顾为国与胡家斌认识，有次他俩一起吃饭，胡家斌问唐丰收呢？顾为国说他回家去盖房子了，胡家斌问他怎么晓得的，顾为国也没留心，说唐丰收向王组长请了假，那天与马国俊去给他家送水泥与铁钉，才晓得的。胡家斌听得眉毛一扬。

唐丰收将房子盖好了，打算在门口做个小水泥稻场。刘家屋的队长刘来喜找来了，说他们做小渡槽水泥不够，又买不到，求他能不能帮忙想想办法，唐丰收索性将自家的水泥给了他，自家的水泥稻场不做了。

唐丰收做梦也没想到，他带薪留用考察期到了，组织上给他做鉴定时，胡家斌却说出了水泥与铁钉的事。这让张应喜和老秦大为震惊，擅自动用国家分配的计划物资是知错犯错，唐丰收可以辞退了，张应喜与老秦都说这两件事一定要查清楚，不能含糊。

唐丰收找到胡家斌解释说，这两件事他都不知道，马国俊送铁钉给他时，说是他自己托人买的，他给了马国俊钱。胡家斌找马国俊核对，马国俊说铁钉是甜水生产队的人不要的，他让郭队长去买的，郭队长那儿有发票。胡家斌找到郭队长，郭队长将发票拿出来给他看了。胡家斌再追问水泥，幸亏苏敏办事心细，说水泥是工地上用的，拿出出库单给胡家斌看。胡家斌再去核实，民工说是他们用的，因为那天他们确实去仓库领水泥了，苏敏将给唐丰收的那批水泥是夹着记在其中的。

将这两件事查清了，张应喜与老秦找到武总，要他将唐丰收头上戴的紧咒箍解了，好让唐丰收恢复正常工作。武总也觉得很有必要，就用给李副主任汇报工作的机会，顺便说了这事。李副主任认识唐丰收，晓得他在工地是个干将，问清原因，在电话中气恼地说，这种工作失误，怎么能上纲上线呢，简直是乱弹琴，当即打电话给赵一帆，要他快用文件的形式替唐丰收平反。

拿到文件，想到自己受的委屈与打击，唐丰收心中真有股说不出的滋味。他独自来到河边，对着哗哗的流水放声痛哭了一场。

顾为国找到他说，都怪自己不好，无意间将情况说出来了，请他原谅。

唐丰收说，这事过去就过去了，不怪你。

这天，郭队长跑来找到唐丰收说，田地被你们征用了，队里劳力出现过剩，大家总不能不吃饭吧，问咋办。唐丰收建议他们搞副业，郭队长说一时到哪儿去折腾副业啊，唐丰收说你们可以做挂面啊。崔队长说做挂面，你们工地上包销吗？唐丰收回去向张应喜做了汇报。张应喜答复，征用土地带来的后遗症，属特殊情况，特殊情况特殊对待，包销就包销，省得到粮站去拉面条了，同意了。崔队长召开社员大会将情况对大伙儿说了，见有部分群众不愿意，唐丰收代表指挥部来做工作，又临时安插一部分人到工地上去做民工，剩余的劳力做挂面，建议甘会计用河汉子养鱼，才将甜水生产队的问题化解了。

第四十一章

第一干渠主要工程建筑物建成了，槐树县与清河县组织劳力开挖渠道，具体技术由这两个县水电局的技术人员负责，所以扩建工程指挥部派去参加建筑物建设的人纷纷移师到第二干渠指挥部来了，这儿成了扩建工程指挥部主要技术人员的聚集地。

郝仁俊来了后，首先找到唐丰收，替他打抱不平，说杨泗庙爆破出现的事故，让他受重罚太不应该。唐丰收说事情过去了，不说这些了。郝仁俊钦佩他真有度量。要是他，这口气实在难以咽下。说着说着，郝仁俊说到了这第二干渠建设，向唐丰收打听指挥部对工程技术人员有什么安排没有？唐丰收回答老秦一直在忙设计，可能还没安排吧。

郝仁俊试探着问，甜水渡槽工程项目负责人肯定是你了？

唐丰收说，叫我干，我就干，不干也没关系，反正我这人是条牛，到哪都是吃草、拉犁、挨鞭子。

郝仁俊笑着说，我真羡慕你。

唐丰收问他：我有啥好羡慕的？

郝仁俊道：灌区几个主要工程建筑物，你都立下了功劳，现在无所谓，等灌区建好了，你就是有功之臣。

唐丰收笑着回答，我可没想那么多。

郝仁俊叹息自己是从学校毕业的，这些年这个工地跑到那个工地，忙来忙去，都是替别人出力流汗。第二干渠是灌区建设的最后一条干渠了，如果建设好了，大规模扩建就结束了，就再也没有机会折腾大型建筑物了。

唐丰收苦笑着说，没有就好了，我已经被工程折磨够了。

郝仁俊说，甜水渡槽是灌区扩建工程最后一个大型建筑物，我真想将所学的知识发挥出来，骑一次马，留下点业绩。

唐丰收这才明白他来找自己的用意。头上的那道紧咒箍被解除了，唐丰收就敏感地预见甜水渡槽工程肯定又是自己负责，不然组织上不会在这时启用他。他事先从老秦那儿已晓得甜水渡槽是采用U形薄壳结构，这种结构节约建材，技术含量高，在大型渡槽中比较少见，施工起来肯定富有挑战性。说心里话，他惧怕人事方面的事，可对工程建设，哪儿富有挑战性，他就喜欢往哪儿去。他乐于挑战工程技术上的难题，战胜难题后所带来的喜悦，他觉得是最大的享受。现在听口风，郝仁俊想搞这个工程，他仔细一想，也对，郝仁俊是技术人员，从技术角度来看，与自己的心是相通的，同样希望在灌区工程这大棋盘上留下自己的痕迹，于是，他对郝仁俊说：既然你有这想法，可以找老秦谈谈啊。

郝仁俊愁眉苦脸地说，找秦总不如不找赵一帆。

唐丰收又说，你在张县长跟前多蘑菇蘑菇，他是第一指挥长，他支持你，也行。

郝仁俊又摇摇头说，那个土八路认死理，我提这事肯定会挨骂。

唐丰收说，你与赵政委关系不是很好吗，让他举荐你。

郝仁俊答道，这是搞工程，又不是入党、提拔干部，他说话肯定不管用。

唐丰收心里明白，郝仁俊是想让他主动退出来。因为扩建指挥部里除了武总、老秦和马家志，能挑大梁的技术人员，一是他，一是刘凯，再就是郝仁俊，其他人都是配角，如果他退出来了，那么只有刘凯与郝仁俊了。刘凯技术过硬，但他毕竟实践经验少。郝仁俊虽有一定的实践经验，可处理问题的能力不强，所以他俩得有一争。唐丰收也希望这次机会能给郝仁俊，尽管郝仁俊多次在背后用脚踢过他，使他吃了不少苦头，但他毕竟是老伙伴，没有他这个对手，他说不定还干不出那些业绩呢？于是，唐丰收诚恳地对郝仁俊说，如果真想搞，你先找各位领导谈谈，我可以帮你。郝仁俊感激地从包里摸出瓶茅台酒给他。唐丰收不要，他说烟酒不分家，这是杨县长给他的，没事。

有天夜里，唐丰收找到老秦，老秦当他是找自己谈渡槽的事呢，就等他说出来，可唐丰收却问以前那本水电工程建设的书呢？老秦不解地问找那本书干啥？唐丰收说想找出来看看。老秦说书在滚水坝那边，没拿过来。唐丰收对他说这次让我搞那座泄洪闸吧?

老秦扫了他一眼,说:怎么啦?不想搞渡槽啦?

唐丰收回答:折腾U形薄壳渡槽新玩意,我基础理论差,怕弄不好又犯错误。

老秦说,你基础理论差,有我嘛?这次你想缩头也缩不掉。

唐丰收这才说出了郝仁俊的想法,说难得他有这份积极性,建议老秦考虑一下。

老秦抽了一会儿烟说:让你搞,郝仁俊与刘凯都没话说,你不搞,让郝仁俊搞,刘凯肯定有意见,让刘凯搞,郝仁俊也有意见,你想让他俩对我有意见可是?

唐丰收说:我不是这意思,你让他俩竞争,谁有能耐让谁干,这样,对他俩都有提高。我搞泄洪闸可以乘机鼓捣一下水电站的事,以后准有用。

老秦在他肩上拍了拍,欣喜地道:你小子这主意不赖,让我考虑考虑。

老秦将这事私下同张应喜商量时,张应喜不耐烦地摇摇手说他俩能搞出啥名堂,就让小唐搞,他搞,我睡觉踏实。

老秦说,唐丰收搞虽稳妥,可从培养技术人才来看,还是多给小郝与小刘独当一面的锻炼机会,以后灌区工程建成了,这种机会就少了。

张应喜想了想说,既然这样,那你安排一下,让他俩竞争。

唐丰收在背后将竞争的事告诉了郝仁俊,同时也告诉了刘凯,因为他不想得罪他俩中的任何一位。郝仁俊闻讯投入了准备,刘凯准备的更积极。

武总过来开第二干渠的工程会议了,马家志也来了,三位老总在一起事先开碰头会,研究甜水渡槽的建设问题。在确定主要负责人时,老秦拿出了主导意见,说这次唐丰收搞泄洪闸,渡槽工程让郝仁俊与刘凯竞争上岗。武总听后叼着烟斗吧嗒着,问马家志是什么意见,因为刘凯是他带来的。马家志说让他俩竞争上岗对他俩都是考验与锻炼,表示同意。武总将烟斗从嘴唇上取下来,说:小刘设计这一块有长处,小郝有实践经验,依我看,渡槽让他俩一起负责,既发挥他俩的特长,又要他俩懂得密切合作的重要性,对他俩的锻炼都有好处。

老秦说这主意好。

马家志却担忧一山容不得二虎，到时候他俩闹矛盾怎么办？

武总说，那就指明让刘凯是第一负责人。

事情就这样内定了。

刘凯与郝仁俊都不晓得内情，依然在做竞争上岗的准备。过了一段时间，郝仁俊找到唐丰收向他打探老秦可能会考哪方面，用什么方式竞争？唐丰收回答这是机密，我也不晓得。其实从老秦开老总碰头会回来，唐丰收就晓得一点眉目了，因为在谈及刘凯与郝仁俊时，老秦将话封得很紧，没有吐露偏向，但从老秦的性格分析，他没露出偏向，说明他俩有可能都不用。当唐丰收问自己怎么安排时，老秦说，改日你去把水电的那本书拿过来看看吧。这话预示他不参加了，唐丰收马上敏感地想到了另一种可能，这就是刘凯与郝仁俊都用。

刘凯没有向唐丰收打探，只是在埋头准备。

扩建工程指挥部的所有领导和主要工程技术人员在一起开建设第二干渠工程会议了。对郝仁俊与刘凯来说，到底谁负责，就要揭晓了。因为会议研究得问题很多，会开了整整一天也没结束，晚上又接着开。直到会议结束前，武总才将谜底揭开，郝仁俊意外，刘凯也意外，但见不用竞争了，两人都感到一阵轻松。

唐丰收带着马国俊来到甜水生产队，郭队长听说他俩要住在队里，负责建一座泄洪闸，用眼看着马国俊边笑边说太好了。唐丰收要她替他俩找间房，郭队长要他俩住在她这儿，她到队里去与秋姑一起住，马国俊问秋姑是什么人，郭队长介绍说秋姑的男人在外面当兵，是她的好朋友，她家里有房子。唐丰收眨眼想想说，你还在这儿住，我们将物资堆放在这屋里，你替我们照看一下，省得我们请人。

郭队长问，你俩住哪呢？

唐丰收说我去找甘会计，他家房子宽敞，他堂客做的饭好吃，住在他家更方便。说罢就要郭队长与他俩一起去了。甘会计当然乐意，连忙叫堂客给他俩清扫屋子，点着那支唐丰收递给他的烟，建议做闸用的小工在他们队里请。唐丰收爽快地答应，不但做闸的小工在你们队里请，泄洪河也由你们队组织劳力挖。郭队长焦急地问何时开工？

唐丰收说，肉烂在锅里，你着什么急啊。

郭队长被说得咯咯直笑。

对唐丰收而言，建个泄洪闸，可谓小菜一碟，他所以要在这儿来鼓捣这么个小玩意，主要是为了下一步在这儿建水电站。马国俊不清楚这事，但他心里有一盘棋。唐丰收领着马国俊将泄洪闸下面的地势测好了，将土方施工交给马国俊去折腾，有意让马国俊与郭队长乘机勾搭，自己翻看那本水电站的书了，琢磨着建水电站的事。唐之所以带马国俊来而没带顾为国，也就是想将他俩的事搞定了。他晓得搞水利工程的人长年在外奔波，难找女人，特别是像马国俊这样的管理人员，放水灌溉时得守着渠道，不灌溉时又要忙着搞工程，连个谈恋爱的机会都没有，马国俊以前住的那个管理段，前不着村后不着店，比庙还清冷，现在有机会了，当然要助马国俊一臂之力，再说他俩也般配。马国俊当然明白唐丰收的用意，整天想方设法与郭队长在一起。闸体浇筑开始后，因为水泥堆放在郭队长的房里，他天天要她开门拿，将郭队长当成内当家的了。郭队长也晓得马国俊怀有贼心，作为知青，她也想谈个男友，之所以一直没谈，就因为身边没有合适的。她是本县知青，以后招工肯定在本县，找市里知青，鬼晓得能不能成功，马国俊是正式职工，自己与他谈了，以后自己招工在本县，就可以结婚，贫穷的家境使她非常注重从实际出发，所以，发现马国俊的贼心后，她不但没有反感，反而乘机半推半就与他交往着。

一晃，泄洪闸建得差不多了。这天，唐丰收来到工地上指挥安装启闭机，郭队长带人在帮忙，休息时，唐丰收望着郭队长扭着腰肢去山坡下解手，马国俊的眼睛一直在盯着，就轻声问马国俊，你俩的关系咋样了？马国俊红着脸回答差不多了。唐丰收问可挑明了？马国俊说自己给她塞了纸条子，她没有回，也没拒绝。唐丰收笑着问，上次看电影，我见你俩挤在一起，可摸了？马国俊笑着不吭声。唐丰收摇头说，光摸了还不保险，叮嘱他最好把生米做成熟饭，就跑不掉了。马国俊困惑地说，有次我抱着她想下手，可她恐惧地将我推开了。唐丰收晓得郭队长恐惧什么，因为知青如果在农村结婚了，招工就困难。这时郭队长过来问他俩在说什么，唐丰收指着下面说我俩在商量挖泄洪河的事。郭队长说商量好了告诉我一声，我们保证将河挖得又快又好。唐丰收笑着答道，那当然。

唐丰收利用去杨泗庙的机会，特意到黄铁林那儿要了两只避孕套。回来交给马国俊时，教他怎么用，马国俊乐得嘴都笑歪了。有天夜里，下着小雪，唐丰收让马国俊去告诉郭队长，明天上劳力挖泄洪河。马国俊乐颠颠地去了。

等到夜深，甘会计仍不见马国俊回来睡觉，就问唐丰收这小子到哪去了？唐丰收说人家小伙子的事，你管他那么宽干啥，就是不回来，也没事。自己脱衣服睡了，甘会计也诡秘地笑了。

郝仁俊与刘凯带着施工队进了甜水渡槽工地。按计划甜水渡槽的U形槽壳在地面预制。郝仁俊负责槽壳预制，刘凯负责槽墩支撑排架预制。两人都干得积极，特别是郝仁俊，想抓住机会展示一下自己。对U形薄壳槽壳预制时，他担忧槽壳太薄了，负载后会破裂漏水，私自在中间那几节关键的槽壳中增加了钢筋密度。

有天唐丰收路过工地时发现了这问题，见郝仁俊不在工地上，就对施工人员说，这样做，增加了槽壳重量，不但会增加吊装的难度，为以后渡槽负载后会埋下隐患。郝仁俊来了，施工人员将这意见反馈给他，他不屑一顾地说，这儿我负责，我叫你们这样做就这样做，别听他瞎嚷嚷。

老秦的老胃病又犯了，到县医院去住院了。

老秦病愈回来，郝仁俊已将大部分槽壳预制好了。唐丰收向他如实反映了情况。老秦将郝仁俊喊来问是怎么回事？郝仁俊说他是按图纸施工的，根本没那回事。老秦仍不放心地去工地仔细检查了一下，因为槽身已浇筑好了，从外表也没有发现有什么名堂。

要吊装了，郝仁俊与刘凯才感到头疼的事来了，渡槽总长630米，钢筋混凝土槽身有59节，每节长10余米；渡槽排架一般有七八米高，跨河的那两个高达14米，而施工队缺乏先进的吊装设备。郝仁俊与刘凯找到老秦说要联系省城的那家工程队，老秦一联系，那家工程队远在淮河水利工地上无法前来。他们只有自己想办法，刘凯建议将唐丰收喊来，郝仁俊不想求他，说自己试试。将支架支撑好，用葫芦吊装开始后，第一节、第二节因为槽墩较矮，安装得顺利，吊到第三节时，困难出现了，因为槽墩较高，支架将槽壳无法放到槽墩的固定位置，如果增加支架的高度，槽壳在空中又不好控制。折腾了一上午，难题也没有解决，还差点儿将一个吊起的槽壳弄滑离了，刘凯跑去将老秦请来了。

老秦查看后，也感到这是个棘手的事，感到这样吊装肯定不行，必须得设置个新支架，可新支架怎么设置才有用，他一时也没想出好办法，因为规划设计是他的强项，可施工的具体经验他也缺乏。他叫刘凯去喊唐丰收，刘凯在泄洪闸工地找遍了，也没找到唐丰收的影子。

唐丰收此时在黄铁林那儿。他没有生病，更没有受伤，这次他来找黄铁林是帮马国俊询问郭能不能打胎的，因为郭队长意外怀孕了。唐丰收给了马国俊两个避孕套，要他轮换着用，可由于用的次数较多，有个套子破了，两人发现了，估计不会有事，问题偏偏出现了。马国俊与郭队长都猴急猴急的，唐丰收也着急，一旦事情败露，马国俊没结婚就让郭队长怀孕了，这可是作风问题，马国俊倒霉，唐丰收这个带队的也要受牵连。他也晓得郝仁俊与刘斌在吊装时肯定会遇见难题，因为这问题他事先在脑海中反复思考过，料定最后要来找他，所以他们吊装后，他躲到这儿来了。事情对外是绝密的，当然没有任何人晓得他在黄铁林这儿。

治妇科虽不是黄铁林的强项，但他有祖传偏方。经唐丰收一番劝说，黄铁林答应让孕妇来看看再说。马国俊夜里将郭队长带来了，黄铁林见怀孕还不到三个月，好打，就给郭队长开了偏方。郭队长说自己病了，躲在家中喝药打胎，队里的事暂时由甘会计负责。

唐丰收晓得郝仁俊与刘凯吊装卡壳了，也晓得他俩焦急万分，第二天他才来到泄洪闸工地。刘凯跑来喊他，将情况对他说了，请他想想办法。他问郝仁俊呢？刘凯说他在工地上。唐丰收让他去将郝仁俊喊来。郝仁俊来了，一再恳求唐丰收帮帮忙。唐丰收说这不是帮忙的事，要自己出马，必须要经过扩建指挥部领导决定，不然他承担不起风险。两人将老秦找来劝说，老秦心里清楚唐丰收的用意，看看唐丰收。唐丰收对郝仁俊与刘凯说，要不，你俩写个报告，让扩建指挥部研究一下，然后做出决定。唐丰收现在不再是那个做好事反而吃亏的唐丰收了，他也晓得走领导路线了。

刘凯与郝仁俊只有写报告，扩建工程指挥部的几位领导在一起研究后，就将吊装的任务交给了唐丰收。接到通知，唐丰收才笑嘻嘻地来到吊装工地。搞工程就是这么回事，不会的人难似登天，对会的人来说也很容易。这难题，唐丰收心里早琢磨出了办法。他让施工人员因陋就简，采用型钢焊成三角形桁架，设吊杆托架，用多盘滑车、铰关垂直起吊，难题就这样解决了。在他的指挥下，历经艰辛的努力，59 节槽壳终于起吊安装好了。

唐丰收又风光了，郝仁俊、刘凯表面对他钦佩之至，可他们之间的矛盾越发加深了。

第四十二章

冬季来临了。

开挖第一干渠与第二干渠的战斗同时打响了。

龙山县与清河县以及老鸭县大批的民工云集到第一干渠开挖工地了。地区革委会李副主任亲自来坐镇指挥，第二干渠已经开挖了，也上了大批民工，在做最后冲刺，争取在明年春季将扩建的四条渠道通水灌溉。

唐丰收非常喜欢这样风风火火的工作，因为他就是在这种生活中成长起来的。

老秦到第一干渠那边去指挥了，第二干渠这边由武总负责。唐丰收与武总住在一起，这是老秦临走前交代的，要他好好照顾武总，因为武总尽管病重，可他是个工作起来就不要命的人。

有天下午，武总因开着窗户修改一份报告受了风寒，低声的咳嗽像被线穿起来一样，一声接一声，唐丰收劝他去医院，武总说老毛病了，过段时间自然会好。夜里，他站在挂在墙上的龙潭灌区扩建工程布置图前，叼着烟斗，低咳一下吧嗒一口。这次进入工地后，他每天晚上听过当日的汇报，看过当日工程日志与进度报表后，就喜欢这样对着图默默站着，那肃穆的神情宛如一位战场上的指挥员。他另一只手捏着一支红铅笔，有时会将工程这几天的进度在第二干渠的曲线上前描一下。唐丰收看着武总那副专注的模样，有时觉得他就是一位画家，在往自己心爱的作品上加色添彩。这张工程布置图是龙潭灌区的第一张母图，是武总亲手绘制的，上面有过许多被改动的地方，记录着整个龙潭灌区工程不断建设的进程。

老秦来了，带来一大块野猪肉，说是工地上有位民工在山间打了只野猪，特意拿来武总给滋补身子的。唐丰收将野猪肉拿去让食堂红烧了。马家志到地区革委会去汇报工作了。当晚，武总、老秦与唐丰收三人在一起吃着野猪肉，喝了个小酒。酒杯一端，武总就说到那次从省城回来在小酒馆喝酒的事，用手比画着唐丰收那时这么点高，转眼唐丰收就是孩子的父亲了，感叹时光过得真快。喝了一口酒，老秦也抹着满是胡子的下巴，说这辈子不知不觉过了一大半，时光都他妈的奉献给了龙潭灌区。武总指着挂在墙上的那幅工程布置图，感慨地说，等四条干渠都建好了，我们开闸放水那天，要隆重地举行个庆典，好好庆贺庆贺。老秦兴奋地回答，对，对，到时候我们把省里的那些老前辈都请来，热闹一下。武总幻想着说，要在新进水闸上披红挂彩，四条干渠同时开闸，各县也要在闸口举办欢庆仪式，要请示省委派摄影记者来拍摄现场，像拍红旗渠新闻纪录片那样拍成新闻简报，将这一珍贵的历史瞬间记录下来。老秦问武总原来的章副省长呢，要不是他在你的信函上做了批复，可能就不会有这龙潭灌区呢，得感谢他。武总说章副省长退休了，回老家去安享晚年了。老秦取下戴在头上的那顶蓝色呢子帽，拂拂花白的头发，说我们这些人啊，只有到退休了，才彻底解套。武总哈哈一笑，说现在就谈退休，为时尚早，前几天，李副主任对我说，龙潭灌区四条干渠全通水了，管理的事接踵而来，打算成立个管理局。

唐丰收在一旁问，那扩建工程指挥部是不是要撤销了？

武总拿下烟斗说，干渠通水了，工程还得进一步完善，接下来还得搞支渠配套，扩建工程指挥部不会撤。

老秦说，一套人马，两块牌子。

武总说：说不定张应喜要任管理局局长。

唐丰收问道：你呢？

武总用烟斗指指老秦，说：我和你，肯定是副局长。

老秦将一块肉夹进嘴里说；以后管理可能更难搞。

武总咳了几下，吐出一口酽痰，吧嗒了一气烟斗说，是啊，我们这些犟驴子，搞工程还凑合，搞管理啊，还得重头学起。

说着说着，他俩说到了李一准，商议等清明节一起到杨泗庙去祭奠他。老秦叮嘱唐丰收要记住这事，如果他俩忙忘了，一定提前提醒一下。唐丰收说好。

第二干渠挖到龙山与老鸭县交界的地方了。

这儿有座节制闸，甜水渡槽架设好了，因为渠道还没挖通，无法做冲水试验。刘凯被调到这儿来负责做这一段的渠道开挖。张应喜虽是扩建工程指挥部第一指挥长，但他仍兼任龙山县县长。他到地委开会去了。龙山县分管农业的王副县长过来了，与老鸭县的县长在交涉渠道开挖的事，又将武总喊去，因为牵涉到两县的土方分配问题。

唐丰收陪着武总步行去了。那天，天空飘着小雪，很寒冷。渠道开挖的工地上聚集着两县五六千民工，因为是在两县的交汇处，两县民工都干劲高涨，挑的挑、挖的挖，工地上一派火热景象。

武总在工地上查看了一下，就说开会，会议是在刘凯他们的工棚里举行的。此前老鸭县在挖龙山县这边的渠道时，支援了龙山县，所以，这边渠道挖好了，按总体部署，龙山县得支援老鸭县。协商到中午，双方才将土方任务谈妥。见天气寒冷，两位县长晓得武总身体不好，劝他别去现场了，他俩去一下就行了，可武总依然坚持要去将地段划分好了再离开。一行人冒着风雪来到工地，将地段划分好，回来的途中，唐丰收听见有人喊他，一看居然是自己同学汪进步。见武总走累了，汪进步的家就在渠道附近，唐丰收让武总进去休息一会儿。

武总边咳嗽边答应了。

在汪进步家吃了糖水荷包蛋，唐丰收就陪伴武总继续往回走。身子走热了，武总将棉袄解开。唐丰收提醒他别散风着了凉。武总笑自己没有那么弱不禁风。

回到住处，武总身上汗透了，唐丰收打来热水让他洗澡换衣服，武总见桌子上送来了昨天第二干渠的资料，说了声晚上再洗，叼着烟斗看起来。唐丰收来喊武总去吃晚饭，武总说不饿，拿起电话给第二干渠指挥所打了过去。唐丰收进来后，见武总披着棉袄仍在那儿看资料写东西，咳得更厉害了，替他泡了杯热茶，再次提醒他将衣服穿上。武总将棉袄穿好，站在那张工程布置图前，用红铅笔描着当日的工程进度，忽然咳嗽加剧了。唐丰收赶紧过去想替他拍拍背，就听武总在咳嗽中对着那图哇地一下喷出一口鲜血。殷红的鲜血犹如一朵鲜花般盛开在图上，唐丰收惊恐地要武总快到去床上躺着休息，武总却弯下身子大口大口咯血。

唐丰收马上喊来张慧娟,要她去喊人。

武总伸手找唐丰收要烟斗。唐丰收替他将烟斗里装好烟丝,递给了他,用火柴给他点着。武总美美地吧嗒了几口,唐丰收赶紧收拾东西准备送他去医院。陡然,他听见吧嗒一响,回转身一看,武总手中的烟斗掉在了地上。他喊武总,就见坐在椅子上的武总双目紧闭,头歪在一边了。

武总被火速送到县医院。医生看后噙着泪水说,他走了。

唐丰收对着医生大声吼叫道:你瞎说,武总怎么会走呢?!

当几位医生同时对唐丰收说,武总确实走了。

唐丰收扑通朝武总病床前一跪,呆了好半天都哭不出来……

武总的死顿时引起了整个龙潭灌区工地的振动。在收拾他的遗物时,唐丰收取下那张武总临终前喷有鲜血的龙潭灌区工程布置图要拿去烧了,老秦噙着泪水拦住他,说,这张图一定要留下来,以后当重要的工程资料来保管。说罢,他掏出钢笔,在图纸背后写上:龙潭灌区扩建工程指挥部总工程师武尧舜永垂不朽!

许多年后,在编纂《龙潭灌区志》时,唐丰收与编纂志书的杨主编在浩瀚的资料中找到了这张带有武总喷出鲜血的工程布置图。见到那图,唐丰收跪在图面前忍不住抱头号啕大哭,连连呼唤着武总!武总!杨主编也被武总的故事感动得潸然泪下。

扩建工程指挥部为武总召开了隆重的追悼大会。追悼大会上花圈堆积如山,近万人的会场哭声一片……

征得武总家人同意,工程指挥部在滚水坝山头上为武总修建了一座衣冠冢,以示纪念。

冬去春来,第二干渠与总干渠贯通了。

清河县与龙山县原来的收益区迫切要水搞春耕大生产。扩建工程指挥部召开紧急会议,确定用小流量对这两个县实施灌溉,同时对第二干渠上的大型建筑物进行冲水试验。武总不在了,马家志与老秦一起主持冲水试验。他俩将重点放在甜水渡槽上,因为对第二干渠来说甜水渡槽是咽喉要道,只要它质量合格了,整个第二干渠的渠道就能发挥效益了。因为工程是郝仁俊与刘凯负责的，所以他俩提前来到甜水渡槽做准备。

冲水试验这天，郭队长与甘会计在忙碌着维持秩序，防止前来观看的群众发生意外。唐丰收跟在马家志与老秦身后，对渡槽工程进行最后检查。

冲水试验开始了，第一次用三个流量冲，水从渡槽中安然流过，可有好几节渡槽的连接处缝隙出现了渗漏。渡槽设计是8.5个流量，第二次用6个流量冲，渗漏的现象越发严重了。郝仁俊见有一处连接的地方在喷射水柱，焦急地直喊停水，可马家志与老秦阻止了他，说这是冲水试验，一定要达到预定时间，观察实效。

水从甜水渡槽源源不断地向第二干渠流淌，渠道周边的群众见渠道来水了，赶紧抢着放水。6个流量冲水试验进行了一天一夜，结束后，马家志和老秦带着技术人员对工程仔细观察时，发现渡槽槽身内裂缝较多，特别是中间那几节裂得很厉害。唐丰收估计这可能与施工时钢筋扎得太密有关，就在会上说了出来，可郝仁俊一口咬定自己是按图纸施工的，不存在这问题。刘凯也说估计毕竟是估计，不能说明事实。唐丰收只有闭口不多嘴了。见老鸭县与龙山县的群众强烈要求放水搞春耕，会上，扩建工程指挥部经过研究，同意了马家志与老秦的意见，渡槽内外暂时用环氧树脂补缝处理，运行一段时间，一旦发现渗漏加重，再停水维修。

因渡槽是带病运行的，必须要对其进行密切的观察，指挥部领导都晓得马国俊与甜水生产队的郭队长在谈恋爱，就将这项工作交给了他。马国俊高兴得直跳，郭队长也欣喜地答应配合。

第二干渠就这样草草投入运行了。

入夏后，持续的无雨，使皖西南大地饱受干旱之苦。

槐树县与清河县领导见第二干渠通水了，面对干旱，急得猴抓，企盼早日通水抗旱，好忙双抢，赶紧召集大批民工日夜抢挖，因为第一干渠还有一段渠道没挖通。杨县长专程来找老秦，要唐丰收去给他们做技术指导，老秦说你们那儿主要是人工开挖，又没有建筑物，唐丰收去不去没关系，杨县长说，他去了，我心里就有底了。老秦听他说这话，就对唐丰收说，好吧，你去吧。

盛情之下，唐丰收与杨县长来到第一干渠。本来唐丰收认为自己这次来是多余的，来了后，他将要挖的渠道线路一检查，向杨县长与刘民权提了个建议，说这儿要挖的渠道无非是条放水沟，既然是抢时间、争速度，先将渠道挖通放水，至于渠道的达标建设，可以放在当年冬修时完成。杨县长与刘民权都觉得这建议可行，在唐丰收的指点下，数千民工用两天一夜的时间，就将那段渠道的毛坯抢挖了出来，随后在毛坯的基础上进行了修整。

这两天一夜，唐丰收住在附近一位叫刘季平的社员家中。谈到这儿的自然条件，刘季平就叹气，说这儿是黄土岗子，三天不下雨，地板结得如铜，下雨三天，地里又像一坨脓。自打新中国成立到现在，队里年年靠吃政府的救济粮度日。说他家隔壁有位姑娘，就是羡慕清河县那边有水灌溉农田，有饭吃，日子好过，才嫁过去的，哀叹自己两个儿子都二十七八岁了，还没找到媳妇。他巴不得渠道早一天修通，好用水浇地灌田，使粮食丰收了，有饭吃有衣服穿，儿子能娶到媳妇。

渠道贯通了，杨县长与刘民权过来嚷嚷着要通水。那边的情况，老秦熟悉，心想唐丰收这小子过去这么快就将问题解决了，料定是用了土法子，就与马家志商量放水。马家志与张应喜过去一看，渠道确实能通水，就同意了。在临时召开的扩建工程指挥部会议上，张应喜拍板后，选了个好日子，决定对第一干渠开节制闸放水。

放水那天，杨县长特意在第一干渠进水口，派人搭起彩门，渠道两旁插了许多彩旗，进水闸上悬挂着热烈庆祝龙潭灌区第一干渠开闸放水的条幅，布置了欢庆场面，并将扩建工程指挥部的各位领导都请来了。来水后，开进水闸时，杨县长亲自将一挂长长的鞭炮点燃了，群众敲锣打鼓地欢庆。张应喜、赵一帆、马家志和老秦分别在欢庆会上讲了话。杨县长还从照相馆请来照相的师傅拍了大量照片，记录下这喜庆的场面。

看着这场景，唐丰收心想龙潭灌区工程扩建后的四条干渠都开通了，意味着扩建工程大头基本上落地了，想到那次武总与老秦说要举行热闹庆典的事，在心里直感叹武总的夙愿没有实现，很是惋惜。

第一干渠通水后，马家志与老秦领着一班技术人员对几座大渡槽和重要建筑物进行了检查，发现这些建筑物投入运行后，质量基本上达到了要求，只是有几处填方段有渗水，但经过民工紧急处理后，也没有多大问题。下游那一部分紧急抢挖的渠道，水位未达到设计流量，但有水总比没水强，因为当务之急是抗旱搞春耕大生产。

胡家斌将第一干渠放水的情况写了篇一百来字的新闻报道,投给了地区的报纸。两天后,这则新闻刊登了出来。地委革委会李副主任看见这条新闻后,带着秘书周谷仓乘车赶了来。

第四十三章

听取了龙潭灌区工程投入运行的情况汇报，李副主任对主要工程建筑物进行了实地查看。在召开的工程会议上，他明确指出工程运行后，要密切注意管理问题，一旦出现大问题，当即实行部分停水，以保证工程安全。

李副主任还没有离开指挥部，第一干渠两县交界处就发生了老百姓抢水事件。张应喜急忙赶去将事情处理好。听了汇报，李副主任也没吭声，因为他心里在酝酿成立灌区管理局的事。饭后，他与张应喜单独谈心，想听听他的意见。张应喜听说要他当管理局局长，担心搞管理会出乱子，支支吾吾地不同意，因为灌区工程牵涉到四个县，正式放水灌溉后，工程进入了管建并举状态，矛盾肯定很多。他担忧自己这个工农干部，协调问题能力不行，再说，他快六十岁了，要退休了。

李副主任动员他说，能力是锻炼出来的，退休不还有几年嘛，你现在将担子挑起来，以后我再给你慢慢调。

张应喜说，那你要让马家志和老秦给我当助手。

李副主任坦率地对他说，老秦给你，马家志要回到市水电局，我有重用。

张应喜肯定地说，我只要老秦一个人任副职。

李副主任笑着说，我明白你的心事，在具体组建班子时，你的意见，我会考虑。

灌溉供水全面铺开后，对唐丰收来说，工作陡然轻松了下来。新的管理局还没成立，总干渠管理工作由扩建工程指挥部负责，各县的渠道管理暂时由各县成立的扩建工程指挥所负责。老秦见杨泗庙工地上扫尾的施工队还在对遗留工程进行处理，派唐丰收到那儿去了。

施工队里也没有多少事，唐丰收高兴了就去转转，没事时在家睡大觉。

苏敏仍在看仓库。因为指挥部的人大都在第一、第二干渠上还没回来，这儿留守的人不多。闲着无事，苏敏就与唐丰收在办公室里聊天。这天，办公室里只有他俩。说了一会儿笑话，唐丰收问她与马连长的关系。苏敏叹息自己现在才彻底明白当初找马连长是头脑发热，她的婚姻完全是个错误，因为她觉得与姓马的在一起毫无共同语言。唐丰收晓得马连长前不久到苏敏这儿来了，没住两天，两人大吵一场，马连长气得跑回去了。

唐丰收劝苏敏说，你干脆设法调到他那去吧。

苏敏说，淮北农村太苦了，打死我，我也不去。

唐丰收晓得马连长调过来更困难，就没再往下说了。

晚上，洗了澡，唐丰收到塘边去衣服，苏敏瞄见后，也拿着衣服到塘边来了。苏敏将唐丰收的衣服拿过来替他洗着。唐丰收见天色晚了，说自己去把发电机开起来，因为扩建指挥部冷落下来，原来发电的小丘走了，唐丰收来了后就临时帮着发电。苏敏说她一个人在这儿有点害怕，因为当年李一准就是在这水塘中淹死的。唐丰收只好陪她。将衣服洗好，两人才回来。唐丰收说去发电，苏敏劝他说，这儿也没有几个人，发一会儿又要停，何必浪费柴油呢。唐丰收觉得她说得也对，就没去了。

夏天的夜晚，屋里闷热，人们都在外面乘凉。夜深了，苏敏说她要睡觉了，先离开了。唐丰收与烧饭的师傅说了一些农村双抢的事，也起身回去了。

屋里黑洞洞的，唐丰收将门插上，脱去衣服穿个裤头，撩开蚊帐，上床睡觉，使他没想到的是床上有个人忽然一把抱住他。通过那人的气息，唐丰收意识到这人是苏敏。苏敏伸手捂住他的嘴，示意别吭声，但唐丰收仍悄悄问她想干什么？苏敏没说话，一把脱掉身上的汗衫，光着身子将唐丰收往床上按。唐丰收意识到她要干什么了，因为他与张慧娟吃过一次亏，吓得赶紧推她，苏敏却死死抱住他不放。唐丰收为难了，如果有动静，让其他人晓得了，事情反而更麻烦。他看了下窗户，窗户已被关住了，窗帘也放了下来，晓得是苏敏提前躲在他屋里将一切都安排好了，索性不吭声。两人进到蚊帐里，苏敏用赤裸裸的身子压住他说，那年在都江堰的阁楼上，我欠你一个人情，现在我满足你。

唐丰收低声对她说，你我现在都是过来人了，这事也没啥新鲜的，何必呢?

苏敏说,你没有,我有,因为我爱你。

唐丰收胆怯地说:要是你怀孕了怎么办?

苏敏说,我就是要你让我怀孕。

唐丰收说,你想要孩子,与马连长生一个不就行了。

苏敏这才告诉唐丰收,她估计姓马的可能在生育方面有障碍,不然她怎么还没怀孕。

唐丰收为难地说,要是这样,事情更麻烦,你怀孕了,马连长追问这孩子是谁的怎么办?

苏敏说他才走不久,追问起来,我就说是他的,他不相信,我生下孩子就与他离婚。

唐丰收问,那你以后怎么办?

苏敏回答,以后我独身带孩子,有了我俩的孩子,你就是我心中的丈夫,这辈子我就活得不寂寞,不后悔。说罢,她将嘴迎上去,主动与唐丰收吻起来……

苏敏将话说到了这份上,唐丰收被她的一片挚爱所打动,将她压在了身下……

事毕,苏敏依偎在唐丰收怀里甜蜜地说,不瞒你说,这么多年,我在心里偷你起码偷了一万次,今晚你终于是我的了……

第二天夜里,苏敏仍打算与唐丰收享受愉悦,让其播种,可睡觉前,唐丰收陡然接到老秦打来的电话,要他火速过去。苏敏问电话里说了啥?唐丰收回答,甜水渡槽上游有一处填方坝溃破了,指挥部的人在组织抢修。放下电话,他将在外面乘凉的人都喊了过来,留下三人值班,让其余的人跟他去支援。苏敏说她也去。唐丰收要她在这儿看好仓库与工棚,哪儿也别去,随后带人消失在夜色中……

渠道溃破的缺口有十几米长,唐丰收他们赶到时,有几十个人在抢险堵缺口。唐丰收想到电影《龙江颂》中抗洪抢险的镜头,一下子跳入水中,站在激流中,接着又有十几个人跳了下去,排成一道人墙。大家用草包填堵缺口。唐丰收表现得特别积极,可他的心有一半仍在苏敏那儿,昨天夜里他满足了苏敏，事后他越想越害怕，因为这事要是再让组织上知道了，后果不堪设想。因为他此前有过作风问题，尽管那次是被冤枉的，是遭受陷害的，可这次他与苏敏却是真的，所以，他想用拼命干活来驱赶内在的恐惧。

深夜，口子终于被堵住了。老秦说，农村现在正在忙双抢，急着用水，我们得抓紧时间将溃口修补好，争取早日供水。唐丰收建议组织抢险小分队。老秦同意了，让他担任小队长。唐丰收当即将小分队的人分成两个组，火速加固填方坝。

唐丰收带人在缺口上连续奋战了两日两夜，终于将填方坝修好了。张应喜见渠道又恢复了正常供水，连连说唐丰收这次抢险功不可没。

回到工棚。唐丰收坐在那儿与张应喜说话，说着说着就打盹了。见状，张应喜让他到床上去休息。往床上一倒，唐丰收就跌进了梦乡。迷迷糊糊中他见马连长拿着刀来与他拼命，又梦见苏敏披头散发在拼命号叫，一会儿赵一帆和胡家斌找到他，破口大骂他作风有问题，要抓他去坐牢，杏枝对他又抓又挠，惊醒了。他发现自己出了一身冷汗，也不想再睡了。张应喜过来见他精神恍惚，估计他累伤了，就对他说现在工地也没事，你回家去与老婆团聚团聚吧。

唐丰收振作精神答应了。他没有去杨泗庙，而是直接从这边回家了，因为他担忧走杨泗庙那边，苏敏发现了又要纠缠他。

以前唐丰收的家乡只插一季稻，没有双抢一说，随着水利条件改善，他们队与周边的队一样，插了双季稻，因而有了双抢。他到家，杏枝整天被繁重的插秧忙得精疲力竭，人晒得又黑又瘦，见唐丰收回来了，就在他面前叨叨说，不想在家忙双抢，吃苦受罪，想到工地上去干小工，听唐丰收说主要的工程都结束了，没有小工可做，就抱怨当初不该让她从工地上回来。

唐丰收问她做小工是长久之计吗？

杏枝竟冲着他嚷道：人家要将我们娘几个转商品粮户口，你为何不同意？你心里还有我这个老婆吗？

唐丰收气得说，老秦这么说的，叫我有啥办法？

杏枝恼怒地冲他咆哮道：什么事都听老秦的，老秦是你亲爹啊？！

唐丰收从来没见杏枝发这么大脾气过，也不愿在她面前示弱，就厉声道：

他是我的领导，是我师傅，我不听他的，听谁的？

谁料杏枝竟将手中的茶杯往地上砰地一摔，叫喊道，你听他的，你去同他过，别回这家了。

唐丰收的母亲过来将他俩劝开，让唐丰收到菜园里去摘辣椒。

夜里，唐丰收想与杏枝亲热，杏枝却将脊背对着他，身子僵尸般让他无法扳过来。见她是这态度，唐丰收第二天清早爬起来，气冲冲地离开家，回到了杨泗庙，打开门就往床上一倒。

苏敏过来了，见他一脸不高兴，就问怎么啦？是不是抢险抢累了？

唐丰收坐了起来。

苏敏瞧他身上汗淋淋的，和了一碗白糖水端来给他喝。

喝了白糖水，休息一会儿，唐丰收的心才定了下来，气也散了。

苏敏瞧他脸色不好，关心地问，是不是挨批评了？

唐丰收摇头说没有。他不想将家里的事让苏敏知道，就推说刚从工地回来，发现施工人员将事情办得不好，对他们发脾气了。

苏敏说，事情没做好，你说说就行了，用得着发脾气吗？

唐丰收叹息了一声，说她讲得对。

苏敏出去了，不一会儿拿来个甜瓜来将皮削好给他吃。

当晚乘凉时，唐丰收瞧苏敏不见了，晓得她准又是悄悄溜进他的房间了，在四周转了转。周围一片宁静，只有满天繁星，将烟蒂一掷，他进了房间一关门，撩开蚊帐，一把抱着苏敏赤裸的身子激情四溢地吻着、吻着……

有天，马国俊跑来找到唐丰收，说郭大霞又怀孕了。

唐丰收听后一惊，责备道，叫你注意，你怎么搞的！

马国俊后悔地说，都怪我不好。

唐丰收说，既然又怀上，也不能再让郭队长受罪了，你俩结婚吧。

马国俊说，我也是这么对她说得，她与我又哭又闹，说一定要等招工后才结婚，她死也不愿在农村扎根。

唐丰收为难地回答：这事你自己想办法吧。

马国俊对他哀求道，我哪有什么办法，求你老兄好人做到底。

唐丰收晓得这事光同马国俊一个人说不行，得与郭大霞当面谈，就让他去将郭大霞叫来。

马国俊走后，苏敏问马国俊来干什么？唐丰收笑了笑说：还有啥好事找我，将马国俊与郭大霞谈恋爱，郭大霞第二次怀孕的事告诉了她。苏敏说这事你得帮马国俊，不然郭队长可能要在农村扎根一辈子。唐丰收笑着说，冲着你这话，我只有再次去找黄铁林了。

苏敏忽然拉着唐丰收的手说，再过几天，就是我的经期，要是月经没来，就谢天谢地了。

唐丰收惊慌地对她说，这事你一定要处理好，弄不好，我要吃不了兜着走的。

苏敏在他的腮边给了他一个热吻，宽慰他说，放一百二十四个心，真怀孕了，就是死，我也不连累你。

桌上电话响了。唐丰收伸手拿起来话筒一听，是老秦打来的，要他去指挥部开会。

这次开会主要是传达地区革委会成立龙潭灌区管理局的文件。文件中明确龙潭灌区管理局正县级建制，与扩建工程指挥部是一套机构两块牌子，任命张应喜为党组书记兼任局长，赵一帆为副局长兼任副书记，秦九盘为副局长，党组委员。灌区管理局下设政秘科、财务器材科、工程管理科、工程预制维修队和四个管理所，四条干渠上由分管四县成立四个管理所，业务归灌区管理局，行政由四县负责。

会议结束，老秦将唐丰收喊了过去，问他杨泗庙那边扫尾工作完成得怎么样了？唐丰收说再过几天就可以结束了。老秦要他赶紧将那边扫尾的事办好，到甜水渡槽这边来，因为第一轮灌溉供水即将停止，要维修甜水渡槽。

唐丰收回来将开会精神向这边的几位职工传达了。

会后，苏敏开导唐丰收说，你这次过去，要抓紧活动。

唐丰收问，活动什么？

苏敏说，事情明摆着，一线领导定了，下面接着就是物色中层干部，像你这样的技术骨干，好歹也要捞个科长当当，估计他可能是当工程管理科科长。

唐丰收不以为然地说，这是领导考虑的事，用不着我操心。

苏敏马上责备他缺乏超前意识，政治敏感性太差。

唐丰收苦笑着承认自己这方面能力差，不然的话，他早就将她娶到手了。苏敏笑着说，你啊，就晓得马后炮，要不是我主动奉献，我怕你这辈子连我的屁都挨不着。将唐丰收说得哈哈大笑。

唐丰收过去后，本来打算将心事放在渡槽上的。可是，有天夜里马国俊将郭大霞带来了。唐丰收问郭大霞有什么想法，郭大霞抹着眼泪说，我也想将这孩子生下来，可一结婚生孩子，我就不能招工了，今年听说是内招，家里正在替我拉关系找人呢。既然她铁着心要打胎，唐丰收连夜带着他俩找到黄铁林。黄铁林见郭大霞这次怀孕三个多月了，给她开了几剂中药，让她试试。谁料，郭大霞打胎心急，服用中药时，没按黄铁林交代的去办，而是私自加大了剂量，服药后的半夜大出血。吓得马国俊跑来将唐丰收喊醒了，好在唐丰收那晚住在甘会计家，要是住在指挥部与苏敏睡在一起，准要出大纰漏。唐丰收赶紧让甘会计找张竹凉床，与马国俊一起将郭大霞抬到区医院抢救。幸亏抢救及时，不然，郭大霞这次连命都要搭进去了。等她平安了，唐丰收才松了口气。

唐丰收在忙着给马国俊帮忙，郝仁俊、胡家斌与刘凯都在暗中活动。刘凯是马家志带来的，马家志这次没进领导班子，说明他另有安排，刘凯再回去的可能性极小，于是他就根据自己的特长，瞄准了工程管理科科长这位置，利用马家志与张应喜、老秦的关系活动了。胡家斌料定自己是政秘科科长，但他还有一个阴谋就是争取进局党组，因为局党组应由五人组成，最低也是四人，而批文上只有三人，所以在依靠赵一帆的同时，他开始与张应喜亲密了。郝仁俊本来也看中了工程科科长这把椅子，当他发现了刘凯的苗头后，晓得自己争不过他，看中了财务器材科科长的位置，心想自己没有靠山不行，老秦一直对自己存有偏见，再说自己造反时曾设法整过他，就用造反时与赵一帆建立的关系，趁机倒向了赵一帆。又让老婆活动，托亲戚在地区党政机关到处找人。

停水后，唐丰收随即组织人员对渡槽实施维修。这天，苏敏来到工地找到唐丰收，将他拉到没人的一棵大树下，欣喜地告诉他说县电影院在放《洪湖赤卫队》，要他与她去看一场。唐丰收见晚上没事，答应了。

天黑后，唐丰收躲着人骑自行车带她去了。这是“文革”后第一次放老影片,前来观看的人很多。看完电影回来,来到一个上坡的地方,苏敏从车上下来了,唐丰收也下车,将车推着。苏敏这才告诉他自己怀孕了。唐丰收见苏敏不是在开玩笑,脸上随即升起了愁容。苏敏晓得他会焦虑的,就安慰他说,我俩的爱情有了结晶,你该高兴才对。唐丰收谨慎地说,现在是关键时刻,你一定要慎重。苏敏伸手将他的耳朵一拧,俏皮地说:胆小鬼,我保证不会让你受半点委屈。接着,她轻声哼着洪湖水啊浪打浪这首歌,要唐丰收骑上车带她。

渡槽维修结束了,唐丰收晓得这次维修仅仅是水面上按葫芦,内在隐患依然没有根除,可他也回天无术,只能如此了。

中层干部名单公布了。一切都在唐丰收的预料之中,唐丰收的职务是工程预制维修队队长,因为那天开会听说有这个机构,唐丰收就料定队长的职位非他莫属。苏敏被分在财务器材科,张慧娟分在工程管理科,其他科室都有兵,唐丰收这个预制维修队就他一个光杆司令。张应喜对他说,你先将大梁挑起来,人员以后再给你配。

虽没有兵马,可唐丰收的事却不少。张应喜将他喊去了,给了他一支烟,说,小唐,现在我有个重要任务交给你。唐丰收说,你尽管吩咐,我一定尽力。张应喜笑着说,以前我们是先治坡,再治窝,这么多年大家一直是缩在工棚里过日子,前天局党组研究了,想建个局机关大院。好歹我局也是正县级单位,得有个像样的办公地方。你去给我选个场地,怎么样?听说是选局机关大院的地址,唐丰收来了兴趣,顿时答应说好,就问想选什么样的地方。张局长晓得他在这方面有眼光,就让他在县城周围去选,说他看中后,局领导再对风水宝地做最后的确定。张局长将选局址这么重要的任务交给了自己,想到这是头一次戴着乌纱帽办事,唐丰收格外慎重。

他本来打算到县城周边去转一圈看看,定神一想,选址首先得居高临下对地形俯视一下才对。选择了一个晴朗的日子,他爬上滚水坝附近的大龙山山巅。在大龙山下工作了这么多年,他还是头次来到山顶。站在山顶,举目眺望,整个县城的景色尽收眼底,两条主街道呈十字状向外延伸,将城内割成四大块,块状内瓦舍成片,楼房林立,树木葱茏。城区外被龙潭水库大坝截流后的玉带河,河床像一条玉带般弯弯曲曲向东飘然而去,一条公路由北往南穿越县城而过，宛如一条大动脉，使整座县城充满了活力。他往县城东面一看，东面是一片沙滩，心想在沙滩里建局机关大院，地基不行，再说靠东面远离公路，交通不便，随即否定了；朝南边一望，南边是一片农田，附近是一大片农村的民房，其中虽有一片空地，但中间有一道高高的大埂，在那儿建机关大院，需要平整大埂，土方工程量肯定多，投资大，也不理想；再朝西面一瞧，在一片果木园附近有一片开阔地，尽管也是沙滩，可这儿靠着公路，可再往后一看，后面有个小山丘，山丘上是一片杂草丛生的坟地。依照他家乡的观念，背靠坟地不吉利，也被他否定了；他最后将目光转向北面，北面玉带河旁有个小山岗，岗子下已有一家工厂在这儿盖了房子，还有一片空地闲在那儿。他感到这儿不错，可坐下来仔细一琢磨，在河边建机关大院，以后上街要过河，来回不方便。审视来审视去，烟头丢了一地，他也没拿定主意。

夜里，唐丰收骑着自行车赶到杨泗庙，他晓得苏敏虽分在财务器材科，现在还住在那儿，他有好几天没见到她。自从和杏枝闹别扭又与苏敏彻底好上后，他一到夜里就情不自禁地想她，特别是苏敏怀上了自己的孩子，更牵挂苏敏了。心想，局里的领导都知道他去县城选址了，夜里肯定要住在城里，谁也不会想到他会去与苏敏幽会。

到了之后，因为是晚上，他也没惊动任何人，直接来到苏敏的房间，苏敏不晓得到哪儿去了，门是开的，推着自行车进去后，他将门关了，往苏敏的床上一躺。过了好一会儿，苏敏回来。她想将席子擦擦再睡觉，撩开蚊帐一看床上躺着个男人，吓了一跳，当她看见是唐丰收，又惊又喜，问他怎么来了。唐丰收也没吱声。她倒点水洗洗，上了床。两人都是干柴烈火，在床上翻江倒海后，唐丰收躺在床上问她孩子咋办？

苏敏说，再过两天，我就去离婚，假，我都请好了，明天走。

唐丰收说，这事你怎么不同我说一声呢？

苏敏说，有啥好说的，办好了回来再告诉你，不更好吗？

唐丰收问，他不同意怎么办？

苏敏说，他早就与我说好了，只要我离，他就答应，他总抱怨我不怀孕。

唐丰收又问，他坚持不离呢？

苏敏说，这事我问好了，只要我离，肯定能离掉。

唐丰收再问，离婚后你咋办？

苏敏用光洁的手臂一把将他搂住，说，以后我就是你的了。

唐丰收问，我？

苏敏说，我又不要你离婚，只要你抽空陪陪我就行了，有了孩子，我就有寄托了，照样过日子。

唐丰收问，你离婚了，人家问你孩子打哪儿来的，怎么办？

苏敏说，我就说是姓马的，离婚时我怀孕了。

听她这么说，唐丰收抚摸着她的头发，心想真是那样，自己这辈子就欠她太多了。

说着说着，唐丰收就说到了张局长要他选局机关大院的事，将自己看的地方告诉了苏敏。苏敏说依她看还是选在西边好，因为那儿靠公路，离县城近，后面山包的事不用忌讳。唐丰收觉得也是。

不知不觉，远处传来了鸡叫。

苏敏说，睡一会儿吧，天要亮了。

唐丰收回答，再过一会儿，我就离开，赶回县城去看地址，免得领导起疑心。

苏敏一下子翻到他的身上，压住他，说，以后我俩还不晓得何时才能睡一次呢，趁机我俩玩个够……

唐丰收来到县城西面，将看中的那块地方用步子量了一下，对面积就有了个谱。回到工程指挥部，他向张应喜做了汇报。张应喜当即带着老秦与赵一帆来实地查看。看后，他们都说地方选得不错。老秦又对唐丰收说，地方，你选好，算立了一功，可盖房子的任务还得交给你。说罢，张应喜他们都急着回去，老秦要唐丰收骑着自行车带他。

唐丰收想到苏敏要到马连长那儿去，推说自己去旅社结账，让他骑自行车，自己走回去。

领导们走后，唐丰收才步行来到汽车站等苏敏。

等了好一会儿，苏敏才到。

送走苏敏，唐丰收往回走时，途中却遇见了覃大头与翠兰。翠兰背上还驮着个男孩。

第四十四章

说盖房子，几排崭新的青砖青瓦的房子就盖好了，在围院子盖围墙时，张应喜觉得院子围得太大了，太空旷，不安全，让唐丰收尽量围谨慎点。机关大院工程全部结束了，局里就忙着分科室，本来按图纸，唐丰收所在的预制维修队有间办公室，可最后领导拍板时，因为赵一帆的家眷过来住了，原来分房子的计划被打乱了，柿子拣软得捏，唐丰收的办公室被挤掉了，只有临时设在食堂旁的披屋里。老秦见唐丰收嘴噘得老高，就黑着脸对他说，在哪儿办公还不是一样，有个披屋总比在工棚里强。

要是别的领导说这话，唐丰收还可以争几句，老秦这么说，他只有照办。

唐丰收不得不佩服苏敏，那么大的事，她居然很快就利索地办成了。单位晓得她离了婚，也没人多说什么，因为同事们都晓得她的婚姻一开始就是不幸的。分房子时，她分了一间。她分的那间正好在唐丰收分的房子后面一排。唐丰收推开窗户就能看见她家。搬家时，唐丰收担忧自己出面替她帮忙会引起别人怀疑，见苏敏挺着大肚子，行动不利索，就拜托马国俊来替苏敏帮忙。马国俊晓得唐丰收与苏敏关系非同一般，自然乐意。像马国俊他们这样在基层管理所里工作的人，这次在局机关没安排房子。

局机关搬家的事才办妥，灌区管理局忽然接到县银行通知：龙潭灌区工程属缓建工程，除工资外，其他经费一律停止拨款。接到通知，张应喜与老秦急得团团转，赶紧前往县银行去了解原因，原来龙潭灌区扩建工程实际完成的投资，已超过了国家下达的2400万，中央二委一部下发了文件，明确工程由中央投资改为省地方基建，随后省水电厅下文工程暂停。

弄清了原因，扩建工程指挥部火速召开施工单位负责人会议，做出全线暂时停工待命的决定。

老秦与张应喜商量，既然当下处在由中央转为地方的转接期，与其坐以待毙，不如主动出击去找省水电厅积极争取。张应喜也觉得有这个必要，决定由他与老秦一起前往省水电厅。走前，张应喜原来听武总说过唐丰收在省水电厅喝酒的事，将唐丰收带上了，老秦也感到有必要。

来到省水电厅，老王厅长退休了，白秘书还在，他现在已是办公室主任了。唐丰收找到他，见是龙潭灌区的人来了，白主任张开笑脸接待，并在唐丰收的肩膀上直拍，说他多次想去龙潭灌区与他喝酒。张应喜马上表示欢迎。明白他们的来意，白主任向厅长做了汇报，安排接见。

新厅长也姓唐。接见时只安排了张应喜和秦九盘，一见面，唐厅长就问他俩谁是唐丰收？老秦赶紧回答，唐丰收在白主任那儿。唐厅长笑说，叫他来，我见见他，拿起电话就打。不一会儿，唐丰收过来了，唐厅长握着唐丰收的手风趣地说，你是唐，我也是唐，一会儿，我俩见个分晓，看谁是大塘、小塘。

唐丰收也幽默地回答，我的库容肯定没有厅长的大。

唐厅长被说得哈哈大笑。

听取了龙潭灌区扩建工程的汇报后，唐厅长对他们说，龙潭灌区是国家大型灌区，是省里的重点水利工程，我们正在研究恢复你们的建设问题。你们回去抓紧时间将扩建工程的修正概预算编好，报上来，以便我们好转报水电部，争取核定投资。

张应喜连连回答好。

他们从省城回来，不久，工程就恢复了建设。老秦立马组织人员投入编制工程修正概算预。张应喜带着唐丰收去检查各工地的施工情况时，有的工地负责人打听问题咋这么快就解决了问题，张应喜笑着拍拍唐丰收的肚子，诙谐地说，要感谢这家伙的库容大。那天陪唐厅长喝酒，唐丰收大展神威，从来不晓得醉酒是啥滋味的他，在回来的路途中，吐得一塌糊涂，至于到底喝了多少，他也不知道。

停下来的工程又活了过来，见第一干渠一号渡槽进口大护坡出现了问题，张应喜就派唐丰收去那儿负责承建。进入工地才将施工铺开，马国俊找来了，诡秘地对唐丰收说，苏敏的预产期就在这几天，郭大霞在队里要忙秋种，不能上来帮忙，问他怎么办？

这事不能马虎，唐丰收连夜赶了回来，去看望了一下苏敏，就去找张慧娟协商照顾苏敏的事。对于苏敏离婚，单位里表面上虽没谁去关心这事，其实，大家的眼睛都在暗中密切注视着，纷纷在背后猜她肚子里的孩子是谁的。如果这孩子是马连长的，苏敏没必要与他离婚，就算离了，也要等孩子生下来，再说那孩子是马连长的，他肯定会要，许多人都估计这孩子不是马连长的。这事人们只是猜测，张慧娟作为唐丰收的好友，早预感到了。苏敏当初与马连长结婚，苏敏家里就不同意，见她执意要嫁，她家与她断绝了来往，因而，苏敏也就没将后来发生的事告诉家里。张慧娟瞧唐丰收来找她了，验证了其中的玄机，断定这孩子肯定是唐丰收的，不然唐丰收何必要过问苏敏生孩子的事。当初苏敏与自己打架，就说与唐丰收有关系，要是苏敏不喜欢唐丰收，会说这种话吗？至于后来他俩有没有关系，张慧娟也不敢乱猜，可她早就隐隐约约感到有，要不苏敏这种女人不与丈夫住在一起，肯定会饥渴难熬。尽管张慧娟与苏敏为着唐丰收曾经争风吃醋打过架，可念及自己对唐丰收一片痴情，看在苏敏与她是同学的分上，答应相助。

唐丰收笑着对张慧娟又是鞠躬又是作揖，张慧娟故意逗他说，我生孩子时，你连看都没来看我一眼。现在她生孩子了，你却像她老公般来求我，也只有我这个傻子愿意帮忙，换旁人啊，不骂你个狗血喷头才怪。

唐丰收嬉皮笑脸地说，都怪我不好，我向你赔礼道歉，来日有机会一定报答。

张慧娟对他一笑，说，谁要你报答了，丑话说在先，伺候得不好，可别怪我啊。

唐丰收听她的话中有话，忙逗她说：要是苏敏生了个男孩，你家婷婷就有小弟弟带了。

闻言，张慧娟举起拳头嬉笑着要打唐丰收，直骂他不正经。

将苏敏生孩子的事安排好，唐丰收回到了工地，让他没想到覃大头却来找到他，问有没有小工做。原来覃大头那年出了放炮的事故，他恐惧地带着翠兰跑到了外面。两人在外面流浪了几年，混得不理想，就带着他们生的儿子回来了。到家，翠兰与那边的男人离婚后，嫁给了他。家里吃饭虽不成问题，可翠兰体弱多病，所以他想出来做小工挣点活钱给老婆治病。

唐丰收想到他们之间的交情，就让他在工地上帮忙了。

老秦晓得后覃大头家里的境况后，拿出三百块钱让唐丰收给覃大头拿回去给他老婆治病。接到钱，覃大头感动得泪水潸然而下。

老秦在编灌区概预算时，到马家志那儿去了一趟。马家志回到市里，临时代理市水电局局长，主持全面工作。他俩谈起龙潭灌区的前景时，马家志说这次概预算就算国家批下来了，对龙潭灌区工程是巨大的支撑，可今后灌区要生存发展下去，必须要收水费，走以水养水的路子，以弥补经费的不足。他的这想法与老秦不谋而合。老秦顾虑地说，水库里的水是天上落下来的，渠道是大家挖的，我们收水费肯定会有很大阻力，不晓得地区会不会支持。马家志鼓励他说，不管地区支持不支持，你们先写一个征收水费的报告交到地区行署，提出来让领导研究，试探一下领导的态度。

老秦进一步问他，你说这水费应该咋样征收才合适？

马家志回答，这事以前武总与我探讨过，按受益面积收，每亩收一元。

老秦一笑，说，按灌区现有受益面积按五十万亩来算，一年就能收五十万，真是一笔不小的收入。想了想，他又担忧地说，真收水费了，受益面积就成了各县争执的焦点，用设计灌溉面积计算，各县肯定不接受，到时候我们凭啥作依据呢？

马家志思考了一下说，你在写报告前，先对各县的实际受益面积暗中做个调查，形成一个初步意见，然后提交给地区革委会作为参考，试试看吧。

老秦点点头，可心里却在想，征收水费得一步步试行，要在摸索中不断完善。从市里回来，他与张应喜谈了这事。张应喜虽感到这是条增加灌区收入的路子，但估计落实起来有困难。两人商量了好久，最后感到有必要摸清各县的实际灌溉面积。这事直接去调查，肯定会引起各县领导的怀疑，一旦用意被发现了，难免会出现瞒报、谎报的事。最后老秦想出了一招，针对去年大旱的情况，说派个人到各县去用了解抗旱面积，用分配供水流量为由头，摸一下各县上报的情况，等数据拿回来了，看看情况，研究后再定。张应喜赞许这点子好，可派谁去呢？老秦与张应喜不约而同想到了唐丰收，因为他小子搞工程时有威信，各县主要领导都认识他，再说他办事谨慎，点子也多。

唐丰收回到局里来了。因为苏敏生了个女儿，当日出院，他特意赶回来探望。苏敏见他来了，欣喜异常，就叫他给女儿起个名字，端红糖鸡蛋来给苏敏吃的张慧娟见屋里只有他们三个，就逗乐地对唐丰收说，他儿子叫渠生，这丫头就叫渠花吧。苏敏也晓得张慧娟是有意讥笑她，瞧唐丰收满脸通红，就对张慧娟说，你女儿叫婷婷，我女儿就叫莉莉吧。唐丰收乘机说这名字叫得响亮。

张慧娟嗯了一下，点了一下头说，叫唐莉莉确实响亮。

苏敏顿时拍手大笑，唐丰收的脸红得比猴子屁股还厉害。

张慧娟马上捉弄他说，你想这女儿姓唐，苏敏还不愿意呢？

苏敏说，就是。我女儿自然跟我姓，就叫苏莉莉。

小莉莉哇哇地哭了，苏敏急忙抱在怀中，掏出胀鼓鼓的乳房挤出点奶水，将乳头塞进莉莉的小嘴里……

唐丰收从苏敏家出来，正好遇见了老秦，老秦看他一脸喜气，就问他遇见什么好事了，这么高兴？

唐丰收回答苏敏生了个女儿。

老秦不清楚他与苏敏的事，落着脸说，人家生女儿，你高兴什么，想女儿，让杏枝给你生一个，接着就要到唐丰收房间去，说找他有事。唐丰收忙与老秦来到屋里。坐下来后，给老秦倒水泡茶时，他的手直哆嗦，心想要是老秦晓得他与苏敏的事，那可就是天崩地裂了。将茶泡好端给老秦，给老秦敬了支烟，见老秦的脸色很平静，就试探着问：有什么事？

老秦将点烟的火柴吹灭，说明了来意，但他依然没告诉唐丰收调查的真正目的，只是叮嘱他一定多长几个心眼，将面积查准确点。

唐丰收问，何时开始？

老秦说，明天就去。

唐丰收说好。

各县的领导见唐丰收去调查这事，也没有多疑，因为他毕竟是个搞工程的。了解这事八成与工程有关，在报数字时，都告诫水利局的人尽量往准确的地方说，让唐技术员掌握第一手资料。唐丰收家乡的马自成书记已提拔为清河县的副县长了，他在后背悄悄地问唐丰收报这个数字是不是要补抗旱经费？唐丰收说，他也不晓得。是老秦叫他来的，他是例行公事。拿到数字，马副县长叫唐丰收在他这儿住一夜再走。唐丰收说明天还要到槐树县去，走了。见唐丰收来了，槐树县的杨县长放下会不开来陪唐丰收，问他这数字是不是与放水有关，说他们县渠道里的水总不够用，老百姓经常相互闹矛盾。唐丰收回答了一个模棱两可的话，可能有吧，但也说不定。老鸭县受益面积不大，打个电话过去就能问到，可唐丰收还是跑了一趟，因为老秦交代的工作，他不敢打折扣。龙山县他是最后去的，因为县水电局里的人都认识他，去了，局长就将他领到工程科，要科长将情况告诉他。

资料收齐后，唐丰收稍微整理了一下，交给老秦了。

老秦接过资料，没及时看，而是对唐丰收说，现在你在局里有地方住了，你回去将杏枝接来，不能冷落了她。

唐丰收说，一号渡槽工地上还有事。

老秦说，事情是做不完的，叫你去接，听我的没错。

唐丰收只好回老家去了。

地区行署主管农业的副专员换成了罗长春。上任后不久，他来到龙潭灌区检查工作。将主要工程建筑物查看后，他在龙山县招待所召开灌区工作情况会议，在会议上传达了水电部对龙潭灌区扩建工程修正概算批复的内容，解释说以后投资由省水利厅审核批准下达，报水利部核备。分析灌区的前景后，他又说这次会议的重点是讨论征收水费。当他将各县水费征收面积一一公布，参会的各县负责人顿时一片叽叽喳喳，槐树县的杨县长听了数字，才明白唐丰收去调查的用意。讨论时，杨县长说那是估出来的抗旱面积，不是真正受益面积，收水费不能按这个面积收。其他各县也是自己县计征的面积过大，支持杨县长的意见。清河县的马副县长提出，计征水费不能光由灌区管理局计收，工程是国家投资兴建的，也是地方出资、出人力修建的，真正要计征，水费得各县与灌区管理局按一定比例分成。

既然是商讨，罗副专员就让大家发言，将心里话说出来。作为灌区管理局主要负责人，张应喜、老秦、赵一帆更是边听边记录。

会议开了两天，最后大家将受益面积与水费分成比例达成了一个初步意见，计征面积核定为45万亩，每亩按一元计收，比例分成为各受益县按总额的百分之四十上缴灌区管理局，受益县留成百分之六十。各县上缴给灌区管理局这一块的水费，由灌区管理局向各县征收。会议决定当年开始计征。

雷打了，可雨却下不来，各县向社队征收水费，群众顿时是一片抵触情绪，拒绝上交水费。各县也没有办法。

张应喜与老秦私下谈这事，老秦说我们灌区应该向行署提建议，组建灌区管委会，在适当的时候召开灌区管委会，用行政手段将灌区各项管理工作纳入制度化，将管理工作提升到新水平。张应喜认为他的意见对，可从灌区的发展来看，单纯依靠计收水费，将来管理局的前景肯定不容乐观。老秦沉思良久，说，我们可以用灌溉的弃水搞小水电建设，以此来弥补资金的缺口。张应喜说这是个好办法，就开党组扩大会议商讨这两个问题。会议决定采取走出去的办法，一班人马由赵一帆带队到全国大型灌区去考察人家管理委员会的经验，一班人马由老秦带队去考察建设别处小水电的建设情况。张应喜在家固守老营。

唐丰收跟随老秦去考察小水电建设了。

第四十五章

杏枝来到局机关后，渠生就到县城的学校报名上学了。她独自在家没事，喜欢串门子。苏敏坐月子后，假期满了，上班了，因为房前屋后地住在一起，杏枝常到苏敏那儿去玩，原来她们就认识，逐渐熟悉了，苏敏上班了，见孩子要吃奶不方便，她就请杏枝替她帮忙带带小莉莉，说每月给她10块钱。这事让唐丰收晓得后，说同事之间相互照应带个孩子要啥钱，不准杏枝要。苏敏在背后用眼睛挖他说，真是个糊涂蛋，我说给就给，用我的钱，不用你心疼。唐丰收只好从中退出来，不管她们女人之间的事了。

苏莉莉长得活泼可爱，带着她，杏枝格外尽心。她不晓得苏敏与唐丰收之间的事，只当小莉莉是苏敏与她前面老公生的。

两班人马考察学习归来。唐丰收到家的当晚，杏枝与他睡觉时，说苏莉莉长得很像他。唐丰收拉着脸让她别乱说，话让苏敏听见了，可不是闹着玩的。

休息一段时间，唐丰收跟着老秦去滚水坝忙建水电站的事了。管理局本来打算在甜水渡槽泄洪闸那儿建第一座小型水电站的，可第二干渠还没有配套建设，暂时不宜建水电站使用水源，于是老秦带着唐丰收实地考察了一下，觉得滚水坝的废弃水资源可以利用，第一小型水电站就建在这儿。局党组研究后，同意了。白天，唐丰收在工地上对水电站进行测量，晚上回到局里来，滚水坝水电站距局机关仅两公里，不远。

有天夜里，唐丰收在回来的途中自行车坏了，就推着车往回走，到家晚了，杏枝和渠生都不在家，他推开窗户问苏敏，杏枝到哪去了？苏敏笑着招招手，示意他过去。唐丰收过去了，苏敏对他说，杏枝抱着莉莉，带着渠生与张慧娟一起去看电影了。唐丰收问看啥电影，苏敏说是一部日本片子，叫《追捕》，很好看。

唐丰收问道：你怎么不去看？

苏敏说自己中午看过了，问唐丰收可吃了，唐丰收说在工地上吃了。

苏敏忽然对唐丰收使了个进房的眼色。

唐丰收明白那眼神的意思，慌张地说，这怎么行？

苏敏凑近他轻声说，院子的人几乎都去看了，天赐良机呢。唐丰收还在愣着，苏敏一把将他拉进房，迫不及待地脱了裤子。唐丰收有杏枝在身边，欲火不那么强烈，可生了孩子的苏敏则对此忍饥受渴。见她催自己了，唐丰收就与她站在床边来了个速战速决。事毕，苏敏说，以后你可不能冷落我，唐丰收边系裤带边说那当然，提醒说大家都在一个院子里住着，两人都得谨慎，一旦事情外露，后果不堪设想。苏敏说以后你听我的，我自然安排得天衣无缝。唐丰收点点头答应了。

苏敏给唐丰收泡了杯茶，笑着对他说，你女儿长得漂亮吧。

唐丰收抿嘴笑了笑，说，漂亮，可惜不能叫我爸。

苏敏说叫不叫无所谓，只要是你的，你看着肯定高兴。

唐丰收嗯了声，喝了口茶，问苏敏以后莉莉大了，找你要爸爸怎么办？

苏敏说，我就讲她爸爸死了。

唐丰收翻了她一眼。

苏敏忙改口说，那就说是那家伙的。

唐丰收说，那样说，她以后肯定会去找的，更不行。

苏敏问他，你说该怎么对莉莉讲？

唐丰收摸摸头，不吭声了，因为他也不晓得今后该怎么对莉莉交代。

将茶喝了，唐丰收担心在她这儿坐久了会被人发现，回去了。到家往床上一倒，拉开被子盖着想睡觉。睡了一会儿，门被敲响了，他当是杏枝回来了，打开一看，却是马国俊，就问他干什么？马国俊说郭大霞终于顶她母亲的职，进了县棉织厂，手续办好了，请他去喝酒。唐丰收说自己吃过饭了，但马国俊还是将他拉走了。

经过一番紧锣密鼓的准备，地区行署在龙山县召开了龙潭灌区受益区、社、大队第一次代表大会。这次大会选举产生了灌区管委会，颁布了《龙潭灌区管理工作条例》和《关于加强龙潭灌区管理的通告》。会议上,有的社队提出来,社队田间的斗农等小型渠道怎么办?会议研究决定由地方上纳入农田基本建设的范畴来配套建设。

唐丰收参加了大会。开会的第一天中午聚餐时,清河县的马县长端着酒杯找到他,嚷嚷他小子上次去搞调查也不透个底,害得他们县将受益面积报大了,不给家乡留面子,要罚他连喝三杯,不然对他不客气。槐树县的杨县长也趁火打劫地抱怨,也要罚他三杯,老鸭县与龙山的领导也来凑热闹。唐丰收也不好推辞,只有一一赔罪,将每位领导罚的酒倒在一个大碗里,端起来笑着回答:我当王连举了,该罚,以后请各位领导多多支持我的工作。说罢,摆开像李玉和临刑喝妈一碗酒的架势,将那一大碗酒端起来,豪气地一饮而尽。

这几位县领导都听说唐丰收酒量大,但谁都没有与他较量过,于是他们就乘机一起围攻唐丰收。唐丰收不想在领导面前丢脸,索性拉开架势与他们斗酒。酒瓶喝了一堆,瞧他仍没事,诸位领导才见识了唐丰收的酒量,联合起来将目标转向了老秦。老秦酒量小,几个回合下来,脸红得如同关公一般,用眼只看唐丰收。唐丰收当然不愿意恩师受委屈,就过去代酒。他这一带,清河县的代表中马上出来好几个公社书记和大队书记接着来挑战了,槐树县的几位公社书记也在后面等着,唐丰收见了这架势,心想自己就是个酒桶,也难以招架,灵机一动,借去卫生间的机会想溜之大吉,可从卫生间出来,他就被守在门口的一位公社书记抓住了……

会议开了两天,可怜唐丰收不得不醉了三次,一次比一次厉害,最后一次他扭着身子打了醉拳。张应喜体恤地将他锁在招待所的房间里,吃饭时不准他出来才罢休。

散会前夕,参会人员在一起合影,张应喜才将唐丰收放了出来。行署的罗副专员看见了唐丰收,招手将他喊到身边,夸他为灌区争了光,有贡献,要他坐在身边。唐丰收觉得领导身边的位置不能随便坐,就站到了他身后。

集体合影结束,罗副专员专门与唐丰收在一起又照了一张,随后就问他现在忙什么?老秦替他说,小唐在渠首搞水电站建设。罗副专员问,工程开始了吗?老秦回答水工部分正在测量。罗副专员说,好,你们主动搞第二产业,发展本局经济,方向是对的,可你们主要的任务依然是搞好农业灌溉,这个前提一定要把握住。

老秦回答对，说水电站是用废弃的余水发电，同灌溉不会发生矛盾。

罗副专员回答那就好。

管委会召开后，根据灌区条例规定，龙潭灌区管理局主要管理总干渠和在总干渠上主要建筑物，下属的第一、第二、第三、第四管理所放水口以下的渠道由各县管理机构负责管理，由此，四县分别成立了管理机构。

管理工作的体制理顺了，可潜在的矛盾还是爆发了出来。

骄阳似火，农村一年一度的双抢开始了。

因为干旱严重，灌区的供水特别紧张，一会儿这个县打电话来要水，说他们那儿流量不够，一会儿那个县又打电话来要水，问水为何放不下来，他们的双抢简直无法搞了。主管灌溉工作的刘凯急得找老秦，说进水闸流量已开到了预定的限度。再开，整个渠道可能有出现危险。老秦心里当然清楚，渠道工程是在匆忙中完工的，有的地方质量好，可有的地方质量差，一旦超负荷大流量供水，后果严重，所以供水流量一直被控制着。老秦听了汇报，没吭声，可在办公室还没坐一会儿，马副县长坐着面包车来要水了，老秦给他泡了杯茶，杨县长也坐着吉普车赶来了，进门就对老秦嚷嚷着要水救命。见地方上催着用水，管理单位当然要高度重视，老秦将张应喜、赵一帆和刘凯喊来，当着两位县长的面，商讨加大流量。张应喜问老秦，加大多少才适合？老秦抽了几口烟，回答说，进水闸是按 80 个流量设计的，最大只能放 75 个。张应喜说，那就放 75 个。

实施大流量供水后，下游用水的矛盾缓解了，可上游的龙山县城关镇附近农村则被淹没了部分农田，导致当地农民无法双抢，大流量供水的第二天晚上，城关镇附近农村的社员偷着砸开渠道进水闸的门，强行将闸门关闭，导致渠道供水全面停止。

张应喜与老秦，刘凯到下面去参加抗旱了，唐丰收因为在测量电站，没有去抗旱队，接到报告，赵一帆将唐丰收喊来，火速赶到进水闸去解决供水问题。

赵一帆仗着自己是从县里出来的，在当地群众中有威信，到了进水闸就恼火地跺脚发脾气，想来个下马威，可在场的群众却不买他的账，与其发生了争执。赵一帆端出县委书记的架子，指着那个带头闹事的生产队长，要他将闸门摇起来。那个生产队长不但不理睬，反而讥笑他算老几？指挥不动群众，赵一帆就指挥唐丰收去开闸。唐丰收上去了，两个社员顿时冲着他挥拳就打，唐丰收质问他们凭什么打人？几个社员顿时叫嚣，谁开闸就打谁。唐丰收不信这个邪，说开闸是他的职责，再次拿起摇把去开闸。几个社员挥拳又打，唐丰收就动手自卫，纠缠中有个社员倒下了。赵一帆在一旁大叫不准打架，不准打架，可是根本没用。赵一帆对唐丰收大叫一声，走，我要叫他们吃不了兜着走。将唐丰收拉走了。唐丰收的脸上挨了一拳，鼻子被打破了，鲜血直流，跟着赵一帆怒气冲冲地走了。

回到局里，赵一帆气得当即给龙山县公安局打电话。他以前分管过公安局，是他原来的一个下属接的电话，听说了这事，公安局赶紧派人来到灌区机关大院，赵一帆带着公安局的人再次赶去。关闸的那些人估计赵一帆回去搬兵了，早逃之夭夭。等他们赶到，进水闸闸房中空空如也，人毛都没有一个。

赵一帆就叫唐丰收将进水闸打开了。

第二天，赵一帆赶到龙山县找到县委彭书记与周县长反映情况，要求严肃处理。彭书记与周县长对这事高度重视，组成了专案组，来到城关镇的那个社队调查处理。谁料，这个大队早已恶人先告状，将灌区放水侵害他们队的利益情况抢先打电报向省政府反映了。

唐丰收的眼睛附近被打了个大包，调查组来调查情况时，他竟成了打人凶手，因为在黑暗中一位社员自己跌倒弄伤了，反而责怪唐丰收打了他。带头闹事的那个生产队队长与其他几个肇事者被抓了起来。关几天教育一顿就放了，唐丰收赔了那位社员的医药费，好在赵一帆这次向着唐丰收说话了，将医疗费报了，可唐丰收挨了打，算被鬼打了。杏枝对这事不但不同情，反而说打得好，谁叫你逞能啊，气得唐丰收好几天都不理她。苏敏体贴地买来消炎药暗中给了他。

水电站要等到枯水季节才能施工，所以唐丰收也被派到抗旱工作队去了。他分配的地点在南干渠进水口那儿，由他与刘凯重点把守，因为这儿在扩建时整正的渠道高程比既定的有变动，龙山县这边挖的那条枫树支渠不能放水了。眼看着天旱无水插秧，附近社队的群众焦急万分，多次找他俩协商，要求用抽水机抽水，可管理局下了死命令，不准抽水，以确保南干渠下游能用上水。唐丰收与刘凯住在一个以前搭建的破鸭棚里，吃饭是自己起火做的。有天晚上，他俩正在鸭棚中准备睡觉，忽然来了几个蒙面人，将唐丰收与刘凯按住捆绑在柱子上，用破布塞住嘴，让他俩喊不出来。唐丰收被蚊虫叮咬得厉害，就使劲挣扎，天麻麻亮时，终于将捆绑的绳子挣开。他赶紧将捆刘凯的绳子解开。两人跑到渠道上一看，原来龙山县这边的人在渠道中间用毛竹、稻草等杂物打了个坝子，将渠道堵死，将水拦到了那条支渠中。唐丰收站在渠道坝上大喊，叫附近龙山这边生产队的人赶快来将坝子打开，可鬼都不睬他。他只有跑到清河县这边的生产队来找人，这个生产队的光头队长认识他，火速带人来下水拆坝子。南干渠下游清河县社队的人也找来了。龙山县这边的几个社队的群众赶来了，双方争吵起来，唐丰收过去劝说，双方都不理他。打起来后，混战中唐丰收的背上挨了一扁担，也没看清楚是谁打的。发生斗殴后，清河县这边附近社队的人纷纷赶来帮忙，堤坝上黑压压聚了许多人，刘凯吓得不知所措。唐丰收叫他赶快回去向领导报告，自己竭力在现场开导叫嚷的群众，阻止事态进一步恶化。刘凯骑着自行车去了。接到报告，张应喜正好那天回去了，马上找到龙山县的周县长，又打电话给清河县的马县长，中午时分，领导们火速云集到这儿来了，将双方的群众驱散了。见到张局长，唐丰收伸手从他的口袋里将烟拿了出来迫不及待地点了支，诉说晚上与刘凯在这儿的遭遇。两个县领导在鸭棚里开会，组成调查组调查这事，同时定下铁规定，放水期间不许私自在渠道中打坝阻水，双方各派 5 名持枪基干民兵在此日夜守候。

这边的事情才处理好，龙山县与老鸭县的交水口又发生了用水纠纷，双方也在打架。张应喜派刘凯在这儿蹲守，叫唐丰收跟他一起去，因为唐丰收个子大，说话嗓门也大，一般人有点怯乎他，再说那一带的人他熟悉。

郝仁俊在这儿蹲点指挥抗旱，等领导们赶去了，吓得躲在附近老百姓家里的他才出来。这边的事才处理好，龙山县与宿望县交界的老地方，两县附近的群众同时在抢水，双方聚集了好几百人。领导们火速赶去，在现场开协调会，调解用水矛盾。会上，双方为了本县利益，杨县长与周县长拍桌子吵了起来。张应喜火了，将茶杯一摔，指着周县长叫他停住争吵，因为周县长以前是他的部下。杨县长还在吵，唐丰收在背后拉了拉他的衣服，示意好好谈。杨县长却指着唐丰收骂道，你这个王连举少在这儿充当和事佬，老子不吃你这一套。一下子将在场的人都骂笑了。

将这几起连续发生的用水纠纷平息以后，张应喜去了龙山县与老鸭县的交水地点指挥抗旱，赵一帆去了龙山县与清河县的那个鸭棚，老秦与唐丰收留在龙山县与槐树县交界的地方。他俩住在附近的一户人家。晚上，他俩来到渠道上巡堤坝时，唐丰收焦虑地问老秦，照这样下去，放水的管理工作太难做了。老秦对唐丰收说，老百姓抢水打架，看起来是坏事，可证明了我们灌区工程的重要，现在水就是粮食，粮食是老百姓的命根子。唐丰收说，这话有道理，可总是发生水事纠纷，真让人头疼。老秦胸有成竹地说，造成用水纠纷，主要原因是渠道开挖后就投入了使用，配套设施都没建好。此前，我曾与武总议论过这事，也预料渠道草草投入运行会造成矛盾，现在问题出来了，只要将配套设施解决了，抢水纠纷就迎刃而解了，下一步，我打算编写一份工程配套的文件，向地区行署上报，然后再报省水电厅争取项目资金，解决渠系工程配套问题。

唐丰收高兴地说，那样，我们又有工程搞了。

老秦笑着说，我们这些人啊，生来是搞工程的，工程搞好了，我怕要像武总那样去见马克思了。说罢，他不停地咳起来。

唐丰收说回去吧，夜里凉，别感冒了。

老秦感慨地说，多亏当年在覃大头家养了一段时间，不然，我早吃不消了，接着向唐丰收问覃大头家的事。唐丰收说忙完这阵子，抽空去看看他。

第四十六章

枯水季节到了，唐丰收抽空去了覃大头家。

农村实行土地承包后，覃大头他们生产队不搞大集体了。分到田地，覃大头想带着老婆出去打工，可孩子要念书，家里又没有老人看管孩子，单独出去打工，将翠兰单独留在家里他又不放心。唐丰收说，你不如到我们电站工地去负责石料准备吧，让你当个小包工头。因为渠首水电站工地开始施工了，水工部分的施工由唐丰收负责。覃大头求之不得地答应了。

覃大头到了工地，跟在唐丰收后面干工程。有一天，杏枝来了，非要在工地上做小工，唐丰收就让她去陪着锤石头的人一起捶渣子。覃大头负责收石头渣子，他自然对杏枝格外关照。石头渣子是供浇筑混凝土用的，由于缺乏破碎器械，狗头石锤碎而成板栗大小的碎石，全凭手工锤，锤起来辛苦异常。由于用量大，前来锤的人较多，基层管理所也有几位职工的家属在锤。因为是按方计算，量方时难免会有误差。有天收渣子，顾为国老婆见自己锤的分量与杏枝的差不多，杏枝的方量却比她多，就与量方的覃大头发生了争吵，气愤地闹到张应喜那里告状。顾为国老婆与张应喜老婆是一个村子的，张应喜没过问这种鸡毛蒜皮的事，可他老婆却过来将覃大头臭骂了一顿，要他重量。由于她出言不逊，覃大头犟着脾气非不量，张应喜老婆与顾为国老婆在工地是吵得天翻地覆，差点儿打了覃大头。唐丰收不在现场，等他回来晓得了这事，将覃大头责备了一通，顺便说了杏枝几句。杏枝就同他骂骂咧咧的。本来他认为这事也没啥了不起的，可在局务扩大会上，郝仁俊却将这事挑了出来，说干部家属应该带头严格要求自己，不能从中占便宜。话显然是说给唐丰收听的。散会，老秦在背后提醒唐丰收注意。晚上，唐丰收气得要杏枝别去锤了，杏枝心里也窝着股气，就与唐丰收争吵起来。唐丰收瞧她蛮不讲理，气的将桌子一拍，要她滚回去。杏枝将脚一跺，撒泼道：回去就回去，不指望你，我还会饿死了？气鼓鼓地将东西一拿，跑回老家了。

杏枝被气走了，渠生还在身边，唐丰收只有早晚到学校去接送，中午给他一点菜饭票让他在食堂打饭吃。有天下雨，工地上忙得无法脱身，直到天黑，唐丰收才想起了渠生，赶紧骑着自行车跑到学校去接。学校老师说渠生放学后回去了。赶回家，将局机关都找遍了，也不见孩子的踪影。苏敏焦急地说，你问问渠生的同学，看看是不是到同学家去了。平时因为工作忙，唐丰收很少过问孩子的事，也不晓得渠生的同学家在哪儿，只好再次来到学校，好在那位班主任老师很负责，就带他到渠生的同学家去找，结果平时与渠生要好的几位同学家都没有。

唐丰收焦急了，班主任老师又陪着他顺学校到他家的路上，沿途一个地方一个地方询问，在局机关大院公路前面大埂上的一棵大树下，找到了浑身水淋淋的渠生。

当晚渠生发烧了，唐丰收将他送到医院。医生检查后说是重感冒，让他带着孩子按时来打针。渠生的病好了，因为工地上太忙，他将渠生委托给张慧娟照顾，张慧娟家的婷婷也在那所小学里读书，再说张慧娟办事他放心。张慧娟答应了，可渠生太顽皮，时常在学校里打架，不听她的话。有次张慧娟见他又打架，头上被打了个包，责备了他几句，他却虎着脸说，你又不是我妈，我不要你管，气得张慧娟来向唐丰收告状。

唐丰收将渠生狠狠打了一顿。

窗户那边的苏敏望见渠生被打得大哭，牵着莉莉过来劝说，将渠生带到她家去了。晚上，唐丰收过去叫渠生，渠生却在苏敏家的床上睡着了。

唐丰收家里的事，苏敏一清二楚。见两个孩子都睡了，很难得与唐丰收在一起坐一会儿，苏敏就陪他说话。他俩在一起从来不说杏枝，可这次苏敏却说，杏枝现在与以前不一样了，脾气越来越暴躁。这话说到了唐丰收心坎上，因为他也觉得现在的杏枝一点儿也没有原来那么温柔体贴，就回答说，农村妇女到底是农村妇女，头发长见识短。

苏敏劝他说，你俩是夫妻，再不好，也要凑合着过，总比我好，想吵架还没人吵呢。

唐丰收看了她一眼，低下头。

苏敏对他使了个眼色，唐丰收晓得她想要什么了，对她说孩子在床上睡着呢，要不到我家去？苏敏说跑来跑去的，万一被人发现了，又做不成了。过去将门插好，呼啦一下将窗帘拉上，又将房门关好扣上，随后抱住唐丰收。两人吻吻，就在客厅摆放的那张竹凉床直奔主题而去。双方正在互动，莉莉忽然在里面哭了，唐丰收惊慌失措地想收兵，可在兴头上的苏敏却轻声说随她哭，唐丰收想接着再战，莉莉却将门打得咚咚响，哭叫着妈妈。唐丰收说算了，苏敏才懊丧地从竹凉床上起来将裤子穿好，打开房门，对莉莉大声道，有什么好哭的，妈妈又没到哪儿去。莉莉被吓得哭得更厉害了。唐丰收劝说算了算了，别拿孩子发脾气，将睡着的渠生抱回去了。

将莉莉哄睡，苏敏感到那事没尽兴，恼得揪着头发使劲扯，宣泄没释放出来的激情……

酽霜如冬瓜粉般覆盖着大地。

各县又掀起了水利冬修的高潮，一时间大批人马又云集到总干渠、干渠与地方支渠的工地上。张应喜很高兴，整天到处奔波，浑身仿佛有使不完的劲。老秦显得很低调，因为他心里比谁都清楚，冬季各县搞这种大呼隆的维修，也就是哪儿有疤子补哪儿，解决不了根本问题，四条干渠虽灌溉供水了，但毕竟只是骨头架子，相关的配套工程不建，灌区的整体效益就难以充分发挥出来，各县用水的矛盾就无法根治，续建与配套建设急需资金投入，水利部虽批准了龙潭灌区的概预算，可投资改为拨改贷后，省水电厅对龙潭灌区的计划资金，却迟迟不能下来，就算下来了，也如同挤牙膏一般少得可怜，要扭转这种被动局面，必须要编制支渠渠系配套的设计文件。在年终总结会议上，老秦提出了自己的观点，可张应喜与赵一帆的心事依然在没有完善的渠道土方工程上，热衷于抓住冬季的大好契机，争取将遗留问题解决了，因为他们被灌溉期间频频发生水事纠纷弄怕了，将老秦的建议放在下一步来落实。

老秦也没争辩，尊重了他们的意见。将冬季维修任务交给刘凯后，他来到唐丰收这儿，想趁机将渠首水电站水工部分搞好，以便春季供水后好水电站继续建设，但水电站有限的专项资金却被张应喜挪用到工程维修上去了，用他的话说，农业灌溉是灌区管理局的首要任务，水电站建设必须服从灌溉供水需要。没有资金投入,水电站工程只好暂停了。

唐丰收很着急,老秦安慰他说,暂停就暂停吧,我们一起来做好支渠渠系配套的设计工作,等春季供水后,着手编制规划设计文本。

唐丰收清楚渠系配套工程建设的必要性,欣然答应了。

老秦来到地区水电局找到马家志,商谈此事。此时,马家志已晋升为地区水电局局长了。他是龙潭灌区的主要建设者之一,对灌区工程建设关心备至,与老秦促膝谈心谈了一晚上,听老秦说编制规划设计,龙潭灌区管理局没有能力,一口答复由地区水电局组织班子来编,让他主管。老秦思考了一会儿说,我主管是应该的,可我毕竟年龄大了,随着灌区的发展,以后会有新的规划设计要搞,应该培养能挑大梁的新人。马家志也觉得有这个必要,随口说,那叫刘凯来吧。老秦说,刘凯在工程科,灌溉开始后,他任务重,不如叫唐丰收来。

马家志笑着说,严师出高徒,你一定要将小唐带出来哦。

地区水利工作会议召开后,马家志将这项工作作为新年度的重要工作内容之一,上报了地区行署。获得批准后,马家志就将这项工作交给了成立不久的水电勘探设计院完成。规划设计工作的班子组成后,人马很快到位了。老秦是规划设计的核心领导之一,唐丰收作为技术人员参加。规划设计领导小组办公室设在地区水电局,具体办公地点仍在杨泗庙,因为这儿是龙潭灌区建设的大本营,是龙潭灌区的中心位置,渠系配套工程是紧紧围绕总干渠与四大干渠来规划设计的。

老秦考虑到上次规划中,设计灌溉面积有些低洼区不应该在纳入灌溉范围,将这一块剔出了,灌区范围乍一看缩小了一点,可实际规划面积却扩增了。

唐丰收因为要参加规划设计工作,不能在局机关里照顾渠生了,请张慧娟带也不是长久之计。老秦对他说,你将渠生送回老家念书,现在农村的教学质量不比城里差,让杏枝带。杏枝与唐丰收上次闹别扭的事,老秦后来知道了,见唐丰收没吭声,就问他:你与杏枝的关系好了吗?

唐丰收回答,他带信回去了,可杏枝不愿来。

老秦觉得应该将他俩的关系调解好,解除唐丰收的后顾之忧,就对他说,明天是星期天，我到你家去一趟，给你当和事佬。老秦办事历来爽快，说去他就带着唐丰收与渠生去了唐丰收家。并在他家住了一夜，将两人的关系给和谐好了。走时，老秦对杏枝说，小唐要跟着我干大事，以后不许你再拖他后腿。杏枝说谁拖他后腿了，是他自己做得不对。老秦说以后他不对，你向我告状，我来治他。

因为老秦是核心领导，他在规划小组里说话算数。为了能掌握第一手准确资料，四条干渠，每条有一个小组负责做调查工作。老秦有意不让唐丰收当小组长，而让他在四个小组中间当联络员，让他像一只鸟般在四个小组中飞来飞去，用意是让唐丰收通过这次机会对全灌区的支渠渠系分布情况有一个全面掌握，以便他从微观上对灌区工程有系统的了解与感知。看着唐丰收今天在清河县，明天又赶往老鸭县，后天又到第一干渠，再后天又去第二干渠，辛苦异常，他毫不体恤，在他看来，一个好的工程技术人员，不能吃苦不行，唐丰收年富力强正是吃苦干事的时候。

在唐丰收的奔波下，各方面的数据逐渐汇集到老秦的办公桌上了。起草规划设计文本时，老秦将唐丰收关在身边，哪儿也不许他去。工作忙了一个段落，大家都很辛苦，有个星期天，有人提出来说县电影院在放香港导演拍摄的武打片《少林寺》，建议包场看。老秦与张应喜联系后，觉得应该让大家放松放松。唐丰收也想去看，可老秦却将他留了下来，说晚上有重要的事与他商量。

老秦不许去，唐丰收只有不去。晚上，老秦关着房门将自己起草的规划设计大纲给了他，从理论上指点唐丰收如何起草规划设计文本，因为他觉得唐丰收作为龙潭灌区工程的主要技术骨干，必须具备编制此类文本的能力。唐丰收明白老秦的用意，更觉得机会千载难逢，当然专心学习。

从那天夜里开始，老秦就与唐丰收一起面壁了。他自己整天闷头睡觉，将起草工作交给唐丰收，唐丰收晚上睡觉，老秦就替他修改草稿，然后再要唐丰收琢磨其中的奥妙，需要解释的地方，他就对他解释。在确定设计典型年、灌溉保值率和灌区的引水模这些关键数据时，他一一向他解释了这些名词的作用，直到唐丰收完全弄明白了才罢休。

关了一个多月禁闭，草稿初具雏形了。老秦才高兴地对唐丰收说，走，我俩回县城好好休息两天。将手头的工作向有关人员做了交代,他与唐丰收骑着自行车回到了局机关大院。当晚,老秦让食堂炒了两个好菜,与局里领导一起会餐。吃饱喝足,他对唐丰收摆摆手说,夜里你自由活动,爱干啥干啥,后天我俩再去杨泗庙。

唐丰收回到家,推开窗户,见苏敏的门关着,捡块小石子朝她门上一砸。

谁啊?伴着一个稚嫩的声音,门被打开了,出来一个扎着羊角辫的小丫头。许多日子不见,莉莉长得越发活泼可爱了,唐丰收对她朝招招手,莉莉看见他后赶紧跑回去,喊道:妈妈,唐叔叔回来了。

苏敏出来了,见唐丰收回来了,就对他笑。唐丰收想过去与她说话,可她却用眼神示意到自己到他那儿去。唐丰收听了她的,因为此前两人有约定,一切由苏敏安排。

苏敏牵着莉莉过来了。

唐丰收将莉莉抱在怀里亲她,莉莉却推开他,用小手指着他嘴巴上的胡子说,扎,扎……

唐丰收被说笑了。

苏敏问他,上次你们那儿包场看电影,我当你要回来呢?

唐丰收说,本来我打算回来,可老秦不让。

苏敏逗他说,我当你将我们娘俩儿忘了呢。

唐丰收红着脸说,怎么可能呢。

苏敏说,我们去看一场电影吧。

唐丰收也觉得没有事,就答应了。

苏敏说,你先去将票买好,一会儿我带莉莉再去。

唐丰收去买票了。两人在电影院相会后,唐丰收抱着莉莉看电影,没想到出电影院时,却遇见了老秦和张应喜夫妻俩。老秦看唐丰收抱着睡着了莉莉,苏敏在他身边,吃惊地问唐丰收,你?唐丰收马上解释说,我是独自来的,刚才遇见苏敏,见孩子睡着了,就替我抱着。苏敏也说自己是看完电影出来时遇见唐丰收的。张应喜老婆说,一个院子的人,就是唐技术员与苏会计在一起来看场电影又有啥呢,直说老秦脑筋太死板了。张应喜拉着老秦催他快走。

说说笑笑,他们一起回到了机关大院。

苏敏示意唐丰收将她送到家,唐丰收摇摇头低声对她说今晚情况有点不对劲,让她将莉莉抱回去。唐丰收透过苏敏的眼神晓得她夜里来找他,到家就将后面的窗户有意打开了,以便苏敏到时候好过来。半夜,苏敏果然翻窗户过来钻进了唐丰收的被窝。唐丰收问,莉莉安置好了吧。

苏敏说睡着了。

当唐丰收发现苏敏来了月经,笑着说,看来老天爷今晚不让我俩团聚。

苏敏说,撞红就撞红,撞红我也要,好不容易在一起,绝不放过你。

唐丰收说,撞红,你万一患上妇科病怎么办?

苏敏说,我一个单身女人,就算患病了,还怕以后治不好啊。劝他只管放心。

唐丰收满足了她。

苏敏离开后,唐丰收感到床中间那个地方潮漉漉的,用手电筒一照,居然是一摊血渍,不由得同情起苏敏来,找条旧毛巾垫着,接着睡觉,本来他打算第二天将弄脏了被单让苏敏洗干净,可张应喜在吃早饭时喊他跟他到水电站工地去看看。唐丰收将这事丢开,心想以后抽空再洗吧,便跟他去了。

第四十七章

规划设计文本报上去了，可调整概预算的投资计划，每年下达的投资依然少得可怜。天上的馅饼掉不下来，龙潭灌区管理局负责人们的目光再次盯到水费这块蛋糕上。地区行署虽在灌区管委会上下达了征收的任务，可向社队讨钱，由于抵触情绪较大，工作一时无法开展，两年过去了，一分钱也没收到。工作虽然难做，但必须迎着困难上，总不能放着规定不执行，张应喜下了决心说这牛鼻子一定要牵住，不然灌区就无法生存下去了。地区行署的罗副专员在灌溉放水前，再次召开由受益各县主管县长参加的工作会议，要求加强工程管理，加强科学用水，加强水费征收。领导在台上喊了三个加强，可具体工作仍要下面的人去做。张应喜带着郝仁俊到各县去找分管县长，各县长说收一定收，一定收，可光打雷就是不下雨。直接去找管理单位去收缴，县直管理单位也跟着叫苦。连续空跑了几趟，张应喜跑得火冒三丈，就与老秦商议对策，因为不下手动刀动枪，这事将永远是一纸空文，无法落实。

老秦说办法就在眼前，关键是我们敢不敢用。

张应喜说：你说，只要能收到钱，就是将天戳个窟窿，我来戳，不用你们承担责任。

老秦说，春耕放水时，只要将进水闸关着不开，各县势必急得猴跳，到那时，哪个县缴费了，就给哪个县放水。

张应喜顿开茅塞，称赞这主意好，其实他早想到这一招了，只是不便说出来。他又问老秦，各县放水能控制住吗？

老秦说当然能。

赵一帆却顾虑地说，这主意确实可行，但要是与地方将矛盾弄僵了，群众不能及时搞春耕大生产，那可是原则上问题，建议慎重考虑，不能过于搞本位主义。

张应喜说，我们收水费是为了建设灌区，更好地为老百姓服务，地方上不交水费，他们搞本位主义再先，我们怕什么，先试试，看天到底能不能塌下来。

事情就这么定了。张应喜要求将局务会议纪要用文件的形式要发了到各县，提前造个舆论声势。文件发了出去，春耕大生产说到就到，放水的时间来了，灌区管理局这次没有像往年那样拉开闸门就放水，清河县的老百姓等急了，找到本地渠道管理单位要水，单位管理说要交水费。老百姓就在管理单位里闹，管理单位巴不得这样闹，将情况向县里反映因为灌区工程投入使用后，受益地区用水全指望灌区工程支撑，不放水，春耕就无法进行。灌区管理局无形中成了坐山虎。清河县主要粮、棉区都在灌区境内，马县长急匆匆跑找到张应喜哀求道，我的姑奶奶，你把水放下来，水费，秋天我保证交，该可以吧？

张应喜回答，秋天到了还有冬天，到时候，我凭啥找你要？

马县长拍着胸脯说，我用党性保证，该行吧？

张局长硬得如萝卜，厉声说，不将去年水费交清了，你用头来保证也不行。

马县长见磨嘴皮子也没用，气得跑回去，可当天夜里，他打电话过来，说钱我交，你们明天派人来洽谈。第二天张应喜带着郝仁俊去了，马县长对他们说现在田地承包到户，现金无法收，只能按稻谷折价来计征。张应喜觉得按稻谷折价计征也可以，答应了，马县长说稻谷要等到秋后稻谷出来，才好向社队计征，现在不行。张应喜顿时意识到马县长是在与他玩拖延战术，毫不客气对他说，今年的，可以秋后算账，去年的，你们必须给我交清。马县长回答，这样吧，去年社队没有留足这方面的稻谷，我先给你们解决一部分，其余的秋后算账。

张应喜心想只要口子打开了，不怕他们耍赖皮，就与他们签订了收购合同，答应剩余的部分秋后交清，时间下限到当年 12 月 31 号。

第一笔水费终于落实了。缺口被打开了，不怕其他县不交。果然不错，清河县带头交水费了，槐树县与老鸭县也跟着交了，可龙山县却迟迟不见动静，因为他们在上游，只要进水闸一开闸，他们县的农田大都由总干渠直接放水，不愁用不到水。张应喜见无法控制龙山县，就与老秦商议对策。老秦说，龙山的农田都在总干渠上供水，可是大桥区有个节制闸可以控制，只要我们将大桥区的喉咙卡住了，就不怕他们搞近水楼台先得月。张应喜火速让刘凯带人去将大桥区供水的那个节制闸关了。正如预料的那样，这喉咙一卡，钱果然出来了，大桥区竟将去年欠的水费一次性全交清了。

银子掉下来了，张应喜连连叫好，马上给大桥区和龙山县发去贺电，对他们行动给予高度赞誉，还奖励他们1000元。并将贺电抄送给其他县区，大张旗鼓地宣传。

水费征收的第一步终于迈开了。尽管收的钱大都没有到位，但口子破了，有了这方面的经验，以后工作就好办了。

唐丰收到财务科去办水电站的拨款手续，郝仁俊对他兴致勃勃地大谈这次水费征收的事，好像他是个有功之臣。唐丰收心里也高兴，因为水费开始征收，意味着灌区的管理工作迈出了新的一步，对灌区的发展意义重大。

有了资金注入，水电站的建设又开始了。水工部分建好了，开始建厂房，唐丰收带人到外面去提水轮发电机了。机组费尽千辛万苦运了回来，原来说好由龙潭水库工程队安装的，可将机组运回来后，水库施工队没有能力安装，他只有再次跑到省城找到当年的王队长，将他们的施工队请来了，相互都是老熟人了，安装工作进展得很顺利。

学校放暑假了。杏枝怕在家忙双抢，因为田地承包后，她家的田地都得指望她一个人忙，她实在受不了，将双抢的事委托给套毛家，带着渠生跑到唐丰收这儿来过夏天。

夫妻团聚了，唐丰收当然乐意，可杏枝来到的那天，就与唐丰收发生了争吵，因为杏枝见房间里搞的像猪窝，忙打扫清理，在一个废旧的纸盒子里，她发现了那个沾有血渍的床单。唐丰收本来换下来想让苏敏替他洗的，可丢在纸盒子里忙工作就忙忘了，虽然这事已过了很久很久，等杏枝指着床单上的血渍追问是这么弄的？他才大吃一惊，撒谎说自己的痔疮发了，不小心弄的，杏枝不相信，说痔疮发了流血不会流这么多。他又改口说是腿弄破了流出来的，杏枝还是不相信。唐丰收被问恼火了，说他也不记得是怎么弄的。与唐丰收结婚后，尽管两人长期分居，可她对他一直信任，心想就算他在外面偷人,也不会在月经期间偷,可这血到底打哪来的,这事对她来说是个谜。争吵几句杏枝就说算了,可对唐丰收多了个心眼。

有天杏枝打开窗户,窗户下是苏敏开出来的菜地,无意间低头一看,窗下菜地上有脚印,而且是女人的脚印,再看看窗户对着苏敏的家门,杏枝皱起了眉头。苏敏平时与唐丰收很少来往,几乎不说什么话,苏敏对杏枝反而热情,杏枝一点儿也看不出来苏敏与唐丰收之间有丝毫破绽。杏枝本来想将窗户用篾片钉好,想了想,索性没钉,就这么敞着,因为唐丰收是个谨慎的人,他不钉肯定有他的用意,可他的用意是啥呢?她猜不清亮,防人之心不可无,杏枝心中又多了一层戒备。

在机关大院里整整住了一个夏天,唐丰收都在忙碌水电站机组安装的事,每天早出晚归,生活非常有规律,杏枝也发现他与苏敏没啥过分的交往,两人遇见了连话也不说,最多点个头,有时头也不点。别人都说莉莉越长越像唐丰收,起初她当逗趣的,有时也怀疑,有了戒心后再仔细一看,越看越像,特别那双眼睛,与渠生长得几乎一模一样。

假期过完,渠生要回学校去念书,杏枝就回了农村老家。

机组安装好后,经过调试一次并网成功了。这对龙潭灌区管理局来说是件大喜事,当晚局领导与施工队的领导在县城最好的一家饭店里喝酒庆祝。酒席散后,唐丰收回来已是深夜了。他坐在那儿正在抽烟,窗户被敲响了,晓得是苏敏来找自己,将窗户打开放她进来了。

唐丰收与苏敏正在床上鸳鸯戏水,门忽然打开了,电灯被拉亮,杏枝犹如从天而降般出现在他俩面前!

机关大院里顿时炸开了锅。

老秦闻讯赶来,证实了情况,甩手给了唐丰收两个嘴巴子,指着他瞪着眼,好半天才说,你……你……就浑身颤抖地再说不出话了。

赵一帆、胡家斌过来将唐丰收和苏敏带走了,老秦让张慧娟安慰正在号啕大哭的杏枝。在局长办公室里,张应喜与赵一帆在询问唐丰收,在另外一间办公室里,胡家斌、郝仁俊在询问苏敏。苏敏不在乎他俩,爽快地说是我主动勾引唐丰收的,天塌下来,我承担,组织上给我什么样的处分,我接受,说女儿莉莉还在家睡着,明天再说不迟,要回去。考虑到孩子要照顾,胡家斌现在虽秃顶了，面色虚胖略显有点浮肿，可他年轻时毕竟追求过苏敏，旧情虽消失了，多少仍有好感，就过来向赵一帆请示，赵一帆说你叫杨惠与朱萍陪着苏敏，免得她发生意外。苏敏连连对胡家斌说，不用，不用，放心，我苏敏绝对不会去死。

对唐丰收审问时，唐丰收招供说是他喊苏敏过来的，是自己主动的，要求处理他。赵一帆追问他俩是不是老关系了？唐丰收一口咬定只有这次。赵一帆还在逼唐丰收交代，张应喜见夜深了，让胡家斌将局招待所开了个房间，让唐丰收暂时住在里面，告诫他在组织上对他的事没拿出处理意见前，他哪儿也不准去。唐丰收跟着胡家斌去了，他清楚领导是在用这种方式关他禁闭。当晚为了防止唐丰收寻断见，胡家斌陪他住在一起。见胡家斌摇头抱怨唐丰收都是过来人了，何必红杏出墙，惹这种是非。唐丰收说，你当年要是铁着心追苏敏，将苏敏追到手了，你们生活在一起，也就不会有这事了。胡家斌笑着说，男人追女人，隔道山，女人追男人，隔层纱，还是你老弟有女人缘啊。

第二天上午，老秦来了。他黑着脸，指着唐丰收问：你打算怎么处置这事？

唐丰收干脆地回答，我与杏枝离婚。

老秦将桌子一拍，朝他大吼一声，你梦想！将门砰的一声关上，怒气冲冲地离开了。

唐丰收的检讨交了上来，说主要责任在他，愿意承担一切后果，请求别连累苏敏。苏敏的检讨也交了上来，仍说是自己主动勾引唐丰收的，请求承担一切责任，不必牵连唐丰收。局党组火速召开了扩大会议，研究处理这事，见他俩在检讨中的口气几乎是一致的，赵一帆断定他俩准是约好的，推断他俩的关系肯定不止这一次。讨论了一气，张应喜拿出了主导意见，因为这事毕竟是男女关系，属作风问题，本着教育干部的原则，给唐丰收党内记过处分，给苏敏批评教育。老秦却不同意他的意见，说唐丰收要与农村老婆离婚，然后娶苏敏，不光是作风问题，还是道德品质问题，建议给予重处。

赵一帆试探着问老秦，怎么重处？

老秦毫不客气地说，把唐丰收的职务捋了，将他撵到所里去，将两人分开。

张应喜对老秦的意见倍感震惊，这样处理等于断送了唐丰收的前途。因为他觉得唐丰收是个难得的人才，感到这样处罚太重了，忙打圆场说：将唐丰收放到管理所去，有这个必要，至于他的职务嘛，我看正科级保留着，以观后效。

说心里话，赵一帆一直对唐丰收有看法，可他对他的态度归根到底是与老秦、张应喜之间的权力之争，其实他心里也佩服唐丰收在技术上有一套，用他时还要用他。再说人上了年纪，心也善了，两鬓斑白的赵一帆也不想在这事上对唐丰收太苛刻，就表示同意张局长的意见。

老秦之所以提出那样的重罚，因为唐丰收毕竟是他一手培养起来的。他要是将处理意见定轻了，别人会认为他包庇唐丰收，所以，他就往最重的地方说，想看看大家的态度。他晓得这样重罚，张局长肯定不会同意，到时候，他就好退缩，以后再替唐丰收说话，启用他。张局长的意见正中他的下怀。在他看来，唐丰收的职务并不重要，以后启用唐丰收时，职务问题自然有安排，他最不能容忍的是唐丰收要与杏枝离婚。现在水电站建好了，乘机将他撵到所里，让他在所里与杏枝平平静静过一段夫妻生活，冷静思考一下与杏枝之间夫妻关系，思考好了，到时候用他，如果依然执迷不悟，就让他在管理所里多反思几年。他一直认为唐丰收之所以与苏敏搞男女关系，主要是苏敏骨子里的小资阶级情结在作祟，唐丰收本质是好的。

老秦说，既然张局长这么说了，我没意见。

男女关系是件见不得人的丑事，处理结果出来后，苏敏竟跑去找张局长，要求到管理所去与唐丰收在一起。因为她想反正事情出来了，何不趁机拼一下，万一得到了唐丰收，岂不美哉。张应喜狠狠瞪了她一眼，黑着脸说，这是党组决定，你必须执行，想将她呵斥开。没想到苏敏仍继续哭闹，要跟唐丰收到所里去。这时，老秦来了，见苏敏在撒泼，将桌子一拍，厉声道，党组决定，你都敢不执行，你反了你?！老秦本想可以镇住苏敏，可苏敏却扬起脖子哭着抵撞道，我今天就反了，非要跟唐丰收！见状，老秦暴躁的脾气发了，咆哮道，我叫你反！上去挥手就打苏敏。苏敏赶紧用手抱住头，张应喜一把抱住老秦，边拉开边说，算了算了。老秦指着苏敏骂道，年轻时，你就跟唐丰收勾勾搭搭，我都没吭声，现在你仍缠着他不放，你要脸不要脸?！苏敏嚷道，我就不要脸,你怎么样?!老秦冲着苏敏吼道,你不要脸,好!指着在门口看热闹的胡家斌去将唐丰收叫来,对苏敏一跺脚,叫道,我当你的面,与唐丰收问清楚,他要敢娶你这个狐狸精,我非把他脸扇肿了!见事情闹大了,胡家斌跑去将张慧娟、杨慧与朱萍喊来了。这几位苏敏的好友进来后,将苏敏拉出去了。其实,在局领导中,苏敏最怕老秦,晓得唐丰收被叫来了,老秦盛怒之下,仗着火暴脾气,苏敏知道,这事不但不能成功,唐丰收准要吃大亏。此时,苏敏也不想再闹下去,趁张慧娟等人劝说,才收敛地哭哭啼啼回去了。等苏敏走了,老秦对张应喜说,你刚才不抱住我,我非扇她几耳光,不给她点厉害,她就不死心。说得张应喜嘻嘻直笑。

唐丰收接到处理意见后,没多说什么,得知苏敏闹事差点挨了老秦打,急得喊辆手扶拖拉机,将家里的东西搬上去,带着杏枝,去了马国俊所在的第四管理所。

离开机关大院时,老秦在背后悄悄对杏枝说,到了所里,安置好了,你回去将渠生接到所里附近那所学校读书,好好陪陪唐丰收,有空,我会去看你们的。杏枝抹着眼泪点点头。

杏枝所以会来捉奸,因为透过被单上的血渍和窗户,估猜唐丰收肯定与别的女人有关系,至于这女人是谁,她也猜不准,于是就用回家去的机会有意给唐丰收一个空档,到家后,她忽然杀了个回马枪,偷偷溜进局机关大院,潜伏在他家附近。捉奸后,她气愤异常,因为她没想到唐丰收真与苏敏有关系。她断定他俩的关系并非一日了,当她得知这事闹开后,唐丰收要与自己离婚,也怕了。事情很明显,唐丰收离婚后,就会与苏敏结婚,无形中等于是将丈夫让给了苏敏。唐丰收有外遇令她痛恨,可真要与他离婚,失去唐丰收,她真舍不得,因为在她心目中的男人就是唐丰收,她不愿意失去他,也不能失去他。摆正了利害关系,她冷静了下来。局领导将唐丰收发配到所里,正是她所想的,因为这么多年来,她与唐丰收结婚后,在一起的时间太少了,她也想与唐丰收在一起过舒服日子,对唐丰收的气也逐渐消散。

马国俊所在的第四管理所在渠道边,有一排房子和一个院子,主要任务是负责管理这一段的渠道与附近那个泄洪闸。所里原来只有马国俊一人,后来又分来了一个叫郭大明的退伍军人。

接到唐丰收来所里的调令，马国俊很高兴，因为唐丰收毕竟是他与郭大霞的介绍人，他以前在唐手下干过事。他带着郭大明将一间空房子打扫干净，等手扶拖拉机到了，赶紧将唐丰收夫妻俩接了进去，当晚让烧饭的霍师傅炒了几个菜，替唐丰收接风。

杏枝回老家将渠生接过来在附近的农村学校里读书。

住定后，唐丰收对马国俊说，我是来改造的，以后我的工作由你安排。

马国俊急忙说，哪里哪里，你是我的领导，我和小郭听你的。

唐丰收还是摆正了位置，坚持说，你是所长，我听你的。

第四十八章

来到这个比寺院还寂静的地方，唐丰收陡然感到一阵轻松。初到时，唐丰收一家在食堂里吃饭，过段日子，闲着啥事也没有的杏枝在院子里和渠道附近的堤坝坡脚下的空地上，到处挖地，有的地方种菜，有的地方种了玉米、芝麻，自己开伙了，她又捉来一头猪娃养着，喂了许多鸡鸭，搞起了家庭副业。她忙碌她的，唐丰收有工作就忙工作，没有工作，就与杏枝一起搞家庭小秋收。

杏枝种地在行，她家种的菜长势茂盛，大白菜绿油油的逗人喜爱，包心菜有小脸盆大，青头萝卜如拴马桩般伫立在地里。菜多得吃不完就喂家禽，那头黑猪被她养得像头狗熊般壮实，一大群鸡鸭又肥又壮，就连她家养的那条叫赛虎的狗，也长得牛犊子似的。有时杏枝也将多余的菜，用唐丰收骑的那辆破自行车带到大桥镇去卖。唐丰收阻止她说，卖啥菜，吃不了就少种点，可她抵他道，你就是说到天边，我也不怕，不偷不抢，卖自己种的菜怕什么，不要你管。

入冬后，渠道上有几处小工程要维修，工程包给了附近的一个施工队，几天就干完了，所里清闲地将头都睡扁了也没谁说。原来，马国俊与郭大明轮流在所里值班，现在见唐丰收一家人住在所里了，他俩都高兴。郭大霞在棉织厂上班，有了孩子后，厂里给了他们一间房，所以马国俊三天两头回家。郭大明的家在县城里，也时常不来，所里时常就只有唐丰收一家人和临时请来做饭的霍师傅。霍师傅家在附近农村，以前夜里他值班，现在他也常回家，不值夜班了。

过着这种与世隔绝的神仙般生活，唐丰收觉得寂寞，可杏枝却愉悦异常，因为在这儿，她不用再饱受分居之苦，夜里抱着唐丰收想怎么睡，就怎么睡，想来几次就来几次，再也不用唉声叹气守空床，抱着枕头当擀面杖搓揉了。白天她在地里爱种啥就种啥，高兴何时回来做饭就何时做饭，就说在家里闷头睡个三日三夜也没谁说。

所里与管理局有一部专线联系的电话，被分配到这儿来了，唐丰收除了值班，一般很少接局里打来的电话，就是找他的，他也让杏枝先去接听，确实找他有事，他才接。

这天，杏枝到外面挖地去了，所里只有唐丰收独自一人，电话响了，他过去一接，竟是苏敏打来的。唐丰收问她有什么事？苏敏说，没有什么事，想你了，想问问你最近生活得怎么样？

唐丰收回答说，我在这儿生活得很好。

苏敏在电话里咯咯地笑着说，你抽空到局里来一趟吧，局里的人都在忙着评职称了，与工资挂钩呢，有了职称就加工资。

唐丰收听后回答，随他们搞，我不管这事。

苏敏劝他别与局里闹别扭了，这事是你自己的事，最好还是来看看。唐丰收对这方面的事，从来就不那么关心，嘴上说好，心里根本没当一回事。他仍在埋头钻研水电站设计与建设方面的书，依然相信自己早晚会被启用。

供水后，唐丰收将注意力转移到了工作上。跑渠道时，他发现当年填方的渠道坝有的地方渗水严重，需要进行处理，就写了报告向局里反映，可报告竟如石沉大海般没有消息。水停后，他琢磨起如何解决渠道常见的渗漏问题了。苏敏多次打电话来催他去局里搞职称，他也懒得睬。通过对渗漏的渠道进行仔细地观察，他一时也没想出好办法，有天他在水池边洗东西，东西被一块塑料布隔住了，他陡然想到，能不能在渗漏的渠道也铺上一层塑料薄膜，再填上土，然后夯实用来处理渗漏呢？他将想法与马国俊谈了。马国俊对唐丰收一直很尊重，说可以试试。唐丰收说干就干，先在渠道一处渗漏较严重的地方，将渠道内侧夯实，铺上一层塑料薄膜，再用黏土铺盖在塑料薄膜上，锤打结实了。让他高兴的是冬灌时，原本渗漏的地方不渗水了。因为那次冬灌是小流量灌溉，所以，他也没吭声，想看看春季大流量时供水的效果。

这天，张慧娟竟找到所里来了，要他别再犟了，快去局里搞职称。张慧娟比原来更白胖了，站在唐丰收面前宛如一头白象。唐丰收素来打心眼里敬重张慧娟，苏敏的话他有时可以不听，张慧娟的话，他不能不听，既然张慧娟专门跑来说这事，说明这事真的很重要，于是就跟她去了。人事科的胡家斌负责办这事，唐丰收找到他后，胡家斌说你初中还没毕业，没资格搞，因为评职称最低学历也得是初中毕业，你连初中文凭都没有。唐丰收沉默不语，胡家斌点拨他说，要不这样吧，你去原来的学校开张初中毕业证来，不然，确实不好办。唐丰收不想在这方面求人，气呼呼地出来了。老秦见他来了，在走廊上喊他，他假装没听见，扭头骑上自行车跑出了院子大门。

来到出县城的大桥头，唐丰收却见苏敏牵着莉莉站在路旁，赶紧下了车，问苏敏怎么在这儿。苏敏说，我带着女儿在等你。见人来人往的，说话不方便，唐丰收就将母女领到大桥附近那个小竹林里。

自从事情发生后，唐丰收还是头次与苏敏见面。莉莉长高了，唐丰收瞧她长得的确很像自己，心里也高兴，瞧苏敏泪汪汪的，想到他俩难割难舍的情缘以及苏敏为他付出的牺牲，眼眶中不由得溢出了泪水。得知他不打算去求人办初中毕业证，苏敏好言劝他说，没有职称，以后加钱少。唐丰收回答，无非是少拿点钱，反正现在饿不死人，就算饿死了，也是我该死。

苏敏问他看见老秦了吗？

唐丰收没吭声。

苏敏劝他说老秦毕竟是你的师傅，你去找找他，争取调回局里来。

唐丰收不耐烦地摆摆手说，算了，算了，我就在所里待着。

苏敏说，死老头子，上次要打我。

唐丰收问，他要真打了，你咋办？

苏敏笑着回答，那天顶撞他，我就准备挨打了，挨老秦打，等于挨我爸打，不算什么，我还不是怕你吃亏。

天色晚了。莉莉拉拉苏敏的衣服说她饿了，要吃饭。

苏敏对唐丰收说，你找个小旅社住一晚上吧。

透过苏敏的眼神，唐丰收明白了她的意思。想到她一直为自己守着身子，就劝她说，以后遇见合适的，你找个人吧。

苏敏竟开脸一笑，说，亏你说得出，再找人有意思吗？我现在带着莉莉生活得很好，要是你怕，那你回去吧。

好不容易见次面，唐丰收不想就这样离开了让苏敏失望，就对她说，你骑自行车将莉莉送到张慧娟那儿去，安顿好了再来，我在这等你。

苏敏笑着回答好。

苏敏带着莉莉走了。莉莉坐在自行车前面对他挥着小手直喊"唐叔叔再见"。

看着她母女俩离开的情景，唐丰收不由得感到一阵心酸。

苏敏再次来到小竹林，叫唐丰收去住旅社，唐丰收陡然想起来了，自己来时没开证明，没证明住不到旅社。苏敏看看周围，指着一处浓密的草丛，对唐丰收说，那我俩就到那儿去坐坐吧。唐丰收过去架好自行车，两人在草丛中坐了下来。

唐丰收将苏敏搂在怀里，愧疚地说，我真对不起你。

苏敏抚摸他的手回答，别这么说了，能与你在一起，我就非常满足，多在一起一次，我俩的爱情渠道就往前多挖了一截，效益就扩大了一层。见唐丰收又在为不能娶她忏悔了，苏敏忙捂住他的嘴，深情地对他说，爱情这东西确实是个魔鬼，有时我也问自己到底为何会苦苦地爱你，可问来问去，也找不到答案，总感到心中就只有你，仿佛你是我身上无法割舍的一部分……

听着苏敏对自己表白心声，唐丰收心中也有千言万语要对她说，可他不善于用言辞来倾诉衷肠，就将苏敏的身子紧紧抱着。

深秋之夜，一弯女人眉毛般细月悬挂在天幕上，草丛中的唐丰收与苏敏，宛如两株缠绕在一起的连心草般共同举头望着那钩细月……

尽管到母校去弄一张初中毕业书不是什么难事，可唐丰收还是傲着脾气没去办，将这事拖了下来。

过年了，唐丰收与杏枝回家了。大年初二下午，唐丰收想到所里没人，担忧家里的东西被偷，让杏枝与渠生在家里给亲戚拜年，提前回来了。到了所里，霍师傅果然不在。他在空旷的所里转了转，回来炒了两个菜，拿出一瓶酒独自不紧不慢地喝着，大铁门忽然被推开了。唐丰收过去一看，竟是老秦推着自行车在外面。老秦是到所里来检查值班情况的，见唐丰收在，很高兴。

唐丰收赶紧将老秦接了进来，得知他还没吃饭，就要到厨房去炒菜。老秦坐下来，指着桌子上的菜，要他拿双筷子来，说不用再炒了，他喝点酒就行了。唐丰收见老秦脸上气色不好，关心地问他的身体还好吧。老秦回答说，啥好不好的，不住院就算健康了。言毕，老秦与唐丰收端起酒盅，喝了起来。老秦告诉他说，前不久，张局长退休了。唐丰收忙问张局长退了，谁当局长？老秦回答这事由上面定，还没有消息，局里工作暂时由赵一帆主持。唐丰收说，应该由你主持才对。老秦将酒喝了下去，从包里拿出一份资料交给唐丰收，岔开了这事，与他谈起续建配套的事，说这些年国家下达的投资很少，项目报上去了也没有音讯，他多次打电话催问也没有结果。唐丰收问渠首水电站的事，老秦说水电站并网投入运行后，收入还可以，但一个水电站的收入对整个管理局来说是杯水车薪，作用不大。他又问水费计收的事，老秦摇头说难啊。唐丰收这才意识到灌区面临着艰难的困境，激动地说只有争取项目，计收水费，搞水电站建设，才有出路。老秦表情肃穆地默然着。将一盅酒喝了，他起身说要走，唐丰收拉住他，留他住一夜，但老秦说有事，执意要走。唐丰收就拿出一刀腊肉和许多鸡蛋让他带着。老秦不要，唐丰收说这些东西是家里自产的，又没花钱。老秦将腊肉放在车后，可鸡蛋不好带，没要。

老秦走了，唐丰收瞧天色尚早，拎个铁锹，来到屋后，在一块空菜地上挖起来。心想，老秦这次来看自己，说了渠系续建配套的事，说不定要起用自己了，心里很高兴。挖了一身汗，他回去烧点热水洗了个澡。夜里见霍师傅还没来，就在心里抱怨，要是自己不来，所里没人值班，小偷将所里的东西全搬走了也没人晓得。在灯下看了一会儿书，他打算上床睡觉，霍师傅这时喝得醉醺醺地从亲戚家来了，见唐丰收回来了，忙过来给他拜年，说家里有事，要回去，明天再来。唐丰收叮嘱他说，明天一定要来啊，让他回去了。

唐丰收重新将大门关好，坐在被窝里翻看老秦送来的那本资料。看得入神，忽然听见房顶上被东西打了一下，感觉不对劲，以前苏敏曾这样打过他的房子，是一种暗号。他披着衣服来到大铁门口，果然是苏敏推着自行车在外面，唐丰收就将她放了进来。

唐丰收吃惊地问苏敏，你怎么来了。

苏敏取下围巾，喝着唐丰收给她泡的热茶告诉他说，晚上在食堂吃饭，老秦请大家吃腊肉，说是你家的，张慧娟问你在家吗，老秦说你独自在所里。张慧娟过来将情况告诉了我，说她带莉莉，让我来了。

唐丰收说,你啊,真冒失,幸亏霍师傅回去了,不然,麻烦大了。

苏敏说,我想好了,所里有人,见你一面,我就回去,保证不给你添麻烦。过年看别人一家在一起团聚,我就特别想你。说着说着眼泪就出来了。

想到自己与苏敏还是几个月前在竹林中幽会了一次,唐丰收心里一阵愧疚,对着苏敏也泪汪汪的。苏敏说难得有机会在一起,我俩得珍惜。说完,她让唐丰收给她倒点热水,说要洗个脚………

第二天天麻麻亮,苏敏说自己该走了,不然所里要是来人遇见了,你又要倒霉。唐丰收说,霍师傅要来也是下午来,要她多睡会儿。苏敏还是谨慎地起来了,唐丰收执意要给她做饭吃,还给她煮了许多鸡蛋让她带回去给莉莉吃。

天,死冷死冷的,地上冻得钢板一样硬邦邦的。见不能骑自行车,唐丰收执意要送送苏敏。苏敏笑着说她的车技还可以,没要他送。唐丰收将她送到大门口,苏敏抬腿跨上自行车,还没骑走,车龙头一歪,啪嗒摔了一跤。唐丰收赶紧过去将她扶起来,劝她过一会儿再走。苏敏说化冻了,路上泥泞更难走,再次跨上自行车。等她走后,唐丰收站在所里那个高坡上,望着苏敏逐渐远去的背影,两行热泪忍不住潸然而下。苏敏的影子彻底消失了,唐丰收狠狠扇了自己一耳光,蹲下抱头大哭了起来……

杏枝带着渠生回到了所里。马国俊将放假的郭大霞也带来了,郭大明和霍师傅也来了。夜里没事,他们邀唐丰收打麻将,以前老秦对唐丰收有戒律,不准他打这玩意,见他不打,三缺一,他们让郭大霞一起打,杏枝在一边看。两天后郭大霞回去上班,学会了打麻将的杏枝上了麻将桌。

渠生开学后,因为上五年级了,唐丰收带他到公社学校去报名。学校的老师说他的户口不在当地,不收。渠生与杏枝的户口都在农村老家,也不能将渠生送回老家去读书,急得没办法,唐丰收找到了公社书记。公社书记虽认得他,说这事县里有规定他也不好破例。开学一个多月了,渠生依然没学上,杏枝在家哭哭啼啼地骂唐丰收。唐丰收也束手无策。万分焦急中,杏枝找到了局里。所里还有两个职工的孩子也面临着这样的情况,老秦觉得这是个事,找到了县里去协商解决。最后还是周县长发话了,你们单位的学生,可以设法解决,但我们那条后山支渠,你们能不能帮助解决一下。见他要交换,老秦本来想说，工程是工程，学生是学生，两码事。但念及单位职工子女迫切需要上学，就答复说，后山支渠，我们争取今年冬修时安排。周县长才笑着说，这就对了，你们方便，我们也方便。

老秦在背后嘟嘟囔囔地道，太不像话了。

赵一帆说现在就是这风气。我们也没办法。

渠生去上学了。

公社的学校较远，渠生早晚来回跑，中午在学校食堂搭伙吃饭。

灌溉供水了。

尽管没谁让唐丰收折腾填方坝渗漏的问题，可他的心一直在这事上。大流量供水后，见渗漏的地方确实不漏水了，唐丰收心里高兴极了，就将自己的试验结果告诉了马国俊。有一次刘凯来所里检查工作，唐丰收不在所里，马国俊将情况向他做了汇报。刘凯正为写论文没有资料而发愁呢，听说了后，到实地去观察了一番，将情况询问的格外仔细。马国俊也没有防备，一五一十地说了出来。

刘凯回来后，就将这种处理渗漏的方式添油加醋写成一篇论文，投给了一家杂志社。尽管这事刘凯瞒得很紧，论文发表后，顿时在局里传开，随后那篇论文又获得了科技发明奖。张慧娟赶紧打电话告诉了唐丰收，唐丰收这才明白是怎么回事了。他也没去找刘凯，还是当年的老态度，只要自己研究出来的成果能推广使用，就心满意足了。

当年评职称，刘凯晋升为工程师，唐丰收虽是干部身份，可他连助理工程师都不是。杏枝在替唐丰收拿工资时，见别人加了钱，唯独她家唐丰收没加，马国俊的工资比唐丰收还高，气得跑到局里去找老秦与赵一帆闹。老秦也一直没留心唐丰收的职称问题。发现后，从胡家斌那儿得知原因。打电话给唐丰收，催他去快搞张初中毕业证书来。唐丰收气得骂杏枝多管闲事。马国俊劝他说，秦局长叫你去办，你就去办一张吧，现在没文凭不行。

唐丰收来到了母校杨林中学，以前的老师都不在了，只有一位老事务长晓得他，说他确实是该校的学生。学校那位女校长一查档案，他初二还没读完就辍学了，如实地给他开了张肄业证明。胡家斌看后说肄业证明不管用，要他再去开。唐丰收再次找去了，校方说我们只能这样开，因为你没毕业，不能造假。唐丰收求情也没用。

唐丰收评职称的事再次被卡住。他有气只能气自己，因为他对这事一点办法也没有，一天到晚埋头抽闷烟。一到发工资，杏枝说到这事，就叨叨地骂他真是个窝囊废。

钱拿得少，挨老婆骂，唐丰收依然没闹情绪，照常工作。

有天夜里，下暴雨。渠道上正在供水，随着大量的洪水涌入渠内，必须打开泄洪闸。马国俊在院子里大声喊开闸，快起来，开泄洪闸！唐丰收应声爬起来要去，杏枝一把按住他说，又不给加班费，他们工资比你高，让他们开。

唐丰收将她一把推开，道：娘们晓得个啥？抓起手电筒，鞋也没穿，赤脚跑出去了。

暴雨仍在劈头盖脸地下着，唐丰收冒雨朝泄洪闸跑去，马国俊来到泄洪闸下，郭大明、霍师傅也随即赶到了，唐丰收问马国俊给局里打关进水闸的电话了吗？

马国俊回答没有。

唐丰收指挥他说，你快去打开闸，大明跟我先上去，霍师傅在下面用手电筒照着。马国俊跑去了。郭大明跟着他攀着钢筋扶手上到了泄洪闸的闸台上。闸台距地面三米多高的，四周也没有护栏，非常危险，风雨中，郭大明拿着开闸用的摇把，吓得双腿直抖，唐丰收将摇把插进孔眼，要郭大明与他一起摇。没摇十几圈就摇不动了。唐丰收估猜闸门准是被什么东西卡住了，下了闸台，要霍师傅用手电筒照着，自己攀着闸门检查，果然有块石头卡住了闸门的滑轮。他扒住闸门用力摇晃，随着一声轰响，石头掉进水里，因身体失去平衡，他也应声掉进水中。见他被闸门泄出来的激流冲走了，霍师傅惊叫起来。幸亏唐丰收眼疾手快，机敏地抓住岸边一簇杂草，稳住身子，要是被激流从三米多高的跌水坝冲下去了，命都难保。等霍师傅将他拉上来，就见他左腿鲜血淋淋的。霍师傅劝他回去包扎，他没睬，再次攀上闸台，突然，一道耀眼的闪电从头顶一划而过，接着就是个惊天动地的炸雷。郭大明惊恐地趴在闸台上不敢动，唐丰收大声喊他起来，他战战兢兢地说：这里太危险，雨小点再来吧？唐丰收厉声说：你怕危险就不怕渠道危险啦？闸不摇开，死，我们也死在这里，快起来摇！唐丰收临危不惧的行动，感染了郭大明。他爬起来随着唐丰收使劲摇着摇把。摇着摇着,他力不从心,想停下来喘口气。经验丰富的唐丰收叫郭大明一起高声喊毛主席语录,喊下定决心,他喊不怕牺牲,他又喊排除万难,另一个再喊争取胜利。他越喊声音越响亮,另一个的嗓门也跟着越来越大。两人完全忘记了暴雨和雷电,忘记了个人安危,只知道摇下去,摇下去……

马国俊跑来了,与霍师傅上去了。四个人轮换摇,闸门终于被提了起来。

松开摇把,唐丰收累得一屁股坐在闸台上,瘫倒了。

唐丰收的腿受伤了,一瘸一瘸到家,杏枝就骂他,叫你别去,你非要去,倒霉的事总让你碰见了。唐丰收疼得直皱眉头,躺下后,无法入眠。

第二天依然下暴雨。总干渠的进水闸关闭了,这儿的泄洪闸也打开了,也没有什么大事,因为唐丰收的腿不能走,马国俊与郭大明冒雨用板车将他拉着送到镇医院。

治了一个多星期,唐丰收才出院。马国俊到局里去给大家领工资,唐丰收让他将自己的医疗费带去报了。等马国俊从局里回来,说他的医疗费只报了百分之六十。唐丰收说,报告,我写了,我是因公负伤的,应该全报才对。马国俊回答,我也是这么对财务科的人说的,可郝科长说局里有文件规定,医疗费现在包干了,因公负伤的职工只报百分之五十,干部报百分之六十,唐丰收写的报告局里批了,要不然,还报不了这么多呢。既然局里有规定,唐丰收晓得再说也没用。杏枝晓得后,气得对唐丰收又是一顿臭骂。

下午,赵一帆坐着面包车到所里来检查泄洪情况,杏枝找到赵一帆大声嚷嚷,我家老唐半夜爬起来给公家开闸,将腿弄伤了,还要家里掏钱治疗,照这样搞,以后鬼都不会去开闸。唐丰收的条子是赵一帆批的,情况他清楚。他没理睬杏枝,而是将唐丰收叫来。瞧他的腿还没好利索,关心地问候了几句,然后对马国俊说,规定是死的,人是活的,你给他老婆开几个小工,补一点吧。

唐丰收马上说这怎么行?有规定就照规定执行,开小工是另外一说。

赵一帆给了他一支烟,说:你别固执了,你家情况特殊,照我说的办。

马国俊当即将小工的数目开了出来,让郭大明跟赵一帆的车到局财务科去拿钱。赵一帆之所以对唐丰收有这个例外,这次他明的是来检查工作的,其实是来看看唐丰收最近的表现。因为局里开了局务扩大会议,要派老秦与唐丰收到省水利厅去争取投资,唐丰收在水利厅里人缘好,别人去了不如他,所以想启用他。

赵一帆额外开小工的事,让唐丰收多少有点意外,因为以前赵一帆对自己不冷不热,在他手下工作这么多年,很少见他用小恩小惠来关爱职工,再将老秦初二过来说的话联系起来一考虑,判断赵一帆可能是想用他了。

几天后,局里那辆接送干部、职工的面包车到所里来了,司机下车后直接对唐丰收说,秦局长叫你去。在菜园里挖地的唐丰收将大锹往地里一插,拍拍手上的土,连衣服也没换就上了车。

车没有到局机关大院,而是直接开到县招待所。地区水电局的马家志局长和老秦上了车,车就直奔省城而去。这次尽管唐丰收去了,省水利厅的领导在接待上也客客气气,酒席上也热闹异常,可项目批准的问题并没有解决,具体原因马家志与老秦也弄不明白。

回来的途中,马家志问坐在他身边的唐丰收最近怎么没到他那儿去?老秦说,他现在是个倒霉的人。唐丰收与苏敏的事,马家志听说了,就对唐丰收幽默地说,这事说倒霉就倒霉,说走运也走运,像我们这样的老家伙,想走桃花运还走不到呢。

老秦笑着说,他倒霉的不止这事,

马家志问,还有什么事?

老秦说,别人都有职称,就他没有。

马家志顿时用关注的语气问,这怎么说?

老秦说,他没文凭。

马家志问唐丰收,你不是初中毕业吗?

唐丰收将自己初中肄业的情况说了出来。

马家志"哦"了一声,没再往下说了。

第四十九章

省里每年下达的投资如漏油般少得可怜，而且半天都滴不下来，主持工作的赵一帆觉得光如此求人不是个事，老秦想到了当年武总给章副省长写信要求建设灌区的事，就鼓动他也用这办法试试。赵一帆觉得光一个局的力量太小，就用老办法，发动群众。再次召开灌溉供水的会议，将受益县的分管县长请来，说明了现在面临的困境，说自已想拿竹篙子捅天。各位县长不约而同地回答，你是老大，只要能将投资捅下来，你说怎么干，我们照你说的办。赵一帆说全灌区的受益县同灌区管理局联合打报告向省政府恳求加快灌区工程的步伐，以增强四县农业的后劲。大家顿时赞同，老秦马上拿出提前起草好的联合报告，征求大家意见。联合报告被大家认可后，随即发往省政府。

这份联合报告果然得到了省政府的高度重视，省里几位主要领导人分别对联合报告做了重要批示。联合报告促成了省水利厅对龙潭灌区工程建设的批复，当年投资力度就加大了。用赵一帆的话说，这一竹篙真将银子捅下来了。

投资下来后，灌区的续建与渠系配套工程随即上马，工程建设又迎来了一个小高潮。

一辆崭新的江淮牌卡车开进了所里，老秦从车上下来了。他是来接唐丰收回局里的。

唐丰收被借调到了工程科。局里是这样考虑的，他要是好好干，以后再正式调上来，如果又出了问题，依然让他在所里待着。再说让他家在所里，杏枝可以搞一点小秋收，能减轻他家生活上的压力，渠生念书也方便。

接到调令，唐丰收就清楚了单位的用意，马国俊说要办一桌酒席庆贺一下，唐丰收觉得没这个必要。

唐丰收随车来到局机关大院，从车上下来，望见去食堂打开水的苏敏，苏敏的脚还一瘸一瘸的。那次她从所里回来，因为路滑，在一处下坡地段狠狠地摔了一跤，将腿跌坏了，一直没好利索。唐丰收是在电话里听张慧娟对他说的，多次想找个机会到局里来探望苏敏，可杏枝不许他来。苏敏看见他后，站在那儿对他微笑。唐丰收见赵一帆与老秦从办公室里出来，生怕他们看见，一头钻进工程科办公室。刘凯瞧他来了，很高兴，给他泡了杯茶。唐丰收主动向他询问分给自己的任务，因为他不想在局机关里多待，免得让苏敏在感情上再受刺激。

刘凯正要对他说话，赵一帆和老秦进来了。唐丰收赶紧站起来，老秦对他直截了当地说，走，你现在跟我到第一干渠去。赵一帆诙谐地对他说，这回，你这穆桂英又挂帅了，不干出点名堂来，我饶不了你。唐丰收回答，局里让我这个小技术员扛帅旗，是看得起我，我当然要对组织上负责。

一旁的刘凯听他这话里有话，脸顿时红了。

老秦带着唐丰收来到第一干渠指挥部里，对他交代了任务。这次渠系配套工程第一阶段的主要工作是建好第一干渠、第二干渠上县与县交汇地段的支渠，彻底解决这些地段的用水矛盾。重点有两处，一是清河县与龙山县交汇的那条枫树支渠，也就是渠生换学校名额的那条；另一条是龙山县与老鸭县的人打架的那条。这两处工程是同时建的，指挥部设在这里，考虑到距工地虽远点，局里给唐丰收配了一辆新自行车，还将一辆工程车给他调遣。他的职务是工地指挥部工程组副组长，其实，这是个临时的虚职，没加一分钱工资，只是工程上的事，他有权处理。将资料与图纸交给唐丰收，老秦就回到局里了。

搞工程，唐丰收轻车熟路。他找到覃大头，因为在折腾渠首水电站建设时，他已让覃大头组织了一个石工班子。覃大头来了，唐丰收带着他来到枫树支渠。将支渠配套的工程任务对他交代后，要他将工棚设在当年他与刘凯住的那个鸭棚里，又让他赶紧将那条便道修好，以便物资能送进来。随后，唐丰收就去了龙山县这边的乡政府，找到分管的农业副乡长李德全，要他一起将枫树村长与枫树民工组的负责人招来，共同商议渠系配套建设的事。因为这儿每年灌溉放水都与清河县那边的人闹矛盾，地方干部巴不得早日解决这问题。李德全陪着唐丰收来到枫树村村长洪财宝家，让洪财宝去将村民组组长洪小根喊来。他俩一听唐丰收是来建枫树支渠配套工程的，顿时表示大力支持。

唐丰收在工地上忙碌，杏枝在所里种地搞小秋收，渠生在学校读书。一时间，唐丰收的家很平静。渠生读初二那年执意要住校，不愿再走读，免得拎着腿来回跑。杏枝答应了他。渠生小时候读书比较聪明，初二后就贪玩了，成绩明显下降。唐丰收在外不晓得，杏枝一心扑在地里，也没空管他。有个星期六下午，渠生回来拿钱，杏枝说你爸的工资还没发，将钱给得少了点，他就在家里大闹。杏枝拿他没办法，找马国俊借几十块钱给了他，当晚他就跑到学校去了。星期三，渠生的班主任老师找到他家来，问渠生怎么不去念书。杏枝说他星期六下午就去了啊。班主任说他根本就不在学校。杏枝急了，到处找，找了两天竟毫无音讯，焦急地跑到工地来将情况对唐丰收说了。

听说渠生失踪了，唐丰收将手头的工作对覃大头交代了一下，赶紧回去找。他将所有的地方都找遍了，依然不见踪影。万般无奈中，唐丰收向当地派出所报了案。报案后，他到处张贴寻人启事，又跑到渠生在县城原来的学校寻找。

局里的人得知渠生失踪了，都替他焦急，纷纷设法帮忙找。就在唐丰收找得几乎要绝望时，大桥派出所的人给所里打电话来了，要唐丰收赶紧去。派出所的人告诉他，他儿子渠生在市里偷窃，被一家派出所抓起来了，让他去领人。闻言，唐丰收随即赶到市里，找到马家志局长，在他的带领下来到了那家派出所。

原来，渠生那天回家要了钱，到了学校就被一位叫黑皮的小青年叫走了。黑皮是街上的小混混，说带他跟便车到市里去玩，晚上就回来。渠生没到市里去过，抱着好奇心跟他坐便车去了。来到市里，黑皮带着渠生去玩游戏机。渠生玩得入迷，黑皮到街上去转了转，见那辆便车要急着回去，来不及没喊渠生，跟车跑了回来，将他丢在了市里。玩到天黑，渠生不见黑皮来，就到处找，找不到就急得直掉泪。来到汽车站想搭车回去，已经没有班车。他就躲进一个桥洞，想在桥洞里过夜，夜里，桥洞里来了几个流浪儿，发现了渠生，将他打了一顿不说，还将他身上的钱都摸去了。没钱，渠生不能回去，就在街上流浪，混了几天，他认识了一个叫小五子的流浪儿。小五子叫他偷东西卖钱，后来又带他到汽车站合伙偷窃，渠生想偷了钱自己搭车回去，结果被派出所的民警抓住。

领出渠生，马家志对唐丰收说，孩子大了，你要多关心，不能让他贪玩。唐丰收答应说对。将渠生领了回来，送到学校，学校竟劝唐丰收让渠生退学。唐丰收咬牙花了两百块钱给校长送了一份大礼，经过再三求情，学校才答应将渠生留了下来。

唐丰收去找渠生时，工程上的事交给了覃大头。十几天没到工地，回来后，唐丰收将几个工地的情况一检查，干得都还可以。套毛却在背后悄悄向他说，浇筑支渠第二个涵洞时，覃大头将仓库领来的水泥换了，用的不是公家仓库的水泥。唐丰收问同谁更换的，套毛说他不晓得。家里承包田地后，套毛没有多少事可做，又不想外出打工，就来找唐丰收要做小工。正好覃大头在组建施工队，唐丰收就让套毛进来了。听了情况，唐丰收心里一惊，因为工地上用的500号水泥，规定在局里的大仓库中统一领取，不准擅自用外面采购的水泥。覃大头真将水泥更换了，工程的质量就要受到影响。唐丰收也没有吭声，而是钻进那个涵洞里去察看。不看则已，一看，他顿时就发现涵洞用的水泥标号不对，气得浑身直抖，但他并没有急着找覃大头，因为他觉得要有充分的证据才行。他问套毛那天谁的车去拉的水泥，套毛说是枫树村的四轮拖拉机。唐丰收来到开拖拉机的人家里。开车的师傅见他来了，格外高兴。聊了一会儿，唐丰收才套他的话问拉水泥的事。瞧那师傅支支吾吾的样子，唐丰收心里便明白了。夜里，唐丰收将覃大头喊到自己住的工棚里，当他问到水泥的事时，覃大头的脸红得如关公，直说没事，没事。

唐丰收黑着脸说，你没事，可工程质量咋保证？

覃大头说，我也是想赚点钱给施工队改善伙食，没坏心。

唐丰收厉声将他呵斥了一顿，就叫覃大头走了。因为他考虑这事既然出现了，得考虑一下对策，否则被局里发现，他也逃不脱干系，所以没有张扬。有天晚上他回家，发现家里多了辆崭新的自行车，就问哪儿来的？杏枝乐颠颠地说是覃大头夜里送来给渠生上学用的。这一夜，唐丰收没睡好，家里正好缺辆自行车，有了新自行车，渠生上学就不用住宿了，家里也能管他，让他好好学习，但覃大头这样做显然是在封他的嘴。既然工程质量存在猫腻，他是工地负责人，再说水泥是用来做涵洞的，一般情况是不会被发现的。可涵洞应该保证质量，质量不行，会影响使用寿命，组织上信任自己，将权力交给了他，如果隐瞒不说，虽不会有人知道，可他感到良心上愧对组织、愧对工程。这事怎么办呢？直接向老秦汇报，覃大头对老秦有恩，说了，老秦肯定会责备覃大头，准要返工，事情等于张扬了出去，自己肯定会受牵连。想来想去，他一夜也没拿定主意。

渠生见家里有新自行车，要骑着去上学，唐丰收阻拦说这自行车要还给覃大头。杏枝指着他说，他在你手下干活挣钱，送辆自行车算什么，硬要渠生骑走了。唐丰收再阻止，杏枝就与他争吵。唐丰收气得连早饭也没有吃，跑到工地上去了。

看见覃大头，唐丰收心里就有一股说不出的滋味。犹豫再三，他还是决定将这事单独向老秦汇报，看看他的意见。老秦坐着局里的面包车到工地来了，唐丰收单独领着他察看涵洞时，见没有其他人，将这事说了出来。老秦听后很震惊，又将涵洞慎重地查看了一番，蹲在那儿叫唐丰收去将覃大头喊来。覃大头来了，见老秦在那儿阴着脸，预感情况不妙，赶紧掏出烟敬了一支，摸出打火机给老秦点着。老秦喷口烟问他家里还好吗？覃大头说秀兰在家带孩子，自己在这儿搞点小工程，日子过得比以前好多了。

老秦又问道，家里是不是遇见啥困难了？

覃大头说，暂时没啥困难。

老秦从口袋里摸出皮夹子，掏出几张百元大票递给他说，这点钱，你先拿回去用。

覃大头赶紧推开他那拿钱的手说：我家真没困难。

老秦将钱往他口袋里一塞，说：你别瞒我了，有困难就说一声，我会帮你的，

覃大头随即将钱掏出来，要还给老秦。老秦忙按住他的手，不许他再啰唆。然后指着涵洞问他用的是多少号水泥？覃大头看着唐丰收，瞧唐丰收一脸严肃，覃大头晓得老秦的性格，只好红着脸承认做错了。老秦问他换了多少，他回答说就换了一车。老秦马上目光寒寒地盯着他。覃大头直哆嗦地说

真就一车，两吨，还从包里掏出那次从仓库提水泥出货单给他看。

老秦问他从中赚了多少钱。

覃大头支支吾吾答道，800多。

老秦挖了他一眼，指着涵洞说，你现在就将这涵洞撤了，用500号水泥重做。以后要是再敢偷工减料，我饶不了你。

覃大头连连说好。

老秦看了唐丰收一眼，唐丰收马上掏出两百元递给覃大头说，这是买自行车的钱。覃大头说不要。老秦呵斥他道，你不要，拿啥去买水泥？将钱从唐丰收手里一把夺过来往他手中一塞。覃大头这时脸红得比挨了打还厉害，转身就要去喊人来拆除涵洞。老秦喊住他严肃地叮嘱道，别人要是问起这事，你就说质量不过关，唐技术员让你返工的，调换水泥的事，天王老子也不许说。

覃大头连连点头说晓得晓得。

发现了这问题后，老秦告诫唐丰收说，现在人们搞工程不像以前那么认真，我们应该时时刻刻提防，千万不能麻痹大意，影响工程质量。要他将这次负责的工程仔细查一下，一旦发现问题，直接向他汇报，绝不轻饶。唐丰收答应了。

老秦回去，当晚就病倒了。

事情是张慧娟发现的，那天她上班后，去找老秦办事。老秦不在办公室，找到他家，却见他躺在床上，床面前摆个痰盂。瞧老秦一副病快快的样子，张慧娟喊声秦局长，本来打算将资料让他签字，可朝痰盂里一望，她惊讶地哎呀一叫，吓得朝后一退，因为她看见痰盂里有许多血。她赶紧问，秦局长，你吐了这么多血，咋不去医院？老秦用微弱的声音对她说，你去把赵局长喊来。张慧娟应声去将赵一帆喊来了。

赵一帆来了后，马上派张慧娟去喊几个人来，将老秦送到了医院。因为老秦病情检查结果还没出来，住院要人照顾，老秦对赵一帆说，你去把唐丰收叫来，让杏枝来。

赵一帆因要急着去开会，就让张慧娟在医院暂时照顾一下老秦。回到办公室，他就给唐丰收打了电话。

接到电话，唐丰收及时赶来了。

见到唐丰收，在吊水的老秦问了问工地上的情况，说自己老毛病又犯了，让他将杏枝叫来照顾自己几天。傍晚，杏枝来了。见老秦昏迷不醒，病得很重，夫妻俩守候在老秦病床前。半夜，老秦醒了，让唐丰收架着他去卫生间解了小便，瞧杏枝匍在病床旁睡着了，就叫唐丰收搅了杯白糖水给他喝。喝了白糖水，老秦的精神好了点。这时杏枝醒了，揉揉眼，说要冲鸡蛋花给老秦喝。老秦忽然对唐丰收与杏枝说，你俩都跪下。唐丰收一愣，不知为何。既然师傅叫跪，唐丰收就跪下了，杏枝也跪在了病床前。老秦轻声对唐丰收说，你与杏枝的婚事，是我做的主，可能对你的情感有伤害，但这个婚，无论如何，你都得维持下去，绝不能离！

唐丰收点点头。

老秦叹息了一声，对他交代说，我死后，你将我的骨灰全撒到渠道里。

唐丰收一把捉住老秦的手说，师傅，别瞎说了，你是老毛病，过几天自然会好。

杏枝也说，秦局长，你是病昏头了。

老秦让杏枝起来了，依然对跪在面前的唐丰收说，你跟我这么多年，我也没啥值钱的东西留给你，我的哪些书与资料，都送给你。记住，我房间办公桌第二抽屉中那个黑色笔记本中有重要资料，以后肯定对灌区的建设与发展有用，你要好好保管。武总与我这辈子最大的欣慰就是将灌区工程建设起来了，可是……说到这，老秦又急剧地咳着。杏枝赶紧替他拍背，唐丰收要爬起来，可老秦摇手阻止了，接着对他说，你……你……以后……老秦随着嘴唇不停地哆嗦，周身直颤抖，说不出话了。唐丰收见老秦情况不好，爬起来跑到护士值班室，将值班医生喊来了。医生急忙叫来护士，赶紧对老秦进行抢救。

杏枝在一旁吓得嘤嘤地哭着……

见医生从病房出来了，唐丰收悄悄问医生，秦局长到底是什么病？医生这才告诉他，老秦患的是肝癌，已到晚期了，怕不行了。闻言，唐丰收眼里泪水顿时如断了线的珍珠般直往下掉……

老秦要对唐丰收说的话一直没说出来，因为此后他再也没有张口说话了。虽经医生竭力抢救，两天后，一直处于昏迷状态的老秦病逝了……

在给老秦开追悼会时，一个联名送的大花圈，引起了人们的注意，因为花圈上为首的是郝仁俊，下面几十位工程技术人员都是他们学校的校友。按老秦的临终遗言，将老秦的遗体火化后，唐丰收捧着老秦的骨灰盒，在全局职工的陪同下，沿渠道撒骨灰，专门赶来送老秦的张应喜一直陪在唐丰收身边。来到渠首进水闸，张慧娟与苏敏两人一身黑色衣服，佩戴着白花，捧着一个用红布盖着的托盘，托盘上放着老秦的骨灰盒。张应喜站在中间打开骨灰盒的盖子，唐丰收站在进水闸的闸坝上，用一把不锈钢勺子从骨灰盒中挖了一点骨灰，对着骨灰盒说，师傅，现在到进水闸了，你再看看这儿吧。流着泪水将骨灰撒进闸下的水中……

渠水清清，渠水悠悠。融化了老秦的骨灰，渠水向下游流淌而去。

沿渠的群众听说灌区管理局秦局长的骨灰要撒在渠道中，纷纷自发地赶来相送，哭声一片。

来到咽喉渡槽，唐丰收从骨灰盒中又挖了点骨灰，流着泪说，师傅，到咽喉渡槽了……

来到杨泗庙渠道，唐丰收说，师傅，到杨泗庙了……

黄铁林、王财东等附近的老百姓跑来一大群，跪在渠道上送老秦。

覃大头夫妻俩抱着老秦的骨灰盒哭得死去活来……

在南干渠的入水口，骨灰撒完了。唐丰收与张应喜等人默默望着老秦的骨灰融化在清水中，再次对渠道中的水鞠躬致礼。

水流到田地里，与一位水利人的灵魂一起浇灌着土地，滋润着庄稼茁壮成长！

撒完骨灰，唐丰收带着渠生在武总的衣冠冢旁，为老秦挖了个墓穴，将骨灰盒安葬。圆好坟墓，他指着老秦墓旁边那个空地方对渠生交代说，我死了，你也给我在你秦爷爷墓旁挖个衣冠冢。说罢，唐丰收对着老秦的墓一跪，又放声大哭起来……

第五十章

老秦死了,负责灌区工程建设主要的技术台柱子倒了,替老秦办完了丧事,赵一帆也到了退休年龄。面对龙潭灌区领导层一时间出现的特殊变化,市水电局马家志局长亲自赶来兼任局长,副局长位子空在那儿。

赵一帆退休后,地委将周谷仓调来当了局长。

周谷仓胖胖的,个头不高,身上洋溢着一股质朴实干的精神。他来到市水电局报到,进行工作移交时,马家志局长告诫他说,灌区管理局当下主要是四个轮子:一是灌溉放水;二是工程基建;三是水费征收;四是发展小水电事业。你要将这四个轮子都玩转喽,去了后先找一下唐丰收,唐丰收是灌区的活资料,具体情况他熟悉。

上任后,周谷仓带着刘凯骑着自行车来到工地找到唐丰收,因为有一条支渠的配套建设还在施工。唐丰收见新上任的周局长是当年李副主任的秘书小周,一把将他的手紧紧握着,连连说欢迎、欢迎。周谷仓随即让唐丰收单独带他去查看工地上的情况。在工地上吃了晚饭,他让刘凯回去,自己留了下来。夜里,在唐丰收临时住的房间,他关起门与唐丰收彻夜长谈。

翌日一清早,周谷仓骑着自行车回了局里。望着周局长远去的背影,唐丰收的心情一阵激动,新来的周局长上任后就来找自己谈心,等于放出了一个信号,他肯定要重用自己了。昨晚,他将自己对灌区工程的情况如实地向他做了汇报,并对今后一段时间发展方向做了分析。他的许多意见与建议,周谷仓都在小本子上记下了。

随着渠系配套工程的建设,灌溉供水后,用水纠纷矛盾集中的那几条支渠,抢水与争水的问题解决了。当年灌溉,没有发生用水纠纷,周谷仓很高兴,说今年水费应该好收。在开会研究水费征收时,按省、市文件规定,根据别的灌区经验，管理局实行水费征收改革，决定采取基本水费与计量水费合并征收的办法来收。因为在向唐丰收了解情况时，这主意是唐丰收向他出的，说老秦研究过其他灌区的资料，说如此收水费合理切实可行。

C 行署改为市了。分管 C 市农业的罗副市长兼任灌区委员会主任，他到龙山县来召开灌区管委会会议了。这次会议的重点是落实基本水费与计量水费合并征收的，焦点聚在受益面积上，因为计量水费是活数，不好争，而基本水费是按有效灌溉面积来收的，就可争了。原来的基数显然过时了，定新基数时，四位县长毫不相让，叽里呱啦地据理力争，因为按照新的文件规定，每亩应交的水费翻了两倍多，当然得重视。灌区管理局为难了，有效灌溉面积具体是多少，谁也没有实地测量过，也无法测量出来。周谷仓预料会出现这种情况，提前做了充分准备。在激烈的争吵中，他按唐丰收给他支的招，提出了一个大方案，按干渠以下支渠的设计灌溉面积来算。因为随着配套建设的落实与完善，支渠几乎都发挥效益了，有的支渠在实际灌溉中超过了规划设计面积。他将方案一提出，清河县的马县长接着他的话就说，我们县有两条支渠没挖。槐树县的杨县长退休了，新县长林志强也附和着说我们也有几条支渠没挖。他俩提出的问题，周谷仓提前做了研究。他指着工程布置图对他俩说，你们县没挖的支渠图上有标记，问题提出来就可以了，计算时，我们会考虑的。

罗副市长问大家还有什么意见？

四位县长埋头不吭声了。罗副市长对周谷仓递了个眼色，本来各县的分管县长当周谷仓才上任不久，对灌区情况不那么熟悉，没料到他老兄居然当场将各县的受益面积一口气报了出来。四位县长先是在心中暗暗吃惊，随后就炸开了锅，纷纷不同意，并各说各的理。罗副市长晓得吵来吵去吵不出名堂，将笔记本一合，拍板说，同意也好，不同意也罢，就这么定了，有问题以后再协调解决。然后要求将会议纪要用文件方式下发。

新的水费征收办法原则上定了，可具体到收钱，光打雷不下雨不行，周谷仓召开了水费征收专题办公会，组织工作队下去收水费。工作队分两个小组，清河县与龙山县这个组由刘凯带队，槐树县与老鸭县这个组由郝仁俊带队。周谷仓点名唐丰收分在刘凯这个组。

唐丰收接到通知就从所里赶到局里了。刘凯将他安排在局招待所里暂住,准备过两天下去。

局招待所里住着才分来的五位学生。两位大学毕业生,戴眼镜的那位叫吴志豪,另一位叫晋长江;另外三位是省水利学校大专毕业的,一位叫徐基友,一位叫杜文盛,还有一位女生叫汪欢畅。唐丰收与他们认识后,对这批新生力量不由感到很高兴。因为他知道灌区当下正缺他们这样的技术人才。交谈时,他得知吴志豪与徐基友分在第一干渠的第二管理所,晋长江与杜文盛分在第二干渠的第三管理所,汪欢畅是女生,被照顾分在局基建办公室。第二天,唐丰收见自己没啥事,将他们四人送到所里了。

当晚,开局党组会议,几位科长参加了。唐丰收没有职务,因而没有他的事。他在招待所里躺在床上看电视,听见后窗户被什么东西打了下,他马上意识到是苏敏发暗号了,悄悄溜了出来。见面后,苏敏指指远处后,迅速离开了。唐丰收心领神会地来到附近的果园。果园里一片寂静,月色很好,梨花正开得茂盛,一片芬芳。苏敏来了,一把抱住唐丰收。相互亲热后,苏敏说我明天也下去。

唐丰收问,莉莉上学怎么办呢?

苏敏说张慧娟这次不去,我与她说好了,让她帮忙带一下。

唐丰收说,那好。

苏敏又对唐丰收说,昨天莉莉找她要爸爸,说别人家的孩子欺负她说她没爸,她回答莉莉说你爸死了,莉莉不相信,问她爸是不是在淮北,要是在,她要去看看。她说不在,莉莉哭了,哭得好伤心。担忧莉莉越来越大了,对父爱的要求越来越强烈,问唐丰收怎么办。唐丰收也不晓得这事该怎么对莉莉说,长长叹了口气。苏敏体谅这事说多了不好,就岔开这话,告诉唐丰收,张慧娟的丈夫李贺春已转业,安排在县供销社工作。唐丰收说,好啊,他夫妻俩分居问题总算解决了。苏敏说,真羡慕她夫妻团聚了。唐丰收听她这么说,忙将她搂在怀里。苏敏喘口气说,女人啊,就怕嫁错了郎,随后便与唐丰收热吻起来,说她嫁错了也不后悔,因为她毕竟达到了自己的目的,她可能就是这么个苦命人。唐丰收感激地将她搂得更紧了。苏敏说我们回去吧,明天还要下去呢,一会儿刘凯找你找不到,准会着急,等回来后,我俩再找机会聚一次。

唐丰收答应了她。

回到招待所,刘凯果然在等他,问他到哪去了。唐丰收说到马国俊家去看了看,刘凯说我当你去看电影了呢。唐丰收说我哪有那份闲心啊。刘凯给了他一支烟说,我来与你商量一下明天下去的事……

刘凯接到任务,心里清楚,这次让他与郝仁俊同时带队下去,显然是为副局长的人选做初步考察。这么大个灌区,周局长当然不能唱独角戏,老秦去世后,局里副局长的位子一直空着,组织上不派人来,就意味着要在本局内产生。他是马家志局长的部下,在市里有优势,可郝仁俊有亲戚在市里工作,后台比他更硬。这次派他俩都当工作组组长,显然是在进行能力测试。他知道唐丰收业务底子厚实,人脉旺,所以,周局长将唐丰收放在他的小组,显然是将副局长的天平倾向了他,他必须在这次水费征收中充分依靠唐丰收,发挥他的作用,显出自己的能力,为争取副局长的职位奠定基础。

刘凯带着唐丰收等人坐面包车去了清河县。

清河县是灌区受益面积最大的县,上次收水费就是从他们这儿破口子的,这次刘凯也希望能从这儿打开局面。他们找到马县长,马县长虽是个厚道的人,可在这问题上,鉴于上次的经验,也学精了,因为他们县的水费每年毕竟有好几十万,对他们这个完全依靠农业来支撑经济发展的县来说是个大秤砣。马县长表面上热情接待了他们,可在会议上却使出了磨嘴皮子的功夫,该说的好话,说得油光水亮,一触及钱,他就嗯嗯啊啊地打太极拳了。泡了一上午,工作也没有实质性的进展。中午吃饭前,马县长喊住唐丰收,问道,唐工,你最近怎么啦?因为他也听说他最近出了事。唐丰收苦笑笑说,没什么,日子过得还凑合吧。马县长低声对他说,你是我们县的人,有困难对我说一声,我会竭力帮你的。唐丰收想了想说,我的职称问题一直还没解决,我家属常为这事与我闹。马县长惊讶地问你的职称怎么啦?不是工程师吗?唐丰收说,屁工程师,我连个助理都不是。马县长追问,这是咋回事?问题出在哪儿?在家乡领导面前,唐丰收倾诉了自己的苦衷。马县长一笑,指着他说,你啊你,真是活人被尿憋死了,你找我啊,不就是张毕业证书嘛,你说,要初中的还是要高中的,我立马给你解决。唐丰收摸着脖子尴尬地说,实事求是,我要个初中文凭。

马县长将他拉到自己的办公室，拿起电话，找到唐丰收的母校杨林中学，对那位女校长说，你们学校很早以前有位叫唐丰收的学生吧，你给他开张毕业证书来。那位女校长在电话里回答，她记得有这事，上次他来找过，可我们查了档案，他初中没毕业。马县长说，什么毕业不毕业的，叫你给他开张毕业证明，你开就是了，下午你亲自给我送来。

有人来喊马县长吃饭了。他带着唐丰收出了办公室，边走边对他说，你的事，办好了，下午就把毕业证明给你。唐丰收感激地说谢谢县长，马县长也没再说什么，进了招待所餐厅就与刘斌他们吃饭。

下午，会议室内烟雾腾腾的，进入到了关键阶段，马县长就在受益面积上做起文章，说他们县实际灌溉面积没那么多。刘凯顿时争道，实际灌溉面积，你们县不止这么多，支渠配套建设后，你们灌区所有的支渠都发挥效益了，后来你们县挖了两条支渠，面积还没算。马县长见刘凯下手了，马上抓住这问题争执道，怎么没算？不信，你问小唐，说着将目光盯着唐丰收。唐丰收心里清楚，那次报数字，后来挖得那两条支渠的面积，确实没包括在内，刘凯对这事不清楚，刘凯提出这事无非是想将马县长的军，逼他就范。刘凯也将目光看着唐丰收，他只要开口说没统计，这一笔去年的水费就不会收了。这时杨林中学那位女校长进来了，将一个信封交给马县长就出去了。马县长从信封中抽出那张证明看了看，对唐丰收举了举。唐丰收见毕业证明即将到手了，这才明白马县长为何要亲自替自己办这事。可不说实际情况，势必会给这次水费征收工作带来被动，接下来的工作就不好做。抽了几口烟，他说，统计没有统计，是他们管理所报的，具体情况我也不记得了。这话显然是将皮球踢给了马县长。刘凯不满地扫了他一眼。唐丰收又对马县长说，你问一下你们管理所的朱所长吧。刘凯见这事被卡住了，注视着马县长，马县长乘机说，既然这样，晚上，请你们看电影，明天我陪你们到所里去调查，有账算不赊。

散会后，刘凯找到唐丰收，问那两条支渠的面积到底统计了没有？唐丰收轻声回答，没有。刘凯指着他说，没有就没有，你当时怎么不说清楚。唐丰收微笑着对他说，明天下去，让朱所长说，更有说服力，我们是来收水费的，到时候我再与朱所长打嘴官司，如果这时对马县长说了，他肯定会与你顶牛，弄僵了，事情更难办。刘凯想想，觉得他说的话对，暗暗钦佩唐丰收做工作越来越成熟。当晚,工作队的人高高兴兴去看电影了。马县长作陪时,悄悄将毕业证明给了唐丰收,对他说,明天,你一定要为家乡讲话,唐丰收笑着回答,一定,一定。

第二天,刘凯与马县长一行人来到住址在麦家镇的清河县灌区管理所。尽管马县长事先给朱所长打了电话,朱所长也做了准备,可谈及这问题时,唐丰收与他唇枪舌剑,指出这两条支渠的面积没算,朱所长急得搬出支渠配套的资料来核对,结果还是唐丰收说得对。马县长不吭声了,因为他们扯皮的理由被唐丰收驳倒了。唐丰收又刀切豆腐两面光地向着马县长,对刘凯说,那两条支渠才投入使用,不如这样,去年的水费不纳入计算,从今年开始吧。刘凯晓得唐丰收这是在给马县长下台阶,爽快地对马县长说,那我们就让一步,唐哥,你带他们几个与管理所算一下水费,我与马县长下盘棋。马县长也觉得这样处理很理想,将烟蒂一丢,对刘凯说,下就下,非杀你个片甲不留!

刘凯又带着工作组来到了龙山县,龙山县的面积是原来指挥部里有的,不用扯皮,水费很快就落实了。

刘凯这边的工作做好了,回到局里,郝仁俊那个工作组的人马也打道回府。可槐树县与老鸭县的水费征收卡住了,原因依然是受益面积,因为槐树县的受益面积有过几次反复,林县长坚决反对用支渠规划设计面积计算,郝仁俊不想空手而归,就做了妥协让步,随随便便弄了个数字,老鸭县的情况也如此。

唐丰收回来的当晚,去厕所时,遇见了苏敏,悄悄对她说自己的毕业证明弄到了。苏敏欣喜地说,有了文凭,你就可以当工程师了,想了想,又说,胡家斌不是个东西,要提防他搞鬼,你最好找一下市里的马局长。唐丰收问找马局长干什么?苏敏说,马局长是职称评委会主任,你找他帮你说话,这事才有把握。唐丰收觉得她说得对,正要与她说什么,见胡家斌过来了,两人忙分开了。

在局办公会上,周谷仓听取刘凯与郝仁俊的汇报后,发现郝仁俊核实的受益面积比支渠配套的少,追问是怎么回事?郝仁俊解释说,支渠配套的效益面积包含槐树县两座小水库的灌溉面积,不是龙潭灌区在槐树县的效益面积。周谷仓当时也没表态,散会后,他单独找到唐丰收,询问这事。唐丰收晓得郝仁俊这次获取的数字有猫腻,指出来吧,事情传开后,郝仁俊会恨他一个洞,槐树县的林县长也得罪了;不说吧,采用这个面积,灌区管理局每年要少收一笔水费低头嗯嗯了几声,才慎重地对周谷仓说,郝科长核实面积的来源交代不清,我觉得有必要组织人去复核一下,因为槐树县境内龙潭灌区与他们本县小水库确实存在着交叉灌溉的情况。周谷仓深知收水费的长期性,受益面积一定要校核准确,同意了唐丰收提出的复核意见。

复核的事,周谷仓是在小会上做出决定的。会上,郝仁俊也表示赞同,可这样做等于给他的脸上扇了一记不轻不重的耳光。他估计这一定是唐丰收的主意,在心里对他越发记恨,因为一旦复核出了问题,势必会影响到他提拔副局长。为了能使这次复核不出现意外,散会后他就给林县长打电话,要他做好准备。

周谷仓带着郝仁俊、刘凯等人上车准备去槐树县时,他才让刘凯去喊唐丰收,唐丰收晓得这次自己去了,肯定不受欢迎,就对刘凯说,还是你们当领导的去吧,我去了说不出个所以然来。刘凯过来将他的话向周谷仓汇报了。周谷仓亲自找到唐丰收,也没多说什么话,对他使了一个让他走的眼神,唐丰收上了车。

一行人来到槐树县,负责接待的林县长见到唐丰收,果然对他很冷落。下午,开会商谈时,林县长对本县的水利局谷局长说,你先说说。谷局长拿出一张本县水利工程布置图,对周谷仓解释道,你们管理局统计的支渠配套效益面积,包含了我们县九龙水库的,当时你们没说清楚,我们才那么报的,这次理所当然要剔除。周谷仓将那张工程布置图望了望,对坐在会场一角的唐丰收招招手,要他过来看看。唐丰收通过郝仁俊核实的面积,早料到郝仁俊与林县长用的是这一招,他过来用目光将图扫了扫,对谷局长说,就按你说的,九龙水库的灌溉面积算进去了,这个水库的灌溉面积还不到两万亩,而你们县统计的我们龙潭灌区的实际收益面积,扣掉这两万亩,也比支渠配套后的效益面积少。再说,据我所知,你们县的这两万亩,有三分之一是用我们渠道的水灌溉的。他这话一出口,谷局长顿时将桌子一拍,指着唐丰收说,你这话怎么说?唐丰收从包里掏出一张工程布置图,展开后,对谷局长说,这是我最近绘制的你们县的收益面积图,我们灌区规划设计的支渠,去年,百分之九十都投入使用见了效益，现在撇开九龙水库这一块不算，你自己看看，你们县灌溉面积有多大？林县长面对着那图不吭声了。唐丰收接着指着图上的支渠，一边报设计灌溉面积，一边用计算器按着数字，将所有的支渠设计灌溉面积报了出来，他将计算器递给谷局长，对他说，你自己看看面积有多大？

谷局长仍犟着说九龙水库的两万亩没用龙潭灌区的水。

唐丰收指着图上九龙水库的三条支渠说，去年冬修时，你们将这三条支渠延伸了好几百米，按高程，九龙水库的水根本无法灌溉，你们是用我们灌区的水提灌的，这一片效益面积还没统计在内呢，谷局长，我没说错吧？

谷局长哑巴了。

林县长看了郝仁俊一眼，郝仁俊马上说，腊马和朱树坪两条支渠没达到设计标准，效益面积不准。唐丰收一听这话，晓得他是想在小节上扯皮，接住他的话说，不错，这两条支渠确实没达到设计效益面积，可从你们灌区的支渠实际效益面积来计算，比规划设计面积绝不会少。

会场顿时寂静了下来。

唐丰收想了想，将脸对着林县长说，你们县农业需要用水，龙潭灌区管理局理应大力支持。这样吧，你们九龙水库那三条渠道延伸后，在我们渠道中提灌用水，我建议你们给我们报个项目，将渠道贯通，采取自流灌溉。言毕，他将目光注视着周谷仓，因为这事要局长拍板才行，周谷仓笑着幽默地问林县长：受益面积嘛，按规划设计的数字算。等这三条渠道贯通了，我们两年内不收水费，将这块肉送给你，咋样？

既然唐丰收将灌区的收益面积说得有理有据，再僵持下去，对他们县更不利，林县长也笑着回答，吃肉也好，喝汤也罢，反正我们是在替老百姓谋利益。他对着谷局长说，你尽快将项目弄出来，那三条渠道争取在今年冬修时贯通。谷局长答复说好。

槐树县灌溉面积复核工作就这么完成了。

五月中旬，在每年一度的灌区管委会主任扩大会议上，龙潭灌区的水费征收面积得到了确定。当年收的水费超过了一百万。

春灌开始了。这天下午有个老头跑到工程科来了。刘凯问那老头干啥，老头说找郝技术员，刘凯将郝仁俊喊来了。郝仁俊看了好一会儿才想起，老头子是杨泗庙附近的王财东。郝仁俊问他找自己有啥事？老王哭丧着脸说他家没水插田秧，急得要死，求郝技术员快去救救他。郝仁俊用手指着刘凯，对老王说，这是工程科的刘科长，放水的事，你找他。说罢，溜了。老王又盯着刘凯说田放不到水，无法插秧。刘凯问清他是哪个屋场后，说，正在灌溉啊，你们那有水啊？老王说，土地承包后，屋场原来的放水沟被挖断了，他家田里放不到水了。刘凯耸耸肩说，你家田放不到水，自己想办法，跑来找我们管屁用。老头粗着嗓子说，你们灌区的人在我们那儿指挥挖沟，本来应该往西挖的，可你们却叫往东拐了，没规划好，不找你们找谁？刘凯问谁指挥的？老王说郝技术员啊。刘凯推诿道，郝技术员指挥的，你找他。老王嚷嚷道，他叫我找你，你是科长，你不能不问这事啊。刘凯也粗着嗓门说，沟是谁挖断的，你找谁。老头口喷白沫地争辩说，当初你们不往东拐，沟现在就不会被挖断了，当然找你们。他一屁股坐在地上，说不处理好，就赖在这儿不走，夜里就睡在这儿。刘凯拿老头没办法，领他去找周谷仓。找到周谷仓，得知他是局长，老王朝他扑通一跪，连连喊救命。周谷仓一把将老王拉起来，问清原委，体恤地对刘凯说，农民现在急着用水插秧，能想办法，就想想办法吧，不是逼急了，他也不会来找我们。隔壁人事科办公室的胡家斌送一份文件过来，插了句嘴，可以用抽水机抽啊。周谷仓想起仓库中有几台抽水机，就对刘凯说，胡科长说得对，借一台抽水机给老王，解决他的燃眉之急。刘凯见局长发话了，叫老王打了借条，用局里的车将抽水机送去了。周谷仓还打电话派唐丰收去替老王安装。唐丰收见到了老王，笑着说，你老兄的架子真不小，居然叫我们局长亲自替你办事。老王这才诡谲地笑着说，现在办事，不耍赖不行啊，我也是被逼上梁山了。老王喊来儿子、女婿给唐丰收打下手。安装的空隙，唐丰收问老王当初怎么没将金巧嫁给套毛？老王抽着黄烟回答，还不是为了要给儿子换亲，其实套毛那孩子，我也挺喜欢的。唐丰收问换了吗？老王笑眯眯地回答，当然换了，不然，我现在哪有儿媳妇呢，直叹息委屈了金巧。唐丰收将抽水机安装好了，老王特意杀了只鸡款待唐丰收，说他真是好人。

老王家如愿地有水插秧了。胡家斌将这事写了篇通讯稿，赞誉灌区管理局支援农民抗旱搞春耕大生产，几天后这则通讯在《中国水利报》上刊登了，周谷仓看见了，心里乐滋滋的。

赵一帆的儿子考取了大学。

赵一帆退休后，很快就被人们冷落了。他想利用这机会为自己挽回一点面子，暗中找到胡家斌，胡家斌连忙张罗着到各办公室去收礼，筹办喜宴庆贺。唐丰收因为在工地上不晓得这事，没送礼。喜酒喝得很热闹，等唐丰收回来晓得了这事，也没放在心里。有天他遇见了赵一帆，与他打招呼，赵一帆的脸乌青乌青的，看都没看他一眼。从张慧娟那儿得知了内情，唐丰收直后悔自己太大意了。

第五十一章

灌区灌溉面积的确定唐丰收功不可没，由此，周谷仓将他从所里调到局机关来了，但一时未定他的职务。杏枝仍想待在所里搞她的小秋收，不想上来。周谷仓为了能使唐丰收安心工作，将杏枝调上来安排在局机关食堂里当临时工。唐丰收原来住的那间房子被汪欢畅住了，一时没房子，他家就住在大门口的一间披屋里，好在唐丰收不计较这些。

槐树县灌溉面积的确定，郝仁俊晓得周谷仓对他有看法，担心这事会影响到他提副局长。他得知选拔业务副局长有技术干部投票的程序，暗中找到杨惠，叫她帮忙。杨惠毕业的学校是郝仁俊母校的前身，他之所以选杨惠，一来平时他俩接触少，不引人注目；二来杨惠是女的，人际关系好，人脉旺；三来当“造反派”时，杨惠是同他一派的。杨惠在暗中替他积极活动。在无记名投票时，郝仁俊获得了百分之七十的选票。周谷仓颇感意外，暗中询问唐丰收是怎么回事？唐丰收告诉他说，参加投票的技术干部，有一大半是郝仁俊他们学校的，说出了老秦去世时联名送花圈的事，提醒周谷仓注意这股帮派势力。周谷仓也没作声。

第一轮灌溉放水结束，副局长批文下来了，让全局职工都意外的是，刘凯与郝仁俊同时被提拔为副局长了，还调来一位叫任华礼的副局长。局党组分工时，刘凯分管工程，郝仁俊分管基建，任华礼分管财务和器材，胡家斌也如愿成了局党组成员。

两个科长被提拔了，位子空出来了，选拔工程科长时，周谷仓局长想让唐丰收担任。征求意见时，任华礼初来乍到，不熟悉情况，没表态，刘凯与郝仁俊却不约而同地建议让周杰当，一致同意唐丰收官复原职，仍当综合科科长。因为他俩都心怀鬼胎，周杰原是工程科副科长，技术一般，让唐丰收当工程科科长，他俩都不好驾驭，会影响到副局长的威信。周谷仓考虑到小水电工作是灌区一个支柱性产业，要继续发展，而唐丰收有过承建渠首水电站的经验，同意了。

上任后，唐丰收找到周谷仓局长说，现在水费征收这一块弄好了，原来计划的甜水电站可以申报项目，可以上马了。周谷仓感到这建议正中下怀，就让他将规划设计书拿来看看。甜水电站的规划设计书，在老秦的手中就起草完毕了，唐丰收去拿来了。周谷仓审阅后，觉得可以作为项目申报，就让唐丰收准备项目报告。

杏枝是个闲不住的人，将住的披屋一面墙的窗户扩大，开了爿小杂货店，边在食堂干杂工，边做起小生意。

又到评职称的时候，唐丰收将毕业证书与材料报给了胡家斌，申报的是工程师。苏敏事先对他说了，像他这种没有助理工程师资格的人，可以破格申报工程师。唐丰收说怕要一步步走，苏敏怂恿他说，当助理工程师，你一分钱也加不到，不如报个破格试试。唐丰收认为苏敏的话有理，就按她说的申报了。接到材料，胡家斌果然说要先报助理，然后才能晋升工程师。唐丰收说自己情况特殊，可以破格。胡家斌要他去找郝仁俊，因为郝仁俊是职称评审小组组长。

见唐丰收撞到了枪口上，郝仁俊摆出一副热情的样子，说他早该是工程师了，答应替他报，背后却对胡家斌说，让你报你就报，顺水人情我们做，他没有论文。言毕，对胡家斌双手一摊。胡家斌明白了他的意思，申报后被枪毙了，与他们无关，唐丰收只能自认倒霉。

正如他俩预计的那样，在市水利局评审委员会进行终评时，唐丰收的职称申报材料因为没有论文被阻挡了。评审委员会主任马家志忽然想起当年他与唐丰收联名发表过一篇论文，当即说他有，赶紧找，可他的那份杂志找不到了，就火速打电话给唐丰收，要他将论文找到，快拿来，不然就不能破格。接到电话，唐丰收在家里翻箱倒柜地找，问了杏枝才晓得那本杂志被她当作废纸引火了，他气得与杏枝跺脚拍桌子大吵。

听唐丰收在家与老婆吵架，苏敏得知是为了论文的事，跑回家将当年拿回去做纪念的那本杂志找出来，给了唐丰收。唐丰收接到以后，很是感激，杏枝想到唐丰收与苏敏之间的关系，与唐丰收一夜吵到天亮。因为事情火急，第二天天不亮，唐丰收就拿着杂志赶到市里找到马家志。马家志拿到杂志连连说及时、及时，告诉他这回有把握了。

唐丰收回来后，杏枝又同他闹，要他滚到外面去，别回来了。唐丰收晓得是为了苏敏，不想与她闹，跑到工地住在工棚中了。

这天，渠首水电站的杜站长气呼呼跑来找到唐丰收。渠生初中毕业后，因成绩太差，没考取高中，唐丰收将他送回老家找人进了高中，可他贪玩，成绩太差，没考取学校。他先是在家帮他妈开店，后来偷钱到外面去打游戏机，杏枝将他打了一顿，让他去找唐丰收。唐丰收一时没办法，将他放到渠首水电站，让他与一群本局的待业知青在一起上班。渠生是吃农村粮的，不算知青，跟知青一样上班，他的工资比别人少一大截，他吊儿郎当地缺勤，杜站长批评他，他就与杜站长吵，还打了杜站长一拳。渠首水电站归唐丰收管，听说渠生闹事，他将渠生找回来，狠狠地打了一顿。渠生气得打死也不去水电站了，一天到晚在家吃了睡，睡了吃。杏枝也管不住他。

有天，张慧娟来到唐丰收住的工地上，说她女儿婷婷念书也不行，高中毕业了，闲在家里不晓得咋办。当知青吧，误了孩子一辈子，复习考学校吧，成绩又不行，很头疼，说，你最近不是要到厅里去申报甜水电站项目吗，你厅里熟人多，去找找人，看能不能将这两个孩子送到水利学校去念书。要是行，将来毕业了，他俩有了工作，就不用再操心了。唐丰收心想这是个办法，答应去试试看。

唐丰收去了省水电厅。水电厅已改为水利厅了，搬进了一座新建的大楼。唐丰收直接找到厅长办公室，要见唐厅长。办公室的人说，唐厅长到基层去了，一时半刻不能回来。他又问白主任呢，办公室的人告诉他说白主任早调到水利部去了。见没人认识自己，他就到农水处办公室将申报甜水电站的材料交给了领导。出来时遇见了原来在一起喝过酒的何继，唐丰收问何继原来的王厅长在哪住，何继说，王厅长搬家了，在什么地方住，他也不清楚。唐丰收感到这次来办理渠生与婷婷进学校的事，肯定没希望了。中午在餐厅吃饭时，他意外遇见了当年与他喝过酒的那位司务长，彼此都很亲热。唐丰收向他打听王厅长的住处，那位司务长说，吃饭后，我带你去。他俩在喝小酒时，唐丰收说出了儿子面临的困境，那位司务长笑着说，你去找王厅长算找对人了，他儿子在水利学校当校长，老头子出面说话，肯定十拿九稳。

唐丰收听后一阵高兴，前往王厅长的住处时，想买点东西带着，那司务长摇手阻止说，去看王厅长，你可千万别带东西，老革命有老革命的气节，带东西去了，他反而不高兴，就这样空手去。

王厅长家住在一个小四合院中，环境挺幽静的。时至中午，王厅长在午睡，他老婆接待了唐丰收。王厅长老婆不认识唐丰收，听了司务长介绍，就与司务长说话，忽然王厅长在里面睡在床上问谁来了，唐丰收在外面说了声，是我，唐丰收。王厅长闻声披着衣服出来，见面就亲热地说，哎呀，是小唐啊，稀客，稀客，快坐，快坐。让老婆泡茶，并对老婆说，他与我是忘年交啊，当年他还背过我呢。唐丰收赶紧问老厅长身体还好吧。王厅长回答啥好不好的，过一天算一天，接着就与唐丰收谈起武总和老秦，两人聊了大半天。那位司务长对唐丰收挤挤眼，示意他说正经事，唐丰收这才将话题引到儿子身上，将话说了出来。王厅长爽快地说，好吧，我给你打个电话。他拿起电话正要打，他儿子王校长回来了。王厅长马上对儿子说，这是龙潭灌区高级工程师唐丰收，我的一位好友，你能不能破例给个名额，让他儿子到你们学校去。

王校长回答，进我们学校要达到分数线才行。

王厅长说，考取了，找你个屁，我说的，照顾个名额让他儿子去你们学校。

王校长笑着说，那好吧。送唐丰收出来时，王校长对唐丰收说这是计划外招生，要交点钱。唐丰收问交多少？王校长回答，交两千吧，要他尽快将孩子送来，说学校都开学了，迟了不好办。

唐丰收当晚赶了回来，将事情告诉了张慧娟，张慧娟说一定要带上他家婷婷，唐丰收问，要不要跟你家老李说一声。张慧娟反感地回答，对他说个屁，这事，他管不着，立马拿出两千元。唐丰收却为难了，因为他家一下子拿不出这么多钱。苏敏晓得了这事，拿一千元给了他，唐丰收说，用你的钱，杏枝晓得了又要与我吵。苏敏说，谁让你说找我借的，你不能说是找别人借的吗？唐丰收笑了笑，点点头。为了孩子的事，唐丰收回家找到杏枝，撒谎说找马国俊借了一千，杏枝又从家里七拼八凑了一千。当日下午，唐丰收与张慧娟带着渠生与婷婷去了省城，来到水利学校。王校长得知一下子来了两个，气鼓鼓地对唐丰收嚷嚷说，名额有限，只收一名。唐丰收当然不愿意婷婷被拒之门外，就好言相求，最后，王校长才松口将婷婷收下。两人将孩子在学校安顿好，来到水利厅，在厅里的水利宾馆住了下来。

夜里，两人没事在街上散步，张慧娟情不自禁挽着唐丰收的胳膊说，要是当年我俩结合了，也不会有这种屁事了。唐丰收问她与老公关系咋样？张慧娟直言相告说，什么好不好的，看在孩子的分上，维持罢了。说着说着，两人的话题落到了苏敏身上，张慧娟说，我真钦佩苏敏，她一个人带着女儿过着凄凉的日子。唐丰收说，我与杏枝结婚，都是老秦做的主，我也没办法，现在我越来越觉得这是个错误。张慧娟说，我也晓得你的苦衷，依我看，必要时，你干脆与杏枝离婚，与苏敏结合，大家都解脱了。唐丰收回答，不行，老秦死前让我与杏枝跪着发过誓，不准我离婚。张慧娟说，秦局长这一辈子都在做好事，唯独在你的婚姻上太霸道了。唐丰收说，这可能是我的命吧。张慧娟说，秦局长自己一辈子固守着一份情感，根本就不懂得生活。唐丰收说，难怪当年李一准说我以后听他的话要吃亏呢，真被他说中了。张慧娟说，我常想毛主席说水利是农业的命脉，可什么是我们这些人的命脉呢？

一辆车过来了，张慧娟忙将唐丰收往身边拉了把，与他贴得更紧了。

唐丰收回答，我觉得人的情感就是生活的命脉。

张慧娟说，你说得对，情感浇灌的是人的心田，你我虽没走到一起，可我俩的情感始终在浇灌我们的心田，使我的生活毫无干涸与枯萎之感。我的情感生活中要是没你，单单让我与李贺春一起过日子，我早厌倦了。唐丰收将身子往她身边靠了靠说，我更有同感，一到工地上，我就将杏枝忘了，心里想的总是你与苏敏。

夜深了，马路上的人越来越稀少了，唐丰收问张慧娟是不是该回去睡觉了，张慧娟对他说，难得我俩有这么一夜，还是说说话吧。

两人越说心越靠近，忽然听见一阵噼噼啪啪的声音，张慧娟问怎么啦？唐丰收说下雨了，赶紧拉着她躲进一个走廊下。两人不约而同地依偎在一起……

第五十二章

举把大红色的伞，张慧娟到家了，家门锁着。她本来准备在省城多过两天才回来的，可唐丰收在厅里办了事，唐厅长拉他与新来的晋副厅长一起去参观一座水电站，他打电话征得了周局长同意，去了。唐丰收不在身边，张慧娟感到在省城瞎逛也没意思，提前回来了。休息片刻，见家里没菜了，她拿个包，想到菜市场去买点菜。

李贺春以前在商业局，后来调到县地税局。路过电影院门口时，张慧娟却发现他夹在进场的人群中，在她的印象里，李贺春这么多年极少一个人看电影。她停住自行车，将车寄存好，买了张票，进了电影院，想看看李贺春是一人看，还是陪别人一起看。她的票在老后面，举目搜索，果然发现李贺春座位旁边有位年轻女人，那年轻女人扎个羊尾巴般的辫子。她的心随即悬了起来，强忍着将电影看到快结束，就提前出来了。他将自行车推到电影院远处的一棵树下，朝出口张望着。李贺春与那年轻女人出来了。自已不在家，李贺春居然敢陪女人看电影，张慧娟心中顿时妒火中烧，但又怕闹出误会，看李贺春与那女人分手后，独自顺着与那女人相反方向的另外一条街走去，也不想跟踪了。到家，吃了饭，等李贺春回来，可左等右等不见人影，索性自已吃了。因为昨晚与唐丰收在一起聊得太久，她倒在床上睡了。夜里，李贺春居然仍没回来。她有种不祥的预感，那女人是谁？她在脑海里搜索起来，想来想去也没想出个所以然。第二天，按走时与李贺春的约定，她故意来到长途汽车站，按班车到站的时间，在一家公用电话亭，给他单位打了个电话。不一会儿，李贺春骑自行车来接她。张慧娟装作啥也不知道，回到家，指着床上说，你怎么连被子也不叠，李贺春说上午忙着去上班忘了叠，见李贺春撒谎，张慧娟越发感到他心中有鬼，也没声张。下午，她去上班，李贺春也去上班了。单位里叫张慧娟去办点事，她骑着自行车上街了，办了事，她按那位看电影女人走的方向，来到一条街，慢慢地骑着车朝各家店铺里望，在一家裁缝铺里，她看见了那女人。这女人长得漂亮，衣着打扮也时尚，估计这女人是从农村来的女裁缝。张慧娟晓得这种女人杀进城里来的目的，说不定是离了婚的。夜里睡觉，她也装作没什么，要是以前，按习惯李贺春准骚扰自己，可那晚他却没有，这使她的怀疑越发加重了。经过打听，张慧娟晓得那位女裁缝姓蔡。

唐丰收从厅里回来了。

几天后，他遇见了赵一帆。赵一帆用嘲笑的口吻对他说，你儿子上大学，也不吭一声，我们好送点礼，讨杯喜酒啊。说得唐丰收脸通红。

甜水电站的项目报上去了，周谷仓决定将基建的摊子拉开。这是综合科的事，电站的第一指挥长是唐丰收，他将吴志豪、徐基友两人要到指挥部。唐丰收去了工地，工地就在甜水渡槽附近。甘会计听说唐丰收来了，赶紧过来将他接到家里。

甘会计家盖起了一栋贴着瓷砖的新楼房，与昔日土坯房相比，鸟枪换炮了。得知唐丰收是来建电站的，一定要唐丰收住在他家。他打开一个小柜，从里面拿出两包红晃晃的精装中华香烟，丢给唐丰收，豪气地说，你住三楼，吃喝算我的，保证你餐餐有酒喝。唐丰收见他气派起来，就指着门口摆着的七八辆摩托车，问谁来了。甘会计笑着回答，这些车是我请的帮工骑来的。说罢，他骑着摩托车带唐丰收去河汊子那儿去看他家的养鱼基地。甘会计当年养鱼是唐丰收出的主意，后来唐丰收来过几次，有年冬天，甘会计还叫人给他家送来几条小腿那么长的大青鱼。顺着一条水泥路，来到基地，唐丰收眼前一亮，短短的几年，原来那个杂草丛生的河汊子，被甘会计建成了六个周围用水泥护坡的鱼塘了，忍不住拍拍甘会计的肩说，你老兄可以啊。甘会计一笑，说，感谢你老兄当年的扶持啊。唐丰收见几位帮工在水塘边忙着，问道，你一年挣多少？甘会计回答，去年不到这个数，说罢伸出一根手指头。唐丰收晓得他说的是十万，惊讶地啧啧嘴，夸他发财了。甘会计指着那边一片田地说，那一块地我包下来，光养鱼不行，我打算养王八、黄鳝，到时候你再来，保证你有王八汤喝。接着，他又喜滋滋地道，我甘某人能有今天，全仰仗你们灌区的水啊,没水,我就没猴子玩了。最后,他对唐丰收说,走,到那边去看看,我想在那儿开条进水沟,你替我谋划谋划。唐丰收说好。

吃中饭时分,包工头覃大头带着民工来了,甘会计将他们安排在屋场的人家住了下来,然后设家宴替唐丰收接风。

几辆履带式推土机推着土在突突突地响着……

民工们举着锄头在挖着泥土……

有天下午,张慧娟跟送器材的车来到工地,找到唐丰收说要与他单独谈谈。

唐丰收将她带到一片小树林中。小树林里树木长得茂盛,一片寂静。张慧娟对他说了李贺春与蔡裁缝的事,焦急地问自己该怎么办?唐丰收听说有这事,一惊,说,你是疑神疑鬼吧?张慧娟将事情经过告诉了他,说我查了,我在省城那晚,狗东西就睡在那妖精的裁缝店里。

唐丰收不吭声了。

张慧娟说,狗东西是在报复我,因为他晓得当年我俩好过,还有过那种事,尽管我解释清了,可他心中一直窝着个疙瘩。这次我俩到省城去送婷婷,他表面是支持,其实他心中恨得不得了。

唐丰收见张慧娟在抹眼泪,后悔地说,早晓得这样,我俩不该一起去送孩子。

张慧娟说,送孩子上学有什么错,他这样对我,我这回要与他拼个鱼死网破。

唐丰收提醒她说,这事暂时不能闹,一闹,你等于将李贺春送给姓蔡的了。

张慧娟说,我受够了,离婚就离婚。

唐丰收劝她说,你还是冷静想想,点他一下,看他是啥态度,要是他执迷不悟,下一步再采取对策。

张慧娟觉得唐丰收这话说得中肯,答应按他说得办。

张慧娟跟车回局里了,唐丰收人虽在工地,可心却在张慧娟身上。他一再提醒自己,这次再不能卷到里面去了,可想到张慧娟与李贺春的关系,又情不自禁地替她悲哀起来,同时也为当年与张慧娟的感情纠葛而惋惜。

女人一旦发现老公有外遇了，特别是像张慧娟这种眼睛里容不得沙子的女人，别说有多愤恨。她越是见李贺春在她面前摆出一本正经的样子，内心的火气就越大。她不便再三去找唐丰收，就在背后将这事告诉了苏敏。因为毕竟她与苏敏的关系非同寻常。苏敏听后极为愤慨，连连咒骂李贺春太没良心。她平静地问张慧娟，你撕开脸与李贺春说这事了吗？张慧娟回答，他还当我不晓得呢。苏敏说，既然他还在演戏，那你不能操之过急，一急，他就会缩头，这种事，谁说有就有，说没有就没有。

张慧娟说，我找你，就是想与你一起去捉奸。

苏敏说，我看暂时也不宜捉，一捉，事情暴露了，你与李贺春离婚就成定局了。李贺春之所以背叛你，肯定有原因，你得先将这祸根找到，看他是不是贪图一时新鲜，被那个姓蔡的裁缝鬼迷心窍了。如果你想继续与他过日子，你就将这祸根拔掉，不想与他过了，那就快刀斩乱麻，各走各的路。

张慧娟虽感到苏敏说得对，仍要苏敏暗中替她调查。办这种事，苏敏有点子。这天，苏敏拿了几件旧衣服来到蔡裁缝的店里，说要将衣服改给莉莉穿，蔡裁缝说她真节约，苏敏说丢了太可惜。蔡裁缝答应了。闲聊起来，苏敏才晓得蔡裁缝是大桥人，老家有丈夫，还有个儿子，可她与老公情感不好，跑出来单过了。回来，她将情报告诉了张慧娟。张慧娟说，这种从农村出来的女人最可怕，反正她们啥也不顾。苏敏劝她别着急。蔡裁缝隔壁是家做窗帘的，过了几天，苏敏用做窗帘的机会去了那家店。从店老板的嘴里，她套出了李贺春常来找蔡裁缝收税，因为她店里欠的税一直拖着未交。店老板还偷偷告诉苏敏，李科长对小蔡不错。

苏敏与张慧娟将收集到的情况一分析，基本上清楚了，蔡裁缝是不想交税，才勾引李贺春的。

张慧娟本来想事情彻底清楚了，再与李贺春较量，所以一直忍着没发作。这天晚上，她见李贺春吃了晚饭急着要出去，就恼火地骂他出去偷人啊！要是以前，李贺春挨了这点骂也不会计较，可这次他却硬着腰板与张慧娟吵道，说我偷人，我就去偷，看你把我咋样？听他这么说，张慧娟憋在心中的怒火犹如火山爆发般喷泻了出来，与他大吵。她没想到，李贺春居然指着她说，允许你偷人，就不允许我偷啊？张慧娟质问他，我偷谁了？要他交出人来。李贺春仗着怒气，抖出她与唐丰收的事。张慧娟见他侮辱自己，抓起桌上的热水瓶朝李贺春身上砸去。热水瓶在李贺春身上砰地爆炸了，被烫后，李贺春上去揪住张慧娟的头发，对着她肉墩墩的身上就打。他打，张慧娟更是发疯般还击。苏敏去厕所时，听见张慧娟在家又是哭又是咒骂，晓得她与李贺春打架了，就过去了。当苏敏看见李贺春揪住张慧娟头发将她按在地上用拳头使劲地捶时，她气得操起门旮旯那把铁锹，举起木柄照李贺春背上就打。李贺春被打疼了，哎哟一叫，瞧苏敏来帮忙了，李贺春吓得丢下张慧娟拔腿跑了。苏敏俯身想将张慧娟扶起来，可张慧娟的腿被打伤了，站不起来。苏敏背不动她，就跑去喊来杨慧与朱萍，一起将张慧娟送到了县医院。

单位的人都晓得张慧娟家里出事了，唐丰收在工地上还不晓得。他带人到局财务科来拨款，才听苏敏说了，他问张慧娟伤得厉害不厉害？苏敏说，你说厉害不，那狗杂种将她打得一身伤，脸肿得眼都睁不开了。唐丰收抽身到医院去看张慧娟。张慧娟见他来了，哭成了泪人，直嚷嚷这次离婚离定了。唐丰收见事情闹到这地步，安慰她一番，红着眼圈走了。

办了事，他想回家里想拿几件换洗衣服。杏枝见到他，扑上去就抓挠他的脸，骂他在单位搞一个女人，又搞第二个女人。见唐丰收躲闪，她抓起菜刀要与他拼命，因为她听说张慧娟与丈夫打架同唐丰收有关系。唐丰收晓得这事与她说不清，衣服也不拿了，气鼓鼓地骑上借甘会计的摩托车，回到了电站工地。不一会儿，杏枝竟骑着自行车撵到工地上，继续找他闹。

唐丰收让甘会计的老婆缠住杏枝，骑摩托车回了局里。他主动找到周谷仓局长，说出了自己面临的尴尬处境，要求暂时回避一下，到野鸡窝倒虹吸改建渡槽的工地上去，电站的工程临时让郝仁俊副局长负责。周谷仓正为倒虹吸改建渡槽找不到挂帅的人发愁呢，与唐丰收谈一会儿，弄清了事情真相，考虑到他家的矛盾，见他主动请缨，就对工作部署做了调整，同意他去了远在清河县的野鸡窝渡槽工地。

第五十三章

张慧娟伤愈出院后，就与李贺春离婚了。

张慧娟仍住在原来的住处，李贺春离婚后搬出去了。对张慧娟来说，离婚是最大的解脱。一个女人心中总得装一个男人，在情感遭遇了风暴的洗礼后，就越发会想念她心中的那个男人。获得了自由，张慧娟得知唐丰收远在野鸡窝渡槽，极少回家，越发思念他了，感到自己有一肚子的话想对他说。她给工地打电话，可打了几次都没打通。

她来到苏敏家，想找苏敏说说话。见莉莉在哭闹，张慧娟就问她怎么啦？苏敏悄悄告诉张慧娟，莉莉在找她要爸爸，问她爸爸到底是谁？经过离婚风波，张慧娟的心变得格外善良了，她将苏敏拉进里间对她说，你干脆就告诉莉莉吧，莉莉都读五年级了。苏敏听莉莉仍在抽泣，轻声在张慧娟的耳边说，莉莉还小，我想等她长大，心里能接受了，再告诉她。谁料她俩的话被莉莉听见，莉莉大声说，不告诉我算了，拔腿跑了。苏敏与张慧娟忙追出去将莉莉拉住，两人好说好哄将莉莉哄住了。第二天是星期六，一清早，苏敏到厕所回来，发现莉莉不见了，急得到处找，张慧娟晓得后就与她一起找。两人在县长途汽车站找到莉莉，原来莉莉偷了苏敏的钱，要坐车到淮北去找她爸。

苏敏对在哭的莉莉说，淮北那姓马的不是你爸。

莉莉倔强地说，他不是，我爸到底是谁？你要对我说明白，说明白！

苏敏与张慧娟将莉莉哄了回来，莉莉依然执着地要爸爸。

张慧娟劝苏敏道，还是对莉莉说了吧。

苏敏感到既然莉莉懂事了，说了也好，就与张慧娟商量怎么说才好。张慧娟说，明天是星期天，天气也好，我俩一起到野鸡窝渡槽工地去找唐丰收，当着他的面说清楚。苏敏说好。苏敏晓得张慧娟这次的目的是要去看唐丰收，因为她晓得张慧娟与唐丰收的情感。当初两人在争夺唐丰收时，她就想好了，以后就算唐丰收娶了张慧娟，她要偷唐丰收也能偷到；而她如果嫁给了唐丰收，张慧娟只能与唐丰收局限在情感上，偷是绝对偷不到的。她晓得张慧娟是那种人不骑在身上不会跑的马，属于闷骚型的；而唐丰收有个傻根，在这方面天生胆小懦弱，喜欢主动型的。张慧娟才离婚，当然需要心灵上的抚慰，所以她非常理解她、同情她。想了想，苏敏说，走，我们到街上去一趟。张慧娟点头同意了。两人带着莉莉上了街，来到一家时装店，苏敏指着一款男式酱色皮夹克，说这衣服不错。看着张慧娟，张慧娟看了看皮夹克，也觉得挺不错。苏敏说，你买啊。张慧娟将大眼睛转了转，回答，还是你买合适。苏敏一笑，说，我买的机会有的是，这次你买。张慧娟果敢地说，我买就我买。掏钱将皮夹克买下了。

第二天两人骑自行车带着莉莉去了工地。

因为头天夜里进行了混凝土浇筑，忙到大半夜才收工，许多民工见第二天放假，便连夜赶回家去了。唐丰收正在工棚里放心地睡觉，忽然有人敲门喊他，说有人找。唐丰收在床上赖着还没爬起来，张慧娟、苏敏带着莉莉推门进来了。唐丰收一个翻身爬起来，边穿衣服边惊讶地问你俩怎么来了。苏敏嬉笑着回答，想你了呗。时值金秋，苏敏穿着一件葱绿色的风衣，披着长发，洒脱而飘逸，身上昭示着一股都市女性的时尚气息；张慧娟也穿件加长的米灰色风衣，脖子上搭着条褐色的长围巾，既随意又不乏稳重。唐丰收忙端板凳请她俩坐，苏敏将袋子中的皮夹克掏了出来，要他穿上试试。唐丰收说，来玩就来玩，买衣服干什么。苏敏说，这可是张慧娟买给你的。唐丰收穿好，瞥了张慧娟一眼。张慧娟用大眼睛悠了他一下，笑着说，穿上后精神多了。唐丰收笑着正要张口谢张慧娟，张慧娟对苏敏伸出食指，头一偏。苏敏对唐丰收啪地打个响指，与张慧娟去了厕所。见莉莉用眼睛直愣愣地盯着自己，唐丰收拉开抽屉找出工地上一位民工结婚时送给他的一小袋喜糖，叫莉莉吃。莉莉没接喜糖，唐丰收将一粒糖果的糖纸剥开，将糖丸递到她的嘴边，莉莉却推开他的手，说，唐叔叔，我问你个事，你必须对我说实话，说了，我就吃。唐丰收蹲下身子，对莉莉说，你说，唐叔叔保证说实话。这时苏敏与张慧娟进来了。莉莉张开嘴问道，你是我爸爸吗？

唐丰收被莉莉问得身子一抖，忙看着苏敏。苏敏对他使了个肯定的眼神。

莉莉追问道，说啊，你快说啊？

唐丰收一把将莉莉抱在怀里，点头说，是的，我是你爸爸。

莉莉的眼睛睁得圆圆的，看了看唐丰收，仿佛不认识他一般，忽然推开他，问苏敏，妈妈，唐叔叔真是我爸吗？

苏敏急忙回答，对，是你爸，亲爸。

莉莉又看着张慧娟问，张阿姨，唐叔叔真是我爸吗？

张慧娟点点头答道，真是的，张阿姨不撒谎。

莉莉这才一下子扑进过去唐丰收的怀里，紧紧地抱住他，哭着大喊，爸爸，爸爸，你为啥不与妈妈在一起。哭着哭着，她忽然从唐丰收怀抱中挣扎了出来，站在他们三个对面，用小手指着他们三个像个大人般问道：说，你们三个是不是合起伙来哄我的？

唐丰收、苏敏与张慧娟三人不约而同地说，没哄，是真的。

莉莉忽然对唐丰收说，你是我爸爸，好，今晚，你与我妈一起睡觉，不睡，就不是真的！然后她又对张慧娟说，张阿姨，你作证。

听莉莉说出这话，他们三人面面相觑。

张慧娟劝唐丰收说，既然莉莉提出来了，你俩就答应她吧。

唐丰收为难地回答，不行，这是在工地上，领导知道了不得了。

张慧娟对他说，你啊，这辈子就是怕领导，不然哪会有今天？别怕，今晚，我就是领导，你俩带着莉莉当一夜夫妻，我给你们做证，就算杏枝这时找来了，我给你俩扛着，打架，我帮你们打。苏敏拉了拉唐丰收衣服，瞟了他一眼，轻声说，你就答应吧，机会难得，不然以后再对莉莉说，她就不相信了。唐丰收心一横，对莉莉说，好，爸爸今晚与妈妈一起睡。他出去将工地上其他的人都放了假，让他们回家，只留两个民工值班。

当晚吃了晚饭，几个人在一起说了一会儿话。唐丰收就与苏敏带着莉莉在他房间睡，张慧娟来到隔壁的房间。

张慧娟独自躺在床上，望着工棚的房顶，想到唐丰收与苏敏睡在隔壁，思绪飘然了起来。她是来看唐丰收的，见面后，尽管她与唐丰收没有单独说几句说，更没有肌肤之亲，可她感到自己见到了活的他，透过眼神的交流与肢体细微动作的感受，她仿佛觉得体内燃烧的那团无名的邪火，被一股清泉浇灭了。至于苏敏与唐丰收在一起，她觉得这是情理之中的事，她不但没有丝毫的妒忌，相反还感到了一种欣慰。她承认当初追求唐丰收时，曾梦想过与他在一起的幸福情景，当这份希冀被无情的现实击碎后，她对与唐丰收肉体上的占有之心随之泯灭。她感到自己对唐丰收渴求的是一种感情，一种洗涤心灵的那种泉水般纯真的感情。这种纯真的感情是支撑她精神的动力与活力，她感到他已经深深扎根在自己的心田之中，如果要她与唐丰收睡在一起，她肯定会拒绝的，因为她感到他俩之间那种感情是圣洁而高尚的，是不能用肉欲来玷污的。这么多年来，她在心灵深处始终感到给唐丰收的那件毛衣仍没有打完，仍在被她一针一针编织着。所以，苏敏与唐丰收在一起，那种情景她完全可以凭着一位婚后女人的想象力幻想出来，她有的是微笑与欣慰，因为唐丰收的幸福就是她的幸福，唐丰收愉快她才愉快。等隔壁那边一丝动静也没有了，她才合上眼睛安然地睡了……

第二天一早，莉莉跑来了，叫开张慧娟的门，笑嘻嘻对她说，唐叔叔真是我爸。

张慧娟笑着问她，你怎么晓得的？

莉莉咧着小嘴吃吃笑。

张慧娟也嘻嘻笑着，说，我没哄你吧。

莉莉不解地问，唐叔叔怎么有杏枝阿姨和我妈两个老婆？

张慧娟有意逗她道，你班上不是有一个正班长、一个副班长吗。

莉莉也晓得张慧娟是说着开心的，顺着她的话说，我明白了，杏枝阿姨是正的，我妈是副的。张慧娟附和着点点头称赞她说得对，说完，穿衣服起来了。苏敏在隔壁喊莉莉，听见她在张慧娟这边答应，就与唐丰收一起过来了。莉莉忽然对着唐丰收喊了声，爸爸。唐丰收一愣，随后轻轻地嗯了一声，莉莉又大声喊了声，爸爸！唐丰收这才大声答道，唉。莉莉一把抱着唐丰收，眼泪汪汪地说，我有爸爸了，有爸爸了。看这情景，苏敏感动地热泪盈眶。

莉莉忽然问唐丰收，爸爸，你告诉我，你有了杏枝阿姨这个正老婆，为何还找我妈当副老婆？苏敏忙拦住莉莉的话，对她说，你找到爸爸就行了，问那么多干什么！莉莉指着唐丰收说，爸爸，你与我妈有结婚证吗？唐丰收被问愣了。苏敏伸手要将莉莉拉走，莉莉倔强地不肯离开，执意要唐丰收回答。张慧娟眨了眨眼，笑着对莉莉说，唐叔叔，不，你爸，是特殊劳动模范，是领导将你妈奖给他的。莉莉问唐丰收，爸爸，张阿姨说得对吗？苏敏抢着回答，张阿姨说得对，还记得你秦爷爷吗？是秦爷爷将我奖给你爸的。听妈妈这样说，莉莉哇的一声哭了，说，骗我，你们都骗我，当我是傻瓜可是？说完，哭得越发厉害了。唐丰收感到这事不能随便与莉莉开玩笑，就一本正经地对莉莉说，我与你妈……苏敏忙打断他的话，将莉莉搂在怀里对她说，是妈妈与淮北的马叔叔离婚后，妈想要个孩子，就与唐叔叔在一起，有了你。

莉莉扬起小脸看着唐丰收说，我明白了，你是偷我妈才有我的。苏敏忙解释说，不是偷，是妈妈真与唐叔叔好。莉莉抹去脸上的泪水，问唐丰收，你同我妈真好吗？唐丰收回答，真好。莉莉又问，以后不变心吗？苏敏没想到莉莉小小年纪竟会想到这么多，与唐丰收交换了一下眼神。唐丰收对莉莉发誓说，永远不变心。张慧娟对莉莉说，你爸以后要变心，张阿姨与你妈都不饶他。莉莉指着唐丰收大声说，我更不饶你！苏敏又拉莉莉出去，莉莉犟掉她的手，继续问唐丰收，以后我就喊你爸爸。苏敏赶紧告诫说，我对外与你爸是同志关系，你不能喊。莉莉回答，没人时，我就喊。张慧娟连忙夸她道，唉，这就对了，莉莉真聪明。

莉莉看了唐丰收一眼，低下头说，爸爸，你抱抱我。唐丰收一把将莉莉抱在怀中，可莉莉却说，你还是不喜欢我。唐丰收明白了莉莉的心情，将莉莉右边的小脸蛋上亲了一下，莉莉又转过脸，唐丰收又在左边亲了一下。莉莉一下子将自己的脸紧紧贴着唐丰收的脸，亲热地对他说，爸爸，我在梦中不晓得梦见过多少次爸爸抱我、亲我，今天这梦终于现实了，你真是我的好爸爸。说这些话时，莉莉的热泪失控地扑簌簌直掉。苏敏的泪水也溢出了眼帘，张慧娟的眼圈也红了。莉莉摸摸脸对唐丰收说，爸爸，你的胡子真扎脸，以后与我妈亲嘴，一定要把胡子刮干净，别扎了我妈的脸。张慧娟一笑，对唐丰收说，唐丰收，你小子真有福，苏敏给你养了这么个懂事的丫头。苏敏拉过莉莉再次叮嘱道，这事不能对别人说，晓得吗？莉莉一脸天真地回答，你们当我真那么傻啊。说罢，拉着唐丰收手甜蜜地说，爸爸，走，你去给我洗脸。

吃了早饭,莉莉缠着唐丰收坐在那儿陪自己用头绳玩翻花,说在家与她妈常翻着玩。唐丰收与她玩了起来,莉莉赢了,笑眯眯地说,刮鼻子,刮鼻子。伸出小手在唐丰收的鼻梁上刮了一下,嘴里还念叨着,刮天刮地刮个鼻子有福气。苏敏站在一旁吃吃地笑,不由得想起当年与唐丰收一起刮鼻子的情景,仿佛就是昨天的事,就对张慧娟说,这日子过得真快。张慧娟望见不远处有棵柿子树,树上有许多柿子,拿了根竹竿,随口对唐丰收说,唉,溏鸡屎,我跟苏敏去打柿子。耳尖的莉莉一下子掐住她的话,问,张阿姨,你喊我爸什么?张慧娟反应过来了,张开胖脸笑呵呵地出去了。莉莉又问苏敏,苏敏一笑,也没回答她,跟张慧娟去了,莉莉就问唐丰收是喊他的吗?唐丰收怕她又要问个没完没了,一把将她抱起来,说,走,去看打柿子。正要出门,桌上的电话响了,唐丰收一接,是胡家斌打来的,叫他快回局里,说有事找他。

唐丰收让苏敏、张慧娟带着莉莉到清河县城去一趟,自己单独去局里。

苏敏与张慧娟说好。

原来是唐丰收破格晋升工程师的职称批下来了,同时批下来的中级职称还有马国俊、顾为国、吴志豪、晋长江等,刘凯与郝仁俊批下来的是副高,苏敏与张慧娟的副高职称没批。

唐丰收终于有职称了,可财务科没给他加钱,因为他的工资与中级职称差不多,用顾为国的话说,你白搞了。虽空忙了一场,唐丰收也乐滋滋的,因为自己毕竟有了职称,按规定,杏枝可以转为非农业户口,吃商品粮。

唐丰收替杏枝将户口与吃商品粮的事办好了,尽管随着粮油市场放开,商品粮户口不值钱了,可杏枝仍很感激。她特意将唐丰收叫了回来,让他住在家里,与他过夫妻生活。有天夜里她对唐丰收说,我现在是城里人了,你别再将我当使唤丫头了。唐丰收没吭声,心想,既然杏枝态度变了,那就像以前那样过日子吧,因为常年在工地上奔波,他也想有个安逸的港湾。

有人喊杏枝打牌了,杏枝应声去了。

第五十四章

春灌期到了，因老天爷持久不下雨，农村老百姓无法搞春耕，四个县的领导纷纷跑到管理局来找周谷仓，问他为何不开闸放水。周谷仓说，你们急，我比你们更急，可你们要我有水放吧。

周谷仓何尝不想放水抗旱，可水库就是不放水，他也没办法。水库没水吗？水库中浩浩荡荡关着一湖水呢，有水为啥不放水灌溉呢？唐丰收清楚，水库建设初期，大坝管理局与水电站是两家单位，可C市水电局改称为水利局后，随着机构改革，市水利局将这两家单位合并统称为龙潭水电站了，龙潭水电站被划成企业单位，归水利部门与供电局双重管理。春夏季发的电不值钱，水要关着留到秋冬季节发电。四个县找周谷仓要水，周谷仓只有找水电站要水，水电站要顾及自身利益，不发电放水，说发电更重要。周谷仓气得与龙潭水电站的朱主任吵起来，说建水库主要是灌溉，然后才是发电的，灌溉是大局，发电是局部，局部得服从大局。朱主任争辩道：大道理谁都会讲，可几百号人找我要饭吃，我一个月不贷款就发不了工资，叫你，你受得了吗，就是不发电。周谷仓无奈，就与要水的四个县的负责人商议，采用双管齐下的办法来催促水电站开机放水。四个县的负责人纷纷打电话向市里吵着要水搞春耕，周谷仓跑到市里找到市分管水利的刘副市长。刘副市长是灌区管委会主任。面对抗旱严重的现状，刘副市长来到灌区管理局，将灌区管理局负责人与水电站负责人召到一起，坐下来开协调会。抗旱问题牵涉到四个县的粮食安全与人畜饮用水，在市领导面前，水电站领导只有做出让步，同意开两台机组，小流量供水，如果干旱持续，旱情进一步扩大，再逐步增加流量。

野鸡窝渡槽建好后，随即投入了使用，唐丰收回到了局里，打算继续到甜水电站工地去，周谷仓找到他说，电站工地，郝局长在那儿负责，搞得不错，现在抗旱任务紧,你暂时跟我去搞抗旱,忙完这阵子,你再回工地。唐丰收感到也好,因为甜水电站的水工部分基本上完工了,水轮机机组虽与厂家联系好了,但还没去提机组。

学校放暑假了。渠生与婷婷拎着大包小包回来了,张慧娟到长途汽车站将他俩接到家,渠生跑回自家的店中,从冰柜中拿几支雪糕来给婷婷吃。婷婷比在家时肌肤更白皙,身子也明显胖了,坐在那儿架着腿,耳朵中听着单放机,吃着雪糕,一副公主派头。张慧娟将他俩带回来的大包、小包打开一看,里面全是脏衣服、脏被子、臭袜子,连婷婷的内裤也如一团麻花般塞在里面,一掏出来,一股怪气味直熏鼻子。婷婷与渠生相互一视,忍不住笑了。张慧娟对婷婷咋呼道,你咋懒得连裤头子也不洗。婷婷嘣着雪糕抵赖道,我要上课嘛,哪有时间。张慧娟只得将他俩的脏衣服分开,将脏被单丢进洗衣机中洗着。渠生赶紧将自己的衣服拿了回去,说叫他妈洗。等他离开了,张慧娟悄悄问婷婷,你俩的衣服怎么放在一起了?因为凭感觉,她感到他俩在一起有点不对劲。婷婷掩饰说,他包里放不下,就放在我包里了,有啥大惊小怪的。张慧娟问婷婷,你和渠生?婷婷晓得她妈接下来要问的是啥了,将手中的雪糕棒一丢,起身要出去。张慧娟说,你就不能在家坐一会儿啊,婷婷也不睬,去找渠生了。将脏衣服与被单洗好,张慧娟在门口晒时,望着婷婷挽着渠生的手臂与他一起上街了,心里一怔。

唐丰收在抗旱工地上,直到傍晚才回来。张慧娟看他骑着自行车进了院子大门,对他招招手。唐丰收过去下了车,张慧娟问他吃了吗,唐丰收说在农村人家吃了,回来拿一份资料,问她有什么事,张慧娟笑了笑,说渠生与婷婷回来了。唐丰收嗯了一下,推着自行车回去了。到家见婷婷与渠生窝在沙发里看电视,对婷婷笑笑。婷婷甜甜地喊了一声唐叔叔。唐丰收嗯了一声,问渠生,你妈呢?渠生回答,刚才有人喊她去打牌了。唐丰收进了卧室,疲惫地往床上一倒。

这天,在所里蹲点的唐丰收戴着草帽正与马国俊要去南干渠分水口,看看那儿的情况,副乡长李德全带着洪财宝与洪小根找来了。唐丰收问李副乡长那儿是不是又与清河县的人闹矛盾了。李德全说,枫树支渠配套建好了,我们没与清河县发生矛盾,可我们家里出了问题。唐丰收问家里出了啥问题？洪财宝回答，几句话说不清，请你到我们那儿去商议个事。唐丰收带着马国俊去了。

原来洪小根居民组的几位村民为了放水抗旱相互发生了纠纷，姓贺的几户村民在支渠上游，他们不许其他人从田里过水，下游几位村民将上游的支渠拦起来用抽水机抽，姓贺的这几户村民放不到水，相互吵了起来。洪小根劝说不好，找到村主任洪财宝。洪财宝虽将双方矛盾协调好了，可双方的人在一起说，浇灌田地是长期的事，这次处理好了，以后还有矛盾，不如村里建个组织，专门管理用水，这些村民都赞同。可这事不是由村里说了算，洪财宝就到乡里找到分管这事的李德全，大家一起商议成立用水者协会。李德全、洪财宝考虑到用水必须要得到灌区管理局支持，因为水的源头在干渠，于是，他们就来找唐丰收。李德全他们都认识唐丰收，晓得他在管理局里说话算数。唐丰收明白了他们请自己的用意后，感到成立用水者协会是好事，特别是在抗旱期间，有利于水资源的管理与使用，能减少水事纠纷，更有利于水费计收，就与村民们在一起商谈起来。

各县征收水费以前是直接向社队征收，土地承包后，随着村、组体制的改变，水费改为向农户直接征收，由收稻谷改为收现金。这无疑增加了征收的难度。大部分农民乐意交水费，可有些乡镇干部乘机搭车收费，严重损伤了农民交费的积极性。因而，向农民收水费成了地方干部一件头疼的事。

谈了一整天，大家终于将成立协会的事基本上谈妥当。当晚，唐丰收赶回来，将这新鲜事向周谷仓与刘凯做了汇报。周谷仓听后当即表示支持。第二天，刘凯与唐丰收一起来到洪家屋，热情的村民们早聚在洪小根家等候了。该村枫树支渠幸福农渠上用水的二十八户人家将协会成立起来了，洪财宝任协会主任。有了协会，这二十八村民用水的矛盾迎刃而解。

周谷仓找到清河县的马县长，向他介绍了这个经验，马县长觉得这个协会成立得好，就召集抗旱的各乡镇长开会，要求推广普及，他这一号召，犹如雨夜春笋般，顷刻间他们灌区民间用水者协会呼啦啦成立了几十个。龙山县、槐树县、老鸭县也纷纷效仿。有了用水者协会，农村抗旱的问题基本上做到了有序进行，但对管理局的抗旱供水却提出了更高的要求，因为他们必须要保障支渠的流量。随着旱情的加重，局机关的人都上了抗旱一线。

这天，唐丰收来找杏枝拿钱，杏枝损他说，不拿钱就不归家，你还有这家没有？一旁的渠生也讥讽道：一天到晚就看见你忙，忙来忙去，钱没忙到个钱，官没忙到个官，瞎忙。唐丰收恼怒地瞪了渠生一眼，指着他呵斥道，你小子别想快活！叫杏枝让渠生用摩托车往杨泗庙那儿送瓶子水，因为局里抗旱的人中午在那儿集体吃饭。渠生回答，去就去，我还怕谁可是？

唐丰收走了。渠生骑着摩托车带着婷婷去送瓶子水。两人到了杨泗庙，婷婷对渠生说，走，去看看我妈。张慧娟在负责看一个分水口的闸。婷婷穿着两根筋的吊带裙，披着个坎肩，戴着墨镜、太阳帽与渠生在分水口的闸附近一棵树下找到了张慧娟。张慧娟说，大热的天，你俩跑来干啥？婷婷笑眯眯地说，旅游啊。不一会儿，要水的人来了，要提升闸门加大流量。张慧娟有意将摇把往渠生面前一丢，让他去摇起来两格。婷婷也开心地去了，两人嘻嘻哈哈没摇几下，婷婷就跑下来了，直叫唤，我的妈啊，这哪是人干的。张慧娟咧着嘴笑道，叫你别去，你不信，尝到滋味了吧。来人上去将闸门摇到了位，婷婷热得直叨叨受不了，与渠生一起回去了。中午一起吃饭，张慧娟对唐丰收说，这些孩子啊，太没用了，哪像我们年轻时。唐丰收说都是我们将他们娇生惯养坏了，明天我还叫渠生来，给他点厉害看看。张慧娟说，对，叫婷婷也来，磨炼磨炼。

第二天，渠生晓得老爸不会放了他，带着婷婷回老家去了。因为苏敏也参加抗旱了，莉莉常在杏枝店里玩，自从晓得自己是渠生的妹妹后，莉莉对渠生就有了一种特殊的情感。见渠生哥要带婷婷姐回老家，也嚷嚷着要去，渠生说摩托车不好带，没让她去，带上婷婷跑了，气得莉莉直哭。莉莉小时候，杏枝带过，有感情，就对莉莉说，这么大个丫头，哭啥哭，还不快去写作业。

当日中午，骄阳似火，张慧娟巡视渠道时，发现堤坝下有管涌，想下到堤坝去看个究竟，下堤时，没走几步就往地上一扑，跟在她身后的汪欢畅，见她晕倒了，赶紧将她背起来。汪欢畅长得高高个子，圆脸，脸上透着股灵秀之气，她在学校是排球运动员，有力气。背着张慧娟，她一气跑到杨泗庙。唐丰收晓得后，跑去将黄铁林的女儿黄三针找来。黄铁林老了后，将医道传给了女儿黄三针。张慧娟苏醒后，软软地坐在那儿，脸色发高烧般红扑扑的。黄三针给她量了血压后，说她患有高血压，提醒她以后注意。黄三针要替张慧娟吊瓶水，张慧娟伸出了胳膊，唐丰收看着那手臂一笑，张慧娟问他笑什么，唐丰收拍拍她的手臂说，白白胖胖的，真像一节大藕。张慧娟也笑了。可黄三针找了很久也没找到可以打针的静脉。就对她说，你的静脉太细了。张慧娟说，手臂上不行，那就在脚上打吧，将腿架在凳子上，黄三针终于在张慧娟腿部一个静脉弯曲的地方将吊针打上了。唐丰收问她腿上这儿的静脉这么弯曲，张慧娟答道，说啥说，还不都是当年测量时冬天摸水过河弄的。唐丰收也说那时工作太辛苦了。见黄三针没事，唐丰收乘机要她替自己的血压量一下。量后，黄三针说他血压正常。张慧娟却说，高血压怕什么。吊了水，吃了几块饼干，休息一会儿，见精神来了，她又带着汪欢畅去跑渠道了，因为她不想离开自己的岗位。

干旱越来越厉害。清河县南、北干渠末梢依然无水，唐丰收要求采取大流量供水，周谷仓告诫他说渠道建设以来，这是最大流量了，超负荷运行，要承担风险。唐丰收却发牢骚地说，要想灌区工程得到市领导的重视，就得承担风险，平时谁晓得我们，问题出来了，投资才会下来。周谷仓感到唐丰收的牢骚话有理，就将情况向抗旱指挥部做了汇报，要求紧急支援抗旱。

龙潭水电站将四台机组开动了。正如唐丰收预料的那样，渠道犹如一道血管，平时正常供水，啥事也没有，陡然加大了流量，各类工程隐患纷纷暴露出来。许多渡槽漏水严重，咽喉渡槽尤为突出。许多填方坝也渗水了，南干渠有一处填方坝竟出现了管涌群，随时有溃破的危险，唐丰收固守在那儿持续观察了五天五夜，但南、北干渠末梢依然无水，主要原因是渠道中水草疯长，淤塞得太厉害。

抗旱任务取得了胜利，在抗旱大会上，抗旱指挥部要求四县当年冬季对主要渠道进行大清淤。唐丰收在会上，提出对南干渠那段渗水严重的填方坝实施硬化建设，可这方案报上去后，就石沉大海。

抗旱工作结束，郝仁俊去提水轮机机组了，唐丰收回到了甜水电站工地。

王财东在杨泗庙堤坝上拉石料回家盖房子，看石料的人是当年与唐丰收一起搞钢筋吊篮的贺正福。贺正福在外面打工，因老母亲有病，回来后就没再出去了，他找到唐丰收想找小工做，唐丰收就将他安排到覃大头的施工队。贺正福与王财东发生争吵后，覃大头赶来阻止王财东，不许拉，说这是我们灌区的石料。王财东据理力争道，石料是当年民工开的，这儿的山是我们队的，你们能用，我们更能用。相互对骂了一番，王财东一气之下找到管理局。周谷仓局长不在家，周杰将情况向刘凯汇报了。刘凯将两人的事协调好，感到很奇怪，甜水电站的石料是在龙山宫采石场运的，这事郝仁俊与他说过。财务科这一块的账目归苏敏负责，他到苏敏这儿叫她查账，苏敏一查，账上所有发票都是采石场的。刘凯敏感地感到这里面有问题，等周谷仓回来，向他做了汇报。听了汇报，周谷仓觉得问题重大，就叫唐丰收在暗中查一下，掌握证据。唐丰收没惊动覃大头，而是找到贺正福。贺正福很尊敬唐丰收，如实将情况对他说了。原来，唐丰收离开电站工地后，建电站用的石料都是他带人去杨泗庙渠坝上拉的，至于覃大头是不是到采石场去开发票，他就不晓得了。唐丰收相信贺正福对自己不会说谎，来到采石场，采石场老板却一口咬定，甜水电站用的石料是他们场的。

唐丰收将查到的情况与周谷仓在一起分析后，估计采石场老板与覃大头可能是一伙的，因为采石场的石头与杨泗庙的石头不是一种石料。唐丰收从账本中复印了一张发票去采石场核对，结果不但没查到底联，号码与该厂同期的发票也大有出入，由此，唐丰收断定覃大头在采石场开的是假发票。

掌握大量证据后，因此案涉嫌到副局长郝仁俊，管理局将情况秘密向检察机关做了举报。检察机关组成调查组进行调查，一开始，覃大头百般抵赖，死都不承认，等调查组将杨泗庙渠坝上的石头、龙山宫采石场的石头与甜水电站用的石头放在一起比较，覃大头才如瘪了气的皮球般瘫软了，交代了自己的罪行。郝仁俊在外面采购水轮机，不知道这事，他回来的当晚，检察机关就来人将他带走了。通过进一步调查，郝仁俊在购进水轮机时又吃了一大笔回扣。

郝仁俊因数罪并罚被判了五年，覃大头被判了七年。

冬修时，四个县虽上了大批民工对四条干渠实施大面积清淤。唐丰收回老家时，与唐和宝说起这事，唐和宝向他反映人都出去打工了，就是让几个女人随便将渠道中表层的淤泥挑了挑，就算了，那些报上去的数字都是假的，焦虑再这样下去渠道早晚要淤塞得无法过水了。

唐丰收点点头没吱声。

第五十五章

郝仁俊去坐牢了，上级又调来一位叫汪子岳的副局长。

周谷仓乘机将中层干部做了调整，杨惠任工程科科长，吴志豪任副科长；晋长江被调到局里任多种经营科任副科长；周杰任基建办公室主任，徐基友任副主任。苏敏调到基建办公室，张慧娟调到财务科，其他科室人员没动。

这天，唐丰收回到局里来办事时，有人找到了他。一看是郝家根，他热情地握住他的手说多年不见，还好吧？郝家根二话不说，拉着他就要他跟自己走。唐丰收见他骑在摩托车上，非要自己坐在后面，就问到底是啥事。郝家根这才对他说，我是特意来请你的。原来，郝家根搞起了大棚菜，去年承包了村民小组一大片空地，扩大基地规模，见要挖条放水沟，想起了唐丰收。唐丰收听说是这事，忙对他说，你去工程科找杨科长，让她安排人去比较合适。郝家根从车上下来，说，我看中了你，你老哥就得给我去，要钱，我给。硬将唐丰收拉走了。

来到郝家屋，许多年没回来了，屋场变化很大，见村口原来那几棵要好几个人才能抱过来的大树没有了，唐丰收就问大树呢。郝家根说大树前些年被砍掉卖了。唐丰收惋惜那些大树是宝贝啊，砍了太可惜。郝家根说，那几棵大树是屋场唯一祖传的资产，我也不主张砍，小组许多人不缴水费，村里催得紧，无奈中，我们就卖掉缴水费了。唐丰收再去看田畈，原来这儿的田贩是一大片肥沃的水田，可现在老样子还在，但百分之七十的面积种起了大棚菜，种水稻的极少。

将排水沟位置设计好，中午一起吃饭，唐丰收问起该队的粮食情况。郝家根说，现在的人，啥值钱种啥，没几户种水稻了，他家去年仅种大蒜一项就收入好几千块，比种水稻赚钱多了。唐丰收见灌区境内的农业种植结构正在发生变化，由此想到，原来斗、农渠归乡镇农田基本建设来搞，现在农田基本建设基本上消失了，渠系末端是灌溉效益最后一个环节，斗、农渠失去了建设依托，势必会严重影响到灌溉效益的发挥。他感到这问题值得关注。

婷婷从学校打电话回来了，张慧娟接听后，惊得身子一颤。

唐丰收从甜水电站工地才回来，张慧娟就找到他，对他说，有件事，我得与你商量，你一定要沉住气。

唐丰收回答，说吧，就算天塌下来了，我顶着。

张慧娟说，你不能发脾气。

唐丰收追问到底是咋回事？

张慧娟说，婷婷打电话告诉我，她怀孕了。

张慧娟这话说得声音很轻，可唐丰收还是宛如心中被重重击了一锤般，唐丰收惊讶而气愤地说，渠生那狗东西，等他回来，看我不撕了他。

张慧娟劝道，小声点，这事千万不能让别人晓得了。

唐丰收坐下后，闷头抽烟。

张慧娟对唐丰收道，其他话说了也没用，我想征求一下你的意见，婷婷肚里的孩子，要不要？

唐丰收急忙回答，他俩还在念书，咋要？想想，又对张慧娟说，我们是家长，这事还得问问渠生与婷婷，看他俩是怎么想的。

张慧娟说，这就对了，我当然晓得这孩子不能要，但我们要教育他们引以为戒，珍惜感情。

唐丰收说，听你的，以后他俩结婚了，你我就是一家人了。

张慧娟笑了，说，渠生他们这一代人与我们那时谈恋爱不一样，他俩比我俩强，当初你要有渠生一半的胆量，我俩也不会像现在这样。

唐丰收说，这就是我们的悲哀吧。

两天后是双休日，渠生与婷婷回来了。当夜，唐丰收、张慧娟与渠生、婷婷四人坐在一起。婷婷对唐丰收与张慧娟毫不掩饰地说，这是失误，不是错，你俩别想拆散我俩，死，我俩死在一起。渠生也发誓说，就是书不念了，我也不与婷婷分开。

唐丰收与张慧娟交换了一下眼神，对渠生说，我与你张阿姨不会阻拦你俩，可出现了这事，我们认为是不应该的，孩子是你俩的，你俩打算咋办？

渠生看着婷婷，婷婷盯着渠生，渠生低着头说，不要。

唐丰收对渠生说，那好，你明天回校，余下的事，我与你张阿姨来处理。张慧娟晓得他是在用这话试探渠生对婷婷的情感。唐丰收做好了准备，要是渠生答应回去，他马上就抽渠生的耳光，教训他，使他高兴的是渠生答道，我不回校，补考就补考，我要陪婷婷，对婷婷负责到底。

唐丰收满意地看了一下张慧娟。

张慧娟这才对婷婷与渠生说，好吧，这事就这么说定了，时间不早了，都去休息吧。

杏枝不晓得咋知道了这事，嘟哝着骂渠生说，有什么样的老子就养什么样的儿子，倒霉事都让我遇见了，不是看在你念书的分上，这孩子就让婷婷生下来，我带，反正我也没事，做梦都想孙子呢。骂归骂，杏枝还是在暗中给了渠生几百块钱，要他拿去给婷婷滋补身子，劝他要晓得疼老婆，以后多照顾婷婷。渠生连连说好。

婷婷秘密做了人流手术，夜里，在张慧娟与渠生的搀扶下悄悄回来。张慧娟将婷婷才安置好，苏敏拎只老母鸡来了。张慧娟问她怎么知道的，苏敏闪开这话问婷婷还好吧，张慧娟说，头胎，容易做，做了婷婷就要回来，被我骂住了，才到家。苏敏晓得张慧娟不敢杀鸡，叫她将菜刀与碗拿来。张慧娟在厨房里将碗中倒点水又放点盐，端着碗，拿着刀来了。苏敏捉着老母鸡，将鸡脖子上的毛扯扯，一刀杀下去，然后将一只手捏着鸡头，另一手捉着鸡脚提得高高的，鸡脖子被割破了地方流出一注血，坠落在碗中。两人把鸡烫好拔去毛洗干净了，苏敏对张慧娟说，走，我俩到朱萍家去借个砂锅来，她家有。两人正开门去，唐丰收挽着一篮子鸡蛋来了。听苏敏说她俩要去借砂锅，唐丰收将鸡蛋放好，叫她俩去。婷婷正在与渠生说话呢，见唐丰收进去了，渠生赶紧站起来。婷婷好像想起了什么似的，对渠生说，你回去吧，让我与你爸说会儿话。渠生知趣地离开了。

唐丰收问婷婷还好吧。

婷婷回答，当时疼得揪心，现在没事了，依我啊，明天就回学校。

唐丰收脸一拉说，别说傻话了，要休息几天。

沉默片刻，婷婷看着唐丰收，忽然问道，唐叔叔，我妈与我爸离婚与你有关吧？

唐丰收含糊地回答，也有，也没有。

婷婷又问：听说，你以前与我妈好过，是不是有这回事？

唐丰收谨慎地答复道，那是过去的事了，别说了。

婷婷说，好，过去的事，不说了，现在你得回答我，你与苏阿姨好，又与我妈好，你心里到底对谁好？

唐丰收将目光落在婷婷的脸上，见婷婷脸上是一副要知道答案的神态，心想，婷婷既然这么问了，说明他们三个之间的事，她多少知道了一些，可面对这么尖锐的问题，叫他说也不好说，就含糊其词地答道，我对莉莉妈与你妈都很好。

婷婷不解地问他：难道你心中能同时装着两个人？

唐丰收连忙解释说，我对莉莉妈的好与对你妈的好不一样。

婷婷问，怎么不一样？

唐丰收回答，我与你妈的好是纯感情的。

婷婷抢着说，你与莉莉妈的关系超越了感情，对吗？

唐丰收红了脸，哑然了。

婷婷继续追问道，如果我妈也要嫁你，你必须在她俩中选一个，你选谁？

唐丰收扑哧一笑，说，生活就是生活，没有如果。

婷婷又问，你会与杏枝阿姨离婚吗？

沉默了好一会儿，唐丰收才答道，以后的事，谁也无法预料，现在我无法回答你。

这时，张慧娟与苏敏拿着砂锅回来了，唐丰收害怕婷婷再盘问，乘机出来了。见她俩在厨房中剁鸡往砂锅中放，溜了。

出门，一阵寒风扑面来，唐丰收将头一低，随后朝家那边走去。来到家门口，听见里面打麻将的响声与杏枝哈哈大笑的声音，他转身离开了。去哪呢？他也不晓得。顺着马路，他茫然地往前走着。寂静中，刚才婷婷的话又在他脑海中响了起来，是啊，在杏枝、苏敏与张慧娟这三个女人中，如果问他到底爱谁，他该怎么回答呢？从感情上，他感觉自己爱的是张慧娟，但真要与张慧娟生活在一起，他又感到不合适，原因他也说不清、道不明。比较起来，他感到自己与苏敏在一起生活则更自在坦然，因为他喜欢苏敏的主动性，想到苏敏为自己付出得太多，承受得更多，感到心灵的天平应该倾向她。杏枝是法定的妻子，他在老秦面前发过誓不离婚，以后在她们三人中到底该怎样取舍，他一时也难做出决定。徘徊了很久，他朝苏敏家走去。

听见敲门声，莉莉拉开门，见是唐丰收来了，一把将他拉进来，关住门，甜蜜地喊了声爸爸。唐丰收见台灯亮着，桌子上摆着课本与作业，就问莉莉，在写作业啊。莉莉说对，然后指着一道数学题问道，这道题目，我不会做，我妈到张阿姨家去了还没回来，真急人。唐丰收将题目看了看，教莉莉做了。莉莉将题目做好，钦佩地说，爸爸，没想到你数学比我妈还好。唐丰收笑了笑说，我是你妈教的。莉莉将课本装进书包，将唐丰收拉进房里，打开电视机，对他耳边轻声说，爸，今晚，陪我看电视，别走了……

第五十六章

大暴雨在哗啦哗啦地下着……

唐丰收从工地上回到家。

杏枝在店里正与几位牌友在打麻将,见他湿漉漉地进来,啪的一下将一张牌打出去,嘴里同时道,八万!就像没见到一样。唐丰收从边门进到里屋,将包取下来挂在门后面,脱去外套丢在一旁,倒杯开水,点了支烟抽着。歇下来后,劳累与疲乏开始侵袭他了,他靠在沙发上迷糊着,忽然他被一阵自摸的叫声惊醒了。见手指中夹的烟自燃了一大截,他弹了弹,吸了口,将烟蒂丢了。

窗户外的瓢泼大雨越下越大,唐丰收见不能去工地,将杯中的水喝了,起身来到房内,想倒在床上闷头好好睡一觉。他刚钻进蚊帐,就听有人在外面急迫地喊他,唐科长,唐科长,快到工程科去!因雨声太大,他也没听清是谁喊的,拿把雨伞,他从边门一头扎进暴雨中。

他来到工程科办公室,周谷仓、刘凯、任华礼、汪子岳、胡家斌、周杰、吴志豪、晋长江等人都在,周谷仓局长见他来了,忙对他说,暴雨下得太大,刚才接到电话,甜水渡槽与咽喉渡槽都出了问题,我们必须赶紧组织人员抗洪抢险。唐丰收问泄洪闸打开了没有。刘凯说都打开了,进水闸也关了,但渠道来水无法排掉。周谷仓冷静地对大家说,我、唐丰收、吴志豪、晋长江组成第一小组,带一批人到甜水渡槽去抢险;任华礼、汪子岳、刘凯、周杰、杨慧组成第二小组,带一批人到咽喉渡槽去抢险,胡科长年龄大了,留下来值班,其余的人都出去。

周杰火速将机关大院的人都喊了来,周谷仓给了大家五分钟准备,就与唐丰收带着第一小组的人与防汛物资坐辆江淮牌卡车出去了,苏敏、汪欢畅在唐丰收这个组，张慧娟在刘凯那个组。卡车在大雨急速行驶着，到了渠道防汛公路，因路狭窄泥泞，无法前行。唐丰收对周谷仓说，周局长，我们步行去，叫车绕道从那边开过去。周谷仓抢险心切，答应了。十几个人冒雨在泥泞中跋涉着，走了一会儿，唐丰收走路快，跑到前面，跟在他身后的有苏敏与汪欢畅等几人，周局长与几个年轻人被甩在了后面。

暴雨越下越大，渠道里的水看着往上涨。

唐丰收率先来到顾为国所在第三管理所，没进去，而是一口气跑到渡槽旁。顾为国正站在渡槽上望着滔滔的洪水发愣，吓得不知所措。见唐丰收来了，高兴地迎了上去，说，你来了，太好了，太好了。唐丰收对他说，周局长在后面，你快去接一下，这儿我来检查。唐丰收对追到他身边的苏敏与汪欢畅说，你俩快去将甘会计给我叫来。我先将渡槽巡视一下。苏敏与汪欢畅去了。唐丰收带着晋长江，冒雨将渡槽一节节查看着。查到中间部分，见渡槽漏水严重，他眉头紧锁预感不好。再往前查，来到那条小河边，见河水暴涨，无法过去，晋长江问怎么办？唐丰收望望河那边，叫晋长江快转回去。

唐丰收甩开步子不一会儿来渡槽进水口。周谷仓和顾为国等人也到了，唐丰收将周局长他们带到附近一户人家，火速向周局长汇报说，刚才我将渡槽查了下，有三处溢水严重，第一处在 8、9 号墩子之间；第二处在 13、14、15 号墩子之间；第三处在 21、22 号墩子之间，现在上游的水正往渡槽里涌，那边的泄洪闸无法将水排掉，为了严防渡槽坍塌，必须在渠道上游临时开个口子，将水泄出去，我带人在渡槽下用支撑架支撑槽身，顶住渡槽，保护渡槽。周谷仓没遇见过这种抢险，答应按唐丰收的意见办。这时，苏敏与汪欢畅将甘会计喊来了。唐丰收果断地对甘会计说，你快将队里的人都喊出来，在上游水塘那地方将渠道挖个口子，泄洪，损失以后赔，快去。甘会计见唐丰收焦急万分，跑回去拿面紫铜锣，披着雨衣在雨中一边咣咣咣地敲着，一边狂呼抢险啊，快出来抢险啊！唐丰收让周局长去指挥那边的人开口子，指定汪欢畅给他当联络员，带着吴志豪、晋长江、顾为国、杜文盛等人从管理所扛了几根树筒子，来到最危险的 13、14、15 号渡槽墩子那儿，因为这儿地势低洼渡槽溢水严重，是渡槽最危险的地方。唐丰收对大家说，快动手搭支架保护槽身，接着就干起来。木料不够，他指挥顾为国到农村人家去借。暴雨下得几乎无法睁开眼，但抢险的人都在暴雨中七手八脚地抢着搭架子。

一个支撑架搭好了，可搭第二支撑架子时，木料没有了，唐丰收嚷嚷着叫晋长江去喊附近生产队的人来支援，晋长江跑去了。渡槽溢水越来越严重，附近的人扛着木料赶来。见苏敏也扛着根木料夹在人群中吃力地跑来，唐丰收过去将她扛的木料接下来，喝叫她快离开，这儿危险。苏敏没离开，仍继续与顾为国一起忙着搭支架。附近居民组有几位农民跑来支援，支架终于立起来，可还差那么一点点，唐丰收见没木料了，指着小树林叫快去砍树，几个农民跑去砍树，唐丰收站在支架上将木料捆绑好，因为渡槽是 U 型的，支架还没支撑到位，唐丰收火速用肩膀顶住槽身，顾为国、吴志豪也爬上来用肩膀顶住了。唐丰收晓得这儿是渡槽的核心段，一旦坍塌了，渡槽就完蛋了，心想只要再坚持一会儿，那边的口子挖开了，洪水就会从口子倾泻出去，渡槽就没事了。

周谷仓见挖口子的农民在奋力地挖着，估计一会儿就挖开了，带几个人赶来支援唐丰收。他刚到渡槽边，就见渡槽槽身从唐丰收他们支撑的那地方一下子断裂了。随着轰隆一声巨响，巨大的水流朝唐丰收与顾为国身上冲了下来。一瞬间，唐丰收将顾为国一把推开，顾为国往水中跌了下去，旁边一个社员扑进水里将他抓住拉了起来。唐丰收却被倾泻而下的洪水冲走了。唐丰收！一旁的苏敏狂喊一声，发疯般朝水中扑去救唐丰收。一位农民一把抱住她，怕她被洪水卷走了，可她推开那农民朝唐丰收追去。唐丰收被滚滚的洪水冲得在水中连续翻跟头，苏敏拼死扑进激流一把将唐丰收死死抱住，就见两人在奔腾的洪水中滚动着，滚动着。因为两人抱在一起，阻力大，滚得慢了。顾为国奋不顾身扑进水流，拉住苏敏的衣服。周局长狂喊救人，快救人！汪欢畅与两个农民跳进激流，奋力将唐丰收与苏敏拉了上来。

两人被拉上来后，苏敏仍死死抱着唐丰收不放松，唐丰收将她的手掰开对她说，我没事，再喊她，苏敏却不回答。唐丰收见她的头部在朝外不停地冒血，大叫一声，苏敏，你挺住啊，我送你去医院，抱着她就跑。周谷仓命令开卡车的司机小杜快将苏敏送往附近的医院，不惜一切代价抢救。

苏敏被火急地送到了镇医院。唐丰收抱着苏敏对医生直叫快抢救，快抢救！说罢，自己朝后一倒，不省人事了。几位医生火速对苏敏和唐丰收进行抢救。唐丰收被救活了，可苏敏因头部被洪水冲击到一块石头上，磕坏了，再也没有睁开眼睛……

唐丰收苏醒后，得知苏敏死了，跑进太平间扑在她尸体上哭得晕死了过去……

几乎就在甜水渡槽坍塌的同时，咽喉渡槽同样出现了惊险的一幕。刘凯他们虽竭力抢救，但渡槽还是被洪水冲坍塌，好在没有人员伤亡，只是张慧娟在抢运草包时累昏了过去，但不一会儿就好了。

接到苏敏在防洪抢险的战斗中为救唐丰收，英勇牺牲，胡家斌想到年轻时对苏敏的一片痴情，不顾身体有病，火速出来组织人布置灵堂。接到苏敏的遗体，他身不由己对着苏敏的遗体扑通一跪，连磕了三个响头，含着泪水与唐丰收一起将苏敏的遗体安放在鲜花丛中。

苏敏的弟弟从老家赶来了。

单位替苏敏开了追悼大会，将她的骨灰在公墓中安葬好，苏敏的弟弟找到唐丰收，要求将莉莉带到他那儿去抚养。苏敏死后，莉莉一直跟在唐丰收身边，苏敏的丧事是唐丰收当主角操办的。莉莉见舅舅要将自己带走，一把抱住唐丰收，哭着对舅舅说，他是我爸，以后我跟我爸在一起，哪也不去。单位的人见莉莉喊唐丰收做爸爸了，都很震惊。周谷仓忙问唐丰收是怎么回事？唐丰收这才坦然地向组织上说出了事情的真相。莉莉的舅舅不相信，唐丰收就让张慧娟出来解释。张慧娟作证后，莉莉的舅舅才同意将莉莉交给唐丰收抚养。私下里，单位里许多人包括胡家斌，不但没有责怪唐丰收的作风问题，反而被他对莉莉的负责精神所感动。

莉莉的舅舅走了。

唐丰收带着莉莉住进了苏敏的家中。这天上午，唐丰收领着莉莉去给苏敏的墓上烧香，还没出大院子，杏枝拦住唐丰收，要陪他一起去。唐丰收犹豫了一下，这时张慧娟过来了，因为事先她与唐丰收约好一起去的。张慧娟得知杏枝也要去，大度地对她说，你要去，就一起去吧，说罢，牵住莉莉的小手与唐丰收走了。

烧香回来，张慧娟回家了，杏枝要唐丰收带着莉莉一起跟她回家，唐丰收回答苏敏没断七，我哪也不去。杏枝气得对他一跺脚，骂了声，去为你野老婆守魂吧，转身走了。

第五十七章

一场百年未遇的特大洪水终于退了。

周谷仓找到唐丰收。唐丰收晓得局长来找自己不是谈个人问题的，估计是来找他谈水毁工程情况的。周谷仓从包里拿出了几本复习资料给了莉莉，然后叫她到一边去玩。等莉莉走后，他对唐丰收说，你将家里安排一下，明天跟我一起下去。

渠生与婷婷出去玩了，张慧娟在家。唐丰收见到她，也没绕弯子，直截了当地对她说，苏敏还没断七，刚才周局长找我，要我下去对渠系建筑物进行大检查，你替我带一下莉莉，接着替我给苏敏烧香。说罢，从口袋里掏出几十块钱放在桌上。张慧娟将钱塞回了他的口袋，拉开抽屉，拿条香烟递给他，说，走时，你将莉莉送来就行了。

暴雨过后，日头格外晒人。

周谷仓、任华礼与唐丰收一行人走在渠道坝上。本来开会时，刘凯提出从进水闸开始往后逐一对所有建筑物进行检查，可唐丰收建议，各所管辖的建筑物由各所直接查，大型建筑物由局里负责，这样做重点突出，可以缩短时间。周谷仓觉得这意见好，采纳了。

检查时，唐丰收事先编了张表，将水毁级别分为完好、轻微、一般、较重、特别重，边查边评估。检查组仅仅用了半个月，就将主要大型工程建筑物查完了。

洪水过后，龙潭水库电站抓紧时机发电，灌区工程因毁坏严重，灌溉供水被迫停止。

唐丰收在检查时对周谷仓局长说，洪水过后准会有干旱，我们必须尽快将能修复的工程抢着修好，争取供水，不然，直接影响水费收入。他的想法与周谷仓不谋而合，检查结束，周谷仓就叫刘凯组织人员抢修水毁不严重的建筑物。

咽喉渡槽与甜水渡槽坍塌了，这是自灌区工程建设以来前所未有的。为了能查出原因，周谷仓向市水利局的姜局长提出申请，从水利厅请来了刘总工程师与丘总工程师。这两位水利专家在鉴定前，查阅了这两座渡槽当年的施工档案，对事故现场进行了仔细查看。在事故分析通报会上，两位专家一致认为，导致咽喉渡槽坍塌的主要原因是混凝土浇筑时使用青砖与土坯的缘故。参会的唐丰收听了鉴定，对胡家斌看了一眼。胡家斌满脸通红，悄悄对身边的刘凯推卸说，这是当年郝仁俊拍板的，其实他也不同意，都怪当时缺乏木材。刘总工程师在分析甜水渡槽时，认为坍塌的直接原因就是当年槽身增加钢筋密度导致的。唐丰收碰了一下坐在身边的刘凯，刘凯轻声对他说，我当时负责支架与墩子，槽身是郝仁俊弄的，我一点儿也不知道。唐丰收嗯了声，心想，要是当年这两座渡槽都严格按图纸建设，也就不会坍塌，苏敏更不会奉献出宝贵的生命。在严重的教训面前，他再次深刻理解了质量是工程的生命这句话的意义。最后两位专家一致认为，咽喉与甜水这两座渡槽必须拆除重建。

灌溉停水后，因多日高温无有效降雨，干旱这个魔鬼又肆虐了。四个县的领导纷纷来管理局要水。周谷仓被迫将四个县的负责人找来，开了水毁工程通报会，说我们正在组织抢修，劝他们耐心等待。

通报会后，管理局召开党组扩大会，唐丰收被周谷仓指名参加了会议。会上，刘凯提出了临时抢修方案，要求对咽喉与甜水两大渡槽毁坏的槽身突击预制。周谷仓问唐丰收是什么意见。唐丰收早对这两座的抢修方案有了思考，见周局长让他发言，就说：咽喉渡槽是总干渠的咽喉部位，既然是抢修，我建议用橡胶渡槽。听说用橡胶渡槽，参会的人都注视着他。唐丰收进一步说，咽喉渡槽仅坍塌了十三米长，我在一份资料上查了，D 市有个厂生产这种渡槽，只要购来接上，渡槽即可投入使用，这样，除了第二干渠，其他渠道就能通水了。周谷仓忙对刘凯说，老唐说得对。刘凯也感到这办法可行。在谈到甜水渡槽时，唐丰收说当前还没有橡胶的 U 型渡槽，我们只有用钢筋混凝土抢建了。周谷仓在会上做了分工安排，刘凯负责咽喉渡槽，汪子岳负责甜水渡槽抢修，任华礼负责物资调配。

散会，刘凯带吴志豪去D市采购橡胶渡槽去了。

汪子岳带着唐丰收找出当年甜水渡槽的施工图纸，准备抢修工作。覃大头被抓去坐牢后，唐丰收将原来的施工班子指定贺正福负责。他们来到工地，唐丰收亲自披挂上阵，日夜加班，争分夺秒地做模具，扎钢筋，浇筑几节U型槽身。

这天下午，唐丰收领着人对正在对槽身实施混凝土浇筑，渠生骑着摩托车找来了，说开学了，他的学费怎么办？唐丰收与杏枝闹翻后，工资一直由杏枝领，他要用就找杏枝要。唐丰收对渠生说，钱，我这儿也没有，你找你妈。渠生说我妈叫我来找你。唐丰收将手头的工作处理好，对汪局长说了声，与渠生一起骑着摩托车赶回来了。

到家，唐丰收就问杏枝要钱，说渠生要交学费，杏枝石磙般不吭声。唐丰收一连问了好几声，她才猛然冲他号叫道：我哪有钱，我没钱！唐丰收大声道，工资在你手上，钱到哪儿去了？杏枝蛮横地说，你问我，我问谁？没钱，儿子的书不念算了！唐丰收估计家里积攒的钱被她打牌输了，就破口嚷嚷道：一天到晚打牌、打牌，将儿子的学费都输掉了，你还是人不是？杏枝虽心虚，但仍摆出强悍的样子，对唐丰收咆哮道，你一天到晚不归家，在外面养野老婆，还有脸骂我，老子打牌输掉了，你怎么样？扑过来对唐丰收又抓又挠。唐丰收见家里的钱真被她输了，气得顺手给了她一耳光。见唐丰收打了自己，杏枝哭着操起晾衣服的撑子，照唐丰收的头上打去。唐丰收知道头被打了，又要挥拳打杏枝，渠生一把推开他喝叫道，打什么打，有种拿钱来，在家打老婆算什么本事。唐丰收不想与杏枝接着打下去，揉着头出来了。张慧娟听见他家在吵嘴，从办公室里跑出来。见唐丰收在院子里，就将他喊进办公室，问怎么啦？唐丰收将刚才发生的事对她说。张慧娟说，不就是钱嘛，同她闹，不值得。两人正在说渠生学费的事，周谷仓来了。得知唐丰收与杏枝吵嘴的原因后，气得直说机关大院打麻将成风，风气太坏了，不杀杀邪气不行。叫唐丰收跟他来。唐丰收当周局长找自己问工程上的事呢，可周谷仓却问他给渠生交学费要多少钱。唐丰收说要三千多。周谷仓说，你晚上到我这儿来一趟吧。这时，有人喊周谷仓了，他与唐丰收分开了。当晚，唐丰收正在辅导莉莉写作业，周谷仓来将四千块钱交给他，说是自己这个大半年积攒的，何时还都可以。唐丰收将钱收下了，一粒晶莹的泪珠不由得从眼角掉了下来。

第二天将渠生的事安排好，他到工地上去了。

橡胶渡槽购回来了，唐丰收过去协助刘凯、周杰将其安装好了。供水后，效果很好。

又经过十几天努力，甜水渡槽修复工程完成了，通水后，达到了预期效果。

应急措施实施后，果然如唐丰收预料的那样，接着是干旱。工程带病运行增加了管理难度，但为了支援农业生产，周谷仓就在管理上下功夫，开职工大会要求职工坚守岗上，实行岗位责任制，保证二十四小时联系。

管理局一边向上面要求救灾经费，一边组织人员编制工程重建的计划项目申报。因为年初，市水利局与灌区管理局签了协议，经费实行包干了，尽管灌区工程遭遇了自然灾害，可工程维修费得由灌区管理局自行解决，好在当年水费征收的任务及时完成。

杏枝依然白天黑夜打麻将，啥事都不管不问。到时候她就叫唐丰收给渠生寄钱，寄慢了就与唐丰收吵，弄得唐丰收内外交困，好在张慧娟在暗中帮他。唐丰收与杏枝之间的裂痕越来越深。

渠生又打电话来要生活费了。手头没钱，与杏枝大吵一场，唐丰收气得提出与她分居，杏枝瞪着眼要挟地嚷嚷，你每月将工资给我三分之一，我就分。唐丰收一口答应道，好，从这个月开始。说罢，就离开了那个家。

唐丰收来找甘会计借钱，甘会计也无奈，因为他家鱼塘遭遇洪水冲击，损失惨重，手头也缺流动资金。贺正福与施工队的人凑了几百块钱借给唐丰收。唐丰收将钱寄给了渠生，松了口气，可一场更大的经济危机却在等着他了。

第五十八章

一只斑鸠在窗外楼顶上咯咯哥，咯咯地叫着……

睡梦中的唐丰收被这叫声吵醒了，一掀被子坐起来。见天已大亮，他喊莉莉去上学。莉莉在对面床上一声接一声低声咳着，磨磨蹭蹭，一副软耷耷的样子，唐丰收问她怎么啦。莉莉说头好疼。唐丰收用手一摸她前额，烧得烫手，忙对她说，今天别去学校了，拿起床头柜上的电话就打。莉莉说，别打了，我还是去吧。唐丰收没睬她，拨通莉莉班主任老师的电话，替莉莉请了假。放下电话，他就带莉莉去医院。

来到大门口，遇见晨练回来的张慧娟。张慧娟问莉莉怎么啦。唐丰收说她在发烧，去医院看看。张慧娟也咳了几声，说昨天也感冒了，不会有大事，吊瓶水就会好，有事喊她。

莉莉不是感冒，而是患了肺炎，必须住院治疗。办好住院手续，唐丰收买来两个大饼和两杯豆奶。父女俩正在吃，周谷仓急匆匆找来了，昨天说好了，他要带唐丰收等人到外面去考察。供水停止后，灌区管理局加大了对工程建筑物的修缮，可报上去的计划均没有获得批准，原因是银行却下达了紧急通知，国家对龙潭灌区工程的建设投资告罄了。没钱怎么办事？周谷仓急得猴跳，火速带着刘凯等人，跑省政府，跑省水利厅，找市政府，找市水利局，可奔来跑去，就是弄不到银子。万般无奈，周谷仓决定到本省的马山灌区、湖北的荆州、湖南的苏水等大型灌区去考察，看看这些同行在当前的形势下，是如何求生存的。之所以要带唐丰收去，因为周谷仓考虑综合经营是条路子，让他能多多学习兄弟灌区的经验。见莉莉病得厉害，唐丰收不能脱身，周谷仓让他在家多陪陪莉莉，将莉莉的病治好，带着一行人走了。

吊瓶中的点滴在往下坠落着。

莉莉躺在病床上翻看着课本，唐丰收守候在莉莉身边，可他的心神却凝聚在灌区的投资问题上。他清楚周局长这次带人出去考察的目的，从报刊上，他了解到全国许多灌区因水资源与投资问题等等因素陷入了困境，有的甚至倒闭了，从龙潭灌区的情况来看，工程有水库支撑，水资源有保障，投资的告罄是因为当年工程概预算是根据那个时期的物价标准预算的。随着市场的开放与物价的急剧提高，资金告罄在所难免，但如何再次争取投资呢？他忽然想到了老秦去世前交给自己的那个黑色笔记本。

吊瓶中的水吊完了，护士将吊瓶取走了。上午没啥事了，他对莉莉说，你躺着看书，我回家拿个东西，一会儿就来，好吗？莉莉嗯了一声，答应了。

唐丰收跑回家，找出珍藏的老秦的那个黑色笔记本，装在手包中去医院，在大门，他遇见了赵一帆。遇见后，赵一帆喊住他，一脸愁容地对他说，都这时候了，你还忙个蛋。唐丰收被他说得一愣。赵一帆凑近他低声道，我就晓得你这次不会去。唐丰收见他说得是考察的事，忙解释说是莉莉病了，我实在走不开，才没去。赵一帆摇摇头，说，去了也没用，这回灌区算完蛋了。唐丰收见他手中拿着几张纸，问他干啥。赵一帆叹了口气回答，我们这些老家伙反正退休了，但不能让孩子陷在泥巴窝里了，说他打了个报告，想儿子赵东升趁早调离灌区，然后又对唐丰收说，渠生即将毕业了，你还是到厅里去活动活动，将渠生想办法安置到别处去吧。赵东升大学毕业后回到灌区，在滚水坝管理所任技术员。唐丰收不想与他多谈这事，礼貌地笑笑说自己要去照顾莉莉，离开了。才走几步，张慧娟喊住他，问了莉莉的病情，又面带愁容地问他，听说我们局下个月不发工资了，要解散了，是不是有这事？唐丰收一惊，问，你听谁说的？张慧娟道，刚才办公室的人都这么讲，说周局长这次出去考察是学习外地解散机构的经验，回来好安置人员。唐丰收一笑，说，别听那些人扯谈，根本没有这回事。

来到医院，莉莉抱着课本睡着了。

难得有点清闲，唐丰收坐在病床前，从包掏出老秦那个黑色笔记本打开了。一看，他好像《三国演义》中的刘备看见了诸葛亮留下的锦囊妙计般，顿时开朗了，因为老秦在笔记本中对灌区投资告罄的情况早预料到了，并将对应的办法都做了交代：一是论证灌区工程继续建设的可行性；一是调整工程概预算,继续申报投资。再往深处看,唐丰收越发对老秦这位师傅钦佩得五体投地,因为老秦将这两个问题的提纲与具体操办的走向都做了阐述。说心里话,灌区工程投资告罄了,唐丰收的心头也被一层浓浓的阴霾笼罩着,看了老秦的笔记,他忽然感到眼前出现了光明,顿时来了劲,忍不住轻轻哼起了黄梅戏。

莉莉醒了,见唐丰收很高兴,笑着说,爸,你哼得真好听。唐丰收笑着说,好听吧,你病好了,双休日了,老爸带你去歌厅好好唱给你听。莉莉甜蜜地回答好嘞。

几天后,莉莉出院了。

周谷仓带着一行人回来了。他到了办公室,就打电话将唐丰收叫去了。他拿出一条高档烟递给唐丰收,说专门给你带的,唐丰收高兴地掏钱给他,他摇摇手示意唐丰收坐下,对他说着这次考察的情况。唐丰收耐心听着,当周谷仓说现在全国灌区都面临着生存的考验,有的灌区已转轨交给了地方,有的在商议承包,有的地方也像我们这样断了奶……唐丰收听得眉头紧锁,尽管他也预料会有这种情况,可没想到全国灌区情况会如此严峻。介绍了考察情况,周谷仓将目光注视着唐丰收。唐丰收点支烟,说,全国灌区的大环境不容乐观,就我们灌区来说,我觉得有必要进行一次可行性论证,首先从理论上将龙潭灌区存在与发展必要性证出来,在理论上立于不败之地。

周谷仓马上回答,对,你的想法与我想的一致。

唐丰收想想,又对周谷仓说,可行性报告只是第一步。

周谷仓问,下一步呢?

唐丰收答道,下一步是编概预算,争取投资,没有投资,灌区这个半拉子工程就有被放弃的可能。

周谷仓说,调整概预算的事,在路上,刘凯与我谈了,你先将可行性报告起草好,然后交局领导班子研究修改充实,再上报。

唐丰收思考了一下说,那我得深入基层做调查,不然无法写。

周谷仓点点头,说,你这次下去,再将各县民间用水者协会的情况也查清楚。

唐丰收说好。

从周局长那儿出来，唐丰收很高兴，局长将这个重任交给自己，说明对他的信任，自己决不能辜负领导的期望，一定要将调查工作做好，将报告写出水平来。

周谷仓在局中层干部会议上通报了这次外出考察的情况，对龙潭灌区的前景进行了剖析，看清形势，安心工作，在安排下一步工作时。他将唐丰收、马国骏、顾为国等人抽出来，组成可行性报告调查组，自己任组长，唐丰收任副组长。

神通广大的赵一帆将儿子弄到县文化局去了。

唐丰收将莉莉托给张慧娟后，带着调查组去了清河县。马县长热情地接待了他们。唐丰收调查的内容对马国俊他们交代了，自己回了老家。七十多岁的唐和宝头发全白了，身子瘦得如根毛笔杆，但精神很好。夜里，唐丰收与他谈心，老人家说，以前是全民搞水利，水利好搞，现在大家都忙着搞钱，搞水利不赚钱，反而得花钱，谁搞？你们灌区的水，以前是救命水、幸福水，今天仍是救命水、幸福水，现在靠的还是当年打下的那点老底子，怎么发展就不说了，当务之急是将这点老底子保护好了。刘家屋的那个小水泥渡槽前几年断了，上次渠道断了水，为抢犁弯塘的水，两个屋场差点儿故伎重演，打起来了……

这时，唐丰收的手机响了，是张慧娟打来的，说家里出事了，要他尽快赶回来。唐丰收借辆摩托车连夜赶了回来。

渠生与婷婷毕业后回到灌区管理局，面对灌区黯淡的前景，李贺春来找到张慧娟，说他们局可以安排婷婷。张慧娟当场拒绝了他。谁料婷婷得知了消息，不愿进灌区，张慧娟执意要她进，母女俩闹了起来。婷婷跑到李贺春那儿去了。渠生去劝婷婷，婷婷又与他发生了矛盾，竟说她的事情不要渠生管，躲着不见渠生。李贺春将婷婷的工作安置好，婷婷就与渠生分了手。渠生被分在第四管理所，失恋后，他不愿意到那座孤庙去，一气之下跑到外面去打工了。

唐丰收被张慧娟打电话找了回来，见张慧娟气得边哭边骂李贺春这狗杂种太歹毒，婷婷太忘恩负义，就劝她说，既然事情成了定局，随孩子们去吧，他们有他们的命运，我们当家长也不能一辈子将他们搂在怀里。一旁的莉莉，拿着纸巾边替张慧娟擦泪，边安抚她说，张阿姨，别担心，以后婷婷姐不来了，我陪你。张慧娟感动得一下子将莉莉搂在怀里，连连夸她真是懂事的好孩子。

唐丰收又骑着摩托车赶回了清河县……

唐丰收带调查组来到杨泗庙，去黄铁林家看望了老人家，坐了一会儿，去了王财东家。王财东竟成了该村种植水稻的大户。唐丰收奇怪地问他为何会走上了这条路，王财东抽着黄烟回答，看着田地抛荒，真叫人心疼，我们是农民，种田是我们的本职工作啊。这失职，那失职，都不可怕，农民不种田这才是最大的失职，可怕啊。这么大个国家，都不种田，将来靠什么去讨吃的！所以，我将抛荒的田收在一起，情愿亏本，也不愿意失职。他领着唐丰收一行人去看了他家的水稻田，指着沟中哗哗流淌的水说，过去，水就是粮食，粮食就是命，现在只插一季，用不了那么多水，有一半白白流掉了。唐丰收见水进入农渠后，确实浪费严重，眉头紧锁，表情肃穆。

唐丰收来到枫树村，找到村主任洪财宝，向他询问用水协会的情况。洪财宝对他介绍说，现在我们这儿大都是空村了，田里庄稼不像以前那样种，用水无法控制，协会自然消失了。唐丰收试探着问，根据你们这儿现在的情况，你说该咋用水？洪财宝答道，依我说，反正现在是各家各户用水，你们不如在支渠上多建几个水站，谁家用水，直接找水站商议解决，请你们帮忙送水，就掏钱，用水户也没屁放。唐丰收在本子上记下了他的话。

调查组去了老鸭县。唐丰收来到昔日的同学汪进步家中。汪进步外出打工去了，住在附近汪进步弟弟汪黑毛接待了他。汪黑毛说，我们这儿原来一直用渠道的水，前年，支渠上游渠道边建了个小型化工厂，水被污染，不能用了，家家打井吃地下水，支渠等于作废了。唐丰收他们过去一看，那条支渠内杂草丛生，黑乎乎散发一股熏人的恶臭。进水闸也锈死报废了。

调查组来到槐树县，唐丰收特意来到刘季平家。刘季平家盖了栋很气派的新楼房，来到他家承包的田旁，他老人家说，浇田要抽水，生产队以前挖得沟填的填了，坏的坏了，大渠道好久也没修。原来水有一腰深，现在仅有一腿深，再这样下去，要不了几年，就无水了，要回到从前的老样子，直说毛爷爷那个时代好，有人问老百姓的事，嘟嘟哝哝抱怨，现在乡镇当干部的，嘴上说替老百姓办事，其实就晓得将钱往怀里扒，当贪官……

回来后，唐丰收找到周谷仓，那天周应喜正好也来了。听了唐丰收的汇报，周应喜黑着脸骂骂咧咧地发着牢骚道，我们费尽千辛万苦将灌区工程建好，没想到现在农村，他妈的变成这副熊样子，悲哀啊，真悲哀！周谷仓对他说，放心，我国是农业大国，农业是富国之本，当下农村存在的问题将来政府会慢慢解决的。说到水资源与水源的污染等问题，周谷仓告诉唐丰收，管理局正在筹建水政执法机构，管理将逐步实现法制化。唐丰收连连说对。

外界的活资料收集了，唐丰收钻进了局里新成立的档案室，将灌区建设以来的各类档案查了个遍，摘录了好几大本资料。

有了资料，唐丰收叫莉莉临时到到张慧娟那儿去住，将自己关在苏敏的那间房中，抛开万事，集中精力撰写报告。

第五十九章

一份长达 20 多页的可行性报告草稿摆到周谷仓的办公桌上。

泡杯茶，周谷仓拿起报告聚精会神地看起来。

这份报告，唐丰收根据老秦拟定的要点，紧紧围绕投资与效益这两大块做文章，全方位，多角度反复论证了灌区工程自建设以来发挥出的巨大作用，以及今后发展的方向，并找出了当下存在的问题。最后得出结论，龙潭灌区工程是支撑 C 市农业与灌区境内百万人口生存的骨干工程。

看后，极少抽烟的周谷仓忍不住拿出招待客人用的烟，掏出一支点上，轻轻吸了口。看着一缕细细的烟在腾升，他将烟往烟灰缸中猛地一揿，抓起电话打给张慧娟，叫她立刻将唐丰收叫来。

唐丰收正在家中睡觉。为了赶写报告，他一连熬了好几个通宵。听张慧娟敲门喊他，慢腾腾地起来，踏着拖鞋拉开门，睡眼惺忪地问什么事。听说周局长叫自己，赶紧来了。

周谷仓将任华礼、刘凯、汪子岳召集在一起，让唐丰收将报告宣读了，展开讨论。在听唐丰收念报告时，刘凯开始还是礼貌性地听着，可越听神情越严肃，等唐丰收将报告念完，竟一把从唐丰收手中将报告拿了过去，反复翻看着，然后对唐丰收伸出大拇指，从内心中发出一句感叹：老唐，这报告也只有你能写得出来。周谷仓一笑，得意地说，凭老唐这份报告，我们灌区肯定会迎来一个新的建设高潮。

周谷仓、刘凯与唐丰收一起来到省水利厅。他们找到唐厅长，唐厅长退二线了，他将他们带到分管农水的晋云鹏副厅长办公室。听了汇报，晋云鹏副厅长将报告收了下来。两天后，他将周谷仓他们招到他办公室，乐呵呵地对周谷仓说，昨晚，我们研究了你们的报告，不错，写得有力度、有深度，我这就到你们那儿去调研。

来时，晋云鹏副厅长特意邀老王厅长一起同行。

晋云鹏副厅长是武总他们那所大学毕业的。来到龙潭灌区管理局，他首先祭拜了武总与老秦的衣冠冢，随后对重点大型工程建筑物进行了查看。来到杨泗庙，老王厅长故地重游，感慨万千，对晋副厅长说起了当年测量的故事，拍着唐丰收的膀子，夸他真是好样的。

他们的车子顺着公路来一个村子旁，晋副厅长陡然叫司机停车。他让随同而来的农水处的王处长找到村民小组组长。村民小组长老查被喊来了，王处长叫老查去将小组的村民全部请来开个座谈会。这一招，周谷仓与唐丰收始料未及，他们估计何副厅长这次来考察肯定要开座谈会，事先安排了一个由水产养殖专业户甘会计、水稻种植大户王财东、大棚菜种植户郝家根等典型代表参加座谈会，想从正面宣传灌区工程所取得的成效。见晋副厅长没按套路出牌，周谷仓的心一下子悬了起来。老查认识唐丰收，见面对他笑笑，跑去喊来五六个老头子和七八位中年妇女。晋副厅长不显山不露水，都由王处长忙碌。王处长问怎么是这些人？老查说，屋场的人都外出打工了，就剩下这些人了。王处长有疑虑，就叫老查带他到村里去看看，转一圈回来，王处长对晋副厅长点点头，意思是村中确实只有这么几个人。座谈会是在老查家开的。听王处长问村民灌区工程不要了，是不是行？那几位老头子顿时摇手说，不行，不行。有位蓄白胡子老大爷说，不瞒你，领导，自打渠道修好了，就成了我们屋场的水缸，这些年，我们屋场的人靠外出打工挣了钱，家家盖了楼房，日子过得不愁吃喝了。盖新楼房时，有人想打井吃自来水，可打出来的水有黄锈，不能吃，上次渠道出了问题，没水下来，又赶上老天爷不下雨，才几天工夫，连牛喝的水都没有，急得我们跑到十几里外蔡家大屋去挑水，挑着担子来回跑，腿都跑断了，水比油还珍贵。说心里话，渠道里没水，我们就无法过日子，这渠道就是咱老百姓的命脉啊。

晋副厅长在小本子上记下了这位老大爷的话。

在灌区管理局召开的调查会上，晋副厅长感慨地说，老百姓的心声就是我们的心声，事实证明，龙潭灌区工程不愧省里属于四大灌区之一，支撑着C市农业的半壁河山，我们一定要龙潭灌区工程继续建设好。保住这近百万老百姓的命脉。

晋副厅长他们走了。周谷仓悬在心头上的一块石头落了地,他将主要精力转到了工程概预算编制上。唐丰收本来不想参与这事,可周谷仓还是请他出山,再立新功,因为刘凯主持编概预算缺乏经验。唐丰收找出当年赵一准存放在老秦那儿的资料,仔细研究了老秦留下的概预算编制资料,结合当下的现状,很快拟出了调整概预算的大纲。将大纲提交局党组审核后,唐丰收就带着一班人编撰。张慧娟熟悉财务,这次也披挂上阵,唐丰收笑着对她说,我俩又在一起合作了。张慧娟笑着说,我们这些老家伙的青春年华都给了灌区,这是我退休前最后一次奉献了。

花开花落,暑去寒来。

这天,张慧娟将才编好的概预算草稿从头到尾看了一遍,见大功告成,忍不住哈哈大笑,笑了几声,她忽然周身颤抖起来,大眼睛望着唐丰收喊道:溏鸡屎……溏……下面的话没喊出来,身子一下子斜倒在椅子上,嘴歪了,大胖脸也斜了。唐丰收见她中风了,赶紧叫来救护车将她送进县医院。经抢救,张慧娟的命保住了,可下半身失去知觉,瘫在床上了。

张慧娟生病住院初期,婷婷来探望了几次,证实她妈确实瘫了,缩头不来了。唐丰收找不到婷婷的身影,张慧娟气得泪水滚滚而下,直骂养了这么个不孝的东西。莉莉安慰她说:张阿姨,别哭,婷婷姐不来,有我呢,我照顾你。张慧娟将莉莉的手紧紧攥着,任随泪水流淌。莉莉念书既有唐丰收的韧劲又有苏敏的聪慧,学习成绩在班上出类拔萃。有天,莉莉下晚自习后去了医院,却发现张阿姨在蒙着头昏睡。她喊了几声没见有回应,赶紧跑到护班室将医生喊来了。原来张慧娟将平时医生给她吃的药,积攒着没吃,见自己瘫了,婷婷又不问事,不愿今后拖累唐丰收与莉莉,将那些药一下子全吃了,想自杀了彻底解脱。因为发现及时,张慧娟被救了过来。旁边没其他人时,唐丰收坐在病床旁,逗张慧娟说,当年你说我是黄嘴八哥吧,其实,那时我啥都懂,只是有意在你面前装傻罢了,我这坨溏鸡屎会装吧。想起年轻时在一起测量的趣事,张慧娟脸上才流露出一缕微笑……

在唐丰收与莉莉照顾下,住了三个多月院,张慧娟身体基本恢复正常了。出院后,唐丰收请了位农村妇女给张慧娟当保姆。不到一个月,张慧娟将那保姆撵跑了，说那保姆偷了她的项链。唐丰收又替她请了一位，没过二十天，又被张慧娟撵跑了，说那保姆偷偷将一个男人带来过夜。唐丰收只有再替她请了一位。莉莉在背后对唐丰收说，爸，我说的，你就替张阿姨请一百个保姆，也会被她撵走，你根本没理解张阿姨的心思。唐丰收一愣，问莉莉，你说为何？莉莉说，难道你没看出来她是要你陪她吗？我俩搬到张阿姨家与她一起住，你再请一位保姆，保证她不撵。唐丰收看看莉莉，掏支烟抽了起来……

这天，唐丰收领着周谷仓、任华礼、刘凯、汪子岳三位领导来到张慧娟的家。张慧娟谢谢领导多次来看望，用大眼睛瞅着唐丰收，唐丰收一本正经地对她说，我特意将三位局长请来与你当面说清楚。张慧娟问，说清楚什么？唐丰收回答，以后我带莉莉与你住在一起，再请保姆照顾你，我与你之间是同志关系。张慧娟忙摇手说，这咋行呢，这咋行呢。说这话时，她的声音一句比一句轻。周谷仓笑着劝她说，难得老唐有这片心意，你们以后在一起，相互有个照应是好事，放心，这是我们局党组研究后特批的，谅别人也不敢说闲话。张慧娟问，杏枝呢？周谷仓回答，杏枝的工作我们做了，她表示不干涉。张慧娟这才一笑，对唐丰收道，这么大的事先也不同我商量一下。唐丰收将轮椅推到她床前，将她抱起来放在轮椅中坐着，笑呵呵地答道，事先说了，就没有惊喜了。

他们住在一起后，唐丰收又请了位保姆，正如莉莉预料的那样，张慧娟不撵了。

莉莉笑着对同学说，我家三个人三张床，真正是三口之家。

有天晚上，莉莉在房间里写作业，唐丰收坐在张慧娟身边看电视，张慧娟用大眼睛瞅着唐丰收看了好一会儿，扑哧一笑。唐丰收问她笑什么？张慧娟一把抓住他的手说，当年给你打毛衣，我就许了愿，这辈子就算不嫁给你，也要与你厮守，天如我愿，美梦成真了。

调整龙潭灌区概预算的会议在省城一家宾馆里举行。

水利厅的批复下来了，可投资却迟迟没下来。

灌区管理局只有依靠征收的水费苦苦支撑着，基建工程基本上停止。

水利厅终于下了文件，全省灌区工程续建配套与节水改造工程开始了，对龙潭灌区来说，必须要争取加入续建配套与节水改造项目，才能落实新的投资。刘凯不满地说，调整概预算的事，不是白忙活了一场。周谷仓说，调整概预算奠定了这次申报的基础，忙得有价值。

渠生从外面回来了。打工没打到钱，好在唐丰收替他办了停职留薪手续。回来后，唐丰收正在组建建筑公司，将他安排进去了。

郝仁俊从牢里出来了，唐丰收闻讯去车站接他，随后又将他安排在水泥预制队，发挥他的作用。郝仁俊上班了，他握住唐丰收的手含着热泪说，老唐，老伙计就是老伙计，情感不一样啊。

第六十章

桃红柳绿，油菜花黄。

水利水电规划设计总院受水利部委托，在K市主持召开省大型灌区续建配套与节水改造规划审查会。因为牵涉到自身生存，全省各灌区主要负责人纷纷云集K市。审查会在K市一家四星级豪华大酒店内召开，周谷仓一行来到会议报道处，刘凯在办手续，唐丰收在埋头协助整理资料。唐丰收忽然感到肩膀被重重拍了下，扭头一看，兴奋地叫道，白主任，是你！白主任仍是一副小白脸的样子，一点儿也不见岁月的沧桑在他身上留下丝毫痕迹。他已是水利部办公厅的副主任，这次是代表水利部办公厅来参会的。老友相见，自然高兴。两人在寒暄，办理手续的人，拿起一份表对刘凯说，这人是中级职称，没资格参会。刘凯过来将情况说给唐丰收听。白主任得知了原因，对那位办手续的人挤挤眼，笑着说，啥高级、中级的，老唐是我的老朋友。又接着与唐丰收说话。

第二天，开会前，审查委员会的人再次在审查参会人员资料时，查出了唐丰收的职称，问一位胖子怎么办？这次白主任不在现场。那胖子看了看唐丰收的材料，对送表来的人说，你去将这人叫来见我。唐丰收过去了。那胖子一见是唐丰收，哈哈一笑，亲热地一把抱住他说，大水冲了龙王庙，原来是你老兄啊。唐丰收认出来这胖子就是早年在水利厅与他斗酒的水电部章副主任，顿时喜笑颜开。章副主任任水利水电规划设计总院的副主任，这次是审核的主任评委。他将唐丰收的资料交给那人，撵鸡般摆摆手说，算了算了。然后对唐丰收爽朗地笑道，千年等一回，中午，我俩找个地方哏一下。做了喝酒的动作。唐丰收笑着点点头。进会场时，刘凯问唐丰收，总院的章副主任，你怎么认识？唐丰收笑而不答。

按会议程序，轮到龙潭灌区了。刘凯上去了，因为所有资料都在笔记本电脑中，等他站在讲台上准备开讲时，电脑出故障了，折腾了好一会儿也没弄好，弄得他尴尬异常，焦急万分。看不见电脑中的讲稿，他无法汇报。周谷仓见状，启动了事先准备好的应急预案，对身边的唐丰收说，老唐，你上。然后向主持会议的领导提出申请。见临时换人，有位姓胡的评委看了唐丰收的资料，低声说，这人连副高都不是。章副主任侧过脸说，老胡，工程师职称的人敢代表龙潭灌区来这儿主讲，没有几把刷子，他敢来吗？旁边两位评委想想也对，相互幽默地笑笑，请唐丰收上台。

唐丰收穿一套崭新的灰西服上去了，这西服是莉莉推着坐在轮椅中的张慧娟用了一天时间在街上替他选的，唐丰收这辈子还是第一次穿这么贵重的名牌西服呢。来到讲台，他感到领带打得太紧，勒得难受，用手将领带松了松，从裤子口袋中掏出两块五毛钱一包的盛唐烟，抽一根点着，将烟盒往讲台上一丢，拉拉袖子，像干活似的，也没拿讲稿，扯开嗓门说开了：

我们龙潭灌区，覆盖龙山、槐树、清河、老鸭四县30个乡镇，境内人口近百万。灌区总控制面积1195.9平方公里，设计灌溉面积110万亩，其中自流灌溉面积80万亩，渠首设计引水流量80立方米/秒，属国家大(二)型灌区。灌区已建总干渠1条，长37公里，北干渠、南干渠、第一干渠、第二干渠合计长156.11公里，分干渠6条，长88.78公里……各类渠道累计长1856.26公里。支渠以上渠系建有各类建筑物3119座。建成两座小水电站，装机7台，计2940千瓦。唐丰收一口气介绍了龙潭灌区的工程概况。

唐丰收沉稳地说：我们灌区这次的规划是通过调查农业经济发展现状，和国民经济发展各部门用水的需求情况，对设计水平年2015年和近期水平年2005年灌区国民经济发展进行了分析预测，按照本地农业生产要素变化情况及农业发展的中长期规划。总体要求是为实现灌区的经济发展目标，充分利用灌区水土资源，在实行节水改造的前提下，按照2015年设计水平的需水要求，计划利用8年时间完成续建配套与节水改造。

接着，唐丰收就规划设计的具体情况进行解说。

说到灌溉渠道设计与灌排建筑物设计时，该用数据说明问题时，他一连背出了一大串数据。说到总干渠、滚水坝，咽喉渡槽，一号、二号、四号渡槽，甜水渡槽与杨泗庙渠段，他仿佛看见了数万民工高举红旗挥舞锄头在工地上奋战，看见了武总吧嗒着烟斗在埋头绘制工程布置图，看见了光头李一准带着他的敢死队在抢修滚水坝，看见了师傅老秦在工地上顶着风雪奔波，看见了王副厅长拄着棍子在测量，看见了自己站在吊车上指挥着渡槽对接，看见了数千人在集聚杨泗庙的石壁中开凿渠道的大会战，耳边仿佛又传来了当年隆隆开山炸石的炮声，说到甜水渡槽，他仿佛看见了苏敏不顾一切地朝他扑来……

他在台上讲得口若悬河，滔滔不绝，时而停下来用手抹去眼角溢出的泪水，时而将烟点着抽几口，时而端起杯子喝两口茶。台下鸦雀无声，人们仿佛被唐丰收带入一个美妙的水利工程世界，伴随着他在遨游、在飞翔，进入了一种崇高的精神境界中。

负责录音的同志双眼紧紧盯着仪器，竭力保证着录音的最佳效果。

说到田间工程设计，介绍了必须要说的内容后，唐丰收又说出了对灌区工程渠系末端建设的思考。他冷静地说，过去我们灌区以生产粮食为主，现在这种单一种植模式正在向以生产粮食为主、高效农业为辅的转变，农村多元化的种植结构，需要我们在渠系末端的供水模式也要跟着变。以前我们灌区渠系末端的工程建设是由乡镇放在农田基本建设中来搞，多年来取得了一定成效，但近年来乡镇农田基本建设不搞了，所以，渠系末端的工程建设应该纳入灌区工程的规划设计中来考虑。针对农村劳力严重缺乏的现状，为了保障灌溉效益的发挥，渠系末端工程应该采用多样化的方式来构建，不能再用传统的沟渠模式了。听他说渠系末端可以建立供水站来满足农民的用水需求时，章副主任忍不住将台子一拍，大声道，有创意！带头鼓起掌来。

台下响起一片鼓掌声，唐丰收的讲话被掌声打断了。

接着，唐丰收又讲了灌区信息化管理规划设计……

唐丰收归纳了规划设计的总体内容后，报出龙潭灌区续建配套与节水改造规划计划总投资3.5亿元这个数字，讲话到这就结束了。可他仍慷慨激昂地说，水利是农业的命脉，我们这些水利人就是打造共和国农业命脉的，我们一定要抓住续建配套与节水改造的契机，构建和谐灌区，积极提升灌区境内民生的生活质量，迎来灌区工程建设的新辉煌！

唐丰收向台下鞠躬敬礼时，台下爆发出热烈的掌声。章副主任率先走上讲台紧紧握住他的手。唐丰收对他说，我这样信口开河地说，行吗？章副主任将大拇指一伸，爽快地回答，你老兄讲得太精彩了！然后转过头对后面的人夸赞道，什么叫本事？老唐的这个讲话，就是水利人在本职工作中练出来的真本事！

周谷仓、刘凯等人更是围着唐丰收呵呵地笑，格外高兴。

在评定龙潭灌区的规划设计时，凭着唐丰收的讲话录音，初审通过了。

章副主任将这消息告诉给周谷仓，要求将讲录音整理出来，尽快形成正规文本上报。

马山、刘家湖等灌区因多种原因，没通过审查。唐丰收遇见了马山灌区管理局的张大年局长，问情况怎么样？张大年局长一副愁眉苦脸的样子，懊丧地说，继续争取，继续争取，说着说着，泪水就下来了。

散会的当晚，章副主任与唐丰收又一次拉开了喝酒大战。两人一口气斗了三瓶，第四瓶开了瓶盖，章副主任身子骨毕竟虚了许多，伸手去接酒瓶时，对着桌子哇地来了个喷射。唐丰收一把接过酒瓶，问他，没事吧？章副主任张着舌头说……没……事，身子却往桌子底下一瘫，起不来了。惹得一旁的白主任嬉笑着说，唉，老章这么快就淌熊了，不精彩，又搬出当年两人斗酒的故事，津津乐道地对众人说着。

酒席散了，周谷仓、刘凯等人被灌醉，躺在床上。唐丰收拉着司机小杜说到街上去转转。小杜乐意地将车开走了，问去哪？唐丰收想到曾经许诺带莉莉去 KTV 唱歌，就对小杜说，反正领导喝醉了，我俩自由一下，去娱乐城潇洒潇洒。小杜找了家豪华的娱乐城进去了。

进了 KTV 包厢，小杜晓得唐丰收的酒没喝好，要了三位小姐陪喝。开始，他们一起喝三进二，不一会儿，小杜的手机响，见是刘凯要用车，就对唐丰收说了声我去一下，你继续，我一会儿来接你。唐丰收嗯了声。等小杜离开了，那位三位小姐围在唐丰收身边嗲声嗲气说，大哥啊，你英雄豪爽耶，我们一拱三啦。唐丰收也不晓得这儿的黑话，随口答道，一拱三就一拱三。三位小姐劝唐丰收喝一杯，他就左一杯右一杯狂饮起来……

小杜来了，三位陪酒小姐不见了，唐丰收疲惫不堪地躺在沙发上。

唐丰收穿好衣服去结账，一看票据，吓得舌头缩不回来了，乖乖，八千多！嗷嗷叫太贵太贵！幸亏小杜带了银行卡，不然两人出不来了。

这事让周谷仓知道了，直骂小杜，谁叫你带老唐去那种地方，这钱，你掏。唐丰收赶紧说，不能怪小杜，是我叫他陪我去的。周谷仓看看刘凯，刘凯乘机说，老唐这次是有功之臣，干脆在招待费中冲掉算了。唐丰收马上阻止道，申报是申报，消费是消费，一马是一马，我唐丰收革命一辈子，从来没一次用过公家这么多钱，不能占公家便宜，这钱，算我的。

到家，唐丰收拉着小杜一起来见张慧娟。自从与张慧娟生活在一起后，这家的经济大权由张慧娟掌着。说了情况，小杜走了。唐丰收忽然对张慧娟扑通一跪，恳请原谅。张慧娟笑着说，你这辈子在花钱上难得挥霍一次，你用自己的钱潇洒一把，跪啥呢？叫他快起来。

第二天，张慧娟叫唐丰收取出钱还给小杜。还了钱，来到周谷仓办公室，唐丰收一脸羞愧地说，那晚我喝多了，犯错误了。周谷仓晓得他指的是什么，笑着说，啥错误？去唱歌娱乐，很正常嘛，这次你立功了，我还要表扬你呢。说罢，对他幽默地笑了。

离开局长办公室，唐丰收心想，以前自己饱受了作风问题之苦，这回犯了这么大的作风问题，居然啥事也没有，这世道真他妈的变了啊。

莉莉用轮椅推着张慧娟来到杏枝的小店。杏枝对张慧娟并不那么嫉恨，边看着孙子唐睿写作业边问张慧娟买啥？渠生与婷婷分手后，同杨慧的女儿朱云云结了婚，生下唐睿，但唐睿一岁半时，朱云云因搞婚外情，渠生与她离婚了。张慧娟叫杏枝将自己推进里间，让莉莉去辅导唐睿写作业，才对她说，你与老唐别憋气了，还是一起过日子吧。杏枝回答，是他不回来，又不是我搁不得他。张慧娟说，老唐的工作我来做，你不能犟。杏枝低着头不吱声了。张慧娟轻声对她说了几句，杏枝听后嘻嘻一笑，轻声道，我听你的。

有天深夜，唐丰收从张应喜家回来了。张慧娟将他喊到身边，削了个苹果给他吃了，叫他去睡。唐丰收进房关门休息了，张慧娟让莉莉去将杏枝喊来了。张慧娟示意莉莉用钥匙将她爸的房门开了，然后对杏枝一挥手。杏枝愣着没动。张慧娟挖了她一眼，怂恿道，你还怕他啊。杏枝一笑，说，我怕他个屁。将唐睿交给莉莉，过去推门进去了，莉莉赶紧将门从外面扣住了。不一会儿，房内传出叮叮咚咚的响声，听唐丰收哎哟一叫，莉莉要过去看看，张慧娟一把拉住她。房内的声音渐渐没有了，莉莉调皮地蹑手蹑脚过去贴着门听听，回来掩着嘴一笑，说，好了，好了，两人在说悄悄话呢。张慧娟一乐，叫莉莉带唐睿去睡觉。

唐丰收与杏枝和好后，张慧娟将保姆辞掉，让杏枝带着唐睿住进来了。

年关到了。

这天，渠生从工地上拎着几条鱼回来。家里人接住，自然欣喜。门一下被推开了，婷婷穿着加长的羽绒服牵着扎着一头小辫子的女儿何团团进来了。婷婷与渠生分手后，经别人介绍，快速嫁给了县开发办公室主任的儿子何正根，婷婷生下团团还没满周岁，何正根就跟本县一位小有名气的黄梅戏演员勾搭上了，随后两人私奔去了广州，婷婷愤怒地与其离婚了。见渠生在这儿，婷婷一屁股坐在沙发上，莉莉要给她倒茶，婷婷白了她一眼，马上对渠生说，给我倒杯茶。渠生没动。婷婷大声道，叫你呢，没听见啊！渠生倒好茶端给她，婷婷又对他呵斥道，你想烫死我可是？渠生忙将茶杯放在茶几上，见渠生想溜，婷婷一把拉住他，让他坐在身边。然后指着张慧娟对小团团介绍说，这是家婆奶，指着杏枝说，这是杏枝奶奶，指莉莉说，这是莉莉小姨，最后指着渠生说，他是你后爸。小团团一一叫喊着，等她喊渠生爸爸时，渠生闷头不答应，婷婷一把揪住他耳朵拧着道，唐渠生，我李婷婷这辈子跟你跟定了，快答应。渠生被婷婷拧得哎哟哎哟叫唤，求饶道，松手，快松手，我答应，该行吧。这时，唐丰收进来了，婷婷顿时指着他对小团团说，这是唐爷爷。小团团马上甜蜜地喊了声唐爷爷。唐丰收唉了声，然后乐呵呵地对张慧娟说，我就晓得婷婷是我唐家的人，怎么样，回来了吧。

除夕夜，唐丰收、张慧娟、杏枝、渠生、婷婷、莉莉、唐睿、何团团围着桌子吃年夜饭，莉莉的旁边放着把空椅子，桌上摆着副空碗筷，这是唐丰收特意给苏敏备的。张慧娟笑着对唐丰收说，溏鸡屎，你三代同堂，有这么大家子人，真有福气啊。唐丰收乐得哈哈大笑……

热热闹闹吃了年夜饭，唐丰收的手机响了。他拿起来一听是周谷仓打的，说有喜事要告诉他，叫他快到院子里来。唐丰收顿时对众人说，都到院子里去看焰火。因为近几年除夕夜晚八点，灌区管理局要在机关大院内燃放鞭炮与焰火迎接新年。一家人欢欢喜喜地去了。

大院内聚集了许多人，唐丰收找到周谷仓，问什么喜事。周谷仓告诉他说，今天收到省水利厅文件了，我们灌区工程被列入续建配套与节水改造范围，第一批计划总投资1.5亿。唐丰收搓着手连连说，太好了，太好了。周谷仓又说，别高兴得太早，水费征收又要改革了，基本水费这一块可能要取消，采用单一计量收费。闻言，唐丰收一怔，因为他知道计量收水费对工程的要求更高。

刘凯过来喊周谷仓燃鞭炮，放焰火。

唐丰收点支烟递给周谷仓。周谷仓接过烟抽了口，过去弯腰将鞭炮点燃了……

万鞭齐鸣，硝烟四起，震耳欲聋。

绚丽的焰火腾空而起，如朵朵耀眼的鲜花，在夜空中绽放着，盛开着，仿佛是在释放着高亢盎沛的激情与奔腾昂扬的活力……